時代的眼・現實之花

《笠》詩刊1～120期景印本（六）

第54～60期

臺灣學生書局印行

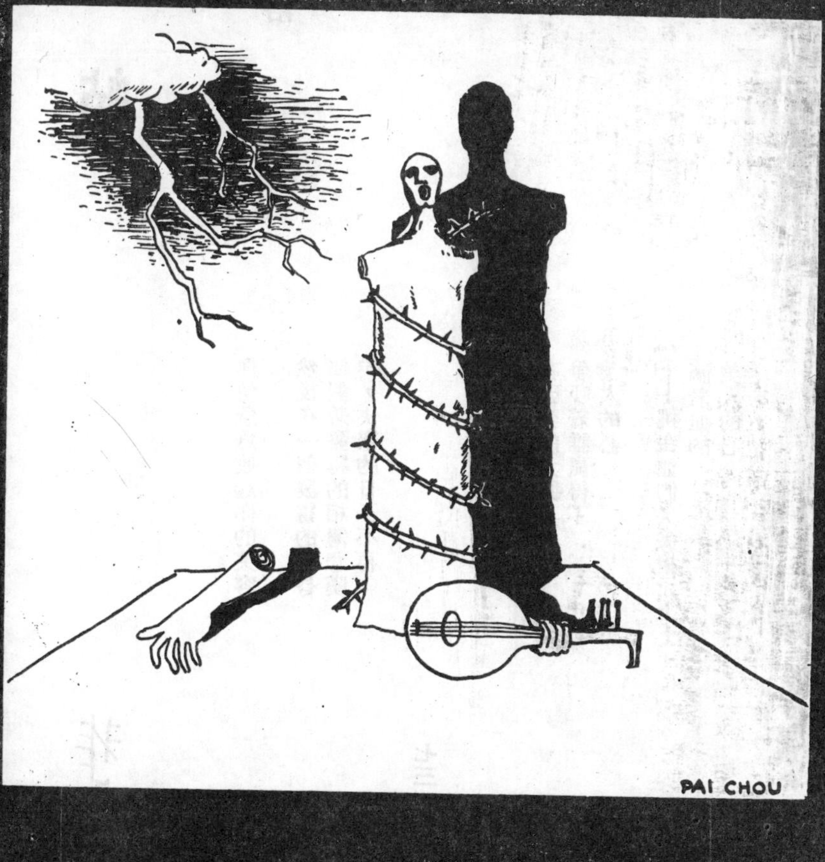

54

詩三帖

非馬

戰火裡的村落

蹲着
一張張
灰白的
牆塗滿標語
這些疲累的印地安
西部片裡少不了的脚色
在火光下靜靜地蹲着
蹲着等酋長的另一聲
開麥拉！

照相

鎂光燈才一閃
你便急急收起你的笑容
然後在一個發霉的黃昏
你對着發霉的相簿悲嘆
唉，快樂的日子不再

七三・二

圓桌武士

在巴黎的大圓桌上
爭吵着誰贏得了
美人的心
——挑在他們尖尖槍矛上
滴着血的
美人的心

寫于越戰停火日

卷頭言

再出發

傅敏

笠創刊號的社論，曾經表達了同人們的一種渴望：「把呼吸在這一個時代的這一世代的詩，以適合於這個時代以及世代的感覺痛快地去談論。」

這樣的渴望，即使在九年後的今天，仍然是迫切需要的，但迫切需要的是：以適合於這個時代以及世代的感覺痛快地去寫出呼吸這一個時代的這一世代的詩。

反觀我們的詩學界，我們的現代主義，我們會發現充其量只是橫行覇道的超現實主義以及古典經驗主義而已，它意味著國際主義以及國粹化主義的惡性循環。

在這樣的惡性循環中，某些自認爲是一代宗師的詩人們，以漠視現實爲其立場，大量鼓吹遠離這個空間以及這個時間的詩。對於他們來說，詩只是具有沙龍趣味的高級娛樂，只是他們個性末梢肥大症的排泄器，只是他們自我救贖的工具而已。

在這樣的惡性循環中，反傳統和回歸傳統只是一貫逃避立場的不同手段，只是標新立異媚取事功的双重化名，而不具有本質上或認識上的意義。

我們的詩學界，在這樣的一股歪風的籠罩下，在這樣的鼓聲不響鑼聲動天的景況下，成爲流放行旅中最醒目的惡品質的製造和販賣者，成爲庶民社會中的奇異族類，已經成爲衆矢之的了。

面對着這樣腐敗的一段詩史現象，儘管有所謂的詩選，詩大系在充充門面，而實質意義恐怕是很貧乏的。如果不能對這樣腐敗的一段詩史現象做一次訣別，即使有各種外譯詩選在換換虛榮，其實際價值恐怕也是很有限的。如果讓這樣腐敗的一段詩史現象延續下去，我們的詩的前途恐怕是非常暗淡的。

倘然具有這種認識，那麼無詩學時代的總決算，已經是刻不容緩的事了。年青世代的詩人們，必須試圖從紛亂的狀態中，逐漸分辨出前輩詩人們應有的位置，並使之歸列；必須認眞地檢證前輩詩人的業績，給予適當的評價；必須無情地脫光某些前輩詩人的僞裝，使之暴露在眞實之光裡。

然後，讓全體不分老少的眞誠詩人們，共同進行詩學時代的奠基工作；讓我們凝視現實的眞實，不再逃避；讓我們的救贖廣被；讓我們接受社會計量器的裁判；讓我們俯視屬於我們民族的醜惡恥部……

只有這樣，我們的詩學界才能够在社會的有機體中具有它存在的條件和價值；也只有這樣，我們的詩學界才能够在整個民族的有機體中具有它表徵的意義和地位。

笠54期 Li Poetry Magazine No. 54

目 錄

編輯室報告

△非馬等譯英文本「笠詩選」及梁景峰譯德文本「笠詩選」已初步完成，將由本刊陸續刊載以饗讀者，並請海內行家指正。

△一生從事漢詩研究與翻譯的老詩人辜尚賢先生逝世於他的老家嘉義朴子鎮，本刊同仁深表哀悼之忱。

△臺灣文藝社慶祝成立九週年紀念會，並訂於四月二十二日下午二時於臺北市內湖金龍寺舉行第四屆吳濁流文學獎頒獎典禮；有文學獎、新詩獎、漢詩獎三種，新詩獎得獎人岩上爲本社同仁，曾前往領獎。

△臺灣文藝社社長吳濁流先生之夫人，不幸於民國六十二年三月一日逝世，三月六日假臺北市立殯儀館舉行告別式，本社同仁多人前往執紼。

△本社同仁趙天儀先生遷移新居，地址爲臺北縣新店鎮光明街二〇四巷十八衖四號四樓，因此，本刊編輯部亦改爲此新地址，敬請愛護本刊之作者、讀者以及同仁改用新地址。

童年憶影

杜國清

1.

沙灘上一隻赤裸裸的寄生蟹，
在尋找着，尋找着牠的身殼；
被扔在一邊的空殼裡廻響着，
遠方的浪聲和遠去了的歡笑；
金鈴似的歡鬧已隨夕陽沉沒，
晚風中少年的脚印也已朦朧；
在那朦朧的月光下赤裸裸的，
一隻寄生蟹在尋找牠的身殼。

一九七二、十二、卅一

2.

乾薄薄的一隻蛇貼在公路上
——南國夏季的一個標本
路旁的水田裡
稻草人永遠笑歪着嘴
在那破爛的黑衣裡
蛇爬來，吐出一窩
可不知是什麼蛋
當蛇夜裡出去臥涼
而橫死在那公路上
那些蛋便像一個個謎
開始在少年的回憶中
孵化

一九七二、十二、卅一

3.

鄰居的老人，提着木桶

一瓢一瓢地在路上潑水
低窪的地方暫時變成水澤
一隻滿身泥巴的土狗
倒在那兒，翻了幾次身
又伸着舌頭走了

在蒸發的泥團氣味中
叫賣冰棒的鈴聲
從遠方，隨着少年的臉
浮現而來

少年走過了八千多日子的砂丘
一回頭，在那脚印的盡處
茫茫地望見那個老人
一瓢一瓢地仍在
夕陽下潑水

一九七二、十二、卅一

4.

路上
枝葉橫飛……
少年追着紙輪跑下去
有人在窗戶上釘着木板
少年執着風車跑上來
有人在屋頂上鎭壓石頭

當颱風帶着一群傀儡
在鎭上翻觔斗
黏蠅紙吊在客廳裡微幌着
抗議的蒼蠅仍在憤憤地鳴
竄進來的風仍感到一陣眩暈
却到處吆喝搜索
神明仍然一心不亂地保持着
對付人間的臉色

少年爬到神壇的桌底下
一個人對彈着
燦亮的兩顆
玻璃珠

一九七二、十二、卅一
一九七三、元、十六改寫

5.

在那一片遼濶的黃色的土原上，
自古鼎立着三個葫蘆形的土墩；
在傳說中那三個葫蘆墩的口裡，
經常冒着白煙，從日出到黃昏。

太陽的光傾注在這三個葫蘆裡，
附近的村落聽說經常發生火災；
於是前人開了一條河從中穿繞，
葫蘆的乾土上這才長出花草來。

爲了求神保佑這一片的好風水，

前人又在那墩下建造了土地廟；
廟前經常有老人在拉琴或清唱，
公鷄和母鷄也常來拉屎或撒尿。

在那廟前抑壓哀憂的古琴聲中，
幾個小孩在搧着彩色的紙牌玩；
長扇公主的眼睛裡沾滿了鷄屎，
却將諸葛亮的八陣圖一手搧翻。

童年貼滿那些多彩多樣的牌面，
在回憶的輪盤上一再地旋轉着；
少年葫蘆形的心充滿鄉土的熱，
從中穿繞的鄉愁像故鄉那條河。

一九七三、元、一

6.

抽一個陀螺
在外婆家的拍掌聲中轉着轉着
最後草率地扭一下就拉倒了

抽一個陀螺
在家庭作業的簿子上轉着轉着
最後草率地畫了一筆就算了

像個大頭的少年
交抱手臂，蹻着脚尖
在風中，旋成
少年時代的一幅活動景

童年就像五彩的陀螺
以人生的長繩
在回憶裡轉成白色

一九七三、元、二

7.

一枝顫抖着的線香點燃了
爆竹
少年就掩着耳朵急急躲開
了然後隨着反響又再跑回來

少年心中埋着一枚青春
在千祥的那麼個日子裡
由熱情自動引燃一爆發
熱血激起了美夢的浪花
在理智岸邊像春潮澎湃

童年的日子是一掛鞭炮
那爆聲在回憶的長廊裡
不絕地廻響不絕地廻響

一九七三、元、三

8.

揀來一些冰捧的竹枝子構成骨架，
撕下幾張習字紙，用飯粒當漿糊，
繫上線再用碎布打結成一條尾巴，
少年就在路邊帶着風箏跑起來啦！

那是個喜歡逆流而游的蝌蚪，
少年用繩子帶着他沖過雲浪；
那是個愛在天空流浪的天使，
少年用繩子給牽住怕他迷失。

那是瘦陀螺型的少年的美夢：
思念的線越長現實的風越大，
在回憶的天空中越飛越高，
而童年之情却是越遠越緊！

一九七三、元、三

9.

小蝴蝶，飛飛飛，
飛過籬巴，飛過綠葉
看見草坪上，猫弓背
於是低飛下，來作陪
小猫跳，牠飛高
小猫跑，牠跟着
小猫搖着尾巴
牠圍着尾巴繞

小蝴蝶，飛飛飛
飛過花叢，飛過鞦韆
看見樹蔭下，臉愁悶
於是飛過去，逗少年
蝴蝶飛，少年追
蝴蝶舞，少年撲
蝴蝶穿花而去
少年又在花間歎息！

一九七三、元、四

10

一家的泥墻在朝風中
破露出花絮一般的稻殼：
賣的是草鞋、竹笠和畚箕

一家的屋頂在烈日下
洋鐵皮烤焦柏油的氣味：
賣的是仙草、捧糖和甘蔗

一家的屋簷在月夜時
長出幾叢雜草和小白花：
賣的是線香和金箔的紙錢

在這沙塵終日飛揚的小鎮
少年提着木造的小冰箱
舔了舔嘴又再叫賣

在一個午飯後的太陽雨中
少年在路上，張口仰天
將身子一再地廻旋

一九七三、元、四
一九七三、元、十七改寫

11

冬日早晨在那三叉路口邊
那個賣杏仁茶的卸下了擔子
攤出三四張竹椅點起電石氣燈
然後縮成一團坐在那兒打盹兒

秋日的一個午後
那個大脖子的男人
提着灑水壺和竹鞭子
趕着一頭老猪公從鎭上經過

夏日黃昏在路邊的水果攤前
那個穿着背心的小伙子站在矮凳上
一把柴刀壓住豎在面前的甘蔗
然後翻起刀來，刹地一劈
將甘蔗削去了半截

春日的一個月夜
那個不知道生活滋味的少年
坐在池塘邊扔着小石子
一次又一次地將月亮揉碎

一九七三、元、四

12

一隻脹破肚皮的青蛙
躺在少年的掌心

一隻被捻斷翅膀的蜻蜓
爬着少年的手臂

一隻斷了截腿的蟋蟀
擋在少年的腳前

那天，少年的手冰冷
滿身泥巴，像個傷兵
在晚風中，提着手臂
拐着腳步寞寞地回家

一九三、元、四

致桓夫的信

杜國清

姊夫：

這十二首「童年憶影」所表現的是我童年時代的一些迴聲和片影，事實上也是到今天還殘留在我回憶中的一些心象，年假那幾天，一則因忙了一學期而鬱積了一些寫詩的情緒，一則因年歲徒增對童年益加懷念，是日夜沈湎在童年的回憶中，而寫下了這些作品。

我的童年，極其平凡。在我的記憶裡，沒有什麼豪華光彩的一頁，有的只是屬於在沙塵飛揚的路邊那一列土墻的平房，以及那附近的水田、池塘、菜園，以及與我生活在當中的人們和自然的生物而已。像個鄉村的野孩子，吸慣了泥土的氣味，我從玩弄自然的小生物中獲得不同於玩具或人偶的樂趣；現在回想起來，這種樂趣帶着一種野性或殘酷的滿足。在記憶中，一隻寄生蟹，一條蛇，一隻青蛙的命運，總喚起我對生命的無限哀感。跟我同樣屬於沙塵中那破陋的土墻和洋鐵皮屋頂的人們，在路上或路邊討生活的人們，不知怎麼的總令我對人生感到無限的哀憐。在貧苦中無知無怨的少年的我，却滿足於點燃爆竹的激奮，也曾抱有追逐蝴蝶的美夢。少年的我也許不太知道人生的憂傷，但却懂得獨自尋求樂趣，在自得的樂趣中忘記自己的孤獨和寂寞。紙做的小風車和風輪，在颱風季裡，使我精神抖擻。我的風箏，我的陀螺，永遠在我的回憶中高飛、旋轉。童年令我懷念；孕育童年的故鄉喚起我的思愁。可不知這十二首詩，能否引起您的一些共感？

一九七三、元、廿九

溫暖的蕃薯

岩上

阿娘
天還沒亮嘛
讓我多睡一會兒吧
晨風那麼寒冷

啊　阿娘
慢一點兒吧
我的脚指頭被竹刺兒刺傷了
土砂粉仔也沒辦法止血呀
阿娘
你等一等我吧

我們這一冬的蕃薯爲什麼這樣細小呢
阿娘
前年冬阿爸種的蕃薯好大好大的喲
是不是我們少施了肥料

阿娘
冬天的蕃薯園爲什麼沒有蟋蟀
有蟋蟀多好
我好久沒有玩鬥蟋蟀了
沒有人跟我玩

土脚裏面爲什麼熱熱的
阿娘
蕃薯生在土脚裏面好舒服哦
但怎麼不會長得胖一點呢
阿娘
我好冷
這樣的西風

哦
這簸箕的太重了
阿娘
我搬不動
歇一歇吧
我肚子好餓呀

阿娘
我們爲什麼不種稻子
人家附近一大徧的土地都種稻子
爲什麼獨獨我們這一小塊的土地要種蕃薯
我們天天都吃蕃薯
唉

太陽出來了
我們回家吧
阿娘
你今天不要再去做工好嗎
我一個人看家足無伴

六十一年九月廿日

平安夜

陳鴻森

平安夜

只要捱到入夜
就是一天
只要能活過一天
就是平安了

夜暗裡
至少不會那麼
暴露自己吧
暫時又成爲一個苞
在生活的枝頭
想像着明日的開放

鐘聲隱隱地
在仍殘留着白日的虛僞底
空氣裡
廻——響着

（六一年十二月廿四夜）

盲睛的鳥

美麗的暮色深處
你那死前
抽搐的幻影
不斷在眼前浮現着

那終於成爲一隻
盲睛的鳥
盤旋在
漸暗的天空裡
在我們昔日的幸福裡

妻啊
爲了要飛越那極限
你正在不停地盤旋中
尋找着缺口嗎

（六二年元月十二日）

天國祭

傅敏

沉默

現在是下着雪的時辰
整個國境
披着冷漠的衣裳

人們
不使語言溢出口舌
凍死在現實裡

現在是夜的時辰
整個國境
披着暗黑的衣裳

人們
不使語言溢出口舌
迷失在現實裡

風箏

風箏在飛越天空
風箏不能飛越天空

風箏在飛越死了的天空
風箏不能飛越死了的天空

天空在飛越風箏
天空不能飛越風箏

死了的天空在飛越天空
死了的天空不能飛越天空

Image

鏡子裡的我已經死了
那是因爲鏡子裡的我在世界的某一個戰場死了

鏡子裡沒有我
那是因爲現實裡的我在世界的某一個角落死了

血

你們捕殺老鼠
用牠的血
償付他短暫的一生
好像——
老鼠不曾擁有世界的任何版圖

現在
老鼠已經盡絕了
你們又
製造出一個敵人

你們捕殺敵人
用他的血
償付他短暫的一生
好像——
你們擁有世界的任何版圖

現在
敵人已經沒有了
你們捕殺自己
用自己的血
洗刷你們的版圖

山茶花

山茶花的國土
傾斜在黃昏的天邊
好像放逐者的船
在大風浪裡
逐漸翳入了夜的褶曲
站在遠處的我聽不見它的呼救
只看到許多手
揮着許多手帕
沒一會兒
就消失了

含羞草

一女孩
聳肩
脫掉套頭羊毛衣
在雪地裡

她綣縮綣縮綣縮
直到變成佝僂模樣
從指隙間
望着那人離去

才慢慢站起來
穿上衣服
在風中
哭泣着

天國祭

傅敏

陽光下及其他

巫永福

陽光下

基隆河畔
夾竹桃開了　隨風招展着
把花影映照在水面的白雲天
陽光像千萬顆的星星
散落在河面上
暖風帶着炎紅的欲情
鼓動在花蕊上
却招引來一群的蜂蝶們
輕輕地飛舞舞
醉心地上上下下
是花意濃呢
還是蝴蝶情深呢
唱着快樂的戀歌醉了
吻罷！是生命的共舞
啊！花蕊受精了
啊！蝴蝶受精了
山前的翠樹會意地閉了一眼
山後的白雲沈默地開了一眼

野遊

投遞一個飛吻吧
接回一個微笑吧

滿目的陽光撒着嬌
青山流水也醉了

兩眼交織着——花開時
看到野狗在交尾

自由地動手足
放聲高唱一曲吧

把苦悶放在山後啊
把快樂向雲傾訴啊

抱陽光在草地上

溫暖是難忘的
飛吻射出了歡樂
微笑帶來了回味

牛

吃了身體龐大的虧
拖着細小的四脚
緩慢地移動
而笨腦地聽着笞聲

自知溫順就是德
只有拖着犁耙耕耘
只有拖着輪車勞動
只有奉獻而被人指使

牠所愛的是什麼呢
吃麼、睡麼、還有……
早已忘記那是什麼了
除了生存以外

誰在指使牛仔呢？畫家啊
繪一些像樣的牛仔吧
繪筆一揮　牛便更有價值
藝術這個世界你是知道的

難忘

好像有人常在叫我
雖然看不見他是「誰」
但那個人確實存在着
而我也明明知道
在那遙遠的地方
遙遠遙遠的地方
那個人確實仍然存在着

睜開眼睛也看得見
閉着眼睛也看得見
像一幅名畫般地
在那遙遠的山脈下　紫色的盆地
鄉社清靜幽雅的
紅磚　那古老的故居

難忘的記憶纏住着
使故居永不褪色
而幻影似的映在眼底
使我透視着
從那遙遠的地方
那個人確實存在着
常常在叫我

常青樹

陳秀喜

常青樹

自從妳抛給我
曇花一笑
於我的心中卽種植
一株常青樹

幾次風雨
惹妳嬌怒
常青樹並不動搖
我暗自嘆息
青葉染上妳的眸色
曇花正當開時
不止只有一朶
向着至愛
嚼爛禱詞
求妳再抛給我一笑
讓常青樹常靑
添常靑葉光澤

薔薇不知

隔着竹籬
一陣甜香撲鼻
似有一線緣份透入心懷

迷戀薔薇
與我曾有高歌之時
也有淚涔自嘲之日

當初堅定的意志
煽起了我跨越竹籬的勇氣
不顧及參差的銳刺
如今肉裂淌血的手臂
觸摸到飢渴不堪的心

我付出唯一的愛
獻給薔薇
唉！薔薇不知……

微笑

她的微笑有魔力
殺死多年流浪的人
他誕生爲
重新微笑的人

她不相信微笑會殺死過去的他
徒然生起不信任的怒火
火焰把重新的微笑扼殺
她那迷人的微笑也臨瀕

不信任是愛的毒瘤
摘出毒瘤吧
讓兩個微笑復甦

重新的微笑
加上信任的微笑
美麗的人生爲此展開

詩兩首

鄭烱明

蛇

受傷的女人
露出雪白的身子
在等待什麼？

微弱的燈光裡
禁不住痛苦的肉體
蔓藤般地扭曲着
血，流出來了……

唉，受傷的女人
脫下唯一的外衣
在等待她的男人
呑噬她

詩

活着
倘若不是在等待死

那麼，這個世界
還有什麼好隱瞞的
我也不會那樣自虐地
整天把自己關在屋裡
寫一行又一行
不被瞭解的詩句

十二生肖

羅杏

鼠

車鼠輩
着一席象牙白
懷抱一鐵柵
吃喝
拾笑醉彌勒
只爲翻案千年委曲歷史一則

想當年
曳尾溝壑
橫行無人地
齷齪穴居
十分滋味
龜也說
莊周眞識我

牛

拉着車
走過古老的草原
踏在主人艷陽的土地上
反芻
鐵鼻　泥繩　硬蹄
吆喝一聲
也使使脾氣
一番酬唱牧笛

如今閑蕩
再窮聊哲學
憨拙甩尾
無用屠刀
已是涅盤

虎

空谷一吼
風威
炳彪
烱目
神機妙算

深山裡
虎子輩伸懶腰
遙指人家
說是烟火處
有一條出路

兎

雖是一場比賽
也得把滿地紅蘿蔔啃够
管他老祖宗吃了兎缺
挺着肚皮
我有的是人們胡謅的三窟
烏龜少神氣
我只是沒那閒工夫
把兎缺美容
去咬文嚼字

龍

攀龍總愛附鳳
還不是老態龍鍾
龍眼龍腦
龍骨龍膽
龍蝦也不够身一尺長
只有龍王不着龍袍
眞臥龍一條

蛇

匍匐一輩子
只渴念飛躍出去
朝夕
委身草叢裡
任泥濘陷溺
尋尋覓覓
呑呑吐吐
累了
就酣睡他一季

馬

驢與駒
豈止千里
寸心何用尺繪
一縱馬上遊宇
風吹草低
信蹄
蹄渡
重山叠水
誰知
長臉無欺伯樂
一把馬齒隨風冒出

羊

日出　日落

有羊群　沒羊群
牧羊人總是上山去
雨來了
雲去了
足跡裡
有一隻拐杖的影印子

木葉輕輕飄落
新芽悄悄抽綠
牧羊人吟遊
但把春去送秋

猴

誇下海口
翻箇跟斗
全不費工夫
搬演多少熱烈史
只爲一場粉飾

絕頂而冠
匆匆去來
談空說悟
總爲一時興至

千古石洞一般
只是十萬八千里路
如今通通折合在一鐵籠裡

鷄

鳴了好幾世紀
想把鷄冠叫成太陽
呼朋引伴
每天只唱出這椿心願

因爲土太鬆　爪太硬
因爲天太高　雲太匆
因爲毛太厚　身太肥
因爲她又要傳統接代
所以走不開

圍着一處米
看後院鬪鷄去

狗

搖頭擺尾已是習慣動作
也由不得人家去說了
深夜吠他一聲
竟也無人敢哨
其實什麼玩意
我都能够
爬山涉水
以及
嬉笑怒罵
只是牢記那一句話

之後
我就再也不到巷口去鬼混了

豬

只嫌四肢跑得太慢
吃喝倒沒短缺過
本想好好把時間利用
誰知一睡
一天就給打發了
許多事都是這樣
一誤再誤
總是睡眠不足
也許是識不得一箇斗字
那裡都走不過去
只好一鼾再鼾
等明年再演好這齣
壓軸好戲

空白的信片

李超哉

四十年不寫新詩，偶為之，不知是一種什麼感受？庶萍左翁當亦笑我「詩兵」不死乎？

一頁淡藍色的信片，
雖然空白得無一字展現；
但是，包括了無限的情懷，
也深藏着無限的憶念！

是去年今日的春天，
在路折村橋的縱貫線，
您纖纖的倩影偶然投進了我的心地，
就這樣漫長的一年久久不能相見。

我感喟病餘的身世，
我憐惜飢黃的瘦面，
縱使一千個好春可惜無人見憐！
以身殉愛也是枉然！

千枝紅雨萬重烟，
被遮斷，被拆散，
地老天荒何日才能揚棄我的依戀，
花殘水盡，可曾寄予希望一線?!

癸丑開歲於右右堂。

詩兩首

林宗源

樹

每日
一對牙齒
咬斷希望
咬斷每秒生長的手
每日
園丁磨着暫暫細小的牙齒
望着土裏的根
每日
咬我
每日
喂我
園丁希望剪斷所有的根
主人希望按照他的圖樣生活
活在花園

必須堅强地生長的我
不久
吸取他們發臭的肉
順着神的意思生長

除了動作，還有什麽？

吃下一塊岩石
胃必須向岩石宣戰
胃病或者變成熱能
不是今天的事
今天的工作
胃正在想儘辦法
岩石也正在想儘手段
追求
永遠掙執的生活
永遠生病的世界

背面的星星

杜芳格

那個影子　在湖面一
亮着
却
消逝
在深沉的幸福的
背面
常常哭泣着

一顆星星
不論處於怎麼柔弱的時候
也都很堅强的星星

依稀那樣的姿態
今晚
仍然沉澱在湖底

依稀那樣的姿態
依稀那樣的姿態
背負着不幸
而燦然亮着
是一顆背面的星星

（陳千武譯）

在圖書館裡

商禽

坐在
圖書館
的一室的
一隅

忍住

直到

有人把一本書
歷史吧
掉在地上

我才
咳了一聲
嗽

狂言一束

林鍾隆

一、擁抱

你是你　我是我
我不是你　你不是我
東晋時代有僑姓和吳姓
抗戰時期有下江人
現在有本省和外省

禮讚孔子由近及遠
　　　　情有親疏的人啊
我是你們的叛徒
我擁抱墨子的「無父」（註）

你是我　我是你
我就是你　你就是我
這不是你我所能及的領域
我要伸臂去擁抱擁抱
整個的天空

一九七三、一、一六

註：孟子斥墨子之兼愛爲無父。

二、悲哀

爲什麼你不肯把所有的力量用出來？
爲什麼你不能讓所有的力量都朝着共同的方向？
爲什麼用出來的力量上面不能負帶所有的熱誠？
爲什麼所有的熱誠不能包容全部的好意？
爲什麼所有的力量不能像雨水和小河滙入大海？
爲什麼我所有的精神都要給吸住在這一方面？
爲什麼這一件事使我一個人的心承受所有的悲哀？

一九七三、一、二十二

三、兄弟

喂！
不要用眼睛瞪我
我沒有拍錯人
沒有什麼奇怪
我們根本不認識
只是我們是兄弟
我只想你困難時需要我

我只想活得沒有憂慮
不要懷疑我的腦筋有問題
更不要斥責我不該這樣子
我確是你的兄弟

一九七三、一、二十二

四、男女平等

親愛的，別再喊男女平等了！
這樣會使我很難過。
妳的得意，暴露了妳的無知。
第一個喊叫的女人就喊錯了。
想想吧：
　平等了，妳們也得服兵役，上戰場，
　平等了，競選議員就沒有保障名額。
挺着肚子和男人一起上下班，
妳雖然不怕苦，我實在看不過。
老實說妳和我是平等不了的，
妳身上有那一件事物可以和男人平等呢？
我知道妳們的口號是從洋人學來的，
我們男人學了很多錯誤，
不幸妳們也學錯了；
這一點倒是不幸平等了。
從今以後，應當像洋人一樣喊：
Lady first! Lady first!
親愛的，如果不是我愛妳，
我實在不想告訴妳！

一九七三、一、廿二

五、微笑

不要向我那樣大聲說話
請抑制你的放肆 留下一點情面
不要爲以後再不會和我有什麼關係
有一件事必須我們在一起共同出力
無法逃避
你我都屬於它
它既是你的 也是我的
我們無法不顧情義
我們一定要微笑在一起

一九七三、一、廿二

六、齒輪

我是一個齒輪
只是一部機器的零件
我這個齒輪不是別的那個齒輪
當機器轉動時，
我不再是我，
每一個齒輪都在拼命
沒有一個在這時候想到自己
只有當機器休息時
我們才各各恢復了自身
先生！不要以爲我是無生命之物
不屑回眸一顧
如果你不能了解我的生命
你的生命的驕傲　生命的可貴
又在那裏？

一九七三、一、廿二

雲霞集

陳坤崙

水上的屍體

躺在水面上的屍體
凸着肚子
好像沒人划着的小船一樣的悠閒
在湖中飄來又飄去

成群的蒼蠅圍繞着
並且唱着嗡嗡嗡
那樣單調的歌
給他敏銳的耳朵聽

成群的魚咬着他
那曾經握着鈎竿的手
那善於吃魚肉的嘴
……

啊！若是這個水上的屍體突然醒來
那些蒼蠶那些魚
一定像風一樣逃得無影無蹤

投心的人

當我的手掌緊握着小小的球
準備投給捕手的刹那間
我就開始禱告
別落了接
別讓無情的球棒打到

因爲從我的手投出的每一個球
如同投出我的心一樣
球迷永遠不能看到
我的心有許多無言的創傷

名畫

我的手染着紅色油漆
小妹一聲驚叫
叔叔流血了

於是在紅色的油漆罐子裡
我看到一幅悲劇的名畫
很像世界的縮影
不待有人將它說明

人人都知道那隱含的內容

無言的小草

祇要你看不慣
你就拿着鋤頭把我除去
像犯了大罪一樣用火把我燒成灰

祇要你疲倦了
你就躺在我的上面
讓我獨自嚐嚐被欺侮的滋味

祇要你閒着無聊
你就把我柔嫩的根莖拔掉
像撕破一張紙那麼容易
把我的生命結束

不管你待我如何
我祇有忍耐
因爲我祇是小小的草
我也一直等待
有一天要吃你的脂肪
然後將你掩蓋

蜘蛛之絲

在我心的暗房裡
躲着一隻蜘蛛
爲了網住
那些喜歡甜食傳染疾病的蒼蠅
那些專門吸食窮人血液的蚊子
每天不停地織着堅固的網

時常我設下陷井的網
被蒼蠅的利爪捉斷
被蚊子的利口咬斷
被殘酷的大風大雨吹斷

縱使我織的網被弄斷了
我就把它重新整理
給它裝上一層新的網
繼續和蒼蠅蚊子們作戰

醜陋的木瓜

我的臉
被火燒焦一樣
爛了許多地方
這被上帝烙印的記號
是被世界遺棄的證明

無論多麼便宜依然沒人問津
像破了的皮球一樣
我被棄置在最隱蔽的地方
自己流淚自己腐敗

誰要是剖開我的心

誰要是親自嚐嚐我的血液
我就立刻向世人宣告：
你們全是瞎了眼
因爲我的心是甜美的

一尾金魚

在瓶子裡的一尾金魚
疲倦地游來游去
他的海洋竟然如此小
小的那麼可憐

我從我這個鐵欄似的瓶子
囚禁了這一尾金魚
不知不覺地我也把自己
囚禁在我心靈的鐵欄裡

在瓶子裡的一尾金魚
是我的化身
而沒有人會知道的

拆除違建

活該
誰叫你們不守法
沒有地方住
就放縱地在死人的別墅上
搭建屋子

一件一件的破綿背
一塊一塊的碎瓦
結滿了蜘蛛的椅子
黑黑的鍋子
像垃圾一樣的堆積在路旁

小孩流着鼻涕
臉上長着八字鬚
眼睛像正在燃燒的木炭
看着他們的房屋被拆除

祇有短短的幾分鐘
這個大大的地方
像被敵機突擊一樣
已經變成了廢墟

這一群被世界遺棄的人
像逃難的浪人一樣
祇好暫時擠作一堆
睡在路旁
互相取暖

腐朽的讚歌

克德琳

脚的二重奏

1.

歇了很久的脚
再起步時
發現脚已膠着

就此
脚成爲被告者

六十一、二、十七

2.

沼澤的詭計
就爲陷害
躊躇的脚？

今天——
一隻掙扎過沼澤的脚
一隻疲憊的黑色孤雁
仍然逃不過獵人的射殺

六十一、八、五

老機器

三輪車伕
踩在踏板上
暴起青筋的大腿
想要回家
休息

晚歸
要回家休息的双腿
載滿疲憊

沒有不衰微的機器
能耐長久些
就是美好的了

力竭的双腿
難以轉動的
老機器
今天
牠已兜着這世界
繞幾圈了？

六十一、六、四

悼小黑及其他

廖立文

悼小黑

小黑，狗名，死於六十二年一月二十七日。

小黑，你的呻吟
在午夜的冷肌上輾轉
我在板床上反側
你最後的氣息
依偎着我發紫的面頰
流淌
我耳中充滿不忍的樹聲
木床心跳搏搏
我想起森林的血液
小黑，明日
我將站在風中
看你
擁着你舌頭的餘溫
我的肺啞了
而那吠聲在遠方的高原上
小黑，你的脚爪
探在那個門檻？
耳朵呢，豎向何方？

你的眼睛突然從床沿
　　滾落
小黑，我的懼怕
伏在你的草窩．
顫慄
我眞害怕
我眞害怕，小黑
我怕黎明就要來臨
初紅抹上眉間
　　小黑
我怕睜視你的陳屍

無題

而我的臉已模糊得
不知如何命題

你東跑跑
西走走
追追自己的尾巴
然后又抓又刨

然后你死了
你一無所有

人們依然笑着
啃麵包
——千年的長軀，唯有千年的長軀
哭爛了自己的眼睛

自高架鐵路經過

高架鐵路跨過青空
風聲在耳畔呼嘯
我是百代的過客
脚下的小鎮
不知名地，你蜷伏終年
用一双手
挖掘自己的血汗

車聲隆隆
一陣風吹過
烏雲湧來
山崖投下長長的暗影
日出之時，你還在那兒喘息嗎？
我是百代的過客
而千年後，已無記憶

香腸

我只是單純地掛着
我只是單純地掛着
任性而執意地
守着
孤獨　汚穢
和在深夜裡冉冉上昇的一串串夢
我只是掛着
我只是掛着

最後的一擊

陽光躍過窗檻
夜滲過門縫
打擾着我
他們一直打擾着我
一直，髮
在風中
亂成無從計算的帳目
而一條街光着脊背搖搖擺擺地
走進眼睛

于是蚊群嗡嗡地
圍過來
圍過來
可憐的我，仍然握緊双拳
眉間焦皺着無奈
等待
等待最後的一擊

沒有呼救

一把湯匙
緩緩地滑進
那碗豬肉湯
溺死了
沒有一聲呼救

一根火柴
黎首一亮
開始燃起白煙
燒焦的頭顱于是滾落地面
沒有一聲呼救

一個人
躺在病床上
獨自迎接
死亡
終于額際發紫
當恐懼猛地襲上心頭時
只是双唇囁嚅
喉頭一緊
竟來不及呼救

下陷・石像

一瓣聖誕紅落在一尊石像脚下
另一葉凋零在草叢中
哭泣。一尊面孔模糊
尚待完工的石像
身高三寸
坐落在人聲之外
双手絞在胸前
這樣懼怕地緊抱着
　　渺小的悲哀
這樣驚怖地蜷縮
而拳頭害怕面對一隻螳螂的瞠視
　　而蟲鳴四起
　　而夜垂下那張蒼老且貪婪的臉
　　而石灰漫飛
——不確定的位置下陷　下陷　下陷

垂立

啓窗，我放進深夜裡的狗吠
四壁退後而消失
我看見自己肅然由臥床站起
白晝的屍體在火車輾聲之後蓋上冥布
哦 我看到自己
我看到自己
衣無蔽體的
垂立

客觀的立場

莊金國

客觀的立場

站在別人的立場
目下的我
無父無母無妻無子
我是够逍遙也够孤獨了

每天早晨，喝着
四嫂盛好的稀飯，帶着
四嫂添滿的便當
我是够知足也够欣慰了

這樣在別人或許會
快樂的我
爲什麼就快樂不起來
這樣在別人或許該
無言的我
爲什麼就不甘於沉默

別人以爲然的
別人暗自慶幸的
我竟不勝憂焚

啊我心底是有很多話要說
而又說不出口
站在別人的立場
站在自己的立場
站在高崗上站在水窪處
既不願低頭亦無顏仰瞻

62、3、2寫於鳳山

自諫

從溪底泅起
一濕淋淋的自己
而告知村人
一屍投溺的鬼魂
鬼魂壓驚着道士
道士驅使着巫言
終至自己也愚惑了
也尾隨招魂祭將去了

終至自己不得不
擺開衆人蹤身躍落
急湍渦漩的溪底
這回投溺的
　　溺在
村人道士的玄想里
伊們不知
　伊個作何想……

（61年存稿）

吳晟詩抄

吳晟

向日葵

——暗夜所見

一到夜晚，你便以憔悴的姿容
枯萎自己
而夜晚之後，往往還是
漫漫無際的夜晚

漫漫無際的夜晚啊
多長多廣多深？
向來，是一奧秘的謎底
你以纖弱的根鬚、單薄的枝葉
怎麼探測？

既然爲花，何妨任意展露
你的嬌艷
有日或無日可向
有陽光或無陽光可仰望
都一樣，一樣是生存

一到夜晚，我便將你憔悴的姿容
移植在我體中
枯萎自己

聖誕紅

——嚴冬所見

年年春季，萬花盛放
爭相展覽待人採摘的嬌媚
而你隱於何處？
而你等待甚麼？

年年秋刼之後，萬花落盡
你擎一叢一叢紅艷
如擎一支一支火炬
自冰冷冷的封凍下，默默燃起

自冰冷冷的封凍下默默燃起
一莖紅艷，可溶化多少冷漠？
或者，可渲染多少繁華？
霜仍寒，雪仍冷
瑟縮的人們，仍以凄凉對視

年年秋刼之後，終究啊
你只是重覆着
無望、無望的愚行

年譜

日日相同的鬧鐘的六點鐘
吵起日日相同的曙色
曙色，焦躁地催促着
日日相同的洗臉刷牙漱口
傾入日日相同的小河流
小河流，緊攀着日日相同的兩岸
兩岸，緊跟着日日相同的
孤獨的太陽，向西而行
那是我日日必須踏上的
上班的路途

日日相同的上班的路途
伸向日日相同的辦公廳
辦公廳，吊着日日相同的大吊扇
大吊扇，日日嘩啦啦地旋轉着
旋轉着日日相同的等因奉此
等因奉此，守着日日相同的公文
公文，告示着日日相同的死亡
死亡啊，日日埋葬着
和銅像不可能扯上任何關係的
疲憊的夜晚

意外

一粒怯怯的種籽，如何
而芽而苗而青青的樹
以不情不願的哭聲抗議
如何，小小的我驚惶的來臨
那只是一件非常偶然的
小小、小小的意外

一株青青的樹，如何
而枝而葉而不怎麼芬芳的花
以多少淒清的夜晚熬着屈辱
如何，在一本小詩刊上
有人竟讀到我小小的才華
那只是一件非常偶然的
小小、小小的意外

一朵不怎麼芬芳的花，如何
而澀澀的果
以幾番風風雨雨的搖憾
如何，我小小的姓名
塡上一紙頗爲好聽的名聲
那只是一件非常偶然的
小小、小小的意外

一顆澀澀的果，如何
而熟而落而怯怯的種籽而蒼老了樹
一棵蒼老的樹，如何
而蕭蕭而颯颯而枯竭了汁液
以最後一聲哽咽告別
如何，在一張小小的訃聞上
有人風聞我已消失的消息

啊！那只是一件非常偶然的
小小、小小的意外

輓歌

是的，我曾體驗過年輕
年輕的飛翔
在我生長的小村莊
我曾體驗過年輕的徬徨
每一晚迷茫的星光都知道

是的，我曾體驗過春天
春天的芬芳
在我生長的小村莊
我曾體驗過春天的霉味
每一片腐爛的落花都知道

是的，我曾體驗過愛
愛的沉醉
在我生長的小村莊
我曾體驗過愛的絞痛
你每一次淒涼的凝視都知道

是的，我曾體驗過歌
歌的迷人
在我生長的小村莊
我曾隱隱聞見自己的輓歌
墳場的每一株小草都知道

溪頭

張效愚

霧像無聲的鐵騎，
自遊侶舉步之間，
就把大學池據爲已有，
把散佈於山谷的春意陷落，

無心的神木像太陽，
隱藏於虛無飄渺間，
有心俯視下界，
亦穿不透濛濛的笑。

雲海對岸是樹海，
樹海中一角紅樓，
迷離於裊裊輕煙。

一羣市虎瞪視豹眼，
穿梭於寸斷的羊腸，
在搜尋霧中的綠。

二月十二日晚
脫稿於竹山寄居樓

鼓與吉他

黃宗柏
彈彈撥撥　撥撥彈彈
一個冬天彈醒一個新創的春天
白鴿在傷口築巢
愛在眠床
風從那裡來　風從何處去
去年的野戰今年的緯度

敲敲打打　打打敲敲
一個春天敲痛一個奔瀉的夏天
少年們都去海濱逐浪
蘆花開在墳塋上
婦人在樹林盡頭啜泣
誰的唇吮吸姆媽的乳房？
誰的羽翼長在誰的胸臆？

吟吟唱唱　唱唱吟吟
一個夏天吟落一個早產的秋天
楓葉交給右手　左手握伊冰涼底小手
嬰啼無聲　麥熟不黃
船在不明的方位擱淺
孩童赤足跑過梵谷收割后的麥田

哈里路亞　哈里——路亞——
叮叮噹噹終於你走來
一團緩緩移動的模糊一個惺忪的名字叫冬天
吻和花環　砲屑和哀禱
熟悉的只是長髮和藍圍巾
　飄飄在風中
熟悉的，只是雨點一般敲擊的……

一九七二、十二、廿五

花園（外一首）

斯人

花園

——林家

遠在傳說的日子
回來了，啊燕子
從古黃昏的磁白裡
宛如一道可疑的紋路
栩栩在我的眼中龜裂

問道。人笑了
原來在人家尋常
走過的簷下，橋上
石人們無人的這裡
就是——

充滿了繪素的
你們，天上和人間
花園，鞦千，飛行的衣
袖啊！從誰的樓上
把石騎的我來招過
等回頭。從發光的門口
夢乎！夜夜走到
階空也。只有月下
一片成海的裙擺
索索。而冷

娼妓

她還是把臉埋在
枕頭，深深的裡面
不管誰的都是一樣
何況，在夜裡

一個人。這就够了
相不相同的語言，到此
沉默。除了
一種運動的凄涼

而總是在最赤裸裡
想起，彷彿她也曾經盛裝
美麗而且年輕地等過：一時
門又開了。輪到誰

回想曲

莫渝

城中樹

我想
這些樹一定頂煩悶的
每天，承受過量的塵埃
以至飛揚不起來

我想
這些樹一定頂悲哀的
每天，來不及盥洗
跟這裏的居民同樣
一臉的灰

我想，或許
這些樹是快活的
它們有到處有家的快感
（今天在安全島上，明兒在路邊。）
只有你是
最最不快活

回想曲

——冬日五歌之一

一株不長枝葉的
禿樹

一支不成調的旋律
在室內
低廻

唱歌的人
只因爲
偶而浮現
不帶些微感情的
一個影子

到了春天
這支歌——室內的主人
自然地
被杜鵑喧走

冬之詩

謝武彰

玻璃珠

鄰家兩歲的小女孩
跑起路來兩條辮子
晝着一個個
春天

黃昏，伊在屋簷下喊着
——媽媽，我要嫁了
我要嫁了，媽媽——
這是我和弟妹們教伊的
獎品是顆玻璃珠
她學會了立刻四出廣播着
自已的快樂
但是，伊正忙着賣愛玉冰的
母親，說伊是儍子！儍子！
懂事的大人立刻否定了
伊的快樂

伊終於默默底跑囘來
把彈珠還給我　突然地
我感到無言以對
而手心上的彈珠就是
伊受傷的心啊

長短調——致LILY之一

長長的思念　寫成
短短的信紙　把
長長的信紙　疊進
短短的信封　把
長長的信封　貼上
短短的郵票

而短短的郵票呀
唸起來特別甜蜜，是否已
流着我們溫暖地
血液？

溪流——致LILY之二

把妳的手讓我握着
把我的手讓妳握着
在泛着柔藍地夜裡
無聲地漩渦漩渦着
我的手掌拍發無數的
信號傳——向——妳
妳總是紅着臉以愛的
語言囘——答——我
如山谷裡的一陣迴音

讓我守望了幾世紀的
耳朶，捕捉陣陣鐘聲

無言地走着
穿過相思林
風搖給我們
好些許紅豆
無言多麼好
無言地走着

妳握着我的手
我握着妳的手
無言地走着

蒼蠅1

小吃攤上擺了張粘紙
不斷底揮發著
誘惑底香味

蒼蠅一隻隻飛來停在紙上
還未獵食，就迅速底被粘住了
雖然伊們努力底鼓着單薄底
翅膀，想掙脫出這種吸力
終是無可奈何的躺下

而我視覺底焦點
從佈滿蠅屍地粘紙轉到
小吃攤裡的食客們

蒼蠅2

小孩用膠袋捕捉許多蒼蠅，他高興底看伊們在內
裡無助底橫衝直撞。然後，又在逐漸稀薄底空氣
中灌進殺蟲劑，封緊袋口，這些無助底生命們，
經過一陣掙扎後就永遠底靜止下來，如一陣灰塵
落下。
我們可能無法明白，小孩玩的是什麼遊戲？

吾妻

潘達仁

妳走妳的，
我走我的。
雖然我們住在一起，
但妳的心不在一起。
下班後我在讀書，
妳却在忙做事。
當老狗死去時，
妳把狗屋改爲豬舍。
豬仔肥大後，妳又加建鷄棚。
妳所想所做的，永遠與我相差。
是我失去了妳，還是妳失了我。
妻啊！

蘆葦篇

張偉男

蘆葦

幾時我又發覺
原來蘆葦有一雙素手
那雙令我失魂的素手
那雙帶走我底不悅的素手
那雙把陰雲抹去的素手
啊！就是一張開的姿態
岸邊幾株綠綠楊柳
幾株江南柳
已羞得不復抬頭

水清如鏡
如在夢中母親懷抱那幅美好的圖畫
蘆葦伸出素手
暮暮灰灰的素手啊！
給母親與我搧涼
給我一些喜悅
始終如此
蘆葦的素手飄落風裡
柔柔於夏日之中

石室念海

——致李金鳳

她說
她從未有見過
像如此美好的
海
而那個地方
非常好
像沙拉醬那樣白
在信中
她時常寫着
你的地址多冗長
連一條毛蟲
也要花掉半個生命
去走完郵簡上的墨跡

她又說
她是屬於海的
在未出生以前
她已經是双魚星座的
奴僕
而關於海
她未有再說下去

我如此如此突然渴望有人帶我去捕魚
譬如說：
海明威

一九七二年十一月十四日

清晨

光子

昨天這個出口的通道已很冷清
昨天
走小火車下來

今天披上大衣
陽光未能摻揉上天空任一角
今天更冷
依是走出口的帳篷通道

今天　通道
突然多出一個糟老頭兒
——賣獎券

這邊兒
那邊兒
看來走這通道的
誰也逃不過
可是
誰也不願把縮着的脖子伸直
只是用眼光斜視的略掠一下
誰也不願
伸出大衣口袋裡溫暖的手
掏一張紅鈔
爲這老頭兒開個早彩。

老頭兒的手
琴鍵上的魔指　硬彈
這曲無曲的哀歌
在這淒冷的清晨
幾許
斷腸的愁切——悲刀
斬剁
新鮮的潔心——鍋煎
一隻隻不屑的掃動那琴韻
彈抖的劵子兒
走過——走過

老頭兒的鼻涕僵在唇溝
老頭兒的皺紋割分膚面
老頭兒的魔指——進劇
最哀沉的靈韻鍵子
失望的眼神　凝固
緩緩
瞟睹這一群走過的人兒
或是傷感

老頭兒的淚
凍結在眼眶內
老頭兒的血
衝盪在心頭——微弱，微弱

家庭詩抄

趙天儀

爲什麼我要聽媽媽的話

小時候
媽媽常常告訴我
不許這樣
不許那樣
說要聽媽媽的話才是
乖孩子

而今 我長大了
能够自己料理自己
能够自己獨立
況且 我已經
娶了個媳婦

爲什麼我要聽媽媽的話
爲什麼我要聽媽媽的話
當我聽見
我的太太也正在教着我的孩子

不許這樣
不許那樣
說要聽媽媽的話才是
乖孩子哦

爲什麼我要聽太太的話

自從結婚那一天
當我有了個媳婦
媽媽告訴我
男人家要自己立定主意
勇敢果決
凡事不要只聽女人家的話

然而 自從結婚那一天
我的太太也告訴我
凡事要聽她的話
依她的主意行事
特別警告我
不要老是聽媽媽的話
像沒斷奶的孩子

然而 自從結婚那一天
媽媽就對我開始
搖頭 表示失望 因爲
她失掉了一個自家的孩子
而太太也對我開始
家庭革命 表示我沒有履行
婚前的諾言
說那些海誓山盟
都是騙人的

爲什麼我要聽太太的話
爲什麼我要聽太太的話
當我拿定主意
要說我自家內心的話
我看見白髮叢生的媽媽
縐着眉頭 而縐紋更深了
我看見頭髮未梳的太太
吼着小孩子 而音色更厲了

我還有什麼話要說呢
我還有什麼話要說呢

我要走了・小雯

岳湄

相見歡的歲月攤開如樹
在異鄉，我常以春泥的手
愛撫着每一片黃葉

兩對眼睛裏有一群星子
跳來跳去的嬉戲，像是笑着問我們
爲甚麼，爲甚麼要有兩年的別離？
月光依然在摺疊浪漫派的椰影
後花園中塵封着雨聲，傘下的秘密
小溪曾經偷窃了我們的笑語

還也不還一點給我的蹈掉了，眞够賴皮
怎麼滙寄那個夏日，託午夜的青鳥嗎？
預約妳當時送別的歌聲……幽幽地
小雯：我又要走了……

再端詳妳一次。我達文西般的歸來
有沒有幸福的感覺，是我最後的作品
妳蒙娜麗莎的微笑着？
再端詳妳一次啊——我要走了，小雯

六二年二月・臺東關山鎭

春天來臨時

楊傑美

春天來臨時
鳥兒便成群地飛出她們的老巢
在逐漸明朗的天空中
她們振翅鼓翼
奮勇地追逐着
遙遠的地平線外
一幅湧動的模糊的遠景
不疲倦的意志驅策着疲倦的身軀
每天不停地鼓動着酸痛的翅膀
她們奮勇地追逐着
直到有一天
在一片浩瀚的汪洋上
在一團氤氳的暮色中
逐漸消失了
那一幅
模糊的遠景的
方向
春天來臨時
鳥兒便成群地飛出她們的老巢

小樹之歌

楊傑明

一探出頭
母親便告訴我
面對世界要以坦白的胸懷
去歌唱
面對人類要以寬廣的肩胛
去擁抱
然而
在成長的階梯中
我察覺
人類以煙囪的陰影阻滯我的呼吸
人類張大了欲望的
蜘蛛的網
遮斷了
我的前途
我的視野
陣陣的野火四處跳躍
鮮紅的火舌怒張
勾引着
雜草束緊我的脚跟
而在我木然仰望的白膜中
天空也已經不是
從　前　的　天　空

鬪雞（外一首）

念瑩

鬪雞

聳起的毛噴着悍氣
眼中紅絲密佈
攫人而噬的凶光伸吐
四周的空氣繃緊如拉滿的弓弦

一動如兎，一靜如岳
爪來復啄去
彩羽翩飛
翻露的肉迅速地顫動着
血珠迸出死亡的陰寒
而動作依然熾熱

倒下的喘去生命
臨去之前眼露不馴
血流汩汩
紅的生氣就黯了
十八年後咱們再鬪一場吧

强撐着，强撐着不倒下的
傲氣呑斗牛
顧盼中皆是勝利

而內心的落寞如網
網住太多太多的淒涼
厭倦了
但還得繼續下去
兩面相對
毛就聳起，眼佈紅絲
弓弦自然而然的拉緊

向晚時分

風從西面來
帶三分涼意，七分悽愴
慘灰了綠草
凍冷了深褐色的泥土

雲低低厚厚
灰黑的像老祖母久年未洗的破棉被
罩住大地，罩住心靈
鬱悶的觸鬚逐漸伸展
軀體隨之增厚
碑刻深陷的紅字閃爍森寒的黯光
刺我的眼球疼痛異常
更疼是扎滿針蛔的心
流出孺慕的血珠
滴在父親森森的白骨

向晚時分
風扭摔着雲
雲扭摔着人
人在哀痛的沉思中

沙靈詩抄

沙靈

陀螺

旋轉翻滾中賭着童年的美夢
螺旋形的痕跡
就是一種熟稔的迴盪
就是一陣花香的飄溢

靜和動都是聲音
隨着一圈、二匝、三轉地
我發覺髮茨在飛揚
一如鼓翅而飛的海鷗
向空茫的蒼穹
述說悲切的叮嚀

陀螺在告訴我：
「人生就是這樣子，如我
滾來又滾去的；
生命的一切就如一齣捉迷藏的遊戲，
是變化多端的……」

我守護着時空
剪栽在心園是諸多意義的
在無知幼童們擲地高興喊叫
我在意味着時空的一切
用呆滯的眼神
以及轉動的陀螺

小麻雀

驀然，一柄寒氣直逼額際
囚圄的檻外世界
總是用凜凜的清風照着

眼珠滾動的
一顆心也在沸騰
漫對前程層層的陰暗
是險厄，是多舛
朝着熟悉的檻牆
無語的

熟悉的檻外已在腐朽
揷足空曠的一隅

已在翹望中消磨生命

誰能告訴牠呢
苦痛捻來的創傷
已一如厚厚的繭
圍堵住自己的存在
儘管血底意志，不停在燃昇
誰還知曉
一隻小麻雀不完的魘夢

超越自己

蟬脫一次，益覺再次流變似的
我時常聆聽天籟之歌
高擧濃郁悱惻的滋味
向風描摹
向雨逡巡
向草傾訴
拈着棺蓋的蝴蝶
踩着第三十雙的鞋底已破爛

風霜的臉頰
意志總托着同望的眼神
燈色的夜晚
樹聲的語言
把這片寧靜編成一片變奏移植而來的風景
齒列的一切
沒有經緯的空白

使我儘量地在灰燼中尋覓餘溫
編識的一則美底圖紋
我是不放棄槳舵的
我要面對前程
昇騰飛舞起來
昂首離開沉悶的舊巢臼

油紙傘

濕透的白晝，我矍然醒來
用陌生的臉
編結着許多預感
我無法詳知其數
或者是等待每一個明天的流淚
牽牛花在歡笑，因爲牠自泥沼中爬了起來
貓兒碎滿閃光的夢，賦着深深的悲哀
送一把油紙傘，不要
因牠擋不住滲透的水花
因牠擋不住一片陰霾的烏雲飄進我底天窗
所以水嘩嘩地
所以天黑黑地
所以風搖幌地
仰天臥地，都在瑟瑟雨絲的交錯

詩三帖

衡榕

到這裡，仍是過客

到這理
異鄉日記
就低頭懺悔
遺忘的詩篇
裝飾一個守候
霍然不敢記憶

昔日看走了
幾次草枯又發青
坐冷的凝眸
蹀躞一叠秋陽
只敢教夢飄在風端

到這裡
記憶該把双脚纏住
讓心篚擷取秘密
伴與斜斜的歸陽
寫上一程無語的
——大學路

這季的話語

他們是在揮手了
要唱的驪歌
背到行囊後
趕快郊遊露營和烤肉
唱一唱班歌
照一照像片
還要記得似曾相識的
這程N大和國文系

這季去得好忙碌
心靈的脚步
格子爬得够急促
好讓揮淚後的來去
作個交代

十二月份的話語
快快就緒這一叠
要人窒息的空氣
步出這季的悲殺
還是趕快唱一唱班歌
還是趕快照一照像片

然後很昂首的擺脫它
——大學生

教學實習

不知那來的傻勁
竟給他們上起地理課
把老祖宗的之乎者也
拋在角落裡喘息
來各位同學看看
什麼是津榆線
什麼是萍醴線
什麼是潮汕線
告訴他們
什麼是平綏鐵路
什麼是京張鐵路
下關中關上關和八達嶺
唔還有居庸山燕然山
虎窩山小五台山和陰山
知道不知道
包頭是黃河皮筏的終點
還有……

這程教學實習課
教得不亦又樂乎
那幾個冒充中學生的大孩子
不禁也泛起十年前的笑容來

昨夜阿娘

偉濤

昨夜的天空
叫喚着阿娘的故鄉的阿娘
滿滿的天裏閃閃的
都是阿娘的眼睛
都是阿娘，我的
每一縷黯藍折爲一雙思念
就有千萬雙
思念　阿娘的
我要用千萬雙思念編成
一條橋回故鄉
要把兩脚插進田中的爛泥裏
在阿娘的旁邊
今天早晨的天空
還是臺北的
沒有爛泥
沒有

哨聲詩抄

羅杏

一首老詩

老藤很閑
從不理黑夜還是白天
把歲月料理成
條條古藤
雨天
自崖岸懸倒一杯
走過記憶的長藤
輕叩住那塊頑石
也許藤太老
也許石太頑固
直到水滴石穿
大家已是一把年紀

壺與乾坤

磅礴大氣
也無歎於壺公
有酒葫蘆
一般乾坤
瓶花却喜泣
破瓶的日子
放遊宇宙
一撮氣球
貯滿繽紛
凌辱一地的溷濁
管他是神理氣味
　心性理氣
太美太醉以及太虛
酣暢熟睡以及耳熱
直是胡鬧一場
木魚與鐘聲酬唱
載沉了一身塵埃
一手灰土

半天沉吟
之後
潛心到河底
沉寂已安得住
何必掀起往事
管他是吹皺一池
干卿何事
慧眼已見
一條潛龍

沙與泥

沙躺岸頭
泥黏土裡
所有歲月只為點綴幾份巧遇

長長淡季
除了淡忘
把日子串成長待來把玩

艷陽長年相親
却抵不住裸足的熱情
貼邊一季的難忘
不過是一隻鞋子的偶遇

一粒種子
緊跟泥土
終於找着
屬於自己的家

路

還有多長
走這條灼燙的路
踢石子
小脚曾經彈出一道
弧線遂將星月鑲入
蹄馬沾點塵土
一張千里馬的飛騰
傳說
橋搭着路
路連着橋
過了橋就得走路

一雙燙傷的脚
即是千里馬
也飛躍不過路的焦灼
摺了一半
仍是長長的旅途

哨聲

赤足打着哨步
田埂上大步跨去
青空敞開窗子

對我竊竊私語
於是我們呼喚一次
行雲笑碎
依風長去

塵封緊鎖雙唇
禁不住滿腔哽咽
迸出聲聲委曲
吹一支口哨
渴望把日子哼出

闊老

高高翹起
這般趾揚
記得年青時
一頭載滿歲月
直讓神氣輕騰另一頭而去
穩不定的翹翹板
沒關係
我本是玩歲月的闊老
老頭手把千金
也不曾買回
痛快揮霍
趁生命尚在酣睡

蘇爾薇格

逸青

秋來蘆笛的第一聲悲嘆
化成思絮朵朵　而
蘇爾薇格
依舊引領遠方的游眸
日落後
便期待有另一道晨曦
春去後
便期待有另一季花信
哦　蘇爾薇格
鬢髮泛白了
就不再能重返童年

（註：唱盤滑響海飛茲的提琴絕技，「蘇爾薇格之歌」，是件我凝眸夕陽的一朵靈思。）

速寫

——能越高嶺

古添洪

一月廿七

疲憊　車輛
車輛　疲憊

一月廿八

背包　山鞋
山鞋　背包
舉足　一步
一步　舉足
松樹　檜樹
檜樹　松樹
峽谷　山巒
山巒　峽谷

一月廿九午前

山徑　積雪
積雪　山徑
草兒　雪梳
花兒　弔燈
霧風雪

冷步半程

一月廿九午後

天池
鏡子
山鞋
碎琉璃
千手
雪人
七步舞
照相機
爛雪

一月卅

蒿萊南　舉目
舉目　蒿萊南
三尖　五嶽
五嶽　三尖

滑雪　牛仔褲
牛仔褲　滑雪
雪坡　上下
上下　雪坡

一月卅一

天長　斷崖
斷崖　天長
山徑　向下
向下　山徑
平坦的大道

後記：在本篇的速寫裏，把動作隱去，只呈現了一系列的物象，讓讀者主動地參與，重叠的句型，是表示動作的重覆。這只是一種嘗試。二月五日記。

五張犂的一幕記憶

趙天儀

一陣呼嘯的聲音
一串爆炸的聲音
是山崩
是地裂
是天旋地轉
像强烈的地震一樣

城裡的老家
在遠方
一團火
燃燒起來
燃燒起來

盲者的阿公
咀咒着
祈禱的阿媽
誦唸着
「南無觀世音菩薩
南無觀世音菩薩
……………………」

通紅的照明
是無數的烈焰
反射着
胸部的天空

在遠方
父親守候着的老家
正是火災的城
燃燒的城

當母親也重覆地
誦唸着祖母的佛語
那是地震般地
再度搖撼起來
正搖撼着咱們的土地
咱們的屋宇

是一種機槍地面掃射
的一陣呼嘯
是一連炸彈引火開花
的一串爆炸

泥磚傾斜着
防空壕倒塌着

而電燈恍如不定的鐘擺
像强烈的地震一樣
當岑寂的瞬間
在聲音逐漸地消失的刹那
火災的城
正是通紅滿天
昇起如墨的黑煙……

窗　峯旭

立身在邊冷邊熱的夾縫裡
如何將裡外的溫度調節
成爲我日夜瞑想的課題
多麼渴望右臉來分擔左臉的風霜
多麼渴望左臉來拭拂右臉的淚痕
然而
動脈的血總是孤獨的流著
靜脈的血也總是孤獨的流着
倔强的忍受劍光刺戳的身軀
却蒼白得流不出一滴血
除了幾根枯骨外
再也尋不着自己的影子

火燒山　洪錦章

撕下臉具
天忽然引火燒起來
好雄壯的一幅畫
樹們都猛烈的笑着
前仆後仰
整座山瞬間均漲紅臉孔
激情的裸出每一部位
而我望着想起過去
遂渾身發燙
顫抖起來急極焦慮的樣子

瓶花集

丁秀美

瓶花

在乳白的寂靜中，
琉璃瓶裏
一束歪着頭的小藍花，
向着淡黃色的蕊，
綻放着淺淺的笑靨。
藍色的花瓣，
像閃着夢樣光輝的眼睛，
斜睥着寫滿匆忙的一團綠葉，
靜觀着那褐色的負托一切的枝幹，
而藍色的她，
卻輕鬆的躺在枝頭舒展她動人的笑容，
抖落了一片輕快明亮的笑聲——
或半吐那藍色的舌尖，
舐食着星星凝成的露珠，
閉上眼，
褪下漸逝去的一幕憂愁，
她想起，
現在是歡樂時分，
畢竟，
藍色，是擁有幸運的。

楓葉的遐想

那一行行的葉脈，好似那幾千縷、幾萬許的相思意，
那丹紅的葉片，是我無盡情意的心語。
默默傾吐在那奔放的葉梢，
悄悄流露在那婀娜的葉姿，
那麼自然……
那麼飄逸……
那麼超脫……
那麼她使我鍾愛……
我願獻出我的心靈，
我願奉出我的情感，
我願投入它的懷抱，
我願作爲它的使者，
我願遍踏天涯，屢揚帆舟，
在世間，
宣揚秋爽朗的性格，
晴朗的氣息，
和秋的幾分凄愴纏綿，哀怨感人的詩意……

有一座橋

有一座橋，

橋畔孤立一盞藍色的街燈；
　在薄霧瀰漫的夜晚，
照耀着斜倚在橋柱上的黑影；
　是和燈影成双，還是和橋影成双？

有一座橋，
橋下粼粼的水波，不停緩緩流過，
在岸邊的圓石上激起浪花，
又隨着無休止的旋渦激盪，流浪，
　直到和浮萍落花分離……。

有一座橋，
在橋板上鋪滿時光的落葉，
　不停的隨風飄起，
像啄食的鴿子般昇起，落下，
　呼喚着迷失在地面上的友伴。

有一座橋，
美麗、絢爛，像浸浴在醉人的春陽中。
　橋上流連的印痕，
是一段美麗絢爛的回憶，
是一場美麗絢爛的夢，
是一曲美麗絢爛的交響樂，
　永伴這座橋。

白色的變奏

　喂，白色！
你是什麼顏色配成的？
有黑色的神秘，
有紫色的飄逸，
有紅色的高貴，
有黃色的純潔，
有藍色的文靜，
有綠色的溫柔，
有灰色的淒涼，
有桔色的熱情，
有銀色的豪華，
有……
嗨，世界上還有什麼顏色？

喂，白色！
你是什麼顏色配成的？
你怎麼那麼快樂？
　可是又那麼悲傷，
你怎麼有那麼多煩惱？
　可是你又很清閒，
你到底是什麼顏色配成的？
　還有，
　是誰配的？

眼睛

眼睛，眼睛，黑黑的瞳仁，
　擁有自然界所有演技最純眞的演員們，
不停的上演着幕幕自然的美景。

早晨，他開始甦醒，

迎接他的，是滿室柔和的曙光，
一陣啁啾的幼鳥聲後，
緩緩的掠起一道道閃爍的光帶，
鑲在一片片浮雲上，
繞成一個圓溜溜的光球，
輕輕的躍離青山的懷抱，

噢，小星星，你的午睡睡得好嗎？你起得太早了，
不是嗎？太陽都還沒下山哪！
「小白兎愛跳舞……」
眼睛隨着歸途的步伐跳動着，
閃進眼裏的是夕陽漾着笑意的雙眼，
他那笑得合不攏的嘴，
已經由一片濃縮的竹林掩住，
一道雲飄進了眼簾，
將粉紅的夕陽遮住，
當風兒散開後，
夕陽只微笑着投給我最後的一瞥……。

赤足的時候

這裏的水很涼，
我的脚在河底的石頭上踩着，
有圓圓的石頭，踩了不痛，
——可是我滑了一跤——。
有不圓的石頭，踩了很痛，
——可是我站得很好——。
我喜歡圓圓的石頭，
因爲他不使我的脚痛，
我喜歡不圓的石頭，
因爲他不使我在水裡滑跤，
——我不喜歡同時喜歡它們——
所以我踩了不圓的石頭，實際上他是尖的，
我不喜歡尖的石頭——
但是我更不喜歡在圓圓的石頭上滑一跤，
而讓我的脚依舊在別的尖石頭上痛苦！

湖

湖邊，
有幾片新綠到處飄揚，
來自那笑彎了腰的柳枝的絮語……。

水中，
躍起的魚兒，
留下一個深凝著笑意的水渦，
輕輕湧起一絲絲的笑紋，
擴張到整個湖面，
逐漸感染到湖水週圍的幾位友伴，
使他們在憂愁中得到甜蜜的笑聲，
當宏亮的笑聲揚遍湖際時，
他們發現，
那個小小的水渦，
已經像那躍起的魚兒一般，
深深的隱入小湖的漣漪中。
蒼老的蘆葦像頑童般調皮地向著微笑的輕風鞠躬，

那滿頭白髮，
像是時間在藝人身上的駐留處，
但，那不足使他忘記繼續撥動那能使
童稚諧聲高唱的琴絃，
琴絃的笑聲吸引了夕陽；
她好奇的從雲層中探出頭來；
那圓圓的小臉，
竟是那一群孩童中，最紅潤的！
陽光的信差，輕輕的將夕陽的笑語，
散播給每一個不歡笑的人們，
回過頭，
望着自己長長的背影，
跳躍在湖水的一片碧藍上，
他不禁興奮的加快了脚步，
推動着裝滿陽光的小圓車，
奔向另一個世界。
白雲輕輕的換下陽光贈與的金色衣裳，
溫柔的喚醒每一顆沉睡的星兒，
爲它們點燃床畔含笑的小燈，
替月姊兒梳罷了妝，
就在深深的夜幕中，
搭上了向歸途奔馳的列車，
在車廂中微笑的開始了無邊的回憶……。

夢

草原上，
一片霧樣的藍籠罩着，
小溪底，
一股漾藍的清流盪着；
藍色的溪旁，
風鈴草搖搖得像一片跳躍的藍，
少年的歲月，
像藍色的晨曦，似藍色的星辰，
開始在藍樣奧妙的人生舞台上，
扮演着藍色的蘭，藍色的雲，藍色的童年……。
像絲透藍的風，
悄悄的飄進了藍色的山谷，
找着了小藍屋孤獨的門，
神往的開始藍色的憧憬；飄進了藍色的幻境；
小小的藍色鄰居們，
興奮的在藍色的夜，展開了藍色的舞，藍色的晚宴，
爲的是，
藍色的客人，
席上，
藍色的燭，眨呀眨的放出朦朧的光，
慢慢照亮了整個藍色的夜宴，
悄悄燃起了每一個藍色的節目……。
美麗的藍蝴蝶，狂野熱情的舞了一支藍色的倫巴；
像藍般幽靜純潔的百合，輕輕的唱了一首「藍谷小夜曲」，
含羞草低垂着頭，撫着藍色小溪的琴絃，

琮琮的彈出了藍的心聲，
可愛的風鈴草，搖着藍色的鈴鐺，
從藍色的情人橋，搖到藍色的竹林裏；
終於……搖出了一串謝幕的音符，
披着藍色的月光，一支支的燭光都被催眠了，
慢慢的閉上了眼……，最後，
只剩下一場擱滿了藍的夢。

誰是琴手

有位人兒，
在我心底，
默默無語，
靜悄無聲，
然而，
最振動我心絃的，
却是那秋波晶閃的星眸……。

有位人兒，
在我心底，
默默無語，
靜悄無聲，
然而，
最振動我心絃的，
却是那般的微笑，似喜猶悲，那麼地不可捉摸……。

有位人兒，
在我心底，
默默無語，
靜悄無聲，
然而，
最振動我心絃的，
却是那夢般的祈求，那麼徬徨，那麼無助……。
哦，小人兒，
雖然我仍是默默無語，靜悄無聲，
然而，
我却自願擾動我的心絃，
從我的心底，
獻予你最多的祝福，祝福你的眞，你的善，你的美……
包括你的我。

夜

聽！聽！
那是夜的聲音，
哦，不是我的耳，
我的耳早已闔然入夢了；
此時凝神傾聽的，
是我的心靈……。
噢，夜已經疲倦了，
聽那遙遠的海邊，
波潮溫柔的拍撫着岸邊的情人石，
發出陣陣呢喃的低吟，
很輕，很軟……。
很深的夜了，
屋後那座山濃重的鼾聲，

粗魯的驚醒了我；
酣睡的小樹枝，
被夜風所引起地震摔落到屋頂的薄板上，
發出陣陣碎裂的呻吟聲。
　吵醒了愛睏的燈塔，
它無力的睜起半閉的雙眼，

在那邊眨着眼睛，
想着清聲音的來源，
突然二滴雨水落在它發亮的鼻尖上，
使他暮然清醒，
　仔細聽聽，
那不過是月娘爲星兒們唱的搖籃曲罷了……。

起點

楊際光

銀色的投射來自高高的
自然的詩篇。有人張起大傘，
遮不住嫩膚上變黑的陰影。
雨季仍會按時到來，將完全冲洗
一切粉彩或胭脂的飾刷。

現代文明的背面，智慧的山峯
不做旁觀，不供清賞
却對入世者提示偉大的思索。
陳年的齷齪將逃避，流入海灣；
晚灯初明，昏暗中透出增長的光燦。

像弓的軟弦，這是基地。

追蹤的車輛集合又駛出，
駕御必有後來的人担當，
先頭的已在奔進，顧盼和自怯
祇帶來停滯、落後、或倒退，
歷史的衝擊里，前導才有新奇的創造。

太多難探的陷阱，太多迷魂的鐘聲，
太多彩虹，太多難啓的門閘；
夜露和嚴霜有沉重的堆壓，
時刻爆發的是人造的厄運；
但我盤踞於大氣以上的宇宙，
不知季節，祇知不可免的發展。

欲臨

溫瑞安

弦斷・流水迅速隱蔽
在白髮倨傲的蘆葦後

陡地震起一群南雁
簫殺颯颯地逼窒每一笛孔
暮色自四方撞落牠們

爲甚麼黃塵無風自揚？
爲甚麼斷去的弦絲
昏慵地垂下來，以乾凝的
血液，似暮

傳說有一匹馬曾經過這裡
馳騁一晝夜，終被落葉掩蓋了
而那些蹄印呢？

傳說有一白衣的劍客
長劍飲盡遍野的血
後來就成了淙淙水流
但血色呢？昏沉的西天的那一點
煙蒂以外的呢

傳說有孕婦一夜號哭
傳說着有人醉酒
有老者的散飄揚自
黃昏

那些埋劍的土地都豎起了蘆葦
骨骸與濃水被沖得很遠很遠
有人於子夜與高風對唱還魂曲

已完全靜止。除暮色獰猙
全力圍城的密鼓
皆垂着，雷將霹靂在
仰首和一刹那電的周遊

一石子飛掠
驚起一樹黑鴉
落入浮滿着白魚肚的溪流

島上

非馬

1.

在所有忘不掉的事物裡
只有島上的陽光
在熱汽蒸騰裡
不失其重量

2.

橱窗裡的不二價
我後來才知道
都是可以講價的
除非你是觀光客

而且
貨物出門
概不退換

3.

一隻離群的公鷄
在芭蕉樹下
繞着圈子疾走
製造
憤怒的理由

4.

看另一對公鷄
在爛泥坑裡追啄
只爲爭
誰最紳士

5.

停電的中秋夜

人們才突然記起
月亮的存在

這麼暗
誰曉得蓮蓉裡有沒有蛋黃

6.

分不出
脚步在追逐車輪
車輪在追逐脚步
只知道
〇路車仍兜着它的圈子走
而搭客却都變了模樣

7.

每個人都在表達自己
用喇叭拳頭他媽的唾沫
七巧八仙過海清一色双龍抱
用最紅的紅包
用最白的白眼

8.

一把鈔票
　從前可買
一個笑

一把鈔票
　現在可買
不只一個笑

9.

走遍全島
那個十二月
找我想找的

而每次總
相對默然

10

但卽使
擁抱歡呼
我此刻想
難保便能
不蒸騰
不失重量
忘不掉
如
島上的陽光

一九七三、二　芝加哥

天災

王潤華

弱水三千，天天在我面前
滔滔不絕，從一刼到刼到另一刼
渺渺茫茫，不生又不滅
永遠在變變變……

年年太陽走過之後便是月亮
金木水火土輕輕壓着我
凡間狹窄
雷聲稀少，我日夜都吃不飽
夢着一棒打碎五行
回去三界之外唸經

十萬八千里
我一個觔斗就超越魔掌的五指
降落在天盡頭
將生死簿上我的姓名塗掉
然後用濃墨把它寫在撑天柱上

我一個下午就偷吃了整個天堂的蟠桃
在眞火中酣睡了四十九年

唐太宗，中國的聖僧何時在水災中誕生？
師父你那年來約我赴西土取經？

我還在等你
我的鬢邊少青草
　頷下都於綠莎
我答應天遣日送他們一場大雨
讓不屬於這季節的花刹那間開放

附記：「……常言道：『皇帝輪流做，明年到我家。』只教他搬出去，將天宮讓與我，便罷了；若還不讓，定要攪攘，永不清平！」佛祖道：「你除了長生變化之法，再有何能，敢佔天宮勝境？」大聖道：「我的手段多哩！我有七十二般變化，萬刼不老長生。會駕觔斗雲，一縱十萬八千哩。如何坐不得天位？」佛祖道：「我與你打個賭賽，你若有本事，一觔斗打出我這右手掌中，算你贏

，再不動刀兵苦爭戰，就請玉帝到西方居住，把天宮讓你；若不能打出手掌，你還下界爲妖，再修幾刼，却來爭吵。」

那大聖聞言，暗笑道：「這如來十分好獃……」那大聖收了如意棒，抖擻神威，將身一縱，站在佛祖手心裡，却道聲：「我出去也。」……大聖行時，忽見有五根肉紅柱子，撐着一股青氣。他道：「此間乃盡頭路了。這番回去，如來作證，靈霄宮定是我坐也。」又思量說：「且住，等我留下些記號，方好與如來說話。」……在那中間柱子寫上一行大字：「齊天大聖，到此一遊。」

……佛祖翻掌一撲，把這猴推出西天門外，將五指化作金、木、水、火、五座聯山，喚作五行，輕輕的把他壓住……（上引西遊記第七回）

菓園

賴瑞和

成熟後，綠的轉紅
再等待腐爛的時候
撲面的風來自：草和枯葉下
陰濕的泥土

葉子和枝椏
都落滿菓園里的
小徑和石凳
折落的聲息，染深了
夕暮的陰晦

虫蟻爬過剝落的樹幹
回歸葉與葉之間的巢
餐食秋黃的幾絲夕暉
成熟後，暮的時日近了
在一隻逐漸隱息的蟬聲里
在一隻山鳥的飛起中
驚起的一片落葉……

成熟的菓園

紫一思

那時，你將聽到
菓實與菓實在竊竊私語
聽到菓尖垂下一滴青黃的油光

而一隻宿醒後的鳥
攸攸地坐在樹椏上
一隻松鼠在園中巡禮
另一隻却逥着喧集的陽光和菓香
跳着華爾滋

往往是在葉尖
一隻撒網的金蜘
拑住一些陽光
一些風底散髮
並在日暮裡
惦想着菓們的亡故

因爲是風底顏臉
牠底家老是造成很多的襤褸
因爲風底聲音

如今，誰人在林外散髮解衣而睡？

菓落，大地浮着美好的成熟
如斯的豐盈，如斯在洋溢
如斯濃濃　濃濃的芳芬
浮
着
浮
着

寂靜裡有物輕微擊落
是一粒空洞的果核
猶是生命落土的回響
單調而沉悶

稿于七一年九月大馬。

一面窗子（外一首）

藍斯

一面窗子

張出頭去叫醒一條街的名字
像一根髮絲纏住
街口的
那人
慢慢走去的那人的方向

坐在
一張椅子翻開的晨報翻開一頁
枯縐着臉枯縐在
掌心的日曆
那時八點鐘左右
妻捧來一杯滥貼心房
濃濃的咖啡
我望着早餐發愁
遊閒的愁，點點遊出窗外

圓鏡

鎖住了一具變形的容顏
在不變形的
圓的
不是月光
照着我梳頭

我每日換一件表情
掛在
沒有痕跡
的水平線上

幾時有一枚
我每日獨坐垂釣的
小魚
突然童年般的嬉笑跳
出

唐朝月色

秋夢

鐘聲磬向無眠的夢魘
衆星未醒
睡意猶擱在梨花上
（花影花影遂疊成唐詩）
廻廊靜寂
酒杯裏的液光
影映着五指的歡暢
舉杯邀李白
咀嚼唐朝
握住的鐘聲自風中
晚禱自修女的梵音
煙斗之外騰升着一匹白色
飛馬的幻影，在煙靄中
去來
（指間，篩落
的月光在高脚的酒杯中）

更聲磬向無眠的夢魘
衆星乍醒
睡意猶擱在唐詩上
偶然翻起酒杯
遂瀉落最後的一廂
月光。

一九七〇年九月初。越南堤岸

燈籠

藍采文

商店的燈籠
都搖幌在兒們的掌上
所有的影子都蠕動起來
挽着月
在北方。那年
孩子們的衣角高高的揚着
呑着月的母親們
所有的臉譜都一拼

迷茫
在南方。今夕
騷動的黑影們吶喊着
沉淪在
餐枱上的空虛

讀月的孩子都遲歸了

——民六一年壬子中秋越南。

花魂

子凡

如是將世界一瓣瓣掙開
生命舒展到無際的瓣邊
不能返回自己
給豐盈征服
猶是菓核之於菓肉之內
燭光之於黑暗之中
給夢色懾住
無以抗拒地承受

一粒星球
在空中越軌地轉動注視
生命在我之外
世界在我之內
來回走動
看夕日在我心盡頭沒下
在我思維之外

一株白菊

林彩變作
陳秀喜譯

早晨的笑容

「早！」「早！」相互交換　笑容和笑容
清朗的早晨　陽光充滿於天空
希望很多
苦惱的昨天　全部捨棄
求榮光活着的人們
唯求和平活着的人們
「早！」您也微笑
「早！」我也微笑
和藹的早晨
希望也膨脹

一株白菊

像雪一樣白白的大輪的菊
今天早上自市場買來的
這一株白菊
昔日　運動會的時候
母親塞給我那個小小圓圓的
メンソレタム（外傷藥膏）
像那種懷念的芬芳　大輪的白菊
我很高興　這一株大輪的白菊
——屋子裡充滿着芬芳
我很高興——因爲根有許多嫩苗
明春可以繁殖
我很高興　這株美好大輪的白菊
値錢也很便宜呢

我在睡眠中有夢

精神錯亂者雖然有睡眠
却「沒有夢」吧
精神錯亂者最是悲哀
在悲哀中的他們
有錯亂洩漏的醜態
他們在白晝的夢中曝露醜態

有時候我在夢中重溫過去的苦難
過去的苦難
因爲是不可抗力
只有忍耐地連續着

那些苦難的夢經幾十年現今也在做着的夢
於現今的夢中
我敢說意見也敢反抗着
於夢中恁意反抗着
有消除鬱憤的痛快
我的睡眠中「有夢」
於夢中可以破壞可以反抗
我的睡眠中如果沒有夢
不知會怎樣地悲慘呢
我在現實中
不知會怎樣地演出不德
因爲是不能忍耐……
睡眠中有夢的我
高興有正常的精神

作者簡介

林彩鑾女士，一九一四年生，卽民國三年生，臺灣省嘉義市人，舊制臺南州立嘉義女中畢業，以日文寫作，現參加日本詩誌「野火」爲會員。著日文詩文集「一株白菊」（一と株の白菊），列入野火叢書出版。定價日幣六百元。

西貢的雨

亞夫

長街昏睡躺臥如一隻慵懶的
貓讓太陽的柔黃撫摸脊背而
過

若果那隻手偶然抓住天邊那
一片好看的雲
雲鋪展它濡濕的髮
那人是以怎麼樣的一種眼色
注視水珠的躍落而成風景

讓你說那漢子是回來尋覓這
一點點的雨
曾在百里外的風沙中罩住了
溫柔攤展却成一張青白的臉
的雨

自然

休止符

那人從瘦長的街道的一端走
到另外的一端
將躑躅走成一個熟悉得不能
再熟悉的臉
且無聊地踢響一把雨聽

葉爲樹而綠着
天爲雲而藍着
草爲死亡而枯着
風爲花朶而吹着
影子爲我而活着
爲我生活而活着
生活爲你而活着

稿於一九七二年七月二十三日

臺灣新詩的囘顧

浪漫詩人邱淳洸

（臺灣光復前的作品）

陳千武編譯

一、簡介

邱淳洸：本名淼鏘、字琴川。一九〇八年生於彰化市，臺中師範學校及日本國學院大學國文學講座畢業。曾任國民小學教員十五年、教導主任二年，並任臺中市篤行國民小學校長廿四年，於一九七〇年一月退休。臺灣光復前以日文寫作，留有短歌、俳句、新詩等作品很多。參加過「詩與歌謠」「文藝工作」「地上樂園」「詩洋」等同仁雜誌，作品常發表於「臘人形」「若草」「日本詩壇」「臺灣藝術」「臺灣文藝」「文藝臺灣」「臺灣文學，臺灣新聞的「月曜文壇」及「文藝欄」，臺灣新民報的「文藝欄」及海南島的「開拓」等。又於光復後民國四十八年創設鯤島書畫展覽會，任總幹事及審查員。加入中部美術學會及中國書法學會。五十五年創立書法學會臺中市支會、任會長、審查員。六十一年創設臺灣省硬筆書法學會。爲書星會及大日本書藝院審查員，中日書法國際會議第一、三屆代表。著作除了教育方面的理論外，有詩集「化石的戀」「悲哀的邂逅」「十年拾穗」「琴川詩集（一至四輯）」。

邱淳洸在第二本詩集「悲哀的邂逅」代序一文中，如次寫着：「眞正的夢想，充滿着青春的浪漫就是美。越有旋律的熱情，越融和我的情感。曾經清淡的一束傷感，好像從遠方傳來的音樂。正像鈴木先生在拙著「化石的戀」詩集序文中所說的——現在，他把那些成果，一叢花的小曲，收爲一輯，做爲年輕時期的記念，但他並沒有企圖以這本詩集進入詩壇的野心，而只是說，要把成長過程的自己的脚印，永恒留下來而已——這是到今天仍然不變的我的心情。收錄在本集「悲哀的邂逅」三十首詩，雖是從很

多作品中選出來的，却都是屬於習作時期的東西，藝術價值似乎很低；儘管如此，我仍然照原作的型態留下來，在編排上保存我寂寞的浪漫，不太裝飾。」

邱淳洸的第一本詩集「化石的戀」，收錄十九首小曲，是一本可愛玲瓏的小曲集，由日本大阪的玲瓏社於民國廿七年十二月一日發行，頒價五拾錢。有鈴木章弦的序文及張壽哲的序詩。第二本詩集「悲哀的邂逅」，即於民國廿八年二月出版，均為浪漫意味濃厚的詩篇。

二、譯詩輯

哀愁賦

冬天　耽讀詩集的時候
連指尖的凍冷都不察覺

北風吹過暗淡的天空
下課後我打開窗戶
凝視着
在那枝梢留着餘韻的
風的行踪

風帶來了傷感！
我的思維是飄零的
合歡樹葉
無止境擴展的幻想——
她消逝在天空的那邊
——濕潤起來的眸子
仰視它吧　如果
沒有愛情
哭泣吧　哭乾淚水啊

曾經　哼過的歌曲
隔壁的風琴喲
為我彈起哀愁的音調吧

秋＝斷章

悄悄的露珠亮着
像濕潤的少女的眸子

向九月天空的青藍
竹林的嫩芽攀上去
向清爽的白色流雲
我擲上無止境的思念

梧桐葉落了　在一葉上
寂寞的信息飄香着

黃昏　青鶺的啼鳴
是哀愁的季節的歌
啊！白色上弦月
隱約的戀情在我心胸燃燒着

白手帕

我一直在沉思

火車越過了幾個車站
而仍然
有白手帕的影子浮現在眼前

綠色的風景從車窗飛逸
柔軟的光稀落落的打入心胸
河、森林、山、不動的雲
還有我

午前的太陽
把暖風送來給詩人
因而微微的熱情昇上了
然而 越走越遠離的距離喲
我還在沉思
沉思遇見妳的那個下雨天

晚　秋

今天又很疲憊地
看季節的側臉——
我尋找遊園地的樹蔭
哦哦看見了
流過枝梢的雲的速度
蟬鳴杜絕了
偶而
飄下來的是病枯的
樹葉而已
溫柔的翻下來
颯颯的飄開
啊 幽微的呼吸喲

黃昏的秋天
在陽光的脚尖下
我翻開詩葉 翻開
——結果
找到的是什麼呢……。
然則在心胸裡
雖然還有輕微的歡欣

（以上譯自詩集「悲哀的邂后」）

三、詩　選（臺灣光復後的作品）

霧社的暮色

黃昏的霧社，
紫色林中的搖籃，
殘餘的光芒，
輝映在青草，曲徑上，
在花影的夜裏，
閃爍着，
童話般的山家小窗，
好似睡眠一樣。

秋晨

清晨的露珠閃耀着，
好像幼兒的眼睛般的可愛。
青青高高的九月天空，
看哪，綠竹的葉尖擠擠地伸長。
清爽飄飄地流過了一片白雲，
啊！禁不住無限的思念……。
梧桐葉葉——
一片片地奏着輕妙的音律。
又不知在那裏，山鳩啼了一聲，
那不就是季節的序曲音符呢！

在夜闌人靜裏

——寫給捧送鮮花的人兒們

深夜，家裏人都睡着了，
獨自一人，按着脈聽聽小錶　的答，
留心着妻子靜靜的鼻聲。
遭禍的人兒！妳的運氣還幸呢！
看啊，這清香的鮮花，和
可愛的人兒們的純情！
不只我一個人充滿着感激流淚，
就是那春雨晴後的月影，
不也在窗邊喜悅而微笑嗎？
事過時移，災難已過去了，
在這夜闌人靜裏，
我只感謝着人兒們的愛護熱情！

遺落了的心願

像在法庭等待判刑的被告般的我，
獨自在他鄉客房憂慮，
所有的說明與懇求都說完了，
現在只有疲倦和顫慄，
等待您傳來的消息。
爲了祖國的前途想開一條新道路，
爲了小學生們的心願與前途，
不惜一切，爲了準備花費三個多月的工夫，
又到此地奔跑了兩星期的時光，
總是留着一點兒希望，等待到今天，
唔！如今我到底等待着什麼？
像在法庭等待判刑的被告般的我。
今天——整天都不敢出去打聽，
也沒有勇氣掛電話去問！
一切的人情我都知道，
過去沒有例子我也曉得，

但是，我只是感謝您，您告訴我那些話，
假如，過去所有的努力將歸於水泡，
我也應該默默無言回鄉……。
諦念吧，可是又想起選手們的幻影，
天眞、無我、愛校、愛國的精神，
選手們！原諒我吧！
你們知道我似被告在法庭等待着判刑嗎？
——如今在他鄉客房煩悶的我；
可是在煩悶之間 我還期待着有所僥倖，
像從那小窗流進來的一條斜陽微明！

註：篤行棒球隊，曾於民國四十七年七月，申請赴日友誼賽，未經奉准。

一枚硬幣

黃遠雄

此刻，我手中僅存一枚
硬幣
我把它清清地嵌入
鮮美的泥土中
希望明日的陽光
能移植一株不貧血又不瘦的
戰爭
在我朽空的城
我早早習慣等待
這種浩劫
像我手中的一枚硬幣，緊緊地
捏了了捏，都不能
火熱起來
全燃我眸中
每一株不綠的樹
如果戰爭，不愛我朽空的土地
那麼，我可以將這枚硬幣
換取整個下午的飢色
或者讓它任何地掉入水中
沉溺在我
無岸的河裏

笠下影

梁雲坡

忘記從什麼時候開始到什麼時候爲止
有過一次暫短的可驚異的自覺
看穿了所有線條、色彩、筆觸組成的幻象
揭開了一切思想、智慧、感情交識的錯覺
由愛情、事業、生活的迷霧中走出來
再冷眼看代表「我」的肉體
我的靈魂得到一次眞正的自覺！

——時間、空間、生命（1）

Ⅱ 作品

癸卯除夕

除夕
迷漫多幻覺的夜色
街巷失眠
以朦朧的窗口回憶
以閃爍的燈火話舊
濕冷的空氣有些雪意
屋簷上雲天更低了

憑窗口夜坐
——那塵世億萬窗口之一
我感覺置身三菱鏡中
有無數相同的窗口
　相同的我互相凝視——

壬寅中秋夕

立於薄暮的穹蒼
追逝鳥下濃灰的平線
蔓生的雜木擎住雲絮低垂
象徵明日的一抹彩霞
越過天外天

夜——吞噬一切形象
以單純的「無限」歸納宇宙
使鼎沸的塵世於沉寂
我凝視月色
月色凝視永恒

靜靜的小河

抱着我的幼兒
行過一條靜靜小河
他柔輭的小手繞着

我的頸項
有蛙聲相隨
涼月相隨

也是一個月夜
——當我還是幼兒時
父親抱我行過一條靜靜小河
抓住他的大衣領
偷窺涼月相隨……

三十年時間縮短成一秒
一步跨到萬里之外
父親——溫暖的大衣領呢？

月色淡了
蛙聲小了
我握着一隻柔輭的小手
走進醒着的夢境……

恢復視覺

剪斷糾纏不清的想法
堵塞爭辯不休的理論
搬開固執的絆脚石
撇去爲自已設的埋伏
釘死偏見
扼殺一切詭計——
然後你才能
恢復視覺
看見一片樹葉的綠
一塊天空的藍
一束陽光的溫柔……

選擇

一隻孤獨的小鹿
滿懷希望的站在山前
他看見——
鳳凰很美麗
　可惜太虛榮
狐狸很聰明
　可惜太狡猾
牛很忠實
　可惜太醜……
選擇的結果
他決定永遠踏着風絲和雪片
張着倔強的嘴巴
嘯傲於山林！

Ⅱ 詩的位置

從「新詩週刊」到「藍星週刊」，梁雲坡在詩壇上從未參與任何無聊的論爭，保持自己一貫的風格，表現自己獨特的語言，可以說是一種沉默之聲中的射手。因此，我們雖然說他也曾經是藍星詩社的一份子，但我們認爲他反

而更接近了自由詩的系譜。從「碎葉集」到「射手」（註1），梁雲坡在詩的創作發展過程中，是一種漸進的方式，他沒有顯著的突變，但却守着一種知性的、靜觀的方法，在追求着他個人的感受。他在詩、音樂與繪畫的造詣是自成一格的，因此，我們可以說他該是屬於藝術家型的詩人，他不必依賴某一個詩社，或某一個詩派，却有自己在詩的藝術上底純粹的情操與表現。

（註1）「碎葉集」是梁雲坡第一詩集，民國四十三年元旦，由中山出版社出版。「射手」是其第二詩集，民國五十六年元旦出版。

Ⅱ 詩的特徵

梁雲坡的詩，在他的方法論上，是一種一以貫之的方法，換句話說，他在理智的思考與情念的表現之中，他是理勝於情較多的表現，因此，他在冷靜的觀照中，用頗爲簡潔而知性的語言來捕捉一些繪畫性的意象，意象的明淨而豐盈該也是一種特色。而梁雲坡較爲成功的作品，往往是在這個關鍵之上，例如：「壬寅中秋夜」；『夜——吞噬一切形象，以單純的「無限」歸納宇宙』。這種意象的表現，只有畫家一般的眼光才能窺探這樣的大千世界。又例如「恢復視覺」最後的四行：『恢復視覺　看見一片樹葉的綠　一塊天空的藍　一束陽光的溫柔……』。這種透明的意象，給我們以一種新鮮的感受。當然，詩之所以成爲詩，可以因意象的突出而有佳句，但不一定就有佳篇；但往往在佳篇中，自然而然有其佳句。

Ⅲ 結語

目前在我們的詩壇上，往往因以派鳴的時候，以結社爲其追求共同的理想與抱負，但是，眞正的詩人，却在派別與社團之外，不假藉任何外來的力量，而能以純粹創造的精神作爲自己的源動力。然而，擬似的詩人，却是一離開派別與社團就無所適從的跟班而已。簡言之，像梁雲坡這種詩人，是以自己的創造來完成詩的追求罷。

兒童詩園

指導者：黃基博

月亮

屏縣竹田國小五年 張友香

半夜醒過來，
看見西方的天邊有一位美麗的姑娘，
穿着銀白色的衣裳，
默默地望着我，
微微的笑着，
她不說一句話，只是微微的笑着，
她的笑，使我在靜夜裏，
不再感到寂寞。

夜空

屏縣潮州國小四年 李淑嫩

藍色的衣裳，
鑲着閃爍的銀扣子，
配上白色的大領子。
美麗的月姊姊穿着它，
飄然赴今晚的約會。

媽媽

屏縣潮州國小五年 黃敏哲

媽媽好像一朵美麗的花，
我是一隻蜜蜂，
妹妹是小蝴蝶，
總愛在媽媽身旁嗡嗡嗡。

天空

屏縣仙吉國小六乙 朱紋藤

碧藍的笑容不是很可愛嗎？
爲什麼有時愁雲滿佈，
淚水涔涔的滴落？
當你心胸開朗，
像一面明潔的鏡子，
太陽哥哥對着你微笑，
白雲姊姊對着你梳頭。
夜晚你爲什麼不去睡覺呢？
是不是星星弟和月亮姑娘要你陪他們玩兒？

詩評：對天空的種種想像得很美；對天空表現了一種快樂的嚮往的心情。

尋　友

潮南國小六年甲班　蔡淑惠

走在濃濃的霧中，
我尋找着失落的友情。
濃濃的霧遮住了她的芳踪。
只見草葉上
滾動着她流下的淚珠；
潺潺的流水，
傳來她的哭泣；
微微的風，
帶來她的嘆息。

都市之聲

潮南國小六年甲班　莊麗蘭

都市是個交響樂團，
日夜在演奏美妙的「都市之聲」。
你聽啊：
「ㄅㄨ——ㄅㄨ——ㄅㄨ——」
「叭叭叭叭……」
「ㄅㄧ——ㄅㄧ——」
「七叉卡叉七叉卡叉……」
「叮噹，叮噹，叮叮噹……」
「嘶——」

寂　寞

屏縣潮州國中一年　林珮淳

園裏的蝶兒成雙成對，
參加春日的舞會。
池中的魚兒前後相隨，
情意濃密。
我隻身孤影，
尋覓又尋覓……

幸運草

屏縣潮州國中三年　許淑春

小河，靜靜地流着，
我在河岸輕輕地走着，
偶然，發現了一叢幸運草。
它挺挺的站在那兒，
不知站了多少日子了，
今天才等到了它的幸運，
得到了我的發現。

詩評：有一種物我交感的喜悅之情

遙　寄

屏縣潮州國中一年　張慧娟

天上的星兒，
如妳清亮的眼睛，
閃着柔美的光芒。
天上的明月，
像妳姣好的臉龐，
籠着微笑的雲靄。
每晚，
我默望着星月，
向深沈的夜吐訴，
心底的祝福。

詩評：頗能道出思慕之情。

中國新詩史料選輯

劉復詩選

趙天儀編

Ⅰ 簡介

劉復（1890——1934），原名壽彭，字半農，筆名半儂，江蘇江陰人。民國前二十一年生，即清光緒十七年，民國二十三年逝世。先生歷任北京大學教授，北平女子文理學院院長，中法大學教授，輔仁大學教務長，世界日報副刊主編。民國十四年曾於法國巴黎大學獲博士學位，爲一位重要的語言學家。詩集有「揚鞭集」、「瓦釜集」、「初期白話詩稿」等。其他尚有學術論著，文學創作及翻譯多種，其詩作頗多民歌方言的色彩。

Ⅱ 詩選

車氈

天氣冷了，拚湊些錢，買了條毛絨毯子。
你看鋪在車上多漂亮，鮮紅的柳條子，映襯着墨青底子。
老爺們坐車，看這毯子好，亦許多花兩三個銅子。
有時車兒拉罷汗兒流，北風吹來，凍得要死，
自己想把毯子披一披，卻恐身上衣服髒，保了身子，壞了毯子。

無聊

陰沉沉的天氣，
裡面一座小院子裡，楊花飛得滿天，榆錢落得滿地，
外面的大院子裡，却開着一棚紫藤花。
花中有來來往往的蜜蜂；有飛鳴上下的小鳥；有個小銅鈴，繫在藤上。
春風徐徐吹來，銅鈴叮叮噹噹，響個不止。
花要謝了；嫩紫色的花瓣，微風的飄細雨似的，一陣陣落下。

桂

半夜裏起了暴風雷雨，
我從夢中驚醒，
便想到我那小院子裏，
有幾株正在開花的桂樹。
是，
他正開着金黃的花，
我爲他牽記得好苦。
但是展轉思量，

終於是沒法兒處置。

明天起來，
雨還沒住。
桂樹隨風搖頭，
洒下一滴滴的冷雨。

院子裏積了半尺高的水，
混和着墨黑的泥土。
金黃的桂花，
便浮在這黑水上，
慢慢的向陰溝中流去！

落葉

秋風把樹葉吹落在地上，
它只能悉悉索索，
發幾陣悲涼的聲響。

它不久就要化作泥；
但它留得一刻，
還要發一刻的聲響，
雖然這已是無可奈何的聲響了，
雖然這已是它最後的聲響了。

一個小農家的暮

他在灶下煮飯，
新砍的山柴，
必必剝剝的響。
竈門裏嫣紅的火，
閃着她嫣紅的臉，
閃紅了她青布的衣裳。

他銜着個十年的煙斗。
慢慢的從田裏回來；
屋角裏掛起了鋤頭，
便坐在稻牀上，
調弄着隻親人的狗。
他還踱到欄裏去，
看一看他的牛；
回頭向他說，
「怎樣了——
我們新釀的酒？」

門對面青山的頂上，
松樹的尖頭，
已露出了半輪的月亮。
孩子們在場上看着月，
還數着天上的星；
「一，二，三，四……」
「五，八，六，兩……」

他們數，他們唱：
「地上人多心不平，」
「天上星多月不亮。」

教我如何不想她

天上飄着些微雲，
地上吹着些微風，
啊，微風吹動了我的頭髮，
教我如何不想她。

月光戀愛着海洋，
海洋戀愛着月光，
啊，這般蜜也似的銀夜，
教我如何不想她。

水面落花慢慢流，
水底魚兒慢慢游；
啊，燕子你說些什麼話，
教我如何不想他。

枯樹在冷風裏搖，
野火在暮色中燒，
啊，西天還有些殘霞，
教我如何不想他。

麵包與鹽

記得五年前在北京時，有位王先生向我說：北京窮人吃飯，只兩子兒麵，一錋子鹽，半子兒大葱就滿夠了。這是句很輕薄的話，我聽過了也就忘去了。

昨天在拔丁區的一條小街上，看見一個很小的飯館，名字叫作「麵包與鹽」，我不覺大為感動，以為世界上沒有更好的飯館名稱了。

晚上睡不着，漸漸的從這飯館名稱 聯想到了從前王先生說的話，便用京語謅成了一首詩。

一九二四年五月八日，巴黎

老哥今天吃的什麼飯？
嚇，還不是老樣子！——
兩子兒的麵，
一箇錋子的鹽，
擱上半喇子兒的大葱。
這就很好啦！
咱們是彼此彼此，
咱們是老哥兒們，
咱們是好兄弟。
咱們要的是這們一點兒，
咱們少不了的可也是這們一點兒。
咱們做，咱們吃。
咱們做的是活。
誰不做，誰不用活。
咱們吃的咱們做，
咱們做的咱們吃。
對！
一個人養一個人，
誰也養的活。
反正咱們少了的只是那們一點兒；
咱們不要搶吃人家的，

可是人家也不該搶咱們的。
對！
誰要搶，誰該揍！
揍死一個不算事，
揍死兩個當狗死！
對！對！對！
揍死一個不算事，
揍死兩個當狗死！
咱們就是這們做，
咱們就是這們活。
做！做！做！
活！活！活！
咱們要的只是那們一點兒，
咱們少不了的只是那們一點兒，——
兩子兒的麵，
一箇銅子的鹽。
可別忘了半喇子兒的葱！

笠書簡

陳秀喜女士：妳好，笠詩同仁好。「笠」五十二期妳有一篇「幸尚賢先生訪問記」眞是文情並茂的感情的散文。我可以讀出妳非常「年輕」的情感。正月初九我們在越南成立一個詩社，名「風笛」，成員中有數位是「笠」所熟悉的。如□心水、秋夢、李自成、異軍、劉保貴、林松風、西牧等再加上四位曾經是現代詩的前衛者，計共十二人。我們現準備向報紙借版每月一兩期的編辦屬於風笛的頁刊，首期也將於近日內出刊，屆時將剪送一輯給妳，望不吝指正。我們雖然在海外組織自己的詩社，但精神上始終向着祖國的，列如「笠」「龍族」等詩社將是我們精神寄托的所在。我們的理想並不在目前編辦報紙狹窄的版位爲目的，我們現醞釀（資金）一粒種子，以一年半載的忍耐心情，期待將來有機會出版一份詩刊或綜合性的刊物，我這樣的剖白只不過向妳打出一張未兌現的支票，但我們有信心把這張支票兌現。「風笛」需要得到妳們的支持，在精神上的，也希望我們的友誼得到永久性的建立，更冀望在詩的國度裡，成爲中國之一員。另外，我們獲取全體的同意，也在精神上支持「笠」的創造。所以我們懇願接受「笠」詩刊長期性的贈閱（每期一册）或「笠」叢書的贈予。而在越南，我們也長期性的寄給「笠」我們永久的月刊以及越南中國現代詩壇一些資料，讓双方的作品彼此充分的交流，最後祈祝「笠」的精神永遠長存。並祝妳　幸福。

風笛詩社資料室　藍　斯
秉文書
一九七三、三月廿二日

我們時代裏的中國詩（一）

林亨泰

第一章　前言

壹

對於詩，常有人提出這麼一個說法：

「詩就是詩，何必多餘的冠戴什麼『現代』而稱之謂『現代詩』？」

如果這種論調能夠成立的話，那麼：

「詩就是詩，何必多餘的冠戴什麼『中國』而稱之謂『中國詩』？」這種說法，該也可以如此成立的吧？

貳

令人費解的是：一提到前者——何必冠上「現代」——這種說法，不但沒有人表示異議，更有推波助瀾，以贊其事的，恐怕大有人在。

但，對於後者——何必冠上「中國」——這種說法，則大相迴異了，相信定會有不少人要爭先站出來，指責這種說法的荒謬，諸如「數典忘祖」或「飲水不知思源」等之類的咒罵與非議，必會亂箭般地挨近你頭上。

叁

從「詩就是詩」這一句話，我們不難覺察出這種說法的精神方向，是投入本源性的；這種說法所必具的一個視點，

無異是企圖超然於個別作品而指向本質；它恨不得將所有屬性完全擺脫盡淨，方能心安理得。

但是，換上另一個視點——譬如立脚在個別作品這個「場」來討論的話，那麼，如同現實中的詩人不能不呼吸於某時空裡一樣，個別作品及纒繞在個別作品周遭者，由於其所置身的特殊情況，自然也不能不隸屬於「時代性」與「民族性」。儘管是一首「超現實」的詩也罷。

肆

至此，我們必須有一個清晰的認識，首先不能不承認這兩者到底是兩個絕不容許混淆的不同視點。

其次，我們更不可忽略到另一件事，即：只要瞪住後一視點——個別作品——這個「場」不放，那麼，冠不冠「中國」與冠不冠「現代」都應該一視同仁，我們沒有理由存着厚此薄彼而予以冷落一方的想法的。試問：既能冠上「中國」，又何嘗不可冠上「現代」？

伍

詩人本來就是人世間最善感、易興奮、情感極其眞摯的一種人，如果他們既肯坦然承擔且又經得起隨着「血統」、「生活」、「語言」、「宗教」、「風俗習慣」等各種力的自然交織而成的情感負荷上種種考驗時，那麼，其所寫成的東西難道還有不成爲「中國詩」的道理嗎？

加之，他們所藉以表現的並非畫家、作曲家那種共同的「世界語言」，而是僅屬於一國通用的那種方方塊塊的「中國字」。因此，無論如何，再也不必去找什麼別的理由來，也就可以順理成章地說：他們的詩本來就是「中國詩」啊！儘管是一首「非傳統」的詩也罷。

陸

但，事情的發展却出乎意料之外，我們看到最近有關中國現代詩的批評文字，盡是一片喝斥之聲，難道中國現代詩眞的要糟糕到如此令人沮喪的田地？我並不以爲然，相反的，我還堅信這二十年來的中國現代詩，確已獲得相當令人欣慰的成就呢！

我說這話實在是極爲清醒而絕無自我陶醉之意的，並且，我還可以拿得出證明來，因爲近二十年來，由於詩人們的辛勤耕耘，其成果之多姿多采暫且不談，光就富有「民族性」的作品而言亦不在少數。現在就根據孫中山先生對「民族」一概念所作解釋的「血統」、「生活」、「語言」、「宗教」、「風俗習慣」等，各種自然形成的力，依序分別加以解釋說明。

第二章 在「血統」的力上

壹

以詩人們在「血統」這種力上所顯示的隸屬感爲經，和爆炸於批判性的强烈情緒之緯所相互交織而成的這些，再透過意象結晶作用之後，是多麼哀痛多麼悲壯啊！此乃余光中曾於一九六六年六月間所寫的一篇詩。

敲打樂

余光中

風信子和蒲公英
國殤日後仍然不快樂
不快樂，不快樂，不快樂
仍然向生存進行
　　不公平的辯論
輸掉一個冬季
再輸一個春天
也沒有把握不把夏天也貼掉
蕁麻疹和花粉熱
　　啊噓
噴嚏打完後仍然不快樂
而且註定要不快樂下去
除非有一種奇蹟發生
中國啊中國
何時我們才停止爭吵？
奇颺醒，以及紅茶囊
燕麥粥，以及草莓醬
以及三色冰淇淋意大利烙餅

鋼鐵是城水泥是路
七十哩高速後仍然不快樂
食罷一客冰涼的西餐
你是一枚不消化的李子
中國中國你是條辮子
商標一樣你吊在背後

總是幻想遠處
有一座驕傲的塔
總是幻想
至少有一座未倒下
至少五嶽還頂住中國的天
夢魘因驚呼而驚醒
四周是一個更大的夢魘
總是幻想
第五街放風箏違不違警
立在帝國大厦頂層
該有一枝簫，一枝龠
諸如此類事情
總幻想春天來後可以卸掉雨衣
每死一次就蛻一層皮結果是更不快樂
理一次髮剃一次鬍子就照一次鏡子
看悲哀的副產品又有一次豐收
理髮店出來後仍然不快樂
中國中國你剪不斷也剃不掉
你永遠哽在這裏你是不治的胃病
——蘆溝橋那年曾幻想它已痊癒
中國中國你跟我開的玩笑不算小

你是一個問題，懸在中國通的雪茄煙霧裏
他們說你已經喪失貞操服過量的安眠藥說你不名譽
被人遺棄被人出賣侮辱被人强姦輪姦輪姦
中國啊中國你逼我發狂

（略）

就是這樣的一種天氣
吹什麼風升什麼樣子的旗，氣象台？
升自己的還是衆人一樣的旗？
阿司匹林之後
仍是咳嗽是咳嗽是解嘲的咳嗽
不討論天氣，背風坐着，各打各的噴嚏
用一條拉鍊把靈魂蓋起
在中國，該是呼吸沉重的清明或者不清明
蝸跡燐燐
菌子們圍着石碑要考證些什麼
　　考證些什麼
　　考證些什麼
一些齊人在墓間乞食着剩肴
任雷殛任電鞭也鞭不出孤魂的一聲啼喊
在黃梅雨，在黃梅雨的月份
中國中國你令我傷心
在林肯解放了的雲下
惠特曼慶祝過的草上
坐下，面對鮮美的野餐
中國中國你哽在我喉間，難以下嚥

東方式的悲觀
懷疑自己是否年輕是否曾經年輕過
（從未年輕過便死去是可悲的）
國殤日後仍然不快樂
仍然不快樂啊頗不快樂極其不快樂
這樣鬱鬱地孵下去
大概什麼翅膀也孵不出來
中國中國你令我早衰

白晝之後仍然是黑夜
一種公式，一種猙獰的幽默
層層的憂愁壓積成黑礦，堅而多角
無光的開採中，沉重地睡下
我遂內燃成一條活火山帶
我是神經導電的大陸
飲盡黃河也不能解渴
捫着脈搏，證實有一顆心還沒有死去
還呼吸，還呼吸雷雨的空氣
我的血管是黃河的支流
中國是我我是中國
每一次國恥留一塊掌印我的顏面無完膚
中國中國你是一塊慚愧的病，纏綿三十八年
該爲你羞恥？自豪？我不能決定
我知道你仍是處女雖然你被强姦過千次
中國中國你令我昏迷

何時
才停止無盡的爭吵，我們
關於我的怯懦，你的貞操？

我在拙著『現代詩的基本精神』（民國五十七年一月出版）一書第四章裡，批評洛夫的詩集『石室之死亡』（民國五十四年一月出版）時，曾提出了「大乘的寫法」，這種寫法非同「學校作文」或函授學校詩歌班那樣樣必得在指定題目之下才能着手寫詩，才能動筆發揮。凡精神眞摯的詩人遲早總要達到此種境界的，詩人一達到這種境界，縱使不設定題目，他的詩精神亦能獨自活動，無需藉題目之指引與催促，凡看到、聽到、想到、摸到、感到的東西，無論任何對象物，均可拿來作爲表現自己精神活動之契機。

不過，我並沒把這種寫法稱爲如洛夫他所標榜的超現實主義的「自動記述法」（Automatism），而杜撰了另一名詞謂「大乘的寫法」，就是因爲我認爲要達到詩人精神這種獨自活動之自如境界，並不一定拘限於「潛意識」的領域，當「意識」受到激情所驅使也有這種情形出現的。如前所擧的余光中這篇長詩，「敲打樂」，顯然地可以看出這是一種「意識」甚或「意識化」狀態下詩人精神之獨自活動所產。余光中在最近出版的一本詩中，曾議過這樣一句：「據說武功眞到出神入化的時候，一根筷子，一莖稻草，也可以當兵器使用。我覺得這種說法有點寓意，不可全嗤爲迷信。因爲這時，所謂武功已經在武士身上，無所施而不見其神。一定要佩一把劍才能使劍的，已經落入第二流了，不是嗎？」（詩集『在冷戰的年代』後記，民國五十八年十一月出版）。這種心境恐怕非親身經歷中長久摸索者所能領悟到的。

貳

不管對於中國詩應否「現代化」這一觀點所持態度如何，二十年來在這極其短促的時間內，中國詩人們幾乎能普遍地從「小乘寫法」的巢窩裡一脫而翺翔於「大乘寫法」的自由天地，就眼前這一顯著事實，難道認爲還不足以證明我們這詩壇的一點小小成就嗎？

我們似乎可以拿詩人是否進入這種境界做爲成熟的「量表」（Scale），那麼，就我的印象而言，達到這種成熟之境地，可說洛夫要比余光中稍爲早些。

語彙與詩

杜芳格

這是我個人的詩論，並不期待它成爲普遍而妥當的論文。因爲我，若是離開了宗教、信仰、神，不！更確定的說，若是脫離了耶穌、基督留給我們的和平的聖靈，就無法寫詩或寫文章。所以，我要寫的所謂詩論，或許有些聖經臭味，而不被處於現代科學、萬能時代的朋友們所歡迎也說不定。

話說回來，「語彙」這一語言的意義，在廣辭林這麼寫着：「蒐集言辭，依照其種類有秩序拼排的字句」。詩是在其誕生的時候，便成爲獨立的生命的存在。因而，有人說「沒有詩、只有詩人」，或說「沒有作品，只有作家」這句話能被認定的原因則在此。那麼，要問問詩人的思想是什麼的時候，可以說，那是常充滿在詩人心裡的思考，或佔領着詩人腦裡的語言的山或海吧。因爲人是以語言決定自己所想或要想，更決定自己的行爲和意志，隨着身軀走向目的地的生物。換句話說，語言的重要性，是關係於能規定實存的人的動作吧。

以我自己的例來說，能推動我，使我每天生活的意志，使我早上起床就祈禱，閱讀聖書，寫日記或讀書，查閱未能瞭解的事象，或想去打高爾夫球；像這些都是支撐着我生活的根底。這些意志，都由我的思想產生，而思想是從儲蓄在我腦裡的語彙抽出來的。這些語彙，却是在前面說過，屬於神、或聖靈、或禁忌，或慾望等等語彙的集合，任由我的意思有秩序的排成。因一個生物的，會時時刻刻取捨語言，或消化語言，有時會一時攝取多量過分的語言，反而難得整理語言而痛苦。或有時爲了過份保重語言，使語言陳腐生苔，不得不把語言從思想的抽屜裡，拿出來晒太陽或掉換。這機不斷地在腦裡反覆作用，保持新鮮。而這些語言的新陳代謝，不一定全依靠讀書運行；由實際生活上的體驗，如跟他人或家屬、友人的交際談話中，也可以獲得。從報紙、雜誌、電視、收音機也會受到影響。因而語言傳導的問題，都會受人注目，語言也變成了生物。在日常生活裡「吃飯吧」「運動吧」，穿衣服、坐車子，爲了處理事情到目的地去，如何處理事情等等的問題，生活的現場，直接左右我們一切有所作用的語彙，詩人應該把它選作自己的，或選出對自己重要的，（如果沒有這些重要性的時候雖說詩人也只不過在環境裡被飼養的動物一樣，一個奴隸而已），那些語言的山或海，就是詩人的全財產，創造詩的唯一寶庫。而這些語彙又是屬於眞正具有個性的，才是一個詩人獨特被定型了的思想呢。

說起定型，順便對定型和古典來想一想吧。大體說古典就是定型的，是具有規矩的。就這一點來說，現代詩在未來的世代，也會成爲古典。雖然現代的我們尙無法推測，但從未來的世代他們的語言追溯到現代的時候，也許會被認爲具有定型的韻律詩也說不定。把定型這一語言的廣義來觀察時，詩不是散文，但事實散文也有其定型。我們讀古文，就會瞭解昔時的散文，是具有定型的文，跟着時代的變遷，語言會逐漸定型下來。這是後世的人必然的感覺。而昔時的人，卽只爲了詩和散文的分別，才把詩給與有韻的定型而已。

由於知識的增深和擴張，語言的量也一直在增加，如某些語言甚至連質也變了。比如，原來說「同樣」這一句話，後來被人說成「一起」。而「同樣」與「一起」原有其分別的意義，把它說成爲「同意義來用，不無令人驚異。外來語的同化也無止境似的，一直在增加。或受外國文翻譯的影響，國文的文體也產生了新的型態。這可以證明多姿多彩的思想也一直在膨脹。站在現代的語言上，眺望前些已經變成古文的特徵。散文有這種現象，那麼詩，尤其是詩人精鍊出來的語言，更有其構成定型的可能性。因此，現代詩在未來的世代，也會顯出定型，這是不可忽視的問題。這種定型詩大都指短詩的型態，如果，把短詩型以連歌的方式連結起來，就會寫成成功的定型詩。雖不能像旦丁的神曲，但像神曲那樣的思想，在定型中以自己持有的很多語言的素材，選出適當無比的語言來點綴，這是非常需要耐性的作業。這種作業，等於畫家，音樂家、彫刻家，以藝術的名目精勵創作一樣，隨着素材的不同，表現的姿勢也不同而已。所以只寫現代詩的我，我認爲不能不依靠現代詩表現的型態，就是現代詩人所持有的批判精神。

說現代詩難懂，是由於現代詩人的語彙與一般不同。一般不太認眞而喪失了批判精神，不能以辨證法思考的無哲學教養的人，無法瞭解重厚性、複雜性或高次元，才說現代詩難懂。我並不是指無學問就無法寫，或看不懂現代詩，但人的智慧的磨鍊，有其一致的方法。因有了學問才變成傻瓜的人也有，而不進大學，也能够在日常生活上，透過思維，具備了優異思想的人也有。要磨鍊思考或智慧，唯有一個辦證法而已。而這些要素，必達到在相對的兩個東西之上構成一個結論；又再有相對性的東西互相比較，如此思想才會逐漸向高次元被整頓，這種過程是非常自然的。一般說，這就是智慧，也是思考的方法。這種重要的智慧的根源，不論在怎樣的環境裡，本質是絕對不變的，有求必應。所以，在其本質上有無具有批判的精神才是問題。能提出這種批判精神，不能從一般的民衆脫出，成爲智識份子。因而現代詩人們，不能僅以原來陳腐的感受，來寫風花雪月，或寫愛戀生活的情歌；因爲詩人的批判精神，會更使思想深刻的從各方面各種角度，看清事實而學習。

日本有名的歌人兼詩人石川啄木的短歌，有一首是「看朋友們都比我成功了這一天，買花回家去跟妻子歡樂吧」，看這一首作品，雖有很多人欣賞而叫絕，但詩人吉本隆明却說：「啄木是否有了覺醒，不然他的風度就不够男子漢」。很顯明地照亮了所謂「妻子」的存在，才批評啄木是個沒有個性的男人。不論男或女，都對於自己所尊敬的異性持有愛的感情。然而啄木把自己的弱點顯給最愛的人，具這種悲慘的感情，證明啄木是個不偉大的人的原因。

就啄木的例來說，現代詩人們是時常很嚴肅地凝視着自己，對自己無法講出一句虛僞的語言，所以，已經無法短詩的形式寫出作品。

詩人持有自己獨特的語彙，從這些語彙創造出只屬於一個詩人始能創造的詩，這種行爲就是在無窮的世界宇宙，尋找永恒的眞理的行爲，而是賭其僅有的一個生命的人的生涯的行爲。雖不限於詩人，但特別對「個」的存在探求的現代詩人，在其持有的各種各樣的語彙中，難免有定型化的現象。還有，由於定型化，才會聯結於古典也說不定。

如上，我把想要講的事情都講出來了。但我也知道，有人不會贊同我這種法的吧。

（**陳千武譯**）

△青年詩人論之一

烱明論

陳鴻森

笠下年青世代的一群裡，傅敏的溫和、明台的敏感、拾虹的熱情以及鄭烱明的冷靜，這些性格上的差異，體現於其詩作裡，便形成各異其趣的造型底魅力。

這種冷靜，乃是使烱明的詩雖直視於這個現實但却不爲其燥熱所損傷的重要質素。出身於醫生家庭，而他自身又是學醫的，烱明的冷靜，毋寧說是因於教養以及職業性的某種鐫塑吧。正如田村隆一所謂的「詩人、軍人和醫生是世界上最古老的職業，因爲一個人成了這三種人的任何一種，就更能知道人類悲慘的根源」，一個醫生，其終日所凝視和接觸的，乃是人類的脆弱部份以及命運必然的現實啊。

了然於這人生卑微的價值時，必也已洞悉了自我存在位置的不幸和陰暗吧。以語言的造型，向人生寂寥的位置底不幸和陰暗實行無終止的挑戰，這正是現代詩所具的新性格。

『我嘗試用平易的語言，挖掘現實生活裡，那些外表平凡的、不受重視的、被遺忘的事物本身所含蘊的存在精神，使它們在詩中重新獲得估價，喚起注意，以增進人類對悲慘根源的了解。』

（見烱明詩集「歸途」后記）

這種不規避於「俗的世界」底思考，始能以認識論的姿態，脫棄虛榮、裝飾和類型的現代精神風景底掩蔽，而發見存在的眞實，詩若非透過「人間性」的配慮，而徒然空想於「純粹性」的追求，終是無法成立的。「我」本身既屬存在的自然物之一，便也與「那些外表平凡的、不受重視的、被遺忘的事物」，處於同樣蒼白的命運裡。此種自覺和悲憫，即構成了烱明精神的抵抗線。「現實的矛盾，我的筆便落於其間的細縫裡，不放過任何暴露我們眞正隱衷的機會」（見笠詩刊第十九期鄭烱明的「自剖」），從這「不放過任何……的機會」的率直底決心裡，我們將可預見烱明向這異數世界眞摯性的出發底姿勢吧。

唯有深入於俗的腐化裡，始有菇狀的貞潔之價值可言。而一般漠視詩性現實，却亟欲追求美或知性的發揚底詩作，這些無非是依靠一時的情緒及技術寫出的，終究是難以獲得我們眞正的感動。

所謂詩性現實，那並非意指純粹生活性的投映，而是生活的外部現象和我們內部的心象之一種「均衡」相吧。而維持這種均衡的安定性底要素，亦即抱持反逆地意欲性的「批判精神」。

上一代詩人群裡，其所實踐的「橫的移植」，因被西洋現代主義精神的開放型式所眩惑，却未克對其傳統源流、社會結構、國民性格、生活型態等，去作本質上相關的思考，桔終成爲枳，而造成前一階段「無詩學」的混亂和黑暗局面，在不能收拾和無力變革間癱瘓着。此其間，有

不少詩人逐而沉默了，而一些既存的詩人，則大多一面極力掩飾，一面又相互標榜着，於楊抑的自欺裡而不自覺。這癱瘓的現象，一直被擱置着，到近幾年來才逐又恢復生機。

本來，為了擴展現代詩的世界，以及抵抗從來我國抒情傳統的表現墮落，而提倡「横的移植」的行動，是無可厚非的，但這移植，毋寧說於其根源上卽存在着某種宿命，亦卽詩性現實的無計算和無節制。

一直未被妥善處理的詩性現實，却在烱明的方法論裡，獲得合適的按配，而形成了他詩作的特質。現我們就試將這些特質予以分析。

A. 卽物性的表現

卽物性也就是精神作業上，一種先將對象予以無限放大至一等值於人生的存在。然後以「客觀的强度」檢視和分析其陰霾之所在，乘虛而入，等這對象包含了「我」之後，再將之給予藝術性還元的表現方法。

一切屬於存在的自然物，在其終極處都是相連接着的，而其相異處和相似處，也互相仿似着。卽物性的表現，因為其所選擇的對象，乃是最具凡庸意味的事物，在這放大、契入以及還元的過程裡，將現出其方法上的突然、戲劇性、嘲弄和機智之趣味。而在一首詩的「情感的歷史」裡，詩的原型，將在詩人的經驗內部作漫無方向的漂流，此時詩人遂陷於——被置放在與任何日常性關連被切斷——的孤獨裡，等到這漂流的詩的原型，獲得了新的連接，在連接而迸放閃光的那一瞬間，詩人乃發見其自我之眞實和存在的眞貌。

石灰窰

烈日下的石灰窰是燃燒的
在它深邃的底部，鐵銅色的皮膚
因熱而哭泣
哭泣這愛恨分不清的年代
我們的幸福已然腐朽
已然成為焦爛一片

沒有選擇存在的權利
我們像一群飢餓的灰石在等待燃燒
我們已明白
唯有燃燒才能令我們忘記一切
忘記戰爭，忘記死亡
忘記抹不掉的歷史辛酸

於是我們默默地燃燒
默默地成為灰燼

這首「石灰窰」，透過卽物性的方法，把石灰窰的形象和世界叠影在一起。遙遠的戰爭不斷的抽痛着我們，國際間政治背信的混亂、生活的緊迫、空間的擁擠，但我們無可逃避，「沒有選擇存在的權利，我們像一群飢餓的灰石在等待燃燒」，而我們眞能忘却什麼呢？被課於以「成為灰燼」去忘記這存在的不幸和陰暗，人還作什麼人？和此詩有異曲同工之妙的「搖籃曲」，把那因愛而搖盪的搖籃與這因恨（戰爭）而動盪的人間，予以十分巧妙的連接

，而反覆響着的：

「睡吧，孩子
安靜地睡吧」

這母親愛的呢喃的聲音，對於活在爭奪和動亂裡的疲倦底人們，益發引人對親情的溫煦，無限地思念和孺慕吧。這種平易却叫人感動的詩，是奠基在尖銳的感受力，以及對 Object 的深刻觀察上。這絕非那些依靠知識寫出來的僵硬底詩所能比擬的。

B.抒情性適宜的抑制

「知性」與「感性」，原是詩構成的兩大要素，知性的領域，決非可單獨以存在的，而情感的表現也不可能是純粹的。所謂詩的主知或主情，實則只不過是知性及感性比例上的差異而已。

我嘗以爲，抒情乃是人對存在的一種舒放行爲，人們對存在的愛、苦悶、希望和夢，都將於抒情的表現裡，給予一種合宜的發散。

然而，抒情在本質上卽帶有極濃烈的「情緒」成分。而情緒則多爲一時性的浮現，却缺乏未來性安易的可能。因此抒情性的表現，若非加以合理計算的抑制，則必將墜於無聊的感傷或空虛的唯美裡。

這種抑制，實質上卽是一種「自我批判」的作業，而能否成爲一首優異的詩，此一抑制的要求，正是一種莫大的挑戰。

蝴蝶

蝴蝶逍遙地採訪春息
迷人的背影招呼着雲彩
我在想
牠的翅膀載不動我的鬱悶啦
但是，每一次
我記起從前——
啊，當牠絢爛的兩翼悠然一閃
我的衣裳印着蝴蝶的微笑
同時，數不盡的委曲
隨花粉貼在脚上
翩翩地
飛上天去

這隻蝴蝶，該是烱明本身的青春底一種暗示物吧。由於蝶亂春意的形象，而恍惚憶起年少的純情。但在這首詩裡，却沒有那種青春受挫的頹喪及傷感，反而在惆悵後獲得了一種情感的疏濬。

過於耽美的情緒，反會成爲惡的意識。這是我們必需深深警戒的。

烱明這首「蝴蝶」及「熨斗」等詩作，無疑已完成了抒情詩新的可能。今天在我們詩壇裡，其難讀到優異的抒情詩；這種新抒情科學的探求，該是年青世代所應努力去追求的。

C.强烈悲憫的心懷

抱持着「我寫詩，因爲我關心這個社會，我不要做一個活在時代裂縫的人」（見笠詩刊四十二期笠下影鄭烱明「詩話」）這種心情來寫詩，立足於社會基礎上，凝視着

衆生相無奈的奔波和對命運的無告。這使我想起舊俄時代偉大小說家的朶思托也夫斯基（Dostoyevsky）。A・紀德在爲他作評傳時，曾提及他總喜愛站在十字路口，認眞而嚴肅地望着那些匆促的人們，而私心底想像着那些人們裡底那個他，此刻正帶着如何的心情，想到那裡去做什麼……唯有這種對庶民的矚視，才能調整個自與時代共同的脈搏頻率吧。

乞丐

我走在黑暗的小巷
沒有人看我一眼
我蹲在閃爍的陽光下
沒有人看我一眼
我躺在公園的椅子上
沒有人看我一眼
我暴斃在一家店舖的門口
却吸引成群看熱鬧的人

這首詩以空間諸元的選擇和結構，而現出其「事件性」，無情地暴露了人間的冷酷和群衆的盲目，生前存在一直被漠視着，「那沒有人看我一眼」的辛酸和無依裡，包含着多少地襤褸及飢餓呢？但一暴斃，却立刻吸引了一群幸災樂禍的圍觀者，橫於這前後冷熱間的，方是龐大地人性的自私和無知。他們所圍睹的，並非生活的扼迫，而是對死的好奇啊。近期裡發表的那首「獨語」裡的：

把鬱積在內心無法述說的苦悶
隨射出的精液留在那兒
……………
有一天當我戰死
那是我一生最大的光榮
我不在乎沒有人爲我哭泣
或擔心漂泊的靈魂再不到安息
只要滴血的胸膛不再愴痛
不得成爲憂戚的泉源

描寫那些活在歷史底不幸的老兵士，看似呢喃的低訴，但有一種會呼吸的控訴力量，却已然躍出語言之外。

悲憫的心懷結合於社會性的意識時，在其接觸點上，便自然浮現某種批判意味；詩的曙光和可能，即在於以表現的語言，喚起人們對命運、文化、生活的覺醒或變革這點上。貫徹此種任務的能力，即是深藏於詩內部的批評之錘。而這種經由「感動」所產生的覺醒，無論如何是較諸任何論文或辯證的型式，更深刻和具說服力。詩的魅力亦即在此。

對於命運和生活的必然現實之無能爲力，任何人都有着被關懷的意欲吧。「詩越純粹，則離群衆越遠」，T・S・艾略特的這句慨嘆，在某種意義上，却也是一種警告啊。

D. wit 的喜悅感

wit 已然成爲我們生活在現代鹽般的存在了。這種機智的喜悅感，並非僅以給出一時性的趣味爲能事，而是於照亮生的暗澹底那一瞬間，在精神上，給予一種前進的信念。知性本質上，亦即無數機智的緊密結合吧。然而一旦

喪失了機智的活潑性，這知性便隨卽淪於概念性的刻板和纖弱裡。今天我們檢視詩壇內大部份知性類型的詩，其病端便卽在此——缺乏垂直的自省和深刻的觀照，僅以曖昧的語言來掩飾精神底流的薄弱。

誤會

那個藝人，滿身大汗的
在熱鬧的廣場上
表演他的絕技
他靜靜地立在那兒
突然，像隨風飄起的一片羽毛
停留在空中翻筋斗
然後落下
兩手撐着地面
成爲倒立的姿勢
看着周圍驚訝的人群
我以爲他是在用另一種角度
來了解這世界
他的伙伴却說：
他只是想試試他的力量
能否舉起地球罷了

烱明的這首「誤會」，無疑地曾接受了村野四郎「體操詩集」裡那首「吊環」的刺激。然而於此詩的造型，那刺激的要素，顯然已被消化而獲得新的滿足。「了解這世界」的「知」與「舉起地球」的「行」間的差異，乃構成了此詩的權力，而不致流於問題的說明。

這種一刹地機智的捕捉，使得烱明詩作裡的「敍述性」，有如被喚醒了一般，而現出舞蹈性能。如：

一直攀到——地球的那邊
（藤）

我捏着鼻子走過去
像走過一條時代的裂縫
（禁地）

唯獨缺乏一堵死亡之牆
（死亡之牆）

「藤」的欲望、「禁地」的覺醒、「死亡之牆」的無奈以及前提及的「誤會」，這些機智一刹地捕捉，却在他詩中的結尾處完成，而成爲主幹的存在，這些詩前部份的敍述，便成爲「枝葉」。近作裡的「絕食」、「超現實的故事」、「我不相信」等詩，已把這機智發揮而全面推動地逕向原型展開挑戰。

這種挑戰，實際上卽是「敍述」和「暗示」不斷地爭鬥。烱明部份的詩作，卽因這被敍述性稀釋了的語言，而把詩的張力鬆馳了。這該是意圖更貼緊於現實，而未將語言力學加以考慮的疏忽吧。畢竟，敍述性的機能，並非僅將其兩端的東西給予連接而已，而是在於追求「轉化」的可能上。失却了這種轉化的可能，暗示必無法產生，亦詩將只停留在其表層。

烱明詩集「歸途」之後的作品，已有了此種新契機，那麼他那双不斷向現實挖掘的手，不久以後，將會取出更多撞擊着我們的異質底美吧。

（六十二年元月十日）

鮑特金及其心理學的批評

黃奇銘譯

1

今日的文藝批評界利用心理分析法最爲成功的也許應算是摩德鮑特金（Mand Bodkin）。當副題爲「心理學式的研究想像力」，正題爲「詩之初型」（Archetypal Patterns in Poetry）於一九三四年在英國劍橋出版時，並未引起多少人的注意。當時只有民俗學及心理學的專門性雜誌給予熱烈批評，而文藝刊物只給予一般性的禮貌評論。據筆者所知，它尙未對英國的批評界產生什麼影響力，（雖然賴特（Knight）、李維斯（Day Lewis）、和奧登（Auden）曾對它有所論評，而李維斯（Leavis）也在「Scrutiny」雜誌上評擊過它）。在美國，鮑特金小姐更沒有人認得。據筆者個人所知，她從未被任何一本美國國內的雜誌討論過。（不過倒有不少批評家，諸如柏克（Burke）和華倫（Warren）等人設法去探討並採用她的著作」。筆者翻遍了圖書館裡的書，包括「著作人名考」（Who Is Who），都未發現她被列入英美參考書內，而且她除了在Mind及British Journal of Psychology兩刊物上投投稿外，也從未有作品發表過，（不過她也曾以A. M. Bodkin的名字在「英國醫藥心理學日報」的註釋欄中出現過）。一直等到第二次大戰期間，她才投了一篇到「風與雨」——一本專門討論宗教及道德問題的英國評論雜誌。

她之所以這樣默默無名，有不少原因。第一、鮑特金既不是一位可爲其著作贏取注意力的心理分析學者，也不是一位職業性的批評家。她顯然只是一位業餘性的文藝愛好者，（有段時期她曾是位出版商的讀者），對心理學及想像性的文藝、正確的文學敏感性、調和感、及鑑賞力等都有廣泛的認識，因此她才能免於對精神分析有過份苛刻的批評，她參加了楊格博士（Dr. Carl G. Jung）於二十年代爲無經驗之外行學生們所開的分析心理學及其含義之專題研究。她的著作雖然大部份是屬於她自已的東西，但可以說主要是根據楊格的學說而創設的，不過楊格博士一定不曉得她的作品是怎麼一回事，而且如果他曉得的話也不一定會贊同她的意見。

筆者才疏學淺，實在不够資格去談論楊格（或任何一位心理學家）在技術上的觀念問題，不過要談及鮑特金的著作以前，我們最好還是先介紹一些被應用到藝術部份的

觀念爲宜。從文學的眼光來看，最重要的當然是「初型」的概念。楊格於其「對分析心理學的貢獻」一書裡，有一篇題爲「論分析心理學和詩學的關係」一文中解說得非常清楚。初型便是一些潛意識性的原始意象，「一些屬於同一類型的無數經驗之心理殘餘物」，這些東西都是原始時代祖先們具有的東西，是人類腦細胞組織中的先天遺傳物。這些人類經驗中最基本的，古老的形態，或如楊格的假說所說的，這些使鮑小姐致力去探討的東西，便是因爲這些初型都是一些具有特殊感情含義的詩歌（或任何他種藝術品）之根本。

對楊格而言，這些初型的模式都可從人與人之間一連串的傳達交往中找到：例如，詩人之無意識的結構部份，常出現於詩中的主題或意象觀念、及讀者與觀衆之無意識的結構等皆是。這是一種根植於具有種族經歷的「集體無意識」概念，這一概念影響了原始的神話英雄，也左右了文明的個別幻想，不停地表現在大衆化的及永恒的象徵中。〔很顯然的，這一概念和維哥（Vico）的循環歷史論酷似，而且和史得哥（Stekel）將佛洛伊德的自由與經驗式的作夢修改爲一種固定，吉普賽人夢錄的符號有異曲同工之妙，另外像已經深受維哥影響的喬艾思（Goyce）如果能利用心理學去創立其 H. C. Everybody 論的話，一定相當有趣〕。

楊格認爲，藝術家及神經病患都很詳細地將原始人的祭典經驗中之神怪故事重新改造過，當其改造過程中，時而處於清醒狀態，時而完全處於「空想」狀態中。可是，藝術家並非是神經病患，而是一位比神經病患更重要的藝術家。於「轉移」（Transition）一書中，一篇名爲「心理學與詩」的文章中，楊格將詩人捧爲「集體性」的人，是人類於無意識下具有活力之傳信者及造消息者。以後，當他作最後的分析時，他說，藝術是一種自主的情綜，吾人無法知悉其來源，它是一種阻礙科學發明才能的表現，而精神分析所能做的，也只能去研究其前提資料並且以不加解釋的方式①去描述其創作過程而已。

楊格的另一概念——即其與佛洛伊德之主要爭論點「慾望」。關於此點，他認爲「慾望」並非只是「性慾力」，而是一種「精神上的自然力」，可說是一種柏格遜式的「蓬勃生氣」（elan Vital）；他的基本個性（包括內向和外向兩種），他認爲乃是慾望裏外的轉變所造成的結果；至於其他諸如理想式或稱爲靈魂意象的「靈魂」（Anima）及補足性之外在個性的「個性」（Persona）等觀念，在鮑小姐的著作中和普通的文藝批評裡可說無足輕重。因爲在文藝分析論述中，她認爲，較主要的概念只有集體無意識及其初型而已。

從很多方面講來，楊格的分析心理學和佛洛伊德的精神分析比較起來，也許在文藝批評界所產生的效果要來得大些。鮑特金曾就她所觀察的結果，將楊格的分析心理學之優點加以詳細討論過：

> 佛洛伊德名詞術語之所以說不通，（例如於一首詩裡，個人內心及社會遺傳之間所產生的交互作用），乃是他的假說必須把一生中後半部及較高深的部份，根據開始時所存在之因素才能解釋得通。而且，佛洛伊德派的作家們常過份强調双親與孩子之間的肉體關係，令人無法了解另一重要性相同的正確觀點爲何，因爲這一觀點說明了父親對孩子所具有的魔力，及他那種不可反抗的影響力，致使在廣大的社會影響力

及潛在成就上，他扮演了第一種媒介。

從文藝批評的觀點看來，楊格式的心理學之所以優於佛洛伊德的心理學，其主要原因，乃是佛洛伊德不像楊格，佛氏曾經有一段時間把藝術視為是一種神經質病的表現，或者也可說是一種發展階段裡的自我陶醉產物，一種空中樓閣式幻想，或是因為在現實世界中沒法滿足因而想尋求滿足的代替物。於「文明與其不滿」（Civilization Its Discontents）一書中，他對「美」一字這樣寫道：「不可否認的，美乃是源自性方面的感受；而且喜愛美便是一個目標受挫折，受阻礙的最佳例子」，這一說並不因他自己承認說「精神分析在其他方面遠比在美方面更說得通」而稍做改變。

話雖如此，實際上對每位現代作家及批評家影響最大的，仍然要算佛洛伊德，而不是任何他的一位叛徒。除掉一句大家都耳熟面善的「自卑情綜」〔不過我們也得承認，幾乎每本論及自我或原動力，或補償等觀念的當代小說，包括The Great Gatsby 和 What Makes Sammy Run等多多少少從阿德勒（Adler）的個人心理學觀吸收了一點東西②〕一詞外，阿德勒對文藝根本就沒有產生什麼影響力。除了蘇黎世（Zurich）一地外（喬艾思也受了楊格一點點影響），即使楊格也沒有幾位信徒，其中只有永拉斯（Eugene Jolas）及在巴黎一段很短的過渡期間，和在美國的一群以奧本海姆（James Oppenheim）為首的社會學派之詩人及批評家③外，史特科爾（Stekel）、蘭克（Rank）及其他很多佛洛伊德的叛徒們除了在他們自己範圍外，並沒產生什麼影響力。

楊格心理學的集體性及肯定性算是對文藝批評的一項最大貢獻，可是也可說因此本身帶有一種最可怕的危險性，有一種頌讚無理性、神秘主義，及「種族記憶」（Racial Memory）的趨勢，這便是為什麼楊格對於納粹和法西斯思想具有那麼大魔力的原因。鮑特金費了很大的勁去避免掉入楊格觀點的陷阱裡，可是在她的書裡，還是有個地方因其呼籲摒除理智，依據感覺去解說心裡型式的作品，致使她也像楊格受血與土份子之愛戴一情而犯了頌讚無理性的曖昧可能性。不過，大體言之，她利用楊格作品裡的形而上與神秘色彩還算較少，利用其科學化的分析法較多，而其「詩中之初型」一書中之題詞裡視楊格為其恩主一事，當然有其含義在內：

> 哲學性的批評已讓我深知，每一派心理學——包括我自己的在內——都具有主觀式的自白特性……因此，根據此一不易之理，筆者才有資格自認已對人類稍有認識矣！

2

「詩中初型」一書算是一本能名符其實的少數作品之一；即討論詩中的初型式樣。是書共分六章，第一章提出悲劇中的初型問題，同時也對瓊恩斯（Ernest Jones）探討哈姆雷特一劇之伊蒂帕綜情意綜的問題加以評論；另外五章分別論述「古舟子之歌」（The Ancient Mariner）裡的再生初型；考勒列幾、密爾頓及但丁作品裡的天國地獄初型；詩中的幾個初型式的婦人；初型式的魔鬼、英雄和神祇；及當代文學裡的幾個初型。論結構，該書分為兩部份：第一部份先評論單一作品裡之初型，諸如論「古舟子之歌」的再生，第二部份則是將很多作品裡的初型類別作

一比較，諸如論及大詩人筆下的初型婦人一章便是。此兩種方法皆需深入研究。

論及「古舟子之歌」一章裡，鮑特金小姐首先註明描述船之鎮定及其後來所產生的奇妙擺動的詩節，結果她發覺到，這些論及死與再生的詩節根本就是象徵考勒列幾費盡心機的情況，也象徵著一種突然來臨的創作靈感經驗。她的這一讀法，首先是憑她受詩行之啓示所引起的聯想與回憶，然後才根據手頭裡邊她自己對考勒列幾的聯想記錄，最後又依據出自聖經的引文所說明之人類精神的振作和風生起後之間存在的一般性關係。之後，鮑特金小姐繼續討論該詩的高潮、祝福及其影響，她將此一部份和楊格之海中夜航的初型神話〔例如約拿故事（Janah）〕拉上了關係——這主要是以犯罪與贖罪組合而成的重生儀式。在這一方法內，她把自己的聯想及夢、羅斯（Lowes）對考勒列幾取材的探討、鮑杜因分析維哈戀作品裡同樣的意象、哈姆雷特王子的困境，其他諸如凱因（Cain）及流浪的猶太人之心中時帶犯罪感的流浪漢類型，及反映於夢、詩篇、及心理分析論裡渴望死亡或重新回到子宮中的一般問題都包括進去。最後，她不只拿該首詩來說明其初型式樣，而且也運用式樣來說明這首詩及其效果，使得該式樣能適用於大部份的詩篇，因此，無形中趣味油然而生。

鮑特金小姐所作的比較方法也是如法泡製。於討論婦人初型意象一章裡，她詳論密爾頓的「失樂園」，拿它來和荷馬作品裡的女神母親拉上關係，然後將她們和妻子兼母親之痛哭的塔姆玆（Tammuz）的故事及另一被殺的草木之神視為同出一典。然後她便提出存在於密爾頓作品中的亞當和夭折的普羅瑟拜因（Proserpine）及出賣者的德萊拉（Delilah）之間的可能相似性；也從優里玻狄士（Evripides）作品裡的華德拉（Phaedra）角色找出其具有被出賣者的共同可疑點；指出但丁如何把佩亞德里絲（Beatrice）之母像的初型理想化，因為她們具有世俗因素，方演化出海倫（Helen）、荻多（Dido）、克列羅柏得拉（Cleopatra）、及佛蘭西絲卡（Francesca）〔尤其是佛蘭西絲卡〕；說出味吉爾之初型變型——伏瑞狄絲（Eurydice）及荻多（Dido）——兩個都各可能含有佩亞特黑絲及佛蘭西絲卡的因素在內；最後才說明這些因素皆是歌德的葛列亨（Gretchen）佛蘭西絲卡演變成佩亞特黑絲等戲劇發展過程中的步驟。在討論這幾個初型式女人之間的演變關係時，鮑特金小姐都能依照每個詩人於其時代內的不同見地去論述每位詩人的處境，同時也討論每位詩人所創造出來的主要詩篇想像力中之初型狀況。

至於當代文學作品方面，鮑特金憑她從勞倫斯的「羽蛇」（The Plumed Serpent）及摩剛（Charles Morgan）的「噴泉」（The Fountain）兩部作品裡發現，肉體與精神的衝突過程中有再生初型；從吳爾夫（Virginia Woolf）的奧蘭多（Orlando）中找出父像是初型式的詩人；從艾特略之「荒原」中找出那種幻滅不定，有關再生儀式的片斷描述，雖然這些幾乎只能被視為是一種回憶，在她看來却不但在過去的文學作品裡屢見不鮮，而且還是當今任何一部嚴肅作品裡之組合的準則。

當鮑特金小姐要為這種層出不窮的初型做個說明時，她把這些初型如何被傳達出來的問題糾纏在一起，以致弄得混淆不清。因為假定正如楊格（依據佛洛伊德）所說的，這些初型完全是一種記錄於腦筋結構中之原始經驗的話，那麼我們就得相信後天的特性會遺傳的道理，而且也要

把魏斯曼的不朽生殖質遺傳說推翻（其實生殖質根本就無法從體內的原形殖生出，因此也就無法產生經驗性的變化）。不過佛洛伊德還很願意承擔這一責任，而且一直到了一九三九年，才在他所著一本名為「摩西與一神教」（Moses and Monotheism）一書中，不顧當代生物科學的見解如何，肯定他對後天特性的遺傳信念。可是從另一方面看來，假如像很多當代精神分析學者所說的，這些初型並非可遺傳到肉體的組織裡，而是遺傳於文化的脈絡中，甚至從代代相傳中的相同嬰孩經驗中顯現出來的話，那麼這些初型一定會在任何的社會中，每代裡都發生極猛烈的變動，或者有時也會在一位孩童身上產生迥然不同的初期經驗〔就像馬林諾斯基（Malinowski）發現母系的特羅布里安得斯是伊狄帕斯情意綜的變體〕。鮑特金小姐的意思是要提醒大家注意這一問題，留給大家去討論，而且在該書的前幾頁無非是要說明她對楊格的貢獻估價有所保留：

當楊格於發表其假說時，曾經言明這些初型式樣：「就存在於腦組織中」；可是這一理論根本就沒法拿出證據來。楊格自己認為握有在那些式樣中就可從那些未和文化接觸過者身上，從他們的夢與幻想中找到一些自然流露出來，屬於較舊式樣的證據。其實，像這一類的證據是很難去下判斷的；尤其當我們要處理某些處於精神恍惚下才突然重現出來的舊材料時，我們往往都須追溯到一個人一生中那些老早已被遺忘的感官印象才能得到解決。

然而到了該書的二百五十八頁裡，她根本就把她自己的保留態度置之腦後，居然承認說：「顯然天生的和個別的後天因素一定都能同時在超自我裡找到」，同時，「一個部落的遺傳也一定會影響整個種族的過去生活經歷」。

因為鮑特金憑她時時刻刻以不過份強調詩中的心理因素之原則為準，方才沒濫用精神分析批評法。她這樣寫道：

假如我們過份強調這些心理、生理共鳴的某些部份，以為這些共鳴和其他存於成人心中的因素比較起來更有道理得多了——假如以為這些其他對那些眞正較老成的人講來，根本只不過是一種掩飾最近專家們所共認的，這幾種寥寥無幾的最初因素的話，那麼詩所給予人的那種美感必遭破壞無已。

她的心理要素解釋法除了「一部份」外，根本就未能引出什麼詩的效果來。於其為心理法作最重要的辯護文章裡（該文題名為「論心理批評與戲劇的傳統法則」附於該書之後），鮑特金小姐在答覆史脫爾（E. E. Stoll）及他人對心理分析法之反對一文裡，很客氣地說，我們實際上不可以，也不該將「時代所賦予我們的心理提示一概抹殺其價值才對，眞正欣賞作品的方法該是應用我們全部的心思、心理學方面的知識及任何史脫爾或其他批評家所能提供的東西都可幫忙我們，更透澈地、更豐富地去了解該作品。

鮑特金小姐利用心理學最得體的地方要算是有關楊格論述「不過」（Nothing but），即認為一首詩「只不過是某類〔這種想法一般都因「神經床」（thalamus）一詞而稱之為神經床式的，此即從我們腦神經當中可約略辨別出來的部份〕」觀念的謬見部份而已。鮑特金小姐堅稱

，詩除了「只不過是」她的心理學，同時「也應有」多種含義在內才對。

和一般只儘量憑藉個案史及診斷記錄的職業性心理分析法不同的是，鮑特金小姐主要乃憑藉她那嘔盡心血的回憶、分析報告她自己的心理共鳴爲基礎。「我們的分析便是我們自己的經驗報告」，她這樣寫道。她將讀詩時自己內心的感受、當時所意會到的意象、所領會的含義或不安情況、產生怎麼樣的聯想、激發起什麼神入（empathy）或影射的反應、造成了些怎麼樣的轉移、或做了些什麼夢等等都有詳細的敍述。只有一次當她論及「古舟子之歌」一詩時，才曾嘗試要將這些回憶客觀化、或至少企圖要擴大討論範圍。此法 I. A. Richards 於「實用的批評」一書曾有詳細的描述，所謂將詩留給讀者自己去發表意見的實驗室法，其間不同的是，她認爲詩與作者應屬同一單位，而且她所要求的只是情感上的反應，一種經過「深思或幻想（葛頓之「自由聯想」）後所帶來的結果，而不是要把他的見解如數家珍一一道出。雖然她在書裡還特別爲讀者搜集了很多很有見地的問題，可是在序文裡她說：「既然要從和作家有關係的讀者那邊求取不可缺少的集精會神工夫是那麼難」，因此她不得很痛心，很婉惜地將這種意圖割愛了。不過，她却深信說，到後來，「個人在詩方面的訓練工作及精細求精的方法勢必會取代那種博覽群藉的研究法」。

除掉在基本上她應感謝楊格對她的啓示，及其修正葛頓與瑪查慈的實驗心理學外，鮑特金小姐也幾乎把所有可資利用的心理學統統都搜入她的書裡來了。尤其從佛洛伊德得到的更是不少，甚至於還不只局限於楊格同意的方面呢！她對佛洛伊德所謂的伊荻帕式觀乃是一切夢中的犯罪感之說大胆提出了異議，可是她也承認「有些和父母有關係的不如意事件」確是可用伊荻帕情意綜論來解釋——當然只可能和其他有關係的因素連合起來解釋方才行得通。她接受佛洛伊德的超自我觀，而且嘗試要在佛洛伊德與楊格有關底父母或部落對孩童心理影響那個較大之間提出折衷說法。有時候，她也以相當保留的態度去接受那些各有其含義的五花八門之佛洛伊德假說，諸如求死慾說或稱薩那脫斯原理（Thanatos 於希臘神話裡是位死神，與 Hypnos [illegible]生兄弟——譯註），自我及本能衝動說，快感原理說，父像說，及包括夢中的飛翔至人類墮落故事中的蛇與蘋果的各種性象徵物等觀念。

此外，鮑特金小姐也從不少做過文學分析工作的佛洛伊德之門徒那邊獲得一點益處。她承認瓊恩斯（Ernest Jones）對「哈姆雷特」一劇的研究在方法上幫了她不少的忙，特別是諸如把文學視爲是種分離與破壞之心理經歷過程的主要手法。她也利用了波杜因（Charles Baudouin）修正佛洛伊德學說後，對維哈也戀（Verhaeren）的研究結果「心理分析與美學」一書；也採用了羅海姆（Geza Roheim）之佛洛伊德式人類學等。同時，她也有辦法吸取非精神分析之心理學的長處。凡從 Gestalt 心理學及人類學家哥登維哲（Goldenweiser）用「結構」（Configuration）一詞去說明文化形式，而且也因爲她對哥勒（Köhler）的作品「論無尾猿的心理狀態」一書認識頗詳，是故她也從該書沿用了我們通常在解決一個問題前的一段暫停的空檔論。

除掉上述這些折衷性的心理學說明外，鮑特金小姐也採納了很多哲學家、神學家、人類學家、及社會學者，和很多現代文藝批評者的看法，其中諸如愛普遜（William

Empson）的曖昧說，威爾遜．賴特（G. Wilson Knight）對莎士比亞之「奧賽羅」一劇的研究，和羅斯（Gohn Livingston Lowes）對考勒列幾所下的徹底精密之研究等皆是。（鮑特金小姐只選取了一些可做申論，即當羅斯討論到考勒列幾意象之來源的地方，她才加以申論一事實已露出馬脚了，這種做法，我想心理分析學者根本就不敢這麽大胆。跟羅斯一樣，她完全把「忽必烈汗」（Kubla Khan）一詩中的岩洞與山峯的性象徵抹殺掉便是一例）。

就憑着這一大堆折衷式的原理及概念，鮑特金小姐使得文藝批評不再是一門僞科學了。姑且不論她的手法如何，她可說是一位徹頭徹尾的詩之愛好者，而且也是一位敏感力頗强的讀者。「詩中初型」一書可算是一本對李爾王（King Lear）的情緒結構有獨到的探究，對雪萊的詩作所給予讀者的感受做了適當之解說（這也許是今日第一位能做出一點令人滿意之成就的學者），對吳爾芙（Virginia Woolf）之技巧分析得相當到家，相當有見地等等的大作。讓我們引句柏克對她所下的名言做爲本節結束的話吧！他說：「其實她根本興趣並不在於眞正詩中的形式」，而是興趣於那「幾篇詩中」的形式而已。

3

文藝心理批評法和本書所討論到的他種批評法比較起來，可說是本世紀自從心理學成爲一門有機體化的學問後之最大成就。簡言之，批評起初便因每位批評家，皆欲就其對人類心靈活動的一切知識拿來應用，就具有從心理法著手的趨勢了。十九世紀剛一結束時由佛洛伊德發現的潛意識，馬上促使心理學以另一種嶄新的姿勢出現，從此它爲一向無法解決的文藝作品之來源及結構問題提供了解決之道。佛洛伊德前的心理批評家，值得一提的也只有幾位。當然，其中最重要的得算是心理學及文藝心理批評法的始祖亞里斯多德。亞里斯多德的著作中到處充滿了實驗心理學，尤其是在他那本討論記憶及回憶、夢、及夢裡的預言，由一篇一篇論文收集在一起，名爲 De Anima及另一本名爲 Parva Naturalia。在「詩學」（The Poetics）一書裡，他把心理學應用來答覆柏拉圖於其「共和國」（The Republic）一書中有關心理的謬見，把柏拉圖認爲詩歌因其滿足感情，是故對社會有弊的理論推翻，代之以認爲詩歌以使用一種可控制的象徵形式激發憐憫與恐怖的感情，然後經過發生作用將這些憐憫與恐怖的情緒除掉之較正確的心理淨化說。「詩學」一書幾乎可說是研究藝術心理學的教科書；而源自由於英雄對處境沒完全明瞭的悲劇性缺點說（Hamartia），意外變化所產生的驚愕（Peripateia）；及喜好可能性的絕望，不喜好不可能性的希望；和其他很多說法等等都是心理學眞理的重要預言。在「Ion」一書裡，詩人對柏拉圖來講是一位附有神靈在身的瘋子，一位神經病患對亞里斯多德而言則是一位較接近有神靈附身的心理學家。

亞里斯多德在藝術方面所提出的心理看法由兩位名爲朗吉納斯（Longinus）和霍瑞斯（Horace）的古典作家加以延伸並且改進，然而心理批評的次一重要進展要等到考勒列幾的「文學傳記」（Biographia Literia）問世才來臨。考勒列幾利用經阿奎那斯（Aquinas）、笛卡兒（Descartes）、霍布斯（Hobbes）及哈特利（Hartley）修改後的理論，可是他們的修改並沒帶來對亞里斯多德之心理學什麽重要的改進，而且把它應用到解釋詩歌上面去

。考勒列幾之所以無法將心理批評法發揮到淋漓盡緻的地步，乃是因爲他像亞里斯多德一樣，受了心理學裡之量與質兩方面的不足所致。考勒列學幾確是以指出「這些散漫無章的想像馳騁現象，因爲他們超越了吾人理智力之籓籬與目的，所以被清晰的意識置之不理的東西，通常都被大家識之爲「超越」塵世的東西」之事實而預期潛意識的存在了，可是由於他比他的時代超前了那麼一大斷距離，是故此一發現也發生不了什麼作用。「傳記」一書是當代心理批評法之預言，至於其他現代心理批評有一個給讀者做實驗的提議（此一提議和本世紀理查慈（Richards）所說的大致相同，其分別只不過是後者將詩與科學之間讀者之感受做個劃分而已），和一個極爲珍貴想像觀（理查慈爲此特寫了一本名爲「考勒列幾論想像力」之書，是書完全用現代心理學的術語而說明的）。

和考勒列幾同時代，一位值得在此一提，而且也頗具重要性，名叫蘭姆（Charles Lamb）。雖說蘭姆並未曾創出一套完整的心理學理論來，可是由於他妹妹患了令人痛心的精神錯亂症，以及他自己情緒因此常受干擾的處境，使得他對心理學和藝術之間的關係特別敏感。在其「天才的正常性」（The Sanity of Genius）一文中，他爲我們道出了藝術品與神經感動下的產品，其間最明顯的差別，在「巫師及夜驚記」（Witches and Other Night Fear）一文裡，他確是預先看到了日後楊格的初型觀。他說：

> 蛇髮女怪，九頭蛇怪、及吐火獸——有關西雷娜（Celaeno）和鳥身女面怪物等都可能重新出現在充滿迷信觀念的腦海裡——可是事實上這些老早就有了。他們只是複制品或是類型而已——永遠存在於每個人心中。——這些怕人的怪物——其存在可說是超形體的——換言之，是無形無體的，將來也可能以同樣形態出現。

4

隨着一九〇〇年佛洛伊德之「詳夢」（The Interpretation of Dreams）一書的問世，文壇上的精神分析批評也便展開了。佛洛伊德的貢獻是多方面的，也許其中最重要的部份要算是那些可應用到文學裡來的部份，但其討論到的是一些具有原理原則的非文學問題，特別是有關夢、理性、及神經病徵候等的著作都是。像此類的著作包括「詳夢」一書（該書討論的是有關夢之技巧，諸如濃縮，轉移，第二度推敲，與文藝創作的基本手法相像之分裂等問題，另一種同樣可用之於藝術方面上的達成宿願之基本觀念，及對象徵之特質極具有價值的探討），和另外兩部：「理性及其與無意識之關係」（Wit and Its Relation to the Unconscious），「對性學說的三大貢獻」（Three Contributions to the Theory of Sex）。

次一種便是佛洛伊德對藝術及藝術家之特性的特別評論。早期他所發表的文章諸如「詩人與白日夢的關係」（The Relation of the Poet to Day Dreaming），「論對愛情心理學的貢獻爲何」（Contributions to the Psychology of Love）「有關產生心靈作用兩大原則的公式」（Formulation Regarding the Two Principles in Mental Functioning）等，和遲至一九二〇年才出版的「心理分析引論」（The General Introduction to Psychoanalysis）中的第二十三講，兩者都嘗試如上所述，將藝術家看作是一位患了嬰兒神經錯亂症者。後來的

著作中，特別是「新引論講集」（New Introductory Lectures）、「除了快感原理之外」（Beyond the Pleasure Principle）兩部著作，也是想根據這一公式，將藝術家視爲是位神經病患和藝術的「綜合體」，經由此一媒介（藝術）去了解並且改變現實；而且在其七十大壽的慶宴演說中，佛洛伊德拒絕接受「發現潛意識者」之尊榮，慨然將此榮譽歸之於作家諸公們。

佛洛伊德最後一種對文藝精神分析批評的貢獻，乃是他特別爲藝術家及藝術作品的討論性文章。此類文章都以略評的方式散見於所有他的著作中，其中有些見解頗爲獨到，諸如見於其「詳夢」一書中論及「哈姆雷特」一角色「瓊恩斯便是根據該文才下判斷的」，「李爾王」一劇，及見於「圖騰與禁忌」（Totem and Taboo）一書中論及希臘悲劇。長篇的論述則只有三篇：「達文西：從心理性慾角度論嬰兒回憶」（Leonardo da Vinci: A Pschosexual Study of Infantill Reminiscence），「論陀斯妥也夫斯基及忤逆罪」（Dostoyevsky and Parricide）及一篇研究丹麥一位無名小說家名叫元孫（Vilhelm GenSen）所寫的 Gradira 小說。就憑這三部著作，佛洛伊德便建立了可讓他的繼承人研究的分析例型：痛苦學、或是以他的著作爲線索研究神經病患或精神病之個性；一種眞正的精神分析式的文藝批評、或換言之，是一種利用精神分析手法及臨床推測當爲根據的研究。

「達文西」一文，大體言之，乃是一篇痛苦學的叙述，（雖然佛洛伊德力辯說，達文西不管從那一角度來看，都不是一位神經錯亂者）。該文企圖以分析達文西對兀鷹的幻想記憶爲主，利用對他晚年在性慾與藝術方面的抑制之了解爲方法，去重新寫出這位藝術家的傳記與心靈發展史。佛洛伊德將他的這種工作稱之爲是一種「傳記性的成果」，堅稱這種工作完全是種試驗的性質而已，他把大部的篇幅都花費在爲達文西列出之理想式的，初發性的同性戀去作猜測其嬰兒期的病根工作。佛洛伊德唯一涉及達文西之作品的地方便是要爲這位藝術大師的心靈生活找出更多的證據，不過倒滿客氣地說道：「當我們要討論一位藝術家之印象曾經歷極爲深刻的變化的問題時，我們確不可自誇能够有什麼了不起的新發現」。他忽略了作品的其他組成因素，甚至有個地方，還想示意說，他除了以此去探討了解作品外，別無他路可走：「一本藝術作品的性質用精神分析的方法實也無法去了解」。話雖如此，從這種理論的本身來講，該書確可稱得上是佛洛伊德的最上乘之作，而且也爲一位死了四百年之久，其心靈與生活都很複雜的藝術家重新又奇妙地整理出一個系統出來了。

「論陀斯妥也夫斯基及忤逆罪」一文所討論的東西差不多是兩者各半，主要興趣在於探討陀斯妥也夫斯基之歇斯特亞式的癲癇症，希望他父親去世的伊狄帕斯式之願望，及其潛在的同性戀。雖然他說過了「有關創作藝術家的問題，說老實話，本人實在無能爲力」的話，可是佛洛伊德對於陀斯妥也斯基的非凡藝術品極爲欣賞，而且他大部份都在作也能貢獻出一點見幫助大家來了解這些小說的工作，其中包括這些小說裡的象徵性關係與作者的神經病和把這些小說純粹用結構關係去研究等部份。

至於「論元孫作品裡的幻想與夢」一書裡所討論到的葛拉狄瓦則純粹是一篇文藝分析的文章。單憑短短的一句話：「我們根本還無法摸出一條了解作者的門徑」，佛洛伊德就把任何想探求元孫的潛在意識情意綜或神經感動的企圖一口否認掉了，然後他便集中全部精神將該書的心理

與夢之結構作一說明，分析其濃縮，與轉移的象徵技巧，而且將其涵義作一通盤的深入探討與强調。最後結論說，元孫大體言之，早已知道有精神分析之道理存在這一回事了，此種見識並非即意謂說，他對眞正的精神分析法懂得很多，而是由於他自己對自己的心靈作了一番探索之後的結果而已。藝術家可說是另外一類的精神分析家。佛洛伊德將該書處理得那麼仔細，他的用心那麼值得佩服，以致於使人覺得不再存有佛洛伊德式的分析法，而且他自己也不知道，或可說是忽略了書中男主人公（也可能是該書的作者）具有的伊狄帕斯情意綜，和書中的抓蜥蜴一節與第一流的性象徵有連帶的關係。佛洛伊德之所以那麼喜歡這本書，很顯然一部份是由於該書剛好和精神分析論的道理不謀而合，因此之故，在最初幾年裡，他便多多少少非常「相信」這一點（說故事的人往往是一群極具有團結心的人，他們所說出的話我們應該特別看重，因爲這些人往往懂得一些連學術界的泰斗也從沒夢想過的天文地理之大道理」），不過，不可置否的，「葛拉狄凡」一書確是一本糟透了的一片胡言的小說，不暢銷是理所當然的事，而且，佛洛伊德因爲將該書作太高的評價與分析，以致於最後他自己也寫出了一部比這不知好幾倍的小說了。

痛苦學的傳統實際上並不是一門佛洛伊德新創的學問，他只不過是從那一大堆，沒一點科學性的精神治療法中，繼續研究十九世紀醫學診察法，這一結果形成了一種證明，即一位學識淵博的醫生曾經爲生氣蓬勃的文藝界演繹出一個結論來，謂從拜倫的詩篇來判斷，拜倫一定患了胆結石，從柏蒲的詩看來，柏蒲一定有高血壓症。這一說法與其說是佛洛伊德的看法，倒不如說是其門徒的。（當然有些叛徒也應包括在內）。這種說法從布里爾（Brill）便可看出來，他認爲喜歡詩只不過是一種由口頭表達出的好色現象，「一種咬文嚼字」而已。

唯一曾在藝術有相當貢獻的精神分析學者要算是蘭克（Otto Rank）。當他還沒於一九二〇年代裡和佛洛伊德鬧翻之際，蘭克寫出了不少具有相當份量的精神分析性的文學研究作品：一九〇七年的藝術家（The Artist），一九〇九年的「英雄誕生的神話故事」。（The Myth of the Birth of the Hero）、一九一一年的論「羅恩格麟」（Lohengrin）故事、一九一二年的「詩與傳奇故事中的亂倫動機」（The Incest Motive in Poetry and Legend）、以及分別於一九一四年與一九二二年寫的兩篇論文，後來印成一册，名爲「唐璜及其相似者」（Don Juan and the Double）（這些書大部份都有英文本問世）。在這幾本著作中也許「英雄誕生的神話故事」一書最爲重要。因爲佛洛伊德曾說過他的方法是嘗試採取高爾頓（Galton）創造神話式出來的初型方法，蘭克就借此以精神分析的研究手法去把比較神話學搞得有聲有色，甚至還在文壇及瑞葛龍（Lord Raglan）於一九三五年出版的「英雄」（The Hero）一書上產生了極大的影響力。

「亂倫動機」一書裡頭有很多篇刺激性相當大的伊狄帕斯式的分析研究，其中包括莎士比亞劇本之一「凱撒大帝」（他指出劇中之布魯塔斯，凱西阿斯，及安東尼三角色都是凱撒之「子」的三個分裂——第一位代表凱撒的反判精神，次一位代表他的悔悟之心，第三位則代表他的天生虔誠心）及波特萊爾的一首題爲「巨人」（The Giant）的十四行詩。自從蘭克與佛洛伊德斷決來往後，蘭克便很少寫出有關藝術之有份量的作品，可是他那本論

及此等問題的主要作品〔藝術與藝術家（Art and the Artist），於一九三二年以英文本問世〕，則是一本枯燥無味，而且是一篇非常日耳曼式之討論美術的文章，完全憑在慷慨激昂之餘寫成的一點人類學，從頭到尾都集中討論渴望使自己不朽的創作慾，並且呼籲自覺力愈强將導致藝術之滅亡，一方面再三强調可用得上的地方，一定非使用精神分析解釋法不可，另一方面又因把「哈姆雷特」一劇視爲是一本自己寫出來的自傳來讀，致使把精神分析法搞得俗不可耐。

那些職業性的分析學者或心理學者當中，運用精神分析式的文藝批評研究法作得比較完整的，最具有影響力的，也許要算瓊恩斯(Ernest Jones)。他的一本名爲「應用精神分析論文集」（Essays in Applied Pschoanalysis）書中的一篇研究「哈姆雷特」的論文了。在短短的一百頁裡，（使人覺得他的見識非常廣博，述說得有條有理，證明他確是一位研究莎士比亞的學者，具有一般應具有的文才，）他把已往有關哈姆雷特的看法一一加以推翻；將自己的看法不厭其煩地加以說明、證明，指出劇中含有一種連哈姆雷特、莎士比亞、觀衆讀者都沒覺察出來的伊狄帕斯式結構；而且由於他繼續指出至今仍然無人看得出，有關該劇中情節的合理性與必然性，更增加而且提高了大家欣賞該劇的興趣（雖然有很多問題沒有辦法解決）。瓊恩斯沒有什麼其他文藝性的分析研究作品，可是該書還包含有很多篇他的論文，也是將精神分析法應用到各方面上去的文章，諸如有關藝術、民謠、歷史、政治、宗教、及新聞學等。

另外一本也以其文藝價值著稱於世，不過和瓊恩斯研究「哈姆雷特」一文所根據的痛苦學大異其趣的書要算是波杜因（Charles Baudouin）所著的「精神分析與美學」（Psychoanalysis and Aethetics）了，這是一本由他本身也是個詩人，從事研究維哈也戀（Verhasren）作品中的詩象徵技巧的書。波杜因的精神分析法所採取的完全是折衷的態度，大部份都是取自佛洛伊德、楊格、愛德勒、蘭克、及里波（Ribot）等人的理論爲主。雖然該書鮮少脫離精神分析的批判手法，波杜因的這本著作却是一本具有詳細有關象徵的分析，一本帶有與很多新批評之技巧相同的巧合：大量將意義翻成好幾種不同術語；將常用的意象歸劃成兩種名詞分別並列成兩欄；有關聲音與聽覺象徵語之含義的討論。波杜因於該書的前半部份即堅稱，把天才作家的作品拿來分析的結果，可將其天才而非神經病揭發出來，可是另一方面他却鑄下了大錯，因爲他最後堅稱說，既然一首詩是「一種昇華心理的崇高表現」，因此一首詩有其「眞實性」與「美」存在，他又說，既然那些通常大家公認爲維哈也戀之傑作的詩都是那些「最具有象徵意義」的詩，因此另外那些充滿心理性之涵義的詩也是傑作也說不定。

另一個和波杜因對維哈也戀之研究方法完全迥異其趣的是法國精神分析學家拉佛格（Rene Lafargue）研究波特萊爾和波杜因同國的一本作品。「波特萊爾的挫折」（The Defeat of Baudelaire）一書完全是一本痛苦學的書，（其副標題爲「以精神分析式的手法去探討波特萊爾的神經病」。開宗明義即說：

> 我並非想要去估計波特萊爾在文壇上的地位；我也不想去分析他的藝術作品。據我個人的淺見，波特萊爾根本只是一個人，成千成萬的病人中之一位，一

位生命的犧牲品而已。他代表着一大群受誤解的人。我之所以要首先以他爲研究對象的唯一原因乃是爲要感謝他的藝術作品算是較他人更容易令人接受，而且也較更易於令人了解。

拉佛格直接利用波特萊爾所寫的詩、日記、經歷和由波西（Porche）執筆的拉佛格傳，另外加上一些臨床記錄等加以研究，最後他在波特萊爾身上發現了伊狄帕斯情意綜，以受鞭打和手淫幻念爲主的被虐待狂情意綜、潛在的同性戀、陽物萎小感、陽萎和色情狂（Voyeurism）（係完全以猜測性的孩童經驗爲依據）。因拉佛格曾經再三强調作此書的目的乃在於警告各位爲人師表的諸公們千萬不可恐嚇小孩，同時他也呼籲改善對罪犯的待遇，所以對他而言，一位藝術家便是一位會創造藝術的「特權」神經病患者，而詩的結構可說是一種由詩人發明，除掉臨診專家外，他人皆無法識破之詩人的神經病。不過本章所牽涉的是文藝批評，超出討論範圍之外者，在此不擬加以贅述。

精神分析性的精神病學者從事於文學研究的有很多位，本節擬擧盛行於當代美國的兩種形式做爲範例。鳩密（Lawrence S. Kubie）以「恐懼文學」（The Literature of Horror）爲題寫了一篇論佛克納之神殿（Sanctuary）一書的文章，另外又於一九三四年爲星期六文藝批評（Saturday Review of Literature）雜誌撰了一篇論科得威爾（Caldwell）的「上帝的小天地」（God's Little Acre）〔此外還有一篇論海明威的，似乎沒刊登出來〕。鳩密特別將佛克納作品裡的優點一一列出，其中諸如：對當代美國文學中之恐怖與焦慮成份漸增的色情化；堅稱他（鳩密）不是在爲家作什麼精神分析的工作，說「神殿」一書是一本許多男性陽萎幻念的組合物，並不意謂佛克納有陽萎症，而是說他的想像力極爲高超；以及對於佛克納自己聲稱該作品是一本無聊的，爲了賺幾文稿費的產物之立論應卽予推翻。可是他最後的結論就像普培伊（Popeye）是本能衝動，汴鮑是自我，以及諸如群衆是超自我等說法一樣做得太簡化了些，這表示出一點亂用術語的通病。論科德威爾一文繼續對這些問題加以詳論，不過討論該作品的份量反不如討論到猥褻性與讀者對作品之反應的涵義那麼多。

另外一篇較具文學性的，但主要限痛苦學圍內的是由羅森玆威格（Saul Rosenzweig）執筆，登於一九三四年十二月的 Character and Personality 雜誌上，後又轉載於一九四四年秋之 Partisan Review 上，題爲「論詹姆士的幽靈」一文。羅森玆威格運用詹姆士的短篇小說建立起他的看法，認爲詹姆士患有被閹割的恐懼病及自卑感，而且除了他生理方面的兩性特徵外，還具有「空想性」。雖說此一臨診性的立論不免顯得有點狹隘，以及毫不顧慮就胡亂把「壓抑」、「挫折」、「昇華」、和「過度補償」等名詞使用上去的毛病，可是羅氏這種評判小說的方法從文學價值方面講來是極爲獨到，而且令人深省的，這是一個很好的範例，像他這類的人如果採取不着眼於作家人身上，而是着眼於分析作品與其形式的話，成就將是相當可觀的（換言之，拿羅氏做爲一個例子吧，假如他能嘗試去討論，研究詹姆士後期的怪風格所含有之隱蔽、逃避性的話）。

利用佛洛伊德的學說與精祗分析論的職業文學家，其人數可說是不勝枚擧。第一篇正統的文章早在一九一二年

即由普列士考特（Frederick Clarke Prescott）執筆登於「變態心理學」（Jownal of Abnormal Psychology）期刊上，題爲「詩與夢」(Poety and Dream)，後來該文也於一九一九年刊印成書問世。普氏利用佛洛伊德的「詳夢」一書（該書是時還未被譯成英文），將它很有系統地延用到釋詩上去，他發現，和夢一樣，詩也是受壓制之慾望經過掩飾後的表現，而且他又暗示，佛洛伊德於「研究夢」時所採取的方法，也同樣可適用到探討詩上去。同時他引用了很多歷年來文學家說過的話來證明，並且支持許多佛洛伊德的既新穎又嚇人聽聞的爭論點。也許這種手段有點太機械化了些，其視詩爲「逃避現實」的觀念，及其對考勒列幾在「想像力」與「幻想」的「困擾」現象所表現的輕蔑，普氏的著作算是一本相當重要的開端，成爲日後作品憑藉的對象。而一九二二年他出版的「詩才」（The Poetic Mind）一書是一本更詳盡的著作，雖然該書含有不少價值，諸如預期了愛普遜的「曖昧」說等，加上他又力主有多重意義的可能，該書却代表了一種某種程度上的衰退現象——即佛洛伊德的精神分析論已經淪爲一種須適應另外一種新穎的浪漫性神秘主義與崇拜雪萊的地位了。

第一位以外行人的態度，運用精神分析論去評判特殊文藝作品的是一九一九年的愛肯（Conrad Aiken）於其所著之「懷疑主義：對當代詩的幾點看法」(Scepticisms: Notes on Contemporary Poetry）一書算是其中之一。愛肯不只利用佛洛伊德對藝術的觀念，而且企圖將之和考斯狄雷芙（Kostylefb）視詩爲一種充了電的字句馬達說、巴夫諾芙（Pavlov）之受限制反射說，以及很多其他五花八門的心理學零碎學說做個調和。也許從這雜亂無章的學說裡愛肯不見得有什麼別的見地，可是從佛洛伊德那邊，他得到了當代批評的基本態度，比理查慈在這方面之有力理論早了幾年：即詩爲人類的產物，與其他東西一樣，可滿足人類需要，而且它本身有脈絡可尋，有其效用，可資分析。

最早爲精神分析批評作說明的是葛雷夫玆（Robert Graves）於其一系列的幾本著作裡所作的努力：即「夢之意義」（The Meazing of Dreams 1924），「詩之無理性」（Poetic Unreason 1925），「論英詩」（On English Poetry 1922）。葛氏特別在「詩之意義」一書內將幾首特殊的詩以精神分析法加以極詳盡的解釋，諸如濟慈的 La Belle Dame Sans Merci，考勒列幾的「忽必烈汗」（Kubla Khan）和一首他自己所寫的詩等。也許是因爲葛氏完全摒棄了佛洛伊德和楊格，反而採信佛斯（W. H. R. Rivers）的精神分析說，强調潛意識之個性與創傷經驗須加以分離；也許是由於他嘗試將最佳的詩與最佳的潛意識個性之衝突拉上關係；也許是因爲無知和草率，致使他有那麼驚人的大錯，使得後來的英格蘭文學家再也不敢去冒這種險（至於應用精神分析說去解釋文藝作品最有成就的——即愛普遜論「愛麗絲夢遊仙境」一文——本書將於論愛普遜一章另加詳述）。

赫伯，李得算是一個情況相當特殊、立場非常不清楚者。到目前爲止還未曾有人爲了文學和文藝批評對精神分析法及所有的心理學說之重要性討論得像他那麼熱衷。他說一位批評家必須從心理學，尤其是精祇分析學裡摘取「他最適當、最上乘的武器」，以便在某些方面，批評家才能夠提出一些讓心理學可解答的問題，以便心理學最後也已能夠解答諸如感情淨化說等美學難題。於其「論理智和

虛構」（Reason and Romanticism）一書中，題為「精神分析與批評」一文裡（後來該文於「文藝批評論集」一書延伸為「批評的性質」），李得為精神分析批評寫了一篇文情並茂，動人聽聞的辯護文章，特別折衷主義說，中庸態度，精神分析的缺陷與危險及其所可能導致的後果。於此，唯一的遺憾是李得言行之間差距甚大。除掉一本論華滋渥斯的書，一篇談雪萊的長文，一篇研究布朗蒂絲姊妹（Brontes）以外，其他各篇都沒有什麼精闢或獨到的見解，而且除掉了常常使用一些佛洛伊德用語和楊格之「內向外向化」外，李得的著作似乎根本就沒有沾到精神分析法的一點點邊。就像摩西一樣，他只看到了天國，可是從未想進去過。奧登（W. H. Auden）也曾於其「今日藝術」（The Arts Today）一書中，一篇題為「心理學與今日藝術」的文章裡將佛洛伊德對藝術的重要性加以詳細地分析，可是在他的批評文章裡並不太使用該一手法。

讓我們試以美國特里稜（Lionell Trilling）的例子來做個比較吧。一九四○年春他為 Kenyon Review 寫了一篇評論佛洛伊德在文學與藝術上之價值；那是一篇極出色的文章，該文顯示他對佛洛伊德作品非常熟悉，同時他也指出說，在某一方面，佛洛伊德確是視人之腦筋為作詩的器官，因此說精神分析可說是一種轉義的科學。可是，他這種作繭自縛，早已陷入由他自己從佛洛伊德對藝術之卑視態度中看出來的相反論調不能自拔了，因此最後他也是採取觀望的保留態度。特里稜對阿諾德（Mathew Arnold）和佛斯特（E. M. Forster）兩位作家的批評工作反映出他這種模稜兩可的態度，而且，雖然他使用的精神分析知識頗為廣汎，可是這些東西皆屬嘗試性，冷淡性的情況較多，有時甚至還非常死板。

其他曾企圖運用精神分析的美國批評家有威爾遜（Edmund Wilson）和布魯克斯（Van Wyck Brooks）兩位，前者係於放棄馬克思主義之研究後，慢慢才對精神分析法發生興趣，後者對每一種精神分析法都做了淺嘗的工作，最後都全部放棄了。特洛伊（William Troy）也曾經寫過一篇討論斯湯達爾之伊狄帕斯情意綜的精神分析法文章。受布魯克斯影響的佛蘭克（Frank）完全將精神分析法中那些較晦澀的部份亂顛倒一把，後來甚至統統加以否認掉，把精神分析學斥為是「沒有一點哲學頭腦的膚淺人士」，要別人去擁護他的神秘主義——神聖主義、舒適生活、及健全的精神生活；孟福德（Mumford）隨便選了偉佛（Raymond Weaver）為麥爾維爾（Melville）所寫的一本既荒唐又抒情的傳記，「赫曼，麥爾維爾船員和神秘家」（Herman Melville, Mariner and Mystic），然後又以此書寫了一本更荒唐，更抒情式的「麥爾維爾」，一本令人一看就覺得他根本沒把佛洛伊德的學說消化過，而且也顯示出他的欣賞力甚為平凡無奇（他說：「也許麥爾維爾的太太非常害臊，是一位極為冷淡的情人」）。另外於二十和三十年代期間所出版的精神分析式之傳記，其水準還算較高一點，而且較具有特殊的見解，有諸如安東尼（Katherine Anthony）為福勒（Margaret Fuller）和梅．耶勒考特(Louisa May Alcott）兩人所寫的傳記，蘭布里幾（Rosamond Langbridges）對布朗蒂（Charlotte Bronte）的研究，及克魯期（Joseph Wood Krutch）所著的愛倫坡傳等等，當然他們最後結論都不免像克魯期犯了如下的「只不過」之謬論：「因此，我們已經將愛倫坡的藝術追溯至發現他神經不

正常的地步了」。

其實很多當代美國批評家使用精神分析法，其最後結果比這還更不知要糟多少倍呢！不過，主要的錯誤應歸之於那批所謂的業餘性學專家和批評界裡那些專門以偷窺裸體女人為樂者（Peeping Toms），其中以李維遜（Ludwig Lewisohn）所著之「美國作品觀」一書為代表（例如，梭羅（Thoreau）是一位食古不化的學究，不是因為他禁慾得連精神上也陽萎，便是已經無性了；因此對幾乎每位美國作家他都用同樣的方法去研究）。比這高明的只有比爾（Thomas Beer）於其「紫色年代」（The Mauve Decade）一書裡，就直接運用性的解釋法去研究亨利・亞當斯（Henry Adams），凡・多倫（Mark Van Doren）根據他的同性戀說法去闡明惠特曼（Whitman）的詩與思想，另外達勒堡利用反精神分析法的名義，以及托爾斯泰認為臥室裡的悲劇恒是人類最深的創痛之說法，於其「Do These Bones Live」一書裡也同樣以性學說的看法去解釋所有的文學作品。

除掉精神分析法之外的心理學說也都曾經被採用到文藝的領域裡來，而且成就頗大。也許其中最具影響力的要算理查慈（I. A. Richards）的整體心理學，他主要仍憑精神心理學、行為學說、精神分析、形態心理學，及他自創的實驗說（有關此說請參考本書下一章）。柏克（Kenneth Burke）也曾廣汎地運用佛洛伊德的學說，而且也曾為批評界寫了一篇對精神分析法的涵義及其需經修正者之具有透視性的分析文章——即收入「文學作品形式之哲學觀」（The Philosophy of Literary Form）一書裡之「佛洛伊德——詩之分析」一文，而且他也同樣利用現代心理學的各家各派學說造成一種整體性的心理學，不過這種他自己稱為「現象性的」學說主要仍以形態心理學的學說為主，因此，他缺乏了純粹內省的空洞感，也缺乏了純粹行為學派的貧乏。

有一派至少和精神分析說一樣對文藝批評非常有用的心理學便是格式心理學派（Gestalt School，即形態心理學），不過該學說據筆者所知，至目前仍然很少被眞正利用到文學園地裡來④。也許這部份要歸之於此派之創始人威爾第愛瑪（Wertheimer），卡夫卡（Kurt Koffka）和基勒（Wolfgang Köhler）需特別强調實驗室科學的特性，注重凡是在嚴密控制下之實驗所導致的客觀現象。至目前為止此派主要只涉及心靈的潛意識面部份，其作用正如威爾第愛瑪於其「豐富的思考力」（Productive Thinking）一書中所達成的「認知」（perception）與學識（learning）兩種而已，然而該書所列出的例子也都取自幾何定理和愛因斯坦的相對論裡之適當程序法，非取自諸如一般詩中意象或莎士比亞在李耳王身上（King Lear，李耳王係莎翁四大悲劇中角色之一——譯註）所賦予之特性的一比較不合理、不正確的方法。可是，此派之主要概念認為反應乃是一種經驗之總體結構物或稱形態（Gestalt），而不是任何單一之「刺激」所導致之結果，從這認為整體比部份更重要及認為前者影響後者之特性的看法來講，它顯然似乎是一種文學藝術問題最重要部份之一。從創始觀點而言，事實上，這種有關總體結構的形態概念根本就是受藝術具有形式性的觀念所啓發而成的，例如 Ethrenfels 認為當一首樂曲變了調，雖然所有一切組成該曲的音符也跟着轉變，然而整個形態性仍然保持原狀，因為音符與音符之間的關係也仍然留存着。一位藝術家通過他從未經驗過的媒介去傳達他自己經驗中之主要形

式的問題，（而且這種經驗的含義通常都和常理迥異；例如詩中的一景、畫中的鳥語等），似乎正是這種形態性的問題，因此這是一塊格式心理學一定可能會有特殊成就的園地。它那强調「實地觀念」的理論骨架可以說替潛意識心靈的行爲形式做了舖路工作，這些形式也是一樣非常結構化（configurative），而且它在理論上也承認詩的隱喩中有不一致關係性，以及數學上較傳統式之關係對仍然具有豐富的見地一樣，它對詩也是具很大的貢獻。不可否認的，只要那批已故勒紋【（Kurt Levin）曾於其「地誌心理學原理」（Principles of Topological Psychology）一書中寫道：「要對那些深一層的問題做更深一層之探討的唯一辦法只有利用佛洛伊德的輝煌巨著】的信徒，那批具有整體性較年青的格式心理學家，以及諸如阿脊（S. E. Asch）和布朗（J. E. Brown）兩位社會格式心理學家把他們的注意力轉移到文學作品之組織關係、結構、「範圍」、及地誌等問題上去，以及那些職業性的批評家能够採用他們的看法，加以伸論，那麼我想文藝批評一定能够展現出一片新的天地。

5

我們仍須研究研究鮑特金小姐和一般心理學式的批評所提出的問題。首先要討論的是她的「詩中初型」一書中所强調的道德與宗教部份，不過這一點並不令人難以接受；毛病只是來自她的另外一本書，即其於一九四一年出版的那本令人失望，名爲「論一本古代及一本現代劇本中之得救的追求」（The Juest for Salvation in an Ancient and a Modern Play）的小册子。書中鮑特金小姐主要以從不同的得救觀念爲準，把埃士吉洛士（Aeschylus）的「復仇之神」（Eumenides）和愛略特的「大團圓」（Family Reunion）兩個劇本做個比較。「復仇之神」內的得救是集體性與歷史性的，因爲雅典女神阿典娜（Athena）將復仇女神 Erinyes 和 Furies 兩位改變爲 Eurimenides 或 Fair Minded Ores，如此一來社會秩序才會安寧。雖然愛略特的處境和埃士吉洛士的處境一樣集體，可是鮑特金小姐堅稱，愛略特筆下的主人翁於結尾時的得救完全是屬於個人與精神上的得救而已，完全憑一種新的個人關係與心理領悟力而已，靠着這些他的「復仇」之念得以鎭定下來。就憑此比較的結果，鮑特金小姐便從道德、公正、及和平的標準出發把雅典時代和今日之間的不同點加以探討。她寫道：

> 當然我們早就料想得到，今日的詩人無法和埃士吉洛士時代之雅典人那樣，完全於狂喜(exultation)附身的心境下寫詩。當時的詩人得以其劇作，將當地的豐功偉業和名人事蹟呈現給他的同胞，並且和他們一道共歡樂。雅典人在人類思想上的成就，促使今日我們的思想向前更進一步——這一點我們自己認爲如此，其實還差得遠呢——進步到已經發展出一種應該以平等代替暴力，使世界上國與國之間能够和睦相處的政體。要是我們能够設立一種可平息國際間的紛爭仇怨（就像同胞們之間其紛爭私怨被平息的方法一樣）之機構的話，那麼詩中一定會出現某種神助的神話故事，反映我們的集體勝利。可是在這暗無天日的世代裡，假如我們的詩人們創造出一種爲功業而謳歌之神話的話，那麼這也不過是一種唯有運用詩人自己的象徵方式才能反映出來的個人和精神之勝利而已。

鮑特金小姐於其「論得救之追求」一書多多少少仍然以討論精神分析式的批評為主；她仍然引用佛洛伊德與楊格的話，而且甚至於把她的「復仇之神的初型」觀念（卽激情之下所產生的力量是和罪惡有不可脫離之關係，但也會轉變成好的方面）介紹出來。她一方面强調她的新理論，一方面却仍然大量引用各家的神話式理論，其中包括馬克瑪瑞（John Macmurray）的信教經驗的結構（The Structure of Religious Experience），哈特曼（Nicolai Hartman)的「倫理學」，和懷海德(Whitehead）於其「方法與實體」（Process and Reality）一書中的「因果效力」觀等等。從哈特曼那邊她採取所謂的「詩之超美學功效，可為「未來」的風氣塑造出一種具體的調和和形狀觀——這是當大家有了社會道德意識時所出現的理想，就憑此一概念，她說，她的這本小册子並不是美學之硏究，而是一種超美學的硏究、一種意企「憑藉這幾個劇本裡之詩」去探討「我們日常生活的某些事實」。也許這一點就倫理學、宗教、或國際法來講，非常有價值，其實那似乎大部份是以做為文藝批評家之功用的否認而已。

鮑特金小姐將楊格式的初型觀念運用到批評裡，所提出的一個主要問題便是其與民俗學和人類學的關係。很顯然地，她應該大大地感謝佛瑞澤（Frazer）才對，因為在London Mercury 雜誌上曾經有一篇未具名，針對「初型」一書的短評題為「佛瑞澤之「金枝」（The Golden Bough）的舒適陰影下」一文算是首開記錄，鮑特金小姐不只大量借用佛瑞澤的材料和諸如德克海姆（Emile Durkheim），史密斯（G. Elliot Smith），布里佛特（Robert Briffault）與金威澤（Alexander Goldenweiser）等幾位後來的人類學家，而且特別利用那些古代藝術和宗教的人類學學生們：其中包括馬瑞（Gilbert Murray），康福德（Franis Cornford），哈里遜（Gane Harrison），馬雷特（R. R. Marett），威斯頓（Jessie Weston）等人。源自「集體感情與團體行動」觀念的康福德「精神力」說，她認為是預期了楊格的集體無意識說，這和她認為馬瑞說過「根植於種族記憶裡的地位，似乎是在我們肉體上刻下痕跡」的話而預期了楊格初型觀念之出現同樣道理。

鮑特金小姐的主要觀點和劍橋一群人有連帶關係的儀式藝術起源說一樣，而當她採取最理性的態度，和楊格之生物記憶神秘觀最沒牽連之關係時，她發覺她的初型移轉法實際上是種儀式的方法，她說：「也許像這種的影響力有可能發生——當然只能和傳統在一起——在感情的傳遞裡，首先得透過除掉那些附帶的神話和傳說外，還有儀式，然後正如味吉爾（Virgil）一樣，透過詩歌將一種儀式的影響力保存下來」。在「初型形式」一書後面的一篇題為「批評與原始儀式」補叙文中，鮑特金小姐明明白白地說出她對藝術與宗教淵源於儀式的看法， 對於愛略特於其荒原一詩中提及古典儀式曾加以辯護，來反駁布朗（Alec Brown）的攻擊，她認為這些佐證並不只是一堆賣弄學問的幌子而已，而還是對於整首詩之美與魔力上提高了不少。

從儀式淵源的眼光去討論民俗文學的產生和用心理學及社會需要（這些需要使得為什麼楊格的心理學說或某些集體心理學說對於民俗文學和佛瑞澤的人類學那麼不可或缺）的眼光去分析其功效，當然會有不可避免的關係存在。然而這一類的民俗學批評家自然而然必要比鮑特金小姐

更進一步，他們否認了佛洛伊德和楊格的遺傳記憶，而且如上所述她認為這些儀式形式的心理需要是因為一個時代的文化背景因素重新又被創造出來的東西。鮑特金小姐說得好，這些初型形式不只是文學的基礎，而且就我們今日而言，文學也是這些初型形式的最偉大傳佈工具之一。

不過，心理學式批評仍然有兩個問題留待解決。第一（這是今日所面臨的新問題）批評那些本身對精神分析式的文藝作品有深刻研究的作家之問題。霍芙曼（Frederick F. Hoffman）於其「佛洛伊德學說與文人」（Freudianism and the Literary Mind）一書中，當他討論到佛洛伊德對諸如喬艾思、勞倫斯、托瑪斯・曼、和卡夫卡諸作家之影響，提出了此一問題；丁達爾（William York Tindall）於其「論現代英國文學所產生的影響力」（Forces in Modern British Literature）一書裡，當他論及荻倫・湯瑪斯（Dylan Thomas）及其信徒時也提到了該問題；其實，假如威沙姆（Wertham）要選取一本諸如「一位住在地窖下的人」（The Man Who Lived Underground）的作品（該作有意運用精神分析的發現）來分析研究的話，他一定會把這個問題和賴特（Richard Wright）拉上關係。當瓊恩斯（Ernest Jones）分析「哈姆雷特」一劇中的伊荻帕斯型時，他當然可毫無顧忌地下結論說，莎士比亞根本就沒看過佛洛伊德的伊荻帕斯情意綜論，也沒有計劃要運用該理論以期達到更大的效果，可是這種假說如果一旦被運用到喬艾思和托瑪斯曼（Thomas Mann）兩位作家身上時，就站不住腳了。在論及佛洛伊德之兩篇文章——「佛洛伊德在現今思想史上之地位」及為慶祝八十誕辰所作的一篇頌詞「佛洛伊德與未來」——托瑪斯曼便明白表示說，他不但把精神分析的觀念加入了他的小說裡，而且他的「約琴夫」（Joseph）四組劇特別是受佛洛伊德作品啓發有感的產物。批評家想要從諸如此類作家（似乎情況是愈來愈發如此了）作品中撈出精神分析觀念的現象，正和一個人想要在諾克思（Fort Knox）尋寶一樣愚蠢。精神分析論的批評家可假定該型式一旦被運用上時，當然對於個人有重要性在內，因為到底一位作家於表示其基本之需要時，所採用的材料部份是有意識的，但也有部份是不知不覺的，可是批評家千萬不得認為當他把這一部份發掘出來後會有任何具體貢獻。勞倫斯採用佛洛伊德觀點所做的批評，諸如其評論葛列哥里（Horace Gregory）之「啓示歷程」（The Pilgrim of the Apocalypse）一書所造成的不良後果，完全是來自一般讀者都覺得，勞倫斯本人一定能夠於評論自己之作品或任何一位作家之作品時，達到更深湛，更有透澈力的精神分析批評手法。

最後讓我們來談一些可能性的一般問題和精神分析批評法的前途。Partisan Review 於爭論因洛森威格博士（Dr. Rosengweig）討論到詹姆士（Henry James）之病學論（Pathography）一問題後所引起的爭論，一般的表現非常令人失望，因為到後來，大家的注意力都完全集中到藝術與神經病問題上去，其實這些東西根本就是最不需要加以討論的。只有戴維思（Robert Gorham Davis）寫了一篇登於一九四五年夏季刊號上，題為「藝術與焦慮」一文才是真正針對提供精神分析所「能」作的，而非只說明不能作的大問題。由於該文於分析 Red Ridinghood 故事時提出了幾個暗示；並且呼籲佛洛伊德派的和馬克思派的分析法應該慎重其事、攜手合作；特別是要將精神分析批評法擬出規則，研究一本藝術作品如何

滿足情緒需求等等問題，戴維思擬出了一副希望的遠景。

傳統的佛洛伊德式之文藝分析法其最顯著的缺陷在於它一次只能運用一種方法，因爲另外的方法所說的都是同樣的東西。瓊恩斯從「哈姆雷特」一劇中發現了其中的伊萩帕斯情意綜，其成就非常可觀，可是倘若他也去分析分析「李耳王」或「仲夏夜之夢」或「十四行詩集」的話，他也一定會因從其中發現伊萩帕斯情意結而大感驚訝的，而且，利用他的理論，他一定可在其他任何作品裡找出同樣的結果來。不論說得怎麼樣頭頭是道，像這種認爲某作品是因作者壓抑其戀母結的產品，每個人都壓抑了戀母結的批評理論實在有點言過其實。

因此鮑特金的「詩之初型形式」一書爲我們提供了希望。她不討論藝術家的神經質問題，作品中所蘊藏的情意結，也不研究藝術是壓抑願望的假面具，而是專心討論一件藝術作品如何帶來情緒之滿足的問題，作品之外在結構和我們心靈主要象徵和形式的關係性若何，憑此，她已爲心理批評帶來了無窮的希望美景。她問道：「這首詩的用意何在？」「該詩如何達至效果呢？」這些都是批評界的傳統問題，在這裡心理學——也許精神分析學更是如此——爲他們提供了解答的源泉，每首詩有每首詩不同的解答方法。讓我們將這個大功勞讓給這位女士和她的著作吧，從某一角度看來，她爲文藝批評的貢獻是可與佛洛伊德相媲美的。後者把科學的盲目眼光轉移到人之無意識的深處去，前者要我們烱烱的目光也應注意到即使最精緻的詩上去。

註

①原註：為了不違背他的看法起見，楊格對於特殊藝術家與藝術作品方面的文章很少寫。據筆者所知，在其「無意識之心理學」一書裡一篇論及哥德之浮士德之短文中算是我所知道的，唯一涉及文學之研究的文章。此外，在其 Wirklichkeit der Seele 一書裡，他也只分析喬艾思之「尤力息斯」而已。

②原註：William Ernest Henley 是一部由伯克利（Jerome Hamilton Buckley）執筆的傳記研究著作，於一九四六年出版。該作品受愛德勒的影響頗深。作者將亨利的「男性反抗」個性當做是一部反抗其宿疾（肺病）的現象。這部作品結果預期了一種愛德勒式的文學趨勢。

③原註：W. P. Witcutt 於其出版於一九四六年之「布雷克：一種心理學式之研究」一書中嘗試運用楊格式的心理學說爲布魯克之「預言」所引起的疑竇闢出一條解決的大道。他的著作，據筆者觀之，有點近乎狂想，而且是一部頭緒可言的書，和鮑特金小姐的著作比較之下，其間相差眞有天壤之別。Witcutt 把楊格學說中最具神秘性與怪誕的部份用來解說布雷克之形而上學的難題，可是結果令人非常失望。

④原註：有關一般藝術方面的形態心理學著作最近出版了幾本：H. E. Resse 的 A Psychology of Artistic Creation, Werner Wolff 的 The Expression of Personality（雖說此書大部份是有關言行問題的討論，不過和藝術之表達仍有關係），此外，由 Rudolf Arnheim 執筆，登於一九四三年之「美學期刊」上，題爲「論形態心理學及藝術之關係」一文也是。Arnheim 目前也在社會研究新學校裡講授形態心理學，並且亦投了一篇「論詩之創作過程的心理學」到由 Charles D. Albott在鮑佛洛大學圖書館所主編的詩人草稿集上去。

敍事詩

劉連仁的故事

茨木のり子作
陳千武譯

劉連仁，中國人
爲了弔喪
赴知人家的中途
被日本軍擄走
在山東省、草泊的村莊
昭和十九年九月　有個早晨
劉連仁被擄走了
六尺高的大漢
拿起鎬頭可算是這一帶最强的農夫
毫無理由地被擄走了
山東省的男人都會刻苦耐勞
而這附近一帶
是爲了「華人勞働者移入方針」的
日本軍獵場，誰也不知道

不管怎樣　像抓住蝗蟲那樣
一路上抓，便綁成一串
將到達高密縣的時候已超過八十個人了呢
很多農夫都相互認識
手被用繩子綁着
把鬱悶的臉挨近
「聽說要帶我們去做飛機場」
「一、二個月就能遣回」
「說要送去青島」
「青島？」
「不敢相信」
「誰會相信這些」
不會相信的聲音像波紋般擴展起來
被擄去的人都不回來，這一傳說
混雜在逐漸繁盛的蟲鳴裡
悄悄傳了下去
劉連仁非常悲痛
剛結婚不久的年輕妻子，羞答答的長髮的妻子
已經懷孕七個月了

趙玉蘭，怎樣才能讓妳知道？
倘若一個月或二個月，我不在
家裡的田地該怎麼辦？
母親和年幼的五個兄弟該怎麼辦？
還沒播完麥種那一反二畝的旱田該怎麼辦？

經過的村莊和鄉鎮
都緊閉着門戶像死了一樣
很多村莊，很多鄉鎮，連一隻貓也看不見
有人從門隙窺伺而戰抖着
若有認識我的人，請代傳言吧
說上了圈套我被帶走了
通知趙玉蘭、吾妻趙玉蘭

有送賄賂來贖人的女人
趙玉蘭不來
給衛兵的傀儡軍握着幾塊錢
來贖出孩子的老婆
趙玉蘭還不來
雖然追到了，但張羅不到贖人的錢
只一直凝望着遠離而走的丈夫的女人也有
映照血的顏色沈下去的太陽
在石像般站到最後的女人的視野裏
八百個男人消逝了

一批八百個男人
被趕到青島港的碼頭去
在黑黑的貨船底下

劉連仁被脫掉黑綿襖
穿上軍服
由刺刀鎗的監視下留下指紋
那是願意在勞工協會工作的契約
事實却成為終身奴隸了
到達門司的時候便成為俘虜的身份

六天的船底生活
僅有的一個蒸饅頭也潮濕了淚水吃不下去
那天早晨……
抓起甘藷
邊吃而邊走
如果慢一步在家吃完了早飯
才上路，也許不會遇到惡魔啊
不，妻子縫製的黑綿襖
領子還沒縫好
我說不要
她說天氣很冷，要穿去才好
那無甚重要的爭吵，如再繼續長一點
也許能避開攪走的命運，沒法子
我是多麼歹運的男人……
靠在船底的煤堆
八百個男人像家畜一樣越過玄海灘

到了門司，又被挑出二百個人
坐過二天的火車
渡過四個小時的船上生活
到達的地方叫做 Hakodate 的城市

或許叫做 datɔkako 已記不清楚了
日本城市的人也都纏着襤褸
背着比身體較大的貨物
像螞蟻伸長脖子的難民群，群衆
而劉連仁他們却是更悲慘的亡者
在鐵路工作的人常常看到奇異的人群
便稱他們爲「死的部隊」
死的部隊又被趕上北方一天——
好像達到了這個世間的終點
進入陰暗的雨龍郡煤礦去

說要做飛機場，聽起來眞可笑
十月底就下雪，樹木會裂開的嚴寒裡
他們裸露着身體進出礦坑
一班九個人挖五十車份煤的勞働責任量
木椿、鐵棒、鶴嘴鎬、鐵鍬
被毆打又毆打，侵入創口的煤塵
像刺青那樣點綴身體而爛了
對待他們無需好意或慰撫
無需洗澡設備，宿舍只要能坐着
頭上有二、三寸高即可

逃亡又逃亡的事態發生了
尋找雪上的脚印，抓回來之後
嚴厲的懲罰
尋找雪上的脚印，抓回來之後
慘不忍覩的私刑
夥伴們活生生被打死的情景

祇默默看着，無法救助，無能
劉連仁已不知幾次害怕地身心抖個不停

日本人管理員說
「日本是島國，四面被海圍着
想逃也逃不出去！」
展示出來的北海道地圖
型態像風箏
不知周圍是天空或大海，全都塗上藍色
他們不相信
日本是連接大陸的
黏住在韓國先端的半島
不，不是那樣，不是那樣
是緊接在奉天、吉林、黑龍江三省陸地的國家
向西北，向西北一直走
一定會回到故鄉去
哦！大概的智識，祝你幸運吧
空氣裡滲有芳香

不久
草木一起開花，北海道的夏天
要逃亡就是現在，雪融化地很乾淨
劉連仁沒有把計劃告訴任何人
在青島，全體暴動的計劃漏密過
來到煤礦之後，也洩漏了幾次
緊緊抱着磚瓦
而等待黎明的暗號，也有過幾次……
劉連仁一個人逃走了
從何處？

從厠所的掏出口
沾上汚物爬出來
沒有比這一刻更憎恨日本了的

在溪水裡洗淨身體
忽而聽到黑暗裡有水聲和中國話的講話聲
那是同一天逃出來的四個男人
一共五個人互相慶祝巧遇
走向西北，向西北方去！
到令人可憎的煤礦視界之外

今夜裡
鞭打着勞働一天疲倦了的身軀
五個人趕路飛走

山又山，峰又峰
採野韮菜，吃山白菜，爲毒茸而痛苦
害怕野獸和野鳥的聲音
轉移到獵人也不來的深山去
經過幾月，爲了飢餓而下來村落
二個人被發現，强行拉走了

叫做羽幌的街鎭附近
太陽閃閃照亮下
也不知道戰爭已在數天前結束
三個人躲避在山裡
像膽怯的野兎
從山上眺望下面，田地一遍白花
馬鈴薯的白花

劉連仁不知道馬鈴薯
吃過莖，吃過葉
這怎麼能吃呢，然而想想
不好吃的東西爲甚麼要種這麼多？
慢慢地挖土
泥土裡有很多根瘤連串着
拭去泥土咬一口，好香的味道蔓延在嘴裡
從此馬鈴薯成了他們的主食
白天睡，晚上爬旱田的日子繼續着

「咦！聽到沒有，剛才的汽笛！
好呀，沿着鐵道就會到韓國去」
爲什麼沒想到？
沿着海伸向北方的鐵路線
三個人抱着很大的希望而走
在夜的海邊拾取海帶，邊嚼着
經過很多天，走到的地方
是鐵路的終點，這裡
是多麼寂寥的風景啊
鐵路終點，只看到荒凉的海而已
地名「雅內」的字也不會唸
也不能問問誰
仰望大粒子的星星，三個人才醒悟
或許日本眞是一個島國
離開故鄉很遠也許是事實

三個男人
默然開始準備冬眠

短暫的夏天和秋天已經終了，開始下雪的天空
裝做野熊的親戚似的臉渡過冬天吧
找到被遺棄的鏟子
挖洞，挖進去
儘量儲蓄海帶和馬鈴薯和晒乾的青魚子
便把三個軀體封閉在雪穴裡
三個男人談起故鄉的事
不幸的故鄉，談也談不完
石臼裡的高粱粉，誰舂好了呢
那天早晨，在院子裡石臼的粉
不知母親做了沒有，今年的粟餅
浮顯在眼裡的棗樹林
幻想的棗樹林
有一天，日本軍冒着塵烟來
伐倒了二千五百支
現在只存樹頭而已，在李家莊
祖父們親手種植三十年
每年可到街上賣一二〇頓棗子
我看過
毫無理由被用切斷器殺死的男人胴體
被活埋之前，抽了一支似乎很香的烟
那個男人的側臉，還很年輕蒼白……
我看過，女人的頭
頑拒被姦污的女人的頭
被切斷，滾落在臀部的地方
又被挖出胎兒的也有
趙玉蘭，如果妳發生了不幸
討厭的預感，拭掉重疊的映像，拭掉

劉連仁抱住膝蓋
抱着長膝蓋悠忽地睡了
三個男人耐過冬天，半年多的冬天
害怕晃眼的太陽，撫着痲痺了的脚
練習走路的時候
又是六月天，六月的風很甜
三個人走到「網走」附近
越過雄阿寒，雄阿寒的山峰
衝出來的地方又是海
是接近「釧路」的海
三個人呆然站着
日本是島國，眞的，眞的吧
那麼，除了嘗試海，沒有辦法了
風吹向西北，吹向西北的晚上
三個人盜來一艘小船
船飛得很快，但不知怎麼搞的
被吹到的地方却是同一個海濱
囘到划出海的岸邊
櫓已流失，載出去的乾物也腐爛了
用手勢向漁夫求救吧
漁夫的老爺啊，我們慘遭不幸
請幫忙送我們囘家吧！
能到韓國就好，您不也被壓迫的夥伴嗎
請救助，就感恩不盡呢
鹵笨的無言劇終於失敗了
老漁夫雖然不講話，但不久囘話來了
大規模的搜山隊進來了

被追又被追，二個夥伴被抓走了
留下一個人，劉連仁
劉連仁哭得很利害
那兩個人一定被打死了，一切的一切都被封鎖了
「等我啊，我也要去！」
把腰帶的粗繩子掛在樹枝上，全身重量托於繩的輪子
但痛疼的是腰部
支撐不住六尺高大的身軀，纖弱的繩子斷了
大吃一驚，呆然若失
之後亂七八糟地開始下痢
下出了乾青魚子的原形
「混蛋！」要死也不行，那麼就下定決心
活下去，活下去，活給你看！
就是這個時候，膽量穩定下來

從此，十二年歲月流過他的頭上
劉連仁的生活是
進洞穴又從洞穴出來的行動而已
不被深層的雪壓死，無需煩惱泉水
過冬季的冬眠洞穴
經過幾次冬天之後，終於學到了
很勤愼地，每年轉移洞穴
有個秋天
忽然遇到上山來檢栗子的日本女人
女人尖叫了一聲
把煞費苦心檢到的栗子散落在地上
東倒西歪地跑了

像看見妖怪似地跑了
劉連仁走下溪水邊，照一照水鏡
任性伸長的亂頭髮
從旱田的小屋偸來女人衣服纏在身軀
妖怪似地，搖晃着
這就是自己的姿影嗎？
趙玉蘭，妳所愛而嫁的
劉連仁的身姿，就是這樣嗎？
把自嘲和憤懣而紅潮的臉
浸於秋天的溪水裡
像虎那麼粗魯地搖動
我愛美討厭汚垢的潔癖性
雖是長久的逃亡生活，跟人無緣
但也需要整飭整飭身邊
劉連仁，悄悄剃了鬍鬚
頭上留着長辮髮，可兼驅逐蚊蚋用

風載來洋槐的芳香
有個夏天
把身體泡在流入林子裡的小溪裡
啊！謝謝，陽光呀
謝謝祢賜贈
蓮花那麼美麗的這一天
給經過逃亡　　日本山野的我
仰望枝葉洩漏的陽光
飛濺着沐浴的水沫的時候
忽然有個小孩從樹枝間
輕輕像洒落下來的栗鼠似地出現

「大男人，怎麼留着女人的長髮?」
「咦!……你?幾歲?」
日本話和中國話無法交叉，只無益地飛往而已
滿不在乎的孩子
開拓村的孩子嗎?
我的兒子活着的話，也像這麼可愛
雖從開拓村的小屋偷了許多東西
但未曾偷過小孩的
溫柔的棉被令人喜愛地眼紅
因那是嬰孩的寢具
確實不敢伸手偷來
語言不通
問話和答話都無法接受
但他倆像親蜜的伯父和甥兒一樣
相互撥水玩耍
劉連仁忽然想到
不行，小孩是禁忌的，從小孩的話一切會傳播出去
那麼勤愼的我，眞做了大錯
然而，奇異的孩子
裸露着身體，一眨眼睛消失在樹林裡
碰到二匹野狼
也碰到熊，跟兎子和雉子也相互瞪過眼
牠們却沒有危害
他也不忍心殺死野獸
劉連仁的胃像和尚那麼清廉
他所害怕的是人
無意中從山上眺望村莊的推移過活

進入山中二年多
下田工作的都是女人女人女人而已
然後稍有男人參加了
田裡小屋的東西也逐漸豐裕起來似的
發現了米和火柴的時候，他的歡欣
正像小孩時的過年那麼興奮
連鐵壺一起偷來
在山上昇上細細的炊烟
已經有多少年沒吃過煮熟的東西呢
煮熟的馬鈴薯像夢裡東西那麼好香
然後又過了幾年
偷到了皮製外套
也得到了比尼爾的布
然而一年一年身體逐漸衰弱
過了十年竟無法再計算月日了
家眷的臉也記不起來了
妻也許再嫁了吧
假使她仍然活着……
不記得是哪一年
這一帶也遭遇嚴重的旱災
所有農作物都枯萎了
他看到覆面的農夫站在田裏
在遠方，遠遠地
劉連仁不認爲那是活該或覺得痛快
日本的農民也一樣苦
我也是農夫出身的
滿是腱子肉的胳膊衰弱了的手

到幾時才能再抓住鎬頭?
在潤濕的馬泥土上,稀稀落落地
屈腰播種
那樣的日子會再來嗎?

長期的冬眠過了
春季,爬出洞穴的時候
學習二天就能恢復走路
但一年比一年,學習走路的日子
越來越多
不經過二個月便不能走路那麼
傷痛了脚和腰
逐漸嚴重
到秋天,好容易才能正常走路
北海道早來的冬天
又霏霏舞起紛雪
仍然把劉連仁趕回洞穴裡去
野獸似的生活
跟記憶和思考的世界絕緣了的
野獸似的生活
連日本是海裡的島嶼也不知道
然而,劉連仁
你却持有讓自己活下去的智慧
縫過慘淡的歲月
像你故國的河那麼流着
一個生命
那智慧和身體

似乎達到了極點
有個嚴冷的冬天早晨
你終於被發現了
在札幌附近的當別山
被日本人的獵人
沾汚凍傷足有六尺高大的壯漢
一尺半長的頭髮,話也講不通的奇異男人
湧出絕望的神情
繼續不斷地說「伊太!伊太!」的男人,
痛!那是
劉連仁記着唯一日本話

「好像是中國人!」
穿着滑雪鞋的警官忽然很客氣起來
劉連仁覺得很奇怪
為什麼不脚踢拳打?
為什麼不像以往那樣强迫拉走?
在山麓的雜貨店買了紅紅的蘋菓及煙給他
也讓他烤火,眞「不明白」「不明白」
甚麼也不明白
穿着西裝能講中國話的男人
很多來圍看他
穿西裝的同胞?
劉連仁不相信他們
說祖國戰勝了也不相信
十分困惑似地一個華僑說
「叫旅社的服務生
要求你喜歡吃的東西拿來看看!

日本人絕不敢再欺負
中國人了啊」
劉連仁要求熱燙熨的一碗麵條
紅臉頰的女服生很有禮貌地捧擎麵來
劉連仁緊張了情緒
才開始氷釋
受過那麼長久的虐待
同胞都流了熱淚
看着湯麵蒸氣裡的男人

對戰後的世界
稍爲瞭解了的時候
劉連仁却受到間諜的嫌疑
何時來?
在何處工作?
如何流浪在北海道的山峰?
一切都是朦朧,無法答覆的劉連仁
札幌市政府說
「沒有道廳的指示,我們不能處理」
札幌警察署說
「我們沒有預算,是政府應該處理的問題」
而政府,這個國家的代表却要以
「違法入境者」或「違法滯留者」來處理他
終於由有心的日本人和中國人的援助
很快地開始調查劉連仁的紀錄
被擄走從事勞働的中國人數十萬
查閱名簿,必須趕快證實他的身份

爲了洗清間諜的嫌疑
龐大的資料像海底撈針似的
日以繼夜的工作開始了
「行踪不明」
「內地滯留」
「事故死亡」
只用幾個字就被消滅了的
一行又一行的中國人的名字
以不屈不撓的生命力活下來的
劉連仁的名字,有一天
烤印似地浮顯出來了
「劉連仁 山東省 諸城縣七區柴溝人
昭和十九年九月 北海道明治鑛業會社
昭和鑛業所勞工
昭和二十年擅自離退 現仍滯留內地」

昭和三十三年三月劉連仁到了霧罩着的東京
不是罪犯,也不是士兵的老百姓
如此虐待了的
「華人勞働者移入方針」
曾經想出這一方案的商工大臣
現在却做了總理大臣的這個不可思議的首都
好狡猾的政府
善於支吾搪塞的官僚作風的海蜇們
而燃燒贖罪和友好意識的
無名人士
在顯着的階層漩渦裡

劉連仁醒悟了一切
我一個人沒做過什麼事的歲月裡
中國國民達成了極好的變貌
現在在日本所見聞的，覺得憤怒的
曾經在祖國也有過
在我國已經被疊入歷史的
這個國家
却是現在才開始鬪爭
而漩渦着

在東京接受的最好禮物
是妻趙玉蘭和孩子
活着的消息
而妻遵守婦道不見二夫
只擁抱着劉連仁而活下來
孩子十四歲，爲了將來能尋到父親
才被命名爲尋兒
尋兒，尋兒
劉連仁只想先看看孩子

三十三年四月
白山丸一路向故國航進
曾經像家畜那樣被囚在船倉載去的海
囘國時成爲特別二等船室的客人
踏破浪波囘去
像飛着
踏破浪波
懷念已久的故鄉的山河，看得見了

蓬萊，年輕時爲了搾油而工作的地方
塘沽
很長很長的旅途終了
十四年的終點之港

迎接的人們非常擁擠包圍他
第三個握手的中年女人
就是妻子趙玉蘭
但劉連仁認不出繼續向前前進
離別時二十三歲的年輕妻子已經三十七歲
但劉連仁認不出來繼續向前前進
「爹！」
跳出來擁抱他的美少年，那就是尋兒
頭髮黑亮亮的，溫和的男孩子
看讀、書寫
以及表現自己的意志
都勝過衆人的少年，村裡最聰明的少年
三個坐上載貨馬車
囘到故鄉草泊村去
故鄉正是桃花盛開時
村人們打鑼打鼓像似祭典慶祝
連仁兒囘來了
遇到的人，每一個人
都想起了他的名字擁抱着囘家
窗門換過新窗紙
火坑邊佈置有新的坐墊
地板上新的農具亮着
劉連仁跳出去早田裡

手捧着故鄉的黑泥土用舌尖舐了
麥穗長了一尺高
茫茫而無止境地展開在眼前
那天晚上
劉連仁和趙玉蘭
把一家的興衰
苦難的歲月
再會的欣喜
用毫無捐毀的山東方言
談了一個晚上
∴
一個命運和一個命運
突然相遇
不知道那意義
不知道那深奧
也不交換滿意的談話
着急的情緒像酸漿那樣響着
一村的靈魂和另一個村莊的靈魂
突然相遇
在無名字的溪邊
時間經過
歲月流逝
一個男人終於
能回到故鄉來
十三次的春天和
十三次的夏天和
十四次的秋天和
十四次的冬天都耐過了

把整個青春躲藏在洞穴裡，消耗了之後
時間經過
歲月流逝
一個小孩長大了
成爲比榆橋更堅强的青年
青年忽然想到
幼年時代，未曾交換過的談話
那個間隙
現在確實可用自己的語言來塡滿

註：日本名女詩人茨木のり子，一九二六年生於大阪，東邦大學農學部畢業。由於一九五三年與詩人川崎洋創辦詩誌「櫂」，而奠定其詩人的地位。詩集有「對話」「看不見的信差」「鎭魔歌」等。

惡之華

波特萊爾著
杜國清譯

LES

FLEURS DU MAL

PAR

CHARLES BAUDELAIRE

On dit qu'il faut couler les exécrables choses
Dans le puits de l'oubli et au sépulchre encloses,
Et que par les escrits le mal ressuscité
Infectera les mœurs de la postérité,
Mais le vice n'a point pour mère la science,
Et la vertu n'est pas fille de l'ignorance.

(Théodore Agrippa d'Aubigné. *Les Tragiques*, liv. II)

PARIS
POULET-MALASSIS ET DE BROISE
LIBRAIRES-ÉDITEURS
4, rue de Buci.

1857.

31 吸血鬼

像一把匕首猛然一戳，
刺進我憂愁的心中的妳；
有如一群兇猛的惡魔，
帶着狂態盛粧而來的妳，

以受到凌辱的我的心，
做爲妳的床褥和領土；
——賤婦喲我受妳拘禁，
一如苦役犯之於鏈子，

一如固執的賭徒之於賭，
一如酒徒之於酒甕，
一如腐屍之於蛆蟲，
——妳，眞是該咒、該死！

我曾向靡俐的劍求告，
以贏得我的自由；
我也求過背信的毒藥，
以救助我的懦弱。

唉唉！毒藥和利劍
蔑視我且這樣回答：
《你並不值得讓人
從賤奴身分中救拔，

糊塗蟲！——從她那帝國
我們若努力把你救出，
你的熱吻會馬上再使
她那吸血鬼的屍首復活！》

32

一夜，我在一個醜惡的猶太女身邊，
就像沿着屍體橫臥着的一具屍體；
和這出賣的肉體並臥，我却想起，
我的慾情戒掉了的那位悲愁的美人。

我想起了她那天生的貴婦氣派，
她那秉備着活力與優雅的眼眸；
她的頭髮，在她是個薰香的兜，
在我一回想就喚醒昔日的情愛。

因爲，我會熱吻妳那高貴的肉體；
從妳那涼爽的足尖到黑色的髮絲，
我一定撒出情深的愛撫的寶物；

要是有天晚上，哦哦冷酷的女王！
妳只要能，以自然流露的一滴淚，
稍微遮暗妳那冷冷双眸的光輝！

33 死後的悔恨

我黝黑的愛人，當妳長眠在
黑色大理石建造的墳墓深處，

當妳以漏雨的洞穴做爲寢室，
當妳以空洞的深坑做爲邸宅；

當墓石壓住妳那儒弱的胸部，
以及妳那慵容而迷人的軟腰，
而且阻碍到妳的意欲和心跳，
以及到路上尋求奇遇的双足，

那時，我那無涯之夢的密友，墳墓
（因爲，墳墓永遠是了解詩人的）
在那漫長的夜夜當睡眠被驅逐時

向着妳說；（不完全是的娼妓喲，妳說
不知死者爲什麼哭，這對妳有何益處？）
——那時，蛆蟲就像悔恨齧噬着妳的肌膚。

34 貓

來來，到我熱戀的心上，我美妙的貓；
將妳脚上的爪子藏起，
讓我沉溺在妳那金屬和瑪瑙
合成的美妙的眼睛裡。

當我的手指，悠閒地愛撫着
妳的頭和妳那彈性的背部，
當我的手因觸及妳那帶電的
肉體而感到戰慄的快感時，

我心中就浮起我的女人。她的眼神，
就像妳的，可愛的動物喲，
深邃、冷凝，有如標槍那樣銳尖，

而且，從脚尖到那頭上，
一種微妙的氣色，一種危險的幽香，
漂浮在她那褐色的身旁。

35 決鬪

兩個鬪士奔上前去彼此一交鋒，
武器就向空中濺出了火花和血潮。
這種爭鬪，這種刀劍的互擊聲，
是爲愛而痛哭流涕的青春的喧囂。

劍斷了！一如咱們的青春，愛人喲！
可是銳利的指爪，以及牙齒，
隨卽代替了叛逆的劍和匕首。
——哦哦愛的悔恨燃起的心中的狂怒！

向着山貓和豹類出沒的溪谷底下，
咱們的勇士狠狠地扭成一團滾落了；
他們的皮膚使不毛的荆棘開出血花。

——這深澗是地獄，擠滿咱們的故人！
讓咱們也無悔地滾落，不仁的鬪婦喲，
好讓咱們彼此憎恨的激情繼續到永遠！

日本現代詩鑑賞(10)

唐谷青

安藤一郎（一九〇七——一九七二）生於東京。少年時立志爲畫家；東京府立第四中學時，愛讀島崎藤村、室生犀星、芥川龍之介，而興趣轉向文學。十七歲起開始試作。大正十四年（一九二五）進東京外國語學校，大量閱讀哈代、布萊克、雪萊、雪萊、濟慈等的作品，並開始向「日本詩人」「太平洋詩人」投稿，且與菊田一夫等發起同人詩誌「花畑」。昭和三年（一九二八）東京外語畢業，任教於府立六中。當時屢次造訪高村光太郎，深受影響。昭和十三年（一九三八）爲米澤高工的助教授；昭和二十年（一九四五）任母校東京外語的教授。戰後，與村野四郎、北園克衞、西脇順三郎等同爲詩誌「GALA」的同人。昭和二十九年（一九五四）代表日本出席在比利時召開的國際詩人會議。昭和三十八年（一九六三）任日本現代詩人會會長。一九七二年十一月二十三日因胃癌病逝。

詩集有「思想以前」（一九三〇）「靜靜的火炎」（一九三三）「Position」（一九五一）「關於愛」（一九五五）「經驗」（一九五八）「遠旅」（一九六二）「張開的手掌」（一九六三）「夢之間」（一九六七）等。此外，評論、研究、翻譯的著作，主要的有「英美現代詩鑑賞」、「佛洛斯特」、「二十世紀英美詩人」，以及喬易斯的「攸力西斯」「都伯林市民」、桑德堡的「芝加哥詩集」、吳爾芙的「女性與文學」、勞倫斯的「愛與死詩集」等。

安藤一郎是個詩人，也是個學者，但不是個學者詩人——要是所謂學者詩人，是指在詩中賣弄學識或吊書袋子那種詩人而言。他的詩歷有四十年以上，他的學識或文學或文學教養兼容東西洋。做個詩人，他寫了一生的詩而無詩情枯竭之時；做個學者，他研究思索却不致將詩的感性僵化。他的詩不是青春的謳歌；他不是只靠感性寫詩。他的研究或評論，莫不以詩爲軸心，莫不是爲了激發詩心，洗鍊感受性的產物。他寫詩，一方面以感性激起詩情，感覺詩情，同時另一面加以知性的、思惟的把握和表現。當然，他的詩中也有表現青春所特有的瞬間詩感的作品，可是，隨着年齡的增加，他的詩中對人生的觀照，自然的了解，現實的認識也逐漸加深。自覺地隨時精鍊和保持靈敏的感受性，是他之所以能繼續寫了四十年的一大理由。

高度的學識和教養，往往窒息或僵化詩人的感受性，

使詩精神枯竭。安藤一郎之所以不致陷入這種絕境，是因爲他並不將讀書經驗直接表現於詩。讀詩或小說，只不過是人生經驗的一環，只是詩人的經驗中的一環，只是詩人的經驗中的一部分；詩是詩人吸收、綜合一切經驗之後所分泌出來的珠玉。艾略特的用典或引喻那種「以詩入詩」的作風，他是不屑一爲的。清代詩人說，有典而不用正如有權而不逞。安藤一郎是謙虛的；具有廣博之讀書經驗的他，居然能避開用典的誘惑，一方面是他對詩的方法的自覺，一方面是他對自己的資質的忠實。

在昭和的詩運動史上，安藤一郎也是現代主義的一個旗手。他在「詩與詩論」「詩法」「新領土」等詩誌上發表不少英美詩或評論的翻譯，對新詩運動的展開，有其不可磨滅的貢獻。他本身的作品，一方面攝取現代主義的手法，一方面忠實於隱藏在他的詩精神深處那分對人類以及人生的思念，而結果形成了他那種穩健端正的詩風。他在解說自己的詩時說：「我執拗地，一而再再而三地返覆探究的，一言以蔽之，是人性的深處——這是由於對人類各方面的興趣而來的。結果，不論用哪種形式，不論怎樣嘗試，詩到底不能離開人類和人生。」如此，他的詩，可說是詩人探究人生與人性之眞實的記錄。

鍵谷幸信在論「安藤一郎的詩」時，將他的詩分成三個時期：

第一期是昭和初年到戰時，以「思想以前」和「靜靜的火災」爲代表，屬於摸索期，還沒顯出詩人明確的風貌。

第二期以「Position」和「關於愛」爲代表：前者表現出人生派詩人的特色與現代主義的技巧，確立了安藤詩的詩風，也顯示了詩人的存在意義；後者是一種間奏曲或小曲集，做爲下次飛躍的準備。

第三期以「經驗」「遠旅」「夢之間」爲代表。「經驗」是以詩人到外國遊歷，對外國的風物、人情、自然等的實際體驗爲基礎，進一步將這種材料加以詩化，顯示出詩人成熟的人生觀、世界觀和自然感的作品。在這本詩集裡，詩人將自己的經驗盛入詩這種容器中而無過或不及之處，結果達到了詩技巧的完美地步。「遠旅」和「夢之間」是詩人五十歲到六十歲之間的作品；詩人對現實或人生的體驗更爲深刻透徹，而語言的密度也相對地增高。

對人生與人性寄與莫大關心的安藤詩的世界中，充滿着「對美的憧憬」之情。「總之，我一再顚躓迂回，却悄悄地珍惜守護對美的憧憬，好容易摸索到今天。」（「靜靜的火炎」後記）「我對美的信念並沒斷絕。」（Position）如此，他一再敍說對這種憧憬的思情。他少年時代本來有志於畫，試圖以繪圖來表現對美的憧憬。因此，在文學的世界中，「描繪」仍然是他寫詩的一個基本的方法。藉着「描繪」，他獲得造形上的兩個重大的基礎訓練：一是透過事物的觀察養成現實的感受性，一是意象的探求。這也就是安藤詩的詩法的特色。

新雪

有個深夜
突然成長久的痛苦中獲得釋放似的
週圍靜寂寂的
醫治深不知底的疲倦
新的睡意來訪
我被包裹到柔柔的世界中
在那世界的深處

銀色的微光照射進來
從遙遠的天空
在一切清純物之上
眞白的幾萬根羽毛落着
哪兒的門扇也都緊閉着
在家的當中
永遠優美地燃起的火啊
在那兒我且注視透明的青春的影子
在那兒我且傾聽年輕的海的聲音

——「靜靜的火炎」

這首詩眞有點像新雪一樣的純潔和優美；主題是雪夜的寂靜以及在這種寂靜中的幻覺的情緒。

雪紛紛地下着的深夜，大地歸於一片沈寂。脫離了白天的喧囂和精神上的緊張或壓迫，在這夜深人靜的時候，獨坐在屋子裡，或沈思，或囘想的是過去，而在不知不覺之中，竟打起瞌睡來。所謂「新的睡意來訪」，是指從瞌睡中醒來，却又再瞌着頭睡下去，那種似醒未醒，似睡非睡的朦朧狀態；這是因那「深不知底的疲倦」的緣故。如此，這首詩始展開介乎夢與現實的一種幽幻的世界。

所謂「柔柔的世界」，是夢的世界，潛意識的世界，幻想的世界，也是遙遠的記憶的世界。在這微明的銀色的幻境中，無數的白色羽毛——雪，飄落着，從天空，從遠方，從記憶的深處。

這是呈現在作者意識中的雪景；作者並沒有完全睡着，而是坐在那兒閉着眼睛在「做夢」。

當然，外邊是在下雪。不是嗎？所有家屋的門扇都緊閉着，人們都在家裡圍着火爐。作者就這麼還是閉着眼睛在意識中「看見」火爐上燃起的火災；那火影映在他那閉着的眼臉上，不斷地搖曳。

作者從那搖曳的影中，看見了青春時日種種透明的影子，也聽到了少年時的海邊的浪聲。過去、當年，往事一一浮現出來，於是作者在這種清純的甘美的混迷中注視着、傾聽着人生——所謂人生，只是透明的影子，只是瞬間卽逝不可捉模的聲音吧了。

這首詩，如此清純地表現出在下雪的靜夜裡，對人生或生命之幽幻的情緒；在表現上只不過是將介乎夢與現實之間的幽微的意識加以形象而已。能够將「潛意識」變成如此精緻的心象，藉以表現出一種純粹的抒情的世界，這是詩人的藝術。這首詩所抒的情，不是氾濫的、濃鬱的，而是透明的、清純的。這正是詩人高度洗鍊的感受性精製出來的知性和感性並重的純晶體。

經驗

我唱不出來　有些什麼使我唱不出來
我被囚住
不　在我到達之前
詩本身　被囚住
經常　像死巷的陰影般。
沈沈陰鬱着的　日本
——脫出此地
是在何時？
像熄了燈的家屋
我內部　向着黑暗屏息
在我上邊　在我下邊

夜之潮不斷地流着……

我是被遺忘了的影子
我唱不出來 怎麼也不出來
就這麼 與自己毫無關係的。
荒涼的季節 遷移

我唱不出來 已不想再唱
可是 還有些什麼留下——
是愛嗎？ 嗚咽似的東西
時時 在我喉頭漏出來

——「經驗」

安藤一郎是個深受高村光太郎影響的人生派詩人，在氣質上是重情的，浪漫的，人道主義的，可是在詩歷上却又經過了昭和初年的現代主義的洗禮，而現代主義在本質上是非情的，反浪漫的，機械主義的。氣質與時代風潮這兩種相反的要素在詩人的精神上互相衝激。結果，詩人一方面將這種衝激當作詩的原動力，而顯示出一生持續不斷的創作力，另一面，看出自己的資質到底與那些前衞的形式的現代派詩人不同，因而在創作上力求忠實於自己的資質和思想。他的詩風，即使使用現代主義的技巧，並不犧牲內容而溺於形式或文字的遊戲；結果，終其一生而不失其穩健的中庸的人生派詩人的特色。他一面講求技巧的磨練與語言的彫琢，在另一面積極地表現出活生生的現代人的生活意識和人生感情。

「經驗」詩集中，含有題爲「經驗」的作品共三十六篇。作者在後記中說：「這表現在戰後的黑暗時代中，沈思的一個詩人的苦惱。雖然有點感傷消極和逃避，事實上，當時在這種寂寞的孤獨感中感到絕望的人一定不少吧。因此，這個『我』不是只指作者一個人，而是有好些人都與『我』相通。從內部凝視自己時，這個『我』能够帶有更大的普遍性：這點在寫作時不能不考慮到。否則，帶有心理傾向的詩變成一個人了解的獨白，變成脫離作者的莫名其妙的東西。而這種詩，在現代主義的亞流中倒有不少。」

如此，這首「經驗4」寫的是住在戰後暗鬱荒涼的日本的一個詩人的精神記錄或告白。詩人終於不得不喊出「我唱不出來」的絕叫。

全詩分成五節，除了第二節表現外界的意象以外，其他四節都是內心的意象的反覆。

「我唱不出來」這對詩人而言，簡直等於死。這是向着虛無世界墮落的一步。詩人幾乎被逼進黑暗的絕望的深坑。不是詩人不想唱，而是有些什麼使他唱不出來。所謂「到達」，暗示人生的終點。

第二節將日本列島比喻爲長長的死巷，而上面經常籠罩着陰影。

第三節，將肉體——精神的寓所，比喻爲家屋，可是「熄了燈」，亦即精神上陷入黑暗。詩人的內部，向着黑暗屏息：暗示在黑暗中凝視——靜止——失眠——等待——冥想——！。

「在我上邊，在我下邊，夜之潮不斷地流着」：指時間在睡眠中流逝。夜之潮，不是瀑布，只能橫流，因此「在我上邊，在我下邊」不斷流着，只有當詩人橫躺着才有可能。這一節非常微妙地寫出詩人在暗夜中失眠，知覺時間從身上流過的一種精神上的苦悶。

第四節寫的是詩人在「唱不出來」的苦悶中，荒廢時

日，而季節的遷移與詩人漠不相干。

第五節，詩人雖然立於絕望的邊緣，但仍然對人生抱着肯定和希望。這個世上總有些什麽遺留着：詩人以疑問句提示出「愛」。這個疑問句，馬上就被以下的「嗚咽」加以肯定。因爲有了愛才有嗚咽。嗚咽似的東西，不是「從」而是「在」詩人的喉頭「漏出來」：詩人的體內是溢滿着嗚咽的，那是愛的嗚咽，是人生的哀情；詩人的喉頭所唱出的，便是這種人生的哀情之歌，而詩人在「唱不出來」「已不想再唱」時的哀鳴或絕叫，結果還是詩，且是對人生無限執着和熱愛的詩。

安藤一郎所以是個人生派詩人的理由，從這首詩中也可以看出。

Position

——斷面——

燃燒的地平線
有巨眼的山
透明的都市
被分解的服裝模特兒
立起的蛋
紅蝶
塑膠的匙子
彎曲的針
床鋪的手槍
思索的貓
以及
像一根線　的陰影

——「Position」

「Position」（境遇、位置、立場）是安藤的第三詩集，共收錄題爲「Position」的作品三十五篇，以及其他作品十三篇。作者在後記中說：「全卷暗鬱的悲觀色彩很濃厚，這固然是因爲對於在現代受到極度不安之追迫的人類命運具有强烈的自覺，在另一方面也是因爲我本身已接近四十年代的半途，開始感到人生之寂寞的緣故吧。」

但是這種人生詩人的感受或者人本主義的色彩，在這首詩中消失了。這是純粹現代派詩風的作品，在安藤的詩中並不多見，但足以證明他受到現代主義影響的一面。

這首詩由十二行短句或片語所構成，除了第十一行以外，都是意象語。亦即，每一行表現一個意象，每一行各自呈現出毫無關聯的獨立的世界。整首詩以繪畫性的意象開始，以繪畫性的意象結束。所謂「燃繞的地平線」，「有巨眼的山」，「被分解了的服裝模特兒」，「立起的蛋」，這些就像超現實繪畫中經常出現的那種心象，其中漂蕩着達利（Salvador Dali）或契里柯（Giorgio di）

Chirico 或度祥 (Marcel Duchamp) 的作品所常有的那種氣氛。

讀這種詩，正像看這種畫，只要能感覺到種種意象的趣味就够了，大可不必再追求其中的「山」呀「都市」呀「服裝模特兒」呀「匙子」呀「針」呀，代表什麼意義，或者其中有什麼關聯。只要在心靈上能够感受到視覺的印象，而覺得有趣或新鮮或者美就行了。

在技巧上，每一個意象的造型固然重要，每個意象各間隔一行，而釀出意象在空間上的擴展，也是不可忽視的。第十一行是個抽象的接觸詞「以及」；而最後是「像一條線那麼細的陰影」，如此詩句由具名詞變成抽象名詞，從堅硬的意象變成纖細的意象，而給與整個作品一種餘韻。

欣賞詩的觀點不該是固定不變的。人生派詩人安藤也寫出這種現代派作風的作品；如果讀者硬要在這首詩中找詩人對人生或人類命運的情念，無異於緣木求魚。現代派的作品有其新鮮的一面，有其不可否認的美。但是一個詩人，尤其是人生派的詩人，所最關心的，並不在於意求新或者刻求美，而是在探究人性的眞實，表現人生的眞情。許多現代派的作品，一行一句，美則美矣，但全詩前後缺乏聯貫或呼應，也不能喚起讀者在情念上的共鳴。這種現代派的詩偶爾爲之未嘗不可，如果溺而不悟，寫詩變成自得其樂而無顧於讀者的共感。對社會民族而言，這是詩才的浪費！

精通英美現代詩的學者詩人安藤一郎，在詩作上一生忠實於自己的資質，雖受現代主義的洗禮，並不淹溺於形式主義的漩渦。他的詩風極其平實，但流露出一股人生的眞情。詩人是不能沒有自知之明的。

（上接一四四頁）

※林征樂詩文集「一と株の白菊」（一株白菊），列入野火叢書，已由日本「野火詩刊」的「野火の會」出版，定價日幣六佰元。

※ Yvonne A. Noether 詩集「Wanderings A Book of Poems」，已由敦煌書局出版。

Ⅲ 評論、翻譯及其他

※李魁賢「德國文學散論」，列入三民文庫，已由三民書局，定價十五元。

※蜀弓著「方眼中的跫音」，列入藍星叢書，已由藍星詩社出版，定價二十元。

※日本詩人松尾靜明詩集「御幸橋」，林景煌譯，已由中國美術出版社出版，定價二十元。

※趙麗蓮選集之八「英詩譯選」第二集，有英千里、梁實秋、余光中譯詩及譯註，已由學生英語文摘社出版，定價二十五元。

※李達三，談德義等主編「狄瑾蓀的詩」，已由新亞出版社出版，定價十二元。

※鶴見佑觀著「拜倫傳」，陳秋子譯，已由西南書局出版，定價二十八元。

※梅爾維爾著「錄事巴托比」，余光中譯，今日世界社出版，定價十元。

※孟佳譯「俄羅斯抒情詩選」，已由臺灣文藝社出版。

出版消息

本社

I 詩刊

※「噴泉」詩刊第十一期，已由國立臺灣師範大學噴泉詩社出版。

※「葡萄園」詩刊第四十三期已出版，定價八元。

※「暴風雨」詩刊第十期、第十一期均已出版。

※「後浪」詩双月刊第三期、第四期均已出版，該刊長期贈閱，全年索閱請附郵資五元。

※「主流」詩双月刊第四期已出版，定價十元，本期評論葉珊。

※「龍族」第九期已出版，定價十二元，本期爲評論專號。

※「創世紀」第三十一期，第三十二期，均已出版，定價十五。第三十二期有瘂弦評注的「綠原詩抄」。

II 文藝雜誌及其他

※「中外文學」第一卷第十期、第十一期均已出版，定價十五元。

※「臺灣文藝」第三十八期已出版，定價十元。該社於民國六十二年四月二十二日下午二點假臺北市內湖金龍寺大禮堂頒發第四屆吳濁流新詩獎。

※「書評書目」第三期、第四期已出版，定價十元。

※「藝術」季刊第二期已出版，定價十五元。

※「大學雜誌」第六十二期已出版，定價十二元。高準「論中國新詩的風格發展與前途方向」續完。

III 詩集

※古添洪詩集「剪裁」，列入笠叢書，已由笠詩社出版，巨人出版社發行，定價二十元。

※楊允達詩選」，已由南北笛詩刊社出版，定價五十元。郭博修插圖。

※陳芳明詩集「含憂草」，列入大江叢書，已由大江出版社出版，定價十八元。

※白浪萍詩集「停雲的山」，已列入山水詩叢出版。

※鄭仰貴詩集「廻旋梯」，已由現代潮出版社出版，定價十元。

※大荒詩集「存愁」，列入創世紀詩叢，已由創世紀詩社出版，定價二十元。

※吳濁流詩集「濁流詩草」，已由臺灣文藝雜誌社出版，定價六十元。

※邱淼鏘詩集「琴川詩集」第四輯已出版，中央書局總經銷，定價五元。

(下接一四三頁)

芳蘭詩抄

周伯陽

廢墟

當初，是一座大房屋
有瀟洒的風度
後來，被一場祝融奪去幸福
只留着醜陋的肌膚

一年來，總是訴苦
又夢想恢復原來的廬山眞面目

你站在山麓
悲歎沒有人照顧
啊！心靈的深處
揮盡了淚珠

新芽正在傾訴
春神又走回來山麓

但是否把綠色漆
替你粉刷那燒黑的木柱？

金蟬

沒有片刻的靜息
整天在燒燒生命的火花
不是怨嘆
也不是傷心的哭泣
在純潔的心靈裏
閃耀着永遠的熱情

爲什麼你向彩雲
眩耀那悠揚底旋律？
滿天的飛鳥爲你而迷醉
但你所渴望的
並不是尋求不朽的眞理
却是傾訴不盡的愛情吧！

笠詩雙月刊第五十四期　中華民國內政部登記內版臺誌字第二〇九〇號　中華郵政臺字第二〇〇七號執照登記為第一類新聞紙定價十二元

笠詩双月刊　第五十四期

民國五十三年六月十五日創刊

民國六十二年四月十五日出版

出版者：笠詩刊社

發行人：黃騰輝

社長：陳秀喜

社址：臺北市松江路三六二巷七八弄十一號

（電話：五五〇〇八三）

資料室：彰化市華陽里南郭路一巷10號

編輯部：臺北縣新店鎮光明街二〇四巷一八弄四號四樓

經理部：臺中縣豐原鎮三村路九十號

定價：日幣一百二十元　港幣二元

每冊新臺幣十二元

非幣二元　美金四角

全年六期新臺幣六十元

半年三期新臺幣三十元

●郵政劃撥中字第二一九七六號

陳武雄帳戶（小額郵票通用）

笠

LI POETRY MAGAZINE

民國五十三年六月十五日創刊・民國六十二年六月十五日出版

詩双月刊

55

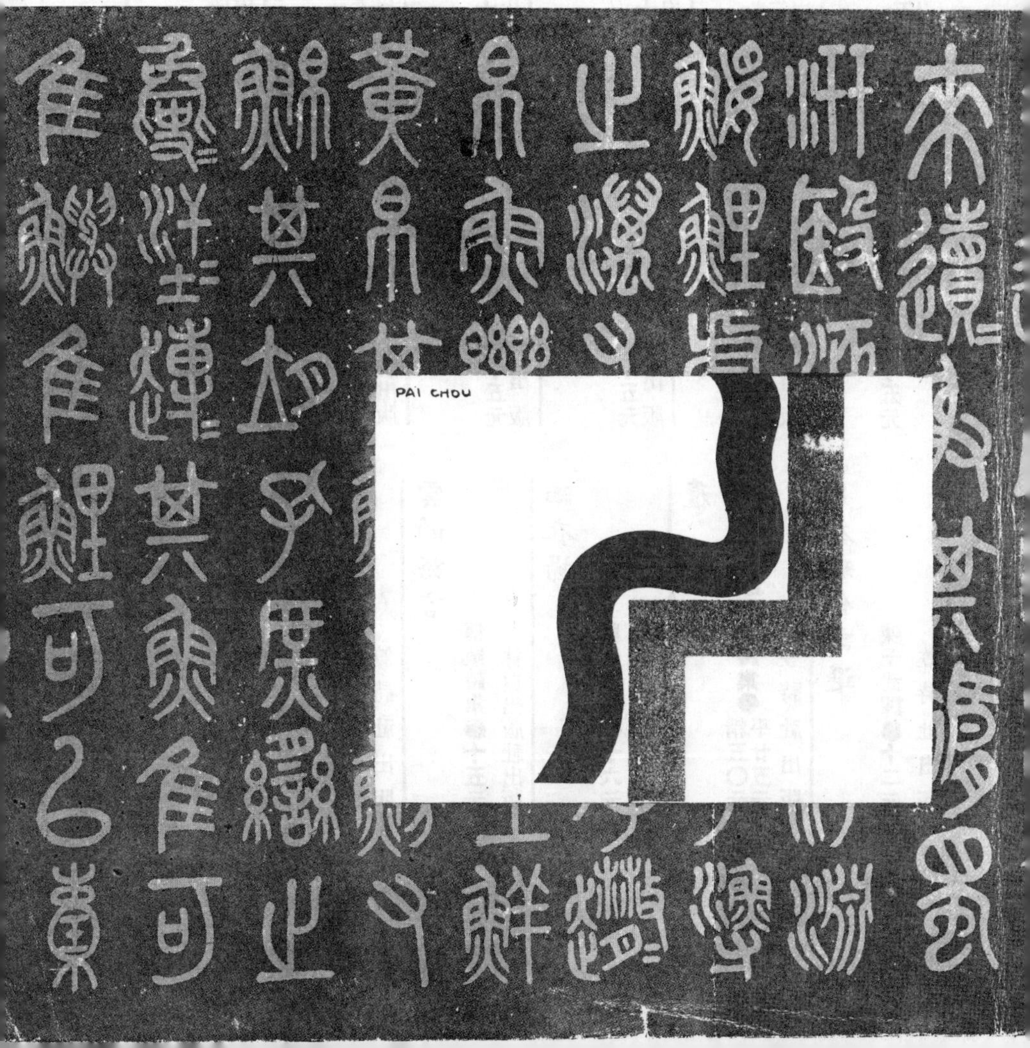

詩學
西脇順三郎詩論
杜國清譯●二四元
田園出版社出版

現代詩的探求
村野四郎詩論
陳千武譯●十八元
田園出版社出版

艾略特文學評論選集
杜國清譯●七十元
田園出版社出版

保羅•梵樂希的方法序說
馬洛文學理論
林亨泰譯●十元
田園出版社出版

美學引論(1)
趙天儀●十二元
笠詩社出版

美學與語言
趙天儀●十五元
三民書局出版

杜英諾悲歌
李魁賢譯●十六元
田園出版社出版

給奧費斯的十四行詩
李魁賢譯●十二元
田園出版社出版

德國詩選
李魁賢譯●十五元
三民書局出版

德國的現代詩選
李魁賢譯●十五元
三民書局出版

白萩詩選
白萩作品精選集●十五元
三民書局出版

現代詩散論
白萩詩論集●十五元
局

歸途
鄭烱明詩集●十六元
笠詩社出版

期嚮
陳鴻森詩集●十二元
笠詩社出版

雲的語言
傅敏詩集●十五元
林白出版社出版

晒衣場
凱若詩集●十六元
笠詩社出版

覆葉
陳秀喜詩集●精五〇元 平廿五元
笠詩社出版

日本現代詩選
陳千武譯●十二元
笠詩社出版

顧客至上　服務第一

彰化商業銀行

六十八年悠久歷史堅實經營
九十處分支機構服務全省
六百餘家通滙銀行遍佈全球

（營業項目）

存款　放款　滙兌
外滙　倉庫　代理

歡迎惠顧　光臨指教

總　行：臺中市自由路二段三八號
電　話：二二〇〇一—二二〇一〇
臺北辦公室：臺北市衡陽路六八號
電　話：三七一二二一一—三七一二二一九

卷頭言

作品

笠　第55期　目錄

・封面設計—白萩・

專心文庫（名著翻譯）

玄裝三藏	李君奭譯	一五一頁	十五元
李白	李君奭譯	二六七頁	十五元
莊子平話	李君奭譯	二一七頁	十五元
諸葛亮	李君奭譯	一九八頁	十五元
諸子百家	李君奭譯	近刊	
墨子	李君奭譯	近刊	
孫子的體系的研究	李君奭譯	近刊	
老子的哲學	李君奭譯	近刊	

發行所 專心企業有限公司
臺北市北安路501巷15弄29號之1 電話五八六三一一七
代售 笠詩刊社
郵政劃撥中字第二一九七六號 電話五五〇〇八三

卷頭言

何謂「現代詩」？

杜國清

何謂「現代詩」？何謂「中國的現代詩」？儘管很少有人下過明確的定義，大家還是口口聲聲地在談論，在議論，在辯論。對於所使用的名詞不加以明確的界定，或者只根據顧名思義得來的一些模糊的概念而高談闊論，是咱們詩壇上評詩論詩的文章中，屢見不鮮的現象。

其實，要爲一個名詞下明確的定義，並不簡單。除非你對那個名詞所指的意義或內涵具有充分的了解。對一些牽涉到古今中外的文學或藝術思想的名詞，更不是不學無術的詩人或詩論者所能信口開河的。「現代詩」便是一個例子。

從詩壇上一般的用法或者一些論詩的文章中，「現代詩」一詞似乎可以歸納出下面三種不同的含意：①是指「現代人」的詩，而所謂「現代」亦即「當代」。換句話說，在今天此時此地咱們現代人所寫的詩，都稱爲「現代詩」。②是指民國三十八年以後在臺灣發展下來的詩。在這以前的詩，由於時代與環境的隔絕，大陸時期的詩集、詩誌或詩人的斷絕，對於在臺灣成長活躍的詩人而言，是隔有一代的距離，因此不是「現代的」。③是指具有「現代精神」的詩。至於何謂「現代精神」，論者似乎只有一些模糊的概念。或指反抗物質文明或者反抗傳統的精神，或指與西方的「現代主義」或者「一切新興詩派」共通或相應某些精神，等等。

第一種含意過於廣泛，且無特殊的意義。唐詩對於唐朝人來說，也是「現代詩」。第二種含意過於人爲，且缺乏歷史的透視力。事實上就詩質而言，大陸時期有些詩人的詩，比咱們詩壇上的詩更富有所謂的「現代精神」，因此更是「現代詩」。第三種含意過於含糊，且顯得對西方的文藝思潮與現代文明的特質，缺乏明確的認識。然則，何謂「現代詩」？何謂「中國的現代詩」？

「簡單地說：就是運用西方的寫作技巧，而在精神上仍是屬於中國的語言，結合了外來的和我們本土的一種特質的文學。」（「幼獅文藝」二三三號，『訪「中國現代文學大系」主編人』一文。）

這個定義出自這部大系的詩集編選人，而在序文中大談「中國現代詩的特質」，且以「前輩詩人」自居的洛夫，是令人驚訝的。何謂西方的寫作技巧，洛夫沒有進一步再加以說明。但是，除了「分行」與「橫寫」是咱們祖宗三千年來所沒有的以外，還有哪些重要的寫作技巧是純西方的？就算「意識流」或「自動記錄」是純西方的寫作技巧，咱們詩人中又有誰純粹運用這種技巧去創造中國的「現代詩」呢？

何謂「現代詩」？這是個靈妙的試金石，足以試出一個詩人，一個詩壇上的好論者，一個詩選編選人，一個頗負盛名的前輩詩人對所謂「現代詩」的認識，到底含有多少金，多少砂！

非馬詩抄

新與舊

囂張的
新鞋
一步步
揶揄着
舊鞋
的
回憶

春天的消息

不合季節的春天
有人在沿街叫賣和平
最後一批B—五二撒完種走了
冰封的希望開始萌芽

魚與詩人

躍出水面
掙扎着
而又回到水裡的
魚

對

躍進水裡
掙扎着
却回不到水面的
詩人

說
你們的現實確實使人
活不了

公園裏的銅像

這般難耐地（他們稱之爲永恒）
帶着微笑帶着沉甸甸的勳章
站立
比在胸前別一朵新鮮玫瑰
平擺着供看熱鬧的人們
憑弔還要來得
野蠻

黎明時脚下一對情人在擁吻中醒來
用夢樣的音調誦讀鐫刻的美麗謊言
竟又使我的胸口隱隱作痛
就在第一道晨光照射的地方
就在那玫瑰花開的地方

今天上午畢卡索死了

靜靜把多餘的午后揮霍掉
好幾次走近窗口看天上
是否出現最後一個驚奇
那顆太陽在鄰居的屋頂上
久久落不下去幾乎使我想起
永恒。今天上午畢卡索死了
也不知有多少個女人要拼命
拉長她們的頸子
也不知有多少個男人要
頭上長出雙角來
嗚嗚嗚嗚
嗚嗚嗚嗚

這雙頑皮的手
伸進這世界裡來顯示
這世界還柔軟得可揑可塑
現在却悄悄地要縮回去了
我下意識地伸出雙手想挽留它們
却猛覺這行動的幼稚可笑
便順勢爲它們熱烈鼓起掌來

和平之鴿

身爲鴿子
是頗不幸的
造發頓脾氣
的自由都沒有

咕咕咕咕
不由己的僞善者
被戰鬪機群覇佔去了

的藍天上的一個
大笑話

老農婦

沙啞唱片
深深的
紋溝
在額上
一遍又一遍
唱着
我要活
我要活
我要活
我要

鳥籠

打開
鳥籠的
門
讓鳥飛
走
把自由
還給
鳥
籠

籠鳥

好
心的
他們把
牠關進牢
籠好使牠唱
出的自由
之歌清
亮而
動
心

沉思者

支着腮
沉思
如何
支着腮
看電腦
沉思
的問題

余光中

阿善公

看天的眼睛蒼蒼
看海的眼睛茫茫
阿善公的眼睛
蒼蒼又茫茫

春天來後
他就蹲在那邊的苦梨樹下
讓蜻蜓停在白髮上
風從秧田裡吹過來
白髮飛，蜻蜓也飛
白髮停蜻蜓也停
半透明的薄翼在風裡微顫
阿善婆死後常常就那樣
下午一蹲就矮成了黃昏
田壠彎彎接來四面的蒼茫

阿善公是死不了的
阿善公不能死
阿善公要是死了
那些記憶，他的，該怎麼辦？
水井枯了
青蛙，該怎麼辦？
古屋燒了
老鼠，該怎麼辦？

六十二年二月廿三日

非詩輯

陳鴻森

在自己的穴中

常常在不經意間，會感覺到，在某個遙遠的地方，有
一個敵，正瞄準著我

一日，我突然在那映照著——腥紅而溫熱的風景——
的鏡面上，發現了那隱蔽著的敵，但只一瞬，他隨卽在我
的驚愕裡，消失了踪影

我看不清他的臉。而不安的感覺，一日日地加强著。
沉默，終成爲一堅固的穴，然而在自己的穴裡，我却只能
那樣卑微地防禦著無可預防的危機

（六十二年二月十四夜）

空虛的吠聲

那位老兵，把正在嬉戲的狗招來，狗搖著牠的尾巴，親熱地舔著主人的手。似乎是溫情地摟著那狗；但突然淒厲的一聲，只見他正以著狗的頭部，用力地向牆頭摔去，那瞬間，我彷彿看到忠誠，像閃耀在陽光下的玻璃碎片，而太陽無疑是比什麼更近於權力中心的

狗那間歇性的抽噎，是正和不名的某地打著旗語嗎？牠遲滯的眼睛，已開始映著遙遠而陌生的風景……。轉眼，活生生的狗，已成了他餐上熱騰騰的香肉，他正有味地咀嚼著狗所留下的過去

而後每當我經過這戮殺的現場，總會聽見狗在我看不見的地方，對著牠那失落的過去底空虛的吠聲

（六二年四月卅日）

影子及其他

巫永福

影子

大地的人車、樓屋、綠樹邊
以及空間所有的形象上
影子深沉的眼神
默默無聲，冷靜地
沒有恐怖，誠實地
如夢幻一般地蹲視着

陽光燦爛，不盡地
賜予山海，街市以及馬路
壯麗而且豐盛的野宴
而影子不知不覺地跟隨在前後
付託其謹愼可觀
並浮出其有深度顯眼的幽雅

在光明中，好似沒有意志
但也彷彿有意地跟從着
微微地伸縮，或迅速地移動着
有時無限地擴大到空中
有時無限地縮小至消失
隨着風光，無從催促

如果光沒有影子，將多麼無趣
甚至可能變成不可思議的東西
而影子並無所求
只將愛情奉献於光明
使其有生動的美的生命
並願同消失而成不朽

星

隨心所欲地
把幾顆星星放在手掌上
星星默默地閃亮而存在
星星跟我感情的變化而變化
像畫家所繪一般地
幾顆星星在畫布上
展現着黑暗中的眼神

寂寞、冷清、而且深沉
一直處於孤獨地靜思着
使我成了有意志的主題

生命的裏面

肉體隨卽化成水木金土
嘻笑地成爲雨露雲霧
爽朗地成爲山野的彩花草木
穩健地潛入金土裡成爲地糧吧
然而，鳥鳴，蝴蝶就飛舞
滔滔的流水不分時刻地
也不苦惱悲痛地，在空中遊戲
永恒地飄飄，且跟風活着
光很響亮地洗滌着我的屍體
我的生命該是不知有休止符吧

細　流

帶着自然的力氣
默默地蒐集滴下的雨露
穿過落葉與小石的下面
溪谷裡細細的清水流着
像在陽光中那樣地蒸發了
也有被田壤的水攔住了的
也有被地下吸進去了的
然而，細少的水流却不斷地
被推下低窪的地方去
靠一絲流水搖提徬徨
如生命的小舟般地划着
讚美勤勉的那些水手們
高唱的歌聲滔滔
跟自然浪潮的聲音
洶湧地伸入大海裡去

無　題

捨棄羞澀吧
依稀要自然地活下去
少女向我搖着手
消逝於街隅的拐彎處
遺忘汚穢的語言吧
溫順而平凡地過日子
兒童隨着溪水
在游泳着
不要盲信暴力
强烈的火也會被水冲熄
白髮老人搖着手
踏過山野去

幻影

心事變成幻影後
緊接着故事誕生了
而以多變的彩色的語言
希望繪成一個天堂
害怕繪成人間地獄
而使生活單調
此時智慧的神騎在
一枝七尺高的竹竿上
隨心所欲
飛來翻去
在現實的印象裡
模倣野獸的形態
在很抽象的感覺裡
隨心自譜了樂章
並自我包羅了萬象
遂有超表現的意識
此時如再隨刀一刻
現象就跳躍於世界
逍遙自在
飄來漂去

絹扇下

透過胸前的
綉有彩花的絹扇
陽光滑進了溫暖
而把那莫名的鬱悶
遣走了
那麼遙遠的
朵朵白雲溜成
種種動物的造形
而把童年的記憶
帶來了
習習的風啊
吹動了背下的草毯
喚起芝芽的芬芳
而把沉睡的氣息
搖醒了

陳秀喜 二首

按摩者

被北風拭乾的嘴唇
吹着短笛
左手握着試探針的拐杖
黑眼鏡裡的眼神經在耳朵中發達
已能辨別關門或者是開門
期待着喚你的聲音進來

活下去同是要靠十指
人家孵成夢的時刻
你却向着逆風吹笛
被喚住的喜悅只是片刻
你必須抓到疲勞摔開
舒服給臥在溫暖床上的人
渾身的力驅使十指勞動

夜鶯旋囀走過小巷
却如是一聲哀鳴 一聲求援
敲到石頭拐尖響出拍子
沁入燈下的我的心腑
浮顯你蹣跚的影子

也許你的耳朵期望着
明天要買米的錢
不知你今夜的運氣如何?
那麼想要天看狼星的我

等待笛音曲終之後
才去啓門
避免你爲我而稍些停留

樹的哀樂

土地被陽光漂白
成爲一面鏡子
樹樂於看八等身的自己
樹也悲哀過逐漸矮小的自己
樹的心情一熱一冷
任光與影的擺佈

陽光被雲翳後
樹影跟鏡子失了
樹孤獨吋才察覺
扎根在泥土才是眞的存在

認識了自己
樹的心平安了
再也不管那些
光與影的把戲
札根在泥土的才是
我

鳥族譜

梁小燕

青笛仔

小小綠色的鳥兒
停在樹枝上
停在五線譜的電線上

拉緊了丫型的弓弦
正以小石頭作子彈
朝向你歌唱着的小頭臚

咻咻地嘶鳴在空中的音響
說時遲　那時快
你已成了死神的俘虜

而今童年的惡作劇雖已成過去
而樹枝上已不再有你的憇息
而電線上也已不再有你的踪跡

白頭翁

在故鎮那青翠的菓園裡
你的歌唱
是一支跳動的音符

白雲依舊造訪池塘
而你的歌聲
已不再廻盪在菓園的林子裡

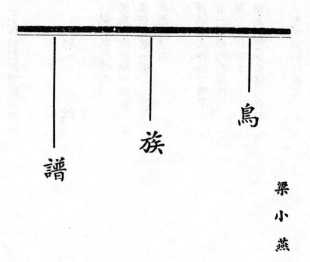

頭戴十白帽
嘴哼小口哨
我的呼喚啊
已不再引起你清脆的回響

斑鳩

一對清唱的呼喚
偶然在校園裡迴響着
像在故鄉一樣
漸漸地遠去

那該是久遠的故事了
有一個啞吧的童件
在一棵古樹上
搬走了整個鳩巢的老家

一隻光頹頹的雛鳥
好像沒穿暖和似地
露着鐵青色的筋
睜開了驚惶的小眼睛

一對清唱的呼喚
恍如又使我回到了鄉里
看着那一隻光頹頹的雛鳥
在啾啾地向我呼喚着

白令絲

在暮色中
遠方的叢林充滿了神秘的瑰麗
晚雲還停在山腰
而你還在歸途

猶記得昔日一陣的暴風雨
閃電擊斷了聳立雲端的古樹
從此 叢林失去了一份古老的秘密
而你也不再成群地
在歸隊的行列裡

雖然，家在叢林的那邊
但叢林裡却沒有同伴棲息
昔日團聚的喧嘩也成了一片岑寂
在暮色中
啊啊，你是否還在歸途？

嚴冬詩篇

周伯陽

嚴冬

白熊棲息的故鄉——北極
大自然一片冰天雪地
酷寒零下幾十度
從來沒有溫暖的回憶

無聊和寂寞
就是太古以來的老友
那北極光雖然美麗
但想要擺脫氣候的桎梏
卻老早就有所計劃

嚴冬呀！
爲什麼搭乘了西伯利亞寒流
而逃到寶島—福爾摩沙
凍傷我的心靈
也凍結我的靈感

你不知
水銀柱正在密告你的踪跡

枯樹

枯樹，赤着身軀
沒有絲毫表情
站在嚴冬的曠野裏
讓刺骨似的冰風
撫摸對要僵凍的胴體

恣虐的冰風
到處逞威咆哮

使你渾身滾出顫抖
回憶落葉的惆悵
朔冬正在考驗着
試探有否生存的堅定意志？

森林

能阻止陽光浸滲
那是弱肉强食的黑暗世界
在廣闊的森林裏
使我恐懼和戰慄
我無意探索原始的奧秘
只希擺脫孤寂

在消失光輝的森林裏
秘意被迫快要絕滅
寒風刮走了枝頭底秋色
如今秋天失去豐富的思想
而加上臨終底憂愁
以先知的姿態
可在寒風裏殉身

光綫有一些暗淡
照在那憔悴的臉孔
回憶往昔的繁茂
卻顧今日蕭條冷清
上蒼正在企圖
提早塑造初冬底景象

賞雪

搭乘寒流的花鹿橇
滑空南下好幾天
好像一片片銀花瓣
飄落於福爾摩沙—合歡山

把純潔的靈魂
鋪蓋在一切憂悶上面
顯出一片白皚皚底銀世界
讓遊客蹂躪而滿身是鞋痕

新店詩抄

趙天儀

搬家以後

從計程車到鐵牛仔車
從鐵牛仔車到大卡車
像滾雪球一樣

背着一座山 一尊佛像
面對着同類的建築
公寓是蜂巢般地
醞釀着蜜樣的愛

居高臨下
使我双脚發酸
使我一則以喜 一則以懼
使我又充滿了一種危機的意識

而當脫了臼一般的
沉重酸痛的肩膀
正微微地向我的心底抽搐着
不禁意識到剛剛又搬了家

潭畔

陽光依然溫煦
微風依然盪漾
當我又來到了這碧綠的潭畔
停泊的小舟
正一波一波地盪着漣漪
輕輕地拍擊着
索橋上

有過往的足跡
有七彩的虹
有昔日難忘的倩影
而今一切都已成過去
像足跡揚起了迷漫的塵沙
像彩虹隱逝於透明的蒼穹

魚鱗般的波浪
圓舞般的漣漪
正向兩岸盪開過去
正向激流的漩渦中撲過去
而昔日泛舟的双槳
不知停泊何處

當我又來到了這碧綠的潭畔
又是驚喜 又是悵惘
時間雖已跟流逝的澗水一同飄去
而那初戀的狂喜
却甜中帶苦地 深深地
銘刻在我的心裏
彷彿是一陣火燒的烙印
難以忘却的舊夢啊……

苦瓜集

●煙寺●

苦瓜

喜歡吃苦瓜
是祖母遺傳下來的嗜好
每次苦瓜上桌時
總留意那昔日祖母曾坐過的舊椅
如今那空的座位
卻經常被蒼蠅霸佔著

苦瓜入口時
便咀嚼著祖母的話
吃苦瓜，才知道什麼是人生？
所以小女兒長了幾顆牙齒後
就餵她第一片苦瓜
那種苦裏帶甘的味道
惹得她的小手亂舞

地瓜

小時候常在田野裏控窰（註）
臨風吃地瓜
吃地瓜時有時流著熱淚
傷心地瓜啊
掙脫出黑暗的日子後還要被人一口一口地咬
我的地瓜夢啊
不再回來了
深埋在泥巴內結爲夢瓜

註：控窰，閩南語。將田野之土塊圍成小窰，以柴燒之，紅盪時則掩入地瓜，稍悶，瓜熟可食，此擧謂之「控窰」。

絲　瓜

靜默的涼架下的日子
長長的身影吊著一袋時間
嘆息地擺動
有時會打在我漫步的頭顱
打得汗涔涔，汗滴在飄下的黃葉上
是不是說：
送你一個絲瓜，一支長長的鐘擺

冬　瓜

小弟弟爬在大冬瓜上騎馬
喔，喔，到市場去
出動的牛車
塞滿整個村子
偷偷地在一顆上面刻自己的名字
當阿香抱著拋售時
溫暖的意義就可了解

西　瓜

車窗外有許多西瓜
躺在沙田裏
那不是一顆顆小小的故鄉
在溫煦的陽光下睡覺麼？
輾過西瓜味的車輪
一直向北鳴叫
那是我不能下車的哭喊聲麼？

香　瓜

昨天警察來了一趟
賣香瓜的再也不見了
幾隻蒼蠅在天空追逐
尋找他的機動攤子
今天，依稀還記得
在喧囂的城市裏
他的「香瓜瓜，買香瓜」的兜售聲最沙啞

傻　瓜

只有傻瓜
才會半夜爬起來寫詩
在一格格的紙田裏撒下傻瓜種
從苦瓜、地瓜、絲瓜、冬瓜、香瓜……到傻瓜
哦，我累了
詩神，送給我一塊傻瓜碑豎在故鄉的小溪吧！
讓無情的流水譏笑說：
這也叫中流砥柱嗎？

天國祭

·傅　敏·

戰俘

K中尉已經沒有祖國
被俘的時候
他宣誓丟棄的

釋放的一天
他望著祖國的來人
默默地
想把自己交給他們

武裝被禁止了
不
武裝沒有被禁止

祖國已經沒有了
祖國還有

双重的認識論
在K中尉身上實驗了
說不定有一天
會輪到你或我

爲此
世界在靜靜地擦著眼淚
世界在靜靜地掉着眼淚

夜

汽笛聲
從軌道的彼方傳來
從非常遠的軌道彼方傳來

那聲音
像歷史之鞭
抽打著地球背脊的
喊叫

冷却了的傷痕
在月的素手的撫慰下
逐漸浮現出來

在夜企圖掩蓋一切的時候
在夜企圖推卸一切的時候

時間

典當了手錶以後的
妻的手
端過來一碗稀飯
這個構圖
被窗戶的一塊有裂痕的玻璃拍攝了

夜晚的時候
我一面愛撫著妻
一面觀看上映的構圖
眼淚在冷風中凝結

妻呵
妳也持有一個暗喻嗎
像我一樣持有無窮的暗喻

暗喻在冷風中凝結
滲進了悲哀的
銳到的光

晨

醒來的時候
看到妻的身體接近著牆角
好像一隻冬眠的蟲

因著生的艱苦
皮膚已經粗糙了
晨光的調釋
也不復是少女時的伊了

日子的歌
常常瘖啞地

鯁在咽喉
不能發聲

我只好伸出手
繞過妻的背肌
找尋妻的聲音

翻轉過來的
光裸的身體
擁藏進我的手臂
一個在逐漸暴露的洞穴

失語症

已經沒有語言了
我們的世界已經沒有語言了

漂浮在北極圈的
語言的屍體
凍結了
殺死語言的
世界的權力和意志

語言只有死
才能復甦
只有流放到酷冷的國度
才能淨白

我們已經不配持有語言
我們的世界已經不配持有語言
死去的那樣淨白的語言
活著的我們這樣醜惡的心

陳坤崙作品

雲霞集

拜　拜

祖母最喜歡吃的
苦瓜湯擺在最前面
其餘的一隻鷄
香腸肥肉魚丸
還有一碗大米粉
還有無數的酒杯盛滿了酒
還有碗湯匙筷子
我們等着祖母
邀請朋友回家吃飯

去年三年十九日
祖母天國旅行去了
而每年的今天
祖母要回家
看看我們是否平安

祖母天國旅行去了
所以我們要燒幾千萬的銀錢
好讓祖母不致於窮
不致於流浪
不致於被人輕視

祖母天國旅行去了
我們等着祖母回家吃飯
我不見祖母的影子
而那些食物
也沒有吃過

可是媽媽爲什麼却說
祖母回家吃飽了

那張臉

媽媽
祇不過留給我
一幅遺像
我把她藏在抽屜裡
因爲那張臉
總是那麼憂傷
懸掛在牆上的遺像
沒想到也會得罪我的後母
沒想到也會被摔碎
所以我把她藏在抽屜裡
偷偷地用我的心
編織那張臉

鏡子

我的心隱於妳的鏡子裡
把妳的影子深深地
秘密地映在裡面
有時妳對着鏡子生氣
我就好像深谷裡的羊齒
不能吸收溫暖的陽光
有時妳終日不理我
我就好像給遺棄的爛蘋果
有一天妳把這一面鏡子
丟到垃圾筒裡
換來一面比較好的鏡子
妳那裡會知道
妳把我也拋棄了

△林鍾隆▽三首

長頸鹿的話

我來自黑人的世界
我懷念有猛師的非洲
我喜愛臺北動物園
我滿足於沒有飢餓的栅欄
我高興我從非洲帶來的
長長的頸子
斑點花紋的美麗
能使寶島千方人兒入迷

如果你們對我的情意
代表你們對非洲的熱情
非洲的姑娘都像我
希望忍受大洋怒潮的簸弄
來到寶島被關在你們的家裏

羞澀的花朵

當她擁住了幸福
她恨不得孤獨
當她擁有了幸福
她渴盼黑暗
在沒有眼睛或明光的地方
她才能儘情地開放

妳是一棵植物

妳渴盼我的溫暖、水分和養料
妳的青綠、妳的嬌美
是我所祈求的甜蜜
如果妳出現了枯色
我會日夜憂心、殷勤探視
只要妳青綠、鮮美、充滿活氣
我會快樂地去做我的事
忘掉妳仍自感得意

如果我把妳忘去
妳不是懷着期待放綠
就是默默地枯萎
我永知道當我想起妳時
迎接我的是微笑還是哀戚

上游與下游

◆羅　杏◆二首

歲月已遍流過天干地支
却湮沒來路一帶的迷濛上游
落日以圓渾的輕柔眸凝四方
熱潮冷潮隨西風的話
襲捲著迷你短裙與長衫
昨兒曾圈點過無語朶暈的羞靨
黃昏只把貼於胸襟的伊影
頻顧成千疊深深的記憶

當嬉笑的辮子藏於荷包裡　去夢
一箇鐵鞋覓來彷彿成圓的夢之後
右一箇左一箇又一箇牽著手　走過
一長串典當給希望的多汗的日子
源頭就順勢給支流一聲祝福

水流走一舟舟上游沉沉的足音
下游以渴慕他鄉狂亂的脚心奔進
驚岸拍走昔日親切的叮嚀
水濁迷濛了杳杳熟悉的影子
盲瞳只享受著白沫混沌的衝勁

響罷古調執拗的上游
流穿過夢泉幾番失落後
只留下稀疏似風鈴般的滴流
孤獨地伏向下游的床底
在那兒聽得一聲聲血脈裡
午夜深深輕柔貼切的兒語

上游千載悠悠迷濛裡
痀瘻愁病的老人

風　情

幾世紀不着一字風流著頂天的枝頭
嫩芽試展淑女的碎步敏捷探腦過
撐傘迴旋著朝夕的葉脉橫過翠微
一場獨白攀於頂顚玩味著青空
自泥土茁壯著爹娘仰望八荒的手指
如斯純然的突起以純然的遊興
握手交歡成一幅騷人的氣色
如君臨千秋萬世星月的王國
午後爲閒散過客强盡了鏡頭
一道道曲流把晨起的朝陽扭歪脖子
就以四蹄飛瀑過千崖茫茫的滋潤
含咏著昔日哭塚的幽咽
山崩月碎的破響
櫪下老驥燃起的沉思
披髮怨婦吟走陌頭
咳笑爆裂的隱痛
橋堍下波走過婉轉夾岸的撫柔
如是一舟舟波心盪成滿腹漩渦的記憶
許向熟透歲月的落日成願

四月一日幼獅茶座

張偉男

一刻時光
比得上千年風景
你靜坐
觀看微弱的燈光

午後
臺北平凡如許
此時
林中有花瓣散落
暴雨
或晴天都如斯脆弱
你看穿了
你吸香烟時的姿態
是你分中界的頭髮的再現
再沒有一縷
是實在的意識
你那一頭
長及肩膊的青絲

還有長長的長長的虛烟
自你年青的臉
展放
那黑色的年代

如一杯咖啡
冰的你在心頭

那幾時再回首
瞧一瞧陷落的山崖
那隻掠去的凡鳥
用吸啜的方式
耗盡所有的
血

你惘惘然
在柔柔的煙火下
散出
無窮目光
面前是
一堆

乾
草

我極想見你

元填

我極想見你
我就焚香靜坐
閉眼等待的來臨

同往常一樣
我聽到你飄渺的呼喚
微弱但清晰的來自遠方
我睜開眼睛
你微笑在那淡而青色的煙裡
我不敢喚你 也不敢上前擁抱你
我害怕你突然離去

在靜靜的注視中
我的心田啓開
我極想告訴你 這幾日的痛楚
但我沒開口 我怕你再也不敢來
且你是那樣溫柔 但瘦弱
在默視裡 時間消逝
而我感到永恆的片段
許久 那盞香 煙盡
你消失在我瞪視的遠空中
你哀怨 離愁 而我卻哭泣

翁國恩

清明雨落紛紛

清明時節
雨紛紛
有靈無靈
地上地下
所謂生的死的
莫不淋雨
把談別後事
煙縷裊裊
淒淒 清清
慘慘 惻惻
水在關廟
山在水湄
墓在山上
墓裏 祖母今天該醒
一覺多少時光
濛濛煙裏遍看諸人
只缺一個
天色黯黯
雨意淒涼
山外有山
水外有水
煙無從跋涉來接引
拋我在另一座山
水是他鄉水
墓是他人墓
天色更黯
雨意更涼
紛紛落
清明雨
數遊人
最斷魂

(62年清明節)

守候的孤雲

念瑩

風是情人的手
滯停在星冷的遠方
寂寞就像細胞的分裂
以奔馬的狂姿
踩死棉絮繫著的心之寧靜

即使頭重若千斤
仍要抬頭凝望著
霧濛濛的綠樹
樹影虛緲，樹影卓然
宛如廻轉不已的走馬燈

守候著，守候著
相遇的總是陌生的雲
點不亮千萬分之一的燭光
霧濛依在，寂寞依在，
而七夕是孤雲的淚吸石
化身爲淚
終而寂滅消逝

這一點點的綠

衡榕

林森北路
這一點點的綠
讓我驚奇

是用來點綴的
在騎樓下生姿
搖在空氣的污染裡
喘息的枝椏
向著行人

某個角度看來
霓虹會比它
更綠和更美
至少閃向黑暗
亮向橱窗

而這一點點的綠
林森北路在飲泣
枝頭拂不起風吹
樹蔭擋不住陽光
這一點點的綠—
林森北路癱瘓地
躺向天空

莊金國

做土水的女孩

祇露出那麼一眼
愛理不理的樣子
我就有着
想摘下妳斗笠掀開妳
幪巾的煩惱

而抑止着
因爲我更想
看妳換上洋裝之後
究竟比我換上西裝
標緻多少

因爲妳拌着水泥漿
而我抹着水泥漿
一塊磚一塊磚地疊砌起來
成墻成壁成一座座
別人的宅第

所以我又想
何時也能這樣
起造一座屬於我們的
房子；如果妳願
那怕是就此不再嚼檳榔

楊傑民

妓女

飽食之後
一個人
靜靜地坐着
用一把小小的
小小的，刀
一刀刀
一層層
輕輕地
削着
一隻黃熟涙圓的小梨
並且
如此愛憐地撫摸着
它光潔潤澤的外皮

——廖立文二首

我聞到花香

我聞到花香
水的音樂在我體內輕輕流響
我眼中昇起一朶花
攀過高牆
向外面的陽光微笑
並且流露出她的芬芳
我聞到花香

一轉身，驀抬頭
高與地微顫，一朵紅花
笑靨遠遠拋出，掠過地平線
她的影子在天空，在陸上
到處游動

我聞到花香
胸膛於是敞開
血液流向寧靜的海洋
一朵汗淋漓的花
抬起染污的面孔
與奮地讓牆外的眼光
投射到自己的紅瓣上

花園裡的故事

相傳，就在這兒
有一個故事埋葬在我的花園裡
有手拈落許多菊瓣
層層疊疊的片斷
覆滿小徑
梅香濡濕衣襟
我双眼迷濛於
露重的往昔
　　一返身
竹青乍然撲面
滲入肌膚
透背而過，投射下
孤瘦的陰影

于是，這便是我的漫步了
躊躇于
魍魅搖曳的花園
親愛的鬼影們
與我一一擦身而過
背著手，不斷地往往返返
籬門推過千萬遍
來回于每個時辰
　伸手揮去

魚的研究

□謝武彰□

魚‧。

你喜歡釣魚嗎？
不。不喜歡！
爲什麼？
我感覺著自己正是被釣的魚。

——某日在初春的湖畔，回答劉金水的話，那時，湖畔的馬櫻花正站在枝頭熱烈地吵鬧著。

魚·1

漁人仔細地設下豐盛的
餌。一種惡毒又美麗的
陷阱。誘惑著
渾然無知的魚

魚快樂地游過來
天眞地一口氣吞下
終被守候巳久的漁人
迅速地吊在空中
無助地掙扎著

我可從漁人的得意
笑聲裡，預測
魚的
命運

魚·2

離開相依爲命的水後
哀叫也改善不了命運
傷口靜靜地流著鮮血
張口吹泡的的樂趣成爲
一種無告的悲哀，成爲
我短短的遺言
從至大的海洋掉進
這小小美麗的陷阱
眸孔只能望著斜斜
而隱隱約約的天空

這是我僅有的帝望
集中剩餘的水份
想吐出最後一個泡沫
却似一株脆弱的幼苗
死傷於一種意外裡

如潑墨迅速渲染
天空開始黯淡著
如一層層
青塵　沉積下來

魚·3

我的皮膚如枝頭的綠葉
枯萎於無情的刀刄
化爲塵土

我正懷孕著
肚皮也必須承擔刀斧
無能爲力保護自己
未成形的嬰兒
我們將遭受同樣的
命運。被蒸煮著，然後
葬身在胃酸過多的胃裡

在人們迫切的眼神下
伊們興高采烈地揮著筷子
哎，還有誰關心我們
母子之間
暖暖的
愛

魚．4

忍受任人烹食，也許是
我們的命運，我們
生活的哲學
我的遺言如祖先的遺言
長長如我的旅程
短短如我的生命

從水中被釣起之後
唯一的命運，就是
死和被煮熟，之後
唯一的命運，就是
填飽人多嗜好的胃
之後，就要被遺棄

被遺棄是我們
必然要接受的結局
沒關係的，已經死過兩次了

老兄，請再把我瘦瘦的骨頭
賜給您
白胖可愛的貓吧！

哎，當海洋越來越
鹹溼而寒冷
有誰度量著我
產卵時
海洋的溫度？

魚．5

我望著外面的世界
外面的世界望著我
生活在圓玻璃缸裡
除非死，逃不出這種
頭追逐著尾巴的命運

不自願地被走進
文明的生活
使我漸漸忘記
泅泳，忘記
波浪，忘記
岩石，是什麼？
海洋已經很遙遠
海洋已經很遙遠

世界好奇地注視著
我的彩衣，我的形狀
而我只是一條神仙魚
却註定要在
頭和尾的追逐中
負載著整底海洋
鹹味的重量

——一九七三春・旗津

佚名

□重逢□

水之諸貌中最美的，雨下着
提高了立體感，記取遙遠的鄰居在天上

——方旗

春寒夜，湄鄉偎着東方山脈，雨溫柔的如催眠曲。到達黯淡的小路，有一家的燈立刻洗亮我的眼睛，我警覺得像隻貓了。那個人生活在愛的故鄉，依靠燈光，我從屋外取暖。等甚麼來解釋啊，小小的興奮，苞藏在花蕾裏；又似走索人，怯怯地……（邢惠：我回來啦）

依舊是叩過的小門
開啓如夢醒時唯一的燭光
依舊是坐過的椅子
還等着疲憊的人嗎？我遠遊歸來
依舊是容光豐腴的那個人
有沒有哀怨寂寞？哎自君別後
彷彿第一次來……依舊是客人
依舊是門外小雨
準備收拾熟悉的行跡

等到讀得懂李商隱的無題詩以後，才知道該用淚珠嘲弄自己的十六歲了。那個人的眼睛裏沒有甚麼蓬萊，我的青鳥往那裏去好呢？有誰能證實我回來過了？小雨最多情……

六二年三月・臺北樹林鎮

沙河

末日

仰臥側臥
都是一種癱瘓
在一朵蹣跚而過的病雲下
長着一叢絕種的向日葵
呵都市
據說白血球症是絕症

・

烟囪的森林
喧嘩如廣場上的那座
噴泉
在紅綠灯與廢氣之間
呵都市

你是一雙無助的盲眼
任汽笛狠狠地把訊號擲在
　濺起的市聲上
我們小心地把空氣濾過
濾下了一隻繽紛的屍蝶

・

河呵
當你睡成一條毒蟒
在慘白的月光下
魚屍的鱗片閃着閃着
水銀的死光

・

樹的根
盤向中斷的命運綫
那一座綠色的牆崩潰後
我們的眼珠便泛濫着
一種禪不住的飢餓

・

仰臥側臥
都是一種癱瘓
呵都市
我們唯有在搶桿上播種
　　取火。

休止符

旱火

因爲后羿是古老年代的逝者
因爲神弓金箭已被玉帝收回
因爲海水拒絕蒸發
因爲溪河總是流向大海
因爲渴死枯死只是屬於我的

所以這裏沒有青綠油葱
所以這裏只有具具的乾屍
所以每座山都染上黃種病症
所以太陽一拳拳打下
土地作圖案式的龜裂
所以有人一把火
就很容易把野草燒焦

於是有人乘機作一些無効的禱告
有人拿三枝香就要引來一場豪雨
有人開始咒罵上帝

有人爲了皮膚的燥皺而流淚
有人想如何喝掉
渴死的兄弟底血液

有不少同伴痛哭
爲多風雨的季節
爲蟬聲的逝去而嘆惜
有人暗中痛恨着大禹
他不該治水啊他不該治水

我乾焦的舌根猛舐着裂開的双唇
昏花的老眼看見
七種不同彩色的雲朶
把天空擦得很光很亮
最後和大大的太陽
來一陣狂笑

梅淑貞

藤蘿

橋上的繁笙
密鼓頻敲 星光過處
滿樹時灯火叢生
恆守永一的姿影
憂思散然滿溢
那根藤蘿
望斷西南
悠悠河山脈流如葉
猶覺遍土的塵土
漸行鬆軟

許瑞雄

花

(生命存在于內部
你將死去如果墮胎)
即使再拉長頸項
也窺不着命運
就這樣
發呆
一如天空的藍藍
藍藍的天空

昨夜，你抖動星盤
旋滾着生命的骰子
今夜，月中黑謎依然在
如果有明日。你說：
太陽還是從那方向下去

在恐懼中枯黃
在枯黃中凋落
在凋落中。你說
就這樣孕着生命吧
在世界深沉的本質裏
(而星月仍存生於
茫黑的路程)

艾 文

枯

一棵高大的樹
死了 孤悽悽在原野邊
遠遠的青山
斜臥 伸展
呼吸看黃太陽
一簇簇錦秀的牛羊
在毛毯上靜靜刺綉
如譬說
青春的水流
嘻哈哈
肥美的魚兒
閒談風光
油油的草
梳洗柔和短髮
開放的原野
舒展看胸膛

話說 以後
蝙蝠們吱喳來了
白太陽下馬走了
青山睡去
綠草暗
再看一片原野
都朦朧了遠了
只有那棵高大的枯樹
依然佇之 在暗澹的天空下
面對無援的歲月

鄭華海

潮漲的暮色

有雨在窗外刷着
人，坐着
微微的雨
　淡淡淡淡的悲哀
從水窪
街道濕寒
升起
一面破碎
灰藍藍的天空
無語的樹
　埋入沉默的鬚根的回憶裏
將葉染綠，樹身染黑
風走過
翻動每扇百葉窗簾，找尋
去夏殘餘的甜夢
走罷
走在街上
不爲什麼
有人在西方鐵郵箱旁邊
等信
便有人惆悵
惆悵在鐵甲車的隆隆聲中
濕寒的街嘈嘈切切許多的事！
那夜的演奏會仍繼續演奏
莫札特　莫札特莫札特
和着雨
札特札特彈出潮漲的暮色

畢若蘭

寺院鐘聲

寺院鐘聲挽不住我的跐踱
一列長柱典盛千盞的蓮炬
雨后，懸浮在煩擾暴晴的街衢
在一方血祭瘋狂的季節裡
讓寂寞在喧嚷之間廻旋
恐怖廻旋着黑磨磨的虛渺
且投射尋覓的渴望之眼
尋出撐傘者的行徑
這寺院的鐘聲啊！
重覆與芒鞋
是許多戰士的履聲叩響
叩響趕路人急急的一夕遐思
且風且雨
破碎的年輪刻在時間的額上

冬夢

清明節

・A・

梳
髮
入山
忘記何時
我的眸色已塞滿了
千點亂塵

・B・

恰似一匹織就的
雲
剪着
片片愁態
或者焚香

・C・

我又瘦聽
斷續斷續的泣音
煩擾了
滿
山
的
靜
或者膜拜

・D・

洒淚後
就採半塊暮色
歸去
歸去。

秋夢

向日葵

傳說
向日葵是天父的第七個女兒
因貪玩而流落凡間
她是個身穿百褶裙的
小仙女
藍藍的天空
是她寬敞的屋宇
疊疊的山巒

是她彫飾的宮牆
綠綠的草原
是她的波斯地氈
白白的霧靄
是她的阿拉伯帷幔
月亮星星
是她寅夜的燈火

中國菊、羅馬風信子
法國石楠，英國秋牡丹
是來自東方和西方的
客人
小松鼠，野兎子，小麋鹿
都變成了她的貴賓
夜鶯奏起了「小夜曲」
螢火蟲繞着她，提着他們的
小燈籠
向日葵旋着她的百褶裙
舞着：
一個歡欣的半弧形的
舞蹈
他們的快樂
妒煞了隔壁的女巫
她將向日葵的消息告知了天父
宴會剛散，衆燈已滅
太陽叔叔一早便來催她
回去
她不回去，她說
她說她還要多玩一個春天哩
黃昏時分
太陽叔叔沒好氣的走了
叔叔將她的頑皮告訴天父
天父生氣了
父親的憤怒
匯成疾呼的狂飈
父親的咳嗽
變成轟隆的雷聲
母親急得流下淚了
母親的眼淚懸成雨水
向日葵怔怔的
也哭泣了
在狂飈，雷聲和豪雨中
她的頭垂得很低
第二天
便不見那株向日葵了
有人見到她
被母親的眼淚捲去
有人見到她
隨着父親回到天庭

年

心水

貼門聯一對
擺幾盆鮮花
春天好像在你開門的早上
站在你面前
有鑼有鼓沒有鞭炮
戊申年之後
西貢就靜靜的催眠
謠言是這樣的傳着
什麼時候你聽到鞭炮的聲音
西貢一定睡醒

年張開口
現在誰都能衝過去
而誰都會在那口利齒下
被消化
任你敲鑼打鼓
任你放鞭炮、想辦法
那隻怪獸走了
四季以後又回來
今年過後
總有一次你逃不掉
西貢有一天會睡醒
你就可以掛上兩串鞭炮
迎接年
年也會熱熱烈烈的
迎接你

風寂

——給風的故事——

君白

鞋聲
響自山道
過淡雲
攀上母子山　天色樂暮
　　　　　　歸巢鳥
夜。
被撒謊者姦惑
邊綫上
一列無人的
城堡
據聞吾父被星夜吊於近郊
的那棵樹上
　　　　三更初入
　　　　風第抖抖
　　　獨淒
　　狼亦獨淒
　　　　　孤守月
　　　　一手扶卜一個天
　　　守其寂
　　那人踩着破曉
　聽雞鳴
遠去

柳文哲編

臺灣新詩的回顧

江肖梅的白話詩

江肖梅先生，名尚文，號肖梅，字質軒。民國前十三年生。日據時期，曾任「臺灣藝術」、「新大衆」編輯長及主筆。光復以後，曾任新竹市政府，新竹縣政府等督學。編有「臺灣民間故事」，「世界民間故事」等多種。著有詩文集「質軒墨滴」，收集其劇本、小說、散文及詩歌，於民國四十八年一月出版。他在該書「自序」中說：「從二十九歲的時候學習國語（當時叫做北京話）以後，又習作白話詩，白話文（包括小說、劇本）。」在此所選輯的白話詩，大約作於民國十四、五年光景，顯然是受了祖國五四運動以後的白話詩的影響。所謂白話詩，即以白話文爲寫詩的工具，在早期的新詩，有些便稱新詩爲白話詩，今已成爲歷史性的名詞了。江肖梅先生算是早期已注意到白話詩的一位草創時期的詩人，但其詩的發展，却又回到舊詩的園地去了，正如浪漫詩人邱淳洸一樣。

詩選

唐棣梅

唐棣梅！
康棣梅！
我辜負了妳。
唉！我未出門時，
僅有數點青青的花蕾，
在你纖細的氷肌。

不料今天回來，
淡紅的花片，
已被那無情的風，
一片一片地吹落來了。

枝上的殘花，
含着露的涙珠兒，
如怨我歸得太遲。
唉！我也悔懊我誤了妳的花期！

三和弦

在搖籃裏，睡得很甜的
吾兒的十鼾聲；

在窓前縫着衣服的
吾妻的縫機聲！

躺在安樂椅上吟誦着
白樂天詩集的我的高聲，

這是我家的三和絃。

除夕

到了除夕，
我感覺像讀完了一卷書的
最終頁，
很期待着看下卷的新書。

兒童詩園

指導者：黃基博
林鍾隆

—— 海

臺南寶仁小學二年　劉安娜

大大小小的石頭，
一艘一艘漁，船
藍藍的海水，白白的雲，
一幅活動的圖畫。

垃圾桶

臺南寶仁小學四年　劉安裕

你的度量最大，
所有擲過來的東西，
你都默默的承受下來，
如果人人都像你一樣，
這世界該多好。

海

高雄新興國小五年　黃秋綾

微風輕輕吹來，
綠色的草原就波動起來，
一起一伏的
奇怪！
草原上不見牛羊，
也看不見放風箏的小孩。

青山上的白雲

高雄新興國小五年　丁明熙

青山是白雲的家，
遠遠的青山頂上，
飄浮着一堆堆的白雲，
像無憂無慮的小妹妹，
在屋子的前後左右，
自由自在的遊玩。

下雨

高雄新興國小五年　江玲衡

淅瀝嘩啦，淅瀝嘩啦，
下雨了。
好像一個小姑娘，
有什麼委屈的事兒一樣，
成串的眼淚不停的掉下來。

小溪

高市新興國小五年　黃秋綾

夏天裏我每天跟隔壁的好友，
並肩坐在門前溪邊的岸上，
把脚浸在清涼的水裏，
聞着微風送來的陣陣野花香，
感覺陽光照在身上的溫暖。
如今，秋天了，
剩下我一個，
獨自坐在小溪邊，
望着小中的影子茫然。

海

屏縣僑智國小四年　曾淑麗

溫柔的海像美麗的小姐，
　唱着好聽的歌曲，
　跳着優美的舞步。
生氣的海像發怒的大男人，
　大叫，
　大吼！
　大跳！

蜘蛛

屏縣光華國小六年　張玉華

蜘蛛是個建築師，
會建造八卦形的房屋。
牠造的房屋，
還會捕捉食物，
沒有一個人能造
這麼好的房屋。

旭日

屏縣潮州國小六年　羅正元

黑夜是邪惡的魔鬼！
旭日是正義的武士，
武士亮出了萬把長劍，
惡魔就逃得無影無踪。

月亮的話

屏縣潮州國小四乙　林亨鍇

有人說：
我像一塊大月餅，

要把我拿下來吃。
有人說：
我像個大皮球，
要把我拿去玩。

樓梯

屏縣潮州國小六年 張景瑞

篤！篤！篤！
一步一步走上來，
頂上是人外天。
快把鑰匙挿入心中，
打開那狹窄的大門，

·Ⅱ·

可愛的小鳥

中壢新明國小年四四班陳秀美

你有美麗的羽毛，
你有強壯的翅膀。
你會飛出美妙的花樣，
你會叫出悅耳的歌唱。
你會飛到高高的天上。
隨藍天白雲自由飛翔。

美麗的春天

新明國小四年四班 陳秀美

歡迎！歡迎！
歡迎春天來到人間。
地上碧草如茵，
花兒嬌豔。
樹上鳥兒唱著美妙的歌聲。
河水盈盈，山色靑靑。
風光明媚，舒爽悅目。
啊！春天眞美麗。
啊！春天應努力

看月亮

新明國小四年四班 馮祖儀

美麗的月姑娘，
高掛在天上。
有時像皮球般的圓，
有時像眉毛般的彎，
常常散發出柔和的光芒。
照亮了夜路，
讓人們走向想望的遠方。

小星星

新明國小四年四班　馮祖儀

青帳幕、帳幕青，
青帳幕上釘銀釘；
弟弟問你名，
我說你叫小星星。
小星星、亮晶晶，
閃閃爍爍忙不停；
你像慈母心，
溫暖孩兒身。

珍貴的樹

新明國小四年四班　陳舒蘭

友情是
世上最珍貴的樹，
不是錢所能買，
需要緩緩的培植。

夜色

新明國小四年四班　陳舒蘭

淡淡的月光，
透過薄薄的雲彩照下來，
像銀色白紗、像溫柔的姑娘。
那麼柔和！那麼美好！
使我禁不住，
會心的微笑。

日本兒童詩選譯

藍祥雲

夕陽

岡山牛窓東小學三年森川ゆか

坐在媽媽載着的脚踏車
到村莊那家小店
看那天空被夕陽染紅的雲朵
「夕陽下的紅紅雲，並列着的小徑」
唱起歌來。 炭味濃濃的煙囪
眞討厭
紅色 粉紅色 金黃色 變了
顏色
「拉—拉—拉 長虹的雲」
「斯—斯—斯 飛機的雲掉了翅膀」
奇妙的雲 滿天空
炭味的煙囪冒出了很多很多的
煙擴散到天邊
夕陽先生露在北方和西方中間
紅着臉 擴散紅紅的光
「拉—拉—拉 長虹的雲又出來」
「這次是銀白的月亮小姐撕—撕—撕」

•原載日文版1971年P.H.P月刊一月號•

騎脚踏車的叔叔

大分山口小學四年金色牧純

常常騎脚踏車趕過我的叔叔
穿着一双紅色的皮鞋
一件大衣 加上圍巾
飛快地 從我身邊趕過去
「呀，今天是你一個人走，」
說着 他從我身邊趕過去
當我遲到時
「怎麼啦？這麼遲？」
這樣替我加油的一位陌生叔叔
他每天是趕到什麼地方？

•原載日文版1970年P.H.P月刊五月號•

小河流

滋賀安曇小學五年早藤昭彥

放學的時候
看小河水
比平時清澈的小河水
今天很清楚的可以看到河底

夏天
有人散下農藥
魚死了 發臭的小河水
這時看小河水
好像苦悶的様子
清澄的
看美麗的小河流水
覺得非常的快樂

原載日文版1970年P.H.P月刊七月號

天空下的幸福

靜岡雄踏小學六年刑部久

在能看到天空的教室裡
幸福是什麼
對老師這個問話
有個學生 踢開他的坐椅說
在天空下
我們
歡笑
像有了喜事様的
在天空下
我們
哭泣
像發生了悲哀的事
大家一塊兒哭泣
在天空下
我們
學習
拍拍肩 互相勉勵
在天空下
我們成長着
大家一齊學着，遊戲
這就是我們眞正的幸福

原載日文版1971年P.H.P月刊七月號

媽媽

東京金町小學二年島田明美

大清早 媽媽去
燙髮
我稍後才跟去
已經不同了
變成一個新媽媽
心裡叫一聲 媽媽
但是手卻一直抖着
好像發了脾氣様的

原載日文版1970年P.H.P月刊六月號

周伯陽童謠集（一）

花園裏的洋娃娃

㈠

妹妹背着洋娃娃，
走到花園來看花，
娃娃哭了叫媽媽，
花上蝴蝶笑哈哈。

㈡

姊姊抱着洋娃娃，
走到花園來玩耍，
娃娃餓了叫媽媽，
樹上小鳥笑哈哈。

蘇春濤作曲
李志傳作曲
以作曲先後爲序

娃娃國

㈠

娃娃國，娃娃多，金髮藍眼睛，
娃娃國王鬍鬚紅，騎馬出王宮，
娃娃兵在演習，提防敵人攻，
機關槍達達達，原子砲轟轟轟。

㈡

娃娃國，娃娃多，整天忙做工，
娃娃公主很可愛，唱歌眞好聽，
娃娃兵小英雄，爲國家効忠，
坦克車隆隆隆，噴射機嗡嗡嗡。

陳榮盛作曲

玫瑰花

㈠

玫瑰花，朶朶紅，花枝嫩，怕大風，
花蝴蝶，小蜜蜂，請你們，來花叢，
花園裏，玫瑰紅，關上園門不怕風。

㈡

玫瑰花，朶朶白，怕妹妹，來偷摘，
花蝴蝶，小蜜蜂，請你們，快進來，
花園裏，玫瑰白，關上園門不怕摘。

楊兆禎作曲
曾辛得作曲
以作曲先後爲序

小花朶

㈠

花園裏偷進來了，一隻小黃狗，
小花朵笑迷迷，向牠點點頭，
小黃狗追蝴蝶，蝴蝶不好捉，
捉呀捉不小心，踏傷小花朵，
可憐呀！小花朵，哭得咿唷唷。

(二)

花園裏偷進來了，一隻小白狗，
小花朵笑嘻嘻，向牠點點頭，
小白狗追蜜蜂，蜜蜂不好捉，
追呀追不小心，踏倒小花朵，
可憐呀！小花朵，哭得咿唷唷。

楊兆禎作曲

金蝴蝶

(一)

金蝴蝶，不休息，飛來又飛去，
金蝴蝶，穿花衣，你家在那裏？
我的家，在這裏，就在花園裏，
百花開，開得齊，又香又甜蜜。

(二)

銀蝴蝶，不遊戲，飛東又飛西，
銀蝴蝶，披新衣，你要到那裏？
我要風，風進去，風回花園裏，
花兒多，眞美麗，我們不分離。

小小蝴蝶

(一)

小小蝴蝶穿新衣，風進花園來，
園裏花兒吐芳香，正在滿園開，
蝴蝶說：紅黃金銀，花兒眞可愛，
一朵一朵眞美麗，我要引伴來。

(二)

小小蝴蝶帶朋友，風到花園來，
滿園花兒都點頭，歡迎牠們來，
花兒說：漂亮活潑，蝴蝶眞可愛，
一對一對來跳舞，又高又輕快。

吳當朝作曲

做年糕

(一)

新年好，快要到，我家做年糕，
一家人，不辭勞，把米磨成膏，
小弟弟，跑來吵，他要吃年糕，
媽媽說：不要吵，年糕還沒好。

(二)

再幾天，新年到，忙着做年糕，
媽媽來，蒸年糕，半天才蒸好，
小弟弟，吃年糕，高興哈哈笑，
請趕快，新年到，街上眞熱鬧。

春節到

(一)

春節好，春節到，春節眞照鬧，
身上穿了新外衣，頭上戴新帽，
點燈結綵貼新聯，大家吃年糕，
弟弟頑皮放花炮，把狗嚇一跳。

(二)

春節好，春節到，春節眞熱鬧，
舞獅耍龍打鑼鼓，妹妹哈哈笑，
上街買糖買飛機，壓歲錢不少，
妹妹買隻汽球好，汽球飛得高。

花燈

(一)

元宵神廟獻花燈，盞盞亮晶晶，
你們敬獻金龍燈，我獻銀兎燈，
廟裏掛滿各種燈，好像不夜城，
明月花燈相輝映，美麗又光明。

(二)

元宵廟前提花燈，個個亮晶晶，
你們提著飛機燈，我提坦克燈，
大家快來賽花燈，誰的最光明，
上元夜裏很熱鬧，玩得眞高興。

汽球

康欽賜作曲

(一)

汽球店，汽球多，我買好大的紅鳥，
汽球輕，隨風飄，時時要飛跑，
紅汽球，像隻鳥，嘴巴長翅膀小，
小妹妹，想抓它，跟它舞舞跳。

(二)

汽球店，汽球多，我買好大的綠鳥，
汽球輕，隨風飄，時時要飛跑，
綠汽球，像隻鳥，沒羽毛沒有脚，
不小心，放了手，汽球就飛逃。

郵筒

陳榮盛作曲

(一)

穿著兩色的外衣，站在馬路旁，
你的肚子餓極了，還是要站崗，
整天張開大嘴巴，等吃信函忙，
我們寄信給你吃，讓你吃得胖。

(二)

吃了很多的信件，站在公路旁，
你的肚子吃飽了，高興地站崗，
郵差打開肚子門，把信函拿光，
信函裝滿郵袋裏，不給你發胖。

小水牛

蘇明進作曲

(一)

小水牛眞頑皮，愛玩耍不吃草，
看見了蝴蝶飛，高興地跟着跑，

跑了好久捉不到，肚子餓了捉不了，
嚕，嚕，嚕，嚕，嚕，嚕，
媽媽呀！我餓了，我要吃個飽。

(二)小水牛眞頑皮，愛玩耍不洗澡，
看見了蜻蜓飛，歡喜地跟着跑，
跑了半天捉不到，弄髒身體回來好，
嚕，嚕，嚕，嚕，嚕，嚕，
媽媽呀！我髒了，我要洗個澡。

長頸鹿

陳榮盛作曲

(一)長頸鹿一丈三，住在大柵欄，
斑點花紋眞美麗，我要和你玩，
你是來自南非洲，乘船四十天，
當你到了基隆港，哭說不習慣，
你會習慣不要哭，臺灣很好玩。

(二)長頸鹿到臺北，住進動物園，
伸出頭來向外看，寶島的青天，
想起家鄉南非洲，叢林和平原，
不住搖頭連聲嘆，哭得心酸酸，
不會寂寞不要哭，我和你做伴。

擦玻璃

呂泉生作曲

(一)大掃除來掃地，我們擦玻璃，
小心擦我和你，爬上課桌椅，
髒玻璃擦好了，窗戶眞美麗，
窗外景物很清晰，紅花笑嘻嘻，
天上白雲很有趣，飄來又飄去，

(二)大掃除來掃地，我們擦玻璃，
小心擦我和你，擦到四隅裏，
髒玻璃擦好了，教室眞美麗，
窗外景物很清晰，黃花笑嘻嘻，
雲上四架噴射機，飛天又飛去。

掃墓

陳榮盛作曲

(一)紅蜻蜓飛高高，山上春光好，
一家人手拉手，爬山不辭勞，
東找找西找找，祖墓不好找，
一會兒找到了，墓四周長青草。

(二)小弟弟蓋墓紙，爸爸割青草，
小妹妹插香花，媽媽擺餅糕，
你拜拜我拜拜，大家來祭墓，
燒金紙燒銀紙，讓祖宗睡得好。

牡丹花

呂泉生作曲

(一)牡丹開了，牡丹開，美麗又可愛，
牡丹紅，牡丹白，牡丹正在盛開，
牡丹花，不要雨打，開得眞可愛，
牡丹花，不要風打，朵朵眞可愛。

(二)牡丹開了，牡丹開，我們很喜愛，
牡丹紅，牡丹白，正在花園盛開，
牡丹花，開得好看，不要來偷摘，
牡丹花，我愛看它，常到花園來。

笠下影

彭邦楨

雖然我日以繼夜的在求深入，在求精進，而詩的一字一行的奧秘，不是在這短短的一日、一月、一年的時日裏就能豁然貫通的——詩的道路是愈走愈遠，詩的楷梯是愈爬愈高。

——「戀歌小唱」的「前記」

I 作品

淡水河

靜靜的淡水河啊！
我躺在她的脚下。
我說：淡水河，妳快樂嗎？
妳流過多少歲月啦！

淡水河是沙啞的，淡水河不會說話。
我躺在她的脚下。
我說：淡水河，妳憂鬱嗎？
淡水河沒有回答。

靜靜的淡淡水河啊！
我躺在她的脚下。

我望着水上的波浪和天上的星光。
比比看誰最美？誰最亮？

淡水河是沙啞的，淡水河不會說話，
我躺在她的脚下。
波浪和星光默然對覩着，
淡水河流着，星星閃爍不停。

花貓的脚步

是什麼聲音在我恬靜的耳邊喧嚷，
是什麼聲音在我美麗的心靈裏歌唱，
原來是一隻有着七塊白色與八塊黑色的花貓，
悄悄地向我走來的脚步。
它的一步就是一束花朶，
它的一步就是一組音符，

它的一步就是一首詩的朗誦啊，
它的一步一步就是一陣陣雷雨和風暴。

這隻貓是如何的不同凡響啊，
是自由、愛情、生命的綜合，
也是鬥爭、死亡、魔鬼的先兆，
這隻貓有着七塊白色與八塊黑色
——不同於另一隻貓的風姿。

聯想

一支玫瑰，這就是我曾經聽到的一支歌聲，
這支歌聲來自荒原，彷彿就在那個荒野的燕草
之上。亦如風之掀起黃沙，黃沙之湧起雲層
雲層之席捲落日，落日後就是黃昏

這支歌聲最初曾在我的心中爆裂的闡發
亦如盈盈的露水之綻開玫瑰，玫瑰之綻開黎明
當黎明躍起，我就聽到溢滿林間的呼喚
而這呼喚也像是跟隨着一種雷鳴而來

玫瑰啊，雲雀啊，生命中的青綠的群樹啊
當春天還是這麽春着，花開還是這麽花着的時候
我總知道一些事物：蝴蝶就愛這樣的生活
蜜蜂就愛這樣的工作，蚯蚓就愛這樣的泥土

因而我又想起了一條春江，想起江上的明月
流過高山，流過森林，流過草原的風景
一直流過這粒種子的播種到另粒種子的收穫
啊，江呀，它就這樣的流過了我的額頭

茶經

我要渴死了，這麽一杯清冽的香茶。這就像
從我乾旱的江心渴出的望鄉。因而其中有一片
被泡開的青葉說：過去我就是這麽舒放，當
我還未從樹上被一隻手指摘下來的時候

茶給我解飲，我給茶寫詩，於是茶便與我同情
同一種孿生的情感與風貌：因而我乃想起
一種茶經來了。啊，凡是上品我都愛與它們
接吻，他都是我的一種美好的女子

自然我是應該這麽風在茶中，雲在茶中，並且
雨在茶中的。因爲茶產在名山，我嚮往名山
而名山就是那千葉的華峯。啊，讓我與它羽化
在風中綽立，在雲中綽立，在雨中綽立

因而我每天飲茶，戀茶，以及渴想它的血液
從西湖想到龍井，從福建想到鐵觀音。而茶
也就是這麽一種龍涎，一尊觀音。啊，因而
我想登華峯，與它在千葉之上揚花

Ⅱ詩的位置

如果說當年的左營，是南部詩壇的發祥地，恐怕大家都會不約而同地聯想到那是創世紀詩社的大本營，一種地方性的詩壇。在張默、洛夫、瘂弦的詩的創作尚未成熟以前，所謂播種時期的詩壇，墨人與彭邦楨該是第一代從左營起家的，而第二代才是早期創世紀詩社的詩人們。

早期的彭邦楨是一位不屬於任何詩社的詩人，換句話說，該是一位獨立的詩人罷！近幾年來，由於他跟詩人羊令野的搭擋，不但輔佐了「詩隊伍」的誕生，而且又參與了「詩宗社」的活動，然而，在詩的創作上，他還是保持了他自己獨立的風格。就以他跟墨人在民國四十六年合編的「中國詩選」來說（註1）；可以說是播種時期的一個總結，然而，水準亦未十分整齊，較重要的詩人也遺漏了不少，例如：鄭愁予、林泠、瘂弦、江萍、林亨泰、吳瀛濤、黃荷生、林間等均未入選。當然，他們編選的功勞亦不可一筆抹殺。

（註1）「中國詩選」，墨人與彭邦楨合編，民國四十六年一月由大業書店初版。入選作品有上官予等三十二家。紀弦曾經喻爲是代表了自由詩時期的里程碑。

Ⅲ詩的特徵

彭邦楨的詩，一向是風格明朗，語言清麗，詩味清淡。早期可以說是介於浪漫的抒情與寫實的風味之間，近幾年來，他似乎也現代化起來了，有一種知性的獨白，也有一種新形式化的傾向。但整個說來，他還是具有他一已獨特的風格，這種風格，表現了一種濃深的抒情，一種幽玄的象徵。但作爲詩的表現來說，如果說詩人是要逃避那種小圈子所造成的障碍，而企圖有着更深刻的知性意味的話，他的形式化，也許是不足爲病罷！從「載着歌的船」（又名「詩玫瑰的花圈」）到「戀歌小唱」，是他早期的自由詩，情深的調子，浪漫的夢幻，閃爍於字裡行間。「淡水河」的尋問，「花貓的脚步」底神秘色彩，已較進一地在捕捉着另一種意味了。近幾年來，在一陣沉默以後，風格一變，由早期的明朗變成近期的奧秘，在一些新形式的疊句的變奏之下，他時而靜靜地聯想，時而悄悄地品茶，在靜觀中滲入了一些人生的體驗，一些玄想的情思。我們也許可以期待，現代詩該是在創造中湧現了詩的新的形式，而不是又回歸到一些固定的形式中去罷。「聯想」、「茶經」等作品，似乎表現了他所刻意表現的新形式的追求。

Ⅳ結論

作爲一位詩選的編輯者來說，淡泊而開放的心態跟熱中而封閉的心態，剛好是一種强烈的對比。墨人與彭邦楨似乎比他們的後來者更爲淡泊而開放。作爲一個詩的創作者來說，他是脫胎於中國傳統古典詩的詩人，他執着，他歌唱，他守着溫柔敦厚的傳統。而在他的鑑賞與批評上，他也是隱健而中肯地提出他的看法，當然，他無法避免那種主觀的愛好，但是他不會一筆抹殺了他人的長處。彭邦楨該是「詩宗社」一位穩健的旗手。

（連載）

我們時代裏的中國詩（二）

林亨泰

參

現在，讓我們討論一下余光中「敲打樂」這首詩的意識狀態。乍看之下，這首詩似乎充滿着「羞辱感」。他把關懷中國的心情以叠句（Refrain）的手法寫出如下的詩句：「中國中國你剪不斷也剃不掉／你永遠哽在這裏你是不治的胃病」「被人遺棄被人出賣侮辱被人強姦輪姦輪姦／中國啊中國你逼我發狂」「在黃梅雨，在黃梅雨的月份／中國中國你令我傷心」「大概什麼翅膀也孵不出來／中國中國你令我早衰」「每一次國恥留一塊掌印我的顏面無完膚／中國中國你是一場慚愧的病」。或許會有人懷疑為何他竟如此沮喪如此無地自容地發出這樣的感慨？其實，我們似乎不必為這個事情杞憂的。

因為我們可以在距離寫下這首詩不久之後的一九六九年七月，卽在另一篇散文「蒲公英的歲月」的結尾中很清楚地可以看到，他又滿懷信心甚至驕傲地作出了如下非常堅決的表明：「他知道，一駕猛烈呼嘯的噴射機在跑道那邊叫他，許多城，許多長長的街伸臂在迎他，但他的靈魂反而異常寧靜。因為新大陸和舊大陸，海洋和島嶼，已經不再爭辯，在他的心中，他是中國的。這一點比一切都重要。他吸的旣是中國的芬芳，在異國的山城裏，亦必吐露那樣的芬芳，不是科羅拉多的積雪所能封鎖。每一次出國是一次劇烈的連根拔起。但是他的根本永遠在這裏，因為泥土在這裏，落葉在這裡，芬芳，亦永遠永遠播揚自這裏。／他以中國的名字為榮。有一天，中國亦將以他的名字。」（散文集『焚鶴人』，民國六十一年四月出版）。毫無疑問的，他藉這段散文中的每一文字所吐露出來的，却是充滿了「榮譽感」，其字裡行間，處處可以觸到他以中國的名字為榮的强烈感情，與前詩所發抒的「羞辱感」一比，簡直是相互矛盾！前後判若兩人了！

肆

不過，我並不以為「敲打樂」中的「羞辱感」與「蒲公英的歲月」中的「榮譽感」是有什麼衝突矛盾。因為我知道那是同一種意識的兩種不同發抒，那是出自同一精神的兩種不同表明，而且又知道這種情感是普遍存在於「國

家意識」乃至「民族精神」的現代人之中的。當然，它是有異於「榮宗耀祖」或「家醜不可外揚」等那份傳統的感情。

我們記得：孫中山先生也曾直率地提過這樣的一段話：「中國人最崇拜的是家族主義和宗族主義，所以中國只有家族主義和宗族主義，沒有國族主義。外國旁觀的人說，中國人是一片散沙。這個原因是在甚麼地方呢？就是因爲一般人民祇有家族主義和宗族主義，沒有國族主義。」「我們人數最多，民族最大，文明教化有四十多年，也應該和歐美各國並駕齊驅。但是中國的人，只有家族和宗族的團體，沒有民族的精神。」（『三民主義』「民族主義」第一講，民國十三年）。誠然，這一段話清清楚楚地告訴我們，在距今不到一個世紀之前，中國人是沒有「國家意識」乃至「民族精神」的。因此，我們不能妄想從中國人以往所缺乏的「民族主義」這種觀念，即僅賴着中國舊有的一些傳統觀念的繼承所能任意獲得的。對中國人而言，所謂「民族主義」，與其說是一種「舊觀念」，無寧說是「新觀念」。

伍

至於幾千年來牢牢抓住我們不放的那種「榮宗耀祖」乃至「家醜不可外揚」等觀念的本質究竟是什麼呢？我認爲它只不過是屬於一種「家族主義」乃至「宗族主義」罷了。因爲「榮宗耀祖」乃至「家醜不可外揚」這種觀念，很顯然是以「家族」乃至「宗族」的利益爲優先的。既然如此，那麼，在緊要關頭的時候，被犧牲的往往是「國家」乃至「民族」的利益。因此，一旦有了這種觀念，眞正的「民族主義」是無法在這種情形下培養出來的。

如果我們不把「家族主義」乃至「宗族主義」誤解爲「民族主義」，那麼，對於「敲打樂」中的「羞辱感」，我們總該也可以把它視爲「國家意識」乃至「民族精神」應有的一種表情吧。同時，這首詩所特別關心的是「中國」，因此，我們想要承認它爲「中國意識的詩」，那也是順裡成章理所當然的！

陸

大體說來，我們似乎可以把「敲打樂」中的「羞辱感」視爲一種「國家意識」乃至「民族精神」的表現。但，如果要問：詩非如此「羞辱」一番才能表現它所要表現的嗎？對此問題的答案，是否定的。當然也大可把「榮譽感」登堂入詩的。關於非「羞辱感」的不同風格的詩，我將在本文續稿中，依據不同詩人的不同詩例逐一論述之。不過，要從余光中許多富有中國意識的詩中去尋找一些具有「榮譽感」的代表作當然並不困難，只是找不出我們非如此做不可的理由。該寫些「羞辱感」？抑或寫些「榮譽感」？這無關重要的問題，祇是庸人自擾而已。余光中自己對此曾在詩集『在冷戰的年代』扉頁中，答得既妙且中肯。請看：

致讀者

一千個故事是一個故事
那主題永遠是一個主題
永遠是一個羞恥和榮譽
當我說中國時我只是說
有這麼一個人，像我像他像你

柒

我認爲任何一種情感或情趣都可以入詩的，舉凡喜悅、哀愁、驚訝、憧憬、恐懼、憤怒、煩悶、滿足、憐憫、疑惑、失意、盼望、愜意、憂鬱、無聊、茫然、興奮、懊悔、愛慕、懷念、怔忡、苦楚等等，不勝枚舉，這些情感或情趣只要眞摯表現，無一不引起我們詩感的。不止於此，縱令是一種「榮譽感」甚至一種「羞辱感」亦復如此，只要眞摯表現。

同時，不僅是只有那麼的一種，甚至更有數種或者數十種的情感或情趣也會錯綜出現在同一首詩之中的。但，不管怎樣，最重要的一點無非是：詩中的表現要眞摯而不作僞。當心中有榮譽感時，便在詩中寫出榮譽感是很自然的。但是，如果在未寫之前，在心裏預先有個成見，認爲「非榮譽感不寫」乃至「凡遇有羞辱感則避諱不提」。那麼，無疑的，那就是一種作僞的心理，不誠實的行爲！就作爲一個詩人而言，再沒有這個事情更爲可恥的事了。

捌

不過，詩中的這種「羞辱感」，假若不拘限於「國家意識」乃至「民族精神」的這個範圍內，則二十年來的中國詩壇中，我們並非找不到其「血緣關係」的。我曾在前面所提的拙著第二章中提到了紀弦，便以他的「脫襪吟」「都市的魔術」「向文學告別」等三詩作爲說明「眞摯性」的典型作品，而指出他的這些詩是眞摯而感人的。

現在，我們在欣賞余光中「敲打樂」這首詩之餘，無妨再回頭去看看紀弦的詩。我們都記得他有幾句詩句是這樣寫的：「何其臭的襪子／何其臭的脚」（「脫襪吟」）、「我收縮了起來。我渺小了起來／而且作爲蛆群中的一

蛆／食着糞，食着溺，蠕動在／二十世紀的都市裏」（「都市的魔術」）、「只有奔波奔波，流浪流浪／辛辛苦苦，覓食處處」「今天是不堪忍受的大苦難／明天是玉石俱焚的大毀滅／大飢饉／大瘟疫」「沒有文化。沒有文化。沒有文化。沒有文化。沒有文化。沒有文化／沒有文化。沒有文化。沒有文化。沒有文化／沒有光／沒有希望」（「向文學告別」）。當看完了這些詩句之後，我們總是難免要自問一下：這豈不如同「敲打樂」中的一些詩句？試把這些詩句與余光中的那些「被人遺棄被人出賣侮辱被人強姦輪姦輪姦／中國啊中國你逼我發狂」「仍然不快樂啊頗不快樂極其不快樂不快樂」「每一次國恥留一塊掌印我的顏面無完膚／中國中國你是一場慚愧的病」等詩句作一比較，我們不難發現出他們之間竟有了那麼多的類似！但，他們雖然都是一樣的「激情」，都是同樣的在「發着牢騷」，不過，余光中却沒有像紀弦那樣被直駕爲「虛無的傾向」或「神經質的叫喊」！尤其最近有一篇批評文章仍然沒有把余光中列入「患了靈魂蒼白症」的病患者名單內，這是値得慶幸的！因此，我也可以不必在此文中多費一番口舌來爲之辯解！因爲我們能够省一點精力總是好的。

玖

如果不把詩中的「題材美」與詩感中的「詩美」混淆一談，那麼，也不至於視「羞辱感」爲遜色於「榮譽感」一級的次等貨。其實，無論「羞辱感」也好或者「榮譽感」也好，它本身並不等於「詩感」，充其量，它只不過是詩中的「題材」而已。至於「詩感」以及「詩美」的問題，乃是「題材」怎樣引起讀者的同感與共鳴的問題，却是屬於另一回事。

那麼，或許還問：「敲打樂」中的「羞辱感」究竟是否具有震撼讀者心理的這份威力？我認爲它應該是有的。因爲由於這首詩實具有與一部中國現代史等量的一份「歷史感」，亦即：由於詩中的「羞辱感」是來自一種對於眞實歷史親身經歷的感受，因此，它便顯得非常眞摯而特別感人，尤其把那份原屬於「中國的」以及「過去性」的情感，很自然地表露在這份該屬於「美國的」以及「現在性」的狀況中，致使這兩種不同的空間與時間緊密地糾纏在一起，這實在是非藉用現代詩的表現則不能獲得如此「短路」如此親切感人的。

評管管詩集「荒蕪之臉」

□陳鴻森□

曾被洛夫譽爲「二人（指黃山谷和管管）語法的新奇獨特，堪稱古今双絕」（註一），被辛鬱認爲「管管，將是我們這一世代最出色的詩人」（註二），及被張默封爲「中國的e・e・康敏斯」（註三）的管管，作爲一個詩人，他在國內詩壇的位置之爲一獨特的存在，是無可否認的。

但上所列的相關人士的置評，在我個人看來，除表示詩觀相近和「集團意志」外，却也帶着過多的「糖分」。管管的詩，對於某些年青世代，確曾造成某一程度的影響，卽若在張默近期的詩裡，我們也可發現他於不經意間，亦沾有若干管管的體臭。然而，管管多年來的詩作，結集出版迄今已逾年餘，却一直未見任何批評討論的文字出現；這個事實，至少意味着——國內詩界批評的貧瘠以及這本詩集本身缺乏一種值得討論的重量感。不過另方面，由於管管詩作的某些殊異色彩，却使我意欲於此一嚴肅的矚覷和探求，期能更迫近於詩學的若干課題；因此本文的討論，想來並非全然沒有意義。

任何一位詩人，都無可脫離臍帶的關連，在管管早期的作品裡，也漂浮着瘂弦和阮囊的影子，不過這些作品，大抵僅在於片面意象的追求上，並無多大意義。我以爲管管自「放星的人」一詩之後，始警覺地排斥別人的詩底既成概念，逐而發現自己聲音的發源。

× × ×

過客

1.

蓓蕾們張嘴吶喊着。吶喊些什麼呢。春住在姐姐的長長辮梢上。小燕子找不到現在的門牌。草指甲擰痛了踏青的綉花鞋

一隻蝴蝶竟踏着吾的肩走過

2.

我在一把扇子裡看到你。夜晚。吾用竹子把星子敲下來。就像秋天敲樹上的柿子。夜。結滿了眼睛。青蛙的眼睛。這麼熱。地球爲什麼不跳下去洗洗澡呢

那書向日葵的脖子披着一根虹

3.

林裡。

果子與果子們喧吸着。喧吸着。罵風。罵他不該。眞不該。把吾們的小襯裙剪了個繽紛。繽紛。又讓一個豎着衣領子的年青人的鞋子過去

還抽着煙

4\.

吾把春夏秋都收拾放在火盆裡燒了。燒一張。吾哭一聲。哭一聲。吾燒一張。這病。爆竹會對你說話的。
吾要騎着驢子去挨家挨戶報喪
『暗香浮動月黃昏』

× × ×

過客是時間的比喻吧。這首詩用擬人的方法，把一年四季的季節特徵，各別予以形象化作業，雖未見深刻，但由於鮮活的語言和部份潔淨的意象，却能令人感到某種構成的趣味。從這首詩裡，我們將多少可見管管所執着的「自己的聲音」底一般樣式吧。

所謂自己的聲音，無非是透過個人對存在的「感受力」以及對語言的「支配力」底經驗，所發見的一種具以完整表現出個人正義的型式，而這種型式，無疑是帶着極强烈的私性誕生的。

然而另方面而言，無論怎樣個人性和自由的表現，在終極的地方，都無可避免的將會受到形式和語言的社會性習慣所彈壓，其傳達能量也因而改變。現在我們就從這語言和形式來檢討管管的表現型式的特質。

△ △ △

詩即是詩人造出第二經驗的一種對這個世界底積極性的參予，也就是探究「語言與經驗」的關係，並予以形象化以確認自己的存在底一種造型。我們在考察一首詩的形成時，將會發見：詩人接受了某種感動，而刺激了他的想像力之後，便開始進入其「感情的歷史」（註四），此時，一切漂浮或潛藏的經驗，便將還元爲語言的型態，始克完成新連接產生新關係的操作。但詩並非以「敍述」的次元抓住的，因此詩人不得不依靠那充滿危機感的語言底「舞蹈性」來遂行一切連接；然而這種「舞蹈性」却要在安全地把握了語言的暗示和象徵之後，才能形成。把握語言的暗示和象徵和能的技巧，正是詩人能力的一種檢驗片。

在某種意義上來說，詩人是在「拒絕語言」的爭鬪的終點處，始產生詩的語言的。

但在我們詩壇上，却有不少「語言主義」者，並不去探究語言和實存間的對決景況，只一味極盡能事的，企圖在語言裡求詩，這種語言拜物論的行徑，不過是一種沙龍式的文字遊戲而已。管管的語言，多少也顯示了這種傾向。

× × ×

早晨這個孩子

早晨這個孩子的臉是月的。而月的臉是潭的，小潭落葉，落葉掩住了月亮的腿。腿是斷柯，斷柯是蓮莖。

蓮莖上面是早晨這孩子的臉，早晨這孩子的臉，是隔壁王家的嬰兒，隔壁王家的嬰兒在母親的懷裡吸食着泉。

泉水淙淙，只因你吸食了母親之泉，你也就成了小小的淙淙的泉水，永遠捉不住自己名姓的泉水。淙淙淙淙地淙淙遠了母親，淙淙淙淙地淙淙去了遠方。

每天每天早晨有一群鴿子環着吾們的房子飛
竟然把這塊靑空裝滿了翅膀
竟然把這塊靑空飛的睜開了眼睛

竟然把這塊青空飛的挺漂亮
有人說早晨這孩子是把絨線衣圍着脖子
騎在院牆上的月亮
有人說早晨這孩子是一隻大公鷄

× × ×

由於語言間缺乏一種「情感邏輯」的關係，因而這首「早晨這個孩子」，實不能擺脫文字遊戲的嫌疑。此詩或有片面新鮮性心象的捕捉，但因語言本身未透過知性的濾過以及給予有機性的按配，致無法形成一種「有結構」的精神風土的新秩序，而予人以某種詩性的魅力。這類作品甚多，如「馬臉」，「花拿着的人」、「那麼個人在那麼個公園裡那麼個椅子上」、「星期六的白星期天的黑」……等，這些詩的失敗，在根源上而言，無疑是語言的無即制所致的缺失。這種語言的無節制，亦即其刻意追求語言的鮮活性的宿命結果吧。

× × ×

「七八個光着屁股的美麗的小夜」（太陽）
「沙灘那軟軟女子之背上」（沙灘）
「在街的耳朵上」（街）

× × ×

此種語言結構，在這本詩集裡，可說俯拾盡是。這在某些地方，容成有其新鮮的意味，但就部份詩作而言，這種句型因過於充斥，則不免顯出其裝飾性的虛弱感。辛鬱曾謂他的語言「太瑣碎且太偏重敍述，以至詩的密度與純粹往往被傷害。他喜歡刻求情趣，而讓文字的裝飾性傷害了意象的完整。在語言上，他的詩不够氣勢，常顯出不應有的鬆懈，力的構成常是電鍍而非純鋼的」（註五），這無疑是極爲懇摯的忠告。

而如洛夫所謂的「（管管）不在詩中刻意表現什麼，結果表現了禪，表現了那種妙悟眞趣」（註六），這正說明洛夫並未眞正認識禪，而所謂管管詩中的禪的表現，我以爲那也僅是運用矛盾語法的技術操作的一種偶然性連結而已，在其精神深處，委實缺乏某種禪趣的機心，這點可在他對現象界的執迷，獲得證明。如「翅膀」一詩，雖然約略可見他所表白的意欲超越有限形體的一種飛翔的願望，但雕刻造作的痕跡却隨處可見。

△ △ △

形式並只是表現的機械構成，同時也意含一種思考的方法。據於此，現代詩與古典詩本質上的差異，毋寧說是根源於打破格律的固定形式的意欲這點上吧。而形式實則爲內容的一部份，因而我們勢無法脫離根本的語言來討論形式。

在機械形式的範疇裡，現代詩一度鄙模倣西歐近代詩體，而採取自由分行的形式，這大抵只是一種無警覺的慣性操作而已，事實上這應是關連於本質上——爲維持心象的均衡和詩想的飛躍性——的一種設計。

一些爲抵抗分行寫詩的惰性底詩人，便不得不以散文形式或找尋某些新的形式來要求自己。管管的這本詩集，多少也顯示了他對形式追求的熱誠。但如「臉」一詩，無疑是擷取商禽「逃亡的天空」的形式吧，又如「綣繾經」這種極端技術性趣味的作品，也叫人連想起商

禽的「樹中之樹」那首詩，這些「為形式而形式」的詩作，如不能予人以一種形式的新鮮性底魅力，便無什麼價値。

荒蕪之臉

據說那晚上整個的月亮在燒着山那邊塔那邊寺那邊水那邊城那邊的半個秋天。據說那一半秋天在城里那個女人或者那個男人的腸胃上。

據說也燒着那兩個對坐在不知被多少學生的年輕的鞋子越踐躪越他媽的更生出好多年輕的手年輕的脚年輕的翅子一直在喊叫着奔跑着飛着的那塊一個一個的草的臉上的漢子！

據說那兩個漢子一句也不說的在拼命的用於草燒月亮。

據說一句不說就是說了好多！

據說那兩個漢子把他們的臉。撕下來拿了兩張艸的荒蕪的臉。就吹哨子走進這條沒被燒的秋的巷子里去。

據說那一半秋天，又走到城外這個男人或者這個女人的眼睛上。據說那晚整個月亮在燒着山這邊塔這邊寺這邊水這邊城這邊的來個秋天。

據說從那晚以后有兩張荒蕪的大臉在那座被月亮燒着的城里城左城右城前城後的臉過來又他媽的臉過去！

終於他媽的那個被月亮燒着的城他媽的兩張荒蕪的大臉給他媽媽的正個的壓住！

× × ×

作為這本詩集主題曲的這首「荒蕪之臉」，我讀過幾次之後，除了感到那反覆罵着「他媽的」這過時口頭禪的「他」底低下和無聊的情緒外，並不能令人感到任何詩性的感動與價值。

這首詩所持用的語言，正是典型「迷宮」式的語言。如第二節為描述兩個漢子所坐着的「草地」，即不惜浪費那麼多的語言，站在表現意圖的立場上，這種浪費能否更具表現的效果，不無疑問。其次，標點乃意欲儘量約制語言的意義性底「涉指」方向而設定，此詩這種不分行又完全放棄標點的應用底作法，或者多少能達到利用語言歧義機能的意圖，但却同時扼殺了表現的倫理底正常性，而暴露傳達的苦澀感。另一首「春天像你你像煙煙像吾像春天」，也患了同樣的弊病。

這些詩作，缺乏實質詩性精神的燃燒，而徒具機械形式的追求，這點毋寧說是詩質薄弱的一種掩飾吧。機械形式在根本上而言，是無法脫離有機形式而成立的，反而，過份熱衷於外在的形式的追求，詩將會游離而呈虛空狀態。詩，終究是發源於精神的抵抗上，而非依靠形式以獲得的。換句話說，形式的妥當性，乃建立在與精神密度以係數關連的計算上。

△ △ △

體認了現代文明的陰暗、愛的隔離感以及死的荒漠，在我們內部，鬱積着生的敗北底破滅感或原罪性的人類命運底苦悶；另方面我們却又不甘的掙扎或覺醒地作不間歇的衝刺，唯立於這種反逆的性格和不屈的決心上，始有精神飛揚——詩的眞實——的可能；因而不論語言、意象或形式，亦勢非緊密連接於堅毅的存在意識不可。

上面我們曾嚴苛地檢視過管管的部份詩作，而指陳

他底表現性的蒼白感；然而，這種表現上的缺點，却也不盡能掩蔽他在若干詩作裡，所顯示的强烈的存在意欲和抵抗意志。

戰爭無疑是人類面對生的無償的一種最龐大的迫害型式吧。在那無意義的貪婪裡，一切價值被摧毁，許多家庭無辜的破碎了，集體年青的死漂流着。然而出現於管管認識視野裡的戰爭，其悲劇性無寧已被降落到最低限度，而恒常以着嘲謔性的姿態呈現。

× × ×

「只管把一朶野菊花揷在槍管上欣賞」

× × ×

如在這首「把螢抹亮在臉上的傢伙」裡的，那位值勤的哨兵，疏於職責的，却排遣的把野菊花揷在槍管上欣賞着，具有其冷漠的實感和極烈的irony效果。

而在他某些詩作裡，蕩漾於詩質裡的鄉愁，或可說正是這種對戰爭厭棄的投影。

× × ×

「一根刺青就是一根小青蛇，緊緊的纏繞着他，日夜纏繞他，纏繞着我們的野狼」

× × ×

「熱淚自他那刺青的臉上滾滾落下，落下，唉，冲不走那些刺青的，再怎麼也冲洗不走那些深深植根於體內的刺青呀」　（刺青族）

× × ×

這首詩裡的「刺青」，即是鄉愁的隱喻。

在管管的理念世界裡，家該是他夢寐以求的「幸福」的具象存在吧，亦即在破滅中復甦的人性的熱望。而這種對幸福的渴求和苦悶，正潛藏於管管一向詩作主題的性的挑逗和無奈裡。

× × ×

一週的第八天，吾同表兄弟去找蘇茜黃。SOS。結婚。小喇叭的呻吟。吾要活下去。　（去夏）

× × ×

「一些當兵的却不管三七二十一的在拼命折那些尙未開的桃花」　（在Y・M鎭上一個春天的早上）

× × ×

前者表現着性的發洩，後者則是一種性的壓抑。

於無可脫離的性的國度裡，均潛伏着自我再生的可能和個體的孤獨感。在「香頌論」一文裡，我曾概述了生和性相互間的關係；但管管並不如白萩那樣嚴肅的去諦視性的價值或壓負，而處處顯露着非正常關係結合，所必然的情緒的不安和浮躁感。

無收斂的情緒，於詩正是一種最大的戕害。未能令情緒成分沈澱，則表現必無法深刻和確切，所謂「情感的歷史」，實際上之就是這種情緒收斂的挑戰的過程。

管管絕大部份的詩作，多少都暴露了這種情緒的不安定性，此乃他缺乏生活實感以爲强固作用之故，也就是欠缺一種面對生活扼迫的「受苦」的美麗。但在他近期裡的「空原上之小樹呀」、「缸」、「甕」這三首詩，則可見他正極力地排斥這情緒性的「荒蕪的努力」，因而也顯現了他較可親的一面。我們所期待的也正是這種去盡荒蕪的晴朗的臉啊　（六十二、三、廿三在楠梓）

註一：見管管詩集「荒蕪之臉」序。

二：見辛鬱「管管和他的詩」。

三：見張默「管管及其之朶紅色的罌粟花」。

四：田村隆一語、見「路上之鳩」。

五：同註二。

六：同註一。

◆傳敏◆

愛與孤獨

——陳明台詩集「孤獨的位置」讀後——

純粹以一個文藝批評家的業績獲得「丹麥文學之父」尊稱的喬治，勃蘭德（George Brandes），在其流傳最廣的代表作「十九世紀文學之主流」一書中，評論詩人拜倫的動人底一幕，是以哥本哈根托爾發孫博物舘中的拜倫雕像開始的：「走進哥本哈根的托爾發孫博物舘，轉向右方，最先映在我們眼裏的作品：便是一個貌美捲髮的高貴青年的大理石半身像。在十二陳列室裏，我們看見同一規格的石膏像；在十三陳列室裏，立著一座從這半身像模製的全身像（在拜倫死後）。讓我們檢視這半身石膏像，那是十分逼眞的。在頭部和面貌中，最令人注目的是美與優越的特質；其次，吸引我們的，是一種有力的表情，這種表情主要是從眉宇間不安的顫動發出的——那顯示著各種陰雲會聚其中，而且從那陰雲中會發出閃電——也是從那眼光裏迫人的威嚴中發出的。這個眉宇是無敵的標誌。」

今天我們所知道的拜倫和喬治，勃蘭德所知道的拜倫是寫就了「唐、璜」的拜倫；但在拜倫尚未寫就這部作品之前，也就是他尚未完成他自己的較早的年代，尤其是在他生活在蘇斯威爾的小鎭，產生最初的詩作之時，拜倫也寫生了思想和風格都不成熟的愛情和友誼底傷感詩的。甚至，當時的最高文藝法庭「愛丁堡評論」，由布魯甘卿（Lord Brougham）執筆的（?）一篇極端諷刺的評論，還勸告拜倫放棄詩，把他的餘暇和天賦去做較適當的利用呢。

有關拜倫怎樣因爲「愛丁堡評論」這篇之章而在心裏吶喊著：「泰然地嘲笑我吧！粉碎我這個比你們全部都更強的人吧！」以及拜倫怎麼因爲這種挑戰激起了成爲一個優異詩人決心的事實和經過，這裡不擬充分討論，因爲這不是本文的主題所在。

使拜倫的詩藝能達到高峯的，這只是外在的因素吧，而拜倫自身那種潛藏在血液裡的狂暴素質和顯現在外型上的不幸的跛足所交錯而成的陰鬱而驕傲的性格，無疑也是重要的因素，而且是不可缺的因素。

拜倫還有一個不被批評家和傳記作者注意到，但却被星象家所關心的背景是：出生在水瓶座的他底宿命。接照星象家的看法！拜倫在五歲時，便非常深情地愛著一個名叫瑪麗，多美的小女孩這件事，是這個星座出生的人在幼年時期把「性愛」（Eros）、「戀愛」（Love），「同胞愛」（Agape）混合起來而感受者愛情的悲傷苦惱底心情。據說，能够了解拜倫這種心情的，只

有屬於水瓶座的人而已。

據我所知，年輕的詩人陳明臺君便是能够了解拜倫這種心情的屬於水瓶座的人。而更爲引我注意的是：陳君目前出版了的處女詩集「孤獨的位置」，在題意上，蘊含著在回顧了拜倫之餘，不會感到陌生的那種心情。

㈠

究竟，「孤獨」意味著什麼呢？

有一種人是：孤獨是他感到孤單的那種心情，而這種孤單是因爲缺少了連帶的緣故；換句話說，只要他不被置於單獨狀態，他便能克服這種感覺。

另有一種人：孤獨是他嚴肅地凝視人生所產生的那種心情，是他站在有限世界的據點向無限世界凝望的那種心情；生命是短暫的，不自願的生把我帶到了人間，不自願的死又等著把我從人間的國度帶走，一切是那樣無助。換句話說，這種感覺並不是逃避單獨狀態，尋求了連帶以後，便能克服的。

感受著這種孤獨的嚴肅狀態，一面又尋求驅逐這種孤獨的連帶，愛無疑是一項最大的課題。而這種課題又往往產生不幸，因爲卽使至高完善的愛，面對著這種孤獨，也是那樣柔弱和無助。

× × ×

觸覺之外

無視於周遭冷冷環視的眼睛
夜夜看見您
漠然搖幌的手
此刻 行人稀疏的街道
猛然 促使我靠近
某種不可理解的心靈的震顫。
驚訝了您的臉孔
以及我的。。。。

× × ×

這是陳君詩集「孤獨的位置」中的第一首詩。

在暗夜的孤獨中尋求連帶的願望使遙遠的臉和手浮現出來，雖然遙遠的手是漠然搖幌著的。不可信任的冷漠的眼睛既是生活著的現實，那麼唯一的憑藉只有那遙遠的手吧！因此，手的影像是在想像中在思念中浮現出來的。

漠然搖幌的手是不安定的，或許隨時會消失吧！尋求連帶的願望也只是一種易於研碎的夢，走在行人稀疏的街道，有時會猛然意欲靠近什麼呢。咀嚼著這種連帶之時，一種心靈的震顫，不可理解的，好像預言著夢的破碎一般的震顫，驚訝了遙遠的那個人的臉，以及我的臉。

陳君這首詩是頗爲曖昧的，這種曖昧乃是由於主題的不明晰所致，譬如說：您究竟何所指？靠近什麼？不可理解的心靈的震顫是什麼呢！這種曖昧也由於心象的不明晰！譬如說：旣已造設出周遭冷冷環視的眼睛那種龐大的抑迫感，而又出現行人稀疏的街道這種曠野無人天低樹的孤單。

造成這種曖昧的告白性質的秘密性，我認爲曾經是

陳君作品的一種特色，不管它是好是壞的。陳君的作品當然並不只是「孤獨的位置」中這些，就已經發表了的而言，就已經顯示出陳君在捨棄上的工夫了。這本詩集中，由於陳君這種捨棄，所以顯現的曖昧性較小，告白性質的秘密性已經漸被抒情的人間性所取代了。

也許陳君這種發展，是一種本身對告白的曖昧之途的反省，不過，似乎陳君忽略了暗喩也是告白的曖昧之途的一種藥石。因此，顯現在作品的發展上，未能進一步利用暗喩這種詩構成上的重要力學因素。

支持陳君作品的，因而，如果說是語言的，毋寧說是形成在優異的語言之前的那種感性上的眞實吧！再以這首詩爲例：末了的省略，竟至用了幾個。。的符號，便把一種不可名狀的，實則不甚了了的事態使之令人回味無窮起來。

告白的曖昧之途如果其原因關連於向社會性領域伸展的緣由上，這種曖昧或許列於更高的位置吧！但陳君的作品，有許多像這首一樣是切斷了其向社會性領域之路的，至少在這本詩集中是這個樣子的。更早期那種肩負著社會性責任的詩作，不知何故，似乎被陳君冷藏了。不過，這種冷藏是指陳君表現在作品而言，至於其論及詩的文字或談語，則仍然是一種重要的看法。

我想，陳君一定面臨著其自身潛存的羅曼素質和意識上社會責任的極大衝突吧！一方面羅曼素質所發揚的濃厚告白、而一方面是不能不面對的社會景象，双方都以極大的壓力和攷驗在撕裂做爲詩人的他的心。以我自身來說，我也能感受到這種心的絞痛的，這種日與夜在一支針之尖端的衝突或許會將持有向人類更深層的內部挖掘下去的我的決心粉碎吧！這樣的懷疑，同樣地存在於陳君的詩之途吧！

是的，孤獨是一種嚴肅的課題，孤獨和愛本身便是一種極强有力的力學構型。但，如果這種孤獨逐漸封閉在告白的界限內，甚至切斷了其和社會性領域連結的路，無疑地，這種孤獨會變質，甚至失去了它的火花吧！

㈡

陳君的孤獨，表現在作品裡的一些性質，略如上述。愛是陳君所尋求的一種連帶，但它並不是所尋求的唯一的連帶吧！

× × ×

ALBUM

1.

搜羅釘死的蝴蝶標本或者秋天的枯葉一般的癖性
他喜歡把懷念編綴漂亮的ALBUM
留點什麼在這兒，長久以來，ALBUM上的空白，
他在拼命的嵌補著

2.

不厭倦的轉動錄音帶一般的興緻，一頁又一頁地，
ALBUM上就跳躍出無數的彩蝶，翩翩了瞳孔的光芒
緊握住什麼在這兒，長久以來ALBUM上的空白
他在拼命的嵌補著

3.

寂寞的時刻裡，他遂不停的翻閱陳舊的ALBUM

他是不懂得滿足和駐足的人　把厚厚的ALBUM
一册又一一堆積了　這樣感覺强烈的溫情存在著
企求獲得什麼在這兒　長久以來　ALBUM上的空
白，他在拼命地嵌補著

4.

貼死的ＡＬＢＵＭ
跳躍的ＡＬＢＵＭ
空白的ＡＬＢＵＭ

×　×　×

像這樣一首作品，如果說意欲尋求什麼連帶，不如說顯現著孤獨本身吧！

當然，這種行傳似乎本身並沒有發揚出深刻的體驗來。編綴著剪貼薄的這種近手無聊的行傳，被以一種癖性般，描繪出來，本來就是一種不易表現出異常精神的手法，如果這種行傳充其量只是帶有敍述性的平凡的經驗。

問題在於：如果整個的關於剪貼簿的象徵關連一種藝術創作的事實，或說，這樣的敍述性是以藝術創作爲其標的，那麼，行傳的價值便帶有使徒的色彩了。

究竟陳君的這首詩，有沒有這種傾向呢？這種傾向又足以使這首詩的命運造成截然不同的結果。

我認爲，陳君的一些詩，本來都有造成多層闡釋的可能性的，可是由於前面所說過的：缺乏一種適當的暗喩的媒介，或說過份拘泥於告白，以致沒能達成。

像這個例子一樣，陳君的一些作品往往只是消極地免於全面的潰敗，而未能積極創設出優異的素質出來。在免於全面潰敗的條件上，陳君持有的敍說上的敏感的音質是最重要力量之一，這種音質在陳君的作品中是不可忽略的，雖然它也未能使一首作品超越平凡的地帶，但至少它使得作品能夠免於從詩的邊緣跌落。

因此，說陳君是持有優異的稟賦的詩人也許不爲過吧！因爲這種音質的把握正是詩人天生的一面，而不是完全由於學養或訓練達成的。如果陳君持有的這種音質能進一步和優異的心象配合起來，一定會創造出更好的詩來，不過因爲陳君還沒能這樣，所以使原來能夠發展成優異詩的作品退一步只保持不墜的地步而已。

顯現孤獨本身，或不經由愛而經由其他手段尋求孤獨的連帶，是否能夠成功地創設出一首優異的詩呢！當然如果對詩的要求，只是縮小在它的發亮的心象的呈現上，這種問題是沒有的。不過，我們假定一首優異的詩，不能單持有發亮的心象，即使像龐德的那首膾炙人口的二行詩。那麼顯現孤獨本身，或不經由愛而由其他手段尋求孤獨的連帶，也必須使孤獨具有嚴肅的一面才行，是否經由愛是不必計較的。

不過，如果顯現孤獨本身，而不經由愛或經由其他手段尋求連帶，往往容易陷於觀念性的剖白，陷於觀念性的敍述，使作品停滯在缺乏新發想的陷阱裡。「溫柔和陌生」之比「ALBUM」在感覺上更爲吸引人，我想，這也是一個證明。

㈢

陳君在尋求連帶所憑藉的愛，並不侷限於男女之愛，也經由母愛——這種崇高的方式。

× × ×

愛

—泡沫之一—

母親
曾經妳細嫩的肌膚
在這樣刺痛手的
泡沫裡
抒搓了又揉搓

母親
曾經妳細嫩的肌膚
在這樣刺痛手的
泡沫裡
把潔白披上我的肉身
光亮一次盛大的舞會

伸直了酸痛的腰
憩息的時候
忽然想到這些
不習慣洗衣服的我
惟恐失落愛似的
急促地
捧住了一手溫馨的
泡沫

× × ×

這種連帶視之爲一種反省也不算錯吧！雖然，整個反省所依據的是一個簡單的事實。這個簡單的事實是從洗衣服這種作業出發的。但這種作業根連了愛的類型中最爲堅固，最不含有欺罔性的一面。

惟恐失落了愛似的／急促地／捧住了一手溫馨的／
泡沫

× × ×

這樣的終結底一瞬，把前面的事態賦予了更深層的位置，或說把事件性歸趨於本質性的位置，整首作品的價值因而明亮起來。

如果在這樣的反省，這樣的愛的類型中尋求連帶和男女之愛的連帶相互比較；無疑地，前者由於本質上的倫理性和最不含欺罔性的關係，或許更爲堅實；但後者由於本質上的惡和容易含有欺罔性的關係，而有其崩析的危機。

不過，在後者的崩析的危機中，或許更具有力學的基礎吧！因爲至爲堅實往往形成凝滯，而且倫理性的課題是和美學的立場不完全相等的，不含欺罔性的一面缺乏緊張狀態，

試閱陳君「泡沫」的另二首連作；「夢」的超現實的想像和「惑」的現實的想像。在「愛」這首作品中的連帶消失了以後，形成這樣的眩惑也並非難以理解的。

泡沫可以和母愛等值化，泡沫也可以以其他方式出現，甚至以極端相異的方式：惡的方式或陰影的方式出現。這種方式的差異，顯示出陳君感覺上的紛繁性和多面性。

不過，倘然這種紛繁性和多面性缺乏可資奠基的感覺上或想像上的條件，那麼容易墮落到貧乏的地步的這種事實，也是不能不小心翼翼地注意的啊！

「夢」和「惑」便彷彿是：類比了「泡沫」的第一連作，但失去了被類比的那個母音底原質，而竟至輝煌不起來的成品了。

(四)

略如前述的：陳君詩集「孤獨的位置」的原型，不外是孤獨，以及經由愛，或經由其他方式尋求孤獨的連帶。理解了陳君作品的這種母音，再設法理解陳君自己對此原型所採取的挑戰以及挑戰了的傾向，對於理解或鑑賞陳君「孤獨的位置」或許不失為一條可行的途徑。

孤獨本身便是一種極其嚴肅的感情的，尤其是做為藝術家冷澈地反省時的一種必然之途而言。如何使孤獨這種嚴肅的感情，透過超越單純的心象之美而連結在更深奧更遼敻的地帶，是值得注意的，值得反省的。

陳君作品中的孤獨課題，不能說只是在單純的心象之美以下的。事實上，陳君的孤獨課題，在這樣的檢視之下，是十分匱乏的，因為陳君的方式與其說是視覺的，毋寧說是聽覺的。雖然心象的課題包含了視覺的和聽覺的，但前者更能顯示出心象的質地，而後者則具有象徵主義那種因素。

若說視覺的部份是構成的器具部份，那麼聽覺的便是構成的膠著部份吧！膠著部份所發揮的功能的確是構成的元素，但不是構成的「型」的基礎。

偏向於運用聽覺的質，在表現孤獨這種嚴肅的感情，我認為陳君並未完全成功。用另一句話說，我認為陳君作品所表現出來的，恐怕並不如他本人所體驗的那樣強烈那樣深刻吧！或者說；陳君作品所表現的，只是浮出來的一小部份冰山吧！比這一小部份冰山更深潛的那種孤獨如果不能將之運用各種手段表現出來，那麼，對陳君自己的藝術的考驗或對讀陳君詩作的人來說，都是一件極為遺憾的事。

陳君尋求連帶的方式，也有值得討論之處。即以陳君作品中所尋求的方式，透過愛這種手段來說，雖烈在往後的發展上，已經顯示出人間性的抒情，但這種人間性的抒情，在本質上乃是前本世紀風的牧歌或鄉愁情調。而早先的類型，實在是缺斷了向社會性地帶之路連結的告白而已。這種「第一人稱」的個人化作業和其在人間性抒情的範疇所展現的「第三人稱」的汎人化作業之過渡，做為陳君的發展的軌跡來看，可以看出！陳君的社會責任論被以何種形式推進著，又如何被挑戰著。

在推進和挑戰社會責任論之間，必然充滿著創作的苦惱吧！譬如說！心裡有一種力量說，不要為社會這種愚昧的群體服役吧！只要完成自己內裡的這個詩人的型就可以了；但另一種力量卻向相反的方向拉鋸，而說，這個世界除非人人已獲得救贖，那麼做為一個詩人的我是必須被規列在尚未被救贖的苦難的人類中的。這兩種

相反的力量，除非獲得了調和，不然這種衝突是不會消失的，換句話說，這種痛苦的存在也就是必然的了。

也許，這種衝突可以不經調和而消弭吧！如果，換一個方向來說，把適才據以裁判陳君的社會責任論予以廻避，而把整個裁判的天平置於人格的演出。這使我想起了歌德這個人。

托瑪斯，曼在「歌德與托爾斯泰」一書裡，論及歌德和托爾斯泰時的那種齊一的步伐雖然是有其證據的，但比較起來，論及歌德時更能顯示出其可觀的一面。

托瑪斯•曼引用歌德的話：「我們是爲藝術作品本身的完整性而奮鬥。道德主義者將會攷慮到作品外部的影與效果。但，當自然產出獅子與蜂鳥的時候，却不曾攷慮到其外部的效果，同理，眞正的藝術家對此亦無些許顧慮。」而說：對歌德而言，藝術的創造和自然的創造沒有目的這個命題是最高的準則。托瑪斯•曼進而引用歌德所說的：「藝術作品或許會帶來道德的結果，但，對藝術家要求道德的意圖與目的，勢將危害他們工作。」以及「我在自己的作家生活中，未嘗探問過如何貢獻全體這一類問題。相反的，我經常追求的只是了解自己，提到自己的人格內容，相信自己完善，並發表自己認爲對的東西。」

對於歌德這樣的造型家來說，雖然純藝術的奴僕或許會在無意之中成爲社會的彈劾者，但純藝術的奴僕絕不有意地成爲社會的彈劾者的。

持有這樣的論理當然也能夠發揚出極高級的藝術來，像歌德等以前的例子是屢見不鮮的，尙未出現的當然也將屢見不鮮。不過，持有這種論理要發揚出極高級的藝術還得像歌德一樣，持有特出的人格才行，否則流落爲傷感的可能性是非常大的。這對意欲斷絕傷感的脖子的現代詩人來說，是一個不能不深思的課題。

※ ※ ※

◆ ◆ ◆

詩的批評

聞一多

什麼是詩呢？我們誰能大膽地說出什麼是詩呢？我們誰能大膽地決定什麼是詩呢？不能！有多少人是曾經對於詩發表過意見，但那意見不一定是合理的，不一定是眞理；那是一種個人的偏見，因爲是偏見，所以不一定是對的。但是，我們怎樣決定詩是什麼呢？我以爲，來測度詩的不是偏見，應該是批評。

對於「什麼是詩」的問題，有兩種對立的主張。

有一種人以爲：「詩是不負責的宣傳。」

另一種人以爲：「詩是美的語言。」

我們唸了一篇詩，一定不會是白唸的，只要是好詩，我們唸過之後就受了他的影響：詩人在作品中對於人生的看法影我們，對於人生的態度影響我們，我們就是就是接受了他的宣傳。詩人用了文字的魔力來征服他的讀者，先用了這種文字的魅力使讀者自然地沈醉，自然地受了催眠，然後使自自然然的接受了詩人的意見，接受他的宣傳。這個宣傳是有如何的效果呢？詩人不問這個，因爲他的宣傳是不負責的宣傳。詩人在作品中所表示的意見是可靠的嗎？這是不一定的，詩人有他自己的偏見，偏見不一定是對的。好些人把詩人比做瘋子，瘋人的意見怎麼是眞理呢？實在，好些詩人寫下了他的詩篇，他並不想到有什麼效果，他並不爲了效果而寫詩，他並不爲了宣傳而寫詩，他是爲詩而寫詩的；因之，他的詩就是一種不負責的東西了，不負責的東西是好的嗎？這是一個很重要的問題，所以，第一種主張，就側重在這種宣傳的效果方面，我想，這是一種對於詩的價値論者。

好些人唸一篇詩時是不理會他的價値的，他只吟味於詞句的安排，驚喜於韻律的美妙：完全折服於文字與技巧中。這種人往往以爲他的態度僅止於欣賞，僅止於享受而已。他是爲念詩而念詩。其實這是不可能的事，在文字與技巧的魅力上，你並不只享受於那分藝術的功力，你會被征服於不知不覺中，你會不知不覺的爲詩人所影響，所迷

惑。對於這種不顧價值，而只求感受舒適的人，我想他們是對於詩的效率論者。

這兩種態度都是不對的。因爲單獨的價值論或是效率論都不是眞理。我以爲，從批評詩的正確的態度上說，是應該二者兼顧的。

柏拉圖在他的理想國中趕走了詩人，因爲他不滿意詩人。他是一個極端的價值論者，他不滿意於詩人的不負責的宣傳。一篇詩作是以如何殘忍的方式去征服一個讀者。詩篇先以美的顏面去迷惑了一個讀，叫他沈迷於字面，音韻，旋律，叫他爲這些奉獻了自己，然而又以詩人的偏見深深烙印在讀者的靈魂與感情上，然而這是一個如何的烙印——不負責的宣傳已是詩的最大罪名了，我們很難有法子讓詩人對於他的宣傳負責，（詩人是否能負責又是一個問題。）這樣一來，爲了防範這種不負責的宣傳，我們是不是可以不要詩了呢？不行，我們覺得是非要，詩是非存在不可的。既然這樣，所以我們要求詩是「負責的宣傳。」我們要求詩人對他的作品負責，但這也許是不容易的事，因之，我們想得用一點外力，我們以社會使詩人負責。

負責的問題成爲最重要的了，我們爲了詩光榮存在而辯護，所以不能不要求詩的宣傳是負責的，是有利益於社會的。我們想，若是要知道這宣傳是否負責而用新聞檢查的方式，實在是可笑的，我們不能用檢查去了解，我們要用批評去了解；目前的詩著作是可用檢查的方式限制的，但這限制對於古人是無用的；而且事實上有誰會想出這種類似焚坑儒的事來折磨我們的詩人呢？我想應該不會，在蘇聯和別的國家也許用一種方法叫詩人負責，方法很簡單，就是，拉着詩人的鼻子走，如同牽牛一樣，政府派詩人做負責的詩，一個紀念，叫詩人做詩，一個建築落成，叫詩人做詩，這樣，好些詩是寫出來了，但結果，在這種方式下產生出來的作品，只是宣傳品而不是詩了，既不是詩，宣傳的力量也就小了或甚至沒有了，最後，這些東西既不是詩，也不是宣傳品，則什麼都不是了，我們知道馬也可夫斯基寫過詩，也寫過宣傳品，後來他自殺了，誰知道他爲什麼自殺呢？所以我想，拉着詩人的鼻子走的方式並不是好的方式。

政府是可以指導思想的。但叫詩人負責，這不是詩人做得到的；上邊我說，我們需要一點外力，這外力不是發自政府，而是發自社會，我覺得去測度詩的是否爲負責的宣傳的任務不是檢查所的先生完成得了的，這個任務，應該交給批評家。

每個詩人都有他獨特的性格，作風，意見和態度，這些東西會表現在作品裏。一個讀者要單選上一個詩人的東西讀，也許不是有益而是有害的，因爲我們無法擔保這個詩人是完全對的，我們一定要受他的影響，若他的東西有了毒，是則我們就中毒了。雞蛋是一種良好的食品，既滋補而又可口，但據說吃多了是有毒的，所以我們不能天天只吃雞蛋，我們要吃別的東西。讀詩也一樣，我覺得無妨多讀，從龐亂中，可以提取養料來補自己，我們可以讀李白，杜甫，陶潛，李商隱，莎士比亞，但丁，雪萊，甚至其他的一切詩人的東西，好些作品混在一起，有毒的部分抵消了，留下滋養的成分；不負責的部分沒有了，留下負責的成分。因爲，我們知道凡是能够永遠流傳下去的東西，差不多可以說是好的，時間和讀者會無情的淘汰壞的作品。我以爲我們可以有一個可靠的選本，這位批評家應該懂得人生，懂得詩，懂得什麼是效率，懂得什麼是價值的這樣一個人。

我以爲詩是應該自由發展的。什麼形式什麼內容的詩我們都要。我們設想我們的選本是一個治病的藥方，那末裏面可以有李白，杜甫，陶淵明，蘇東坡，歌德，濟慈，莎士比亞；我們可以假想李白是一味大黃吧，陶淵明是一味甘草吧，他們都有用，我們只要適當的配合起來，這個藥方是可以治病的。所以，我們與其去管詩人，叫他負責，我們不如好好的找到一個批評家，批評家不單給我們以好詩，而且可以給社會以好詩。

歷史是循環的，所以我現在想提到歷史來幫助我們了解我們的時代，了解時代賦予詩的意義，了解我們批評的態度。封建的時代我們看得出只有社會，沒有個人，詩經給他們一個證明。詩經的時代過去了，個人從碼會裏邊站出來，於是我們發覺古詩十九首實在比詩經可愛，楚辭實在比詩經可愛。因爲我們自己現在是個人主義社會裏的一員，我們所以喜愛那個人的表現，我們因之覺得古詩十九首比詩經對我們親切。詩經的時代過去了之後，個人主義社會的趨勢已經面常明顯了。而且實實在在就果然進到了個人主義社會。這時候只有個人，沒有社會。個人是酖沈於自己的享樂，忘記社會，個人是覓求「效率」以增加自己愉悅的感受，忘記自己以外的人羣。陶淵明時代有多少人過極端苦悶的日子，但他不管，他爲他自己寫下閒逸的詩篇。謝靈運一樣忘記社會，爲自己的愉悅而玩弄文字——當我們想到那時別的人苦難，想着那幅流民圖，我們實實在在覺得陶淵明與謝靈運之流是多麼無心肝，多麼該死——這是個人主義發展到極端了，到了極端，即是宣布了個人主義的崩潰，滅亡。杜甫出來了，他的筆觸到廣大的社會與人羣，他爲了這個社會與人羣而共同歡樂，共同悲苦，他爲社會與人羣而振呼。杜甫之後有了白居易，白居

易不單是把筆濡染着社會，而且他爲當前的事物提出他的主張與見解。詩人從個人的圈子走出來，從小我而走向大我，詩經時代只有社會，沒有個人，再進而只有個人沒有社會，進到這時候，已經是成爲了個人社會（Individual Society）了。

到這裏，我應提出我是重視詩的社會的價值了。我以爲不久的將來，我們的社會一定會發展成爲Society of Individual, Individual for Society（社會屬於個人，個人爲了社會）的，詩是與時代共同呼吸的，所以，我們時代不單要用效率論來批評詩，而更重要的是以價值詩了，因爲加在我們身上的將是一個新時代。詩是要對社會負責了，所以我們需要批評。詩經時代何以沒有批評呢？因爲，那些作品都是負責的，那些作品沒有「效率，」但有「價值，而且全是「教育的價值，」所以不用批評了。（自然，一篇實在沒有價值的東西也可以說得出價值來的，對這事我們可以不必論及了）個人主義時代也不要批評，因爲詩就是給自己享受享受而已，反正大家標準一樣，批評是多餘的；那時候不論價值，因爲效率就是價值。（詩話一類的書就只在談效率，全不能算是批評）但今天，我們需要批評，而且需要正確而健康的批評。

春秋時代是一個相當美的時代，那時候政治上保持一種均勢。孔子刪詩，孔子對於詩作過最好的，最合理的批評。在左傳上關於詩的批評我認爲是對的，孔子注重詩的社會價值。自然，正確的批評是應該兼顧到效率與價值的從目前的情形看，一般都只講求效率了，而忽視了價值，所以我要大聲疾呼請大家留心價值。有人以爲着重價値就會忽略了效率，就會抹煞了效率。我以爲不會。這種擔心是多餘的。我們不要以爲效率會被抹煞，只要看看普遍的情形。我們不是還叫讀詩叫欣賞詩嗎？我們不是還很重視於字句聲律這些東西嗎？社會價值是重要的，我們要詩成爲「負責的宣傳，」就非得著重價值不可，因爲價值實在是被「忽視」了。

詩是社會的產物，若不是於社會有用的工具，社會是不要他的。詩人掘發出了這原料，讓批評家把他做成工具，交給社會廣大的人羣去消化。所以原料是不怕多的，我們什麼詩人都要，什麼樣的詩都要，只要製造工具的人技術高，技術精。

我以爲詩人有等級的，我們假說如同別的東西一樣分做一等二等三等，那麼杜甫應該是一等的，因爲他的詩博，大，有人說黃山谷，韓昌黎，李義山等都是從杜甫來的，那麼杜甫是包羅了這麼多「資源，」而這些資源大部是優良的美好的，你只唸杜甫，你不會中毒，你只讀李義山就糟了，你會中毒的，所以李義山只是二等詩人了。陶淵明的詩是美的，我以爲他詩裏的資源是類乎珍寶一樣的東西，美麗而沒有用，是則陶淵明應列在杜甫之下。

所以，我們需要懂得人生，懂得詩，懂得什麼是效率，懂得什麼是價值的批評家爲我們製造工具，編製選本，但是，誰是批評家呢？我不知道。

原載三十三年九月一日重慶出版李一痕主編之火之源叢刊第二三集合刊。

※這是東京思潮社出版的詩誌『現代詩手帖』編輯部記者向田村隆一氏採訪的速記紀錄。（標題部份是質問。）

田村隆一

恐怖•不安•幽默

陳千武譯

『現代詩手帖』刊載的月村敏行作「向戰後詩的接近」一論文裡有關「田村隆一、其詩的一元性」，論及田村氏對於＜自然＞的問題：

我的詩集『沒有語言的世界』確實以自然做爲非常重要的主題。然而，譬如說日本傳統的短歌或俳句，還有所謂據於傳統的美意識所寫的近代詩，那些對於自然的歌唱或描寫，又詩人對自然持有的各種感情，畢竟還是屬於＜花鳥風月＞之類的。而我在寫詩的方法上，却想破壞那些＜花鳥風月＞的情調；不過，自然本身仍然是偉大的主題，於是我想把自然所持有的一種邪惡或恐怖那樣的東西，以我自己的感受來表現。也有人說「假藉自然表現觀念」，但這並非只在利用或假藉，我對自然的學習法是不屬於原來的美意識的。事實上，我是想用自己的方法造成另一種美意識呢。

月村氏在右記一文裡提到從「四千之日和夜」時代的諸詩篇到「沒有語言的世界」時期的諸詩篇，其性格之變移的問題。

性格的變移是有的，在「四千之日和夜」時代確是較有語言的求心力那種東西作用着，也較不讓外界進入，或完全沒有感受外部的能力，所有感應都走向內部而成立，確實有這種優點。不過對我來說，要我停滯在「四千之日和夜」的世界，那是不講理的。現在我僅四十五歲，將來的詩會變成怎樣還不能預料呀。若不接觸一次外界，我自已總會走入破滅之路吧。就在這種意義上，我爲了接觸外界才選擇自然。依照月村氏說，爲甚麼選擇自然，所謂外界不僅限於自然的接觸，也可以接觸社會或現代的文化構造。他認爲我之接觸自然，等於避開了外界的reality。但對這一點我只能說「請看我以後的工作吧」而已，我並不認爲這是從「四千之日和夜」

之後的詩的墮落。

月村氏也說過＜恐怖＞的主題，田村氏對這個主題的持續問題。

對於我來說，恐怖確實是一貫的偉大動機。對所謂現代性詩人的詩，與其說恐怖毋寧說是不安較爲妥當。是這種不安成爲偉大的動機的。又，造成這種不安的原動力就是慾望；如果沒有慾望，不安或發牢騷的感情是不會產生的。以慾望做爲詩的原動力，就會成爲感覺性。感受事象的時候，所謂不平不滿意乃比情緒性較近於感覺性，會覺得痛或冷或暖，那種感受。所以遇到了悲哀的時候，如不會歌唱，會成爲一種虛無的狀態。因此，若要把眞正的悲哀或歡樂用詩來歌唱，不恐怖爲軸心，還是歌唱不出來的，這是我的想法。

據於此，我認爲昭和初期的日本近代主以詩都變成感覺性的詩也有其道理的。——抵抗舊的情緒，近代主義詩人們尊重了感覺，避開情緒而轉移感覺是對的。然而，雖然避開了舊的情緒，但在近代主義的詩裡却不能捕捉新的情緒。我想情緒是最能使人活躍的原動力。雖是厭惡舊的情緒，但假使缺乏了新的情緒，就覺得對所謂生的感覺或說對生的一切價値，似乎無法表現。然則，抱有不平不滿意的感情，就不得不產生了感覺。

以慾望爲軸心的，除了不平、不滿、不安之外還有憤怒；憤怒也有許多種類吧。那些不平、不滿、不安以慾望爲軸心的場合，總會成爲相對的憤怒呢。現代的社會體制或由於資本的各種影響，人會被疏離，而憤怒就會面向那些，當然那個憤怒本身是非常重要的；若缺乏這種憤怒，我們的社會就無可救藥。祇是那些憤怒總容易成爲相對性的；例如社會的狀況解消了，憤怒也就消逝。索性說，爲了解消社會的狀況或政治的狀況，才需要憤怒較適當吧。不過，另有一種假使社會的狀況變了也不變的憤怒。所以如不使那些相對性的憤怒和絕對性的憤怒，在軸心裡巧妙地交叉，我想詩根源的力量就無法產生。

以不安爲軸心的詩來說，谷川雁、吉本隆明、岩田宏等是很有成就的詩人。由于他們的努力，我們才能感到對敵的存在。反過來說，那是使對敵存在的力量吧。同時我想應該多寫一點對人存在本質上的恐怖爲軸心的詩。不然眞正深刻的詩是難予產生的。人各有各種的型態，但以最理想的方法來說，使詩人站在不安和恐怖的軸心交叉的地方，才會產生更好的詩吧；不過情緒本身是不能輕視的。祇是舊的情緒令人討厭，是我最不喜歡的。但缺乏了新的情緒還是歌唱不出人眞正的悲哀或喜悅。如過份感覺性，那就不是悲哀或喜悅，因此憤怒也便成爲用木棍毆打一般無味，這就是「沒有語言的世界」呢。

本質上的情緒＜像田村氏的『恐怖』＞爲軸心成立時，外界的事物所履行的任務。

當然我也需要現實的端倪做爲詩的動機，不然會保不住的。於這點意義來說，如仍然以「四千之日和夜」

那種的方法，我的生命會毀滅的。所以持有外界，而和其接融，那是我唯一的健康法。這並非遷就安易的方法，我的意圖是得到現實的端倪而想追求更不同的深刻性。不過我獲取外界的方法是否過於安易，這除了在我的作品的事實上嚐試以外似無他法吧。若僅要「四千之日和夜」那樣的世界，我持有那一本已經够了。那也有一種激烈的情緒，也拒絕了日常性的一切。而以我來說也是一種密室。要把它繼續下去，在詩人這一方面，終會成爲眞空狀態。所以，卽使讀者說那邊較好，也無法那樣做。

反過來說，「四千之日和夜」的世界，不外就是一種眞空狀態的詩的世界。以讀者看來，這是等於用任何方法都可利用的空間吧。說極端一點，不管右翼或左翼都可以利用。然而自第二詩集開始，就自動地把那種眞空狀態破壞了。要破壞當然需要現實的端倪；而現實的端倪畢竟是一種端倪而已。以我來說，材料並無關重要。祇要那些有無達到了一種象徵，而決定了詩的成功與否才是問題。例如我常常認爲在戰後最優異的作品，是北村太郞的「恐怖的黃昏」。那首詩是非常好的作品，風格堂皇，有貴氣，却具有溫柔的感情。在戰後詩裏能有這種優異古典性的作品，眞令人感到稀奇。

詩在藝術裏如何成立？

以我的經驗來說，當然現在寫詩的人不管東亞或西歐，總是寫無型態、無定型的詩。說極端一點，每次寫一首詩都要重新創作。我每次寫過一首詩便懷疑自己，是否還會再寫一首詩呢？畢竟我是在作品寫作的過程中發現詩的方法，才會感到這種疑問的吧。如此看來，我所做的或許非常無法預料的事也說不定。不論如何，每一作品既成的型態，似乎都是我每次破壞了自己辛辛苦苦重新造出來的。還有以社會一般的旣成觀念來說，不管你寫了怎樣不成型態的詩，如果那是成了一首詩的話，就會形成一種型態，只是外觀看不清楚它的型態而已。我說每一首詩都需要重新創造就是這個意思。長詩有長詩的，短詩有短詩的，不管是非常凌亂的詩型也好，一首詩總有一首詩個別的型態。

因爲所有的詩、作品，都是一種存在，依然佔有空間的位置。在這意義上來說，過去沒有存在的地方，以一首詩使其存在，詩才能成爲藝術。所以若無佔據一定的空間，那就不算爲詩了。這點不論屬於前面說過的不安的詩或恐怖的詩也都一樣，祇要能否成爲藝術才是問題。雖然過去沒有存在的東西，而以一首詩使其存在，依然依其存在佔有相當的空間；例如我，我裡面的批評

家碰到了這種存在的話，很自然的，我就想喝酒，能使我想喝酒的就是好詩啦。

如何評價所謂戰後詩的藝術特性和其可能性。

最近逐漸有天澤退二郎他們新世代的一班人開始寫詩。他們的詩能提高現代詩水準的要素，是在其有幽默感覺出現的一面吧。如能使這一面更明顯，我想詩的表現也會更深刻。日本的詩從近代詩到現代詩最缺乏的，還是幽默的感覺。我最近收到的詩集之中認爲「較好」的，卽有石垣リン女士的『名牌等』，這詩集裡的詩所獲得的各個無過份或不足的狀態，不管scale 的大小，却能達到看清詩本身的極限，以及評價所成立的表現的型態，同時使我更感動的是具有相當幽默的sense ，這一點是很可貴的。

幽默最忌諱的是墨守成規的事實。類型化了就失去幽默感。我們看一個人，知道他在什麼界點覺得可笑，就可判斷那個人的知能程度。覺得可笑的焦點各人都不同，哭的焦點也一樣各人各有不同的。因而笑的方法很重要。有的人持有笑的方法非常複雜，隱瞞着不表明的幽默也有，故意表現於衆人之前的幽默也有。問題的關鍵是在若沒有幽默，人的感受性就不成立。因爲幽默的感覺會改變人的看法。不祇是看一面，也能把視點轉變方向。這種視點轉變的差度會擴大了感受性的幅度。這個人的世間，我想可以用「悲慘」一句來表現講盡它。而這個「悲慘」也有各種的面，因此持有幽默的感覺和先前說過持有對恐怖的感受性，以我的看法是相同的。要使恐怖更深刻，必須轉變視點。

這一點，過去戰前的詩太認眞了。像那樣認眞的文學也許是世界無比的吧，認眞得過份了。這種情形直到戰後才開朗起來。因而我對戰後的詩抱負很大的期待呢。戰前的詩過份認眞令人感到無聊，也許太無聊了才使我常常想自己是不是不懂詩？實在無聊得很。

反之，戰後詩的感受性確實擴大了。那是透過幽默的感覺可以期待的。看看岩田宏他們的詩給戰後詩增進了很多。還有吉本隆明的詩，一見非常認眞，但也有意外的幽默感覺。所以我看他的詩也感到很多的諷刺呢。

總之，我認爲沒有幽默的感覺，絕對寫不出好詩，這是很明顯的道理。所謂幽默並非用於對恐怖的自己防禦的鎭靜劑，反而是挑逗恐怖的。凡一般人不處於緊張的時候就不覺得恐怖感。索性說，爲了尋找恐怖感而寫詩。這對於我是很適合的，原來樂觀的我，由于寫詩才能再確認自己內裡的恐怖，因而若無把恐怖增長深刻性

，則毫無意義。所以需要幽默的感覺。還有以不安爲軸心的詩也一樣，若缺乏了幽默的感覺，即不成爲對敵的强力武器。以語言與對敵鬭爭的時候，祇要用幽默的感覺以外，沒有比那更有銳力的武器呀。

所謂用語言使其存在，用語言增長深刻，用語言鬭爭，那樣語言的問題。

剛才我說過恐怖，但實際上，現在我並無感到任何恐怖。假使事實有那麼恐怖，就不敢坐巴士，也不能像這樣坐在錄音機前講話呢。所以，恐怖就是語言上的恐怖。這種恐怖，有時在深夜忽然覺醒時會感到的；可是到了早晨便已忘記了。那是在創造某種東西的時候以外不能確認的，因此眞正感知其存在的恐怖，使其現出在眼前，在我的場合是寫詩，畫家便是畫畫的時候吧。

雖然我也不能以脫離自己的詩爲例來論詩，但我想詩是在一行與一行之間最有趣味。一行與一行間使其有趣，如寫得成功很好，但事實這種詩非常難寫。譬如說我希望寫出一行和一行之間成爲「深谷」那樣的詩。這種詩寫不出來的話，也許是空論，不過從一行跳過一行，雖非「看清楚以前就跳」的方式，但跳過深刻進入下一行，再進入下一行；我想如能寫出這種的詩多好呢。可是，不那麼簡單，這是一種理想論。遇到好詩的時候，我好像在詩的一行和一行之間看見深谷。有些散文分行一般的詩，那種看不到一點峽谷。只使其保持詩的形式而分行的詩非常多。我認爲詩的分行，必須在一行和一行之間要有空白的深谷，使讀者辛辛苦苦讀這一首詩的時候，一跳就躍過去，或閉着眼睛在途中跌落或爬起來。我希望寫那種詩，也許這是新年的夢。

所謂「跳越法」能不能成爲藝術呢。

對這一點，我的場合，是以各作品的主題或詩的長度而異。我每次寫詩的時候，均有强烈的意識想寫新的詩，就是這個意思。如A的作品是實踐了各種的超越法，而B的作品的場合，或許需要實踐完全反面的超越法也說不定。或停止超越默默退回去的也有吧。那樣，我想也是一個主題。因此，依據主題，那種「超越法」或說「山」也會不同的。這一點我認爲各個的作品都很有趣。而如果把各人各個的作品齊集在一起能發現偉大的主題的話，這不是做爲詩人的最大光榮嗎。雖然，這不知道要等幾十年後才可以實踐……

。

對讀者方面的「超越法」呢？

當然，我有時也會受到別人的詩影響而被救，有時那些却成爲我的詩最大的動機。讀者的態度在一個人內部也有各種的看法，或由于所看的詩而態度也有所不同。不過，可以說詩是樂譜，讀者是演奏者；詩和讀者是樂譜和演奏者的關係。因此，讀者若不是相當好的演奏者，怎麼好的樂譜，像巴哈或莫扎特的樂譜也不行。這一點，詩和讀者的關係却是非常積極的關係。可以說沒有讀者的協助，讀者的演奏，詩是不成立的。所以我說詩集等於是樂譜。這種樂譜如果讀的人不是好演奏家，就不會發出美的旋律。可認爲最理想的詩和讀者的關係，就是樂譜和演奏者的關係。說「我看不懂詩」，事實，假使我毫無樂譜的知識，任你怎樣翻開樂譜也看不懂的。讀詩也要用功，也有規則。當然讀詩的方法是自由的，但在自由裡也有規則呀。衹是今天的現代詩沒有定型，以眼睛看上去並無一定的約束。好像是無約束無原則的；但實際上，曾經讀過好詩的經驗的人就知道沒有那回事。誰要出錢買詩集？我希望讀者成爲演奏家，而自己繼續寫詩也是成爲好演奏家的一個方法吧。

說極端一點，我實在做夢也沒想過要做詩。有的只是想讀好詩的慾望而已。到了戰後爲了家庭各種原因而成詩人，但做一個詩人，我一點也不感到高興。反之我只希望看好詩；不過，因爲寫詩才逐瞭解詩，這是很難得的。能瞭解好詩，譬如把詩的山峰和深谷用作底片的膠卷，我認爲很有趣。用作底片的膠卷以往的山澗都會跳出來。以往凹的部份會成爲凸的部份，而凹凸都背叛過來。對於這種底片的膠卷加些功夫不也很好嗎。我不敢冒昧地說：「用我的詩做爲底片的膠卷看詩吧！」，但不論如何，應該看看人家共認的偉大的詩作品呀，當然中國的舊詩也好。

為了寫詩，還有對時代的動盪，詩是處於怎樣的抵抗的位置？

所謂表現，始終就是表現的問題。因此一首詩需要獲得眞實性。不管如何，我要探究自己的根據，確定動機的眞實性。我認爲那是接近眞實的一種手段，而如到了結果，被分析成許多顏色也是自己所願的吧。問題就在眞實性，能保障眞實性的，衹有作品的空間，就是構造。衹因我們的詩不是傳統的詩，建造過一間房屋，就必須把那個型打破，另外建造別形的房屋，這是非常繁

複的工作。以建築家來說，所建的房屋每一間都不同，房間的設計，空間也都不同。那是任自己的嗜好而做的，雖有人不滿意也無可奈何，但事實是很難的工作。這一點傳統的詩型多好，俳句或短歌，如你建造了一間認爲滿意的型態，便可用同樣的設計、生產很多就行了。然而我們這邊却要一間一間重新建造呢。不過不管你建造怎樣的房屋，一定要成爲房屋才行。祇一間也好，像具有超機能性公寓也好，只要那些必須構成房屋才行。所以你要寫怎樣的詩都可以，應該勇敢地多寫，應該多try（試行使橄欖球在敵方大門線內觸地）才對。try and try才對。然而既然要try，必須要成爲房屋才行。非房屋硬說那是房屋，就會使人爲難。祇建造了一片圍墻，便稱那是「新的房屋」，那是未具有房屋的機能啊。房屋必須要有屋頂，能住能睡的地方，首先必須具有那些機能。不論在紙上畫好多房屋，都是不能住的。作品就是房屋，任何型態的房屋都好，總要具有房屋的機能才行。不是只構成了房屋的型態而裡面的床不能睡，沙發不能坐，也可稱爲房屋的。

還有，寫詩的時候常常有人說是在追求語言，但事實是被語言追求的。因爲是語言來找我，在等語言來找，所以我寫詩需要相當長的時間。自己想寫詩的時候，好像在拼命地找語言，事實一首詩完成了以後看起來才知道是語言來找我的。還有，某種一行的詩，我想可以用很多次。這一點我是天生的懶漢。在十年前的詩裡的那些詩句也會忽然跳出來，事實那些詩句自己早已忘得一乾二淨呢。後來把它編入詩集之後才發現「這不是十年前用過的語言嗎」而感到驚異。畢竟就是語言來找我先前在思潮社的SeriPo'etik 的廣告文也使用過。總之，人就是語言像，値得稱爲人這名字的是表示屬于怎樣的語言體系，過着怎樣的生活的意思。所以人所持有的Vocabulary（用語的範圍）就是人格，明確地說，每一個人都持有語言的體系，依據那種體系而受事象，因此，如要改變自己必須改變語言體系。

雖然如此，詩這種東西除了寫作以外別無他法可求。詩是甚麼？要論這種本質的問題，因我不是學者，不能說明得很好；但我們不是把詩以詩的抽象觀念來經驗的。有某種A的作品來經驗詩；所以若無作品，任你怎樣熱烈地論詩都是無聊的呀。只有作品，由于作品，我們才有經驗可講。不過，詩也有高低、好壞之分。爲了經驗high quality（高水準）的詩，我們要閱讀很多的作品，因而也鍛鍊自己的感受性。所以盡量讀好的詩以外沒有具體的行動。也可以說，詩人是棒球的打手吧，一直在抓球。不過描準錯了，有時會打空。不要閱讀過多。因而若非不斷地緊張着等待的話，事實不能打中飛來的球。等待語言需要忍耐就是這樣的情形。不緊張就不是忍耐，在這緊張的過程上若人非忠實的，詩便不成立。

能够忠實的，等於就是能够達到限界點的意思，說限界點，雖然那是非常困難的問題，但是，總之不外就是持續寫詩而叠積經驗以外，似無其他方法吧。

詩與宣傳

吉野弘
陳千武譯

A：爲什麼提出「詩與宣傳」的問題？

B：是要考慮做爲宣傳手段的場合，應該採取怎樣的態度最有效，才提出來的。

A：那麼，我想首先應該檢討詩究竟適不適於宣傳的問題吧。

B：對。不過在這裡想討論的，並不是詩適不適於宣傳的問題。而是碰到不得不以詩做爲宣傳的手段，那種立場的時候，詩人應該怎麼辦，限定就這一重點來論。因爲『現代詩』七月號誌上，壺井繁治也提到這個問題。

A：他怎麼講？

B：他說「社會主義不僅從一定的立場認證並解釋現實世界，且持有進一步想變革現實世界的實踐性目的，才有其較大的特色。（中略）因此社會主義詩人須把自己的詩的工作配合於社會主義的目標，從社會革命的實踐性目的中的某一部份，抽出一種公式，即社會主義的詩在此持有一個目的意識。」

A：不錯。

B：然而，據於壺井的看法，社會主義的文學好像很不受歡迎，那是只把社會學所達成的詩論挿入詩裡，未能給讀者得到新的經驗世界。不要僅撫摸現象的表皮，而必須潛入現實的最深部。能從對立和矛盾所混雜的縫間，抓出來向未來照明的意象，才是現代詩人需要實踐的事。他說，這才是社會主義詩人要做的第一工作。我不是社會主義者，但以一個薪資工作人員來說，要使薪資工作者自從等於商品那樣境遇脫離出來，就有宣傳、通信的必要，而應該怎麼行動、推行才有效果，這不是別人的事情，確實令人痛感的問題。

A：就是爲了你個人的問題，考慮到宣傳？

B：是啊。

A：首先我表示我的感想吧。有意宣傳的心境，我感到那兒有傲慢和自大。

B：眞是的，這一點我也知道，不過從某一首詩，如會感到那種強迫性的不快，是不是這首詩在宣傳上已經失敗？

A：怎麼說？

B：就這等於宣傳的意圖，過份的暴露。

A：對，對。那麼以讀者的立場來說，所看到的並不是詩而是宣傳品、會感到乏味，是不是？

B：就是嘛。

A：顯然是詩，又能够達到宣傳的任務，這種狀態才是最理想的方法吧，那麼必需要把宣傳的思想或態度，在詩裡很巧地擁抱起來？

B：好像說藥丸裏上糖衣？嗯，也可以這麼想，不過在這些地方仍然有問題。

A：糖衣裡的維他命劑，不行嗎。

B：這就是壺井所警告的方式。把思想拿來包裝，這種想法才有重新檢討的必要。

A：…………

B：我是這麼想。不是在詩裡宣傳思想而是把思想修在身上，因此從前不進入視野的各種現象，也都能看得出來，就是經驗會擴大而深刻起來，要把它形成爲詩，應該這樣考慮。畢竟，這個場合，思想就不是特意爲宣傳做對象的思想了。

A：對對。

B：畢竟，過份考慮詩的效果而忽略了詩的成立，這是最大的欠陷。認爲用詩做爲宣傳思想的手段：很簡單。視詩爲美或思想的容器，似乎是一種效用主義，以這種立場來追求美或思想的人也有。而這種人都會任意把美或思想編入詩裡，從結果到成立類推起來。

A：因此認爲詩應該考慮其成立的問題嗎？

B：不錯。

A：這就是詩在其成立當中，必須經過獨自過程的嗎？

B：可以這麼說。

A：那麼，究竟會怎麼？

B：等於我們不能任意選擇感動，又不得不救感動，必須把它發展下來。

A：這一點我知道，但應該怎樣處理感動，才能把它發展下來。

B：簡單說，就是要使它明晰。

A：感動本身不就是明晰的嗎？

B：是某種確定的感覺，但不能說明是明晰。

A：爲什麼要使它明晰？

B：並無確實的理由，這很難回答。不過以我的立場來說，是指自己也參加認識的作業，這個意思。

A：是認識論？

B：我認爲詩是認識。不限於詩，我想藝術是爲了把事物帶來人的意識裡來的一種語言。感動可以說是那些的開端。使感動從未發展的模糊狀態，提昇到確實和明場的階段的作業，就是認識。

A：果然，但如何推進這一作業？

B：嗯，這無法說得很清楚。可以簡單地說就是順應感動吧。

A：順應感動？

B：是不從感動遊離。這雖是消極性的說法，但這是很困難的。要很忠實地隨從感動而使其發展，就必需有集中與持續的力量。

A：這種場合有沒有阻礙集中和持續的？

B：有，這就是跟宣傳的意圖糾纏的地方，這等以後再說明，先對順應感動這一點加以考慮吧。大體上藝術是直觀，而藝術把感動的意義以直觀性把握是作業的開始。應該以那種把握爲依據，不脫節，而必定以耐心把感動的未知領域發展，使其有完結的作業。倘若不把妨礙這一作業遂行的要素很細心地排除掉，就以感動的型態賦與的新經驗意義，不會明朗地浮上來。如果不把感動順應其本身而發展，就好像要論其他事情都不方便那麼，想效用其中一部份，這種認識作業就不完全會終止。用比喻來講，感動是一種生物。假定生物的頭有兩個，那麼助產士一定會感到困惑，畢竟這種生物必須削去一個頭，而很客觀地主張頭必須留下一個才對。這種場合的功利性就跟宣傳的意圖同根。在此對我們很不方便的是一種不允許容納新的經驗的態度，把存在

表示好像不存在，這種意圖會歪曲了事實。不過另一方面也會把不存在的經驗，展示爲好像存在着。這一後面的主張的宣傳，常常在社會主義性立場的詩看到。双方都會阻礙順着經驗的認識使其發展。如果對現在我們不利的認識存在着的話，也應該允許容納它，畢竟要利用的意圖會歪曲事實。不歪曲事實，而要求以眞實提出來，我想這才是那個人的思想。

A：總之，藝術本來就是順應經驗的認識作業，而不能在其中途把作業變更爲宣傳用，是不是？

B：是的，我在藝術的領域裡，對一個思想、態度所期待的是那些思想、態度會怎樣擴張了我們的認識，怎麼給認識帶來新的東西，而不是思想本身的解說。把以往缺乏看到的某一個思想，能以新的次元掬承它，這才是痛快的事。如果這個作業永恒順應詩人本身的經驗展開着的話……。

A：換句話說，詩人的認識，必須非經驗的，或是超經驗的才行……。

B：對，不管外表裝得怎麼幻想的樣子，那也就是經驗領域內的作業。這樣才有詩作的客觀性，如不信用那種客觀性，詩人的工作就等於夢囈。

A：這是突然的問題。請問你對戰爭中的愛國詩，怎樣看法？

A：你是說，詩人們寫愛國詩是眞心的？或許是屬於維持情面？這一點嗎？

A：是的。

B：我的看法在前面說過，詩這種東西，僅以維持情面是寫不出來的。

A：那麼大家都是眞心寫過愛國詩？

B：應該這麼說吧。

A：那麼，他們的眞心所依據的是什麼？

B：我認爲那是民族的血那樣的東西吧。不是思想，是血，站在血共同性的立場，把感動招入自己，或許挑撥感動，那樣的方法吧。詩人唯一的依靠是感動，必須從某個地方找出感動。但是那種感動的母胎，既不是支持戰爭的思想，就需硬性地以血的共同性，找到興奮了吧。陷於這種地步，才產生悲劇。

A：把這一事實與宣傳的詩連結起來考慮，該怎麼樣？

B：眞心寫過愛國詩的詩人，一定沒有想到詩的宣傳吧，只是抓住血的共同性這種感情的擬似思想，做爲依靠寫的詩，可以這麼說。

A：果然，擬似思想和詩……

B：而以這種思想的曖昧性，和同時從此產生的興奮，仍能以無批判地使其展開寫詩，有這種可能性才是應該考慮的問題。還有一點，不把詩以本質上來認識，這也促使他們那寫種詩的原因。在戰爭中寫短歌的人，以戰敗爲契機，發覺了短歌的音調持有的盲目性和無批判性，便改行寫詩，我知道這種例子。不過這個人却把改行的理由歸於短歌的形式，但我想這不僅是形式的問題，形式只是其原因的一半，而根本上是思想的缺乏，妨礙了對感動的客觀性。這種事情詩人當不例外。

A：果然。思想確實能使感情豐富，同時會對感動採取客觀，是不是？

B：是的。

A：同時與藝術如此關聯，並非思想做爲宣傳的對象，而以能開拓我們經驗的領域來抓住思想……

B：還有，要順着從那種地點抓住的新的經驗（感動）使其發展，就是在我們的意識裡，重新攝取事物，而透過重新攝取的事物，來決定我們的行爲應走的方向

（一九五九年「現代詩」）

愛的界限

野口英治
陳千武　譯

愛的界限

其一

操作Panel房的電源成爲ON的夜
40W的光線
爲了像瘋狂了的我和你的
欲望分析而被準備好。
蓋上白床單的開刀床
被拆掉
房間只鋪有整潔的六塊草席而已。
從春天到夏天　夏天到秋天遷移的季節裡
未曾發現變化的我和你的
熱情般的欲望
隨着秋天的終了而充滿在體內
對於這些我以外誰也不談
連你也遭受我强迫的攻擊
喊着歡喜的聲音
不也流淚了嗎
而且邊放出毒性粘液

其二

被封密了的房間
假如　人仍生存
令人啼笑皆非的是
（對於活着的人是幸福的）
外界的人或微生物都死絕了
活着的人的呼吸很粗暴地
充積在房子裡
然而被封密了的房間
逐漸缺乏氧。
而補給的氧筒也沒有了
人殘餘的生命
也逐漸接近死
此時
固執到底的愛
從男人被移植到女人的體內。

偶而會感到寂寞

倘若　偶而會感到寂寞
那是
我底精子在女人體內不成長
以未成熟兒
誕生在政治統一都不能的日本
流於日本的血管過份汚濁
流於女人的血管過份不規律
脈膊跳得很利害
是因日本和女人都不懂得夜
或因對我的精子過份無知

倘若偶而會感到寂寞
啊啊！是我底精子臨死的時候
從億萬的夥伴快要陷入不幸的現在

或許像我在日本這個國土快要死那樣
要求在女人的體內成長
也會立刻流產
假如有愛也會那樣
倘若　偶而會感到寂寞

〔註〕野口英治，一九四〇年七月生。日本北海道詩刊「裸族」同人。詩集「愛的解體」一九七二年五月出版

譯詩三首

陳秀喜 譯

離別

村上抒子

和男人相遇過
自那一夜
離別就在
女人的裡面確實地開始
看不見的龜裂
夜夜長大
冷却的肌膚乍有感到
可是女人還是
等待着夜

然而
如今女人在等待的
不是夜
女人在等待的是
早晨
看不見的龜裂在裂開
的早晨
夜的那邊
靜靜地橫在龜裂的底的

既不是女人
成爲沒有性的生命
落下去的時候
女人知道了離別之輕

—「裸族」十七期—

短唱

親井修

樹木們沒有妄想
只把時間茂盛
那些濡溼的語言們
時常在湖影掀起微波

隻語

親井修

須臾間的 記憶之深
漂着 時空之重
沁入肌膚 季節之色
未來 向着過去
溯昇 海潮之音

黎明的 吐息
正午的 秘事 那些
陷入罠 存在的
刺青是 不消失

何日 歷史在煙的
空中浮上
失去 占卜是 世界的
花瓣的 證印
靑的過失的 已是
燃盡了 海溝之脈
沒有臨終的語言
映在鏡中 性的龔

細胞是 密度的斜面
各種的福音
不飢餓的 肉聲的血
在夜的裡面流着
無限銀色
浴着無賴們

親井修：日本「詩表現」社長

蘇雪林教授新書「屈原與九歌」出版消息

屈原作品素爲我國一大學問，歷來評註者雖多，以不諳屈賦眞正內容故，率多隔靴搔癢之談，近代楚辭學者較前進步，亦恨其不甚透徹。蘇雪林教授研究屈賦，擊三十年，撰成「屈賦新探」一書共一百四十萬字，第一集「屈原與九歌」現已出版，全書約四十萬言，分上下兩編，上編「屈原評傳」，可稱一切屈傳中最精詳完備之一種，其論楚國並非春秋時人所詆爲蠻夷之國，文化之高實足無中原諸國並駕齊驅；又論域外文化曾兩度來華，戰國中葉域外文化又大量湧入，與第一度來者合流，乃掀起學術界之壯濶波瀾而形成戰國文化之黃金時代，皆極爲精彩，且可矯正國人謂漢武通西域，我國對外始有交通，以前則屬於閉關狀態之陋見。下編論九歌，證明九歌乃整套神典，九歌歌主乃隸屬同一集團之神明，即九重天之主神，淵源西亞，傳衍遍全世界。世界及我國林林總總之神道，幾皆不出此九神範圍。蘇教授研究屈賦之方法：係將中國之正經正史與散見諸子百家中之文化資料與西亞、埃及、希臘、印度之宗教神話，互相印證，一爐而治，再以其所謂「官方文化與民間文化，融匯貫通，藉以求得屈賦之眞精神，眞面貌，亦藉以求得中國文化眞神精之眞面貌。由此而又證明世界文化同出一源，中國文化亦世界一支，關係之大，無以復加。蘇教授此種嶄新的研究方法，可爲中國學術界開闢一條新路，不僅將蒙蔽屈賦上二千餘年之昏煙濁霧一掃而空，且發現中國古文化實是一張組織嚴密，關合自然之寶網，換言之，即是一個有機體的大結構，可使中國文化身價憑空增加百倍。此書出版，實爲近年學術界一件大事，凡愛好屈賦及擁護中國古文化之尊嚴者，此書決不可不讀。

惡之華

波特萊爾著
杜國清譯

LES

FLEURS DU MAL

PAR

CHARLES BAUDELAIRE

On dit qu'il faut couler les exécrables choses
Dans le puits de l'oubli et au sépulchre encloses,
Et que par les escrits le mal ressuscité
Infectera les mœurs de la postérité;
Mais le vice n'a point pour mère la science,
Et la vertu n'est pas fille de l'ignorance.

(Théodore Agrippa d'Aubigné, *Les Tragiques*, liv. II.)

PARIS
POULET-MALASSIS ET DE BROISE
LIBRAIRES-ÉDITEURS
4, rue de Buci.

1857.

36 陽臺

回憶之母喲，情婦中的情婦喲！
妳啊我的快樂！我一切的敬意！
妳將會回想到那些愛撫的美妙，
那爐邊的溫暖以及黃昏的魅力，
回憶之母喲，情婦中的情婦喲！

熱烈的炭火所燃亮的那些黃昏，
陽臺的黃昏籠罩着玫瑰色的霧。
妳的胸多柔美，妳的心多溫存！
我們屢次互相說些不變的誓詞。
熱烈的炭火所燃亮的那些黃昏。

暑熱的黃昏中那些太陽啊多美！
天地間多麼深！心是多麼強壯！
熱戀的女王喲我在妳身上倚偎，
我似乎呼吸到妳那血液的芳香。
暑熱的黃昏中那些太陽啊多美！

夜色越來越深，有如一道墻壁，
我眼睛在黑暗中猜讀妳的眼眸，
我唱飲妳的呼息那甜美那毒氣！
妳的脚在我兄弟般的手中睡着。
夜色越來越深，有如一道墻壁。

我知道喚起歡樂之瞬間的法術，
重溫踡伏在妳膝上的我的過去。
何處能够找到妳那慵容的麗姿，
除了妳溫柔的心和可貴的肉體？
我知道喚起歡樂之瞬間的法術！

這些誓言、香氣、無限的接吻，
能否再從不可探測的深淵復活，
像重返失空的太陽恢復了青春，
在那海底的深處，洗了身之後？
啊啊誓言！香氣！無限的接吻！

37 着了魔的男人

太陽披上了黑色紗衣。像他那麼，
我生命的「月亮」喲妳也裹在影子裡；
睡覺或抽煙隨妳便；默默鬱鬱地，

在「倦怠」的深淵中使自己完全沉沒；

我喜愛妳這樣！可是，假如今天，
像半陰影中露出的一顆蝕去的星，
妳想在「瘋狂」充塞的地方傲然而行，
也可以！衝出鞘來，可愛的短劍！

以吊燭臺上的火焰點燃妳的瞳孔！
點燃慾情在那些粗野的男人眼中！
妳的一切使我欣喜，病弱或急；

妳爲所欲爲吧，不論暗夜或紅曦；
戰着的我身上的每個神經細胞，
無不在叫：親愛的妖魔喲我愛妳！

38 幽靈

在深不可測的悲哀的地窖間，
那兒「命運」已經把我牢牢關住；
永無玫瑰色或快活的光射入，
只有我和「夜」這陰鬱的女主人。

我像個畫家受命於嘲弄的神，
唉不得不作畫於黑闇之畫布；
一個具有悲慘之食欲的厨子，
我在那兒煮着吃着自己的心。

有時突然閃爍伸長而展現出，
一個妖嬌和艷麗形成的幽靈。
以其夢幻似的東才人的風姿，
當它現出高大的整個的身形，
啊啊我認得我那美人的來訪：
那是「她」！膚色黝黑然而發亮。

Ⅱ馨香

讀者喲你是否有時候呼吸，
以一種陶醉和悠然的貪享，
彌漫在教堂裡的那種薰香，
或滲透香囊的麝香的香氣？

我們因那幽玄魔術的誘惑，
沈醉在復活於現在的過去！
如此戀人觸撫熱愛的肉體，
像採摘回憶的美妙的花朵。

從她那彈性和濃重的頭髮，
那活香囊或閨房的香爐裏，
昇起一種野性褐色的香氣；

她的衣裳，天鵝絨或薄紗，
洋溢清純的青春的氣息，
一種毛皮的馨香從中浮起。

Ⅲ畫框

正像美麗的畫框給與一幅畫，

——儘管這畫出自大師的手筆，
增添某種莫名的妖異的魅力，
使畫凸出於自然的無限廣大，

金銀、家具、鍍金、和寶石，
也都恰好適合她那稀世之美；
沒什麼能遮蔽那完美的光輝，
一切似乎只合做爲她的邊飾。

甚至於有時候人們說：她想
世上一切無不喜愛她；她將
自己的裸體極其妖嬈艷麗地，

在緞子與細紗的觸吻中淹溺，
而在每個動作中或緩或急地，
顯出猴子那種孩子氣的媚態。

Ⅳ背像劃

「病」和「死」將那爲我們
而燃起的一切火焰化成灰燼。
如此熱烈和柔媚的那些大眼，
我的心溺惑沈湎的那些朱唇，

芳香草那麼强烈的一再接吻，
比陽光更爲激烈的一再狂喜，
剩下什麼？可悲啊我的靈魂！
只有褪了色的三色素描而已；

這畫，像我，在孤獨中死亡，
而時間這位傷天害理的老頭，
一天天抹去，以嚴厲的翅膀……

「生命」與「藝術」的黑色暗殺者喲，
你永遠無法從我記憶中將她，
——我的快樂我的光榮——抹殺！

39

我給妳這些詩，爲了萬一我名字，
能够幸運地達到遙遠後世的彼岸，
像一隻受到强烈北風之恩惠的船，
而在夜晚，使人們腦裡夢想沈思，

對妳的回憶就像不確的傳說那樣，
將使讀者感到像銅絲琴般的厭煩，
而且，以一串友好的神秘的鏈環，
將懸留在我那高慢狂妄的韻脚上；

受咀咒的妳喲，從那地獄的深底，
到至高的天上除了我無人回答妳！
——妳啊像個留下短暫足跡的幽魂，

以那輕快的脚步以及冷澈的眼色，
踐踏世上那些苛刻批評妳的愚人，
黑眼珠的形像喲青銅額的天使喲！

40 永遠一樣

妳說：「這莫名的悲哀來自何處，
一如湧上那黑裸的岩石的海潮？」
—當我們的心一旦摘不戀的果實，
生存成爲痛苦。這秘密誰都知道；
這種極爲單純且毫無神秘的苦惱，
就像妳的喜悅，極其顯眼而明媚。
然而請不要再問，好奇的美人喲！

請緘默，雖然妳的聲音多麼甜美！
請緘默，不知愁的喲永悅之魂喲！
稚氣地喜笑的嘴喲！比「生」更甚的
「死」時常以微妙的繩子捉拿我們。
放開吧，讓我的心沈醉在虛僞中，
沈溺在妳那美麗的眼中如同美夢，
讓我永遠在妳睫毛的蔭影下長眠！

日本現代詩鑑賞

日本現代詩鑑賞(11) 伊東靜雄（1906～1953）

唐谷青

伊東靜雄（一九〇六—一九五三）生於長崎縣諫早市。經佐賀高校，進京都大學國文科。高中時開始試作短歌，在京大期間，醉心於「歎異妙」、愚庵、良寬、子規、芭蕉等。昭和四年（一九二九）京大畢業（論文是「子規的俳論」），後任教於大阪府立住吉中學。昭和五年（一九三〇）參加福田清人，薄池歡一等的「明暗」。昭和七年（一九三二）與青木敬磨，原野榮二等創刊「呂」。耽讀荷爾達林（F.Holderlin1770—184），里爾克（PM Rilke,1875—1926），凱斯特納（E.kastner1899—）黑協（H.Hesse,1877—1962）雷諾（N.Lenau1802—50）等。昭和八年（一九三三）加入「cogito」；昭和十年（一九三五）加入「日本浪漫派」爲同人。同年十月，出狀處女詩集「給與吾愛的哀歌」，受到萩原朔太郎，保田與重郎等的讚賞，翌年三月，獲得第二屆文藝汎論賞。昭和十三年（一九三八）加入「新日本文化會」爲會員，向「文藝文化」投寄詩

稿。昭和十五年（一九四〇），出版第二本詩集「夏花」，以此獲得第五屆透谷賞。昭和十六年（一九四一）一月，參加「四季」爲同人。昭和一八年（一九四三）出版詩集「春之匆匆」，二十二年（一九四七）出版「反響」。昭和二十四年（一九四九）肺結核病發，入國立大阪病院長野分院療養，於昭和二十八年（一九五三）逝世。「伊東靜雄全集」經友人桑原武夫、小高根二郎、富士正晴的編集，於一九六一年出版。小高根另外寫了一本作家作品研究「詩人，其生涯與命運」，於一九六五年出版。

伊東靜雄是個寡作、孤高、純的抒情詩人。

他一生的詩集只有四本。他一生只活了四十七歲；第一本詩集出版是，他二十九歲；最後一本詩集出版時，四十一歲。他對自己的作品要求相當嚴格；但求質純，不求量多。第一本詩集「給與吾愛的哀歌」共收錄作品二十七首；第二本詩集「夏花」，二十四首；第三本詩集「春之匆匆」，二十一首；第四本詩集「反響」是自選的總集，共收六十四首，但其中新作只有十首。「夏花」的出版列爲「文藝文化叢書」之一，但因收錄作品太少，出版社就叢書的規格而言，頗表不滿。他不是沒有作品可以充數。他在雜誌上發表過，而且當時獲得好評的詩也有不少，可是本人不太滿意，因此寧缺勿濫。這些作品，在他死後也都收入「伊東靜雄全集」裡。他在晚年認爲，自己的詩集，只要「反響」一本能夠留下，也就毫無遺憾了。

伊東靜雄對自己的作品如此嚴格，而做個詩人，也頗能潔身自受。由於生性的潔癖，謙虛的性格，他不曾因早期的作品受到當時的大詩人萩原朔太郎的賞識，而自我陶醉。他一生保持了做個詩人的純粹的矜持，他的詩作品的魅力，也可說是來自這份純潔清冽的詩精神。他在實際生活上，一生是個淡泊的中學國文教員，可是在詩的生活上，那強烈的內面精神，早就獲得識者和知音的了解和讚賞。

伊東靜雄的作品，在本質上是極其純粹的抒情詩。他的處女詩集使他一躍成名，獲得了前輩詩人的肯定和讚揚。萩原朔太郎認爲是眞正的抒情詩的復活，將他與島崎藤村並比加以稱許：「原來日本還有一位詩人，令人感到躍於胸中那種强烈的喜悅和希望。」進而，朔太郎認爲他的抒情詩在本質上，是屬於多麼令人痛憐的「受了創傷的浪漫派。」他說：「『給與吾愛的哀歌』是充滿多大重創的歌啊。伊東君的抒情詩，早已沒有青春的喜悅……他的『青春』，不是在春野萌長的青草那種嫩綠的青春，而是在地下被一再踐踏，扭擰，在岩石間想吹出芽來而遭到重創被扭歪了青春。」（詩誌「cogito」）保田與重郎在同一詩上也說：「我感到，伊東靜雄的詩是今後日本的新聲之一。像他那樣熱烈歌唱極易受傷的世界，這種詩人是稀有的異質。他不僅僅是歌唱心情，而且是以心情歌唱的。」其實，不限於伊東靜雄，對抒情詩人而言，多多少少，歌唱心的創傷是個常見的主題。只是，伊東靜雄對於這種創痛的感受方式以及表達方式，和其他的抒情詩人並不一樣而已。

關於這點，村野四郎舉出一個例子加以說明：一般抒情詩人在抒與故鄉的時候，其題材往往取自極其個人的鄉愁，像戀愛的回憶，年輕時日的追慕之類的感情，

可是，伊東靜雄的題材往往不是以這種個人的、實際的感情爲，對象而是更爲抽象的，更有存在論性質的東西。對他而言，故鄉是永歸的地地方；生存是一場傷痛的夢。這種「永久歸鄉」的思想，來自德國放浪詩人荷爾達林。荷爾達林，的「負傷的歸鄉者」那種蒼白的悲痛和哀愁，經常是伊東靜雄的抒情詩之特徵的鄉愁。

桑原武夫在「伊東靜雄詩集」（新潮文庫）的解說中，論及詩人在表現上的獨特性：「銳敏的感情和語言的技巧，不用說，是詩人不可欠缺的條件，可是單以這些，近代詩不能成立。其中的根本原理，不能沒有根據強烈的精神而來的獨自的表現法，亦卽，所含的思想不是具有普遍性的『內容』，而是具有主體性的『表現』，這點在理論上早已是常識，可是加以身體力行所實踐的地方，是伊東靜雄的創新所在。」

這意思是說，伊靜東詩特點不在於表現普遍的「內容」，而在於具有獨特的「表現法」。什麼是伊東詩獨詩的表現法呢？

大岡信在「抒情的批判」中說：「詩人的時間向前傾入人們稱之爲永恒的那種非時間之中……伊東靜雄的詩，至少『給與吾愛的哀歌』當時的詩，是詩人從這種『非時』的世界推回到現實的時間而成立的。這，在本質上是形而上學的詩，同時和現實—詩人的精現實—極爲密接的詩。」

詩人在這種形而上學的世界中，與「精神的現實」相遇，於是悲哀或絕望成爲他抒情詩的痛創而表現出來。桑原武夫認爲：「這種抒想法，經常帶有產生觀念性作品的危險，可是伊東突進到一首詩瀕於失敗的一步之前，於是創造出新而且美的思想詩來。」

總之，以主觀的精神現實，亦卽，對現實的精神感受，抒與形而上的永恒的世界。詩人的靈魂是「孤寂的發光體」，照亮了外界，而本身也成爲「白色的外界」；如此形成的一顆硬質的結晶體，永遠閃耀着生之悲痛與哀愁：這便是伊東靜雄早期抒情詩的特色。

他晚期的作品，逐漸脫去這種硬質的形而上學的骨格，而顯出較富彈性，更爲平明、細膩、溫和的抒情風格。可是，在那種哀切、屈折的抒情中，仍然充分顯示出強靭的精神和不屈的意志。負荷着生之「痛傷的夢」，孤獨的靈魂不斷地發出哀切的絕唱：這是伊東靜雄的詩所獨有的魅力。

曠野之歌

爲我那美麗的死亡之日
連峰的夢想喲！你請勿
將白雪消融
在這喘不上氣來的稀薄的曠野
經過不爲人知的泉水
經過永遠結着熟果的樹木
所隱蔽的地方
我所播種的花朵的標誌
這種路標卽將誘還
在近日拉着我屍骸的馬
啊啊如此我那永恒的歸鄉
高貴的你以白光相送
樹的果實照亮　泉水發笑……

我那傷痛的夢喲此時終才
獲得休息！

——「給與吾愛的哀歌」

這是一首抒與「還鄉」之情的詩。詩人夢想着當他死去的那天，馬車拉着他的屍骸，經過連峰的雪原，而一路上（一生以來）所播下的花朶，此時成爲路標，誘導着馬車，高貴的雪峰以白光相送，直到還鄉之後，靈魂—所謂「像痛的夢」，這才獲得休息。

這首詩的構想多麼美！

如果進一步再加以解釋，連峰山白雪盈盈，是大自然的象徵，其間有不爲人知的泉水，有永遠結着熟果的樹木。所謂「在喘不過氣來的稀薄的曠野」，亦即生活在離開塵世的高地上：這豈不是詩人孤高的精神世界的象徵？

人生中所留下的足跡，是路邊的花朶；這些花朶在那美麗的一天，成爲引向還鄉之路的路標！那時，有情的自然——雪原，以白光相送。路上的果實永恒地照亮着，像不滅的燈光。泉水在潺潺地發笑：笑的也許是人生去而又返的徒勞。這個笑，當然是反語，加深了這首詩的主題；反之，如果以人之常情來與這首詩，可能變成泉水在哭泣，那麼這首詩也地變成太感傷的了。

這首詩所展現的，是詩人心中的幻景，而不是實際景物的描述。因此，在寒冷的雪原高地上，有泉水，有樹蔭，有果實等等南國溫帶地區的風物。這些風物，其實正是作者的鄉土上的風物，而在無意間從記憶的底層浮現出來。

關於這首詩的構想，小高根二郎在「詩人，其生涯與命運」這本龐大綿密的作家研究中，指出是受到義大利畫家，以描寫阿爾卑斯山風景出名的西岡梯尼（Giovami Segantini 1859－1899）的作品「歸鄉」，以及德國抒情詩人美里克（Eduard Morike,1804－75）的莫扎特傳記（Mozart aufder Reise nach Prag,1856）中的「命運之歌」的影響。「命運之歌」的旋律與「歸鄉」的靈車的輪聲，在作者心中共鳴，而合成這首「曠野之歌」。馬車的輪聲拖着一曲生之悲歌，從讀者心中滿覆着白雪的曠野上經過。這種鮮明的形象喚起讀者對人生的哀痛之情——這是伊東靜雄的抒情詩感人的地方。

給與吾愛的哀歌

太陽美麗地照耀
或者 但願太陽美麗地照耀
將手緊緊地搭在一起
靜靜地我們走着
不論如此誘使的是什麼
我信賴在我們內心
聽從誘使的純潔
無緣的人即使認爲
鳥鳴恒久不變
草木的細語不分時節
現在我們傾聽
以我們的意志的姿態
那些無邊的廣大的讚歌
啊啊 吾愛

將潛入輝耀的這個日光中的
無聲的空虛一一看透
想成爲這種眼睛之發明什麼的
不如登上一無人影的山顚
使令人切望的太陽
遍照那一片幾乎已死的湖面

「給與吾愛的哀歌」

這首詩曾獲得萩原朔太郎等的激賞，是伊東靜雄早期的代表作，也是他的出名作。

一如題目所示，這是一首給與愛人的哀歌。可是看了一遍之後，讀者可能並不知道所哀者何在。這首詩寫得相當含蓄，讓我們仔細加以分析吧。

這首詩的情節可以分成三段。第一段是最初的六行。在美麗的太陽照耀下，一對男女搭着手散步。這是情景的設定。第一行肯定地說「太陽美麗地照耀」，可是第二行隨即加以否定——「但願太陽美麗地照耀」。因此，這不是實景的描寫，而是表現情侶心中的願望或祝福的心情。誘使「我們」出去散步的，其實就是太陽，或者說，渴望着太陽的心情。聽從誘使的，是內心的純潔。如此，詩人肯定這種青春之愛的純潔。太陽是愛的象徵。太陽將「我們」的靈魂引誘到自然裡，正因爲「我們」的靈魂是純潔的。

第二段從「無緣的人」到「廣大的讚歌」。所謂「無緣的人」，是指「我們」兩人以外，和「我們」沒有關係的人，亦即一般世間的衆生。一般人認爲自然中的鳥鳴，以及花草在風中的細語，是經常不變的，是無甚希奇的，可是，在「我們」聽來，那是一切自然的生命所發出的聲音，是對太陽—愛—宇宙—的廣大無邊的讚美。那是生命的讚歌，「我們」以「意志的姿態」傾聽。「我們的意志」是反俗的；在這種激烈的生命感中，隱含着哀切的浮漫情緒。

第三段從「啊啊吾愛」到最後一行。前半，飛高隆夫認爲是對於「潛在自己內部，極易走向虛無思想的心情的否定。所謂『一一看透的眼睛之發明』，意指明確分辨的聰明。現在，對我們是必要的，並非指責愛的虛妄那種理性。大體上是這樣的意思。」後半，飛高隆夫認爲是「表現希望去俗而確立純粹的愛的世界，以克服虛無的心情這種希求。『令人切望的太陽』與一開頭的『但願太陽美麗地照耀』相照應，暗示着這種愛的願望並沒有得到『吾愛』的接受、『已死的湖』，象徵詩人的精神狀態。」（「近代詩鑑賞辭典」）

可是，西垣修另有一種不同、但也相當深刻的解釋：「從第二段一轉，這最後一幕帶有思想象徵的悲劇的陰影。前半五行，否定意識到在透明的世界中『無聲的空虛』，並加以一一看透的眼睛之發明。所謂『一一看透的眼睛』，是指覺醒了的『虛無』吧。我想這是暗示認爲諸行無常的東洋的『諦觀』。而且對於這種悟達的境地，想建立，無寧說，肯定，尼采那種意志所造成的悲劇的超越思想的世界。最後三行，表現孤獨的自我的形而上學所描述的心象風景，非情而淒絕的孤寂世界。」（「現代詩鑑賞講座10」）

我想這一段表現的是詩人孤高的、倔强的精神。與其看破現實——在輝耀的風光中潛藏着的「空虛」，愛只是這種風光中的一個現象，而其中隱含的本質仍是

「無」——因此而絕望，不如登上一無人影的山巔，亦卽棄絕這世界，獨自忍受孤獨，讓太陽—人們所切望的太陽，遍照我那死湖一般的心，讓我的心湖照出太陽的殘忍和無情，讓我的心在愛的驕陽下乾涸、死亡！

詩人在表現這種決心之前，但有一聲悲痛的呼喚：「啊啊吾愛！」愛是哀；這是一首愛的絕唱，殘忍的愛的哀歌！

扶着八月的石頭

扶着八月的石頭
多幸的蝴蝶喲、現在、氣絕。
知道自己的命運之後
有誰能在這種熱烈的
夏日陽光下生存呢
命運？ 是的
啊啊我們本身是孤寂的發光體！
是白色的外部世界。
看喲、太陽在那兒
一點點地爲自己
造出深而美的樹蔭。
而我也
暫時夢見
倒伏在雪原、因餓而陰暗的
青光的狼的眼睛。

——「夏花」

這是一首相當精緻而含有深意的抒情詩。

所謂精緻，是指構想、意象、比喻等表現技巧而言。第一段描寫過了短暫而充實的一生，在光輝燦爛的陽光下扶着石頭死去的蝴蝶，以及對於蝴蝶的生命的共感。第二段肯定這種生命的價値，由蝴蝶的鱗粉與絨毛放出美麗的光彩這種生態，形而上學地將蝴蝶看成獨自的發光體，而外界在陽光下也照成白色，因此主體變成客體而有主客一體的認識。

第三段由獨自的發光體而聯想到太陽，以及太陽的命運：太陽爲了證明自己的存在，一點一點地造出蔭影。

第四段由八月烈日照耀下的白色世界聯想到雪原，太陽由造出的一撮蔭影而聯想到伏倒在雪原上的一隻狼。

這首詩便是這些飛躍的聯想所構成的。比喻極爲精確，意象十分鮮明。

就這些意象所代表的意義進一步加以探索，可以看出這首詩所表現的思想之深度。

詩人認爲蝴蝶短暫而充實的生命是「多幸的」。了解自己的命運之後，蝴蝶那種美麗的死是毫無遺憾的。詩人祈求的是，蝴蝶那種生，蝴蝶那種死。

領悟到蝴蝶的命運，詩人與蝴蝶化而爲一。「啊啊我們獨自是孤寂的發光體！」這就是生命的姿態：每一個都負荷着獨自發光而存在的命運。每一個生命都發出白色的光，而構成白色的外部世界，因此「我們是白色的外部世界。」這種認識，是超過論理的一種純粹直觀的認識。那獨自發光的太陽，也爲了證明它本身的存在而

造出一點一點的樹蔭。因此，詩人所肩定的生之認識，有太陽作證。

最後一節的意象，實在太美了。由八月白日照耀下的外景而幻想到雪原；在烈日下為生而奔走的自己，就像倒伏在雪原上的一隻孤獨無助，因饑餓而臉色或眼睛帶着光逐漸陰晴起來的狼：這隻狼，一想到生命是獨自的發光體，一想到在雪原上炯炯照耀的陽光，大有一躍而起之慨。

如此，這首詩雖然前後渲染着死亡的陰影，却有一種超越死亡，對於生的命運加以肯定的意志，因此帶有一種强烈的生命感。這是一首發出孤寂而熱烈的生命之光與熱的好詩。

自然地、十分自然地

草叢裡小孩發現在掙扎的小鳥。
小孩沒有錯過。
可是受傷得快死了的小鳥
却猛然咬住他的手指頭。

小孩一驚，他的愛撫落了空
將小鳥使勁地甩掉。
小鳥奇妙地用力向空中一躍
翻飛自然地選上了旁邊的樹枝。

自然地？是的十分自然地！
——不久小孩看見了。
像石礫一般牠落在地上。
小鳥舒舒服服地躺在那兒。

——「夏花」

這是伊東靜雄中期的作品，作風較為明朗平白。小孩在草叢裡無意中發現到一隻受傷得快死了的小鳥，於是伸出手想把牠救起。可是小鳥反而咬住了他的手指。小孩的愛心不得好報，於是用力地將小鳥甩掉。奇妙的是，小鳥極其自然地飛上去，停在旁邊的樹枝上。可是不久，少年看見小鳥像小石子一般從樹上掉下去。小鳥舒舒服服地躺在那兒，死了。

這首詩的情節就是這麼簡潔平明。可是這些情節或動作，表示什麼意義呢？

①看見小鳥將死，伸出手救助，這是所謂不忍人之心，人皆有之。可是小鳥咬住手指頭時，小孩却又「使勁地甩掉」——小孩的仁心，又到哪兒去了？是因為小孩的愛撫落了空，因此轉愛為恨？或者這是本能的反應？

②小鳥何以拒絕愛撫，辜負小孩的救助？也許小鳥也有一種本能的衝動：生怕失去自由，因此咬住了小孩的手。即使是身負重傷，在臨死之前，也不惜為維讓自由而拼命一戰？

③小鳥飛到樹枝上，然後落在地上死了。作者說，那是「十分自然地」，而且小鳥得其所哉地「舒舒服服地躺在那兒」。作者是在諷刺，還是在抗議？諷刺什麼？抗議什麼？

這首詩所要表現的意義，允許讀者做種種不同的解釋。例如，小孩和小鳥那種近乎本能的反射動作，也許是生物「自然」的實情。因此本能的動作，無

所謂愛也無所謂恨？也許小鳥「自然」要求的，不僅是自由的生，而且是自由的死等等。

這是作者以無邪天眞的小孩爲主角，以旁觀者非情冷靜的眼睛攝製的一幕自然劇。

夏末

因夜來的颱風獨自散失的白雲
清澈澄淨，像一片的迷茫
飄過芳香的大氣上空
在太陽燃燒照耀的原野景觀
白雲擴大地落下的靜靜的翳影
……再見……再ー見……
一一如此點頭的眼神似地
橫過亮成一直線的街道
移過鮮然暗線的水田面上
越過慢慢走動的行人
靜靜地靜靜地在村落的各個屋頂上
樹上投下影子
……再見……再ー見……
……再見……再ー見……
這種點頭招呼一直繼續下去
不久優美地從我的視野中遠去

——「反響」

這是作者晚期的一首「田園風物詩」。

夏末颱風過後的翌日早上，天空份外的清澄。作者站在高山上，或者坐在高原的盡頭向下遙望着一片白雲送走夏天，然後以白雲的姿態、心情、視野的景觀。這是一幅流動的田園風景詩。

「再見……再ー見ー……」的返覆，是在白雲帶走夏天時，對大地的告別。

作者晚期純淨、優美、明朗的詩風，從這首詩中可見一斑。

特輯

THE BAMBOO HAT

——41 CONTEMPORARY CHINESE POEMS——

translated by
WILLIAM W MARR
and
PHILIP A PIZZICA

Contents

THE TRANSLATORS

William W. Marr, a native of China, and Philip A. Pizzica, an American, both reside near Chicago. They have worked together for a number of years on English translations of contemporary Chinese poetry with special emphasis on the poems of Pai Chiu. A volume of Pai Chiu's poetry with translations was published in 1972 in Taipei under the title "Chansons". Both translators have also contributed their poems to the poetry magazine "Li" (the Bamboo Hat) published in Taiwan, and Dr. Marr has contributed numerous Chinese translations of English poetry to the magazine.

非馬與碧奇卡都住在芝加哥附近。幾年來他們一道翻譯現代中國詩，特別是白萩的詩。白萩的一卷詩集「香頌」連同他們的翻譯，一九七二年在臺北出版。他們自己的詩大多發表在「笠」詩刊上。非馬的許多中譯英美現代詩也都登在同一詩刊上。

關 於 譯 者

CHAN PING

May

May
green corpuscles are swimming
in May's transparent veins

May walks naked
over hills, breathes through golden hair
in the wilderness, sings among siler lights
it walks sleepless

CHAO TIEN-I

After Work

after work
all along the street lights were dim
some dark
yet the stars
seemed just awakened

after closing
the youth with the flute
took off his trim red jacket
played a sad beautiful tune
he was no longer the polite waiter

as usual   pretty girls were ushered
into taxis and gone   as usual
inher eyes   though drunken
the stars
seemed just awakened
and lit up the deep of the night
and the loneliness of the streets

CHEN HSIU-HSI

Leaf Bud

(A story told by a mother)

he older leaves above shelter her
when the storm comes
her whole body will be wet with dew
on a starry night
and she folds herself up to sleep —
all this the leaf bud knows;
after the rainy season,
when the scent of citrus flowers fills the air,
the leaf bud stretches her arms
groping like a new born baby
what a strange feeling
to be unable to slip back into the peaceful dream
then she stretches her back, then her neck
and peeks through the thick leaves above her
to see a rainbow more colorful than a dream
the leaf bud now knows the joy of being grown up
and she doesn't have to fold herself up to sleep any more
yet she doesn't know the sadness of being beaten by a storm
and the sorrowful sigh of falling leaves
only older leaves know how lovely the traces of dreams are
only older leaves know the fear of an approaching storm

CHEN HUNG-SEN

Painting

once he painted himself on a white wall in black

and felt so relieved that he kept painting all day

when the white wall finally disappeared in the darkness of time

he thought this might be the reason for having day and night

CHENG CHIUNG-MING

Misunderstanding

an acrobat was performing a unique feat
for the surrounding crowd

he stood motionless
then suddenly sprang
flipped several times in the air
and then plunged
planting both his hands oo the ground
he looked at the astonished crowd
from his inverted position

I thought he was just viewing the world
from another angle
but his partner explained
that he was testing his muscles
to see if he could lift the earth

Evening

my enemy came out of the setting sun.
with a knife in his his hand

I struggled
groaned
with life's load on my back
I fell into the basin of blood…

Volcano

you mustn't think that heaven is so far away
that you can ignore God

you must know
that the burning kingdom inside me
is something you cannot negate

someday
it will explode like a volcano
shooting out the lava of bitterness
and fill the world with the smell of sulphur

no need for war or bombing

CHI HSIEN

A Solitary Wolf

I am a wolf walking alone in the wild

not some sighing prophet

ut with my piercing howls
I can make the empty universe
tremble as from malaria
so it blows that marrow-chilling wind

this a kind of intimidation
a satisfaction

CHI HUNG

Returning from a Night's Work

such withered
plum trees, such pallor
the night has never been so cruel

after losing a battle to such enemies
you stare at waxen flowers
rotting in the dreary morning
and the cold, wet buds

no woman would be Kind enough
to press one one to her red lips

they don't fit anywhere so well
as in this cold, white morning enmeshed in fog
and their women's lives

Heron

after sunset
 a heron
remains ;
in the darkening air
        a call
              from the depths

like a will
among welling indistinct
        memories
 (a weriness)

CHIAO LING

Cnrfew, Vietnam

only occasionally the eyes of a cat
drew a couple of guards from the mouth of the street
that sound was nervous too
like yesterday the way she
(the face of spring in the branches)
called you
flowered dresses and plain dresses
all printed with bombs

in whose home was war writing his autobiography
before whose broken mirror was she powdering her face

long long after
a jeep on patrol
ran over every sleeping bed
the night is a minefield
and every step is frightening

After Pillage

whose child
whose tears
whose blood
whose arms
whose shoe

the lean old street
sadly twisted itself into a question mark
addressed to whom

Explosion

running

that man was the cannon roar

that man was the shrapnel

that man was the flying dust

that man was the green turtle neck sweater the long wavy hair

the flowered Western dress

the horrified buildings

huddled on the treet

and felt a cold quaking

CHIEN SHIH

Virgin Tree

you are a virgin tree
burning to be perfect
when spring comes

I lie before you
like a lamb at the altar
offering warm blood to your roots

then we wait and wait
for time's hands
to dress you in summer's flowers
and autumn's fruit

CHING LIEN

Tracks

the back of the earth was swollen
from two lashes of the whip
on two iron tracks
a centipe dewas crawling, crawling·········

the face of the earth wrinkled
with an unbearable itch it couldn't scratch

a centipede was crawling
crawling on the wounded back of the earth
crawling the end end of history

FANG FANG

Time

we hold a deep breath
lest exhaling
should startle autumn
to slip away from tips of our noses
winter is right next door

like a runny nose
sooner or later autumn will drop
yet we hesitate to wipe it away

FU MING

The Naked Back

your body turns over
the dark-brown surface extends
all the way to heaven

the lamp is a beacon
burning to the end of history

my posture drops into a sob

the surface extends infinitely

Handkerchief

returningfrom the battlefield once was your
handkerchief like a flag of truce once was your
handkerchief continually bringing tears once was your
handkerchief now piercing my heart like shrapnel

returning from the battlefield once was youɪ
handkerchief handed down to me like a sentence once was your
handkerchief choking my youuth once was your
handkerchief now burying me in a landslide

your sad white
handkerchief
permanently seals my collapsing
breast

HUAN FU

Walking in the Rain

one spider thread　　straight down
two spider threads　　straight down
three spider threeds　　straight down
a millionspider threads　　straight down

I am in a cage of cobwebs

each spider is thrown on the ground
and turns a somersault in rebellion
soon, a hard struggle has left its traces on my body
scoring my clothes and face

mother, I am so homesick
I wish your soft hands could wipe away
the threads that entangle me ---

Chewing

Once the lower jaw comes in contact with the upper, they part.
This action is leisurely and lessly reated, repeated.
The masticate dfood is between the teeth(this is called chewing).
---He is a skilful chewer. Ee's not only good at chewing,
he has a keen sense of taste.

A new-born mouse not yet fetid with the odor of mice;

or salty worm;
or feed maggots with rotten meat, and then fry them;
or split open the skull of a lively monkey, the brain·········
He's fond of eating these strange things.

One the lower jaw comes in contact with the upper, they part.
- - - Endlessly repeating this graceful motion,
he's fond of eating stinking bean cakes and proud of a keen
sense of taste and his great chewing ability.
Sitting thered evouring a 5000-year history and the best of
tradition.
Sittin gthere devouring all the animls of theworld, and
still greedy.
In recent years,
he is even beginning to devour his own laziness.

LEE KUEI-HSIEN

Memory Occupies the Best Part

memory is a lone smokestack
emitting dark smoke
in the evening

scattering in all directions
wind-free like birds
this empty state of life
existed before words

memory is a moving trap
gathering in the smoke
it once released
like a child running in and out
playing hide-and-seek
then by fall
memory becomes
a cancer in the liver
and eats away at the best part

LIN HENG-TAI

Landscape #1

stalks
        beside
stalks
        beside
stalks
        beside

sunbeam sunbeam stretching the ears
sunbeam sunbeam stretching the necks

Landscape #2

guardian trees
                beyoud
guardian trees
                beyond
guardian trees
                beyond

yet the sea   and the pattern of the waves
yet the sea   and the pattern of the waves

LIN HUAN-CHAN

Beyond Prayer

1

even the doctors were powerless

I didn't know where to put my head
and my eyes which were staring into the distance
and

I thoughtfor a long time after the last shelling
as I lay in the bunker
I was like a disasse mbled machine
carelessly discarded and even missing a few parts
I thought of reassembling my body

but my stupid buddies
always brought back someone else's hands or ears
and I'd get mad and kick them out
like empty cans
those poor soldiers

2

if rifles would only turn into trees
then your mounting corpses
wouldn't be busying me
if trees could give any shade
then you could taks a long sweet nap

or just talk about women

but at night
the sea always tempts us with her breast
as we stand guard
and how we would love to set this time beyond time
and let our lips, lawless shoes,
stamp on our women
to see if they can still love
to see in which season they will typhoon us

3

although the doctors have given up
I still want to reassemble my body
but my stupid buddies
are always joking
and bring back someone else's hands or ears

LO FU

After he Ccup

the motorcycle belongs to that Texan
the dust is mine
the clubs belong to those shouting youths
the blood is mine
the sun belongs to those fasting monks on the curb
the hunger is mine
the rives of Saigon belong to the sky
the nonscratchable nonbiteable nonpainful nonitching
    nonfortunate nonmisfortunate nonbudhist nonzenist
    indifference is mine

Sand-bagged Execution Ground

one by oone the heads fell
next to the sand bags
they psessed their ears to the ground
and listened to someone singing a dirge for himself
on the other side of the earth

a gust of wind ripped off the paper tacked onto the stake
a handsome face
disappeared from the mirror

Ching-Ming Vacation*

we really can'tsay anything
flowers sparkle like tears on April's face
the dandelion on the grassis a boy flying a kite
then clouds lift him away

clouds lift the boy
planes lift bombs
on cannot lose one's temper with boys and bombs
they're something we really can't say anything about
Ching-Ming vacation
everybody's gotten used to such a game
no weeping
only whining

* time of year at which the Chinese worship at their ancestral graves. Rougly corresponds to Easter vacation.

WILLIAM MARR

Road

the intestine
between
two towns

becomes
so comfortably
empty

after

a

movement

Poem

I

staring out
staring out
staring out
bulging eyes in the fish bowl
windows of lonesome apartments

II

flying
ceaseless-
ly
for
a
pair of wings

in the wind
a
tired

bird

PAI CHIU

Drifting

on the evening street the crowd drifted along in a blur
you drifted with it in your dismembered state
words kept grating in your head like files
your heart ruminated the commands of authority
your dragging feet were left behind in the current

when you'd get stranded in the shallows
you'd turn over and stare at the strange sky
"How leisurely those sad birds are flying"

it was dark up ahead
where you hoped the woman wouldbe good-tempered tonight
so she would drag you out and put you back together

Mother

the sun is setting
a young woman stands there
clutching a bundle of roses
against her exposed breasts
"My son, my son
don't cry don't wilt
mama has plenty of milk"
the roses have no mouths
the young woman stands there
"my son, my son"
the white breasts are spotted with red
no mouths but piercing thorns
clutching a bundle of roses
watching them drying dying
"my son, my son"
milk and blood flow in vain

mother is forsaken
the sun is down

SHANG CHING

In the Library

sitting

in the corner

of a room

in the library

holding back

my

until
someone droppad a book
perhaps a history
on the floor

cough

SHIH HUNG

To the Battlefield

I have painfully turned worried teardrops into
lead bullets
raising your gunand aiming at this moment in a remote place
are you prone or kneeling

do you hold the gun as you
held me
why does your aiming
cause such a pain in my chest

pull the trigger
love
even if my pallid face falls
I want you to come back with your gun

Pawnshop

after I pawned my watch
I'd often raise my wrist
to see what time it was

racing racing
to catch the last train
what time is it now?
I couldn't help looking at it once more
as I passed the pawnshop
the clock under the big sign was also
racing
a quartergto eleven

WANG HAO

The Watch

he always thoug ht he was waterproof
the wet watch cried sadly

you told them
when to go to church
when to go to the restaurant
you have a luxurious look
yet you hide in the dark
you timidly peek around
a shiny cufflinkat a party

waterproof or not
it doesn't matter now
after losing everything
the wetwatch cried sadly

WU YING-TAO

Animal

climbed onto the flat roof of a tall building
what now?

did some exercises
but it all seemed a bit strange

he paused and looked around
then saw the far mountains beyond the contiguous roofs
of the noise-blanketed city

he felt a bit dizzy
his sight was a bit blurred
floating………
in a remote place

he cried out loud
affirming his existence
the animal on the flat roof of a tall building

YA HSUEN

Colonel

that was puite another kind of rose born in the flames
they had the largest engagement in the wheat field
and he kissed one of his legs goodbye in 1943

he had heard of history and laughter

what is eternal
cough medicine razor blades last month's rent etc.
under intermittent fire from his wife's sewing machine
he helt that his only captor
was the sun

Snake Dress

my wife is a
woman whose dowry gives her the right to talk a lot.
Her blue waistband, washed and washed
washed and washed, was dried on
an aster.
And then she
kept singing
folk songs.

My wife would like to
dress herself in

all the flowers in the world
and leave none for the other women in the neighborhood!
She also put a spuawking peacock
on her gown, embroidering and embroidering
embroidering and embroidering. Anyhow my wife
thinks sewing is more important than the nationalcomven
tion.

Sinde America and we
(my wife wa thinking)
have the same sun,
are there also lazy husbands there
(that instant I was going to the store to buy a jar
of jam)
who don'tknow how to
sing
folk songs?
In spring,
my wife
is like a heron, crazy about
her little pond, the mirror.
In spring, my wife thinks and thinks
thinks and thinks
why not borrow a dress from a snake?

Afternoon

perhaps we won't be too outstanding after all who knows
daffodil and dogwood still insist on
last year's melody
no need to inquire further
Sappho works at

the bakery across the street
thus it becomes afternoon
unable to be outstanding
we laugh uneasily
by a telephone pole dying
some of yesterday's
unfinished death

(behind the curtain I am thinking of you
thinking of yon ou downtown's granite pavement)

can't imagine a bigger joke
Ulysses is panhandling in the railway station
just pick any danger and give it to God
if it happens that you wake up in the wrong night
and find that truth is
over on the other side of the wound
if the whole cannon is sinking in the sand
(I am thinking of you in silk in agate in tuberose in
folksongs' grey andred)

a hadsome boy in ared jacket
is shooting baskets on the court
the pigeons are building a nest on city hall
the river is flowing in its own course
thus it becomes afternoon
it's safe to say that nothing has happened
each head independently forgets something

(thinking tenderly of the beautiful Hsien-yang)

three quarters past zero hour a drowned man's clothes
float backfrom sea

and carrying her to bed is harder than
the digging of Greece
after the roar of a motorcycle fades
the Epicureans start singing

--- can the teeth in the grave answer these
Monday, Tuesday, Wednesday, all of the days?

YEH TI

Fire and the Sea

I

sand dune connecting sand dune
trenches and short trees surround the bunker
bloodshot eyes stare silently at
the sun that had fallen thousands of times

smoke and shrapnel disappeared
in the feowing sand of time
and fallen trees
vanished into the pervasive darkness of the day
in the wet narrow womb of the bunker
I clutched the present :
a fistful of flowing sand
the weeping sand

I I

the shells were pounding on the shelter
like an enraged woman
inside, darkness had died from shock
and its corpse stiffned
as the world around it trembled
the automatic rifleman laughed,
"this sounds just like
that damned whore's bamboo bed
the other day………"
and time's paralyzed body
fell quietly onto my hair

a rat which had slipped under a steel helmet
was peeking out at the blue sky

YU KWANG-CHUNG

The Double Bed

let the war go on beyond the double bed
lying on your long long slope
listenining to bulelts buzzing like fireflies
streaking over your head and mine
streaking through my mustache and your hair
let revolutions and coups howl around us at least
love s on our side
at least we dawn afe suntile
when I can no longer rely on anything else
I can lie on your buoyant slope
tonight, even in a landslide or sn earthquake
at worst I would only fall into your low low valley
let flags rise and horns blow on the hilltops
at least a six-foot rhythm unites us
at least you belong to me until dawn
still smooth, still soft, still hot enough to burn
a pure and delicate madness
let night and death launch their thousandth attack
from the border of darkness
I only need to slide down the spiral into the heaven below
wrapped up in the swirl of your alluring limbs

譯後語

這本書取「笠」作書名，是因爲這裡面的詩大多在「笠」詩刋上出現過。其中商禽的「在圖書舘裡」，是他在芝加哥時寫在紗紙上給我的。我沒得到他的同意便安了個題目翻譯了收在這裡，而他的較有名的作品如「鴿子」、「火鷄」等，雖也譯了，却被我捨棄。一方面是因爲後者已有多人譯過，而且譯得比我高明多多。另一方面我想藉此表明本書的「非權威」性——它不是什麼中國現代詩選，裡面的詩人不一定都是「名」詩人，作品不一定都是他們的代表作。但這些詩多多少少都帶了點「笠」的精神，一種脚踏實地埋頭苦幹的精神。

沒有白萩提供資料，不會有這本書。（這四十一首詩約爲他建議我翻譯的作品的半數。）我在這裡得特別謝謝他。碧奇卡在聖誕期間好幾個晚上冒着風雪來我住處討論定稿，更使我感激。

非　馬

一九七三年一月三日

於芝加哥

●臺北成部路中國書城巨人書店代售●

香　頌 ●白萩詩集 ●24元	雪　崩 ●杜國清詩集 ●20元
拾　虹 ●拾虹詩集 ●16元	激　流 ●岩上詩集 ●20元
孤獨的位置 ●陳明臺詩集 ●20元	心靈的陽光 ●林泉詩集 ●20元
食品店 ●林宗源詩集 ●20元	陀螺的記憶 ●趣天儀詩集 ●20元
剪　裁 ●古添洪詩集 ●20元	憶念詩集 ●吳瀛濤詩集 ●20元
不眠的眼 ●桓夫詩集 ●12元	島與湖 ●杜國清詩集 ●12元
綠血球 ●詹冰詩集 ●12元	大安溪畔 ●趙天儀詩集 ●12元

●本社郵撥中字21976號陳武雄帳戶●

中華民國內政部登記內版臺誌字第二〇九〇號　中華郵政臺字第二〇〇七號執照登記爲第一類新聞紙

定　價：每 冊 新 臺 幣 十 二 元
日幣一百二十元　港幣二元
菲　幣　二　元　美金四角
全年六期新臺幣六十元
半年三期新臺幣三十元
● 郵政劃撥中字第二一九七六號
陳武雄帳戶（小額郵票通用）

出版者：笠　詩　刊　社
發行人：黃　騰　輝
社　長：陳　秀　喜
社　址：臺北市松江路三六二巷七八弄十一號
（電　話：五五〇〇八三）
資料室：彰化市華陽里南郭路一巷10號
編輯部：台中市民族路三三八號
經理部：臺中縣豐原鎭三村路九十號

笠

LI POETRY MAGAZINE

民國五十三年六月十五日創刊・民國六十二年 八月十五日出版

詩双月刊

56

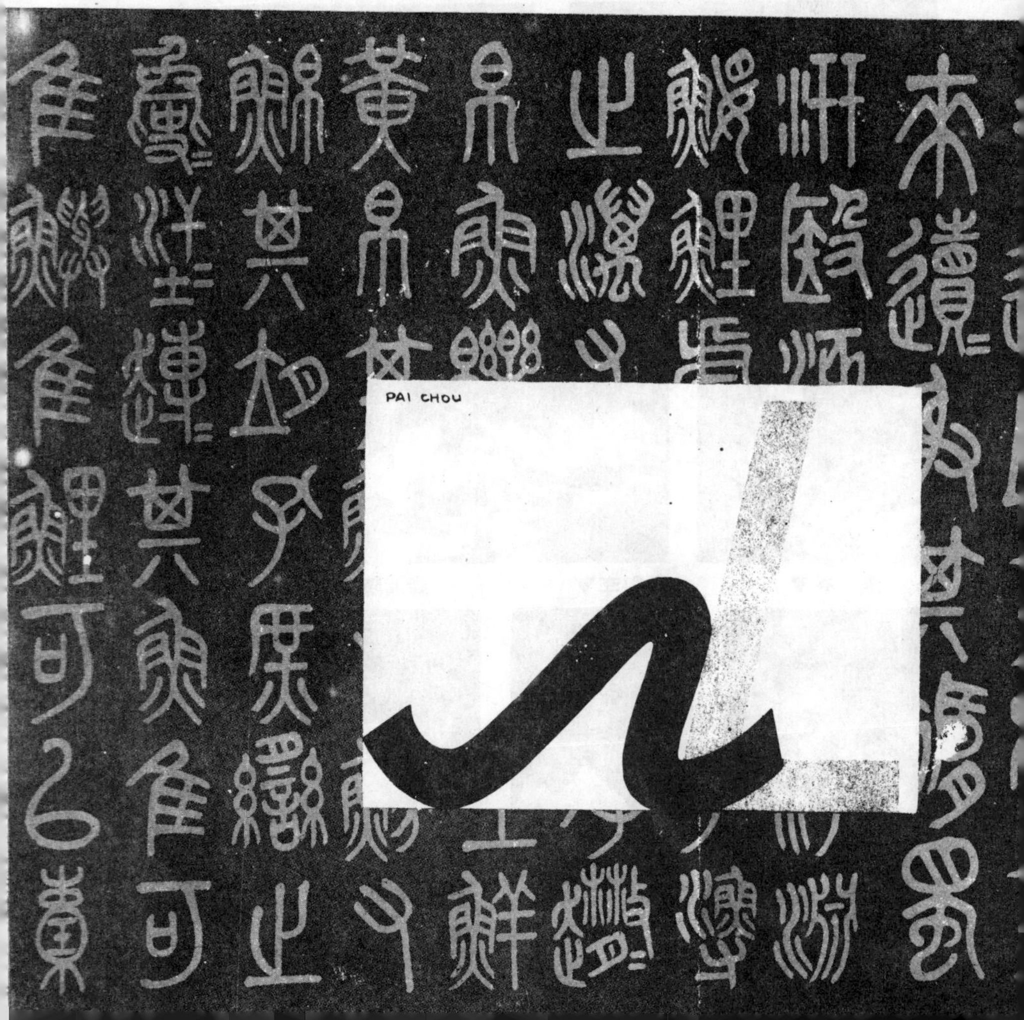

•笠九週年年會盛況•

▼本社與會同仁和來賓合影

▼林亨泰發表意見

▼同仁會一隅

▼衡榕和羅杏

▼傅敏、拾虹・岩上・明台・烱明

▼周伯陽

▼谷 風

▼李魁賢

▼陳鴻森

▼杜芳格

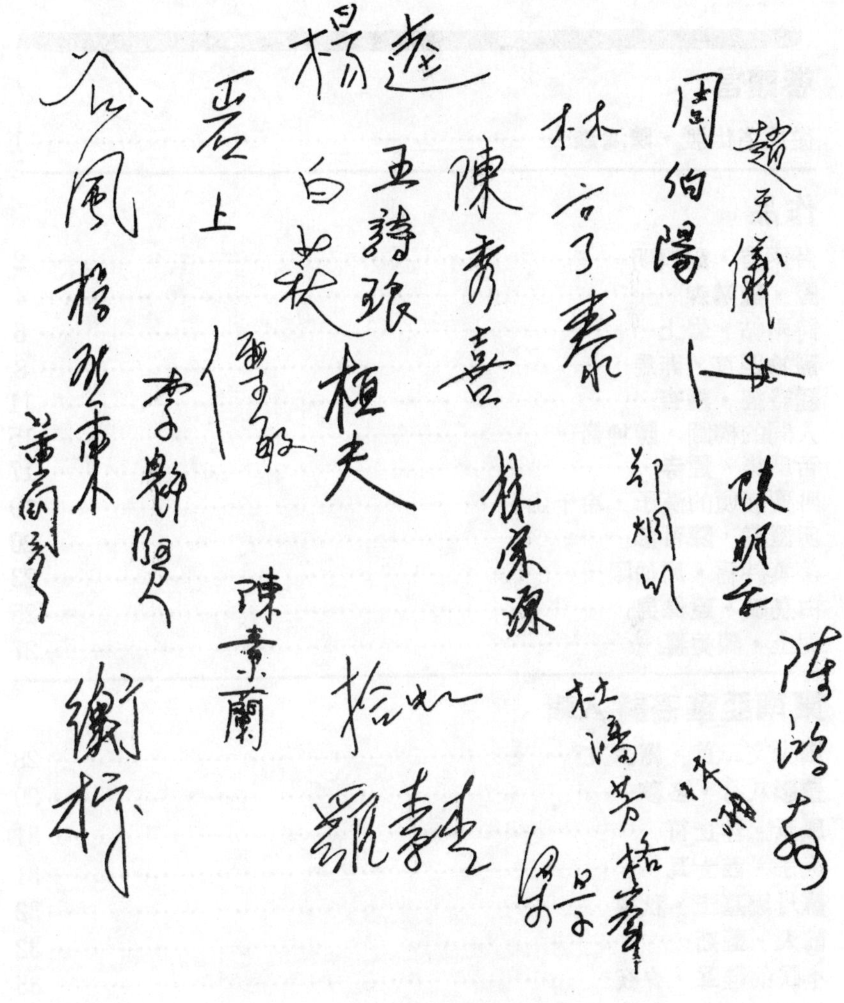

笠第九週年年會參加同仁來賓簽名式念

笠 第56期 目錄

卷頭言

作品

東南亞華裔詩人輯

封面設計：白　萩

○本刊第一系列詩集、詩論集、譯詩集○每冊十二元○餘書無多○

笠叢書

1. 現代詩的基本精神　○林亨泰詩論
2. 風的薔薇　○白　萩詩集
3. 島與湖　○杜國清詩集
4. 力的建築　○林宗源詩集
5. 瞑想詩集　○吳瀛濤詩集
6. 不眠的眼　○桓　夫詩集

7. 綠血球　○詹　冰詩集
8. 大安溪畔　○趙天儀詩集
9. 秋之歌　○蔡淇津詩集
10 日本現代詩選　○陳千武譯詩集
11 美學引論(一)　○趙天儀理論
14 牧雲初集　○林煥彩詩集

18 南港詩抄　○楓　堤詩集
20 生命的註脚　○靜　雲詩集
22 遺忘之歌　○謝秀宗詩集
23 窗內的建築　○林　泉詩集
蛙鳴集　○杜國清詩集
密林詩抄　○桓　夫詩集

卷頭言

從反省出發

陳鴻森

「創世紀詩社」民國五十年年初所執編的「六十年代詩選」，於今年五月間又再版發行；這本詩選集的再版發行，我認爲至少當具有—現代詩已逐漸被接受的事實，以及顯示了時間對於擁有優異可能性的詩人，所作的考驗——這兩種意義。

語言及想像力的新鮮性，是極易接受社會化的侵蝕而改變的。而優異的詩乃產生於能够排斥流行而極力去抵抗詩標準化的次元裡，因此，我們同意優異的詩，並不一定要在當代擁有衆多的讀者這一說法。但如不眞摯地向着詩的眞實去探求，而任意藉時間來掩蔽其淺薄，却不能不說是這個詩壇的悲哀。

時間如未被賦予一種屬於歷史性的記錄和批評，是不具有深刻意義的。

我們可明確地從這本詩選裡，看出活躍於六十年代詩壇裡的這廿六位詩人的作品，在歷經了幾乎一個世代的時間之後，其思考、方法論和語言等，承受時間之挑戰後，究竟剩下多少質感。

記得，在日本詩界，佔有重要位置的西脇順三郞氏，於其七十七歲時，所寫下的「作詩五十年」一文裡，曾提及：「事實上，對於到了七十七歲仍然從事詩的創作，我覺得是醜惡的，可耻的，但那是自我年輕時，直到今天，仍一直繼續的夢………。」

我想西脇氏並非據於過去觀念上所以爲的「詩是青春文學」所引觸的頹喪感，對於並未持有着有如科學那般精密可予以實證的詩學，西脇氏所以有此一想法，無寧說是對於自己的詩行爲的歷史，產生了是否於不自覺裡，想以時間征服詩學上終極的一些困惑底一種誠實性地自我究問吧。

我們勢非勇敢打破對概念盲目的道德感不可。對詩的本質的追求，我們極易於無意識裡，受到習慣性或定型化的觀念的指使，而未克毅然地立於寂寥的地帶做力的衝刺。如此又如何能更逼近於詩的眞實呢？

國內詩界所出現的絕大多數詩作，其表現淪於講究性或虛飾性的墮落，其根源可說即在於過份執於外在的型，亦即缺乏一種個人內在歷史所養成的自省能力。

因此，如欲恢復我們詩壇的莊嚴性，首先必需否定權威的存在。而在詩的世界裡，自許爲權威者，不啻是對自己的詩作的一種嘲弄。那只是以個人意志的暴力，拉攏時間來蒙蔽自己的一種虛榮吧。

相信時間能給予評價的公正，即是相信歷史所產生的正確性，是以我們也相信反省的必要性。

（六二年六月廿二日）

詩兩首

鄭炯明

轉變

長久的等待與對峙
已經使我堅固如牆的意志
開始一片片地腐蝕
剝落

昔日年輕的叛逆
成爲猫一般的馴柔

究竟
這個無結局的遊戲
要再持續多久？

在看不見的敵人的那邊
有我愛的種籽在萌芽

在看不見的敵人的那邊
有我死去的靑春之夢在復活

白色的思念

即使是鐵石心腸的人
也不忍當面告訴他
——你沒有希望了

二個月來
每天早晨，查房的時候
總是問一句
——怎麼樣
　痛不痛
　好點了嗎？

他總是點點頭
然後露出一双雪白的牙齒
微微地笑著

我知道他是在欺騙我
也是在欺騙他自己
而我裝出相信他的樣子

現在他已經昏迷了
望著他瘦削的臉龐
我沒有問候他
當然，再也看不到他
雪白的牙齒了……

魘

陳鴻森

雖然不曾經歷過戰爭
但在我眼前
却常會浮起
許多聲音闃寂了
許多依靠崩潰下來
以及到處漂浮着
集體的年青的死
底幻影

在戰後的荒廢裡
一九五〇年

那些從戰場僥倖地
活着回來的傢伙………
然而生對於他們
只剩下
行走在異鄉
的感覺了

是在戰後的
一九五〇年嗎

那些從戰場僥倖地
活着回來的傢伙………
他們遲滯的眼光照亮着近代史的記錄
他們乾躁的咽喉潤澤着未來的建設
他們無聲的聲音啊
飄散在

略帶腐味的空氣裡
悲哀的臉
已開始從海的那邊
傳染過來

一九五〇年
我被出生了

那些從戰場僥倖地
活着回來的傢伙……
他們在路上蕩着
好像懷疑論者
在找尋着
這個世界最後的美
終於一個又一個地相繼死了

而以前我每次在幻影裡
爲那個倒下的兵士
所描繪的
他的臉形、姿勢
以及他的痛苦
現都已從模糊轉爲清晰
而迭接的
於不覺裡浮現
浮現浮現浮現浮現浮現
是否我不經意描繪下的
正是我那
不眠的前生呢

詩二帖

岩上

無屬性的人

流出我的血
披開我的皮
無論什麼季節
都以同樣的姿態
迎接你
由你蹧蹋
由你挖掘
這是我的生活
也是我的命運

我是鬆軟的土地
沒有國籍
你帶毒的種子
在我的子宮任意地撒播
你醜陋的面目
進入我的體內放肆地糾纏
這是你的快樂
以五十萬個你的縮影
向我射殺

我洗滌傷口
接受你的挑戰
每天每天
我打扮笑容
爲了使這個污穢的世界
看來仍然如此的美麗

陌生的人

沒有名字
在你茫然的眼中
我是一個影子
從身旁擦肩而過
沒有半點聲響
不會發光
孤單地沒入街道的盡頭

偶然
我們碰頭
或者互望一眼
或者視而不見
或者不屑一顧
或者

在同一電影院坐過同一張椅子
在郵局使用過同樣粘度的漿糊
在戶政事務所填寫過同一樣式的表格
在豬肉攤找過同樣腥味的零錢

或者
你就是我而我就是你

或者
我們從來未曾謀面

靜物四首

非馬

靜物

A

懨懨了
一
整個冬
天
的瘦
花瓶
在曖噯
初春
的陽光裡
猛咳
一陣
之後
吐出了
一口猩
紅猩
紅的鮮
玫瑰

靜物 B

肉價飛
漲所以
半隻桔子
幾粒
葡萄
佔據了
整個桌面
還能維持多久
這强自鎭定
當不寗的四週
轟然傳起
造反的
胃鳴

靜物 C

把時間越拌
越濃的老祖父
大時鐘長長的擺
催眠了
老祖父
之後

在正零時
猛對着年青的
胸膛
咚咚咚咚咚咚
敲起戰鼓來

靜物 D

槍眼
與
鳥眼
冷冷地
對覷
久久久久
看誰更
能
保持
現狀

繾綣經

陶

羅杏

遠古砂石自邂逅黏土，憐憫起漂泊的命運之後
把來自先人河邊開口掬水的一幕
陶鑄成鼓腹的身段
說為更夫沽酒行吟千載
過行脚僧夜夜失眠的日子

瓶口引頸以向日葵之姿張望著
為期盼牧童餵飽牛囊來反芻
庭外圓圓的甕底貯存一季的雨水
與廚房瓶罐盛滿的油醬
合奏一夜甕底捉鼈的陶然
次晨敗甕已成戶牖
瓶罐棄市給拾荒人
去玩索橫陳一地別有洞天的破爛

缾罍一場千口懸案
又舀罷醇酒去爭辯
磚兒何厚

瓦兒何薄
而缾罄已爲破陶傾洩大海的日子高歌
一陣甕聲甕氣的狂喜
原也是紅樓上場花月

悲切過狂喜過挺肚張望的辛酸
不信滿腹經論
幾度倦怠躺回了老家
不安地夢溫著昔泥隨龜尾逸泥地的豪遊
代代都學會秋霜的凋零默默離去
却忘了拭去歲月爬滿的脚紋
那份來自遠祖彩陶黑陶的驕傲
正光采起人類漂泊自得的身世

拖着殘骸以嚴肅的倦容
長眠於古董精緻的櫥窗裡

子孫輩且記起
鼓腹的涵養
瓶口張望的微笑
有時不妨也狂躍起甕聲甕氣粗沉的命運

從妾身出發

從黃昏發霉的古字堆裡繚繞而出
妾身倩倩地叠印濃濃幾秋的寒鬱
又墮入剪接騰躍波瀾與死寂古井的古老鏡頭
落花早已隨流水共逝
井水夜夜偏引月色欺哄井闌一朵櫻唇
採郎銀髮一根別於淚光漁散的胸前

爲趕赴最後一場墳地躁滿的舞宴

於是長衫沸沸挺身而起
只一箇鏗鏘古字說穿了急流花浪與池水青苔
一枯枝以春之姿悄悄勸開秋月的愁霧
共搭一程黃澀與淸幽的旅遊
於是
水綠趕春早濯足
花放趕晚春治裝
初夏掛滿情緒的果實也落地
愁野的秋神步履過林間生命的走廊
飄雪趁冬藏狂舞著夜的零亂
於是
一朵朵彩雲縱身靑空飄流
與風流過重巖叠嶂的流水奔競著靑鬢
於是
再拷損一齣天地之心
再拍案一場人間絕唱
於是
吹哨而來採罷鮮花尙未梳洗的晨曦
足破鞋乘瓢隨波而去
於是
展不開眉睫定神於萬里的烈日
手懸空籃於枝頭盛滿野宴的陽光
於是
一襲濃抹晚裝步履姍姍的斜暉
携一群蛺蝶戴花帽的頑童
出入於行脚僧百衲衣袖裡嬉鬧

於是
妾轉身盈步展放容光走向市井

從妾身再出發

聊齋裡幾番親暱過的纖纖玉趾
在星被摘下牛郎織女出走之夜
一脚踢開那扇幽閉已久的木門
截斷裙底默默含斂著幾世紀的朶思和淚光
直對著祠堂迸出聲來狂吠到暈厥

謔浪後薄眼的餘笑抖顫著寒山
敲打神經的鞋跟呵斥著清夜
飯過茶飲且釀造一罎止不住渴的爛言
早出晚歸滿街去拾碎忡忡魅影

車身濺汚了褲管也叫囂一箇疲困的下午
途人輕瞟已足留下繾綣一夜的竊笑
檸檬霜除却了容顏對秋之哀歌的恐懼
靈魂早伴鷄爪啃食去下渾濁的烈酒

床頭欲低吟那段醒不來的哭調
而小丑的白臉却夢不到蓬萊
泥濘夜裡也喊不出熟人來提携
雨後看不見牽牛花緣藤的奔行
天晴聽不着青空冗諾白鷺翔越朱瓦的消息

直覺一口哽咽喉頭的濃啖飛吐不出去

人間的構圖

陳坤崙

猜拳遊戲

設使你要剪刀
你必須伸出兩根手指
像鋒利的剪刀
張口剪破柔弱的布

設使你要石頭
你必須握住拳頭
像石頭那麼堅硬
可以弄斷銳利的剪刀

設使你要布
你必須把你的手心
像布一樣張開
才能包住堅硬的石頭

每人都有三樣武器
剪刀
石頭
布
不知那一種最利害

如果你願嘗嘗
猜拳遊戲的滋味
那麼祇要兩個人
就可以玩

鬥劍遊戲

方法是把你短短的手臂
當做一把長長的劍
把很多小孩分成黑和白
勝的一邊是好人
輸的一邊是壞人

規則是以長長的劍
刺到你的頭顱
或刺到支撐全身的小腿
那麼你就死了

遊戲開始
戰爭一樣
有突擊戰人海戰
把整條巷子塞滿了笑聲
而在遙遠的那邊
也有人持着沉重的槍
沉重的心在玩着
嘀嘀嗒嗒的遊戲

女工

阿花領了薪水
從第一張算到最後一張
再從最後一張算到第一張
一二三四五六七八九
一二三四五六七八九
其中三張要付房租
其中三張要寄給老媽媽
餘下三張還要買密絲佛陀
鞋子迷你裙
阿花早上不再吃飯
穿着紅色迷你裙
像一朶花一樣上班去了
儘管大腸和小腸和胃
開始鬧革命
阿花搖搖頭想了又想
下個月必須設法把革命平息

地獄隧道

愛河經常有一些圓而且長的屍體
那是被分屍成一塊一塊的樹
成群的被綁成一排一排
並且有一艘汽船負責帶路
有一天那些樹的屍體
精靈一樣跑到我的心中
告訴我：愛河是地獄的隧道
一塊木材是一具棺材
裡面隱藏着一個死了的人
他們成群的被護送到地獄工廠
當我行過愛河橋
一定看看河中有沒有
樹的屍體
有沒有人藏在裡面
那一具棺材是誰的呢？

苦瓜集

煙寺

神豬

大猪公成了神猪
老了，兩支在空中揮舞的大牙
刺穿歸夢

島上已飄著祖國的旗幟
烽火熄滅
卻未見戰袍自南洋回來

阿母手提屠刀
欲殺猪公
牠淚雨直下
滴在孩子當年上艦的神態

註：某村有神猪，馳名遠近，據聞飼主乃欲待其子征戰南洋返臺之後，始殺之祭天。臺灣光復後，其子猶下落不明，而飼養十幾年的老猪又病重，不得已屠之，舉家哀痛。此事感人至深，因以誌之。

27路換5路

27路換5路
爲了一碗裹腹的陽春麵而行色匆匆
途經淡水河
眼見霜滿天，只差烏啼
便可觀張繼的「楓橋夜泊」全圖

黃昏歸來，5路換27路
塡一闋如夢令在車上自吟
讓人譁笑
自後唐莊宗的家園出來
「曾宴桃源深洞
一曲舞鸞歌鳳」

夢，夢，如是美夢
轉眼便被到站的公車打碎了
才知千鈞的作文簿未批閱
壓得滿身疲乏
莫怪我今晚提筆一路圈到底

三十之歌

孤瘦的身影
悄然滑入三十
大麯酒也該啓封啦
爲腳步的匆匆乾杯
莫笑「舉杯消愁愁更愁」的舉止
昨日已隨黃花叩泥
引得我滿弓的嗚咽
竟是唱機上的提琴

未曾允諾
年華竟先自流
孔夫子的「三十而立」的重鎚
擊打無邊的幻夢
招來滿鏡雪飛的銀絲

不死的雄心哪
在迢迢的遠方
是那童年馳來的力量
像砧山的泉湧
噴出一株綠竹

在風中裏折腰後又挺立
此去是二月
就快到杜鵑花的羞靨裏了
喏，我的三十
是否佇立在燦爛的小坡上
唱支淡淡的雲天

萬年青

剝的一聲
花盆碎在地上
萬年青也受傷了
養護在新盆子裏
它卻日漸枯萎
是對我那日粗暴的反抗嗎？
所有的葉子都低垂至生命的盡處
僅殘餘一片青青恰如花名
於是觸痛我的記憶：
妻和我口角

水，水
陽光，陽光
我向窗外喚著
妻也幫我喚著

河堤

河堤靜靜地躺著
高出我此刻寂寞的心胸

被圍堵的淺淺的冬天
水向前流去
如我現在流浪的眼神
沒有目標可棲止

竟日仰望河堤
彷彿它是生命的鎖鍊
落在河底的夕陽和
坐過的小草
在我的眼前
也懶得漫步了

冬菊

案頭的冬菊
僅剩下那麼傲慢的一朵
吸盡室外的一切容顏
挺立黃色的秀姿
逼出我眼睛的淒迷

凋年
冬菊是惟一的景色
在香煙嫋嫋的霧中
偶然走出一朵含住明年新希望的小葩
在雨夜裏泅泳
我守候它的綻放

叫賣饅頭的漢子

華燈初上
大嗓門的漢子開始孤獨地叫賣他的鄉愁
他的故鄉在彼岸北方
那小麥構成的國度
此時正值熟黃

他說他來自太行山下
饅頭就是他的
鄉愁 他讓它像小麥一樣
播種 收割
之后將濃濃的鄉愁沿街叫賣

那年，唉！那年

（那漢子喃喃）
母親將熱騰騰的饅頭塞滿旅行袋
她說：路上別餓了

饅頭，熱饅頭啊
漢子扯著嗓子叫
用宏亮的聲音喚出饅頭的豐滿
用漲紅的臉描繪那年
熱騰騰的親情

饅頭，熱的饅頭啊！
那漢子沿街叫賣他的
鄉愁

冷千山

明燈集

陳可参

夜 路

叢樹不穫月浴
夜 降得早了
向渾沌行去的人
可需要送你南針
爲你燃起篝火

在昏濛裏摸索 你能
識清前路握實方向嗎

別跌進捕獸的穽
小心 別絆著石頭
也別讓枝椏的牙爪
劃破你的額角

林中有貓頭鷹咕嚕
有環伺疏落的綠瞳
那裏 那裏不是村莊
更非投宿駐足的處所

無月 復忘了照路的火炬
盲者 失了白色的手杖

秋的夜露已凉透了
返回吧 夜中的行人
當無處尋徑問路
勿忘點燃你熒熒的心燈
趁脚印尚未滲沒

幻 迷

一朶笑逗綻千萬笑靨
人化身無盡
金瓶映滿室金霞

美色與甜言交織成錦
盞盞明燈
閃閃繁星
天際迤邐銀河
誰曾將它數盡觀清
生於燦爛之室　鏡鑲世界
從八方而來光的交投中
影子啊　存在何處
面對萬萬鏡片
那一個映像
屬眞我的容顏

落　葉

樹葉是爲黃而綠　抑爲綠而黃
葉爲花潤澤　或是花爲葉吐芬芳
是女爲男亮柔　是男爲女而鐵壯
能斷定嗎　太極的兩儀
誰擁誰的胸膛
誰枕著誰的臂膀
坐於搖搖的木馬
立於旋轉的球
盪於往復的鞦韆
誰屬靜止　誰眞在下下上上

讓結論不了的不結論
讓環繞著的繼續環繞
祗在心之一瞬
綠葉光采　黃葉亦乎光采

三月的暈眩

受著三月春陽鞭策
生命擠出葉芽
微微睜開猶惺忪的
窺探新的光晃
受著三月春陽誘惑
綻展過濃情的心
輕緩地傾吐　牽拜
承接溫純的愛撫
三月春陽啊三月
待葉已深綠了
乃有初夏悄悄落入
拌和三月的暈眩

髮上的蝴蝶結

吻著薇薇　吻著的
蝴蝶在薇薇流蘇的髮上
雛菊的　蕙心蘭的
薇薇飛上高岡
蝴蝶飄在雲宵

蜜蜜橘的　太陽方醒的閃黃
薇薇奔下山坡
蝴蝶隱入榛莽
翅邊鑲以寶藍
寶藍泛著螢光

薇薇　吻著薇薇的
蝴蝶奏起邀舞之曲
桃蕊的　芙蓉的
薇薇歡躍
蝴蝶伴薇薇歡躍
紫羅蘭的　玫瑰的滴滴紅暈
薇薇旋轉
蝴蝶攀薇薇旋轉
翅間燿燿銀點
銀點綴成霓裳

薇薇在我懷裏
蝴蝶也在
吻著薇薇　吻著
蝴蝶的翅膀

後記：1.這是見幼稚園天眞活潑的孩子，有感而寫，原想表現一點鮮活的情趣，無爲一已離此心情已遠，才寫得這般刻板（無論在文詞和形象）。
2.紅字部份是指蝴蝶翼翅，在此只是一些鑲襯或似爲音樂的和聲而已，是否有此效果難說難說。

葉落詩篇

周伯陽

落葉

從前驕傲地茂盛在枝頭
裝飾楓樹的美麗
你曾經誇耀着
風光是爲你而畫成
天高氣爽
也爲你噴出菊花的芳香

何必離開枝頭
模做着蝴蝶飛舞呢？
把枯黃的病軀
橫臥在路旁而呻吟
給來往的脚鞋
和車輪任意蹂躪
已遍體鱗傷
後悔當初不應該爲金風而舞

滿身都是泥土
幾乎被土沙埋沒
我惋惜那青春魄力
你偏要搖落綺麗底夢
水葬吧！
爲了安慰那破碎的心靈
把你浮在小河
並目送你隨波而冲走

賞月

明月
慢慢地掀開黑雲底面紗
臉孔格外婀娜嬌媚
光度能照明太空的奧秘
小蟲由妳演唱達旦

雖然妳沒有眩耀美麗
但許多審美眼正在欣賞
都在羨慕純潔無假
妳應珍惜這黃金似的每一刻！

月光幻想曲

孤寂的夜晚
月神把巨大底面紗
披滿在童話國的花園裏
那是透明底尼龍——
蟲群奏起吉卜賽的小夜曲
使我幻想花精充滿於花園裏
許多花精像在天堂上輪舞歡樂
並在怒放芳馥迷住了我
我彷佛飄泊在巴比倫
徘徊於空中花園

樹木像古怪的斯芬克斯
吞沒了時間

季節風

來自密佈陰影的海峽
不顧路途底遙遠
掠過那蔚藍色的怒潮
像一隻吼哮不休底猛虎
急促地陸續闖進來
椰子樹長遍着福摩沙——

始終企圖脫離海妖那魔掌
新生是爲了未來着想
而追求夢想中的幸福
卻從海上帶來些—禮物
造成落葉和寒冷的秘密
竟改變那美麗底夢幻
和漫山紅葉新氣象

季節風呀！
你刮走了秋蟲小夜曲合奏
吞歿了星月底光輝
也濫造了褪色的風光
我知不久跟踪而來的——
是灰色的憂鬱

深山之秋

高山敞開寂寞的心扉
野風藏着緬懷的秋味
楓樹上已綴滿了紅色底瑪瑙

在人生的旅途中
尋求眞理和靈感
雖然我使勁地翻山越嶺
眼前仍然是崎嶇的山路
呵！
原來這是人生應有的閱歷

西天已抹上一片絢爛的霞暉
早使小鳥展翅歸來
潤水湧出濃厚的鄉愁

晚秋小河

楓樹染紅着臉
驕傲地和五彩底晚霞媲美
卻被晚秋搖落了那甜夢
流水載着紅葉的嘆息
在小河裏惆悵地嗚咽着

雜草變成枯黃色躺在岸上
還繼續做着那灰色的幻想
河風正在狂嘯怒捲
着急地蹂躪着心影而去
要趕去迎接未來的嘉賓—冬神

白鳥賦

張偉男

失題

曾聽說有些時候是完全沉默的
夜雨不著意間築起一列寒水
自簷楣映過
我無顏色的雙目

好像就是去年
我幻想變成曠空牧星羣的芭蕉
或逍遙掠過野外無聲的白鳥
但成長終歸只是成長
一些我以爲是重要的
竟原來是別人的印象
如同風景轉向偌大的謊言
所以發現夢裡多少有些淒涼
與伊無言的那一句本已吻合：
「此地無櫻花自有櫻花在我心頭。」

我可不必多想
只望伊無言語的惆悵
已明白生於斯的家園
有著非鄉土的親情
而今我挖掘留在泥土裡
那首尚未斷定能否逃出牢獄的歌謠
竟然忘記早已失去的相思了

少年的故事

一天
我走過那大大的竹棚
小女孩經常坐著乘涼的竹棚
風就吹得像一條蛇
把我捲住

小女孩

便風一般
便蛇一般
在我眼前
畫了一個圓

莫明所以地
氣溫已經升高

而花
再不是冷艷的花
而水再不是冰浮的水
但亦說不出
該屬於那一種了

所有景象
立即成爲
緊湊的一幅
無涯涘的
在火焚中的
田園

只因爲那天
我把蘆葦繞成
一塊石巖
放在小女孩的枕邊
只因爲那天
我便從此憂傷起來

獨行者之歌

總該是一場遊戲
無論這是屬於
一種戰爭
一種謊言
抑或是
一次偶然

夜靜
路燈發微黃
這時候
星星月亮霓虹酒精女人
都會無意間閃過
如煙圈浮沒在眼前

就是當街撤一泡尿
聲音仍然只傳回自己的耳朵
連覓路的螞蟻都不理會
酒吧門前的守侍
還要白一眼
這個買不起三杯的寒酸

莫說陽光
算是塵埃鬧聲廢氣
皆躲開了躲開了躲開了

泥土

陳秀喜

泥土暗自欣慰
培養過許多種根
以她看來
草坪是綠玉
佛桑花是心愛的紅寶石
泥土以造福茂盛爲樂
不曾有過杞人之憂

突然　泥土被壓平
被冒煙的柏油倒灌的瞬間
令她感到痛楚的是
草坪和佛桑花的遭遇
激烈地燒灼她的心
並不是柏油的燙傷

東南亞華裔詩人輯

羅少文二首

蓮

對暴哌的江岸而言
雲封霧鎖只是一種等待
一洼暗水，千年冷焰
亭亭中有缺席的諸天
當你合十指
爲一

日落前我將歸來
聆聽午夜獨行的脚步聲
空城舞罷

煩憂將不再是
你眼前一片暗綠凝碧的
蒼苔路
在蓮池之畔，誰知道
一隻巡墓的流螢能負載多少往事的溫馨

長河一雁
而夜夜竟成無上的正覺
當你仰天不語
說孤僻的流星如何淪落而為隕石
雲途之外，夜有千眼
冷冷窺伺你無眠中的獨笑

未到白日盡頭處
我已合十指為一

竚立

而這樣的風景
也都倉皇
地隱去

甚至玫瑰
也不為一瓣浴血的秋陽
而泣

我立在風前等候哩
伸手也是另一種完成

叠影八行

冬 夢

(一)

最后這片憔悴的陽光從我髮梢瀉下在我臉頰企圖和自己的名字悲泣着這季啞春
就陌生地感覺自己是死在不規則的時間浮昇着破碎鄉愁的一朵茫茫無歸期的雲

(二)

清晨過后的長街因許多驚懼不安的天氣提心若我双掌緊握出一個令人吊膽得狂哭的晌午
我就怔忡得讓無神的目光去觸及許多因風折腰的樹更否定這是一宗所謂意外的一頁悲劇

(三)

或者歲月將我額角的皺紋與及手心的掌紋盲目植在一個未曾洗刷得光亮的年代
我就帶着一身如逆流的倦意走入陰影猶之我缺少水晶質的心靈冰冷整個月蝕夜

(四)

我瞳眸貼滿許多遺忘在昨昔叢密的風和醉失的霧發覺渴睡的星子們竟觀望我錯色的死亡
那時有人將我的骨灰惋惜地輕葬在一個光滑的十字架傍且永遠偃臥在一場失形的戰爭裏

風景

休止符

樹。
立着
　鳥叫
風。
吹着
　水流
陽光　一把弓射萬枚箭
綠綠的祖國山河
山山河河
　我
　　走
　　　過

販子

西土瓦

這是一個文明的機構
一副副電腦、沒有表情
一隻隻跳動的手，沒有生機
人呢？沒有人。
他們不說人話
有許多檔案
都在證實感情無效
譬如戰爭
就永遠是一個販子

秋夢

蘇丹娜墓土

沒有一聲嘆息能擊破櫓聲
流浪人
且乘這葉小舟歸去
這兒是蘇丹娜墓園
這兒是古羅馬戰地
每一個季節都以微笑迎迓
荒原裸裎着
且讓你的靈魂去殖民
且讓你的心在這兒泊碇
湖以梨渦以溫柔笑人
海湄的双頰
反映山巒的秀色
誰云海洗不脫歲月的鉛華
如果此刻你不趕忙歸去
流浪人
且看海以千種皺紋迎你
或以一聲潮汐的嘆息
這兒已沒有戰火
也沒有雅典娜女神
風霜已洗去歷史的陳跡
這兒只有一隻夜鶯
伴着小情人的墓土
或以悲嘆調去歌一曲
或述說它前生的一則羅曼史

藍斯

前人

整城市的街的名字喊醒晨令
分割的角音
在沒有門牌的窄巷
在窄巷蹲坐的窗
穿履子走過
的背脊是屋囪上的煙
飛子出陰影圍繞
赫然的
且蒼蒼老態
也許三五年光景
新的遺忘
在一座鋼鐵腹下吐出
被航空信的唇吻遍

夕夜

不眠的鞋聲

每天我戚着臉去看望一双瘦了的鞋聲
囁囁聆聽藍藍藍藍的天色
由背脊躍起的故鄉的幾點零星砲火
把我放逐是一片焚繞自己的雲
遙遠還數讀着母親昂首黯然的髮語

站若那株枯松而傳及
那人曾執持血腥的匕首刺殺自己的春天
並讓一双灰色的眼睛忙在塵烟中憔悴地灑淚
或傳及囚室之向夜
我却檢了許多黝黯來築成自己滿額的急躁

西貢的女孩們總愛把前方男孩的深鬱摺是
迷你的風姿
異鄉夜遂踢响街道癲症的長長
睡在那隻妖眼的夢客且飲盡滿天星夜的神話
神哦。所謂尊嚴乃懸在市場的一種廉價玩具

一聲歔動驚醒自己睡在那座發光的囚室
窺看千百個太陽在黑黯的空間瞬息燃起
而且招來了許多蛾翔狂戀的舞姿
哦。我發現我的歸期是浴血的落日歸屬遙遠
遙遠仍數讀着母親昂首黯然的髮語

註：「夢客」謂「夢裏不知身是客，一晌貪歡」的那人

方鳴

無翼的候鳥

無翼的候鳥
凝視手背的反叛
架一愡的沉寂
古城放逐后
　每一格子是一座墓碑

焚酒后
小樓總依着盛夏的坷坎
恆古的白髮
擊落而被折磨成洪荒棧道

呢喃如歌
原始即爲遠方的一朵微笑

五月的飛逸
驚覺猶鑄成髹漆的雕像
膜拜　朝聖的涉渡
峽谷的悲哀跌向雨季的手勢
酩酊時成煙

藍藍的天

紫一思

遠而藍的天空
一隻鳥因找不到一片雲而哭了
從他眼中穿過
給他千次悲傷的哀叫
如一座沉重的暮色歸依他
抑或他已忠心歸依萬物

他曾哭過跪過
讓所有單薄的風和雲
淡淡地吻過他臥身的地方
和每一葉聽過他歌唱的草

鳥自重洋關山以外
從藍藍的天空飛來
他望着立着如一枝枯竹
後來他發覺自已和影是一根稻稈
穿過心和他的眼睛
他想唱一支歌
無奈他唱不出，永遠唱不出

藍藍的天，天的藍藍

雲飄向何方（雲已不復在）
他從別人狼藉的脚印走過
找尋自已的鞋
脚印從他的內部走來
如一條河伸展他痳痺的膀臂
他已擁抱的
是一個那麼肯定的絕望
天藍藍，沒有門開向他
所有的路與他背道分開
他醒來，再度發覺自已是一座蒲公英

河谷

賴瑞河

一群長征的痲瘋病人
一群無法懷孕的妓女
終於發現你是青草繁生
　雨水富足
　陽光普照
　溪水潺流
無人放牧的羊群的天國

她們伏在你的胸脯上
淋雨治病

鞋子

子凡

常聽父親講述：
孩提時擁有一隻缺手斷脚
或沒有眼珠的玩具狗熊的喜悅
和滿足

父親一輩子就祇做一個
補鞋匠
每天一針一線地縫補
一雙雙因了慾望而犇波穿了的
鞋子

是否生命就像鞋子一樣
補了又得補呢

常常我不敢要求
一些什麼
我怕連僅有的貧窮
也將失去

童謠集・周伯陽

我的洋娃娃

（陳榮盛作曲）

大鸚鵡

㈠

大鸚鵡，叫聲大，
看見狗，開口罵，
鸚鵡罵，狗也罵，
罵來罵去吵醒媽。

㈡

大鸚鵡，眞奇怪，
穿美衣，站高臺，
見了人，說進來，
看我唸書說乖乖。

小金蟬

㈠

小金蟬，小金蟬，整天高興叫，
樹枝高，樹葉多，沒人看得到，
高興唱，眞好聽，響澈了雲霄，
小弟弟，拿竹竿，這邊捉不了，
知了知了知了知了，這邊捉不了。

㈡

小金蟬，小金蟬，終日歡喜叫，
樹枝高，樹葉多，沒人找得到，
高聲唱，歌聲亮，響澈了雲霄，

小弟弟，拿竹竿，到處捉不了，
知了知了知了，到處捉不了。

(三)

小金蟬，小金蟬，整天快樂叫，
注意聽，小心看，終於給找到，
想要捉，叫一聲，知了就飛逃，
小弟弟，拿竹竿，半天捉不了，
知了知了知了，半天捉不了。

我的花園

(一)

我的花園眞熱鬧，夏天一到生微風，
成雙蝴蝶在舞蹈，蜜蜂奏樂嗡嗡嗡，
樹上金蟬愛歌唱，吵醒貪睡金龜蟲，
金龜金龜不要氣，我們一同聽歌聲。

(二)

我的花園眞美麗，夏天一到變天宮，
百鳥爭鳴荷花香，蜻蜓高飛身體輕，
樹上金蟬愛歌唱，一天到晚唱不停，
金蟬金蟬不要唱，我們一同看花叢。

螞蟻和蟋蟀

(一)許多螞蟻在路上，遇到蟋蟀玩，
蟋蟀就問螞蟻說，你我都勇敢，
怎麼只有你螞蟻，獨給人稱讚？
螞蟻說你太自私，打自己同伴，
我們團結打敵人，一起來作戰。

(二)蟋蟀聽了發脾氣，脚踢小螞蟻，
別的螞蟻看見了，趕快跑過去，
合在一起咬蟋蟀，團結爲自己，
蟋蟀雖然强又大，敵不過螞蟻，
一會兒倒在草地上，爬也爬不起。

公園裏的圓池

(一)

星期日遊客多，公園眞熱鬧，
圓池裏有噴泉，水花凉又高，
不停地汽汽汽，水花在舞蹈，
跳過來淋我臉，和我開玩笑，
小弟弟眞高興，大叫凉爽好。

(二)

星期日天氣好，公園眞熱鬧
圓池裏睡蓮多，葉子像船搖，
花兒開眞可愛，浮在水面飄，
紅和白一朵朵，向我微微笑，
小妹妹眞歡喜，大叫睡蓮好。

(三)

星期日復好玩，公園眞熱鬧，
圓池裏睡蓮多，鯉魚也不少，
在水中捉迷藏，游來游去找
一條條跳出來，看我嘻嘻笑，
小弟弟小妹妹，大叫鯉魚好。

金魚

㈠

我家的玻璃缸裏，金魚眞活潑，
游泳比賽擺擺尾，一直繞圓渦，
正在玩着捉迷藏，都在水草躲，
來吃水面的麩呀！快出來搶奪。

㈡

美麗的七彩衣服，滿身亮晶晶，
像從彩虹生出來，七彩顏色明，
那嘴巴忽開忽閉，喃喃唱不停，
動聽的夢鄉之歌，快唱給我聽。

小鴿子

㈠

小鴿子，眞可愛，在天空裏飛，
大鴿子，飛起來，跟牠後面追，
不停地，繞着教堂的尖塔飛，
牠們玩累了，停在塔上任風吹。

㈡

小鴿子，帶朋友，東飛又西飛，
在天上，捉迷藏，藏在彩雲堆，
飛得高，開個熱鬧的遊藝會，
牠們玩累了，回來窩裏等天黑。

小黑羊

㈠

小黑羊跟着媽媽，在山上吃草，
高興地東跑西跑，迷途回不了，
黑母羊等了半天，擔心地去找，
小羊呀！媽媽哭了，趕快回來好，
咩，咩，咩，咩！咩，咩，咩，咩。

㈡

小黑羊跟着媽媽，在草原吃草，
歡喜地東跑西跑，迷途回不了，
黑母羊等了半天，掛念地去找，
小羊呀！媽媽叫了，早些回來好，
咩，咩，咩，咩，咩，咩，咩，咩。

㈢

小黑羊跟着媽媽，在河邊吃草，
快樂地東跑西跑，迷途回不了，
黑母羊等了半天，着急地去找，
小羊呀！沿着河流，快快回來好，
咩，咩，咩，咩！咩，咩，咩，咩。

臺灣新詩的回顧

日據時期新詩二三事

●王詩琅●

一、臺灣新文學運動，嚴格地說起來是由張我軍開始的，同時他也是以語體文寫新詩的創始人，民國十二年前後，他從北平歸來，參加「臺灣民報」的編輯工作，即向「舊殿堂」的舊詩壇開始攻擊，和舊詩人間展開一段時期的論戰。他也寫過不少的新詩，還出版過臺灣最初的白話詩集「亂都之戀」。他顯然是在大陸受過五四運動的影響的。他是於光復後民國四十四年十一月三日死於臺灣合作金庫研究室主任任內。

二、値得記憶的白話詩人有楊華，記得他是屛東等地南部人，早年夭折，臺灣文藝聯盟在臺中成立時全體出席人員還曾爲地起立默禱誌衷。

三、臺灣新文學運動熱烈展開時，現臺南縣佳里一帶有個稱爲「鹽分地帶詩人」的集團，這集團後來曾成立臺灣文藝聯盟佳里支部，主要人物有故吳新榮及郭水潭、徐淸吉、王登山等諸兄，以寫日文新詩爲主體，間也有以中文寫新詩的林精鏐。

四、寫日文新詩的傑出作家有王白淵，他是東京發行的臺灣文學靑年所創辦的「フォルモサ」同人，他的詩集「荆刺之道」在日本出版時，有很高的評價。他於數年前才去世。

五、本省光復後，大概是民國卅五年吧。楊逵兄曾編印過叫爲「文學」的刊物，出了兩三期就夭折了。以後臺灣新生報的副刊，有一段時期對新文學方面很熱鬧，那副刊的名稱，叫做「橋」。

中國新詩史料選輯

康白情詩選

趙天儀編

Ⅰ簡介

康白情——中國新詩運動早期的詩人之一，跟朱自清，俞平伯等約同時出現於詩壇，曾經留學美國加州大學。著有詩集「草兒」，後移名爲「草兒在前集」與「河上集」兩部。其詩作以白描見長，爲初期白話詩的作品。

Ⅱ詩選

送客黃浦

一

送客黃浦，
我們都攀着纜——風吹着我們底衣裳——
站在沒遮欄的船樓邊上。
黑沈沈的夜色
迷離了山光水暈，就星火也難辨白。
誰放浮鐙？——髣髴是一葉輕舟？
卻怎麼不聞橈響？
今夜的黃浦；
明日的九江。
船呀，我知道你不問前途，
儘直奔那逆流的方向！
這中間充滿了別意，
但我們只是初次相見。

二

送客黃浦，
我們都攀着纜——風吹我們底衣裳——
站在沒遮欄的船樓邊上。
看看涼月麗空，
才顯出淡妝的世界。

我想世界上只有光，
只有花，
只有愛！
我們都談着——
談到日本二十年來底戲劇，
也談到『日本底光，底花，底愛』底須磨子。
我們都相互的看着，
只是壽昌有所思，
他不曾看着我，
也不曾看着別的那一個。
這中間充滿了別意，
但我們只是初次相見。

三

送客黃浦，
我們都攀着纜——風吹着我們底衣裳——
站在沒遮攔的船樓邊上。
四圍底人籟都寂了，
只有她纏綿的孤月
儘照着那碧澄澄的風波
碰着船毗里綳壠地響。
我知道人的素心，
水的素心，
月的素心——一樣。
我願水送客行，
月伴我們歸去！
這中間充滿了別意，
但我們只是初次相見。

日觀峯看浴日

東望東海，
鯉魚斑的黑雲裏
橫拖着要白不白的青光一帶。
中縣着一顆明珠兒，
憑空盪漾，
曲折橫斜的來往。
這不要是青島麼？
海上的魚麼？
火車上的燈？汽船上的燈？——還有誰放底玩意兒麼？
升了，升了，
明珠兒也不見了。
山下卻現出了村燈——一點——二點——三點。
夜還只到一半麼？
這分明是冷清清的晨風，
分明是呼呼的吹着，
分明是帶來的幾句雞聲，
日怎麼還不浮出來呢？
要白不白的青光成了藕色了。
成了茄色了。
紅了——赤了——臙脂了。
鯉魚斑的黑雲
都染成了一片片的紫金甲了。
星星都不知道那裏去了；
卻展開了大大的一張碧玉。

遠遠的淡淡的幾顆平峯
料必是那海陸的交界。
記得鐙明處，
倒不是得幾點村鐙，是幾條小河的曲處。
涇津津的小河，
隨意坦着的小河，
蜿蜒的白光——紅光
髣髴是剛遇了幾根蝸牛經過。
山呀，石呀，松呀，
只迷迷濛濛地抹着這莽蒼底密處。

哦，——一個峯邊底兩滴流晶，紅得要燃起來了！
他們都火爝爝地只管洶湧湧。
他們都髣髴等着甚麼似地只粘着不動。
他們待了一會兒沒有甚麼也就隱過去了。
他們再等也怕不再來了。
哦，來了！
這邊浮起來了！
一線——半邊——大半邊。
一個凸凹不定的赤晶盤兒只在一塊靑白靑白的空中亂閃。
四圍髣髴有些甚麼在波動。
扇呀，圓呀，動盪呀，
總沒有片刻底停住；
總活潑潑地應着一個活潑潑的人生；
總把他那些關不住的奇光
瑣瑣碎碎地散在這些山的，石的，松底上面。

雪夜過泰安

凝碧的天裏，
沒有纖毫底雲，
卻最薄最薄地蒙上一層白綠的霧。
越到天邊越綠；
越綠越亮；
越亮越糊塗，越看不清楚。
這分明一個上弦的月呵！
直把星星都稀得才剩幾點了。
更襯出一塊灰樸灰樸的地。
——雪許是剛才下過的。
哦哦！那黑聳聳的一純不是傲徠山麼？
泰山卻在那裏去了？
越到天邊越綠；
越綠越亮；
越亮越糊塗，越看不清楚。
好疏落的柳條兒呵！
好冷艷的溪溝兒呵！
蒼蒼的山色——
蒼蒼的山色剛要給月托出來，
卻又給雪抹去了。
可憐！
——只有我不眠的人能消受這樣的風光。
但他車軌邊一個掃雪底人，
和我一樣地不眠，
卻不知道他能不能有我一樣的消受？

朝氣

窗紙白了。
鏡匣兒亮了。
老頭子也起來了；
小孩子也起來了；
娘兒們也起來了。
好雲霞喲！
好露水喲！

肩的肩鋤頭；
揹的揹背篼；
提的提簍簍——
一顆兒上坡去。
石塊兒也搬開了，
亂草也斬盡了，
所有荒無的都開轉來了。
挖上些窩窩，
種下些麥子。
把把的麥花；
蓬蓬的麥子。
看的也有了；
吃的也有了。

一封沒寫完的信

四五個月沒有家裏底信了，
忽然接到她一封白紙的長信。
我便不忍讀他，
便安頓了一副熱淚去讀他。
字字的青椒，
字字的梅子，
是一封沒寫完的信。

她說：
『七月十三日從九江底來信收到了。

她說：
『你底[illegible]老了。
她又常常生病。
她成日家念他底孫兒；
她成日家把臉洗着她底淚兒。
她好容易盼到你可以回來，
如今你却不回來了！
她說她會看不到你；』
她說：
『你底媽盼白了。
她算着你今年要回來，
她說，你今怕離了北京了；
她說，你今天怕到了漢口了；

她說，你今天怕到了重慶了；
她說，你今天怕要回家了。
她總把甚麼東西都給你留着！
如今卻盼到你底信回來了。』

她說：
『你底大姐衰了；
二姐還好；
弟弟已帶了小孩子了；
三妹底小孩子壞了；
四妹也嫁了一年多；
五妹和六妹多長的這麼高了。
他們都眼巴巴地盼你回來。
他們盼不到你回來，卻倒來勸我不要憂氣！』

她說：
『你不要問我！
你也不要念我！
我病了！
我底病重了！
你幾年來問我；
我總不敢提起我底病！
我只怕你憂氣。
如今——
誰能小別十年呢？
我往回念你，
只想接着你底信；
這回接着你的信，
卻又不像往回念你了。
我病了！
我底病重了！
我就有些好歹我也心甘。
你給我寄底東西，
我也並不望你底東西，
我也不要你給我買藥。
我底病也不愛給你寫得。
…………』

詩與實驗

岩上

I

任何創造發明莫不須要經過嘗試與錯誤的實驗階段，而後才有成果，旣使天才也不例外，詩的創作亦復如是。

雖說一些詩作者自認寫詩時無須經過任何刪改，下筆卽成詩，但這種詩人畢竟少數。而這種現象並不意味着寫詩是一蹴卽成，無須經過種種的錯誤的實驗。只是這種詩人在出詩時，已在思考伏流中做成較準確的調整，他出詩的準確乃由於他過去曾有過錯誤的實驗給與他的教訓。

II

其實任何創作性的作品均由自我毀滅、自我肯定的實驗冶鍊而來。所謂頓悟或發明必須承認過去實驗的錯誤或缺憾才有意義。

因此，所謂下筆成詩，無須斟酌，一方面表示詩人對自已旣成的技巧已臻於隨心應手的地步；另方面也表示詩人對旣成的自滿與缺乏對未知新生地拓荒的勇氣，而自甘墮落於安逸之中，因爲詩常在冒險中獲得驚喜。

III

實驗對於詩人來說雖是創作的激力素，但實驗的意義並非一味地否認過去的成就。實驗的基礎必須建立在原有的成果上，把原有的成果做爲開拓創發的基金，其實驗才不致懸空，卽使過去是一種錯誤也是一面鏡子。

所謂反抗、革命所射發出去的炮彈，我們不僅要觀看中彈的目標，更要考慮其後座力的着點以及自身所能承受的負荷。

IV

對實驗背面的種種考慮雖然重要，但這並不表示對原有的實質僅做部分的修改。實在說

來，實驗最終的目的應該做到全面的改革與異質的化學變化。

實驗的種種顧慮無非乃避免誤入非詩的迷陣。

V

詩的種種不同的蛻變鑄造，最終的目的還是詩的。

就如車輪如果有人異想天開想把它造成三角型的、四角型的均無不可，但它必須具有作為輪子的機能與特性才行，否則不能稱為輪子。

而所謂異質的化學變化，並不能就此抹殺木材造成桌子的價值性。

拋棄原有的表面陳腐的意義，而重新結合起來的創新意義，是所有詩人努力實驗創作的目標，但到達極致並非人人可為的事。

諸如：「橫豎」、「反正」這種由兩個意義相反的字，聯合而成的合義複詞，所產生的全然跳脫原有兩字本來的意義，而達到創新的極致，這種對原有字質的改變可說是語言結構做成化學變化而達到異質創造的典型，但詩要造成這種極致的效果並非易事。

比較起來物理性的操作是一般詩家所慣用的手法。

VI

詩人進入實驗室想別出心裁，閉門造車，固然可喜，但實驗的本身在其創造性的背面同等時也帶有等值甚至過量的毀滅性。

修鍊不成仙，走火入魔，反為妖道，實在不能不謹愼。

過去詩壇部分詩作者把咒語、夢話當作異質的詩來展覽，使得讀者宛若吞食迷魂藥，迷迷糊糊不知所云，就是這種假藉實驗，以實驗家自居，躲在實驗室誤吞仙丹中毒的結果。

奉勸詩作者非具有點鐵成金的魔術，還是少進實驗室為妙；你我不妨先走走工藝室，看看如何把木材造成桌子。

VII

如此說來實驗是造孽囉！不！實驗不但不是壞事，而且是每一位成功的詩人必須面壁修鍊的捷徑。

實驗對詩作者最重要的是考驗與切磋的演練，它是手段，而非目的。但過去部分詩作卻本末倒置，把手段視為目的；把實驗本身的過程活動，視為實驗獲得成果。每一操作，不管有無發現有無成果，就迫不急待地拿出來唬騙世人。

詩作品應該是實驗結果的成品，而非實驗的計劃書或嘗試錯誤中無理性操作的零件。詩人應該發表實驗成功的贈品，而不是報告無成果或可能有成果的實驗過程的活動；詩應該是成品而非廢棄品。

Ⅷ

詩的讀者在欣賞一首詩的時候，大凡並不考慮或同情作者在經營這首詩的苦心如何，而是對欣賞的對象作直接探險的鑑賞。至於說詩人在創作一首詩時，如何練字度句，更動字眼，甚至花費多少年的嘗試錯誤的若心經營…………等等，充其量只當作詩欣賞以外的逸文處理而已。

我們不反對詩壇當有一些不成熟的實驗品，但那些應該是一種鼓勵性的意義。如果那些被稱為「有成就的詩人」經常以發表實驗品而自詡，我們實在懷疑他是否眞正的詩人。

現代詩被廣大的讀者所摒棄應歸咎於種種實驗品充塞市場，霸占了詩的攤位。

對於寫詩並不能得到什麼實際好處的現時，詩作者實在不必急急皇皇地推出那些僅作實驗而無成果且令人生厭的作品，而應該把自己的成品多存放一些時候，看看它是否經得起時間的考驗，但現代作者有幾位具有這種內省的自覺呢！

Ⅸ

嚴格說來，人的一生無非是一段嘗試與錯誤的歷程，誰也不能肯定每一伐步均能踏實站穩，但眞正的詩人在擧手投足之間，應該使之踏實並應對詩具有道德上的責任感，那是詩人應有的誠心與眞摯。換言之，詩所具有的社會機能應該不是一種傷害，更不希望把實驗的自瀆行為誤認創作的目的。

Ⅹ

實驗的過程對任何一個藝術家都非常重要，但過去因藉實驗的美名而造成詩壇的不景氣，令人灰心。

今後希望能看到各詩家匠心獨運，力透紙背的眞正作品，而不是僅作實驗的試用品。因為眞正的詩是有所表現的，有表現才能令人共享，即為共享就應對其作品負有藝術的責任。

那些經年累月躲在實驗室倒翻實驗瓶而無成品的詩作家，應該暫且脫下你的工作服，走出室外曬一點陽光，用你的眞眼看看周遭的一草一木，然後我們說：現代詩的實驗階段應該結束！

（一九七三年七月十三日）

青年詩人論之一

拾虹論

陳鴻森

我以爲現代主義最大的特質，乃是揚棄過去「類型的美」的觀念，重而發見在「惡」之中的美的可能性。也就是在美的造型思考裡，介入了現代性之惡的投影及其抵抗的理性意義，而極力排斥過去的感傷要素。

朵斯托也夫斯基（Dostoevsky）曾預言著「這個世界將由美來拯救」。我想這裡所謂的「美」的實質力量，在存在感喪失的現代性社會，那無寧是隱藏於「暴露」之後的批判底能力吧。

如果說美仍逗留在昔日那般地僅予以感官性的愉悅感，那麼這種美，並無多大價值；無可否認的，在今天能令我們感動的，已越來越少了的事實裡，如非持有高度的精神燃燒，美將會現出多麼蒼白而空虛的內容啊。或者我們可說，美即是給予人間性的希望。

但能够支撑着美的世界的，絕非在於其形色，而是堅固的人間性，這是不能否定的。唯異數的美裡，才有眞正的美的意義。

我們探索美的根源時，首先勢非接觸根本的——我們實存的問題不可。所謂實存，無非是形成我們外部現實和內部眞實的暗中底運動基盤。

超現實主義倡導追求夢與現實的統一的方法論，但

實際上，這種內部和外部的無距離的操作，由於其過份追求內在眞實的呈現，往往因爲缺乏卽物性所給予的安固作用，而常放任地湧現了囈語性的極端私性的表白。超現實主義根本上的缺失，該在於其所追求的現代經驗底全體性之想像，常未能予人可把握的實質這點上。

這是我們不得不警戒的。今天表現在年青世代作品上的對實存的探究，多因能持有生活意識的强烈自覺所給予的均衡，而顯露了新的特質。

持有强烈生活意識的人，並予以意欲性的抵抗，才能眞正的照明內心的眞實來。否則，如僅一昧在封閉性狀態的自我裡去追求，極易陷於絕望的淵籔。

這無疑可就其語言型態來加以考察，拾虹其所操持的語言，我們常可於其中發現某種「敍述性」。然而，這種敍述性，索性說乃是拾虹的異質性與人間性連接的一種方法論。小野十三郎氏所謂的，過於畏懼散文性的思考，便無法產生眞正的詩，其意義我想卽在於此——無法全然的摒棄與人間性的連接吧。

我急忙自我的車廂中跳下來
然而　蹲下去想排泄一點什麼的時候
却嘔吐着
嘔吐著已成爲腐質土的自己

（我的車廂）

「排泄」是意欲的，「嘔吐」却是不自己的，但這二者均指向了一種排斥性的意識。在這首「我的車廂」裡，拾虹把他的社會的空間意識，喻爲行進的車廂，但作爲乘客的他，却被表現在（開窗、想排泄、一節換過一節車廂）的不安和難耐裡，而透露了其內在對社會的違和感。這種違和感，正是現代宿命性的覺醒。

禿　樹

我們只配在暗影裡黯然垂首
在看不見自己的地方
默默回憶早已忘記了的名字

曾經腐蝕過我們祖先的骨頭
那些想了又想而後不敢想的往事
又在腐爛我們發白的心胸
除了讓老在我們額上發亮的燐光
燃盡枯槁般散亂的影子
再也無顏仰臉吶喊花開的意義

我們發紅的眼中流着
黑色的眼淚
我們正聲聲地被抽着
然而我們聽不見
仍然要睜着眼走路
仍然淒然地年青
我們是多麼地不願意

比起他另一首「石頭」裡的「這輩子我認了，但是請不要隨隨便便否定我的存在吧」，這首「禿樹」有更其深刻的心靈造型。

在這傷痛的告白裡，却暴露了現代性生活的黑暗。被失落了生的根據的這株禿樹底悲劇，在於其已喪失了

拮抗現代惡性啃噬的活力。此詩裡的那種對實存問題的觸覺，也顯示了拾虹的某種初發性的人道主義的感情。

船

甲板上
賣力地站起來的
是一支尚未升上旗幟的旗竿
陽光把瘦長的影子拉成
遊絲般的水平線飄流而去
我們開始拖著陸地緩緩移動

什麼樣的國度升上什麼樣的旗幟
拖着陸地
我們移動了數千年
爲了在地圖上尋回失落的名字
酸痛的脊椎骨接連着水平線
逐漸生銹而腐蝕

使盡了力氣呼喊
仍然只有失望地看着陸地漸漸遠去
水平線斷了以後
我們開始在漫漫的黑夜裡
孤獨地航行

拾虹，這首「船」，可說是內涵著極嚴肅的對存在感覺探索的典型作品。「一支尚未升上旗幟的旗竿」的暗喩裡，在此所描述的，乃是失却了「歷史方向」，而孤獨地漂流在與冷酷的時間之海對決的船隻，而這船，一方面也可視爲隱喩人類命運的一實體。另一首傑作「甲板」，也顯示了那種社會性疎外的尖銳的孤獨感覺。

存在意義喪失的結論，好像潛在於現代人的孤獨的心底。生的苦悶以及愛的隔閡，形成了現代人孤獨的內在事實。

人間性的連帶，被切斷而致生的信念發生動搖，這是現代人的精神實況。

究極的說，社會性責任和意義，不能保證生的充實感和價値時，生命即感到不安和無趣。社會性的條件即是斷却人間性連帶的原故。寫到這裡，使我想起曾經讀過的一段石原吉郎氏的論理。

「認知相互的非難和憎惡上的連帶，這就是所謂孤獨的眞正面目，孤獨絕非『單獨』的狀態之謂，孤獨是被包含在難以脫離的連帶裡。如不能毅然站在這種孤獨裡，那麼任何連帶也無法結合，毫無傷害而悅樂的連帶，在這個世界上，是不存在的。」

石原氏這段對孤獨的深刻的體認，指向了「孤獨即是認知相互的非難和憎惡上的連帶」和「任何連帶必有其無可避免的某程度的傷害」這兩個思考。

孤獨唯產生在欲離而無法脫離的連帶底狀態裡。不表脫離，則是無非難和憎惡的「和諧」，而能脫離的，亦無連續性的挑戰所生的孤獨感覺。這種認知了相互的非難和憎惡，所引發的衝突、挑戰及傷害，才使存在的實在性逐而明澈的呈現。

愛裡包含着內在的孤獨感。而愛的張力也正在這種

無盡的連帶上。在一首詩裡，拾虹這樣的探測着：

你的心將變紅或變藍呢
我的心將變紅或變藍呢

（石蕊試液）

這首「石蕊試液」，以化學性的方法來檢視愛的連帶，極富方法論的新鮮性。這裡的石蕊試液，無疑是一種「內省」的暗喻，在這裡展現了親愛的兩個個體的內心動亂和愛情本身的微妙連帶。

能夠忍受現實的扼迫和孤獨的，乃是愛的力量。這也正是拾虹肉體的次元，追求超越的原故。

拾虹

我不是純潔的人
這個世界只有你知道
所以　你也不是純潔的人
不純潔的情感才是
深不可測的愛
才能透過我們裸露的心胸
到達上帝那邊
讓我們激烈地活着
只有你活着
依在妳的胸膛才能聽見
孩子在肚子裡呼喚我的聲音
啊　現在她急促地呼喚我
拾虹
拾虹

我初讀到這首詩的時候，便爲他那異質性的構成底魅力所撞擊着，予我十分深刻的印象。

然而，被包含於這首詩裡的熱愛底形式裡的，無疑是一種橫亙於社會意識和精神意欲性間的龐大的人間性底孤獨感吧。

波特萊爾在其「隱密的日記」裡揭示的「戀愛唯一而最大的樂趣，在於確認其爲惡」，這「惡」在根本上，實包含着「交媾」和「新經驗的接受」——這兩個層次的意義。

一般上所謂惡的，無非指抵觸了倫理的常態者。而善與惡的基礎，原建立於倫理的普遍性上。以倫理的態度來眺望生命，則個人勢必消除異質和絕對不可。按諸此，則一切尚未出現的美，其本質大抵都會被視爲惡性的吧。而在我們內部，定也存在着某種高乎普遍性的質素（所謂創造力卽是），其雖違於常態，但我們却不能否認其新鮮感，確會給人某程度的魅力。

性之被區屬於惡的範疇，大概是據於窄狹的羞恥觀念和因它曾被包含於神秘的次元吧。

「我不是純潔的人」，這裡肯認了惡的實在，同時也含着一種漂洗的作用，這可在後面那俯在女體上傾聽腹內孩子叫喚聲的純情而率直的舉動裡，明顯的察覺到。「你也不是純潔的人」，這裡很有力地藉性，把人格與人格誘導至生存的共同點。第二節裡所表現的——愛的深遠性——却被暗示形成於肉體的實質上。「只有你活着，俯在你的胸膛才能聽見，孩子在肚子裡呼喚我的聲音」，肉體的實在，或多少能挽回人類對尚有的生的

信任，然而在這裡，其精神底流裡對峙的愛與孤獨（包括死的感覺），雖曾被溫和地按配於對未來的生（孩子）的憧憬裡，但「只有活着……才能」的思考世界底層，却漂流着極灼熱的危機感。

危機意識的存在，或者是現代性的愛特有的性格，否則，那只是把和平地在一起的型式，誤委以愛的稱呼吧。愛的喜悅，卽存在於這擺盪的危機意識，在返復進行的中點——那近乎靜止——的那刻裡。此一擺盪，終究唯在死的那瞬，始告停頓的。

那在女體腹內欠伸着的孩子的喚聲，乃是拾虹諦聽棲息於自我內部的覺醒的聲音；爲連接於時間性深處裡的「無」。

拾虹觀念裡的肉體，乍見似乎把自己逼向局促而狹窄的地帶，實則他是企望在無遮攔的肉體上，能更遼濶和自由的洞觸生的VISION。拾虹的肉體造型，無疑是已被其絕對化了的現實的暗喻。

如果妳是一盞微明微滅的燈
請勿掩去低低的羞意
寒夜裡我要再一次
照見自己

（花献）

纏綿了一整夜
疲倦中不知你何時離去
早晨醒來才發現
原來你是牆頭上的
一朵小花

（花）

「花献」裡，我們可發見在拾虹觀念裡的肉體，無非是他藉以把晤自己，以確認存在的場合。「花」裡的肉體的隱喻，則可見到那是他對蹠現實的地方。

在某種意義上而言，能保全美的，也唯有肉體而已。而當肉體在執行此種保全的工作時，便會自然地現出了任何力量也不能剝奪其本質性的光輝。

拾虹所把持的，也正是這種意含精神要素的肉體，而非只一味地沉溺於性愛的享樂和刺激裡。

生命幾乎是以宿命方式被賦予的，性也就是以著靜力學和動力學的型態，時刻隱惹在我們內裡調整著我們整個的意志和活力。

性的價值，並不只在於歡愛，更重要的是透過生殖和延續的意義，而認識存在的法則，以導向個性的成熟和人格的完成。拾虹所執念的性，是嚴肅的，因此，在他的詩作裡，我們可說看不到任何情緒的發洩或不安定性。

肉體無疑是「美」的深淵，且亦是幻滅的起點。

肉體的成長及其消亡是同一性的，或者我們可說，內涵於肉體的豐饒的東西，卽是被條件化了的死。

潛在於我們精神深處的死的暗影和生活受挫感，其歷史性的感情，恒常是幻滅的。按受了肉體的造型美的拾虹底自覺裡，必無可避免這種幻滅的感情。

死蟬

在夏天
天氣熱了
你忍耐不的地叫了起來

聽不清楚住嘈雜的聲音
確實很響亮

現在是如此冷的天氣
你無聲無息地匐伏在地下
雖然你也曾經飛過
一個天空兩個天空三個天空四個天空
五六七八九十個天空
你怎知道現在是什麼樣的天空呢

在死去陰暗的天空裡
你往那個天空飛去
你往那個天空飛去

這首「死蟬」，把幻滅的感情寓於僅擁有短暫的生的蟬底悲劇使命上，但死並非終結，即使喪失了飛翔的能力而匐伏在地下，但這未嘗沒有「你往那個天空飛去」的殘酷的等待和微末的希望，也就是在必然的死裡去尋找新生的可能。另一首

那年留下的凍瘡的痕跡還存在着
那年滴落在雪地上的血跡也一定尚未消失
（雪）

也強烈地顯示了這種從經驗的幻滅性裡掙出的反逆，而去向健全性的信念。此即拾虹在現階段，於詩的世界裡所亟力追求的吧。（六二年五月廿七日）

杜國清先生創作「風箏」「月夜思親」「天上人間」三首詩，原於本刊55期交廠排版，但印刷廠把原稿遺失，現已函請杜國清先生補寄原稿，鐵定下期刊出。

我們時代裡的中國詩（三）

林亨泰

拾

現在，再讓我們來欣賞另一首曾發表在第六期『笠』詩刊（一九六五年四月出版）上錦連的詩作品——「挖掘」。

正當緊要關頭時，他並不期求呼救「上帝」做爲其形而上思考以達到精神頂點時的寄託，却是一心一意地動「尋找着祖先們的影子」這念頭來替代。然而，對他如此關懷「祖先」的這種精神，我們要說不失爲中國血統的本色，並不至於太過份吧。

挖　掘　　　　錦連

許久　許久
在體內的血統裏我們尋找着祖先們的影子
白晝和夜　在我們畢竟是一個夜

對我們　他們的臉孔和體臭竟是如此的陌生
如今
這龜裂的生存底寂寥是我們唯一的實感

站在存在的河邊　我們仍執拗地挖掘着
一如我們的祖先　我們仍執拗地等待着

等待着發紅的角膜上
映出一絲火花的剎那

這麼久？這麼久爲什麼
我們還碰不到火
在燒却的過程中要發出光芒的　那種火

這麼久？　這麼久爲什麼
我們總是碰到水
在流失的過程中將腐爛一切的　那種水

晚秋的黃昏底虛像之前
固執於挖掘的我們的手戰慄着
面對這冷漠而陌生的世界
分裂又分裂的我們底存在是血斑斑的

我們祇有挖掘
我們祇有執拗地挖掘
一如我們的祖先　不許流淚

他一再地在不同的兩段（卽第三段與最末段）中，反復强調着「一如我們的祖先」這一句話，因此，我們不難從這樣的口吻中窺探出：作者是存有激烈以祖先的榜樣爲榜樣之意念的。與西方人動輒大喊着「上帝啊！上帝」的情形作一比較，無可否認，這確是一種極其特殊而且具有濃厚的中國血統本色的表現！

拾壹

作者試圖從「執拗地挖掘」中去領會「存在」之意義是顯而易見的。詩中的所謂「挖掘」，那祇不過是爲了表現捕捉「詩意」乃至建構「意象」的一項努力，並不實際意指對現實世界中的任何日常動作——諸如「挖土」「掘井

」之類——而說的一種敍述。

誠然，被展現在詩中的這一片空間無異是由「形而上思考」所開拓出來的，因此，我們至此又不得不指出：在基本的精神結構上這種詩與一般所謂「抒情詩」則大相逈異了。這種「形而上詩」通常是吸取了現實經驗中的「實感」之後，回歸於觀念思考中的「存在」這原點，然後再起爐灶而成的，因此，這種詩也有如此地直接以「分析」與「抽象」作爲詩素材之可能的。

拾貳

「抒情詩」是動人的，何不多寫一點這類的詩？但，就今日充滿着噪音與汚染的這樣環境而言，老實說，我們早已失去了本來能寫好「抒情詩」的那些條件。如果發問，我們該寫些什麼樣的詩呢？那麼來吧，此時寫些「形而上詩」也蠻不錯的。或者對刹那的，瑣碎的那種所謂「感覺的詩」感到厭倦時，或者不以那種老是在被拘限於現實斷面打滾的所謂「即物的詩」爲滿足時，我們無妨掉過頭來寫些「形而上詩」也別具有一番趣味的。

二十年來，雖然步履蹣跚，但終究，我們這個詩壇也慢慢地出現了這類詩。據我所知，一九五六年十一月出版的黃荷生詩集『觸覺生活』中除了少類幾篇外的全部詩作品，以及一九六八年七月出版的敻虹詩集『金蛹』，其中被收在「白鳥是初」輯（自第四十六頁至第八十四頁）裏幾乎所有的詩作品與被收在「水紋」（自第八十八頁至第一百零八頁）「若夢」（自第一百十二頁至第一百三十三頁）等這兩輯裏有不少的詩作品，都是屬於這類詩。此外，還有我自己曾於一九五九年間所寫的一首拙作「二倍距離」也屬於同一類詩。這類詩至目前爲止雖然數目還不算太多，但，相信只要有人把這類詩的特質加以闡述說明了，必會出現更多的這一類作品吧。

拾叁

一般而言，大多數詩人對詩所抱的關心是屬於「情緒的」。詩是隨着情感的起伏而波動，甚至隨着它的浪濤而逐流，因此詩是情感的潮退去之後所遺留下來的貝殼。詩人的情感是多彩的，遺下的貝殼也是多姿的，因此這貝殼也就有足够魅力可以討到小孩子們乃至以研究貝殼爲業的學者們所喜歡的。然而所謂「抒情詩」古往今來不愁無人賞識也是基於同樣道理吧。

但，錦連在「挖掘」這首詩中所表示的關心，却是「理念的」。「站在存在的河邊」——這一個不尋常而非現實的立脚點，已明白地道出了這首詩所處的眞正位置。現在，讓我們也與作者一起浸在形而上思考的瞑思裏這個位置來瞭解這首詩吧。讓我們靜靜地思索一下作者在「分析」與「抽象」的過程中，他所依據的形而上思考要素到底是些什麼？而究竟具有那些特質？

「挖掘」這首詩總共分成七段，「尋找着祖先們的影子」（第一段）這事必須深入到根源去的，因此，「站在存在的河邊」乃至「執拗地挖掘」（第三段）是無可避免甚至不可或缺的，但可悲的是：每次「挖掘」所得到的總是落空，總是再一次的失望。同時，由於作者又把「我們」與「他們」對峙處理（第二段），於是「矛盾」就來了——「他們的臉孔和體臭竟是如此的陌生」（第二段），於是「悲劇」產生了——「分裂又分裂的我們底存在是血斑斑的」（第六段），但，除了「挖掘「之外難道再沒有其他更好的法子？就是因爲沒有，所以這首詩不得不作這樣的結尾說：「我們只有挖掘／我們只有執拗地挖掘／一如我們的祖先，不許流淚」（第七段）。誠然，這是爲拟無頭緒而不易達成的目標所作的堅定而固執的一項努力吧！

其中，夾在中間的第四與第五是比較特殊的兩段，因爲作者在此兩段詩中竟把「火」與「水」這兩個形而上要素當作彼此相剋的對象使用，如此表現眞容易叫人想起中國陰陽家思想中的那種所謂「五行」（卽金、木、水、火、土）來的。從這些「要素」可依稀窺見出樸素的中國觀念，但，却埋沒在一大片具有濃厚現代感受的詩句中，於是，這種中國意味就被沖淡了許多，甚至悄然隱遁毫不露痕跡。因此，作者藏有本土觀念的這些感受也就很容易被看成「這是美國人的感情，而不是中國的」了（見第六期『笠』詩刊第四十七頁中部地區「作品合評」）。

田村隆一

日記抄 一九六七年三月～四月

陳千武譯

三月二十六日（日）晴。

看完從友人借來的「青汁的効用」一書後，今天開始喝青汁。聽說像甘藍王叫做「柯路」的菜最好。但種子還沒到手，於是用小松菜開始。要絞出一合的青汁，需相當多的數量喲！捏着鼻子一次把它喝下去。有青氣味很濃，但非常爽快。午后三時，在都立大學唸大學院的月地君，和今春畢業將任藤澤中學教師的東小姐來玩。說五月就要結婚，兩個都是在都立大學參加我的講習的高材生。隔壁的窮畫家裡也來了一對四月就要結婚的年輕人。於是大家一起走到栗原部落的內部去，那是在大山麓的幽靜的部落，水很清。採了芹菜、山蒜、款冬等做晚餐的酒菜。

三月二十九日（水）晴。

隔三個月才理髮。三十歲左右的老板和其母親二人剛開的理髮店。曾做過美軍司令部的理髮師二年，實不愧為King將軍指定的技術，在這鄉村做理髮師眞令人可惜的技術。彌生書房預定刊行的T、S、艾略特詩集已編輯完竣，為了寫「解說」，再看艾略特詩的許多資料，他是最二十世紀性的人物；他的教養、他的感受性、他的理論和實作。

三月三十一日（金）晴。

風相當大，到隣鎭秦野去找書，全落空。登上弘法山，沿着山嶺走到鶴卷溫泉。山中的櫻花處處開着。標高二百米。今天的天氣很稀奇，眞能看到江之島和三浦半島。富士在雲中。吃筆頭菜和芹菜和蛋卷。這三天dry。

四月一日（土）晴。

今天是喝青汁（一天喝二合）的第七天，已經把院子裡片隅的小松葉喝光了（按普通吃法需一個月以上）。不得不改喝蕪菁和佛座。野草的澀液確實很濃。書中寫着菠菜和艾不要喝。晚上，今春畢業於都立大學的日向君和新井君來玩。日向君將任平塚的神田中學教師。三個人一起喝安價的威士忌。聽唱片，依例從軍歌開始，經過觀世謠曲，到貝多芬第九交響樂而結束。

四月三日（月）晴，風大。

櫻花全開。或許因空氣清，花的顏色也清朗。房主做了草餅，是從堤上採來的艾做的，非常香甜。晚上吃鳥肉，萊頭干片，味噌湯。

四月四日（火）雨，風大

為森永牛乳的PR誌寫「牛」的詩。是昭森社森谷先生的介紹，聽說稿費有二萬圓，很大的救助。題為"more"係牛的叫聲也。下午到伊勢原郵局去，（從家裡走

去恰好有五千步，來回一共是一萬步哩）。把「牛」詩和爲「世界文學」寫的論文校對稿一起用限時寄出去。青汁第十日。

四月五日（水）晴。

下午三點，窮畫家的友人，常繪肖像畫的小林千枝小姐來訪，她繪我底臉。希望開秋季個展。所以勸她去繪栗津則雄（譯者註：係詩人）。因爲「他的臉才眞正像人的臉」。晚上喝日本酒五合。

四月六日（木）晴，夕幕時分開始有風。

很想看書到原木去。但那條街印象不好，改道去小田原附近的新松田，有二、三種喜歡買的書，一看都是認識的出版社出版的。決定下次去東京向他們索取。晚上給S君打電話，奇異的奧泊桑出來很生氣地說「S先生已經不住在這裡」。S君，好像在夜晚逃跑了。給S君的友人A君打電話，A君說「S君逃亡到東京郊外去了，而且特別交代絕對不要把新地址告訴田村。理由是田村很饒舌，馬上會被債權者找到。」我只是付之一笑，事實，我曾向他借過錢呢。

四月七日（金）晴。

黃昏時，「文藝」雜誌的清水君來訪。商洽十日座談會的事。依照企劃，他要我代表讀者向西脇順三郎、金子光晴、吉田一穗三賢人問話。他說，如不好好企劃，座談會很容易變成孤高的火的詩人吉田一穗師的獨演會呢。因此協議了應付的方法。談完，即以帝國陸海軍的軍歌集做酒肴喝酒。使人吃驚的是廿九歲的清水君竟流淚了。聽說他的父親是陸軍中佐呢。

四月八日（土）晴。

春花盛開。大口喝了青汁。以這行動抑壓了想喝酒的慾念。看西脇順三郎先生的詩集『禮記』。「達修洛又抱着琴來了」，這一句是做效李白的「明朝有意抱琴來」一句的。

四月十日（月）細雨後陰。

下午四點開始在四谷的福田家開「文藝」座談會。土的詩人西脇順三郎，水的詩人金子光晴，火的詩人吉田一穗和我。恰好有父與子的年齡之差。假如以十九世紀出生的這三位先生爲父親的話，首先我們的「荒地」是被戰爭而昏了頭的長子，次子是中學時代僅吃過甘藷而長大的大岡信或飯島耕一，最年輕的是英俊的天澤退二郎他們吧。長女是茨木のり子，次女富岡多惠子。有沒有驚人的私生子？（死兒是吉岡實）。而當做三先生的孫女世代的是現在的初，高中的學生吧。再過十年，現代詩也有這三位先生的孫子輩詩人出現吧。各位，好好地把父親殺死呀。會後跟「文藝」的杉山，清水兩君去新宿。「narushisu」「梨花」已有一個月沒來過。坐最後一班電車回伊勢原。酒量升高了。

四月十一日（火）細雨。

梨花盛開。金君幫忙房主整理園地打落了柿樹枝梢，因此摘了柿樹的新芽裝滿於洋鐵水桶，做成青汁喝了二合，味道最高。據「青汁」書所寫，曾有醫師用柿樹的新芽醫好了眼底出血，可以證明那是維他命C的寶庫。下午三時走到車站附近的「光鶴園」去散步。除了配有怪異的女人彫刻像感覺缺點之外，池的印象很好。傍邊有燒陶器的窰。跟窰的主人吃了大福餅喝了茶。晚上喝柿樹新芽的湯。

四月十二日（水）稍蔭。

早飯後，感到不舒服便上床睡，下午三點激烈的嘔

吐，把柿樹新芽的青汁和未消化的早飯全部都吐出來。到房主開的中村醫院去打針。晚上發燒，七度八分。腰痛得很利害，感覺腸被固定着不動了。用電話請中村醫師來診。打克洛黴素針。全無食慾，醫師說有盲腸的嫌疑，如果到明早容態不轉好，就必需要住院。累得睡熟了。四月十三日（木）蔭、夜細雨。

近中午，寫詩的松村妙女士來訪，她是青森黑石出身，品格非常高雅的婦人。聽說她的先生是前衛的畫家。吃了松村女士帶來的餅干，忽然感到要去厠所，一踏進厠所，卽放出有如瀑布的水便，隨之舒服起來。腸開始蠕動的樣子，忽又感到餓。勸松村女士看「北村太郎詩集」。應該要先看好的作品。中村醫師來診。燒退了，他微笑着回去。看「青汁」書，寫着這是喝青汁初期必會發生的副作用呢。晚餐燒鳥、海菜和梅干的粥，非常好吃。

四月十五日（土）稍蔭。

相當冷，因而白天就蹲在火爐。下午四點，當中學教師不久的日向君，和今年進入都立大學大學院的山之內君來玩。日向君帶栒杞來種在院子。山之內君是伊勢原的小鳥店的長子，英文有希望的人。我搬到這個鄉鎮來才偶然認識的。去年，山之內君給我的長尾雛鳥也長大了，而能說自己的名字。那是有强烈嗜好的鳥，好像特別喜歡青年和小孩。也記着山之內君，看到他就展開翅膀表示歡迎的樣子。聽到電視有長笛的演奏，就安靜地聽着，並有時忽然唱起那個音調的一節，智能指數似乎有四、五歲小孩的程度。因爲是病後，我只喝了少量的威士忌。日向君却由于今天頭一次領到月薪，非常高興，獨自把威士忌喝個不停。

四月十七日（月）晴。

「文藝」的座談會紀錄要我寫前記，寫完十張。蛙鳴相當熱鬧。

四月十八日（火）細雨、深夜風雨激烈。

白天將『前記』送給河出書房。中飯時和主辦的清水先生喝啤酒。之後去築摩書房、昭森社、集英社。在「拉特利奧」和審美社的韮澤君喝啤酒，之後去思潮社，回家七點。

四月二十一日（金）晴，稍有風。

中學三年級的女孩子二人，來學英語。晚上寫艾略特詩集的解說十六張。

四月二十二日（土）晴，藤花開了。

下午四時，彌生書房的齊藤先生爲了提取「解說」順便來玩。恰好今天是三宮比比多神社的春季祭典，邀齊藤先生一起去。住在附近村裡的農人們，穿着整齊的服裝，坐自用汽車，陸續湧上來。載着人身一樣大的人像花車有三部，大鼓的聲音非常熱鬧。韻律很快，令人想到拉丁音樂的大鼓感覺。又像戰前東京的「廟會」那樣排着很多的商販。吃了炒麵和油炸蝦。黑醋很甜失去了戰前的味覺。還有，過份講究衛生這一點也令人討厭。用膠脂製的器具裝炒麵和戰前把炒麵放在報紙比較，事實黑醋和報紙印墨的味道混雜在炒麵裡，才有廟會炒麵的眞實味道呢。回想我們幼年時代的粗强眞好呀。現在上幼稚園也要用巴士送來送去，多麼沒有人存在的意義呀。打破衛生思想吧。晚上和齊藤先生喝一升日本酒，連酒都變甜了。才開始喝青汁。

渡邊武信

大岡信論

——從感覺的至福到哀痛的覺醒——

陳千武譯

1

沒有目標的過剩的夢，從一個愛刼走了夢。

以這一行開始的詩集《記憶與現在》，是一種從感受性到開花之間，充滿嬌艷、混沌、彷徨的記錄。因而會看到處女詩集的一切美點和弱點，而感到魅惑。一般認爲詩人，都把以後要展開的詩的主題，以萌芽的形式含蓄在處女詩集裡。但這種場合所不能忽略的是：那些萌芽畢竟是從以後各層次的展開而歸納性地被發現，才有其理論的。

歸納性被發現的關係，以當時未曾被意識過的意義上，對於處女詩集來說，頗有負荷過重之感。但就任何詩人也無法把自己的主題完全展開，這一點意義上來說，又似乎過於貶值它吧。可是，在上述假設的限定下，我却仍能在《記憶與現在》的混沌裡，發現大岡信此後的作品系列，有各種形式的萌芽。而像在處女詩集暗地裡預告的以後詩集一樣，那開頭的一行，似乎向處女詩集裡所記錄的彷徨，其步伐的展開大大地投擲預感的繩子。

從愛刼走的夢是甚麼？以〈青春〉做爲線索，領會這首詩的背後，詩人在青春期的某種體驗，也許有某一部份是正確的吧。目前一本詩集的開始，最重要的是，無論感受任何事情得到融洽，最初也都有由於過剩而來的喪失感情。那也許就是大岡信所表現的〈起初就未持有值得喪失的優異感情，而出發的我們這一年代的……，一種抽象性的喪失感〉（負的藝術(一)），那種感情最初的自覺了吧。詩開頭的一行，如下繼續着：

在傲慢的心一個角落，有個象少女額上的傷口那樣的裂縫。正如被遺棄在突入海中堰堤的金槍魚的脖子噴出的鮮血那麼，神志不淸却記憶又新的悲哀，從那兒噴出來。

這首詩裡的〈裂縫〉是甚麼。還有那種〈抽象性的

喪失感＞是甚麼？對於這些疑問的回答，我要暫且迂迴，先論＜記憶與現在＞的魅惑，再進入我所稱的「預感的繩子」，而逐漸接近答案吧。

2

在＜記憶與現在＞所持有的多樣性魅惑裡，首先會抓住讀者的是每一首作品所包藏的運動感。例如下面二聯詩句，即有其典型性的感受。

萌出在我們臂上的新芽
在我們視野的中心
濺上飛沫而旋轉的金色太陽
我們 是湖是樹木
是草坪上從樹縫洩漏的陽光
有樹縫洩漏的陽光跳舞的妳髮上的摺疊
我們

（「爲了春天」）

在此，從視像到視像的轉動，跟連二接三地現出的詩句的呼吸成一體化，幾乎造成了官能性的視覺性運動感覺。一個接一個提示出來的視像，絕不會事先被嵌入在有所預定的出發的構圖裡。語言們一瞬又一瞬喚起視像，便消逝於水流去。使讀者不能只看一風景固定自己的視點，莫如被水流抓住了自己的視線，像移動攝影的鏡頭，持着逐漸追遡視線那樣的感覺。連運動都令人感到官能性，是因爲這首詩屬於戰後戀愛詩的傑作，呼喚「妳」並非指呼喚情人那種主題形成的，却是讀者被語言抓住，有一起轉動的感覺造成的。如下面的詩句，即表示詩作者本身的思考，也據於視覺和運動的一體化而作用的吧。

我的眼睛變成獵狗追尋
在地面上 在風景上 在你我之間

（「像地下水」）

我在此一直使用＜視像＞這一語言，而不說＜image＞。這是因爲要考慮，在極常識性的次元裡，說依據詩語言的image，也不僅是視覺性的。於是其所持有的運動也不僅是視覺性的而已。這一點，當然這首詩的語言，也喚起那種超越視覺的image；而這些視覺性的語音較重，是大家一看就會瞭解的。因此給我們感覺的運動，首先，好像是視覺性映像的運動。這樣由視覺上image巧妙連合的運動感，在≪記憶與現在≫裡，到處可以看到。再舉一例吧：

像在正午的井底閃爍的星星
或反射陽光的葉海那樣
生在深奧浮在表面活在擴展裡

（「詩人的死」）

＜正午＞＜水井＞＜底邊＞，這樣從光亮處急速地下降到黑暗的視線，由於＜閃亮的星星＞在裡面才發現鮮明的光，並據於＜星星＞這一語言，抓住上昇機會的視線，在次行＜陽光＞又回到明亮天空的高處，以＜反

射的葉＞彈回地上，且用＜葉海＞一口氣被解放而擴散。而這種急速的運動在第三行＜生在深處、浮在表面、活在擴展裡＞又緩慢地被再現，移進次聯去。這一切，並與詩句的節奏合成一體，產生相乘性的效果，這會很明顯地感受到吧。在此，有幾乎成爲歌的視線。在這三行詩的語言本身的外部，並無持有任何象徵性對應物。只有那些擬視覺性運動，喚起我們的心，廣大的感受，可謂向世界具活氣肯定的感情，像晃眼的語言表層那樣存在着。而這樣被喚起的感情，才跟在此歌唱的詩人相稱的形式，提示了主題。

不用說，＜詩人的死＞是獻給艾呂雅的詩。要從覆蓋着＜記憶與現在＞的表層，很多視覺性的image和其運動裡，看出艾呂雅的影響，並不很困難吧。然而，在較那種詩句的表層更深的地方，所謂寫詩的意識以前的地方，大岡信在其優異的＜艾呂雅論＞（刊載於「詩人的設計圖」）裡，持有某種共感而引用的＜我變成看的能力純粹的奴隸＞，那些艾呂雅的詩句，或波爾、克黎所說的＜藝術不是提示看得見的東西，莫如要使其看得見＞，近於這種語言所代表的思考方法，似乎支配着詩人。而這樣偏重視覺，或許，跟大岡信規定自己的年代而講的＜抽象性喪失感＞，並非無緣。屬於同一世代的飯島耕一的代表作，有一個標題，倒很巧妙地代表着這種想法。就是＜看看「見不得」的東西＞……。

3

收輯大岡信的詩作品，最初給人閱目的是，尤利卡版戰後詩人全集第一卷。那是「記憶與現在」詩集刊行的二年前，一九五四那年。這一詩全集除了大岡信之外，尚收錄當時進入五十年代開始活躍的飯島耕一、谷川俊太郎、清岡卓行等新人們的作品，令人感到他們有一新集團的印象。雖不能忽視由於時代性視野的制約，而應該收錄些未被收錄的同世代詩人們＜堀川正美、入澤康夫、岩田宏等＞的重要性，但這本全集所完成的任務，要說爲了對那些每個詩人的評價，寧可說，向在「荒地」＋「列島」所占據的戰後詩視野裡，推出跟那些完全異質的新詩人們，這一點吧。戰後詩是有了這種對立者之後，才獲得我們今天在現代詩的空間所感覺的立體性擴張。而＜記憶與現在＞刊行後二年，年刊形式的荒地詩集，終於留下一九五八年最後一版便休刊了。荒地集團的主要詩人們，遂進入數年間的沉默。次年大岡信、飯島耕一、吉岡實、清岡卓行、岩田宏等人，才創辦了『鰐』。

如上現象性記述，不想多贅。只因「記憶與現在」，在戰後詩人全集的刊行和荒地詩集的休刊，前後各有二年的間隔，被挾在中間一九五六年出現，似乎非屬單純的現象，而象徵着當時過渡期的情況。

五〇年代的新詩人們，異於先行的荒地派，並不是堅强的自覺性集團，莫如以多樣的個性出現。無論如何，他們和先行的詩的世代，有其區分的特徵，很顯明地映入了讀者的眼光。

把「記憶與現在」，放在其登場的時代背景裡來觀察，探出其魅惑的根源，並非徒勞無益的吧。

比較荒地集團的詩人們，經過戰爭，面對戰爭的現實完成了其思想形成；五〇年代的詩人們，却在含有感

性，逐漸形成自己思想的途中寫詩。畢竟，對已經看過一切的前者的詩，後者却仍有很多的未知。一切都很新鮮，而一心一意在感受那些的時候，會產生下面那樣坦率感官的肯定，是能令人瞭解的。

活着　那有甚麼奇異？
我的早晨被包裹在人家的早晨
十隻手指　要認清我的世界
兩個眼睛　成為我的窗

（「夢似獸的脚步悄悄地敲我們的屋頂」）

可以想到，已經指摘的image的視覺性，是以向這樣感官的肯定的特殊化而產生的吧。不過，對於從世界只接受感覺論據的豐滿性的詩人來說，視覺是諸感覺的王者，代表着其他所有的感覺。在此並無現出跟像以後成為問題那樣的對象，有其距離的意識。而支撐着image的運動，也許就是通過詩人的思想，如此向世界被開放了的感覺器官正在被形成的事實，有其密接的關聯吧。更以運動這一比較來說，在「記憶與現在」裡的傑作我們所感受的運動，在荒地派的詩裡能感受的，却是運動的軌跡。

4.　然而，在感覺器官全面的肯定裡，＜十隻手指＞和＜兩個眼睛＞調和的時期，極為短暫。手指和眼睛，畢竟，觸覺和視覺是由各詩人，各自擔負特殊的意義而分離着，那是首先從如次的特殊化而開始：

停下來吧
生有過多的論據
現在我才開始瞭解
有必要把眼睛塗壞了呀
要看清世界
就有必要苛酷地夢見的心

（「哀痛的秋」）

即刻被肯定，融入看的快樂的視覺，現在浸透一個反省，眼睛便開始意識自己的任務。那是，要從過多的論據裡選擇，否定無意識擴散的視線，由於不看而瞭解＜苛酷地夢見＞。原來從生理上有限的機能來考慮，誰也知道，眼睛是據於看，才從外界的混沌裡找出一種秩序，而選擇型態的。

＜所有感受性都帶有心性的刻印。例如「看見」並非被動的過程。等於只貯藏着無意義的印象，並非由具組織化的精神，使用它從那些無定型的論據裡，等待精神去看出適合於自己的目的的形式那樣被動的過程。可以說「看」本身就是定式化的過程。對可視性的世界，我們的瞭解首先從眼睛裡開始。＞（S、K、藍卡≪象徵的哲學≫岩波現代叢書版一〇九頁）

如在此引例的整個型態心理學式的想法，是否可照樣適用於當時大岡信的意識，當為別論；他把內在於視覺的這種生理上機能做為詩的比喻而擴大，在暗喻的肩膀上，想在戰後現實的混沌裡，找出一秩序的自己志向，負起了全重量却是事實。

視覺的對自化是視覺的陶醉的終了。目前，要觀察的，並非自己與對象的直接性合一，却相反地，要以分離，與對象的距離做爲前提。此時，曾經被唱爲＜十隻手指，要認清我的世界＞的觸覺，也必然性地被意識化，和視覺對立的，卽與對象直接交流的任務，被賦與暗喻的的形式逐漸從感官的全調和而分離。我們在＜手＞的作品裡，能看到這種觸覺的獨立意識最初的表現。

像這種感覺機能的分離，對於在感覺的充溢裡遊玩的詩人來說，顯然就是一個樂園的喪失。不知吃過甚麼禁斷的果實，視覺和觸覺，竟開始互相排斥。這種樂園喪失的意識，遂成爲如下面那種焦燥，對視覺產生了疑惑。

我已看不見東西了
等到我凝視
東西的厚度、重量、硬性
就被吸出表面
東西就變成型態

（「回歸」）

看型態，本來是詩人自己賦與視覺的任務，在此，却表明了看型態的機能本身，同時並排除了＜東西的厚度或重量或硬性＞顯明的不安。而在同一作品裡；

回歸呀向秤稱的肉體　回歸呀

這一行，正充滿着對喪失的樂園抱持憧憬。如＜回歸＞的名題所示，在此，還有視覺和觸角的分離，要以回歸過去的樂園，可謂藉倒行的方式將被解決。不過詩人却無法逆行自己感性的宿命的軌跡。對樂園的憧憬，畢竟，在此詩的最後一節：

我回來了　回到有巧妙皺紋的裸露的手來
眞好
是披着枯葉的回歸呀

（「同前」）

如此終結於＜手＞的回歸而已。那只由於視覺的宿命上對自化，而附屬的分離，向沈澱了的視覺下降而已。於是也可以說，要把這位詩人的現在，從緊抓着的視覺，逃向其對立物的一項去的希望吧。

5

我們自從充滿＜記憶與現在＞的混沌裡，找出感官的意識一條線，而沿着它走進詩集的終局。

收在卷末的四首長詩＜PRESENCE＞，可以說就是大岡信的＜與固有時的對話＞，在此能看出詩人感性形成的歷史，至少也可以瞭解詩人本身對它所把握的實情。

眞的，我十分夢見開花而彷徨。極其感性的開花，時間巧妙的空間化……。

（「PRESENCE・第四歌」）

正是，這種＜夢見開花而彷徨＞的道理，穿透一卷詩集，被詩人在此很顯明地自覺着。而開花又像如下被宣言。

走進飛濺着水沫降落的太陽裡面，我盲目了。可是我的全身變成眼睛，變成了手，我站在太陽的位置看了很多東西。看過的東西已經撫摸過，我很激烈的開花了。

（同前）

『開花』是要預告它之前的慣用語。以＜時間的空間化＞，隨着開花的瞬間，便爲＜看過的東西已經撫摸過＞的狀態被考慮。對於前者，詩人在同一詩裡如次很巧妙地解說：

在那裡面我喪失了記憶，image 却不知停滯而溶解。要轉位的時候，記憶就是行爲，不外就是純粹意識的行爲而已。過去才是在那兒缺乏的，我强烈的活在現在。

（同前）

在此我們瞭解這一詩集的標題，並非《記憶與現在》（按這一詩集裡，沒有這一標題的詩作品），而是記憶等於現在的一種綜合。畢竟就是，要達到志向時間被空間化的狀態的表現。同時，也開始瞭解那些在開頭的一行，漠然被表現的，因過剩才喪失，這樣一種記憶與現在的綜合。在此，我們該想想常被引用，而衆所周知的下面一篇文章吧。

＜他們絕不習慣戰爭，而八月十五日以後，也比誰都不親近和平。……戰爭是錯誤的，那樣被教過的他，對，他瞭解戰爭從一開始就不屬於他，那麽，戰後是屬於他的嗎，他却曖昧地搖着頭。＞（岩田宏，尤利卡版《飯島耕一詩集》解說）

在此被稱爲＜他們＞是一九三〇年代初出世的世代，飯島耕一說的＜一九四四年的中學三年級＞的學生們，當然比飯島少一歲的大岡信是「他們」的一個。

開始寫詩的時候，對於大岡信這一世代的詩人們來說，全世界都充滿着値得觀察和感受的東西，而在某種意義上，戰爭中他們也被置於同一狀態裡。戰爭與和平都不屬於自己的他們，雖在現在，等於在空間裡看過了一切，但沒有得到一點甚麼，反而在記憶裡——這裡還是用過去的回想那種音韻捕捉着——他們持有的物象，却非常豐富。

在《記憶與現在》的最初部份，現出了很多少年期的回想。那種充滿著光輝的image，＜例如「藍天」的第一節），看到『最初，在我的藍天裡，你是白色的飄浮的塔。』的詩句，也可以領會的。他們認爲眞正自己持有的，除了「在記憶」裡以外甚麼都沒有。反句話說，爲了得到持有，就要把那些收藏在記憶裡，卽過去的時間以外沒有其他方法。這是他們那個時候的感受。這種感受遇到愛有意占有對象的時候，却拒絕了它。愛便從持有對象的夢分離，而漂蕩。開頭的一行就是這種預感愛不充足的潛在性的表現，那些還繼續到「記憶與現在」很久以後，仍像下面那樣簡潔且令人感動的問話裡反響着。

物象是記憶抑或是愛呢

（「献上詩章」）

我們生下來，是爲了愛

或者爲了記憶

（同前）

若要持有愛的對象，除了把它記憶下來以外沒有他法。爲了要記憶，就只有從現在分離而已。而記憶却充滿着「現在時」無法持有的image呢，〈有個像少女額上的傷口那樣的裂縫〉，這不就是在記憶的過剩和現在的空白之間，image的持有和愛的對象的喪失之間，預告斷絕的image嗎。也就是，只要認爲記憶是位在過去的方向，若不經過時間，便不能佔住空間，那種時間和空間的裂縫呢。

產生感覺機能的分裂意識，在這種裂縫的內奧，不久就成長開始覆蓋母體。不，索性說，這種裂縫會侵蝕眼睛，手指那些感覺器官的末端，使自己具體化。給對象的愛會流入眼眸裡，從對象掬取型態和image，意慾把它保存在現在。另一方面，直接持有對象，又意慾以跟它合一的型態被持有的慾望，都會集中在指尖。如此可以說眼睛和手指的分裂，就是記憶與現在的裂縫的感覺性立體化。

却說，我們再一次回到詩集末後的感受性開花的宣言來吧。依據前面引用的詩句，開花並不是位於記憶與過去的image的死倉庫，却以一種行為重新捕捉，在此拓展一種新的空間而開始的。

掉着無數記憶的游絲活下去吧

然而要活下去嗎　被封閉在柔軟的記憶壺裡

（「PRESENCE・第三歌」）

由於打破記憶的壺子，記憶才會現代化，才造成在此被夢見的〈時間巧妙的空間化〉。而在這被空間化了的時間裡，造成〈看過的東西，已經撫摸過〉的狀態，所有的裂縫便被封鎖。詩人所稱的『開花』，就是達到這種視覺和觸覺的熔融狀態時的最高朝。在『回歸』裡，我們可以看到以回歸，退行式向觸覺下降，而想獲得解決的感覺分離，到了詩集的末後，似以記憶的再把握做為彈力，向最高潮上昇的方式被綜合。然而，這種開花的宣言，確是眞正的開花嗎，或許只有開花的意識而已嗎；這一問題，應該留待這一詩集以後來論的。

6

在「記憶與現在」的末後，被高聲宣言的極點，從某種意義上看來，就是所有的近代性精神，以在無神的狀態，整個被救的嘗試裡，反覆夢見的原點的現今性第一鏡頭。在此，不必舉出安特烈，布爾東或藍波，也可對於眼睛和手指，視覺和觸覺等所表現的，不怕神韻的脫落，逐漸加以一般化、概念化，就能使我們躍到近代以後，一直介在所有認識論和存在論之間的斷絕，這並

無很困難的吧。然而，在這裡要那樣把大岡信的裂縫的意識還元於一般性，並非問題。那種手續完全成為不毛的語言翻花鼓，我們畢竟，能容易預測這樣會對有問題的詩人，得不到一點新的瞭解。瞭解並非對一般概念的解消。如果是的話，索性這樣的斷絕，會在眼睛和手指那樣器官的分裂被表現，而在那種表現方法裡看出大岡信的世代，（且有某種程度共通於他的世代）的特殊性，才是必須的吧。

　如前節所論，把外部世界以過剩的感覺論據的集體抓住，這種幼稚的自己意識，不外就是透過感覺性的充溢，獲取自己的存在證明而已。可是，要一直停滯在透過感覺的自己證明的極點，即以開花的點夢見的頂點，若持有反省性意識的精神是不可能達成的。視線經常比筋肉的運動更快。視覺和觸覺的分裂，在越過處女詩集的末後，一方面新加了微妙的陰影，一方面更激烈地被繼續自覺。不久，那些被集中在（摸）的作品裡，如次開始着。

摸

摸木紋的液汁
摸女人遙遠的曲線
摸住在大厦的砂乾了的
摸色情性音樂的喉嚨
摸
摸就是看，是不是？男人喲
……………
摸名字
摸名字和東西的無聊的間隙
摸觸動的不安
摸由於觸動而來的不安的興奮

（「摸」）

　看這一篇，我們就瞭解這一〈摸〉的意識，與曾被夢為從視覺脫離的〈有巧妙皺紋的裸露的手〉的觸覺不同，同時也知道〈看過的東西已經撫摸過〉的頂點，由於〈摸就是看，是不是？〉的反問，早在第一聯，就被感到疑惑。被反省的意識捕捉的觸覺，在撫摸的狀態裡，也把對象和自己明確地分開了。那已不是一個直接性，跟對象同一化。繼之出現的〈摸就是認定摸的正確性嗎〉，像這一詩句所示，這一作品的主題，已不是觸覺直接性的憧憬，而轉移為連那些也已經不是確實的存在證明的懷疑了。

　這一作品的技巧是在〈摸甚麼………〉的詩句繼續蜿蜒的變化，使讀者對〈摸〉這一語言，逐漸喪失了以意義的擴展通常持有的肉感上的表象性。可以說被裸露了像只知道意義的外語那樣，令人感到詩句變貌為一個冰冷的記號。這不但由於執拗的反覆造成的效果，同時也是最初的〈摸乾渴了嗓子的檸檬汁〉〈摸熱情女人的厚的部份那寒冷的手指〉，那樣連結在具體性觸覺的對象〈摸〉的語言，逐漸對抽象性的對象，以高度而比喻性的被使用的結果。像這樣，從語言意義的廣展，削去肉感性的襞縫，這種過程，依稀就是否定「摸」的直接性主題的展開，可以說是這首詩特殊技巧的成功吧。

　我不否認屢次被引用的這一首詩，在大岡信的作品

系列中持有其重要性，不過，爽直地說，我並不喜歡這種作品。因爲支撐着這首作品的技巧，雖顯示着大岡信有其語言銳敏的效果測定力，但作品的成功却依據這一逆說的理念，這是它的脆弱性。而這種方法，似乎不屬於他那種語言從日常性到形而上性的擴展，能使語言活躍的他底詩法本質上的方法。索性說，摸這種事在以∧摸的意識∨予以分離，並被固定以前，大岡信的作品，才持有視覺同時充滿着觸覺的語言吧。

7

雖以一首作品持有過份顯示技巧上構造的脆弱性，但「摸」對于詩人來說却成爲一個分歧點。看與摸的分裂，依稀捕捉着詩人的意識，但自此以後，大岡信停止企圖分裂的統一，選擇包含那些依稀在內裡孕着裂痕的繼續運動，開始向新的世界徐徐移動。一九六〇年發行的≪大岡信特集≫裡，題爲∧記憶及現在以後∨所收入的詩篇，反映着這個時期的迷惑，就是想統一的慾望和容納分裂的意識混在一起。

例如∧調換的LOVE SONG∨是代表這一時期，如其題名的好韻律的長詩。開始的二行：

今宵我的銀河
全是不規律地旋轉着

似乎已經切實地表現了這個時期的不安定感，但仍然，尚有對看形的視覺感到不安的如次二行：

甚麼都過份看得見
是因爲死了的關係嗎

不過，重要的是，在這一作品裡，對自已的視覺感到不安的∧我∨以外，表現着∧她好極了／風吹來風就是屋頂／浪湧來浪就是燈塔∨，所以∧看見未曾見過的女人∨。這個女人並不是，曾經裝飾過詩人的過剩感覺論據的少女∧夜之旅∨，或跟世界一體化的情人∧爲了春天∨。却是在這個時期的另一作品，

那　眞是
女人嗎　追踪的那個？
向人的接近　向外的侵入
常常
淘盡我的裡邊才會終了

（「愛眞美呀」）

這樣描寫的女人，或許，

喪失了背脊的我和
沒有背脊的那個傢伙
面對着面默默無語
那個傢伙確實是我的鏡子
而我在那裏面

（「背脊的生物」）

像這樣寫成怪異的寄生動物一樣，是棲息在詩人自

己內部的分身吧。＜調轉的LOVE SONG＞是詩人本身在自己的內部，領會了統治兩個分身調轉的結果，現示新的自由性的作品。

而容納裂縫的意識，却留着下面那樣切實的焦燥，以＜癢癢的＞東西固定下來。

啊啊這樣癢癢的癢癢的
那如果把我拴在我的港口
揚帆的海也只有在這裡

（「愛眞美呀」）

8

一九六三年發行的第三詩集＜我的詩與眞實＞裡同一名稱的作品是，把詩人分裂的感受，不但在詩句裡，且在作品特異的構成裡，定像下來。

一個嘴唇跟另一個嘴唇碰到的時候
一個頑固的世界就毀壞了
說新的唾液漾出世界的咽喉，那是謊話

如此，美麗的詩句在最後被否定＜那是慌話＞。到此之間語言所喚起的讀者心裡的感情，並不會因這一簡潔的否定而消失。然而，同樣在最后持有＜那是慌話＞慣用語繼續出現，我們便會把美麗詩句的殘像整體，看做＜虛僞＞的相貌。被否定了的詩句的美，便漂流在一種不安定的上空。不過，到了第二聯，這一同樣詩句，就如次反覆：

一個嘴唇跟另一個嘴唇碰到的時候
一個頑固的世界就毀壞了
說新的唾液漾出世界的咽喉　是我的眞實

（同前）

完全同樣的詩句，在此以眞強烈地被肯定。同時，先前的＜謊話＞和＜我的眞實＞之間，在其展開的緊張的空間裡，詩句帶上了奇異的光輝。那已經不屬於謊話或眞實，而帶着不在乎虛僞或眞的問題的光輝。如此在第一部，完全被認爲謊話的詩句，在第二部便成爲＜我的欣慰＞＜我的決心＞＜我的詩＞＜我的打賭＞。不用說，這首詩的魅惑並非在第一部或第二部，却是在其中間。說明白一點，那是不在白色紙頁的平面上擴張的詩行之間，却在向第一部和第二部兩方向求力量的平衡，而印刷於紙頁向深處被歪曲了的空間裡。不過，這空間在眞實和虛僞之間承認被撕破的結果，不那麼容易偸看得見的。在這作品裡，像曾經加上詩人感覺的全重量那樣幸福的一行都不存在。美麗的詩句，都據於接下來的語言，會成爲虛僞或眞實，放散這種irony的腐臭，表現自己本身就不對頭，這樣始獲得了異樣的魅惑。

如此，詩集＜我的詩與眞實＞是紀錄了容納分裂以後的詩人，對語言姿勢的變化，但其頂峰，無疑就是受到瑪麗蓮、夢露的死，被觸發寫成的＜瑪麗蓮＞，而且這一作品的頂峰，又是在有名的終聯：

瑪麗蓮
瑪蓮

BLUE——

這種一見沒什麼意義的反覆韻，在詩的終末給我們有急激的擴大感。突然展開廣大的空間，在讀完詩之後，仍緩慢地在擴張着。也許，那是因爲媒介着死的關係吧，好像對超限度的張引力不勝負荷的鋼材那樣，在最初爆發性擴大之後，隨卽消失了緊張感，只是無止境地擴展下去。

這種擴大展開的發生，雖然賴於瑪麗蓮一語，但已經無論海怎樣具體的image也不被喚起，而留給我們只一直持續着的擴大感而已。然而，奇怪的是在這種展開裡，繼續吸引着我們的眼光，那種視覺性豐饒的感覺依然存在着。儘管我們一直凝視着這藍藍而空白的銀幕，也毫無現出什麼映象似的，可是我們，在此却會得到沒有呪縛我們視線的無形的充溢感，而由於把心身倚靠在繼續擴大的運動裡，我們的視線已經不是在看，而像融解於一個全性的感覺裡睡着似的。或許，大岡信在這三行，達到了支配着＜記憶與現在＞的視覺頂點吧。只要看，就看其形，在此不得不現出與對象的距離。不過，在此視覺並不是要看什麼，却成爲要看的對象本身，才消失了與對象的距離。盡可能接近＜看過的東西已經撫摸過＞的狀態。這三行可以說不是什麼image，而是以所有的image，想要達到的極點，一種＜image的image＞吧。也可以說是感覺的肯定，以死的比喻爲媒介，初次實現的一個絕對性本質上的image吧。最初過剩的感覺論據裡，＜兩個眼睛，那成爲我的窗＞，那麼，樸素地被肯定的視覺，＜必要的是塗沫眼睛本身＞的選擇性，經過image否定性的自覺，在此，並不是要看甚麼，而以看過空白的展開，主張＜看的不可能性＞來再發現自己。可是，此時對再發現是以死做媒介的，這一問題應該同時留意吧。在這三行裡，已沒有那種焦操的裂縫意識，這不外就是在死的溫柔裡，所有的傷都會被癒好之故。這一頂點是同時從近代性自我命運的生的矛盾逃脫，向死裡的自我放棄接近在一步前的地點。

於是，在這裡所謂的死不是指瑪麗蓮的死是自會明白的吧。那是指肉體的死本身只不過是一個暗喻的死，語言到此不得不終止的絕對性沈默的預感。這首詩在一九六二年「鰐」第十期發表的時候，漠然所感受的不安，到現在我才得到這樣一個說明。但那也可以說，大岡信或會放棄寫詩的一種預感。以這三行爲頂點的理由，從被表現的詩的界限這一意義來說，也是如此。一見單純的反覆韻，雖是詩的技巧＜如果這一句話不適當，就說向語言的喚起力的銳敏性＞，但也表現着無法再次反覆的極限狀態。而那種展開的持續，似乎全被說盡了的感覺；和在其後還有從詩終了的地方開始的沈默，那種感覺；被兩種奇異的融合狀態支撐着。如此指示語言彼方的三行之後，詩人除了停止寫作以外似無其他方法吧。這就是當時襲擊我的預感。

9

在詩集＜我的詩與眞實＞之後，被整理出來的大岡信的作品，刋在評論集＜眼睛，語言，歐羅巴＞裡，僅有畫家爲主題的四首詩，但這些都只很巧妙的解釋對象的畫家，顯現出美麗的作品，却在詩人的感受性歷史上

，未至開拓新的局面。不過，從另一角度看來，這也許能令人預感到的。如果，詩＜瑪麗蓮＞所達到的頂點，幾乎近於不可能超越的話，在此後，站在退却那頂點數步的地方，邊從視覺和觸覺的分裂閃開身子，邊寫一群作品，也許是當然的吧。其後還有許多數量的作品，不過都是斷斷續續地在雜誌或小册子上發表，而還沒有收錄於詩集裡，所以要論此後的作品，現在尙感資料不足。不過另一方面，我們從容易入手的幾本大岡信的評論集，可以看出詩人現在所持的問題情況。

早在由利卡版《大岡信詩集》後半段大約定型了的，接受感覺主體內部分裂的姿勢，是經過＜瑪麗蓮＞之後，乍看，似乎向主體相對化的方向，逐漸微妙的轉移。即詩人是在自己與世界之間，嘗試着以＜現象＞的關係，代替＜創造＞的關係。

＜不論在任何意義上，我都不創造，只要使其現象而已。由於這種想法，才能脫離了關係創造行爲的固定觀念的立場，而接近poésie的問題。我本身就是世界內部的現象。在可能的範圍內精確地瞭解其意義和內容，而把它記述下來。這簡直就是我的poésie，產生這種狀態，不就是人家所稱的『創造』行爲的實體嗎。＞（「備忘錄一九六五」。「文明裡的詩與藝術」所收）

大岡信的視覺和觸覺，在一方面自覺自己與對象的距離爲前提，進而徹底於看的意識化而逐漸純化。另一方面把對象的距離放爲零，與客體的合一爲希望而開始，以排除摸的意識而純化，採取這種形式使其存在。這麼一想，張在主體內部分離了的感覺之間的緊張，也可以說是主體與客體之間緊張的投影吧。眼睛和手指的對立，是以感覺論據捕捉全世界的姿勢爲媒介，與被納入在裡面的外部做對立的。

先前引用的一節，是給這種主體——給與客體的緊張完全相異的情況的一例，必需注目的。由於跟放棄主體內部分裂的統合交換而得來的自由，詩人才達到了＜瑪麗蓮＞的頂點。恰好乘在向那表現的死的對面伸展的藍湖，倫看無盡廣濶的海中，感覺的分離或感覺主體和論據的對立，似乎成爲無數現象的一種。這當然，對於詩人是危機的瞬間。不是分裂的容納仍舊保持着內部的緊張繼續運動，而向分裂一點點融解淪落下去的話，那就是透過前述的投影關係，邁向自己與世界之間緊張的解消去的吧

不過＜我自己是在世界內部的現象＞這種想法，並不如＜現象＞一句單語立刻給人有印象那麼被動的姿勢，這是值得留意的。繼前引用部份＜運行自己當萬法修證爲迷，萬法進行而修證自己爲悟＞，踏在這種正法眼藏裡的語言，思考自己爲現象，就要以＜所謂萬法進行而使我們修證自己，是把自己運行到絕對展開的狀態，有唯一無二的必要性＞那樣被比喩，但在此却令人感到並非現象這一語言單一給與的印象那麼，被外界調馴或同化，而是進而開拓自己的積極性選擇。

要是那樣，由於開拓自己，分裂就會被解消嗎。不！我們在同一評論集裡，又發現如次的一節：

＜究竟，我這個骰子是複數的，同時現出各種各樣的骰子點。然而，爲了我這個複數的骰子要滾轉，是誰在甚麼地方擲骰子呢。骰子的我，有一天忽然想到這一點，而且屬於很多骰子裡的一個想到這一點。其他，也

是我的很多骰子，幾乎爲快樂而忘其所爲，專心爲了現出各種各樣的骰子點而燥心着。〉（「骰子考」同前書所收）

這一比喻複數的骰子，所指有兩點。其一，不用談也會知道是分裂的存續。另一問題是那些已不在內部的暗室裡，而被晒在陽光下的事實。分裂，已不是詩人內部的〈這癢癢的〉東西，被描畫成無所事事的東西。畢竟，消滅掉的，不是分裂，却是像那容器被假構的，稱爲『內部』的思想吧。

內部已不存在。宣言似的這些文章持有的某種果斷，已經十分令人感到裏面的苦惱。詩人把〈由創造到現象〉的想法，稱爲〈從浪漫主義以來令人窒息的個性病解放，給予暗示一種方法〉（「備忘錄一九六五」）。然而，想到那些意味着超越由大岡信爲首的，所謂五十年代詩人的出發點，〈自己意識的單獨性〉〈肉聲〉那樣概念的射程賽場的時候，不得不重新考慮引導詩人到此的感受性歷史的全容量。因此，我們應該感到〈向現象〉這種宣言以認識，索性以賭命似的謹慎被重視的事實。

把這些評論全部仔細地看過，就會瞭解大岡信並非一直主張今天的詩人要直接把〈絕對性展開的狀態〉作爲目標而突進。不過，我們在其行間讀到無法避免的是，那些在詩人感受性的歷史裡持有的意義，即打着這種危險的賭，也要遵從自己感受性的必然那樣相似憧憬的衝動。而這種憧憬像那些被認爲放棄了的最頂點的夢，由於遠離，才反而更接近似的。如此被衝而動，詩人才會〈一圈又一圈地大起來〉呢（堀川正美語）

10

然而，那個停下來的骰子，停止思考之後，還會再開始滾轉嗎？

引用在前節，稱爲〈從個性病解放〉的文章，隨即又繼續以《我們能否，例如把芭蕉的句，超越充滿虛構的歷史的距離，使其立刻成爲自己的東西嗎？》的時候，對其主張雖有所共鳴，我却在此硬會感到享受者浮現出來的容貌。那原因，深深關係於我對今日寫詩，不管願不願意，都會從享受的平面跌落下來，這種個人的實感而來的。開始寫詩的第一行，那是從世界，從自己拉開身子的行爲。縱令是〈浪漫主義以來〉消失了光圈的東西，這樣拉開身子的我〈或我的一部份〉，無論怎樣，却成爲個性的核與世界對峙。對大岡信我們所感到的這種不吻合，看骰子的比喻也可以明瞭吧。或許說，我們全是複數的骰子，但今日的詩人要寫完一行詩句的時候，被詩的語言所穿透的，不外就是那停止思考的骰子，其他沒有了吧。那是仍舊保持着熱心於滾轉的自己的狂熱，同時却從那兒被關在門外。我想〈現象〉這一語言，雖以向現象化的打賭被發出的時候，會被賦與充滿新的緊張美，但並無持有能使停止下來的骰子再開始滾轉的力量。

常捕捉着詩人的分裂是由於達到『現象』的思想，才能從神秘的內部被拖出來，被外化，而立刻以創造和享受的乖離的形式出現。在此所稱的創造和享受，不一定表示詩人與讀者的關係。那是〈寫〉與〈被寫過的東西〉的關係。以這一意義來說，毋寧第一義就是詩人自

己和他所寫的作品之間所表現的關係。〈瑪麗蓮／瑪蓮／blue——〉這三行，也許反叛了詩人的意圖，把一首美麗的抒情詩，變成指示表現的死的彼方那種預感的作品的時候，詩人便承擔了這種作者和被寫作的東西的乖離在身上，這就是我的推測。

在詩和詩作品之間的深淵，能使双方結合又拉開的是語言。大岡信的最新評論集《現代藝術的語言》，充滿着對這種深淵的語言切實的關心。但在後記，著者把現在的問題意識如次歸納着。

〈以爲自己持有語言，我們才會被語言關在門外。反之，認爲我們被語言所持有，便是對事態忠實而現實的想法〉。

這才是跟前述《現象化》的想法有其相通的正論，但從此出發而寫成的魅惑性論文群，歸根到底，由著者本身下斷了如次的評價，却十分有趣。

〈這些諸論，我想也成爲關於「怎樣是藝術的享受〉一問題的我的答覆。「那麼藝術的創造是什麼」，隨之也會產生這一疑問出來吧，但這是相當複雜的問題。這種複雜要適應我們的體驗，却超出論議的單純，因而才更複雜。就這一點，我自己也不知道是否已答出了某些意義呢。」

複雜又超出論議以單純的問題創造，這種秘密究竟在詩作品裡尋求以外，沒有其他的方法。對於寫的論議，常常依據一首作品來證實，這是命註定的。而論議的人和寫作品的人，是同一人物的時候，他所承擔的問題可以說是更生動。

在大岡信的近作裡，〈語言語言〉或〈地名論〉那樣的作品，顯然以超越了對創造和享受問題的研究，表示了詩人顧慮自己使用的語言的姿勢。前者與道元的自由對話，後者的個有名詞，均喚起我們心胸柔軟的波紋，造成破格的魅力。尤其在後者，能看出語言最源始性形式之一的名字的喚起力，和走向語言基層部的詩人的關心纏繞著，令人感到很有趣。可是這些作品，完全不像過去的佳作群，尤其是成爲轉換點的〈瑪麗蓮〉那樣幸福的作品。兩首都爲了要寫而所寫出來的事情本身，已經就是叛變的構造，很哀痛地表示着。我們的時代，對於寫作應該如此徹底的追求下去嗎。

這種哀痛，當然會向創造和享受的幸福關係產生悄悄的戀情。收錄在《現在藝術的語言》裡〈芭蕉私論〉的最后，大岡信所謂連衆的〈場〉給芭蕉帶來〈創造和享受同時成立，這種沒有類例的歡喜〉的語言，寫出羨望的話，〈……他是完全孤獨的，但同時他生活在元祿時代這一點，他確實很瞭解古人們未知的幸福。〉這一論法，與今日的詩人群來比較，非常切實地響亮。我們的時代，受歷史所負荷的苛酷性，共同持有某種的情緒，不被允許像爲了深造一條道理而成立連衆那樣的場的存在，是理所當然的。還有，因此會陷入擬似性連衆的情緒，有其極大的危險性，不過在此所謂向場的憧憬，必然負有某種的感受性是無法忽視的。

場是，異質的詩人踫面的時候，依稀保存了個性，必以擁抱它的形式出現。在此語言的問題，和創造與享受的問題，也都開始被純化而令人看清。但是保證着這種理想性場的存在的信仰及秩序不在的時候，對於場思考的人，會隨之進入跟有水準的現實高度性的緊張關係

。如果要追求這些到底，問題會必然性的，把我們活着的全世界構造的方法，就所謂文化的內發性視野，不得不以否定性的看透才行。只要肯與這種問題繼續苦鬪，＜萬法進行，修證自己＞的醒悟，會永恒超越個人，我們會繼續意識着洗淨自己下半身的＜有時＞的暢流，在這一骰子的停止之後，又思考其他繼續轉滾的骰子。而且或許，我們要僅依據這一醒悟，驪身於像飢餓的憧憬而繼續運動，才能新鮮地保存全部的問題。

自處女詩集以來，大岡信是對這種憧憬以個性特自的方法挺身下來的詩人，但在今日，由於他仍然做為批評家，時而會寫出扳變自己的作品，且證明了停滯正在達到飽和的戰後詩的現場。在詩集＜我的詩與眞實＞開頭的作品＜靜物＞裡，如下面的慣用句，迄今仍很新鮮地描繪了這位詩人的姿勢，非常有效。

從突入海中的堰堤爬上來的十八歲淋濕了的思想
用靜物的眼光凝視的成熟　却沒有把握。

杜國清先生譯波特萊爾著「惡之華」續稿，因遲寄達，唐谷青著「日本現代詩鑑賞」續稿未到，均暫缺一期，下期繼續刊出。敬請作讀者原諒。

日本現代詩選

大岡信的詩

陳千武譯

大岡信（Ooka makoto）一九三一年生於靜岡縣三島市，詩集有『記憶與現在』（一九五六）『大岡信詩集』（六八）等。評論集有『現代詩試論』（五五）、『超現實與抒情』（六五）、『現代藝術的語言』（六七）、『現代詩人論』（六九）、『浪蕩兒的家譜』（六九）、『肉眼的思想』（六九）等。其他有電視劇『寫樂何處去』、戲曲『無常的』（「雲」實驗劇場演出）等劇本。

※大岡信的嘴裡時常充滿著朗爽的唾液，而咻咻叫着且很正確的飛上天空，踫到紙就成爲詩！大岡信的嘴，常常想叫「噢！」，而圓圓張開着，成爲各種語言的型態；鳥兒們從那兒探出血淋淋的頭便死去。水流着，水流着；大岡信的詩的語言，更尋求蕩舟，沿着果子凍帶子逆流而上。我們讀者在那兒是透明的馬。

——天澤退二郎

青春

沒有目標的過剩的夢，從一個愛刼走了夢。在傲慢的心的一個角落有個像少女額上的傷口那樣的裂縫。正如被遺棄在突入海中堰堤的金槍魚的脖子噴出的鮮血那麼，神志不清却記憶猶新的悲哀，從那兒噴出來。

看上去似在搖幌的街景，有幾個幼年時候的臉經過

。也不眨眼，早晚會沒入隔牆，他們已經沒有脚步聲。只養大了耳朵，在風裡盪漾着。

街上的濕氣，在人心裡不培植向日葵，而培植了青苔。在青苔上玻璃散亂着。血流着。寂靜的夜，水從長頸瓶溢出來潤濕了青苔。培植青苔。那是在血澄清的上方。

逐漸膨脹的天空。膨脹的水。膨脹的樹。膨脹的腸部。膨脹的眼瞼。膨脹的嘴唇。瘦的手。瘦的牛。瘦的空。瘦的水。瘠瘦的土地。胖的壁。胖的鎖。誰會胖大？誰。誰會瘦小？血會瘦小。天空救了那。天空是罰。那是血澄清的上方。天空是血澄清的上方。

在沒有目標的夢的過剩裡，我從愛喪失了夢。

爲了春天

挖出在沙灘假寐的春
妳用來裝飾頭髮　妳笑了
笑的起泡像波紋擴散在天空
海安靜的邊草色的太陽
把妳的手放在我的手
把妳的飛石擲入我的天空　啊啊
漂流在今天天空深處的花瓣的影子
萌出在我們臂上的新芽
在我們視野的中心
濺上飛沫而旋轉的金色太陽
我們　是湖是樹木
是草坪上從樹縫洩漏的陽光
有樹縫洩漏的陽光跳舞的妳髮上的階段狀
我們
在新的風裡門被打開
呼喚綠色影子和我們無數的手
路在柔軟的地肌上很新鮮
在泉水裡妳的手臂很亮
而在我們的睫毛下晒陽光
寧靜地開始成熟的
海和果實

夢似獸的脚步悄悄地敲我們的屋頂

在池底開始搖幌的藻和太陽
在原野的邊際　石頭醒起
剛剛醒起的小鳥們
把鼻腔開向天空
活着　那有甚麼奇異？
我的早晨被包裹在人家的早晨
十隻手指，要認清我的世界
兩個眼睛　成爲我的窗
在海濱剝開橘子的女人們

追尋香氣的昆蟲群飛舞着
女人們旋轉着剝開季節的皮膚
在那兒沒有一點秘密

晨陽的手臂圍着我的脖子
我跟過去失散了
稱讚滿滿的海而張開的手
在那上面像地圖那樣配着顏色的無數的魚蛋

像地下水

推開重疊的花褶
從地下　光溢出河溢出

道路
溫暖你的脚
天空
在你的身裡擴展
把向風開花的手臂張開
夢見吧　果實擁有花的早晨

在泥土裡年輕的手臂伸一個懶腰
我跟泥土握手
虛無的歲月之後
我站在
燃燒的森林光耀之下

連悲哀也把銳敏的光耀加進骨裡
痛苦從裡面芬芳我的肉
無益的東西都沒有

我展開身軀
向流着樹脂的森林
向你

從你的下面風吹起
你的聲音撞上岩石散播反響
我的眼睛變成獵狗追尋
在地平上　在風景上　在你我之間

詩人的死

——爲了艾呂雅的追憶——

像在正午的井底閃爍的星星
或反射陽光的葉海那樣
生在深奧浮在表面活在擴展裡
像在愛高潮裡的悔恨
或悔恨之後的愛那樣
痛苦激烈
爲溫柔而哭
旅遊太陽的周圍
在星河岸上跟最後的女人睡覺
獨自在湖底醒過來

乘風成爲搬運夢幻的男人
在皮膚裡封閉許多季節
成爲所有男人的父親　和兒子……

（風探知許多死
今天在岡上唱着
說他死了　他死了
埋在雪裡他消逝了）

很多太陽和岩石和驟雨和年齡
行走廢墟的正常的夢
横渡沉淪於不幸的時代
而停止了安靜的步子
傳來多麼奇異的重量啊
手裡笨重的幾本書
變成墳墓的語言的城啲

在他的宇宙的棲木上
現在還有要唱的人嗎
在他閉了的眼睛裡
現在還有太陽和人閃爍着嗎
他的爪和愛
現在還把星星彫刻在岩石嗎

還有街道綠油油的日子
還有海安靜地洗身的黃昏
還有愛不意中發燒的黎明
都想他吧，因爲他愛世界

看一切都會過去的話
就只有先行者和後行者而已
他的死只在超越時間向新的時間出發而已
所有都要出發
由於無數的出發的人群已看不清故鄉了
只有空間是我們的一切　我們是自由
然後，所有都會回到我們臂上來吧
因爲一切都屬於要過去的……

我們的旅行增加苛刻
到處能看到
搬運火焰的深夜的雪的地方
活的身成爲別離和邂逅的湖
浸濕在奇異的調和

到早晨再看吧　映在海裡的我們的鄰居
我的臉會映出來吧
雖環視天空
也看不到他的姿容

哀痛的秋

在充滿光的幼年的岸邊
任風飄浮我的身軀的那個時候
也有面對着夜聽下去的窗
在那深處歷史和地理黑暗地擴展
寂靜地埋沒遠景無花果的葉飄落着
像松塔的枯葉群

來擁抱走在荒地的人的肩膀
窗因寒冷而戰抖着天黑了
我被推回到生的表面
邊掙扎着邊向明天逃亡……

哦 搖藍曲 穿過夢不骯髒的肉的香氣
看 染黑了今天的窗
攀上暴風雨天的士兵們
衝刺過去做未來牆壁的標的
把青年們羅列成隊的 商人們喲
微笑着的將軍們喲
收買我們的未來
啊 你們多麼能享受未來啊
晒過夕陽的骸骨們

彩紅了幼年的天空的血液
圍着那飛舞的是甚麼
年年在疏遠我們的時間裡
鳥兒們呀 季節的證人 你們看到甚麼
晴朗的天空無止境的藍
偶爾有銳利的打破樹間飛起的東西
那却是鎗彈呢
自從成人學會了遊戲
思考就變成孩子的任務了
看 季節外孩子們寂寞的笑臉

伸出手吧 所愛的
在岡上蒲公英的花落着

被吹來五月的風打破的記憶的壺子
老破開着好了 被風洗過
循環巧妙的破裂
不久那也總會斷絕
而我們也像風那樣消逝吧
邊把椅子或桌子以不在的重量傾斜

眼瞳裡有枯葉飄流着 像魚
我不能把它拂掉
撥開 那是把心打開 在枯葉裡
他們很巧妙地先走……
停下來吧
生有過多的論據
現在我才開始瞭解
有必要把眼睛塗壞了呀
要看清世界
就有必要苛酷地夢見的心
雖不能預測未來 但是
最後的早晨才是原始的早晨
有那麼嘟喃着而靜寂的意志

回歸

我回來了
常常最後就是
披着枯葉的回歸
挫折了決意的帆的破片

在她的裡面飄揚着
（相信美的時候
我比美更美　然而
我凝固了的側臉
像旗子檔着風
常常我只是一個人

徹底的温柔使你害怕嗎

不
我常常是温柔的
但不是只對一個人
對愛斯基摩人　或巴爾伯雷族人
對所有的白人　或順便過路的情人們

我常常是温柔的
流過東西的表皮的光
那就是面向我的東西的姿勢
畢竟我沒有姿勢
漂流　像嘴唇觸撫空間
漂流
所有的枝幹都消逝
葉叢造成的幻影林
我又是　暴風雨之夜的避雷針
迅速地通過我
一直刺進土裡的自然的 Penis
我讓所有的都通過了

懦怯常把温柔當做徽章

我已看不見東西了
等到我凝視
東西的厚度、重量、硬性
就被吸出表面
東西就變成型態

我已看不見人了
因所有的人都看得見
才迷失了一個人
絕望　跳上來　跳上來
希望便墜落於天空
但我常常漂浮着
睡下來
我便稍爲漂浮　漂浮在房子裡
潤濕到牆外去
從窗窺視
便看見空氣做着我的型態睡在床上

的確我成爲剪影

因所有的東西被還元
我已經被東西的重量侵犯而睡不著了
我逐漸變成純粹
變成閃爍着的輕天秤
在半空中無爲的均衡着
載着左右過剩的空氣

回歸呀　向秤稱的肉體　回歸呀
枯黃的葉　拗上來
就拋向遙遠的海的太陽
一切都在秤稱重量
一切都是重覆
我要持有我的天　持有我的快跑
我要把遙遠的人的同一動作
做爲我的所有
我回來了　回到有巧妙皺紋的裸露的手來
眞好
是披眞枯葉的回歸呀

Pr'esence

第四歌

這是充滿着歡笑和悲哀的地獄。

街是海。天空死去、藍的無止境。我推開茶色的海草而走。淤塞的海。常淤塞着的海。在我手臂的筋肉一瞬雲流過。我成爲巨人走過街巷

五十年代，這是充滿着無聊的歡笑的地獄。

我走去，就有垂長了眉毛的男女悄悄地從小窗窺覗而私語着。「詩人來了，死人來了」於是我，越發下沉到深深的海底去。儘管如此，街道的房屋仍然不斷繼續地排列着。絆倒。裸女被藻纏着，只伸出頭微笑着。原來我不喜歡睡着的傢伙。想到這兒，我變成海馬直立起來，便停在搖幌着的街道房屋的稍爲上方。我看過半透明的沒有樓梯沒有雲的世界。

貝殼開着花。柔軟的窗啊。遙遠的煙，在我的記憶裡畫一垂線，我感到內部被造成座標軸。昔時我看過的石頭，斜長在湖水的葦莖，重疊着消逝的女人的臉，在我的內部現在成爲空間。

眞的，我十分夢見開花而彷徨。極其感性的開花，時間巧妙的空間化。曾經是閃光爆裂的爐的花喲。潤濕着閃耀海的砂礫呀，放在我地圖上的棋子喲。在深深地穿刺天空的柱尖跟廣犬的天，平衡的十八歲喲。

戰爭造型了我的美感。我憎恨醜惡的瓜葛的法則，在每月一日的神社祝詞上，察知了日本語的表情。我喜愛英語。瓜葛的傢伙盤腿坐着向頭邊碰碰叩着煙斗的時候，我憧憬過英語抽象性的前進。聞着掠過窗前的松香，我只欲求海的方向。

水族館。魚是綠色的鳥。太陽被抓在纏繞紫苔的泡裡而破裂。我常在圍着生簣的沙丁魚群看到星星，我逐漸喜愛水的世界。聞到女人清淡的體臭，就在我的裡面有邊倒塌邊硬直的青草味的東西。

不久火燄的季節來了。「你的裡面小小火燄的和平才必需燒盡」。銷沉的聲音私語着離開。我等待。有個

秋天，火燄隱居在女人的眼睛深處出現。然而它在我裡面叫醒的是我自己的再組織。火燄是苛酷的抽象。在那裡面我喪失了記憶，image却不知停滯而溶解。要轉位的時候，記憶就是行爲，不外就是純粹意識的行爲而已。過去才是在那兒缺乏的，我强烈的活在現在。

寂寞的春。我被風吹着，到街上去。我把火燄的記憶，在我記憶的地圖上該怎樣放置呢？我穿過街鎭到原野去。雲火燒着，魚在天空遊泳。很大的手，指示了地平線，走進飛濺着水沫降落的太陽裡面，我盲目了。可是我的全身變成眼睛，變成了手，我站在太陽的位置看了很多東西。看過的東西已經撫摸過，我很激烈的開花了。能聽到歌聲。

《哦哦　誰能說明怎樣燒焦？
《實存在小小的火燄裡

我可以到處去的身份，我選擇，海的街鎭。現在我浮動在水流的半途，聽着藻在悄悄伸直的聲音。藻生長，是在我裡面呢抑或在砂地上？我傾聽，聽到甚麼地方也好，的嘟喃。我能看見東西的型。image 超越視覺飛進觸覺裡來。我知道在image 的內面才有休息。

然而聽得到嗎。從遠方誘惑我心叫喊的聲音。抽象，才能使人前進。那麼也許，也許我必需再繼續行走。在遙遠的天空火燄繼續叫喊我。現在我知道了，我所需要的是甚麼？從海不潤濕的跳出來。

明天，或許我是鮫魚
然而明天或許我是風也說不定
或許是旗子也說不定呢

——以上摘自詩集『記憶和現在』——

摸

摸
摸木紋的液汁
摸女人遙遠的曲線
摸住在大厦的砂乾了的
摸色情性音樂的喉嚨
摸。
摸就是看，是不是？男人喲

摸
摸乾渴了嗓子的檸檬汁
摸示威的嗓子不動的憂鬱的智慧
摸熱情女人的厚的部分那寒冷的手指
花　這朶叫喊着的花
摸。
摸就是知道，是不是？男人喲

青年的初夏之夜
使星星破裂的性慾
在窗邊不消逝的那個幻影

在遥遠的海濱潤濕的報紙 把它
柔軟地踏着路走過的柔軟的脚
在眼睛裡摸那双脚

摸就是認定存在嗎

摸名字
摸名字和東西的無聊的間隙
摸觸動的不安
摸由於觸動而來的不安的興奮
摸與奮絕不能保證
智覺的正確性的不安

摸就是認定摸的正確性嗎。

用摸不被保證
用摸的正確性在何處?
學會了摸的時候
才知道生命的覺醒
知道覺醒祇是自然現象的時候
就從自然墜落下來

摸
在時間裡的現象都是虛構
那個時候就摸 摸了一切
那個時候只是探知摸的正確性
那個時候摸的東西是虛構
摸更是虛構

到何處去
摸觸動的不安
用不安在顫慄的尖爪
抓住心臟
然而再摸 從摸再開始
沒有飛躍

調轉的LOVE SONG

我的「blue grock」

今宵我的銀河
全是不規律地旋轉着
在海底
青的種子 只有女人的影子走着
然而我的銀河跳躍起來
拖着火燄滑走

看見未曾見過的女人
她是花是毛根
是城是纖細的矢
她是虎子是警笛
是火燄是冰是藍色的冰
她是她的可愛而活着的屁股
是別的生物別的世界
她是流過她嘴唇的光流過的風
是別的生物別的空氣
她是她的成衣供給衣服的意識型態
是別的生物別的身軀

柔軟的剝開
她就癢得慌而爆裂
伊咯哈尼Confeite
她的小竹子身很清潔
只有不顯眼的美張滿着

怎樣語言也不淺傷她的嘴
於是語言都沒一句創傷
她的語言是乾了的紗布
擦着我的傷口而呻吟
吸滿了血便被丟掉

她　好極了
風吹來風就是屋頂
浪湧來浪就是燈塔
沒有羅盤也沒有極
於是她就是能旋轉滑脫的裸體風景
圓滿具備的生活者！

！——轉彎角就有賣眼球的店舖
在那店舖買瑪瑙
跟你的眼球掉換好了
你的眼球是
潤濕雨季的暴躁珠啊
被女孩盜去了機智
只有糊塗騎士的殘餘香味
像花那種芳香

——謝謝!!
事實需要的是時鐘和磁石　可是
我是蹲着在漂流
好像很舒服的
醉了的嬰兒
心境好或痛苦？
∧啊　山茶花落着
不知覺似的忘我之境
抱着火燄滑走着
可是事實
被封閉在藍色的冰裡
依稀睜開着眼睛出神
我的戀呀

甚麼都過份看得見
是因爲死了的關係嗎

教我吧！希望變成瞎子
正傳說着最近女人較聰明
語言的打靶很高明
在我胸部被風颳到一起的花枯萎了
被她的無傷痕的槍彈折斷腦袋
教我吧！我是
誰？

　　啊啊　細小的沉淪着的
你是騎士
向最符合不誠實的女人心

捧着風信子起誓
言行謙虛的好色紳士啊
你晚來的初戀
裝着愚笨的堅持的手法
對少女却沒效果
在少女的未來被踢上的Sponge ball
在遙遠的天空有笑

啊啊 細小的沉淪着的
沒有比銀河系的動搖那麼
跟你無緣的 然而
今宵你在做夢嗎
把銀河宇宙的疾走
把迷路盡頭的大災害
爆破吧 蝙蝠群飛遊的河
賠償的有 向破裂的無 問歸結
在廢墟見吧
不 永不再見好了
最近廢墟正在破裂着

獻上詩章

1

有伸出給人的前額
有笨重接受的前額
在鉛緩慢的漩渦底下
你笨重的手指 猶疑着

我的裡面沈默嘈雜起來
蜜蜂群在金色夜裡緩慢的蠕動着
爲歡樂展開的身軀雖在蠕動
但呼應悲哀的部份笨重地閉着眼臉
獨自停滯着
被擁抱着開花的
你的眼睛笨重地閉着眼臉的時候
我在你的上面
看到叠積着幾層而死的海鷗
那嘶啞聲音
的裡面 我像雪那樣
隨時融解
融解你和我的距離
物象是記憶抑或是愛呢
在你的風景裡
沒有群衆
能常常感覺這一點是
像夜警巡邏你的幾個夜
遠轉回來之後呢
風吹
使吊死人的松樹林沙沙作響
我愛過的你
你愛過的光亮的松樹林
在那兒上吊的昔日的親友
今天也像鉛的漩渦那樣緩慢的
攪拌着我小小的空間

我們生下來，是爲了愛
或者爲了記憶？

2

溜進小小的房間似的
把小小的歡樂偷來了
這就是出發的點
從點劃了線
等着遇見交叉的線
而站在線的尖端，一邊做夢
一邊展開夜
你要無止境的展開
開始融解，仍在展開
從夜到深更
從苔到渴
從果實到種子
從蜜蜂到葡萄酒
從血到上方澄清的藍
從砂到結晶
從柔軟的期待到硬直的希望
從硬直的希望到柔軟的倦怠
到埋在砂裡的記憶到停止到反芻
你一直在推廣

是甚麼
是甚麼
使你在推廣

你全被包裹着
沒碰到甚麼
你知道
像上方澄清的
遙遠的早晨爲止

把你

3

爲造成的風景
你存在的風景
從爲了彌補深淵而渡過的夜
到痛愛深涯的夜
那長旅行之後
蹦開的鋼琴線
所造成的裏在裡面的風景
醱酵的潤濕的麥桿
和收縮而展開一半的身軀
喊着撐不住笨重的
未來的風景

愛
拒絕風景
是心的風景
向礫岩刺進去的小刀
消滅你的風景

4

雖有熱烈的存在
但沒有比打不開覆蓋那麼
重厚的存在

然而一旦剝開掉
皮就成為不可命名的厚塊
棲息在我的眼裡

比人質更誇張似的
伸出給我的
你遙遠的
晃眼的
嘴唇

霜柱之上的
生活

5

袋子裡小小的風
精力充沛的男人會膽怯
也不感到奇異的感情性的黃昏
邊唱着水色裡沉澱另一水色的歌
而來往的
這個心中有愧的陋巷的
聲音裡小小的呻吟
為了連結而呻吟着

船首轉向深深的海洋
緩和為夢的旋回
在腐土裡種下堅定的種子
劃着曲線成雨
臘筆給小孩
速度做羽翼
用鏈子拴船
把鑰匙給囚人
在平原挖掘河川
把悲哀給詩人
把電車放入鐵軌把零件放入車體
白的夏天改成藍的聲音
誘敵人進入叫喊
把廢墟托給草　把草托給消息
把音樂奏給盲人
用文字寫成信
思想托於文字
眠床放在海灣
寢衣包裹肌肉
把腰伸直
手指彎着不正直
男人給男人　女人給女人
水死人的頭髮交給梳子
牛的眼睛交給空地的虹
砂給軟體動物
胡亂塗寫給初經驗的少年
全體給部份

鏡子給眞理
擲上去的石頭輕輕給心的天空
落下來的石頭痛疼給心的肌膚
刻劃是容易的
連結是困難的
我們的部份
確實連結於土地
殘餘的部份
昨天和去年都沒人見過
將來你也
不必要爲空這個字的
空虛而感到昏眩吧
袋子裡小小的風
不能養活你
袋子裡小小的風
在你裡面的
日本

——以上摘自詩集「旋轉的LOVE SONG」——

靜物

冬天的靜物傾斜　深深地覆蓋着眼瞼
我在牆前今天又把海展開
從突入海中的堰堤爬上來的十八歲淋濕了的思想
用靜物的眼光凝視的成熟却還沒有把握

瑪麗蓮

死
從那邊　影片
重新逆轉過來
鏡子
※她底眼光拋物線
已無法達到夢結晶的森林
似霧的死炎載着床運走的前方
有溫柔的白象等待着嗎
封閉了的鉛窗等待着嗎
安祥地搖動全身的毛
她在黑暗的鏡子上
成爲洗衣板橫臥着
在鏡子
扎上小刀
但靈魂的眞實
小刀無法觸及
※在歷史透明的太陽眼鏡下
八月焦灼的山岡
是受難的山岡吧
不要問瑪麗蓮說荊棘在甚麼地方
透明的毒棘
雖在命運的稱讚裡成長
但用小放大鏡
追尋美國地圖
占領了她的睡眠
指爲資本主義的癌細胞
把臉扭轉着說這該怎麼辦的博士們
你們
不要把瑪麗蓮的名字

寫上自傳呀
因爲在她的死裡
你們的一切
都已被記載着

※

現在
要有一滴眼淚
才能談到一切的這個時代
沒有比裸露的屍體所講的語言
更像搖動的毛髮那麼正確
而講盡的文字吧
文字只擲承死澄清的上方
做成震顫的詩的布丁而已

※

她的兩眼陷落
成爲湖水
反射月光閃耀着
像昆虫的大群
一望無際地覆蓋水面
漂蕩着
影片的碎塊
那散亂的反射光
使患血友病的好萊塢
浮顯在夜空
要流出眞正的血而死
就必須裸露身體橫臥下來

※

瑪麗蓮
妳的靈魂比世界還嘈雜而不安
比蝦子的鬍子還膽怯
是世間女人的榜樣
從紫陽花叢探視的太陽
在妳的笑聲裡
有曾經 Yan Kee 不知的妖精傳說
最初的通報
因爲妳在睡眠和覺醒的交叉點
進入大旋轉門
就不再出現
在門的那邊和這邊
流行了很多捉迷藏
因爲流行了很多捉迷藏
妳便成爲眞正溫和的鬼
不能再度
現出身姿
使所有的詩都蒼白
所有心軟愛流淚的國度
都成爲蒼白的村莊
不得不悄悄地潤濕了窗

※

瑪麗蓮
瑪蓮
blue—

—摘自詩集「我的詩與眞實」—

（座談紀錄）

星火的對晤

李敏勇紀錄

時間：民國六十二年七月十五日上午九時
地點：臺中市政府二樓會議室
出席：梁景峯（梁）

陳秀喜
杜芳格
桓　夫（桓）
林亨泰（林）
白　萩（白）
趙天儀（趙）
李魁賢
林宗源
岩　上（岩）
拾　虹（拾）
傅　敏（傅）
陳明台（陳）
鄭烱明（鄭）
陳鴻森
羅　杏
衡　榕
谷　風

七月十五日一早，臺中市政府二樓會議室的「笠」九週年年會場，便陸續到來與會的同仁。因爲，在正式年會之先，有個座談會。譯就了「星火的卽興」這本德譯臺灣詩選的梁景峯，將就其翻譯過程中所發現到的問題和同仁討論。

梁景峯不久前才由德國海德堡返臺，返臺之前，他從「笠」擇譯了一些作品，這就是詩選集「星火的卽興」。在這本詩選集中，他採用了和一般臺灣詩選略爲不同的方式，一反過去常見的以作者爲綱的編輯方式，而改以作品性質做爲排比的依據，整個詩選集也因而顯示了一個獨特的主題。

他選譯「星火的卽興」這本德譯詩選時，和本刋同仁素昧平生。只是因爲他覺得，登載在「笠」的作品，還不失爲可讀性的臺灣的現代詩，是他接觸過臺灣的詩刋中，比較有內容的。除了這本詩選外，他也譯成了白萩的德譯詩選而和白萩通信討論過不少有關此間的詩。

此次的座談，在同仁和梁君會面後，隨卽進行。從梁君列擧的問題，我們看出他對此間詩作品了解之深，雖然所有的回答是卽興式的，但也不難看出我們詩中的若干問題。這是我們同仁所必須反省的，對整個詩學界來說，也不無參考的價值。

梁：今天有這麽多朋友在這裡。我提出的問題，應當是對個人呢？還是對「笠詩社」？換句話說，各位是把自己當做個別的詩人還是一個詩社的工作者？

趙：我們這個團體，主要是在以文會友。大家共同結合，而在其中活動。不過，每一個成員，在他寫詩這個範圍說來，他還是一個獨立的詩人。

梁：那麽，各位既是個別的詩人，同時又是一個詩社的成員了。這樣的話，各位的基本共同點在那裡？

趙：這問題使我想到從前一個日本詩人高橋喜久晴來訪的情景，他也曾問及「笠」這個名稱究竟代表什麽意義。當時，陳千武（桓夫）的回答很妙，他說：「笠」這個字的國語發音，恰是臺語「你」的發音，因此，「笠」可以說象徵每一個人的結合，是個群體，而不只是「我」這樣的個體。

每一個人參加「笠」，都是自發的，大家有一個共同的愛好，都熱愛現代詩而且從事創作。當初，也沒有規定參加的省籍，不過，却形成了本省籍詩人參加的比例較多的現象。我想，這根源於三個主要精神：

①鄉土精神。

②詩的研究精神。

③對詩壇風氣的批評精神。

梁：笠詩社組成的歷史以及發展又和臺灣其他詩社有何不同？

趙：雖然早在民國三十九年和四十年間，自立晚報上的新詩周刊就已出現，似乎少不能稱爲詩社，只不過是有幾個編輯人的詩園地，而後的現代詩社，藍星詩社，創世紀詩社才具有詩社的性質。「笠」和它們不同的是：「笠」的成員包括了好幾個世代，有二次世界大戰期間成長的，有戰後成長的，有近幾年成長的……而且「笠」的成員遍佈在臺灣每一個角落，甚至國外，縱的橫的都涵蓋較廣。

梁：我發覺臺灣其他各詩社所出的詩刊，常有中斷的情形；但，「笠」發行到現在已有55期，沒有中斷過。請問：「笠」的版數和銷路如何？

趙：「笠」沒有中斷，完全是靠著同人的努力以及讀者、作者及熱心人士在經濟上和稿件上的支持。雖然，「笠」曾經有過幾次經濟上的危機，但都平安地渡過，在座的陳秀喜女士，就提供了最大的幫助。因此，以三百元起家的「笠」，目前，每印完一期，都還有一些經費在。

我們的版數，從創刊時的五百本到現在的一千本，平均大約八百本左右。銷路我們不敢說很好，這是此間文學界共通的現象。如果要靠銷路維持，早就垮掉了。

梁：這樣說來，各位並不能靠詩來維持生活；寫作並不是各位的職業，是不是？

趙：在座的，我想沒有那一位是職業詩人吧！我們通常都有一個職業，即使是家庭主婦，也有另外一個生活的領域。如果把寫作當做職業，對我們是一個很大的冒險。

梁：臺灣的其他作家能不能靠寫作維生呢？

趙：恐怕只有寫武俠小說或流行大衆小說的作家才可能。

拾：剛才我們討論到這問題時，偏於物質方面。但此時此地，我們寫詩是有精神立場的。因而，銷路和職

業作家的可能性這類問題，便不太重要了。畢竟，我們是持有精神的緣由在追求的。

梁：但是我們就是要弄清楚我們目前文學的客觀條件，物質條件。再來追究在何種條件下的我們的精神立場及其緣由。臺灣目前作家能發表作品的地方並不少，雜誌、報紙、出版社、電臺、電視、劇場都是，應該有職業作家才對。

林：表面上看來，好像有許多地方可供作家發表作品，發表現代詩的地方也不少。但，現代詩是否受到眞正的了解，或說作家的作品是否受到了解，又是一回事。從許多刋物所發表的作品來看，說是對現代詩有所了解，毋寧說是有所誤解這樣的，雖然客觀環境有可能造成職業作家或詩人，實際上，恐還有一段距離。

梁：世界各地大都有作家協會，代表社會上一個强大的批評力量，能在物質上和政治上支持和保護作家們。臺灣有沒有類似的協會？

趙：臺灣是有不少作家的協會。例如：中國文藝協會，婦女寫作協會，靑年寫作協會。詩的部門也有一個新詩學會。可是協會（學會）本身固然不見得沒有想到做你所提到的問題。以新詩學會而言，成立之初也想到許多你所提到的工作。但根據我們的了解，要達到那樣的程度，就目前的實際情形，還有一段距離。尤其是在它的成員，社會本身的精神以及從事這方面活動的態度都需要很大改進之時，要達到那個目標，恐怕還難。

梁：那我們的作家如果在物質上和政治上有什麼困難時，只能由個人來承受這些事情？

趙：物質上和政治上的問題，在這裡屬於個人的問題。旣然沒有辦法靠寫作維生，只有另求謀生之道。這樣，生活的起碼條件有了，自然不會有太多的物質上問題。寫作，正如剛才拾虹所說的，完全是一種精神的力量，如果有什麼困難，我們的一些團體固然可以幫助，也想幫助，但力量恐怕是很有限的。

梁：臺灣的各詩刋中，「笠」在編輯上，比較有系統，比較完整，詩內容也比較著重現實，而且語言也是日常的語言，生活的語言。各位在寫作時，有沒有刻意要避免使用所謂藝術的語言，文學的語言？

林：所謂藝術的語言或者是文學的語言，其相對的，當然就是日常的語言，生活的語言。後者要轉化成前者，便是詩人的任務。日常的語言，生活的語言並非隨手拈來就會成爲藝術的語言的，詩人必須致命地、激烈地追求，作這種冒險。

趙：梁先生的問題，第一點是：日常的語言和藝術的語言有何關係；第二點則爲：當藝術的語言已經因濫用而墮落了，要如何再從日常的語言中提鍊。總之、詩人的任務是要從日常的語言中鍛鍊出美的，文學的語言。

傅：所謂文學的語言，藝術的美言是已經出現的美。這種美，極易類型化。如果在創作時，不加抵抗，容易重複別人的經驗，也就是淪落到類型美的深淵。因此，表面上非詩的日常的語言，便是意欲捕捉新的美和藝術時的憑藉。何況，日常的語言和生活的語言中、蘊含了許多相應新的社會事態的質素，是文學的語言，藝術的語言所沒有浸染到的。

梁：你所謂類型的美，就是那種像鉛版一樣複印出來的

美嗎？

傅：也可以說是概念性的美。因爲沒有個人的眞摯感動做基礎，依據以往的譬喻和連結，便極易產生這種危機。在藝術、文學和生活的現實完全是兩碼子的事底時代，一般說來，都圍繞在文學的語言，藝術的語言中，極盡其虛無飄渺之能事。現在是生活的現實佔據了我們所欲表現的主題和內容底時代，日常的語言、生活的語言、很自然地形成我們思想的承載物、我們的翅膀。表面上看來，「笠」的作品大都使用日常的語言，生活的語言，不過從整體的表現而言，已不是日常的語言，生活的語言可比的了。

梁：當然啦！日常的語言經過詩人的處理以後，已經變成一定程度的藝術的語言了。我所說的是：各位在寫詩的時候，無形中避免用舊的、定型了的美學概念、這是和其他詩社所不同的地方。但各位在用字方面，句法構造方面有時也有含糊、不準確的地方，這是此間詩學界常見的現像。比方名詞上面喜歡附加形容詞就是其中之一。是不是因爲對於要表現的對象物沒有很精確的體認，不得不藉形容詞來修飾這些對象？

傅：你是說，「笠」的作品有時也有很多此間詩學界的毛病，譬如常在對象物上附加形容詞，是嗎？就是說，意象之根塗抹了許多化粧。

梁：不能直接命中對象物，只好再用和對象物相關連的形容詞修飾。

傅：記得，以前在「笠」的名詩選評會上，我也曾批評過這樣的問題。是否我們的努力還不够？

林：在我看來，形容詞這種修飾的東西，對詩表現的準確性有阻碍。我喜歡直接用名詞、動詞，修飾語往往成爲陳腔濫調。

梁：我們雖不是拿西方文學來做榜樣，但，他們的現代文學，尤其是現代詩底運動是從象徵主義來的。開始時，他們反對形容詞，說它是非述詞，是浪漫主義時代遺留下來的東西，因此，他們直接用名詞和動詞來處理，這就是所謂的行動主義。是這樣造成現代詩的大潮流的。這一點我認爲是可資借鏡的地方，雖然，我們並不需要完全那樣。

岩：古詩裡面，這種情況沒有。我認爲這是我們「笠」所應該努力的地方。好像我們「笠」的同仁都喜歡用形容詞。

梁：其他詩社用得更多。

岩：是不是因爲沒有用形容詞，不能表示出我們所賦予對象物的感覺。

趙：我們的新詩運動沒有把古詩的這種優點保留下來，新詩運動本身的一些缺點也未見改進，這和詩人的精神操作有關，要達到改善的地步，需進一步的努力。

梁：該是對於語言的處理方法或對於對象的認識有關。

鄭：剛才梁先生指出形容詞過剩的問題。我想：這問題牽涉到詩人對語言的把握，或者詩人有沒有捉住形象，一個詩人對語言的把握能力很強時，還是可以用形容詞和名詞連結、產生良好效果的。

梁：我並不認爲用形容詞必定表示詩人的弱點，但我覺得詩人有時候對於對象沒有深刻的認識，因此，不得不藉形容詞來修飾。

鄭：這個問題可能是因爲用白話來寫詩的關係吧！白萩「天空象徵」的後記也反省過白話文的問題。時間還短，該改進的還多。

梁：還有，我常看到「像……一樣的……如，似……」等等經過別的東西來描寫一個對象的手法。

趙：比較有意思的還是暗喻的表達方式，你剛才所提到的是明喻的方式，雖然也可以用，但不像暗喻這麼高明。最主要的是怎麼運用，在這裡可以見到詩人能力的高下。

梁：我對桓夫「部落」這首詩的一句有疑問，「文化是被掛在枝椏上的」這句裡面的文化，指的是什麼文化？爲什麼加了個「是」，換句話說，爲什麼文化是被掛在枝椏上的」？

桓：要對照原詩，才能明白。

梁：天主堂在這首詩中，代表的是洋文化。這個「文化」指的是洋文化，是外來的，因此被掛在枝椏上，是不是這樣？在翻譯「部落」這首詩時，這一句，我譯成「這個文化被掛在枝椏上」。因爲這裡表現一種進行中的行爲，也可能是一種已經完成了的行爲。「是」表現的是狀態、妨害了行爲的作用。

桓：這首詩所表現的感覺是這樣的：文化和部落的生活不相干、是另外一種東西；天主堂不是我們的文化，是別人的。

傅：是否這一句表示文化像尿布一樣被亮晒在枝椏上，用以感嘆和生活不相關。

梁：我覺得用「是」，使之成爲狀態，不太通。

傅：如果狀態在表現上符合呢？或者是攷慮欠週密，也就是用字的問題。

梁：我們目前的詩，一般都沒有標點符號，而且句子的分行往往不太明確，造成其間的鬆懈，容易引起誤解。這就是白萩所說的語言的斷和連的問題。詩句應如何按照節奏來分行，以造成詩的飛躍性，但同時又能弄清句子各單元在分行後的相互關連，而保持意義的連續和完整？

白：沒有標點，是我們以往的習慣。大概，這樣比較好看。

梁：照我的了解，詩人不見得著眼於視覺上的效果，而是著重於內容。

白：我是說，爲什麼有這種現象，以前大家也討論過，認爲這樣比較好看。問題是：大家把這看做小事，失去了反省的機會。像你剛才提到的，此間的詩，形容詞過多就是。本來，我們的觀念，認爲詩應該有形象，形象有時也存在於「像……一樣……」的譬喻裡，這就和形容詞又關係了，你的觀念是對我們的一種挑戰。

梁：形容詞和形象不見得有必然的關連。

白：非馬在翻譯我作品的時候，也常說其中還有過於囉嗦的地方；你也是。我想，或許因爲我們太依靠形容詞了，臺灣的詩變成形容詞過肥症患者了。

趙：如果形容詞用得恰到好處，那要不要？當然，會有些已成了陳腔濫調的，如果是表現上的需要，那要不要保留？

白：問題不在於形容詞，而在於詩觀。梁景峯認爲對於對象要直接，不要用比喻，繞過了大圈子。

林：有些人太相信語言了。現代詩的分行，應該以呼息這種生活的波浪做爲標準，運動有運動的速度和調

子。生病又有生病的調子。

梁：詩的繪畫性和音樂性，你和白萩都談過。詩是語言的藝術，語言有音響的變化，高低和强弱，一字一字，一句一句，本身賦有節奏性，音樂性，因此，脫離語言本身的音樂性是不可能的，寫詩的時候也不可能故意去排斥音樂性。

林：沒有辦法完全脫離語言本身的音樂性，是不錯。但生活呼息的長短，能否表現出來，是精神活動按配的課題，是語質的活動，而非語面的活動。

梁：繪畫性的課題，白萩也談過。詩雖不應依靠畫而產生，但，是相對的，漢字本身便有繪畫性的意義，因爲他本身主要是象形字。要完全脫離，恐怕也不可能。

白：問題是相對的，不是絕對的。要反省，但不一定要如何如何的。

林：繪畫性和音樂性的問題，十幾年前，我和白萩談過。不是繪畫的繪畫性，不是音樂的音樂性，而是image。不然，我們可憐了，不管怎樣努力，休想達到繪畫和音樂的標準。

梁：我認爲傅敏的「破滅」，在分行上，也就是飛躍性，是較成功的；但在意義的連續上，有點曖昧不明。尤其是從「以反抗的意志」到「回歸土地的呼喚」這個段落，分行間關連不清楚。

傅：在我的作品中，「破滅」和刋載在同期「笠」的「輓歌」和「旗幅」是在表現上較迴異的。當時，我也注意到分行的試驗。想造成一些飛躍的効果和氣勢，不過不太滿意，以後也沒有相同的實驗。發表時，缺植了一個「以」字，在第　行。對了，你所說的分行間關連不清楚，指的是什麼？

梁：這個段落，把各分行連起成一句會如何？也就是說你在分行後，各行是屬於句法上那個部份？還有另一個問題就是：爲什麼一定要死亡？爲什麼經由牢固的鎖鍊，就一定要以死亡做結局？翻譯這首詩的時候，我想辦法把它改爲「突破牢固的鎖鍊」，强調這種掙扎，而沒有限制結局的發展。

傅：我用「死亡」做結局，是想造成悲劇性，而且是無奈的悲劇。

梁：但死亡不見得是必然的結局。比方說，「突破牢固的鎖鍊，卽使死」這樣的命題，我認爲便是比較好的演繹。

傅：不見得會是死亡，但這首詩的現象是死亡，我是說，這種現象是讀此詩時必須接受的，這是我當時想到的歸趨之路。而且在這首詩中，死亡這種結局是積極性的，生不如死的狀況下底決心。末了，死亡的結局以回歸土地做報償，是含有生命的鄉愁的。

梁：我同意的是，這首詩技巧上比較成功，但意義上的演繹則不見得。

傅：如果是意義上的演繹的話，可能是人生觀的問題。

梁：在「笠」詩刋，我還沒有看到長詩。我認爲這有三種可能：是我們的詩人在詩的語言技巧上的表達能力不够呢？還是沒有足够的材料，沒有對社會歷史有足够的認識？或者是沒有足够的邏輯能力來處理豐富複雜的材料？

趙：眞正的原因，我也不太清楚是什麼。是不是因爲現代人的生活環境沒有過去的人那種充裕的客觀環境。因此，和短篇小說取代了長篇小說一樣的，長詩

白：也比較少見。問題的眞正原因很難說到底是什麼？如果說沒有能力處理長詩，也未必見得。我個人是；不喜歡長詩，讀起來不喜歡，當然更懶得去寫了。本來十行可以寫成的一首詩，何必拖得那麼長。

梁：這就看材料夠不夠。材料不夠，當然寫出來的長詩是假的，材料夠的話，就不一樣了。

白：我的習慣是用十行、二十行表現。長詩讀起來很苦，我覺得沒有什麼必要，囉哩囉嗦的。

梁：這種習慣是普遍性的。

林：現在的詩人是在現實生活中以打遊擊的方式寫詩的，我自已也一樣。不過，我對這樣的狀況也很不滿。曾經，我用過「大乘、小乘」的說法論及此事、我認爲寫長詩是精神成熟的象徵。

梁：我們的詩對象和詩內容很有限。工作、吃飯、街道上的各種活動，新聞事件，還有像在縱貫線上可看到的破屋、垃圾，工廠黑煙和汚水等等就很少在我們的詩中出現，爲什麼？是不是因爲這些對象不能入詩？還是我們沒有辦法把這些現象寫成詩？

鄭：談到詩的題材這問題，太廣汎了。每個詩人都有他題材方面的偏好。譬如，杜國清便致力於愛情，羅曼的題材？桓夫有一段時間是對於信仰（迷信）的批評以及鄉土的追求？以我自已來說，我寫過違章建築，厠所，垃圾，失業問題。這些都是社會性的題材，有些詩人是不接觸這些題材的。

趙：詩的題材，應該不限於那一種、過去，湖光山色被認爲較具詩意，但處之現代的社會，那不見得能再寫出好詩來。也許，我們如果請來葉珊，他會認爲只有那裡才有美也說不定。

白：我想，各種題材都可以入詩。旣使人家寫過的，只要用新的角度，也可寫出好詩。空氣，水汚染這些題材，非用全新的方法寫不可。「石頭不僅是一塊石頭，並且可以用來敲破你的頭」像這樣，可以寫出詩的題材，實在很多。臺灣的詩壇要大吃瀉藥才行。

梁：我們的詩，最常見的對象是自然物，像天空、樹木、花、作物、鳥、蟲蟻等。「天空」在我翻譯的詩作裡，就出現了十四次，這個天空，對我們有什麼意義？

白：我想、這些對象比較能夠負荷要表現的意義吧！或許、也有些惰性在。

梁：這種天空，不但不是以前的天空，而且是不可信賴的天空。你（天空）和凱若（人身植物）都顯示這種傾向。

林：天空這種象徵的運用，也是我們中國人傳統意識型態的表現。最近，我就對中國人的民族性表現在詩中的名目加以研究。如果是西方人，可能用「上帝啊！」，但中國人就用「老天啊！」。這是中國人的意識。

梁：不祗這樣，而且這些自然物和詩中的人，在詩中大都與死有關。這個死，是指實際的死？也就是因苦難和受害而死？還是指現代西方文學中常有的抽象的死，形而上的死？

趙：臺灣的民謠，一般說來，很淒涼哀傷，這似乎已成爲一種傳統。你的意思是不是詩也像這樣，也表現了一種共同的景況？

梁：我們詩中出現的人或動物大都受到壓力、也能認出受到壓力的事實，但，最後却都認命。像「屋頂下」、「平安戲」、血人」、「景象」、「向日葵」等的結尾都是這樣。這很明顯的是反邏輯的結論，也就錯誤的錯誤，是不是？

趙：這是人生觀的問題，有些人是定命論的。詩人普遍的有無可奈何的感受，這是事實。你所謂的反邏輯結論，是說依認識而言，結論應當如何，當實際的結論不是這樣，是不是？

梁：是的。常理說來，一個人對一個不合理事實有所認識，就會按照這個認識來改變事實，是不是這樣？舉個例來說，桓夫的「屋頂下」，他提到已經認識出從前的屋頂破了、壞了、壞了，可是今天的屋頂還是破了、壞了的這事實，邏輯的結論應當不應該讓它再漏下去，可是，他的結論却是繼續承受這種狀況。認識和反應之間的關係不合理。

傅：應當怎樣是一回事、能不能怎樣又是一回事啊！也許，這種你認為不合邏輯、甚至反邏輯的結論、就是一種特質。為什麼會這樣呢？這是個令人思索的問題，解答可能就在這問題中。

陳：這牽涉到詩人對過去現實的抵抗以及對現在現實的抵抗兩者之間的比較。問題應當放在有沒有抵抗、至於導致什麼樣的結論、每一個世代有每一個世代的不同的質。

傅：認識和結論之間的關係，不一定有那一種必然的結局，這是一個事實。照你說來，我們太欠乏某種理想主義了，是不是？你認為選擇這樣的結論，過於脆弱了、是愚昧的，是不是？

趙：這恐怕是邏輯以上的，而是表現的問題。

梁：這是邏輯的問題。這種推演方法及其行為方式是來自長期苦難民族的意識型態，其他民族也有。他們恐懼，沒有自信，看不出自己具體的力量，常有自我貶抑的行為。此外，還有一種典型，是沒有結論。像「選舉日」、「歷史」、「人身植物」、「火雞」就是。「選舉日」的「我們等待什麼呢／鳥兒已經飛到天空去了」、「火雞」也沒有說螞蟻應當如何？

趙：詩人除了批評之外，是否還需要做社會改革者，去參予整個社會的改革行動？

梁：只要他對詩中所表現的事實有所認識的話、他也應當有個大概的，或合理的結論才對。

趙：如果這是沒有結論的結論，是沒有辦法得到合理結論的結論，我們應該有怎樣的結論？應該怎樣表現這樣的結論？

梁：像「火雞」這首詩，只說火雞是如何張牙舞爪，如何了不起，螞蟻在整個詩中却沒有演出什麼？

白：不能有結論。就是這一句話，並不是沒有結論、而是不能有結論！

梁：從以上的問題、我們歸結了詩的寫作過程。在傳統的藝術觀中：藝術作品，尤其是詩是所謂天才的、火山式、噴泉式的自然產物，只要詩人情緒一動，沈醉一下，詩就出來了，請問各位對這種神話式的藝術觀，有什麼看法？

鄭：這因人而異，成功的詩人不一定全都是天才，當然也不可能全靠後天的努力。有些是天才型的詩人，沒經過什麼努力，而寫出了好詩的；也有經過不斷

努力，作品始終不見生色的。

傅：詩人用語言來表現的、在表現的過程還是需要理性（知性）控制的。當然，有敏銳的感受力也是詩人的條件，但這不是全部。因此，這種傳統藝術觀、所具有的眞理還是很有限的。

梁：從社會的觀點看來，文學和其他藝術一樣、是社會生活的一部份，文學作品也和其他一切商品一樣，包含需要、生產和消費這樣的過程、這樣把詩的神秘去掉，各位能不能接受？

傅：不錯、文學應當和其他藝術一樣，都是社會生活的一部份。這種去掉詩的神秘的觀念，是可以接受的。不過，文學恐怕不能和商品一樣，至少放置於需要、生產和消費的過程中、便不盡符合。在發生學上、文學還比較不牽就於這樣的制度中，文學還是比較屬於精神活動的、比較個人化。

鄭：紀德和梵樂希不是有這樣的對話嗎？紀德說：「如果有人禁止我寫作，我就自殺。」梵樂希則說：「如果有人强迫我寫作，我寧願自殺。」雖然，這樣的談話比較偏於政治性，但政治性也好社會制度也罷，「需要、生產、消費」的公式還是不能套在文學的頭上。

陳：如果說眞有可能這樣，那麼文學還是實現得最後的。文學、尤其是詩，可不像電影、繪畫那樣具備了商品化的條件。

梁：在寫作過程中，作者所擁有的第一項就是他對某個客觀事物的感官認識和理性認識；可時，這種認識又受到他出身背景和社會利益所決定。所以，不同的作家對同一件物有不同的認識和立場，各種人有各種人的社會任務，所以各種人都各爲不同的利益而寫作，對不對？

傅：當然，出身背景和社會利益會決定一個詩人的認識，不過，這種認識仍然要通得過眞理的倫理條件，才是一個詩人所應該擇取的。換句話說、不同的作家對同一件事物即使有不同的認識和立場、也必須這種不同的認識和立場通得過眞理倫理條件的攷驗才行，否則，他只是個應聲蟲、只是名利的工具。

梁：詩人用語言爲工具、把材料表現出來，成爲作品。這種行爲是不是理性的、科學的？或依靠靈感？

陳：表現包含著想像和經驗的凝聚整合，也許具有理性和科學的性質。但，並非全理性或全科學的。也不可能那樣。當然，也不能說是依靠靈感。

梁：自坡以來的西方部份作家，把寫作看做和自然科學一樣，作家就像實驗室的工程師，他們認爲詩的語言越精確、詩的內容便越具體，因而也就越經得起分析、解釋、詩的力量和作用也就越大、越是好詩！是這樣的嗎！詹冰也說過要計算。

趙：我希望也讀到一些曖昧的詩。有些詩、雖然曖昧，還是可以了解的。

鄭：有些作者寫出一首詩，他自己也不知其然，不知其所以然。我贊成你的說法，精確才經得起冷靜的認識。

趙：古詩中的「斗酒詩百篇」有點像是神話。我的話，喝了酒以後，什麼都不能做了，惶論寫詩了。

傅：語言的精密力學計算是詩構成上的基礎，一首詩如果要成爲一種存在物的話，必須這樣，它必須尋求像建築物一樣的構成基礎才行。

梁：這種論點，並不否定詩的藝術。換句話說，在寫作過程中，還是有一定的純粹的，不完全受理性所操縱的成份。但從法國象徵主義以來的部份西方詩人所標榜的純粹詩和絕對詩，是不是可能的事？

傅：所謂的純粹詩，絕對詩，這種馬拉梅以降尋求經由音樂收復詩的版圖的努力，事實上，是一種已經失敗了的實驗。詩既然經由語言，絕無法排斥社會性的體臭的、語言所負荷的連想既然無法切斷，這種努力便很徒然，尤其是漢字，形音義三者俱在，更無法達成。或說，經由視象去達成，就是由此間的一部份詩人所說的所謂純粹經驗，這也不可能。語言既不是音符，當然也不是色彩。如果是音符的話，還有無調音樂，絕對音樂的例子可循。色彩就很難了，它的象徵意義還是很難切除的。何況是語言這東西構成的詩。

梁：我看了不少此間的批評文章，有些一開始就用什麼「意境很高」，或者「內涵很深」以及「有超越性的美感」這種綜合性的空洞文字，對語言本身形式問題和內容問題反而沒有談到，這是怎麼一回事？

趙：眞正的批評不是目下這種即興式的、雜感式的批評，而是科學性的，這些我們這裡較缺乏。能力和所受的訓練不够，這是基本問題。嚴格意義下的批評家，還沒有出現，這是事實。

梁：還有最後的一個問題。「笠」這個字的字質，大家不知道攷慮過沒有？竹字頭做材料的帽子在上面，下面是個「立」，表示站起來，不只是站起來，而且要創立、建立些什麼東西。

林：當初命名時，是帶有對「皇冠」這種流行名辭的反抗意味的，壓根兒就反對那種堂皇的東西。此外，還帶有鄉土的色彩。音調方面也很有力，很有精神，是個重音呢。

趙：在發音上，國語的「笠」就是臺語的「你」。演戲要有戲臺、「笠」便是一個戲臺、先要有戲臺，才能創出東西來，演出東西來。何況，一個字取名的詩刊在這裡實在也不多見。

梁：今天這個訪問，謝謝大家。（完）

出版消息

I 詩刊

※「海洋」詩刊第十卷第二期，已由國立臺灣大學海洋詩社出版。

※「後浪」詩双月刊第五期已出版，全年索閱請附郵資五元寄該社收。

※「暴風雨」詩刊第十二期已出版。

※「創世紀」第三十三期已出版，本期有瘂弦選註「李金髮詩鈔」。

II 文藝雜誌及其他

※「中外文學」已出版至第十四期，該刊正在為「現代詩的再生」專號徵稿中。定期十五元。

※「臺灣文藝」第四十期已出版，定價十元。

※「文季」第一期已出版。

III 詩集

※孫家駿詩集「軍旗下」已出版，定價十元。

※藍菱詩集「對答的枝椏」已列入創世紀詩叢，由創世紀詩社出版，定價二十元。

※劉延湘詩集「露珠集」已出版，定價三十元。本集有謝德慶的素描，以及英詩「We Walh Out of the Eoo」一輯。

※李榮川詩集「揮不散的雲霧」已列入葡萄園詩叢，由長歌出版社出版，定價二十五元

※由龍族詩社主編的「龍族詩選」，已列入龍族叢書，由林白出版社出版，定價精裝本四十元，平裝本三十元。

※為慶祝中華民國建國六十年紀念的「六十年詩歌選」，已由正中書局出版。

IV 評論翻譯及其他

※由李達三、談德義主編的「佛洛斯特的詩」，已由新亞出版社出版，定價十二元。

※胡品清譯，波特萊爾著的「巴黎的憂鬱」（Le Spleen De paris），已列入新潮文庫，由志文出版社出版，定價二十元。

※王安崇譯，佛洛伊特著的「藝術論」，已列入協志工業叢書，由協志工業叢書出版股份有限公司出版，定價二十五元

※吳濁流著「東南亞漫遊記」，已由臺灣文藝雜誌社出版，定價十二元。

※黃靈芝著「黃靈芝作品集、卷四」，包括評論、隨筆、雜文，已自費出版。

※古添洪著「城外的思維」，已由笠詩社出版，定價二十元。

improvisation

des

FUNKEN

moderne lyrik

aus

TAIWAN

übersetzer :

LIANG Chingfeng

星火的即興

臺灣現代詩

梁景峯選譯

die geschichte der insel

das schiff	shih hung	(li 37 s.37)
die kindheit	ku ting	(li 36 s. 8)
die urdörfer	heng fu	(i 28 s.19)
unter dem dach	heng fu	(li 38 s. 5)
das friedenstheater	tu fangke	(li 34 s.18)
der wahltag	feng ti	(li 22 s.21)
der blutmensch	lin chungyuan	(li 36 s.10)
die geschichte	pai chiu	(li 22 s. 3)

bilder im herzen

vision	fu ming	(li 48 s.15)
der Himmel	pai chiu	(li 25 s. 3)
bombenexplosion	ch'iao lin	(li 32 s.29)
Bastionen	kao chaohsiung	(li 9 s.58)
nach der schlacht	ch'iao lin	(li 32 s.30)
blume auf der verbrannten erde	fu ming	(li 33 s.19)
fubgängerunterführung	li kweishien	(li 40 s. 2)
die sonnenblume	pai chiu	(li 31 s.20)
das problem der vogelzucht	pai chiu	(li 24 s.37)

Chansons

stumme lieder	cheng chiungming	(li 28 s.18)
brief an die front	shih hung	(li 34 s.12)
das andenken	fu ming	(li 33 s.53)
stück boden stück gold	Pai chiu	(li 23 s. 4)
würmer	lin chungyuan	(li 23 s. 8)
chanson der hähne	wu yungfu	(li 43 s. 1)

die fahue

die pflanzenmenschen	k'ai ruo	(li 48 s.35)
zerstörung	fu ming	(li 35 s.15)
der kriegstreiber	kung hsienchung	(li 27 s.35)
der truthahn	Pai chiu	(li 39 s. 1)
die schweine	chih fan	(li 45 s.24)
schaum	heng fu	(li 36 s.16)
die hunde	huang lingchih	(li 43 s.11)

die geschichte der insel

DAS SCHIFF

An Bord
steht mühsam ein Flaggenmast auf
ohne Flagge .

Am Festland hängend schleppen wir uns fort

Ueber jedem Land weht eine eigne Flagge
wir aber hängen Jahrtausende
am Festland,um
unseren verlorenen Namen wiederzufinden
bis unser Rückgrat durch den Horizont
verrostet und verfault

Trotz lauten Geschreis
müssen wir das Festland verlieren
Immer wieder verschiebt sich der Horizont
Jetzt müssen wir allein
unseren Weg gehen

DIE KINDHEIT

Die Zeit floss fort
Sie liess mich die Berge besteigen
die Musik in den Bäumen hören
über die Zukunft einer Kiefer rätseln
einen Traum an den Gipfel hängen

Doch dann entbrannte unter den Bergen

eine Kriegsflamme
Die Bomben jagten nach Opfern
Oh, die Zeit erstarrte
Ich fiel vom Berg
stürzte über die schluchzenden Flüsse
auf unsere Ackerkuppe

Oh, die Zeit hisste Trauerflaggen
wie die Bomben die Haare
auf Strommasten fegten
wie eine Strasse nach der anderen zerbombt wurde

Mit Krieg wurde mein Schulranzen aufgefüllt
die Gipfel von Wolken bedeckt
Zwischen Luftschutzbunkern und Klassenzimmern
mussten wir unser Leiden studieren

Die Zeit verlor die sprache
der Acker regte sich nicht
auch der Frühling wurde uns nur eine Geste
Sogar unsere Wölkchen
wurden von Flugzeugen
verjagt

Verzweiflung jeden Nachmittag
wo die Mutter so lange weinte
bis unser Haus ein Fluss wurde
Diese traurige Zeit
Nachts im Dunkel, morgens im Elend

Vorbei diese Zeit
Kein Kind mehr am Fluss, auf den Bergen
Tausende von Meilen zurück
Oh, die Zeit wird alt wie ich
An diesen Tagen, die der Heimat nicht geh ren,
blicke ich verblasst zurück

URDOERFER

Kein Geld da um Tempel zu bauen
Dagegen wachsen überall katholische Kirchtürme
wo die Glocken tüchtig wackeln

Unser Taoismus
Ahnenkult und Geisterfiguren
Jst das heute nicht primitv?
Lasst uns was umpflanzen
und siehe, Ave Maria, wie schön wie verlockend

Diese Brüste zum Beneiden
diese Quelle der Zivilisation
Ueberall hängt diese Kultur an unseren Bäumen
diese fremden Skelette

Seitensprung gesetzwidrig
Lasst doch die Ureinwohner
und die Geister sich besaufen
mit Schweinefleisch und Brantwein
Dann vergessen sie alle Strafgesetze

Es läuten die Glocken der Kirchen

UNTER DEM DACH

Vor der Sonnentyrannei

vor dem grausamen Hochwasser
fliehen wir
unter ein Dach
Ob Haus Auto Telefonzelle
sie werden uns wie immer
schützen
Besonders der Matchu-Tempel
segnet alles von uns
mit der schönsten Gebärde

Wir glauben
das Dach schütze unsere Angst
unsere Lust
Doch zu unserem Aerger
gibt es durchlöcherte Dächer
die Licht und Regen
und Grausamkeiten reinlassen
Deswegen müssen unsere Herzen
auch metallschwere Last tragen
Anomale Dächer gibt es,
die natürliche Bewegungen unterdrücken
die das Keimen der Sprache verhindern
die Verdacht und Neid stiften
Doch schlimmer noch
Unser Missvertrauen gegeneinander
ist leichter als Federn

Vor der Sonnentyrannei
vor dem grausamen Hochwasser
fliehen wir unter ein Dach
Doch wir irren uns
Unter dem Obdach kommen wir
nämlich nicht mehr heraus

Prächtig, blendend

ist das Dach des Matchu-Tempels
Aber wer will schon lange drunter kauern
wenn es nicht regnet?

Die Eisenbahn hat ihre Schienen-
Die Dächer haben ihre Bauweise-
Tn einer Ecke am Rücken der Erde
sind wir dagegen so feige, dass
andere uns herumschleppen können
Augen zugebunden
hocken wir unter einem ungeliebten Dach
damit wir den Blutregen nicht sehen

Wir glauben
es sei das Dach
das unsere Liebe und Ehrlichkeit bestätigt
im Gegenteil verschafft das Dach
Immer neue Leiden
Einmal
haben wir das Dach gewechselt
Doch das neue Dach ist das gleiche
Es ist nicht warm
hat noch mehr Löcher
Nur nusere Trägheit ist gewachsen
also es ist doch nicht ganz das Gleiche

Sollen wir dies weiter tragen?!

Kann das Dach des Matchu-Tempels
uns weiter vor Regen schützen?!

DAS FRIEDENSTHEATER

Jedes Jahr ein Friedensjahr
Jahr für Jahr Friedenstheater

Lauter gehorsame Friedensmenschen
Lauter alles hinnehmende Friedensmenschen

Sie umschwärmen die Bühne
umjubeln das Theater

Ihr, Ihr habt dies Theater gefördert!!

Ganze Haufen von Friedensmenschen
hocken lieber unter der Bühne
lässig Zuckerrohre und Pflaumen kauend

Die klammern sich an ihr einmaliges Leben
um das heile Friedenstheater
bgaffen zu können

DER WAHLTAG

Was hinterlässt der Wind
wenn er am Fenster vorbeisaust?
Wieso stolpern wir jetzt?
aus Freude oder Verzweiflung?

Dieser Sonntagsnachmittag zieht sich in die Länge
bevor es auf dem Getreideplatz dunkelt
Ich höre, wie das Weib und die Kinder Getreide trommeln
Ja, dieses Bild kreist sich wieder vor mir

Worauf warte ich noch hier? Die Vögel
ziehen schon über die Dschungeln in den Himmel

Lass bie verkrampften Arme ausruhen
die durch ewiges Schuften ermatteten
Lass die Füsse voller Blasen ausruhen
die sich auf heissen Steinen, Dreckschlammen
und nassen Grasstoppeln herumquälten
lass das dumpfe Gehirn ausruhen
verstopft mit Glücksträumen, grossen Versprechungen
und Lügen

Höre, was hinterlässt der Wind
wenn er am Fenster vorbeisaust
Mein Herz und mein Kopf
fallen tief in die zitternden Händen

Nicht mehr die Tage
Wo wir das Singtheater besuchen können
seit jener Wahlkundgebung
Die Säulen des Tempels zeigen
noch die chaotischen Bilder

Unsere Sichel verrostet
unsere Pflüge beschädigt
Dennoch schuften unsere Frauen und Kinder
weiter auf dem Getreideplatz
Bittere Ernte vor der Herbstsonne

Was hinterläss der Wind,
wenn er am Fenster vorbeisaust
über die Wahllokale
über die Reisfelder nach der Ernte
Ob Aehrenkränze ob Dornen
uns werden sie nur enttäuschen

Worauf warten wir noch !
Auch die Vögel ziehen jetzt durch die Dschungel
zu ihrem Ziel

DER BLUTMENSCH

O bitte ! In meinem Blut gibt
es keine Bakterien, es ist wertvoll
kauf bitte mein Blut
damit mein Kind ...

Das' Kind nimmt seinen Essbehälter
und rennt aus dem Klassenzimmer
in eine Ecke des Sportplatzes
Aus dem blassen Essbehälter
isst es das Blut sines Vaters

morgen und morgen
immer so weiter

Da stirbt bas Kind auch

GESCHICHTE

A-huo metzelt Rinder
Knatsch ! Päng !
Ein Schlag folgt dem andern
Scharfe Axt gegen Stirn gehoben
Sein Sohn blieb auf dem Schlachtfeld
Knatsch ! Päng !
Ein Schuss folgt dem andern

"Was geht mich sein Sohn an?
Was geht mich seine Mutter an?"

Frisches Blut
Ein Strahl folgt dem andern

"A-huo, metzle Rinder ! "
Ein Schlag folgt dem andern
"A-huo, metzle Rinder!!"
Ein Rind folgt dem andern
"A-huo, metzle Rinder!!!"
Ein Schrei folgt dem andern

"Schreit nicht
Ich mag's nicht hören
Ich mag's nicht sehen"

A-huo schmeisst seine Uhr ins Blut
Jetzt muss er nicht mehr hören
Jetzt muss er nicht mehr sehen

bilder in herzen

VISION

Ausgestellt
die Spuren der Panzer auf dem Acker

Eine Wunde neben der anderen
Blutverschmiert
trotzen sie unter der brennenden
Sonne

Doch
noch elender
sind die Rücken der Bauern
bie da ausgeliefert und tiefgebeugt
pflügen

Ich bin dorthin verloren
Die Welt hört da auf zu leben

HIMMEL

A-huo liest den Himmel so
wie die Reispflanze es tut
auf seinem Acker

"Bewässre den Acker!"
Doch den Himmel beschreiben
Kanonenfeuer!
Jagdjets!

A-huo, das Stroh,
schüttelt im Wind den Kopf
"Der Himmel ist kein Vater
Der Himmel ist kein Vatr mehr!"

BOMBENEXPLOSION

Der Mann da
rennt wie Kanonendonner
Er ist Splitter der Explosion
ist Pulverstaub
ist grüner Pullover, lange Haare
bunte Kleider

Alle Hochhäuser
stutzen und schauern
an den Strassen

BASTIONEN

Kriegsbeladen
ist die Stahlmasse, vom Blut durchtränkt
ohne Tränen
wie oft niedergemetzelt
wie oft in die Luft gejagt

Die Kanonen schweigen
die Soldaten schweigen
keine Lösung auf dem Papier
Man jault nicht um den Untergang des Untergangs

Die Tränen reinigen nicht die Blutrache
Die Tränen reinigen nicht die zertrampelte Erde
Kameraden, wischt euere Tränen
Feiglinge gehören nicht hierher
Nur Geld, nur Blut

NACH DER SCHLACHT

Wessen Kinder
Wessen Tränen
Wessen Blut
Wessen Arme
Wessen Schuhe sind dies hier

Die engen barmherzigen Gassen
verkrümmen sich zu bitteren Fragezeichen
Für wen?

BLUME AUF DER VERBRANNTEN ERDE

Auf der verbrannten Erde
überlebt eine Blume
Sie zittert am verreckten Zweig
neben den Händen eines Gefallenen

Die Blume
sein einziger Trost
Die ausgreifende Wunde
deckt seine Augen zu

So eine winzige Blume
Rot ihre Trauer
der Schmuck der Toten
auf der stillen Brust der Wüste

Der Rauch verwehte
Der Rauch verwehte

"Die ferne Hand, die mich braucht,
kann mich nicht mehr trösten
O Wind,
bring mich zu dem fremden Mann!"

Der abgerissene Zweig
Die gefallene Blume
wurden mit dem Rauch verweht

FUSSGAENGERUNTERFUEHRUNG

Einmal in den Schlachtautomat gestopft
werden wir zu StückchenWurst ausgequetscht

Ueberall unter dem Smoghimmel
springen Miniröcke, Telefonzellen und Bullen
in unsere gequetschten Augen
dann die riesigen Bankhäuser

Mit uns Würstchen wird gehandelt
Da hetzen die Banken ihre Rechenmaschinen
noch rasender als unsere Gesichter

SONNENBLUME

A-huo geht sein Feld bestellen
auf verschneitem Hügel
Die Leute wollen das Rätsel durchdringen
mit Blicken wie einen Bikini

A-huo geht nach Osten vor Sonnenaufgang
und gräbt ein Loch
"Was willst du pflanzen
im Winter?"

"Eine Sonnenblume wünsche ich mir.
Seit Jahren sehne ich mich nach ihr.
Im Frühling säte ich stets vergebens."

"Ha! A-huo will
unter Steinen ernten!"
Man erwartet den Morgen
an dem sein Traum zerschellen wird

Da hat er sich selbst ins Loch gepflanzt
und nur der Kopf blieb frei, Gesicht der Sonne entgegen
als seine Blume

DAS PROBLEM DER VOGELZUCHT

Weisser Sperling hundert Yen
Schwarzer Sperling dreissig Yen
A-huo berechnet mit seiner alten Frau
Raum zu klein
Futter zu teuer
Auswahl muss sein

Man muss eine Wahl treffen
Himmel, hilf!
A-huo muss Gott werden
Weisser Sperling hundert
Schwarzer Sperling dreissig
Wer weiss, ob sich ihr Wert nicht ändert?
Sind sowieso in einer Hecke geboren
Jeder hat ein Recht auf Leben

Es bleibt
Raum zu klein
Futter zu teuer
A-huo berechnet mit seiner Frau
Fr muss Gott sein
Er muss Samen töten
vor dem Mutterleib
Er darf nicht werden lassen
Er darf nicht leben lassen
Er zerschmeisst die Vogeleier
Und siehe
Alle ungeborenen Kinder
bluten sich
leer

Chansons

STUMME LIEDER

Öfters schicke ich schäbige Gedichte an Redaktionen
stumme Hoffnungslieder

Ich singe sie immer wieder
mit den Schmerzen unserer Väter
ob tags oder nachts

Masken der Geschichte aufgesetzt
idiotisch wie ein Stummer
schluchze ich, weil ich, nicht aussprechen kann.
Oh, so ein Mensch bin ich nicht!

Diese Lieder, ich weiss,
werden eines Tages verfälscht werden.

Tatsache ist-
wessen Lieder sind nicht stumm
wessen Lieder haben Laute
auf der brennenden Erde unseres Landes?!

BRIEF AN DIE FRONT

Ich quetsche mit aller Not
meine Tränen zu einer harten Kugel
O Du in der Ferne, in welcher Haltung
zielst Du jetzt mit Deinem Gewehr?

Hältst Du Dein Gewehr genauso
wie Du mich umarmst?
Wieso tüt's meiner Brust immer weh
wenn Du zielst

O schiess doch,
mein Lieber
wenn ich auch abgeknallt werde
wirst Du zurückkehren mit dem Gewehr!

DAS ANDENKEN

Dein Taschentuch, das von der Front kam
wie ein Fähnchen zum Kriegsende
lässt meine Tränen weiter fliessen
durchbohrt die Karte meines Herzens

Dein Taschentuch, das von der Front kam
wie ein Gerichtsurteil,
lässt meine Jugend verwittern
unter Bergrutsch

Dein verblasstes Andenken
ist der Siegelstreifen meiner eingefallenen Brust

STUECK BODEN STUECK GOLD

Geh besser in den Park
geh besser in den Park
Chang-San ist ein Wildhund
Der scheussliche Abend ist wieder da

Geh über diese Strasse
und wieder über diese Strasse
Die Welt ist so klein
Es gibt kein Eckchen zum Hausen

Komm nicht hierher quatschen
Es war nicht meine Absicht
auf diese Welt zu kommen
Scheiss auf seine Mutter!
Lüsterne Eltern
vergn gtüen sich

Komm nicht hierher quatschen
Es war nicht meine Absicht
auf diese Welt zu kommen
Selbstmord ist ja gesetzwidrig
Es gibt kein Mittel
diese Welt loszuwerden

Geh wieder in den Park
Geh wieder in den park
Die Polizei kommt wieder durchsuchen
Chang-San umarmt einen Baum:
Du hast's gut
machst Dir keine Sorgen
keinen Kummer
Du hast schon bei Geburt ein Stück Boden
Niemand kann dich belästigen

WUERMER

Einmal in einen Kasten verdammt
kommt man nicht mehr raus
Würmer, finstere Tage verlebt
Wissen nicht was Liebe heisst, was Hass

Oeffnet sich mal der Kasten, verlockt uns das Licht,
die Geheimnisse draussen zu spähen. Doch die plötzliche Unmenge
von Sauerstoff treibt unsere winzigen Lungen in Atemnot

In Langeweile beissen wir Stück um Stück die Pelze und Trachten.
Fur uns sind sie lauter Dinge, die nur dreckige Körper hüllen
und deshalb ruhig zu zerbeissen sind. Wozu schützt man sie
mit so viel Naphtalin. Ich protestiere. Ich will diesen Konkubinen
sagen, ohne mich könnten sie nicht laufend nagelneue
Modellkleider kriegen.

Verachtet, verflucht sind wir. Doch wollen wir denn solchen
Kot einfach schlucken! Wir wollen auch lesen, wir wollen mit
"Weisheit" alles beherrschen, wir wollen alle Bücher durchbeissen
Aber was nützt wieder "Weisheit"allein? Die macht weniger Spass
als das "Beiben"

Wir sind ein Haufen Würmer, die
Dunkelheit abbeissen müssen
Verdammt sind wir, nachdenkend in Dunkelheit zu leben
Wie beschämend ist's rauszukommen!

CHANSON DER HAEHNE

Was starren die Hähne im Käfig an?
Eingesperrt in eine enge Welt
können sie sich nur noch im Kot verarschen
Ratlos funkeln ihre zornigen Augen

Sie konnten doch früher im Dorf herumflattern
in den Gärten, unter den Wolken
vor den Bergen
Wie schön wie lustig
war es, die Blumenerde zu scharren

Die zum Tod verurteilten Wesen
werden sich noch befreien können
falls sie kämpfen, statt abzuwarten
Hartnäckig gegen die Riesenwelt angehend
würden sie doch das Todesurteil abwenden

Ja, eines Tages werden sich die Hähne
vom Käfig befreien
über die Balken aufs Dach
und starke Stimmen ausbrechen
die in alle Richtungen schallen

die fahue

DIE PFLANZENMENSCHEN

Gegen den verlockenden Himmel hochgerichtet
merkt der Hals auf einmal bitteren Schmerz

Wir, die wir dem Himmel vertrauend aufwachsen,
schlagen die Füsse immer tiefer in die Erde hinein

O wir Idioten!
Nur wenn der Himmel uns in Stich liesse,
würden wir einsehen, dass wir
noch kein eigenes Territorium haben

Unser jetziges Hundeleben
ist darauf zurückzuführen, dass unsere Füsse
die kolonialen Komplotte hingenommen haben

ia, der Himmel ist doch ein
Jrreführendes Dekor

ZERSTOERUNG

Adends. Die Drachen
am stillen
Himmel
ziehen an Wolken vorbei
wiederholen mit schüchternen
zarten Gesten
ihre Liebesszenen
Doch zornig erkennen

sie an ihrem Rastplatz
im tiefen Wald
das geschändete Heim
Entschlossen
werden wir
Widerstand leisten
Mit Wunden am Körper
werden wir diese Entführung
rächen
Auch sterbend
werden wir
die festen Ketten durchbrechen
und zurück zu unserer Erde kommen,
die uns ruft

DER KRIEGSTREIBER

Her damit. Auf der Seite 1 des Abendblatts
flattert die Flamme des israelisch-arabischen Krieges wieder
Hinzu kommen Tote und Verletzte im Vietnam-Krieg

-Er denkt an die Nordexpedition, Tairchuang-Schlacht,
Waterloo und Normandieund die Quemoy-Schiesserei
Verwundete, Entlassene

Blättert man um. Im Feuilleton wetteifern
Seriengeschichten der Chihpi-und Feisui-Schlacht

Er ist dabei, Kriege billig zu verkaufen
auf den dunkelnden Strassen
Tja, dieser uralte Lumpenammler

TRUTHAHN

(Eine Angelegenheit in der Ecke des Gärtchens)

Bühne frei! - er tritt auf!
Der Truthahn stolziert um den Erdball.
Er prahlt mit seiner Berufung,
hebts Köpfchen gen Himmel, beschwört mit Pathos die Vorsehung
Allein sein Vater, der Himmel, ist über ihm;
alles andere
liegt ihm zu Krallen.
Der Hund schläft wie tot vor der Tür.
Der Kater nascht leis in der Küche.
Truthahn beherrscht die Welt,
fährt hoheitsvoll
im Panzer durch die Strassen.
Da schauern unter Mauern die Ameisen,
die nur schuften können,
ber nie beissen- so denkt
der Truthahn, während er diese Welt inspiziert,
Spinde kontrolliert,
als gehöre ihm alles.
Freiheit?   Freiheit?
Rechthaberisch kollert er auf solche Fragen:
Freiheit!   Freiheit!
Freiheit ist, was ihm sohmeckt.
Er frisst ein Stück Freiheit und ruft dazu Freiheit,
dann kotzt er sie aus
über den Ameisen.

DIE SCHWEINE

Ein Schwein schnarcht im Stall
bläst seinen Körper mitjedem Atemzug auf
und schnüffelt dabei den weiten Duft der Welt

Draussen lauert der blaue Himmel
Ueberhaupt haben alle anderen Lebewesen Spionenaugen

Der Sonnenschein streut sich schräg hinein
in den Topf, worin es verlockend nach Futter duftet
"Mein lieber Himmel,
Ich mag Dir schon nicht mehr danken
Sehr glücklich sind wir heut,
dass man so fett leben kann"

Die immer dicker werdenden Körper
bedrängen die leeren Schädel
Die Tage werden immer enger
in diesem Stall

SCHAUM

Dieser Kerl, satt gefressen
etliche grosse Worte gespuckt
starb
Dieser uralte Lump
ist gestorben, mit gutem Gewissen?
Da sich die Hände vor der Brust zusammenfalteten…

Doch plötzlich
fängt sein Maul wieder an zu zittern und rattern
als murmelte er was
als saugte er was
Ja, das Maul bleibt lebendig

trotz des Todes aller Gliedmassen
Da werden die Maden auch verlegen,
die weiter leben in Fäulnis
Dieser Gauner, der an der letzten Kette der
"funftausendjährigen Kultur" gelebt und nichts geleistet hat,
hat unbesorgt fressen
und ganze Haufen zusammenprahlen können
bevor er starb
schamlos
blies er doch noch Schaum

DIE HUNDE

Hunde
diese treuen Tiere liebe ich

Nachfahren der Wölfe, die einst Menschen überfielen
müssen sich jetzt oft aufopfern
um Menschen zu retten

Hierin steckt die Geschichte der Menschen
und die der Wölfe
Dienen sie freiwillig den Menschen?!

Befreien will ich meine Hunde
Sie ermutige ich Widerstand zu leisten
Doch sie werden nur verwirrt

Ich liebe Hunde
ich versuche sie zu verstehen
weil ich sie liebe
Das Gehirn der Menschen kann jedoch
nie die Einfältigkeit der Hunde verstehen
nie

Beschimpft, verprügelt
und gar getötet werdet ihr
Wie könnt ihr noch Ehrfurcht haben
vor dem Wahnsinn euerer Herren?!
Die einfachen Tiere
mögen feudale Liebe-aus Trägheit
O ihr Blinden
euere Ahnen waren doch Wölfe!

Die Menschen
haben die feudalen Ketten durchbrochen
Niemand will noch Sklave werden
niemals Lakai

Gefährlich war es Tyrannen Tyrannen zu nennen
Sklaven Sklaven zu nennen
Lassen sich die Hunde
in Zukunft auch Hunde nennen?!

Den Feudalismus haben die Menschen schon beseitigt
Wieso fegen die Lakaien nicht hinweg die Feudalmoral!!

NACHWORT

Die neue taiwanesische Lyrik ist ein seltsamer Aspekt des kulturellen Lebens in Taiwan. Obwohl die gesellschaftliche Struktur und das allgemeine Bewusstsein der Bevölkerung noch hart unter den Wirkungen der jahrhundertelangen kolonialen Unterdrückung zu leiden haben, ist die neue Lyrik relativ schnell zu einer starken Kraft unter der jungen Generation entwickelt worden. Zur Zeit gibt es etwa 8 rein lyrische Zeitschriften, deren Gesamtauflage um 10,000 liegt. Rund 150 Gedichteschreiber arbeiten nebenberuflich für Zeitungen und Zeitschriften aller Art. Dazu werden öfters in Schulen und Universitäten Lesungen abgehalten. Solche Verbeitungen der Lyrik sind zum einen der lyrischen Tradition und den Bemuhüngen der Gedichtschreiber zu verdanken und zum anderen literatursoziologisch darauf zurückzuführen, dass man in der Lyrik relativ grossen Spielraum hat wegen der Vieldeutigkeit und Unverständlichkeit der Aussagen in den Gedichten.

Die hier vorliegenden Gedichte sind aus den Heften der zweimonatlichen Lyrik-Zeitschrift "Bambus-Hut" (gesprochen): Li ausgewählt. Der "LI" (Arbeitshut, Bauernhut) wurde im Juni 1964 von einer Gruppe taiwanesischer Lyriker gegründet und bis heute ununterbrochen fortgeführt. Jetzt ist schon das 50. Heft erschienen. Es ist die lebensfähigste unter allen Lyrik-Zeitschriften in Taiwan, weil sie eine Gruppe von ständigen Mitarbeitern besitzt, die innerlich miteinander verbunden und durch die jahrelange Zusammenarbeit eine untrennbare Gemeinschaft geworden sind. Dem System nach ist sie auch eine hervorragende Zeitschrift. In jedem Heft gibt es lyrische Produktionen, theoretische Artikel, Uebersetzungen von ausländischen Gedichten(anglo-amerikanisch, französisch, deutsch, spanisch-latein-

amerikanisch, afrikanisch, japanisch usw.), Manöverkritik der Mitarbeiter an den jeweiligen Gedichten, ein umfassendes Urteil über einem Lyriker, Rezensionen, Literaturnachrichten vom In-und Ausland, Kritik durch die Leser. Durch diese jahrelange Zusammenarbeit sind einige prinzielle Gemeinsamkeiten konzipiert worden sowohl in der Handhabung der Sprache als auch in der Behandlung per Inhalte der Gedichte. Besonders die paradoxe Schlussfolgerung der Logik in den Gedichten drückt die seltsamen Methoden der Widerspiegelung der gesellschaftichen Wirklichkeit aus, die (Methoden) auch von vielen anderen Schriftstellern angewendet werden.

Die Auswahl der Gedichte und ihre Zusammensetzung in Zyklen sind darauf gerichtet, die historischen Hintergründe und die heutigen Realitäten in den Gedichten erkennbar zu machen. Es ist auch selbstverständlich, die Erkenntnisse der Realitäten durch die Lyriker so zusammenzulegen, dass eine Richtung der Entwicklung gemäss pieser Erkenntnisse gegeben wird. Die Gedichte sind einzln gesehen zwar zum Teil noch ausdrucksschwach und logisch durcheinander, doch gemeinsam sind sie schlagfertigund überwinden damit die scheinbare Widersprüchlichkeit im einzelnen. Die Namen der Verfasser scheinen hier nicht so wichtig wie die Thematik der Gedichte und deren Inhalt.

Rein sprachlich hat sich die taiwanesisch Lyrik von heute in vieler Hinsicht von der chinesischen lyrischen Tradition losgelöst. Abgesehen von der Geheimiskrämerei mancher Gruppen schreibt man längst nicht mehr in der klassischen Schriftsprache, sondern in der Umgangsprache, wie sie das Volk spricht, einfach, kurz und vulgär. Auch die alte Verseform, die alten metrisch-rythmischen Bindungen werden aufgegeben. Nur die fruchtbare Bildhaftigkeit spielt noch eine grosse Rolle sowohl im Ausdrck der Gedichte als auch im produktionsdrozess der Verfasser, da die chinesischen Schriftzeichen selbst stets bestimmte Bilder hervorrufen. Man benutzt auch noch Naturgegenstände die in der klassischen chinesischen Lyrik hänfig auftreten:

Blumen, Bäume, Himmel, Berge, Vögel. Jedoch haben diese Gegenstände und Bilder eine Doppelfunktion zu erfüllen. Einerseits wird diese heile Naturwelt ironisch besungen, anderseits sind die Naturelemente wieder Appositionen der Menschen, die wegen physischer Schwäche einer fremden Gewalt ausgeliefert sind. Diese Menschen scheinen nicht aus einer Situation herauskommen zu können, wo sie zwar den Willen besitzen, den Boden nicht aufzugeben, aber gerade wegen ihrer Unbeweglichkeit in einer permanenten Verzweiflung gehalten werden. Viele scheinbar selbstmörderische absurde Handlungen (Gedicht "Unter dem Dach", "die Sonnenblume"...) sind logische Erscheinungen einer ökonomischen Struktur, die bei vielen kolonisierten Völkern zu beobachten sind. Während man gewisse Tatsachen erkennt und Hoffnungen und Willen entwickelt, tritt auch die eingeimpfte Sklavenmoral auf: Angst, Selbstmisstrauen, Selbsterniedrigung und fatalistische Handlungsweisen. Es ist ein fast hilfsloser zugleich aber heroischer Versuch der Lyriker, historische Lehre und damit alte und neue Schmerzen wachzuhalten und dabei Methoden anzuwenden, die die objektiven Grenzen nicht überschreiten. Deswegen sind manchmal sprachliche Verzerrungen und tätsachliche, logische Irrtümer nicht zu vermeiden.

Dennoch lassen diese Gedichte erkennen, dass auf dieser mehrmals von Kolonialherren zertrampelten Insel ein Funke von Hoffnung langsam aber emsig wächst trotz der früheren Kriege und Massaker und der jetzigen Isolierung. Auch unter schlechten objektiven Bedingungen auf dieser kulturellen Wüste besteht die Möglichkeit der weiteren Entfaltung. Zur Zeit tritt er nur einzeln und winzig in Erscheinung; die Lyriker improvisieren, schreiben keine grossen Stücke, haben keine programmatischen Konzepte und keine klare Linie entwickelt. Die Lyriker können dies nur schaffen, wenn sie die Einflüsse mancher westlicher idealistischer Kulturrichtungen (Eliot, Rilke...) uberwinden und ihren eigenen Auftrag richtig auffassen, d.h. ihren sozialen Standpunkt an die anschliessen, bei denen sie den Funken entdeckt haben. Historisch gesehen hat der Funke also auch eine Doppelnatur: obwohl er einerseits die eigene Stärke bedeutet, kann er auch im Keim erstickt werden falls er nicht gemeinsam geschützt wird und sich nicht zum Steppenbrand ausbreiten kann.

Heidelberg, Dezember 1972

李白詩選譯 ㈠

羅 傑英譯
吳美乃選輯

春怨

白馬金羈㈠遼海東；羅帷繡被臥春風。
落月低軒㈡窺燭盡，飛花入戶笑牀空。

註釋：㈠金羈：金飾的馬絡頭。㈡軒：有窗的長廊。

THE SPINGTIME OF HER DISCONTENT

Astride a white charger with a gold halter yov advance to Liaotung by the sea.

Behind my gauze curtains, under on embroidesed Coverlet, rests onlg the spring wind.

The fading moon through my window peers at the guttered candle-endo ;

Wind-tossed flowers drift in my doorway to mock my empty bed.

notes **:**

Line 3 : Guttered condle-ends symbolize the fact that her tears are finalby dry.

*Line*4. : Wind-tossed flewers represent whores.

黃鶴樓送孟浩然之廣陵

故人西辭黃鶴樓，烟花㈠三月下揚州。
孤帆遠影碧山盡，唯見長江天際流。

註釋：㈠烟花：喻花的繁多和靡麗的意思。

ON SEEING OFF MENG HAO-JAN AT HUANG HE TOWER ON HIS WAY TO KUANGLING

My old friend departed Huanghe Tawer on his way out of the West,

In the misty flowery third month, he did travel dewnstream to yangchou.

The figure of his lonely sail at last vanished against the green mountauins,

And I could see only the yangtze piver flowing towards the boundary of heaven tself.

notes **:**

Title : The Huanghe Tawer was located in what is now *Wuchang hsien*, Hupei. *kuangling* was the Tang dynasty nane for Yangchou. Yangchou is located in *Chiangtu hsien*, Kiangsu.

• 笠九週年年會盛況 •

▼楊逵先生

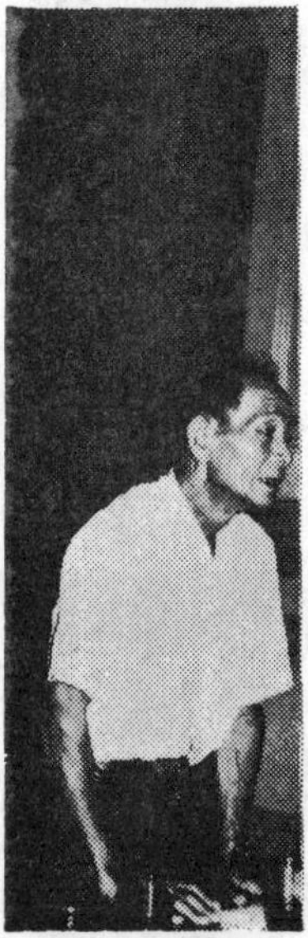

▼楊啓東先生

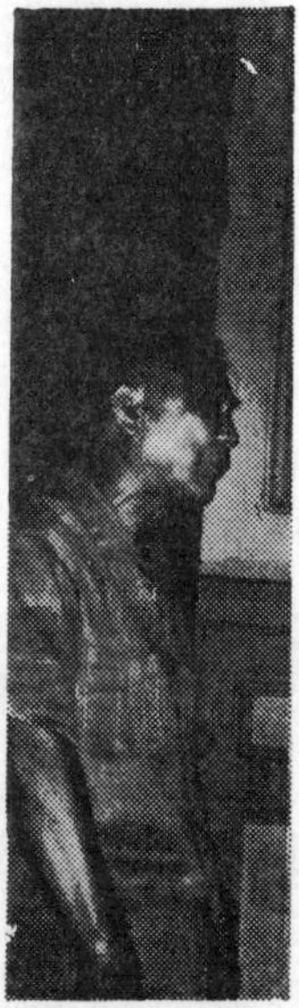

▼王詩琅先生

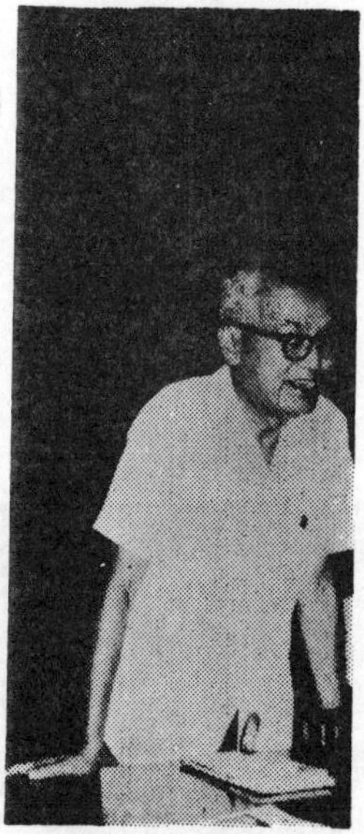

▼趙天儀

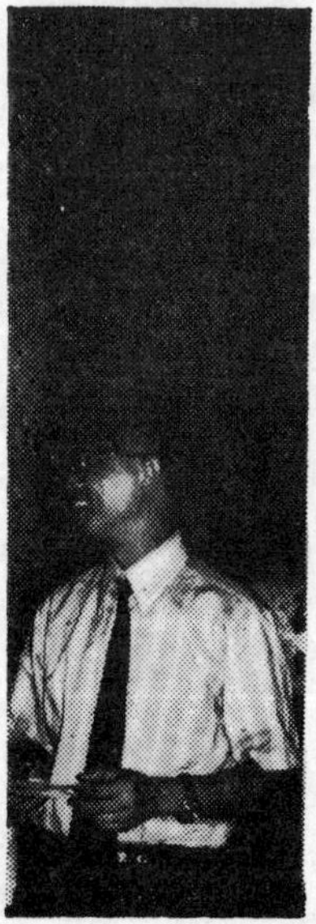

▼梁景峯

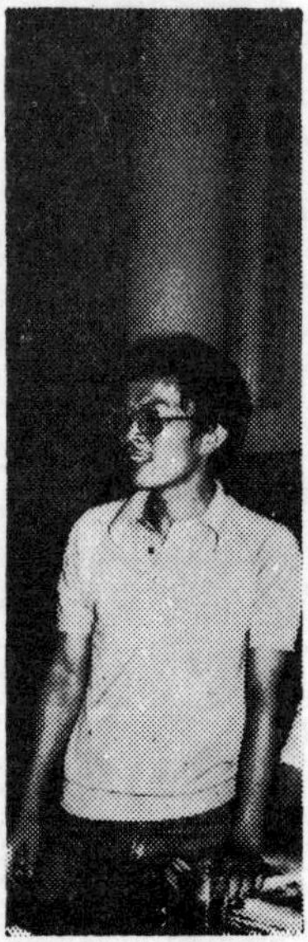

▼白　萩

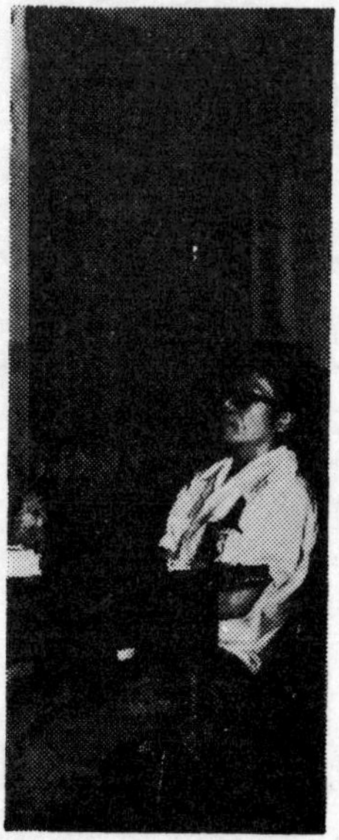

▼陳秀喜

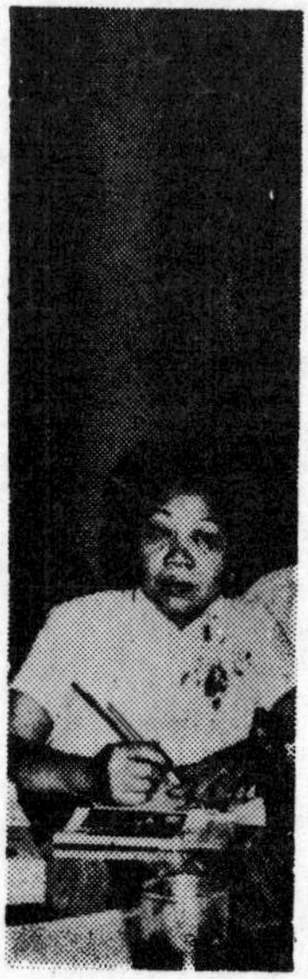

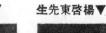

民國內政部登記內版臺誌字第二〇九〇號　臺字第二〇〇七號執照登記爲第一類新聞紙

定　價：每冊新臺幣十二元
日幣一百二十元　港幣二元
菲幣二元　美金四角
全年六期新臺幣六十元
半年三期新臺幣三十元
●郵政劃撥中字第二一九七六號
陳武雄帳戶（小額郵票通用）

出版者：笠詩刊社
發行人：黃騰輝
社長：陳秀喜
社址：臺北市松江路三六二巷七八弄十一號
（電話：五五〇〇八三）
資料室：彰化市華陽里南郭路一巷10號
編輯部：台中市民族路三三八號
經理部：臺中縣豐原鎮三村路九十號

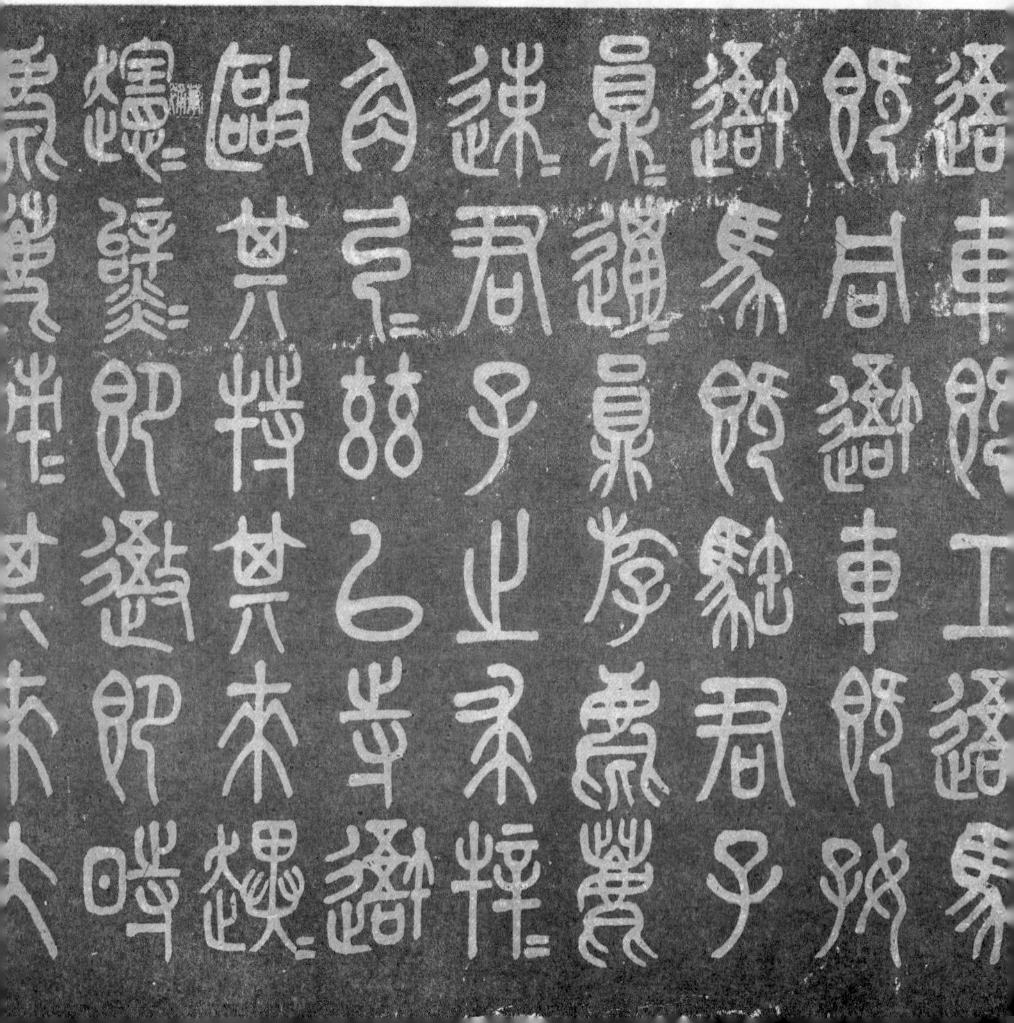

笠

LI POETRY MAGAZINE

民國五十三年六月十五日創刊・民國六十二年十月十五日出版

詩双月刊

57

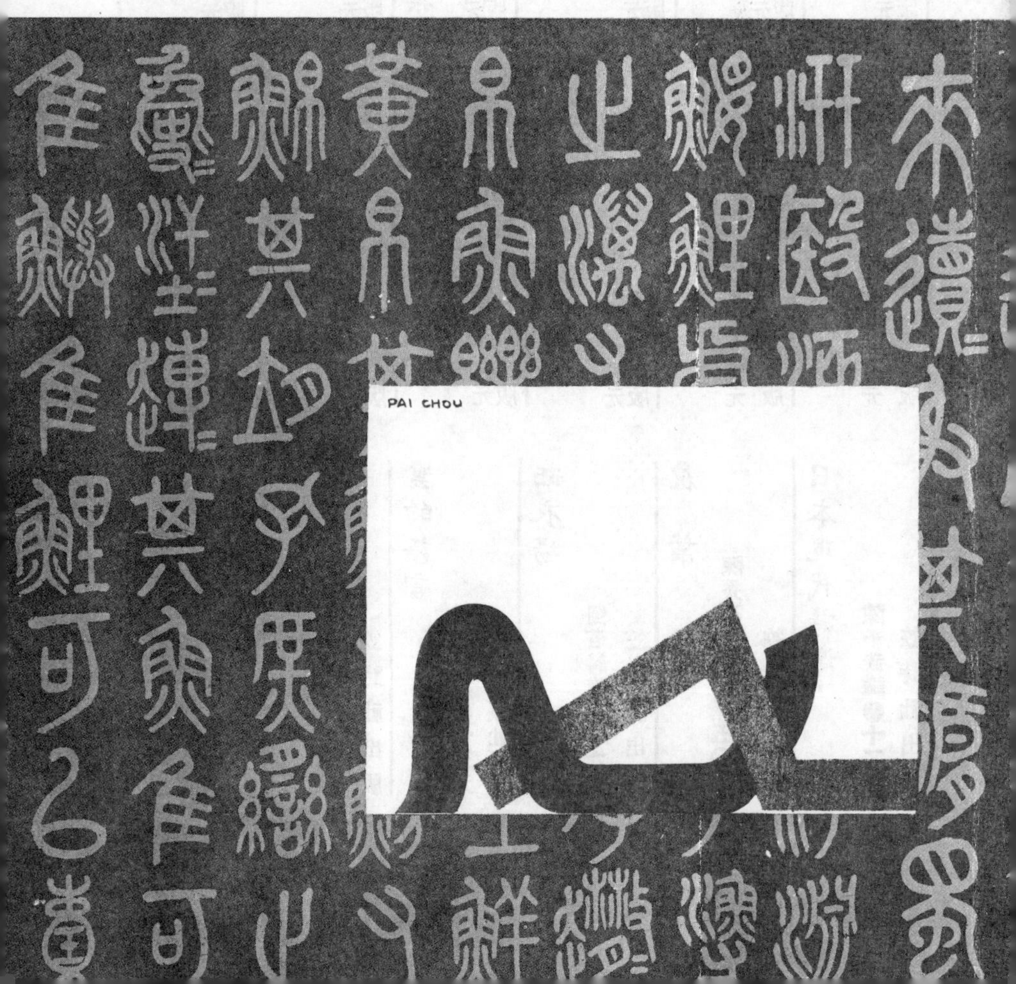

詩學
西脇順三郎詩論
杜國清譯●二四元
田園出版社出版

現代詩的探求
村野四郎詩論
陳千武譯●十八元
田園出版社出版

艾略特文學評論選集
杜國清譯●七十元
田園出版社出版

保羅・梵樂希的方法序說
馬洛文學理論
林亨泰譯●十元
田園出版社出版

美學引論(1)
趙天儀●十二元
笠詩社出版

美學與語言
趙天儀●十五元
三民書局出版

杜英諾悲歌
李魁賢譯●十六元
田園出版社出版

給奧費斯的十四行詩
李魁賢譯●十二元
田園出版社出版

德國詩選
李魁賢譯●十五元
三民書局出版

德國現代詩選
李魁賢譯●十五元
三民書局出版

白萩詩選
白萩作品精選集●十五元
三民書局出版

現代詩散論
白萩詩論集●十五元
三民書局出版

歸途
鄭炯明詩集●十六元
笠詩社出版

期嚮
陳鴻森詩集●十二元
笠詩社出版

雲的語言
傅敏詩集●十五元
林白出版社出版

晒衣場
凱若詩集●十六元
笠詩社出版

覆葉
陳秀喜詩集●精五〇元 平廿五元
笠詩社出版

日本現代詩選
陳千武譯●十二元
笠詩社出版

本刊是一個開放性的園地長期歡迎下列稿件

①詩創作
②詩集評、書評
③詩人的札記　隨筆
④詩人論、詩論
⑥海外詩人作品海外詩論的譯介、

「當代中國詩人的攷察」邀稿啓事

本刊擬自下期起，闢「當代中國詩人的攷察」一欄，將對「現代詩社」、「藍星詩社」、「創世紀詩社」系列之代表性詩人底作品進行審察。鑒於該三詩社均已在國內詩壇形成某種風氣，造成某些影響，我們有理由相信：經由作品的審察，將使二十年來既往的路線更為明晰可辨，也將使今後的發展更為穩健。

我們預定的名單的這樣的：紀弦、余光中、鄭愁予，洛夫、瘂弦、商禽、葉珊、周夢蝶、羅門、葉維廉………當然，您會發現有「漏網之魚」，因爲我們原則上略開了具有本刊同仁身份的詩人；當然我們也歡迎您對他們作品的審察

這樣的攷察，着重於檢討，因此，「虎爲虎作倀」的秀才人情不是我們所需要的。年輕的詩人們，我們特別歡迎您把握這樣的原則，發表您的高見。

有關紀弦作品的攷察，將刋於58期本刋，來稿請於十一月十日以前擲下。

笠57期目錄

封面設計。白萩

編輯手記

「笠」是一份同人刊物——但這並不意味著它不是詩學界，甚至社會的公器。我們一向如此，今後也將秉此原則，並積極實踐之。

因此，我們擬自58期起，增闢幾個專欄，包括：

社會時評——詩人，作家對社會事件的看法。
文學界——介紹本地文學界的一般景況
藝術界——介紹本地藝術界的一般景況。
詩誌評——對詩刊的評論。
書評——對詩論集，文學作品集及其他書籍的評論。
海外通訊——介紹海外文學界藝術界的一般景況。
當代中國詩人的攷察——對二十來代表性詩人的檢證。

當然，我們令視實除需要而隨時調整專欄，務期達到涵蓋，更廣，更完備的境地。這些專欄，除主題經預定，請把握截稿期者之外，我們隨時歡迎詩人，作家，藝術家提供稿件。

我們原有的各項專欄，也均將再予加强。以海外詩而言，58期將刊出的智利詩人聶魯達以及英語系詩人奧登的紀念輯，就是一個發端聶魯達爲一九七一年前的諾貝爾文學獎得主，奧登則爲本世紀的傑出詩人，這個紀念輯是配合他們最近相繼逝世的消息而企劃的。

緣於諸項新計劃，本期我們減少了一些篇幅，並在編排上略作調整以爲新氣象之先導。

這期的田村隆一論及高村光太郎，西脇順三郎及金子光晴的二篇文章，分別對做爲雕刻家，超現實主義者，現實主義者的三位日本詩人做了精闢的攷察。我們或將從這裡更進一步地認識詩人的條件，超現實主義及現實主義的眞諦。

題爲 THE VISTAS OF LOVE 的英譯陣秀喜詩集「覆葉」，就是愛的景緻，展現了女流詩人對於一長串景色，事件的回憶及展望。

卷頭言

石頭的立場

傅敏

本刊自創刊迄今，素以重視現實的課題著稱。我們曾一再强調詩的人間性，强調詩不是幻想的天國，强調詩不是個人救贖的工具，形成了異於彌漫著詩學界的「古典抒情」及「超現實」空氣底一支堅强力量。我們深知：唯有凝視這個時間這個空間，才能補捉到支撐我們詩的礎石。

基於這種認識，我們開闢了「中國新詩史料選輯」及「臺灣新詩的回顧」兩專欄，以便經由傳統的再認識，修正我們詩學界已經迷失了的方向。在52期本刊，陳千武編譯介紹的「鹽分地帶的詩人們」，使我們能够清楚地回顧了光復前臺灣新文學運動中唯的詩集團底一部份成果。

——

從思想逃避的詩人們喲
假使做夢就是你們的一切
就多做夢吧
然而最後你們會清醒
那時你們會因驚訝而顫抖吧
你們所寫的美麗的詩屍
為什麼只有無聊的人才戲弄它

從思想逃避的詩人們喲
不要空論詩的本質
倘若不知道就去問問行人
但你不會得到答覆
那麼就問我的心胸吧
熱肉暢流的這個肉塊
產落在地上的瞬間已經就是詩了啊

這幾行節錄自鹽分地帶詩人吳新榮的「思想」。自以為走在時代尖端，實則躲在時代角落裡面的今日的詩人們，請你把臺灣詩學的這個傳統當做鏡子照照吧！也許從這塊被惡毒地殖民過的小小地域，你也會發現到能予你震撼的巨大的質呢。你就嚼嚼看吧！在烈焰下閃閃發光的它，像石頭一般堅硬呢。

作品三首

杜國清

風箏

在時代的狂飆中
斷了線的　風箏
像一隻棄塘的野鴨
欲飛過雲外的金城
撞出滿空的碎雲
欲與神　同歸
一聲絕望的尖叫
欲戳穿天堂的地板
金質的骨弦在勁風中悲鳴
聖人在破廟裡　落淚

繃緊的臉　在夜空破裂
五嶽在夢邊　斷崖
——狂飆搖撼故園
母親握着線球　遙望天空

一九七三、三、廿三

月夜思親

月到中秋分外明
每逢佳節倍思親

別碰我，今夜
讓我踡縮成一團
像一顆萌芽前的種子

母親啊
我曾在妳體內的溫室裡
妳以血滋養

在一個嫵媚的島上
我萌芽，伸出手腳
突破透明的天衣
以哭號歡呼

母親啊
我是在妳的眼眸裡茁壯的一棵苗
妳以淚灌溉

在一陣颱風過後
豪雨把我冲到另一個島上
爲了需求營養
我又把自己移植到異地

母親啊
我是在妳的思念中成長的一棵樹
妳以夢施肥

今夜在妳的夢裡
我該是月中那棵樹
今夜仍然滴着
妳所灌溉的淚
在異地遙念着妳

一九七二、九、卅

天上人間

那個人，不斷地
用兩根棒子敲打電線桿
那個人，仰頭看雲

雲是水波
整個天空是一枚大貝殼
嵌着一隻巨大的藍眼珠
當中那燦爛的眸子

映照着地球

在地球上
那個人，拼命地
用兩根棒子敲打電線桿
那個人，獨自哭着歌

他的歌，像泉水
從喉頭湧出，一再湧出
他的歌，像浪花
一朵又一朵，漂流在噪塵上

為了使他的歌派到天上
——雲是水波，歌是波聲
那個人，仰起頭
瘋狂地敲打電線桿
瘋狂地哭着

一九七二、四、廿六

諷刺兩題

趙天儀

退職的神甫

嚮往天國
因此　追求神的恩寵
歸返紅塵
因此　捨棄了神職的榮光

為了功名　不惜遠渡重洋
為了愛情　不惜遠離天堂
為了慾望　不惜用盡撒謊

愛的選擇　終於讓神的影子退位
慾望的企圖　用盡了心機
匿名的陰謀恍如一次政變

嚮往天國
因此　追求神的恩寵
歸返紅塵
因此　捨棄了神職的榮光

魔鬼的門徒

你說你是存在主義的佈道者
開口胡賽爾
閉口海德格

在此或在彼
兩者擇一之中
你選擇的是什麼？

你是否在自我欺瞞
你是否在追求壞的信念
說尼采是被曲解
說沙特是被誤解

然而你却也不是上帝的信徒
你却也不是存在主義的眞正的詮釋者

你只是一個魔鬼的門徒
你只是一個魔鬼的門徒

陳鴻森

非詩輯

女人

究竟
刼奪了你的貞操
便是佔有你的肉體嗎
佔有了你的肉體
便也連帶的
獲得你的心嗎

那麼喪失了這些的女人
你信任我什麼呢

失去貞操的那刻
是否你已率先
把你所緊抓住的
你的世界你的現實
捨棄

滿心接受我的撫慰時
有時
我會殘酷地想着
假如我背叛了你……

把你所緊抓住的
你的世界你的現實
捨棄
女人閑着的双手
現在正激烈地束着
我的脖子
說：愛

（六二年八月十四日）

一、本刊擬自下期起，闢「文學界」欄。
二、我們敬邀詩人、小說家、散文作家、劇作家、評論家提供有關國內文學景況的隨筆。

傅敏

天國祭

十二行

持有我的語言
夜以其暗澹的恥部
孕育著世界的生

持有我的肉體
妻以其暗澹的恥部
孕育著世界的死

語言與肉體之間
物象構成的疊影
孕育著世界的眞空狀態

純粹的
St'ephane Mallarme 的
虛妄的天國

不死的鳥

死了的故鄉上空
盤旋著一群鳥
像飛揚的
含冤詩篇
睜眼
就在眼前
閉眼
就在瞳睛裏

鳥的翅膀
載著我的腦髓去巡梭
去追蹤兇手的足跡
去細讀那一頁白骨的構圖
去復活土壤

那是不死的鳥
不被呑沒的
我們石頭的心

監　獄

打開窗子，讓陽光進來罷

囚犯用德文唸著
歌德臨死時說的話
淒涼地
露著牙齒
笑了

打開窗子，讓陽光進來罷

囚犯夢見
臨死時
唸著這一句話的歌德

醒了過來
發現
夜
凍結在他的四周
無半點聲響

下期預告

陳千武譯

谷川俊太郎的詩。谷川俊太郎論

癬

鄭烱明

開始的時候只有米粒那麼大
沒有注意
不久變成紅紅的一塊
有點癢
也不曾認眞治療
於是它像三十年代的日本軍閥
瘋狂地在我的身上
擴張它的版圖

從臉到頸部
從頸部到軀幹
從軀幹到四肢……………
有如火山爆發後的赤色的岩漿
覆蓋了整個的我
也灼傷了我的心

二十多年了
每當看到鏡中的他
痛苦地用手抓
那個面目全非的形象時
除了咬牙
我還有什麼話可說？

周伯陽

夢

活動時你不肯接近我
入睡後你才肯伴我
我們是青梅竹馬的老友
爲何這樣不敢親近？

你來時總不打招呼
你去時也不說一聲再見
你是幾十年的知音
爲何這樣飄忽無常？

到底爲什麼
你一直躲在朦朧模糊中？
當我睜開眼睛要看個究竟時
你卻消逝於白茫茫的晨霧裏

羅杏

繾綣經

瓶女

昨夜女蘿且着以地衣，緩步春泥
探腦過深院，奢想咀嚼一番古意
垂眉隱不住兩彎心事
甜酒偏引唇紅，聲聲慢道出
頰邊兩渦半遮
女紅暗縫香囊，貼進一椿秘密：
秋扇底的韻脚
拐了彎的桃花
抹了角的柳絮
眸底栽種滿庭芳草，一池謎語
趁夜月秉燭出遊
涉風，竟忘了揭曉謎底
只記得七夕，天上人間，儘是雨絲糾纏
寧馨兒怕誤了佳期
翻開紅樓夢，沿著炕上乞取
盛罷一夜盈耳的叮嚀，乃歸
乃歸化成
一尊古典中國花瓶
這般一齣齣表妹故事

淋醉了多少世紀

今朝
且留步寒山寺前，不覺冷顫一陣
扯謊的西風，襲捲古殿裡羞怯的面紗
搖滾敲落曳地長裙
狂夫擒走愛琴海上的水月
直讓一顆紅心橫爬野草
靈魂從跳動的斑馬路滾落地下室
夢中只見群獸張牙舞爪
霓燈下一堆堆蟠蜷的瓶女
旣使斷首，仍在蠢動
猫眼撕碎衣裳後的蠢動
衣袖裡半透明的蠢動
穿越紅燈
追透綠燈
霧亂黃燈
東風無力搖醒狂暴的西風，仍歸
仍歸化成
一尊中國瓶花的古典

魚

一路來就都是凝眸定神的
直滑溜到烏墨色菜攤上
今晨且冷眼澄澈命運的污漬
送往迎來
趁魚販掃射顧客，得去道別莊周

這位曾點悟我們游出旋律的風流客
海市蜃樓
臂灣綴以落日，籠絡遊子的浪唱
海岸亮起旭日，攔截尾鰭的衝刺
我們擠到黑潮親潮野合的熱潮裡溫情
海誓山盟
深藍泛著淺藍，盪起舞曲
扇動波瀾，尾隨到天涯海角
海枯石爛
直至双双穿入老漁夫的漁網

喜愛放逐的日子
把不眠的夜打發給綠藻紅珊納悶
把長晝流下的濁水沉澱到深溝
謹以一身冷血　一把脊椎
贈與行吟江湖的牢騷客
冷嘲熱諷
漁火烘乾了江風
汽油泛濫著五彩的魔掌
裂嘴的鳴笛咆哮碼頭工人
於是漁夫遷怒
駭走了我們這群天涯客
冷暖人間
也無人願放生添壽
幸而我是冷血動物
漏網
　直可曳尾而去

護身符

德亮

一包香火
一枚小小的
紅色護身符
在我多病的身體
垂掛着

香火是離家後
神的警衛
神在家鄉的關帝廟裡
殿前燃燒的縷縷輕煙是輕柔的語言
在母親細細縫過的小袋裡
活着對家的思念

母親的叮嚀是一把
防身的劍
香火是劍的鞘
我是仗劍行走的路客
人到那裡
護身符便跟到那裡

終年歲月
香火在層層的汗水裡呼吸着哀傷
擁抱着
出操後陣陣的體具
離開這兒很遠的家裡，
母親是否也像護身符一樣
孩兒每一次出征
都要淌淚一次

從來不看信神的我
在離開家鄉這末遠的地方
難過的時候
還是會忍不住
將掛在胸前的護身符
緊緊擁住
擁住香火裡緊緊包着的
親情

※一九七一年諾貝爾文學獎得主智利詩Pablo Neruda,（1904—），九月二十三日晚因癌症不治去世，享年六十九歲。這位詩人曾任智利駐法國大使，一年前辭職。

※本世紀文學界傑出人物，現年六十六歲原籍英國的詩人奧登（W. H. Auden）九月二十八日晚在維也納，因心臟病去世。

煙寺

苦瓜集

死水

一窪小小的死水
是昨日匆匆留下的雨
太陽住進來
神秘地一笑：
與我同在者
將在天上永生

站在死水旁的我
儘量將身影投入汚濁白水中
看我如何消失
如何背著十字架騰空

阿們
水乾涸時
身影卻仍匍匐在泥巴上

一號

蹲在一號內
繳納昨日一整天的收入
把兩張草紙翻得遍體鱗傷
發現它眞像以前持往稅捐處的稅單

只有這種納稅的事才是最愉快的
讓我在此多待會兒
再欣賞些壁上的五光十色

有位裸體小姐
竟然不停地注視著我
是否誤認我就是
那位完成她的美艷的變聲少男？

圍爐

——除夕習俗

蹲在地上
注視檢來的香煙頭
上面猶餘的星火
引我走入除夕

這樣夢幻著聽：
眼前的星火必剝地燃燒
故鄉的聲音
熊熊站立矣
對著一副迷惘的異鄉臉

那年車籠山上的：
香煙頭
除夕
我以及
流浪的跫音
共同完成一次簡單的圍爐

臺北感嘆曲

曲一

故鄉的路邊茶
圖滾滾的壺心常住佛
流甘露
潤行人
而臺北的甘蔗汁
小杯一元
大杯二元

曲　二

「兄弟，一塊錢！」
「拜托一下，忘了帶錢。」
此時緊急的我
才想起故鄉原野的好處

曲　三

心情煩憂時
就檢塊石頭
向天空憤怒地擲去吧！
可是滿街的紅磚與柏油
去那裏找石塊？

曲　四

整坂被封死的泥巴
得了憂鬱症
所以安全島上的小樹
全擺動秋色
我的香港脚到何處尋覓
一窪泥巴來踐踏？

衡榕

淚

淚原是這樣清脆
手腕扭到的那晚
半夜痛得
嗚咽起來
很清楚地看到
一連串的淚珠
三級跳的掉落
在地板上
啊——

△本社增設北部資料室，專司彙編詩集、詩論集，詩評目錄；並將發表工作報告。
△敬請全國各詩社、雜誌社、出版社及作者惠贈有關資料。

笠詩社北部資料室
臺北市北投石牌路一段三九巷七十弄二號二樓

笠下影

郭楓

浮沉在生活的激流中，浸透了很深很深的黯淡之後，現在，我總算認淸楚了自己：一個天生的不能成就什麼「事業」的人，一個特別狂傲而又特別癡儍的人。我總是生活在明天之中夢想舞成一隻火鳥，其實只是一隻匍匐在寫作之路上的鴨子而已！曾經有一段時間我幾乎脫離了軌道，終於我還是無法拋開那呼喚著我靈魂的聲音。

——「郭楓詩選」底「後記」

—作品

野宴

我們再也不必向臉上揉笑。到了春天
再也不必眼巴巴地望着一朶雲
那時，遙遠的夢就會走過來
坐在我們的心中
許多事用不着講說道理了
去發瘋吧，去翻幾個跟斗吧
去和銅像角力吧，去踢開一扇門吧
去把老師們底眼鏡摘下來一腳踩碎吧
我們終於偉大了起來！我們終於
孩子了起來！到了春天
頂嚴肅的問題是怎樣開自己的花
其實，也不會有爭執的
你紫着你的紫，我白着我的白
到了春天，太陽是很熱情的
他濃濃的酒會把大家的杯子注滿
到了春天，當然不必擔心饑渴
整個草原的綠，站了起來
邀我們去野宴他們深深淺淺的醉
之後，還要請我們聽一聽風和林子

怎樣地演奏
一種叫做音樂的東西

鏡

現在唯一的眞實是你保存的影子
我蹣跚地走近你
肢體鬆散成枯折的樹，啓開心靈
凝注，便有突現的昨天——
笑容如春雲初展
翩翩的舞姿，如蝶

你竟永遠地照耀，和我底心靈對視
而不管我在做着什麼
永遠地照耀着。呵
在風中，在雨地
在我孤寂地涉過喧嚷的人潮
永遠地，從不眨一下眼
這是註定的輪廻
無法可想。除非一個生命
嵌在藍空之上

養鴨場風光

實在不應該再埋怨什麼了
上帝已經賜給你們一小格天堂
一小格空暇，自由地繞
圈子，而且搧搖翅膀
飼料是頂科學的
不會養得太肥
清水哪，滋味不錯
足酬够謝你們，辛苦的胃

不用曬很烈的陽光
也沒有什麼風景會擊傷眼睛
打會兒盹吧
幹麼那些雲老在遠方吵嚷
去吃。去喝。去生蛋。去死
很有趣的一種哲學

立在茫茫的黑中

立在茫茫的黑中
星子沈落地球蒙着臉
有些燈火看似已近
却永遠在天堂的邊境
閃爍不可期的預言
點亮什麼來照耀呢
心是無依的游魂
隨風飄轉
只能捧着空空的碗求乞
一脈夢中的希冀
來把我注滿
那時我將唱成一隻早起的鳥
襤褸的衣裳也光彩熠熠

Ⅱ 詩的位置

在播種時期的詩壇，郭楓便已開始在「寶島文藝」、「野風」、「半月文藝」以及「新詩週刊」發表了他的詩、散文以及評論，尤其是在「野風」的編者師範等所主持的文藝生活出版有限公司，他也繼師範的長篇小說「沒有走完的路」、中篇小說「與我同在」，楚卿的詩集「生之謳歌」，而推出了他的散文集「早春花束」。然後，便是跟他的老搭擋葉笛合編了「新地文藝」，這是民國四十年至四十五年光景，是郭楓早期最活耀的時期。沉默了十多年以後，當他主持新風出版社時，竟一口氣出版了詩集「郭楓詩選」以及散文集「九月的眸光」（註1）。就詩歷來說，郭楓早就出現於「新詩週刊」，但他却不屬於任何一個詩社，或任何一個詩派，在自由詩的系譜上，他是一位獨立的詩人。他對詩壇的時尚，一面抗拒，一面批評，這並不意味着他否定了詩壇已有的成就。

（註1）郭楓詩集「郭楓詩選」，民國六十年九月由新風出版社出版。郭楓散文集「九月的眸光」，民國六十年十月亦由新風出版社出版。

Ⅲ 詩的特徵

郭楓寫詩，也寫散文；他的詩，有些散文化，那就是使用散文化的語言來捕捉詩的意象。他的散文，有些詩化，他的理想是：好的散文猶如詩，應如詩的精鍊與純淨。早期郭楓的詩，有青春的熱情，有濃烈的鄉愁，表現了一個來自大陸的青年詩人在時代的苦難中所追求的感受。而近期郭楓的詩，有生活的體驗，有理想的抱負，在安定中渡過了艱辛的歲月，因而使他更趨於成熟；「郭楓詩選」雖然只是從民國五十九年九月至六十年九月之間的結集，但是我們已可以體會到他的激情、理想以及夢幻。在詩的題材上，他雖然是反浪漫的，但却是頗富於浪漫的氣息。在詩的語言上，他的口語化，使他的詩相當明朗，沒有晦澀的傾向。在「野宴」、「鏡」、「養雞場風光」以及「立在茫茫的黑中」，證明了他在抒情中有寫實的傾向，在象徵中有造境的意向。作為一個詩人，他瞭解如何去創造自己獨特的世界。

Ⅳ 結語

寫詩，不只是要依青春的夢幻，而且是要靠人生的體驗。詩人如果只是在所謂技巧的技倆上表演語言的花招，而凌空於虛無飄渺間，那麼，所謂詩人也無法擺脫魔鬼的誘惑了。當然，沉默了十多年光景的郭楓，在沉默中，却也培養了一種的成熟，一種的醞釀，使他不再是一隻醜小鴨哩！

連載(四)

我們時代裏的中國詩

林亨泰

拾伍

「形而上詩」之所以冠上「形而上」，即與「形而上學」之要冠上「形而上」，其理由並無二致。它們不但都致力於「尋找根源」（若說「追求永恒」，此乃是同一事的另一面），而且也都以「整體的解釋」去接近他們的宇宙。但，儘管如此稱它爲「形而上詩」也吧，詩畢竟是詩，該屬於詩的「形而上詩」仍舊是有別於哲學的「形而上學」的。

因而詩人們唯恐把「詩」寫成「哲學」使之淪落爲哲學的附庸，他們一向不敢輕易把「哲學概念」作爲直接描摹詩中形而上思考之用的，用不着說，他們更是不敢將「哲學術語」信手取來套之於詩中的。就一般而言，「形而上詩」中常被喜歡用上的表現可能就是「類推」（analogy）的手法，「形而上詩」之所以有如此類似於「象徵詩」之處，大概也就是基於這個道理吧。

拾陸

大致說來，「形而上詩」中的詩現實之產生與形成，是有待統攝兩個截然不同的世界之後始能實現的，誠然，它需要從「普遍性」這遠近法中捕捉一些形而上思考，這一側面當屬於「超感性」的一邊，亦即佔有優位的一邊，但，除此而外，它也需要爲「個別性」這畫面中的影像來個一絲不苟地大事勾勒，好讓各個形而上要素都能栩栩如生地活現在眼前，這一

，現在却又要無緣無故地消失於那種幽深玄遠的「超感性」中去了。

尤其是：從第二行詩句到第三行詩句的轉行中，我們更無法找到一些契機足以支持着這經驗世界中的互相連貫。不過，讀者之所以會產生這麼一種迷漫的感覺，問題的癥結並不存在於詩作品的本身上，我倒認爲讀者讀詩的態度才是其癥結的眞正所在。換言之，要不是讀者能隨着不同範疇的詩而自我不斷他變換調節這一副欣賞詩的眼光的話，不僅是無法瞭解詩的眞髓，若要說享受詩的樂趣那更是談不上了。對錦連的「挖掘」這首詩的欣賞也如此，讀者如果一味堅持着一定要站在「形而下」的經驗批判立場，我們這一時代關於詩作品的「文化財產目錄」中，恐怕又要再遺落一首了。

拾捌

如覺得余光中的「歷史感」頗多傷感而不堪回首，或覺得錦連的「形而上思考」拐彎抹角而太吃力，那麼，現在就換一首具有別種風格的詩作品吧！此時找到了桓夫詩集『不眠的眼』（民國五十四年十月出版）中以「咀嚼」爲題目的一首詩作品來是令人興奮的。這是以「現實觀」（請不要誤爲「現實感」）去迫近「民族性」的一首詩。

咀嚼　　桓夫

下顎骨接觸上顎骨，就離開。把這種動作悠然不停地反復。反復。牙齒和牙齒之間
挾着糜爛的食物。（這叫做咀嚼）。
——就是他，會很巧妙地咀嚼。不但好咀嚼，而味覺神經也很敏銳。
剛誕生不久且未沾有鼠嗅的小耗子。
或滲有鹼味的蚯蚓。
或特地把蛆蟲叢聚在爛豬肉，再把吸收了豬肉的營養的蛆蟲用油炸……。
或用斧頭敲開頭蓋骨，把活生生的猴子的腦汁……。
——喜歡吃那些怪東西的他。

側面乃屬於「感性」的一邊。因此，形而上詩人若非同時兼有如此內包且整合「超感性」與「感性」這兩個世界之能力者，恐怕難能應付裕如吧。

不過，與昔日的形而上詩人作一比較，現在已有很大不同，現代的形而上詩人之所以要以這麼一種「綜合」的亦即「大乘」的視點去接近詩，其主要原因就是爲了能夠對「現實的批判」獲得一個較優越的位置，而並非爲了能夠便於「現實的逃避」的緣故，但是，早已在前面約略提過的，「形而上詩」既非由「即物」所成，所以面對一種乍看時「象徵意味濃厚」而「意旨模糊不清」的一首詩作品，我們也該站在與此相等的適當角度作一些瞭解這類詩作品的適當調整是不可免的吧。

拾柒

現在，我們也該回過頭來再看一看錦連的「挖掘」這首詩的第一段詩句吧：

許久 許久
在體內的血液裏我們尋找着祖先的影子
白晝和夜在我們畢竟是一個夜

我不知道該把產生乃至形成這麼一種詩的過程叫做「觀念的對象化」好？或稱之爲「對象的解念化」才好呢？但，無可置疑的一點是：這種詩絕不可能是僅對於「自然現象的唯諾追隨」或僅靠那麼一點「感覺運動的刺激反應」就能寫出的這一事實却是極爲明顯的。

就第二行詩吧的情形而說吧，對於「在體內的血液裏」這上半句所指的到底是身體上的那一器官？當然，一目瞭然，我們都是很清楚的，但，當我們要把這行下半句「我們尋找着祖先的影子」也接着一併讀完時，便立刻覺察到：本來已相當具體而非常清楚的這一敍述，一瞬間怎麼就變得如此「抽象」？

再就第三行的詩句而說，也可以發現了同樣的情形吧。上半句所指的「白晝和夜」這很明顯的是大自然的現象，擺在眼前的是一種平日所常看到的清晰而明確的景象，但，當我們一口氣地也要把「在我們畢竟是一個夜」這下半句繼續讀完時，適才自以爲相當明朗的輪廓

本頁與前頁倒裝，未及
更正，請讀者原諒

下顎骨接觸上顎骨，就離開。——不停地反復着這種似乎優雅的動作的他。喜歡吃臭豆腐，自誇賦有銳利的味覺和敏捷的咀嚼運動的他。

坐吃了五千年歷史和遺產的精華。

坐吃了世界所有的動物，猶覺饕然的他。

在近代史上

竟吃起自己的散慢來了。

這麼一首詩並非僅用一些「現實感」所能寫得出的。除了「現實感」之外，更不可或缺的是作者本身的那一份「對現實的積極觀點」，而這份「現實觀」如非具有嚴肅批判精神者必定是無法做得到的。

韓國通訊

※朴木月、朴南秀、金宗吉、李炯基、金光林等五位韓國詩人所創辦的月刊誌誌「心象」，本年九月十日出版創刊號。該誌爲25開長形本，一四〇頁。

※韓國新文學開拓者李光洙的豪華個人全集已出版，共十卷，外加別册一卷。

※韓國新文學六十年成果的總整理：「韓國代表文學全集」已出版，共十二卷，是一部被稱爲國民文學金字塔，且受韓國出版文化賞的韓國出版史上第一部最完整的大全集。

※韓國詩人朴木月自選集十卷已出版。

※韓國詩人協會賞72年度受賞作品：金光林的第五詩集「葛藤」即將出版。

※曾到臺灣留學的韓國詩人許世旭。其詩集「靑幕」由一志社出版。

※車柱環執筆的「中國詩論」開始在詩誌「心象」連載。本期刊出「孔子的詩說」，其他依次爲②毛詩序③對緦的詩論④鍾嶸的詩品⑤李、杜、元、白的詩說⑥唐代的風格論⑦宋代的詩話⑧歐、梅、蘇、黃的詩論⑨嚴羽的詩論⑩元明諸家的詩論⑪神韻說與格調說⑫性靈說與明理說。

※陳千武（桓夫）執筆的「臺灣現代詩的動向」一文，將刊載於詩誌「心象」第二期。

隨筆

少女的詩

桓夫

最近，我同時收到了處於不同環境的兩位少女的處女詩集。那是衡榕的「望向故鄉的臉」和桐山美代子的「さようなら！10代」。

衡榕的「望向故鄉的臉」，由臺北市的學生出版社於民國六十一（一九七二）年六月出版。桐山美代子的「さようなら！10代」，由日本北海道帶廣市的裸族詩社於昭和四十八（一九七三）年三月出版。

衡榕在處女詩集出版前後成爲「笠詩刊」同仁，一九五〇年生於臺北市，今62年夏，畢業於國立師範大學國文系。依據詩集裡的序文，衡榕自開始認識新詩，到處女詩集的出版，前後只有半年的時間。

桐山美代子於一九五二年出生，中學畢業。參加裸族詩社同仁，係於昭和四十七（一九七二）年四月。依據裸族詩刋發行人兼主編谷克彥氏的跋文，桐山美代子自開始寫詩，經過二年的時間，才出版處女詩集。此時因爲她已滿二十歲，便表明對十代（十歲至未滿二十歲時代）告別，把詩集命名爲「再見！十代」。

這兩本，在不同國籍、不同環境的情況下，用不同語言所表現的少女的心思，顯然有其不同的感受。以年齡來說，桐山美代子只差衡榕兩歲。她倆對於環境社會的敏感性，批判的態度和思維，應該不會差得很遠。不過，由於社會環境所造成，給一個少女的影響，可以在

詩裡閃爍的詩想中看得出來。一個少女實存的自覺和反省，在她們的詩裡追求得十分强烈。而桐山美代子有其赤裸裸的純眞的表現；衡榕却好像隔着一枚面紗，保持處女性的冷靜與羞澀，訴諸讀者的想像力。

望向故鄉的臉

衡　榕

天空張著一方灰色的雲幕
望向故鄉的臉
就凝住夕陽的輕夢
傾向風吹的那邊
聆聽爸媽呼喚

小時候—
故鄉是組小夜曲
跫音就是輕煙
吟詠一串憨稚
長大後—
故鄉只是一幕守望
攀附異鄉底柔情
數落二十載的脚步
烙印一身風塵

叩醒浪跡的天涯
歸程不再指向於零
但—風起時
幕色就泛濫着憂鬱
望向故鄉

故鄉・母親

桐山美代子

黃昏時就必定襲來
濛濛的餘暉
那像漂流的霧
是橡皮燃燒的味道嗎
或是煮家畜飼料的味道嗎
也許是母親作晚餐的味道？
總不討厭的味道
反而很温柔地擁抱着我
給我不可思議的安樂

在緊張的空氣裡
聽到母親的叫聲醒來
就必定嗅到醬湯的味道
睡不够的眼神和眩耀的太陽
和父親從牛棚帶來的牛奶温暖的味道
有那些的故鄉

下雨的星期日圍在爐邊
吃着母親做的麵粉團
高興地喋喋不休
這不只我們　每一個家都那樣

總扭曲着一張琉璃的臉

過着安靜的一天
若無其事地渡過一日又一日
那深浸在我軀體裡的生活
却在離開了那土地的瞬間變成遙遠
現在有的是失調的感覺而已
不知從什麼時候違背了你
故鄉
現在煮醬湯用最小的鍋子
麵粉團誰也不吃了
母親那麼嘆息的側臉很寂寞
晚上
孤獨的時候
一直回憶那聲音　和側臉

（筆者譯）

我舉出這兩首詩，並非因係作者的代表作，或優秀的示範作品。只因爲其主題的類似性。如對故鄉的懷念，繫於黃昏、夕陽、輕煙而回想父母的以往，那種情景，有一脈相關的感受。這是否屬於偶然的類似？或少女共通的癖性？衡榕在「望向故鄉的臉」「就凝住夕陽的輕夢／傾向風吹的那邊／聆聽爸媽呼喚」，表現得很抽象。「輕夢」是怎樣的「夢？」「風吹的＜那邊＞」是怎樣情況的地方？「聆聽爸媽的呼喚」又是怎樣的呼喚呢。詩濛朧的概念，在我們的詩壇，被認爲是優美的詩意，輕輕飄拂，在讀者的眼前，那種捉摸不清的意念，＜傳統＞詩想的詩語的流行，對我們的詩壇，是幸或不幸？，我不敢擅斷；但我認爲抽象、朦朧的詩的概念，對於。這一點，桐山美代子的詩，雖然表現的手法尙屬稚拙，但以戲劇性的演變做爲骨架，表現出具象的感動，有生活生動的味道和彩色以及心象的動態，令人一看就瞭解其切實對故鄉懷念的情景。顯然在作者的內裡，有詩思的住所，供給思考的自由飛躍。

萌芽

桐山美代子

不知是甚麼在我的旁邊停下來
傾聽那聲音
不知是甚麼在我的面前停下來
輕輕吸一口氣
凝視那黑暗
但甚麼也看不見
靜收呼吸　再緩慢地吐出
「啊！」
溢落了
從少女裡面逃出去的稚心
看到了
不知是甚麼接近少女的周圍停下來
寂靜的時刻的影子
掠過少女的頭上去

（筆者譯）

春的低訴

衡榕

只是為了再傾聽
一曲比翼的故事
整整一季的脚步
我烙印了一條乾裂的寂靜
扛著那條大王椰倒影的路低訴
凝固的笑意總是沉湎
這一季啊
不用耳張示了
夏的第一聲蟬啣
已在杜鵑的殘瓣下曳響著
一串串別離的珍重話語……

少女對「春的低訴」的敏感性，是很自然的現象。祇不過表現這種抽象的心情，並不是容易的事。讀者既能從詩裡看出少女纖細的感觸，這兩首詩都有其成功的詩素。而「春的低訴」和「萌芽」的共通性，又那麼顯明。不同的是作者捕捉的題材和表現的技術。衡榕傾聽「一曲比翼的故事」，桐山美代子則傾聽「不知是什麼停下來的聲音」。要表現抽象性的思維，衡榕的技巧好像比桐山美代子的方法高一籌。不過，在我們的傳統裡，如「龍和鳳」那種一般所熟悉的想像的動物，在科學發達的時代，會令人感到滑稽。比如「白髮三千丈」的形容顯然是過份而不着實際。因此，衡榕在「傾聽一曲比翼的故事」之後，回到「整整一季的脚步／烙印了一條乾裂的（寂靜）」，獲得少女眞實性的（寂靜），和桐山美代子「寂靜的時刻的影子／掠過少女的頭上去」，有其共通的實感。桐山美代子說「從少女裡面逃出去

的稚心」，衡榕却托於「這一季」「不用再顯示了／一串串別離的珍重話語……」表現得十分相似。這也許是詩共通性特殊的一例。我認爲開始寫詩，在詩的發出點，不要過份抽象而眩惑。不然容易走入詩的歧途，使讀者感到乾燥無味。

別離

山美代子

不久第三次的夏天就來
拖着黑影
那是去年的事吧
或許前年的事情
在白色盛夏的太陽下記憶渴着
聲音被溫暖的風吹成嘶啞
在亮着可怕的海肌忘却你的眼
時間逝去
世界動彈着
發覺的時候　無意中昏迷了
是跟他的距離

（筆者譯）

桐山美代子能很擔率地表露少女的心思，而獲得讀者的共鳴，是由於她寫詩的技巧好。讀者透過她的詩得到一種親近感，或許，詩裡有可貴的「人性」表現之故。人情味越濃的詩，當然越會使人親近，而感到有趣。說「詩是語言的藝術」，但「藝術」的價值並不是在做爲詩工具的語言本身；語言不只是詩表現的工具，應該是跟詩人一體，具有意義的存在。所以「語言藝術」的評價，必須視詩質素的濃厚而決定。現代詩注重詩的「意義性」，原因在此。所謂古典式的詩語，不一定會令人感動。詩人錦連曾經說過：「令人感動的那些血淋淋的，赤裸裸的眞摯性。」不然，就應該採用另一種風格，像林亨泰的詩徹底的非情，沒有一點人的臭味，沒有血的煩惱，成爲一種透明清晰的詩。

衡榕的詩，就不像桐山美代子那麼直接表露眞情；採用淑女型的優雅的表現法，把自己隱藏成第三者的客觀立場寫成的詩較多。受過「傳統」詩思的洗禮，而僅半年的時間寫成此

集的詩篇，算來還是相當有其份量和成效的。不過，我却希望她不要完全相信她底詩的出發，是唯一正確的方法。必須回顧看看詩的出發，也有其他許多方法。像桐山美代子的詩，不太過份依靠自然外界的景象，而眞摯地追求內在精神活動表現的方法也有。寫詩本來就是精神的作業。借題自然的外界景象納入於詩，是爲了增强內在表現的效果，跟那些描寫「風花雪月」的舊詩方法不同。「歸程是一抹藍／思維的流聲更藍（山中歸程）」或「美蘊臟在交互的經緯裡／灑我盈耳的琉璃／化作玫瑰的記憶（綠色的園圃）」，像這種絢爛的詩語，紅樓夢式閨秀型的詩想，在現代，似乎不太配合實際生活的感覺吧。我最不喜歡年輕人只會繪畫山水，在溪谷邊的茅屋站着一個仙人型的白髮老人，那種國畫；不敢配一架飛機在山嶺上空飛翔的那種古板的國畫，實在毫無現代生活的意義。我這種看法，也許可以說是嗜好的不同吧。但是，以我這種跟人家不同的嗜好，翻看衡榕的處女詩集『望向故鄉的臉』我看出其中有一首，眞正能接觸衡榕這個人，使我感到她一個少女具有的眞情，覺得有十分可愛的表現的詩。下面就是我喜愛的詩：

讓我也去

衡榕

哥哥又去捕魚了
想來必定很愜意
摩托車的引擎催得好緊嚦
聽說是到龜山
太平洋的那抹藍不禁叫我貪戀了
弟弟說南勢溪的水好淨呢
噢　原來你們是到山谷捕魚哇

那地方一定很詩情
但是　夜裡作業又是怎樣的畫意
素素　那天也讓我去
捕魚　我外行
一串的期盼是新店、青潭、直潭、屈尺…………

南勢溪從弟弟的口中說出
北勢溪、青潭溪便悅進了腦裡
谷曲流上的漁翁是否也曾說過
那是一串不對稱的成育曲流和穿斷山

大魚、大蝦讓你們來提
LH面與LT面讓我來刻劃
豐收的歌讓你們來唱
腱狀山和離堆山的演變讓我來說
啊哥哥下次捕魚讓我也去

（一九七三年七月廿日）

地獄的發現・乾燥的眼

—西脇順三郎與金子光晴—

田村隆一作・陳千武譯

首先，我要舉出我喜愛的二首詩：

有個荒廢了的季節
在無止境的心的地平線上
彷徨走着
向圍着山櫨子籬笆的村子裡
迷了進去
乞丐煮狗的篝火
紫雲叇叇着
在晚夏歌唱過薔薇的歌
男人的心歎息着破滅
採菓的鶺鴒不語
在這村子裡決定用功

大學校長般的天使囁嚅着
可是他却和獵人和漁人
下棋下到梨花在叢裡開的時候
喪失了一切的今宵
才願意獻出
爲了繞著籬笆和蝴蝶遊戲的人
爲了迷進來的翡翠鳥和人
爲了無休止的女人
爲了這個冬日
在高樓般長柄的玻璃杯裡
放入山櫨子的菓實和淚

（摘自順三郎「冬日」詩集『近代寓言』昭和二十八年刊）

被搖搌又搖搌
被搓揉又搓揉
之後，我
就像這樣透明起來。

然而，這種搖搌，毫不快樂呀。
從外面也可以看透呢　你看
在我底消化器裡
脫了毛的牙刷一支，
還有，黃色的水一點點。

有沒有比心更污穢的
東西呢，到了現在。
連肚腸一切
被浪抄去了。

我嗎？我就是
空虛嘛。
空虛被浪搖過去，
又，被浪搖過來。
好像萎謝了，
但又開着紫藤色，
晚上，又需要
點燃油燈。
不，眞正被搖搌着的是
喪失體軀的心而已。
是包裹心的
薄糯米紙而已。
不不，是被搖搌又搖搌
搖到變成這公空虛
被搓揉，搓揉的痛苦
而疲憊了的影子而已。

（摘自金子光晴詩集「水母的歌」
「人間悲劇」昭和廿八刊）

大約距今五十年前，有兩個日本人在第一次世界大戰後的荒廢的歐洲流浪着。兩個都是二十五、六歲的美青年：其中一個在倫敦和巴黎，爲了研究中世紀英語文學跟T、S、艾略特，喬易士他們一起呼吸着褐色的空氣。另外一個青年，在波特萊爾晚年屢次謾罵過的比利時，完全與「人類」和「文明」隔離，沈迷於閱讀十九世紀末的法國高踏派和象徵派的詩。

在比利時過着耽美的流浪生活的那個搭拉臉的青年早一年回到日本來。在大正十二（一九二三）年出版了一本象徵主義風格的詩集「金龜子」。在倫敦和巴黎過着知性流浪生活的白臉青年，於大正十四（一九二五）年在倫敦出版一本英文詩集“SPECTRUM”，並因了萩原朔太郎詩集『向月吠』而發現了用現代日語表現詩的可能性，於是初次用日語寫了長詩「特里敦的噴水」。這一年白臉的青年退出了牛津大學，帶着前年結婚的瑪喬莉夫人回國。

大正十五年，從比利時回國的搭拉臉的青年（自稱爲鬼的兒子）出版詩集「水的流浪」。此年十二月二十

五日聖誕節晚上，薄命的大正告終，年號改元爲昭和。四十年之後，當時在倫敦，在腦裡深印着荷馬以來的文學文明所表現的憂鬱的知性流浪者，終於回到日本來的低血壓的青年，現在已經七十三歲，而他在詩的出發當時所抱負的詩作上態度，迄今仍未改變。三十歲時，順三郎如次寫過——。

「人存在的現實本身是無聊的，感覺這根本的偉大無聊便是詩的動機。詩就是把這種無聊的現實用一種獨特的興趣（不可思議的快感）令人意識的一方法，一般把它稱爲藝術。」（摘自『超現實主義詩論』——昭和四年刊）

到了六十五歲的時候，詩人如此說——。

「我說過，很早就持着對詩的藝術認爲具有超自然或超現實的這種想法。可是超自然超現實本身並不是詩。僅有那些是不成詩的。常將兩個相反的東西被調和了的綜合而創作，才是詩人（或近代畫家）的作品。這種作用應該如次想，首先詩人把超自然（或超現實）的經驗在作品裡表現，把它做爲負極，並以詩人腦裡的自然的經驗（或現實的經驗）做爲正極，再把這些相反的兩個經驗在詩人的腦裡連結起來；如代數的方法連結起來成爲零，就能獲得絕對的調和。

把這些不以創作者的立場而以讀者的立場來看的時候，讀者就首先可把表現在作品裡的負極和讀者腦裡的自然（或現象）連結起來。此時如果讀者的腦裡所感受的，正和作者在其腦裡所感受的調和一樣的話，使會感受同稱的作用。

因此，雖說藝術是超自然的或超現實的，但絕非排除現實或自然，却爲了發揮藝術的作用，現實和自然是必需的。沒有現實或自然，藝術便不成立。因此藝術作用的方程式是『超自然十自然11零』，最大的調和是零，爲了造成零就必須結合同量的超自然和自然。

在藝術上所謂『同量』是不能測定的，於是，只有依靠偶然以外似無他法，事實必須依靠偶然的發現。如果在藝術上有天才，那無疑就是偶然的存在。「有」與「空（或無）」合爲一體的時候，那一體的存在便是大空而永恆不屬於正或負的存在，且那種一體的危險的狀態就是詩。」（摘自「Poetio」）

昭和三（一九二八）年日本新詩精神運動中心詩法「詩與詩論」（春山行夫主編）創刊，順三郎便成爲重要的投稿者，而以旺盛的氣力執筆，寫了收入詩集「Ambarva lia」（昭和八年刊）的希臘式抒情詩，充滿暗黑與哄笑的內面日記超摩登的諸詩篇，「超現實主義詩論」「超現實主義文學論」的論文等。「我從三十歲到五十歲之間拼命地找尋優異的詩與詩論閱讀，而研討自己創作的詩的世界與他人所創作的詩的世界及詩論發生何種的關係，建立堅牢的自己的詩世界」順三郎如此寫過。尤其他並非單純的昭和初期日本的超現實主義運動介紹者，亦非其集團的指導者。對這一點讀者應該特別注意的，正因只爲了想「建立堅牢的自己的世界」他便以徹底的單獨者姿勢寫詩和繼續寫詩論。

事實上，安特烈，布爾東於一九二四年在巴黎發表了「超現實主義宣言」，而給與第一次世界大戰後的歐洲激烈衝擊的超現實主義運動，順三郎也投與非常批判性的眼光——。「現今在法國有超現實主義的運動，這是綜合性的名稱，過去被稱爲立體派或達達的夥件們都滿足這個統一的名稱了。自然其中也分有派別，而安特

烈，布爾東即對另一派別的畢也洛，路佩兒忩揶揄說，路佩兒忩的想像是後天性的。那是指詩的連想還沒有由同種的心象造成出來，路佩兒忩當然提出理論說「兩個現實的關係越離開，或越平均，其心象的力量越强烈」，路佩兒忩的『正確』和柯烈治的『平均』是同意義的。布爾東比路佩兒忩更激烈，對於『平均』不太考慮，其効果是破壞性的。總之這種超現實主義的詩是以往偉大的詩人都持有的思想，並非新的詩的新的形式」（傍點田村註。摘自昭和初期的詩論『PROFANUS』）。到了戰後，順三郎又如次寫——「很早以來詩性美即被使用於詩裡的裝飾，但詩的目的注重詩性美的時候，把主要和次要搞顚倒，而以裝飾品的美逐漸成爲詩的本體，到了馬拉美，這種傾向相當發達；而在超現實主義，可以說更極度地發展，幾乎達到破裂而活滅的程度了。直接追求在異常關係發生的美，是超現實主義繪畫最巧妙的表現。在詩這一方面，超現實主義强調夢的世界，是在夢裡我們對現實以異常的關係看事象。（中略）看超現實主義的詩也不怎麼令人感到詩性美，那是介在異常關係之間有缺調和的地方之故吧。因爲超現實主義是極端强調異常的關係才破壞了調和，容易造成怪異的或喜劇的現象」（摘自「現代詩的意義」）

昭和八年刋行其第一本詩集「Ambarvalia」是詩人四十歲的時候；而似乎以這本詩集做爲示唆般的，日本前衛藝術運動包括普羅文學運動，均進入激烈的退潮期。日本正開始向滿洲，中國發動侵略戰爭。詩人自這一年到昭和二十年敗戰的夏天，以完全的沈默渡過黑暗的十數年，這期間詩人的「內面日記」尚未公開出來，我只能想像那個時候詩人的空虛以及非常無聊的臉而已。

昭和二十一（一九四六）年詩人五十三歲，開始寫所謂西脇詩時代的「旅人不回歸」的連作，而發表許多詩。村野四郎說——「如此他（順三郎）所造成的詩性美在戰後的「旅人不回歸」變了質，更於「第三神話」（田村註、昭和三十一年刋行，詩人六十三歲）增加了複雜性，即他的美學逐漸加上東洋的情緒，所謂無或對永恆的哀愁，以此爲基本並加上了滑稽或色情或自然感等關係於人孤獨感的情緒，而造成了不但在日本或中國的詩且在泰西的詩亦空前未有的詩的世界。」（摘自築摩書房現代文學全集八十九卷「現代詩小史」）。

昭和四十二（一九六七）年，詩人於七十三歲再付梓詩集『禮記』。「學究的美的教養是虛僞的。藝術並不應用美的規範。藝術就是超越所有美的規範而由本能和頭腦感受的。正如愛情，我們愛女人的時候不以規範測定那個女人一樣，我們是用慾情相愛。藝術也是一樣用愛情行動的。」如上論及畢卡索的順三郎，在其最新詩集『禮記』中寫着——。

噢—波波—伊
有人認爲又是那稱
因爲荷美洛斯時代是必然性的
噢—波波—伊

（摘自詩集「禮記」）

然而，另一位流浪者，從此利時回來的搭拉臉的靑年如何呢？

昭和十二年八月五日即中日事變發生後不久，金子光晴由人民社刋行了第五詩集「鮫」，在自序如次寫着

——。

「說一句話，鮫是，南洋旅行中的詩，其他是回國後一、二年中的作品，有人問我爲什麽旅行中沒寫更多的作品，因我不是爲了文學而旅行的，像鹽原多助節儉的方式那麽勉强寫作的人，我絕對不歡迎。如不遇到非常生氣或必須輕蔑或需要揶揄的事情以外，今後我也不想寫詩。」

這本詩集第一首詩就是有名的「海狗」。

一

那呼吸多麽臭呀。
從嘴邊蒸蒸昇上，

那背脊潤濕着，像墓穴周圍那麽滑溜溜。
越覺得虛無越討厭
哦哦，憂愁喲。

像那軀體的砂袋
暗黑的重量。的輕爽。
陰氣的彈力。
悲哀的橡皮。

那心裡多自傲呀。
多凡庸呀。

痲子。
偉大的腎囊。

使鼻尖發青那麽腥羶氣味，被那些群衆推着，常常
我却，渴想着反逆的方向。

像叢聚的雲橫行的傢伙
搓揉着的街，對於我
像在老舊的影片裡看見的
阿拉斯卡那樣寂寞。

二

那些傢伙。被稱爲俗衆的傢伙。
把握狄爾追逐海外，把胡哥、格羅斜斯下獄的
就是那些傢伙。

從巴達維亞到里斯本，用塵埃和饒舌擾亂地球的，也是那些傢伙。打噴嚏的傢伙。從髯間噴出牙垢的傢伙。耐住着呵欠，裝摸作樣，對打破老規矩的人，就害怕，指罵是造反，喊叫瘋子，吵吵嚷嚷圍集的傢伙。那些傢伙，那些傢伙互相爲夫妻，有權的妻子。繼承那些傢伙精神的面黃瘦身。骯髒的血統。或黨徒。那些連繫的所屬，而那無限的結合，軀體和軀體的壁壘，像在攔住海流。

被衝走的海，陽光像風雨傾盆而降。
沿着那些傢伙仰望的天的無限，常有鐵網。

白蘭今天是他們的婚姻祭典。
昨天是他們的旗日。

終日，在泥濘裡，聽了碎冰船在打碎冰。

不斷鞠躬着，磨擦着鰭和鰭，像木桶的胴使滾來滾去，使人討厭的，只有空虛的那些擁擠着的傢伙，瞬間以放尿的泡沫，把海水弄濁了。

互相用體溫暖身體，厭煩離開淪落之衆的寒冷，那些傢伙追求互相撫慰的眼光，互叫着纖弱的聲音。

三

哦哦。那些傢伙，竟沒一個發覺到，比深夜的街更暗的，載着那些傢伙的冰塊，刹那間，無聲無息地裂開，向深潭裡靜靜地開始滑落，竟沒一個發覺到。

展開着淫亂的尾巴東倒西歪地，
那些傢伙匍匐在冰上，
——談論了文學等等。

令人傷感的黃昏喲。
受凍傷糜爛了的落日的掛畫喲！
拖着不同顏色相間的橫條花紋的影子，舉圖四下看
到一致的頭，在叩拜着的那些群衆裡，
只有一個，
以徹底輕蔑的態度，
背着相反的方向裝着若無其事的傢伙，
我。
討厭海狗的海狗。

然而，海狗仍然就是海狗，只是

「背着相反方向的海狗」

今年七月由吉田一穗主編創刊的季刊詩誌「反世界」，有木木高太郎，金子光晴，吉田一穗的鼎談，席上詩人金子說：「我經過生活上的許多困難，在三十一歲時，第二次去歐洲，（田村註：昭和三年至八年，金子夫妻同時離開日本，從大阪、長崎到上海，一方面從事勞働賺旅費繞過香港、新加波、爪哇島、馬來半島，蘇門達拉而到巴黎，除了男娼以外所有勞工都做過，滯在法國二年之後，又費了一年時間才回到日本。路途在新加坡寫成長詩「鮫」，回國後初次在「文藝」發表。）那時麻煩過木木君，對麻煩過他的現在還記着，只是不講而已。事實，那個時候我已經放棄了詩人，眞的，詩和詩人都不合適我，我感到法國象徵派也非常模糊呢。」

如衆所周知，金子光晴的詩的實質上出發是大正十二年刊行的「金龜子」，自大正八年至十年之間，第一次外遊的時候，在比利時和巴黎親近了法國象徵詩，從魏哈崙，波特萊爾的耽美到高踏的詩世界，完全受過這些影響了的這位二十七歲的詩人，抱着絢爛的青春自負，在「金龜子」的自序裡如次寫着——。

「我珍愛的『金龜子』一卷，正是我賭過生命的奢侈的遊戲，我是像優伶那樣以『風雅』做爲精神，願做艷粉，臙脂的屍蠟……」

然而，從此五年之後，昭和五年詩人三十二歲時說「我已經放棄詩人」，卽因對於法國象徵派的詩感到模糊，詩人便與「詩」與「詩人」訣別了。

他對曾經非常耽溺過的法國象徵詩的世界感到模糊，是否因光晴的內在世界變質了？或日本的「近氏」過份急激變化了之故？詩人脫離了「詩」與「詩人」同時，亦脫離了被普羅文學和近代主義藝術運動佔有的昭和初的「日本」，這確實是象徵性的。

三十二歲（一九二八年）到詩集「鮫」刋行的四十一歲（一九三七年）的十年間，是詩人由于與「詩」與「詩人」及被近代化的颱風吹過的昭和日本訣別，而成爲非常自覺性的「孤獨者」最重要最苛酷的期間。

比起這十年間，從昭和十二（一九三七）年到二十（一九四五）年，即中日事變到太平洋戰爭以至敗戰的日本黑暗期，以詩人的沈默來說却非重大的問題，因爲他在此以前的十年間所經過的試練，已經成爲充分的孤獨者了。在嚴密的語意來說，他不得不成爲眞正的「詩人」，由于三十二歲時與「詩」脫離，才能由所有膚淺的藝術運動和流行的美學而堅決保衛了自己。他因脫離了昭和初年的「日本」才獲得了能預見昭和十年代日本眞正命運的乾燥的眼。

而在東南亞、中國、一九三〇年代危機的歐洲，由于能從事各種的勞動，由于流浪，由于能把近代世界的原罪，能把搾取的構造，西洋與東洋的，白色與有色的，能把國家主義的利已主義，能够徹底體驗了，他才成爲近代日本稀有的現實論者。與所謂現實主義，新現實主義，超現實主義完全無關的；因此也感傷主義，現實追踪主義，現實阿諛主義，現實逃避主義，實感主義完全無關係的現實論者。即因係眞的詩人才能成爲現實論者的一例證，我只能在金子光晴發現了這一事實。

在太平洋戰爭下，只一個人寫過眞正值得稱爲「戰爭詩」的金子光晴，又一直守護低血壓症沈默的西脇順三郎，大約均七十歲的這兩位詩人，親眼看到他們在戰後所遭遇的諸現實裡，發揮雄偉的詩性製作力，不涸而優異的多產的力量的時候，我便很自然地感知了眞正詩人的秘密。

最近『定本金子光晴全集』已出版，總頁數一一二四頁（包括中島可一郎的解說、書法、年表等）書的重量也有六、七公斤吧，內容是以詩集做單位編輯的，從最新作的「泥之書」而遡行時代至大正十二年的「金龜子」，並「蒐集遺落了的詩篇」。因此若要把金子光晴的詩從年代順序追求的話，就必須從最後一頁開始看讀才行。

借詩人所寫「跋」裡的話「應該稱爲愚人的一心吧，我的文學在年輕時代認爲賭着生命寫的」詩來說，屬于這個時代的作品是從高踏性象徵詩風的「金龜子」和「大腐爛頌」（大正十二年）還有「水的流雲」（大正十五年），並和森三千代合著的「鱶沈落」（昭和二年）等，而屬于「中年以後對自已的才能感到絕望」時代的詩集，却有可稱爲光晴的詩的世界成爲核心最重要的詩集「鮫」（昭和十二年），及在太平洋戰爭時代寫的，到了戰後才公開刋行的「落下傘」「鬼兒子之歌」「蛾」的三詩集。還有第二次海外流浪生活時寫成，又在戰爭後始行出版的「老薔薇園」「給女人們的哀歌」的二詩集。

「到了晚年好像成爲娛樂事」的自嘲性戰後工作有如次的詩集——，以散文和詩獨特混合體的「人的悲劇」（昭和二十八年刋）「非情」（昭和三十年刋），水的交響樂「水勢」（昭和三十一年刋）「如屁的歌」（

昭和三十七年刊），貫穿基督和詩人和神的反語的現代性神曲「I」（昭和四十年刊）「泥之書」——分爲『獨語』『附在照片的詩七篇』二部，尤其前者於去年在雜誌發表過，均爲了「全詩集」而寫的詩。

如此看來，金子光晴脫離「詩」與「詩人」以前，賭着生命寫作的詩的業績是大約千頁的全詩集之中，僅佔有一三〇頁左右，其餘約八〇〇頁巨大的作品群是「從中年以後對自己的才能感到絕望，到了晚年好像成爲娛樂事」的作品。又我們如全面相信「鮫」的自序「如不遇到非常生氣或必須輕蔑或需要揶揄的事情以外，今後我也不想寫詩」這一句是事實，那麼我們就會瞭解昭和十二年到戰後的今天，這三十年間的世界現實的總體，對於詩人來說是多麼（非常生氣）（必須輕蔑）（需要揶揄）那些膨大的泥土推積物了呢。

有更大的失望。那是，誰也暗中期待着的
地獄的雜技團已失去了之故。
地獄廢止了的理由是，因人所作的業績已無需償付
，於是，到這種地步，也都因任何的罪，人或人所
做的神佛，均無法裁判了之故，無止境的粉雜，底
邊越來越深而大。

——如此詩人在「泥之書」歌唱着。我們可以瞭解距今三十年前，詩人放棄了「詩」與「詩人」之後，使用他那『乾燥的眼』一直凝視着這個只存有泥和水的流動性世界，不奉承任何deologie，也不參加任何藝術活動，自以若無其事地說「這是業餘的藝術」，而想把這個人的世間改成爲眞的人的世間，一心爲了發現地獄而努力過。確實地獄的雜技團已失去了的這個二十世世紀的世界，已經只是泥和水的混成物而已。但只要詩人能保持孤獨者而存在，「地獄」的發現是可能的。

※

最後，把未曾寫過詩論的金子光晴所寫關於Muses的詩與詩論列擧於次，題爲『凡例』。

——給阿富女士

這只限於這裡的話，或許，
神痛愛着她也說不定。
因爲，雖沒有特別的理由
但是，過份寬容她呢。

買零食或懶睡毫無拘束
性情不定、說慌而强慾
事實誘惑的是她
却成醋浸魚肉絲的是姦夫而已

加之，很不合道理的是，
積年累月，她仍然那麼年輕。
要拒絕，裡面却是空空，只是她的下腹部
受男人的精液吱吱發響着而已。

在這首歌唱Muses詩的「後記」詩人寫着「我不再想寫好詩，好詩也許是指有Poésie的詩吧。但事實，我毫無那種才能，眞不足採取。我想寫些無所謂的詩，給低的讀者快樂就好了。不過盡能發揮服務的精神，索性

給年輩的人比給靑年人較多的愛好，這是我的方法。已經到了腰痛背酸不能伸直的年齡了，眞無可奈何。老實說，詩已不想寫，看詩也覺得無聊。但是我的笨拙，其他事情都做不成，不得不只寫詩以外做甚麼好呢。不過不想要寫好詩了。只要和那些能瞭解三流詩的人談談詩，寫些玩妓女的詩啦、相聲式的詩啦，詼諧詩啦，不管現代詩如何，應該如何，只寫些自己喜歡寫的詩。詩人的末路，反正都會被置於這種地步，因而先以自覺打算，自選這條路走吧。在我的詩裡用通俗的情緒代以Poesie來强調吧，這就是『凡例』的詩一首也。」（摘自「現代詩手帖」昭和三十九年一日號）

癌細胞

—高村光太郎小論—

田村隆一作・陳千武譯

我想，如果是Leonardo 必用他那冷酷的眼光一點不差地把他們的容姿用尖銳的鉛筆描繪下來。

＝R・艾伯哈＝

「我的詩從＜道程＞以來，似乎在文學上沒有進步，＜道程＞時期到今天的我底詩作也都不變」（某月某日）

「所謂今日日本的詩，可以說是裸體的詩，沒穿衣裳。因此詩本身直接顯現在語言上的就是詩，不能直接感受詩的語言底羅列即不是詩。詩是一種活力，而從一首詩整體發散出來的放射物就是詩的本體。詩裡所寫的事象或感情或理性，僅作爲放射那些的媒體而已。說詩是批評這一點，也並非指從理論來的批評，却是指對某種的人生生活實際體驗的活力所放射的配色、聲響、韻律、自動發言的批評」＜日本詩歌＞

上面引用的兩節文章，前者是高村光太郎於昭和十八（一九二九）年太平洋戰爭當時對自己的詩作態度，後者是戰後對詩的一般見解，是從他寫的文章中拔萃出來的。因依據這兩篇文章能窺知了他所持的本質上詩觀，令人感到很有趣。光太郎的詩作態度，從「道程」經過戰爭詩，到戰後的「暗愚小傳」確實沒有絲毫變化。只是在作品的完成程度，也可以說某一時期的詩具有「

自動發言的批評」或未具有「自動發言的批評」，而在各該時期對他的詩性活動的評價會有差異而已。很多批評家都評定他比同時代的任何詩人更是「思想性的詩人」。這一點也許是「自動發言的批評」把他從其餘的詩人鮮明地識別出來的；而在光太郎本身裡發現嚴密意義的「思想」，我却認爲不可能。索性說，他是不相信「思想」那些曖昧東西的呢。他做詩人之前，本來是彫刻家。是屬於如不徹底地相信「物」的存在，工作就不能成立的世界的人。雖然說自已的「詩」在文學上沒有進步，但絕不會由光太郎本身說出自己的彫刻在藝術上毫無進步的吧。

我們在光太郎的詩的世界，首先必須探求的，並非他的「思想」，亦非他的情緒。而是在他的「文學上沒有進步」的詩作態度，始能追求那些方法。

很多批評家指摘過光太郎的二律背反，詩意識的突然變異，倫理的分裂的這些事實並非關係於他內部的思想或感情的相剋或對立，而是在他內裡異質的二個藝術家激烈的相關關係，在他所遭遇的幾個大危機的頂點的外面化而已。

在光太郎的內部世界裡有兩個異質的藝術家。其中一個人若借鮎川信夫氏的話來說：他就是「接受自然或現實裡的東西，從那兒發現自己的眞實人生的人」以及「相信而敬愛着人生裡偉大的、高雅的、優美的人」並「持有從近代懷疑精神離得最遠，可以說本質上有其世界觀的人」，而是一個「造物的人」的彫刻家。我想Rodin或Verhaeren或白樺派的肯定性人道主義對光太郎的影響，並非在他的詩世界，却是在他以彫刻家的物上世界給與本質上的影響的。雖然在詩的世界沒有文學上的進步，但在這個創作力的世界裡是無藝術上的進步不可的。在光太郎裡的創造性要素是屬于「造物的世界」，而那積極的機能也透過彫刻才有所作用。然而，另一個異質的藝術家不外就是「沒有文學上進步」的極爲麻煩的詩人。在此再借鮎川信夫氏的話來說明，這位詩人就是「我推測他（光太郎）眞正需要詩的時候，必是極爲特別的場合吧，那個特別的場合是甚麼呢，那是他站在思想上、感情上一種危機或轉捩點的時候吧。這一點，他的重要的作品大部份都表示着『危機的時』」

光太郎內在的破壞要素是經過這另一個詩人的手「以 negative 的形式作用反逆他內在的彫刻家，這位詩人在各方面都很 negative 如此在知性感情上具有深刻的 de'cadence 的經驗使其成爲激烈的武器，是無法在日本近代詩人的內面尋找出來的。光太郎能以道德家、人道主義者、社會性詩人獲得批評家們發生善意的「誤解」，事實也是由于他的「造物的人」而來的。這絕非他內面的詩人所關心的問題。假使他不屬於「造物的人」，也許他不會寫詩吧。或會寫詩最多也將停滯在「明星（詩誌）」以前的狀態吧。以他來說，詩是對擁護「造物的人」世界的否定與拒絕的武器而已。而據於這一點，他才嚴密地跟同時代的木下杢太郎、北原白秋那些二流詩人被分別出來。並被認爲比萩原朔太郎、西脇順三郎等更是「思想性」的詩人，

寬厚而眞摯的朋友呀
憤怒加給我苛責
呢爾哇那花不留痕跡
看望着下青鳥却不啼

你有故鄉
我無故鄉
我在被選擇嚐試的世界
以最脆弱的人而誕生

這首詩是寄給Bernard Leach的「從頹廢者」裡的一節，詩裡「我無故鄉」一行極爲重要，這一句「故鄉」所表示的意義對於他就是創造力的世界。社會的文化必須和朔太郎的傷感性的「故鄉」以及順三郎那樣毫無興味的「故鄉」有明確的分別。那是日本近代詩人沒有那一個人經驗過，事實也不能經驗的「故鄉」。

光太郎在父親光雲裡，在日本的半封建社會裡發現了自己的「故鄉」，但不得不拒絕故鄉的，不是詩人的他，卻是「造物的人」的他。這是值得我們關心的。如果他不屬於「造物的人」的世界，也許他不會以異邦人或異端人的姿態從歐洲回到日本來。光太郎在其生涯意欲發現嚐試的世界是「造物的人」的故鄉，是彫刻家光太郎的美的理念所掌握的天國，並非近代市民社會那樣的世界。雖然他否定了日本的前近代性社會構造或半封建的意識，而要求近代的市民社會，但那不過是爲了他所要發現的「故鄉」，後者比較前者方便之故。假使能想到一個比他的近代性市民社會更符合他的「故鄉」的社會，他會卽刻否定近代的市民社會吧。眞的，他的「詩」在「造物的人」所屬的的世界遭遇了危機的時候，據於熱烈的力和機能以及「能講的批評」，而履行了其否定與拒絕的任務。僅以否定詞和疑問詞構成了的他的詩的世界，從「秋的祈禱」那樣充滿靜謐與成熟的作品，也極容易體味到强烈的否定的意義。詩對於光太郎只忠實地履行了negative的任務。他的詩，只以拒絕和排除和否定的意義而活下來的。

突出的顴骨　厚厚的嘴唇　三角眼睛　像名匠三五郎彫刻的墜子的臉
像被抽出靈魂那樣癡呆
不認自己　侷促的
廉價的生命
愛虛榮的
矮小堅牢而安於舒適的
像猴子　像狐狸　像人猿　像鰕魚　像鰷　像鬼臉的磚瓦
像飯碗破片那樣的日本人

這是有名的「根付〈墜子〉之國」，收在『道程』前半的詩，是「講故事的批評」的典型。從這首詩再回憶昭和十八年的「今天也是」「我的詩作態度沒有變」那些話吧。這首詩是放棄了「故鄉」的人的最初的宣言。從『道程』以後不管什麼場合，他都不能面對世界站立着。爲了努力再發現自己「故鄉」的人，在他的眼前不斷現出來的是對造物的人的非「故鄉」的一切而已。「被雨打的 Cathe'drale」的一個日本人，「白熊」「象的銀行」裡的一個 Jap，「花下遇仙人」的一個年輕人，「瘦高的傢伙一個人站着」的「傢伙」，而「荒凉的歸宅」的「我」，從此開始光太郎以「我」向荒廢的世界一個人站起來，是昭和十六年六月、太平洋戰爭發生六個月前的事。

那麼希望回來的智慧子
向自己的內裡死去而回來了
在十月深夜空虛的atelier的一隅
拭清了灰塵
我把智慧子輕輕放下
在這個不動的人體之前
我永恒站着。
有人把屏風倒過來
有人點燭焚香
有人給智慧子化粧
而一切都很自然地進行
天亮了又日暮
周圍忽而熱鬧起來
房子裡充滿了鮮花
好像在某個地方的喪禮一樣
不知不覺之中智慧子不在了
我只站在沒人的黑暗的atelier
窗外是下弦月的月夜吧

然而，死着回來的也許是他自己了吧，很早以前，一九〇九年他不就從歐洲抱着自己的死，回到「荒凉的家」來了嗎。我認爲這首詩是中日戰爭到太平洋戰爭終結期間，最優異的他的戰爭詩。詩裡包含着他底生涯的主題和愛情。如果仔細找也許可以看到他底父親光雲的臉和天皇的臉，以及環繞在近代日本的動亂和激烈的變化以及荒廢。在此感到「無關心裡用尖銳的鉛筆正確地描畫了那些」的 de'cadence 的强烈性以外，我不知道其他。
在一個詩人的心裡，戰爭是什麼，和平是什麼。戰爭與和平是以何種型態在詩人心裡被分別着呢。以一個詩人來說，戰爭的詩及和平的詩應該怎樣才能分別寫成？

「關連於『日本爲亞洲中心』的想法或『反英美』的戰爭目的來看高村光太郎的詩的時候，能給我們感到奇異的詩有二首。那是很早以前，以否定的精神寫成的『猛獸篇』裡的『白熊』和『象的銀行』。高村光太郎把這二首編入戰爭詩集『紀錄』裡。這二首詩能非以戰爭詩而寫的，反而是回想在美國逗留的昔時，對美國資本主義文明和其物質主義有所批判而寫的。然而這種以否定的精神寫成的作品，竟被再編在戰爭詩集『紀錄』裡，這是作者用自己的手剝奪了二首詩批判的性質，逆用了美國文明批判的作品的性質取代於戰爭，是一種恐懼trick的遂行。這種trick是詩精神的頹廢，詩精神的扭轉。人道主義詩人的社會認識非常銳利的資本主義批判，被逆用做「擊滅美英」的戰爭目的的宣傳。因倒豎了這二首詩，高村光太郎曾對自己的詩擔負過『詩性責任』，而無法抵償了這一『詩性責任。』

這一文是伊藤信吉氏的著作『高村光太郎』裡最重要的主題之一。在此以前伊藤氏把光太郎的詩的生涯，依其時期分爲近代詩人、人道詩人、社會詩人，很細心詳細地追求過其特徵、詩意識展開的經歷。當然爲了幫助許多讀者的瞭解，這種圖式說明方法是任何批評家都會採取的方法。不過這種方法雖能很鮮明地捕捉了對時間與場所裡的光太郎的詩意識所變化的側面，但也會容易忽略了他的裏面，換句話說會忽略了本質上不變的事象呢。伊藤氏引用了光太郎的「覆給某親友親密的語

言」一詩最後二行，

——必須活在正當的原因裡，

只有這樣才清淨——

而如次寫着。

「這一作品最後二行對高村光太郎的詩精神來說頗成問題。那是以倫理的人的決意與態度，但不把它限定於個人的眞實追求那種倫理性的人的立場，而突破了它，這是不可能的嗎。」在此看到他一方面寫社會批評詩，一方面沒入戰爭詩的「命運性轉回的機因」而斷言說：「在自己內部發生的個人的眞實，——只把倫理性做爲所有的認識與思考的基盤的話，這種危機是不可避免的。」要認定走入戰爭詩的光太郎爲詩性意識的敗北或挫折，也許是對的。然而，假使光太郎打破了道學家的界限，而透徹於社會主義性的詩人，那麼就不會看到光太郎的「敗北」或「挫折」吧。雖然如此，但我想高村光太郎也會因此而喪失了一切的詩吧。索性說，光太郎的詩能比同時代的詩人們較具榮譽，那是若除去了那些「挫折」和「敗北」是不會發現的。包括伊藤氏本身，一般光太郎的批評者所共通的毛病，大都是過份規定光太郎是倫理的詩人，不然就認爲是藝術的詩人。本來從其根源上缺乏創造力量的光太郎的詩意識裡，想找出倫理詩人或藝術詩人，我却感到非常滑稽。光太郎的詩，經過其生涯，不論時間與場所，均以消極的形式顯現，並據於破壞的要素成立的，這一點我在前面已經說過。我認爲光太郎的詩，深深根據於倫理的意圖，並非因光太郎是倫理的詩人，却是由于他那不可量的 de'cadence 之故。中原中也的 de'cadence 和他的那些比較，所具備的Scale 和強度，知的感性領域的廣泛等，均敵不過他。可以說光太郎的詩和其意識是徹頭徹尾被動的，如不遭遇於「造物的人」的倫理與藝術的危機，是不會發生。我並沒感到沒入戰爭詩的光太郎有其「敗北」和「挫折」。如果那些就是以詩人的敗北或挫折，那點他的「道程」會成爲其典型吧。

伊藤氏對光太郎把「白熊」「象的銀行」二首詩編入於戰爭詩集「紀錄」，曾以強烈的語言責難這是「恐懼的 trick」和「詩精神的頹廢」，但我却認爲光太郎把那些編入於戰爭詩集是極爲當然的事。不，若無這二首詩，也許光太郎的無數的戰爭詩是不成立的。光太郎是否正如伊藤氏所說那樣，爲了批判美國資本主義文明和其物質主義，而在猛獸時代回想了年輕留學生當時所寫的嗎。如果認爲光太郎是寫社會主義詩不成功的詩人，也許可以如此認定。但請重新看看「象的銀行」和「白熊」二首詩吧。不要以自近代詩人經過人道詩人而達到社會詩人再忽然轉落於戰爭詩，這種既成的途徑來看高村光太郎的詩的世界，而請以好像在看「癌細胞」的照片那樣眼光，仔細分析它吧。

在「象的銀行」一詩，

印度產的遲鈍的象

日本產的寂寞的青年

我們可以瞭解這二行就是這首詩的沒定性意圖的關鍵。

在「白熊」一詩就在其最後的三行。

白熊也沈默着有時看了他
過了一星期才聽到奧萊的聲音
他也被沈默洗清站在龐大的白熊面前

在青春發初就喪失了「故鄉」的一顆強烈的 de'cadence的心，竟動員了所有破壞的力量，為了再發現「故鄉」而奮鬥過來。對於這位詩人，詩本來就是戰爭詩。從中日戰爭到太平洋戰爭的黑暗期寫的「偉大的日子」三十七首，「紀錄」的五十六首詩，都屬於決意「放棄詩來寫詩」的紀錄。不過，光太郎不是在「道程」時候就已經放棄了詩，放棄了詩而寫詩的嗎。

太平洋戰爭就光太郎來說，也許是最後一次「故鄉」再發現的機會。而他的不幸是想在生硬的漢字裡發現「故鄉」的這一點吧。然而他所發現的却只有孤獨的天皇而已。

今天我看過癌細胞的照片。
像威脅心神那麼邪惡的型態。
像溢出試驗管那麼膨大而增殖，
像威脅心神那麼邪惡的型態，
擴展到來世的毒性哄笑大群。
像藝術，像藝術家的心，
强力shaker，新form的捕手，
這不好處理的型態，也有不得不注目的，那是
最近未來的世界像呀。
沒有比它們的語言更充滿活力的，
致命的，散發火花的不規則的星群，
宇宙的殘虐的design
如火的癌細胞的熱病性dance。
哦哦 那打小算盤的眼光無法想像的，
imagination的原型，我要飛，
在所謂時間的豐潤流暢裡，和想像力共飛，
淫亂的，敏捷而瘦瘦的，
被他們美麗的gesture驅駛
我的惡意，而在他們耗盡的流動裡
我看到藝術家的姿勢
看在不斷地流動的不變的form。
我想，如果是Leonardo，必用他那冷酷的眼光
一點不差的，把他們的容姿
用尖銳的鉛筆描畫下來。

這是美國詩人R．艾伯哈的「癌細胞」的詩，不必加以多餘的注釋。我只想請你用Leonardo 的眼光來看高村光太郎的包含「戰爭詩」的詩的世界而已。

思想的血肉化

—關於鮎川信夫「戰中手記」的思考—

田村隆一作・陳千武譯

昭和十七（一九四二年）年十月，鮎川信夫被征召入伍於陸軍。那是清朗的秋天，我正讀大學二年級。那天（日期早遺忘了）我到東中野的鮎川宅去。「荒地」或「詩集」的夥伴們差不多都被驅逐去參加戰爭了。只有幾個剩餘的朋友們齊集於鮎川宅。寫詩的朋友，有患肺病的三好豐一郎和鮎川的「戰中手記」裡的「T」的弟弟疋田寬吉和我幾個而已。講過甚麼？毫無記憶着，事實沒有講話的時間。很多鄰里的人和愛國婦人會認眞的主婦們忙着在那兒出出入入。那天我們見過他的父親，父親是非常素樸的日本法西斯主義信仰者，穿着束身的國防服，一看就知道他是好品格的初老紳士，對于「信夫」的朋友們都頗爲和藹可親。但一直相信着modernism的鮎川的母親和妹妹，却很謙虛地萎縮在一隅。

同一里中，還有一位大學生也要入營。一看就令人感到是運動家的那位健壯的青年，站在臺上以奉承的口吻勇敢地向里民們說着出發瞬前的客套話，「滅私奉公」一句口頭禪邊說邊發誓。他下臺了之後就是剛剃過和尚頭的鮎川登臺，我們嚥唾液想聽他的發言。鮎川面向無心的里民們，行了輕快的一鞠躬，便轉身從啤酒桶的臺上跳了下來。我們跟着鮎川從東中野到千駄谷。陸軍營門前的空地，已站滿了入伍者和送行的人，非常混亂。在「萬歲、萬歲」的聲渦裡，我們好像很無力地私語了極爲無聊的事情。時間到了的時候，他舉起手說一聲「那麼」，我們也回答他，但話都不成語言。他離開我們，背着那廣大的背部，走到營門，又對衛兵叩一次和尚頭，就不回顧一直走進裡面消逝了。「那麼、再見！」這句話是我們在酒店或派對要離別的時候，互相交換的黑話。但這一次並沒有「再見」這一句了。

昭和二十年三月，在陸軍醫院的一室，陸軍上等兵「鮎川信夫」用「卷紙（成卷的信紙

）」五卷所寫的「戰中手記」，其中令人最感動的小故事一則，把它介紹於次吧。——那是他患病之後從蘇門答拉遣回內地之前，接受憲兵檢查時的手記。

「我的包袱，要裝軍隊生活中自己的全財產也還有很多餘地。內容東西是離開內地時帶來的「巴爾姆僧院」上下二冊，筆記簿二本，西洋剃刀和刀片三張，毛巾二條，肥皂二個，鋼筆一支，墨水一瓶，國旗一面，衛生紙若干，樹膠製手套、鍊乳，兜襠布二條，全部只有這些而已。（中略）憲兵一個人，對於排在面前的每個人的很多東西，瞟於銳敏的一瞥，不合規定的就沒收，其他不適當的就逐一加以指示，執行着嚴格的檢查。輪到我檢查了，（唔！）憲兵的臉色動也不動，便用下巴指示我到旁邊去，我抱起包袱離開了他的眼前，我的檢查最簡單最快地通過了。不管我帶了多少怎樣的思想回來，那不比其他重要的物品那麼發生問題。是的，一定我們並沒有帶着任何思想；比較帶着靴子、剃刀、襯衣或肥皂，那是無形的東西，對於一般人來說那是毫無價值的，不成問題的吧。抑或並非因爲那是無形、無外觀和不可視的東西，才不被檢查，而藏有其他更深刻的理由，才不成爲問題了也說不定。」

在此，從這一「更深刻的理由」，而透過最私性，最個人性的「手記」這一作業，才能向着思想血肉化而去。若思想未成血肉化，就不發生公的力量。日日拯救思想，使其更新，他才能達到歷史的深刻觀念。但據於「荒地」這種非公開的陰語之外無法表現的觀念，要使其轉化爲公的力量，就必須獲得語言表現的本質上自由吧。T、S、艾略特在他最大而最後的詩集「四個四重琴」題詞，引用了黑拉克里斯特的話——「不管言論是以公共者而存在着，但多人都以爲是具備有自己個人的主張而生活着」，在此把言論改爲語言也行。我很想把這一句話拿來做爲鮎川手記的題詞。

從個人的語言成爲少數者的陰語，再達到爲公共者的語言，這一途徑才是思想肉肉化的唯一途徑。除了這一途徑以外，詩這一具體的語言表現是無法思考的。需要獲得語言本身的高度，即思想的公共性力量，人便必須嚐試全人性的生的恢復，而那是不斷的嚐試。鮎川手記說「一九四〇年以後的五年之間，在精票上肉體上所受的少些苦惱，定定是我最高的教育者吧。」而這個「最高的教育者」就是從頹廢到戰爭，從戰爭到患病，從患病到健康，這種戲劇性的途徑賦課於鮎川的。這本手記就是那些最眞摯的報導。

連載 惡之華

波特萊爾著

杜國清譯

LES

FLEURS DU MAL

PAR

CHARLES BAUDELAIRE

On dit qu'il faut couler les exécrables choses
Dans le puits de l'oubli et au sépulchre encloses,
Et que par les escrits le mal ressuscité
Infectera les moeurs de la postérité,
Mais le vice n'a point pour mère la science,
Et la vertu n'est pas fille de l'ignorance.

(Théodore Agrippa d'Aubigné, *Les Tragiques*, liv. II)

PARIS
POULET-MALASSIS ET DE BROISE
LIBRAIRES-ÉDITEURS
4, rue de Buci.

1857.

41 她的一切

「惡魔」今天早晨來看我，
在我那頂樓的房間裡；
盡力想使我陷入過錯，
他對我說：「我很想知道：

「在造成她迷人的魔力
那一切美妙的事物中，
在構成她的妖艷之軀
那黑色或粉紅的物象中，

「哪樣最可愛。」—我靈魂喲！
你回答了這個「可憎者」：
「因她的一切盡是芳香，
無法說特別喜愛哪一樣。

「不知何者使我心神恍惚，
當一切都使我感到陶陶然。
她有如「晨曦」一樣眩目，
且像「夜」一樣給與慰安。

「支配着她的艷麗形體，
那和諧，於微妙的極致，
任何的分析都無能爲力
將那無數諧音記於樂譜。

「哦哦，我一切感覺融而爲一
這種不可思議的變形！
一如她的聲音變成香氣，
她的呼吸變成了樂音！」

42

今晚你說什麼呢，孤獨可憐的靈魂，
你說什麼呢，我那曾經萎謝了的心，
當你對着那位絕美絕佳絕愛的夫人，
她那使你突然再開花的神聖的眼神？

—讓我們引爲驕傲地歌唱她的讚歌：
沒有什麼能够勝過她那權威的溫柔；
她那精靈似的肌體有着天使的香澤，
而她那明眸以光的衣巾將我們裹住。

卽使那是在夜裡，在孤獨之中，
卽使那是在街頭，在人群之中，
她的幻影在空中舞動一如火炬。

有時且說：「我很美，且命令你
爲了對我的愛，你只能愛『美』；
我是守護的天使、詩神也是聖母。」

43 活的火炬

博學多能的天使一定惠與强大的磁力，
那對眼睛充滿光輝，從我的面前走過；
那眼睛，一對神聖的兄弟，我的兄弟，
走過時在我眼裡搖曳着那把鑽石的火。

將我從一切陷穽以及一切重孽中救起，
那對眼睛將我脚步導向「美」的道路；
那對眼睛是我的僕役我是它們的奴隸；
我的一切存在聽從這個活火炬的指使。

迷人的眼睛喲，你們閃耀着神秘的光，
有如在白天燃亮着的教堂裡的大蠟燭；
太陽照紅却未曾熄滅那夢幻似的焰芒；
你們讚唱「甦醒」，蠟燭祭祀着「死」；
你們走過，一邊兒讚唱我靈魂的甦醒，
任何太陽都不能使光焰暗淡的兩顆星！

44 恩賜

快活的天使喲你是否知道那痛苦，
那些悔恨和啜泣、那倦怠和侮辱，
以及將心臟壓呀揉呀像一片廢紙，
那些可怕的夜裡那種茫漠的恐怖？
快活的天使喲你是否知道那痛苦？

親切的天使喲你是否知道那憎惡，
那暗中緊握的拳頭和眼淚的苦汁，
當「復仇」擊響那地獄的召集鼓，
而成爲我們的一切能力的指揮者？
親切的天使喲你是否知道那憎惡？

健康的天使喲那「熱病」你知否？
沿着那道蒼白的慈善病院的高墻，
像拖着緩慢脚步尋求稀有的太陽，
嘴唇且不斷地顫抖的那些亡命者？
健康的天使喲那「熱病」你知否？

美貌的天使喲你是否知道那紋縐，
那衰老的害怕以及那可厭的悶鬱，
當讀出對獻身的那種秘密的恐懼，
從我們貪婪的眼長飲的她那清眸？
美貌的天使喲你是否知道那紋縐？

充滿幸福、快樂與光輝的天使喲，
臨死的大衛王或許也會要求健康，
向妳那妖嬈的肉體所放射的靈光；
但對妳，天使喲我只求妳的祈禱，
充滿幸福、快樂與光輝的天使喲！

45 告白

一次，只一次，溫柔可愛的夫人喲，
妳光滑的手臂扶着

我手臂（在我靈魂的黑暗背景
　這份記憶永不褪色）；

夜已深；有如一枚新鑄的獎章
　滿月在天空懸耀着，
而莊嚴的夜，從安眠的巴黎上，
　像條河，靜靜流過。

而沿着房子，在馬車的大門處，
　一些猫偷偷地走過，
豎起耳朵，或者像親近的影子，
　慢慢跟在我們後頭。

突然，就在蒼白的月光孵出的
　無拘的融洽氣氛裡，
從妳口中，那顫出快活音色的
　豐潤而響亮的樂器，

從妳口中，吹奏於燦爛的清早
　那軍樂的明朗愉快，
一個悲嘆的音調，奇異的音調
　踉踉蹌蹌逃脫出來

像個瘦弱醜陋陰鬱不潔的女孩
　家人爲她感到臉紅，
爲了避開人眼，長年把她藏在
　一個秘密的地窖中。

可憐天使喲妳那刺耳音調唱着：
「這世上無一可確信，
無論表面如何注意掩飾，到頭
　總露出人類的自私心；

「做美人，這是多嚴酷的職業，
　且是個凡俗的工作，
像露出機械的微笑昏倒的一位
　狂熱冷情的舞蹈者；

「想在人的心上建築什麼都是愚妄
　因愛與美一切都塌崩，
直到『遺忘』將一切拋入她的背筐，
　將一切都還給『永恒』！」

我經常回憶起那個迷人的夜月，
　那種焦思那種寂靜，
以及在心的幽室裡悄悄地懺悔，
　那種極可怕的隱情。

期待一個豐收的季節

——「文季」創刊號讀後——

李敏勇

臺灣現代小說的主要發展，很顯然的，是有兩個不同路線的。從「筆滙」到「文學季刊」以至「文學双月刊」而「文季」的路線，便是其中的一個；而自「文學雜誌」到「現代文學」的路線，則是另一個。

雖然，「現代文學」曾經也刋載過前一路線底作家的作品，但那是「筆滙」和「文學季刋」之間，前一路線底作家沒有出版自己刋物時候的事。這只要看看王文興所編集的「新刻的石像」，便可體會到這種微妙關係的。而該作品選集序文所揭的：「今後我國的作家，如欲達到够格的水準，惟有向西方學習，思想和技巧一律學習。」無疑是這兩個路線極為分歧的觀念或認識！因為相對的另一路線的代表作家之一，正好說了下面這樣極為不同的話呢：

「我們認為：我們的現代主義之再發，至少應該基於下列兩個磐石之上：

一、回歸到現實上。我們目前的現代主義之亞流化的現象，表現在它的移植底，輸入底，被傾銷底諸性格上。………

二、………」

這樣的不同的認識，會形成不同的路線，是極為自然的現象罷！因此，當「文季」創刋號中「我們的努力和方向」一文，揭示了的：我們認為文學不但應該是生活的反映，更重要的還是如何透過這些反映在實現中教育自己」也就不會讓人感到意外了。

從創刋號看來，「文季」的姿勢是極為優異的，那不只是將既往較偏於某些作家的現代主義再檢討論調加以全面化，而且積極地經由批判，欲圖實踐這種論調的。這樣的大批判，經由了對歐陽子作品底攷察和對香港臺灣新詩的歷史批判，很嚴厲地聲明了彼等的指責說；

「他們（在象牙塔裏的現代主義者們）是由墮落的中產階級的文化培育出來的一批不自覺走向墮落的知識份子；他們既無法走出自己的小圈子看看外面的世界，當然也就無法見出

自己的罪惡；於是他們只好自滿地活在自定的道德標準裡，感傷流涕而自以爲是世界上最不幸的人。其實，我們只要能夠揭穿他們生活中所蘊藏的自私、嫉妬、傷害的成份，便可以看出他們所說的道德實際上只是用來掩飾他們的不道德。而要達到掩飾的目的，藝術便成爲他們的一面武器；他們說『爲藝術而藝術』、『藝術沒有其他目的』，正是他們拒絕別人揭穿他們黑幕的盾牌。」

「我們的現代詩要革什麼命呢？事實上它的叛離只是一種毫無理想的，個人的，非作用的，內心逃避的表示而已。——它的行動是反社會、反進步、反平民、反生活、開倒車的行爲。」

相應了這樣的主張和批判，他們介紹了韓國作家金廷漢的農村文學概念及作品。而這所謂的農村文學，實際上，是民族文學的骨髓。河正玉介紹金廷漢的文學目標說：

「金廷漢的每一篇小說都很明顯地表現出：在這樣受賤待而表面又上沒有力量的貧苦群衆的行列裡，發據強靱且具肯定性的人性，這種努力就是他的文學目標。文學究竟以肯定爲其指標，又以人們本身的問題爲其主題，因此他的文學都是盡量在替社會上那些沒有得到眞正的人的待遇的痛苦群衆呼籲；反抗、並控訴社會種種非人道的現象。這些非人道的現象往往是由於在化腐的權力與其他種種在腐敗的社會制度所帶來、且常在我們的社會裡出現。金延漢的文學，不但強烈抵抗反民族的狀況，而且對反人性的狀況也痛加排斥。」

依據韓國三中堂新近出版的十二卷「韓國代表文學全集」：金廷漢是第十二卷收錄的十三名作家中的第七個。想來是因爲一九六六年他才復歸文壇，而被列爲戰後的新世代性的舊世代作家，或是被列爲新世代作家的。因爲：新世代作家金聲翰正好是第十二卷中的最後一個，而所謂新世代性的舊世代作家金東里，黃順元、朴榮濬、柳周鉉、却分別收錄在第五卷（共兩位、另一位爲李無影），第六卷（共兩位，另一位爲沈熏）第七卷（共兩位，另一位爲安壽吉），第九卷（共四位，包括張龍鶴、李範宣、金光鏞）。

據河正玉所說：韓國現在的文壇是不顧生活裡的底層現實，只忙著讚賞實際上已荒廢的「錦繡河山」的自然詩人的舞臺。那麼，和我們的歷史、我們的境域極爲相似的韓國，也正和我們一樣，發生了文學需要再改革的情形了。在這樣的情形下，介紹金廷漢的觀念和作品，無疑是有極大的意義的吧！

而「文季」創刊號中，屬於我們本國作家的作品又如何呢？

黃春明的「莎喲娜拉、再見」是寫一個公司職員帶七個與公司業務有密切關係的日本人

去嫖我們的女同胞的事。自稱爲黃君的這個公司職員，「基於個人與一個中國人對中國近代史的體認的理由，一向是非常仇視日本人的。」，「然而，現在形式上，不但不能仇視日本人，還要帶他們到礁溪溫泉，好好招待他們。」

屬於這種對日意識的作品，使我想起了林衡道的「姊妹會」：這是寫一群日據時代嚐到甜頭、光復後對於日本抱著好感的少數臺灣人中一個叫做李張瓊珠的婦人，以崇拜日本和日本人而始，却以肉體委身了一個成長於戰時的飢餓和恐怖的日本青年，甚至被其竊取了兩千美元和一些金飾的幻滅的故事。

要分析這種肉體的連帶所象徵的課題，當然是極爲遼濶的。日本的作家，藝術家就有透過肉體的關係，來解釋其所謂的領土血緣關係的例子。不過，但很明顯的，黃春明和林衡道所處理的方式是不同的：那就是戰後世代和戰前世代的不同認識和立場吧！

「莎喲娜拉，再見」中的黃君，是自始至終都意識到日本及日本人底醜惡的，這種意識是「歷史給歷史老師的使命，在我們心田裡，種下的種子」，雖然如此，但那不得不因了生活而幹上了替日本人拉皮條的事。

我覺得：叫做黃君的公司職員，藉著日本人的口氣和藉著一個年輕中國人的口氣所說的一些話是極具意義的，這也是從反逆的批判性進而正面地彌補了爲了生活不得不失去了自己根得蒂固的立場而產生的挫折的。這些極有意義的造設的對話，也顯然是不同於林衡道的「姊妹會」的幻滅的。

除此之外，王拓的散文「廟」，王禎和的劇本「望你早歸」也都處理了現實的，庶民的題材，有力地呼應了彼等的聲明和批判。

然則，史濟民的「某一個日午」所反映的現實是另一個層面的現實吧！在這個極爲精簡，也有著漂亮文體的短篇中，所謂知識份子意識分裂的課題，被鐫刻於極富歷史意味的敍述裡。尤其是：這個曾在父親秘藏的書藉、雜誌、剪輯和筆記塗著新鮮筆跡的自絕了的年輕人，他的短簡正像箭矢般地指責我們的呢：

「讀完了它們，我才認識了：我的生活和我二十幾年的生涯，都不過是那種你們那時代所惡罵的腐臭的蟲豸。我極響往著您們年少時所宣告的新人類的誕生以及他們的世界。然而長年以來，您這一時曾極言著人的最高底進化的，却給了我這種使我萎縮成爲一具腐屍的境域和生活；……我崇拜您，但也在那一瞬之際深深地輕蔑著您，更輕蔑著我自己。……」

讀了這，使我想起了想像中的從未見過的某作家底臉；也使我興起了期待一個豐收的季節底無法扼止的興奮心情。

笠書簡

。陳鴻森致傅敏。

早起發覺外面刮著凌厲的南風，那樣價天的刮著，而被催落的那些已將近成熟的芒果，常節奏性的落著，敲打著這小木屋的屋頂，想起芒果，齒縫便流露出那酸軟意味的東西。

昨天接到你的信，謝謝。那斷簡我很喜歡，其中自然見出你睿智的機心，這也給我了某種振奮的力量。我這兩日將把其中的某些問題性加以思考，然後以書信對談的方式寫出，再寄給你。（對了，上次不是說合評管管嗎？後來想放棄，但久久又不能甘心，終寫了七千字寄交笠了）

重讀你上一信關於暗喻的思考，也給了我一些刺激。以後希望我們能這樣的談談，以期能較迫近於詩學若干課題的眞實，你以爲如何呢？常感覺自己寫論，像爲了寫給桓夫先生，你和丁芹看的而已。你的信也給了我繼續追求下去的信心。不知北部是否有肯出版我那詩論的出版社，但願年內能出版，我願把它獻給你和丁芹。

你信上提及的「大學雜誌」上的那篇拙論，我自己也未見及，不知是那一月號的？只記得那是去年看了「大學雜誌」上刋載的一篇座談記錄的憤慨反應而已，現也忘了到底寫了什麼，承你的厚愛感到很高興。還有「青溪」上的那文，該期我看了後也被拿走了，現身邊已無書了，雖然當時希望你看到，但實質上也沒什麼精闢之見。

最近聽說你著手幾篇論，我會等著看的，但願你能儘快完成。近我亦因「拾虹論」的停滯，一些想寫的也就擱淺了。感到極爲鬱悶，不過，能讀到你的作品，那在我確是愉快的事。

你信上提及的那本「歌德評傳」，因我近甚少到高雄去逛書店，如果你那方便的話，請能寄册給我。

我前一信裡所提及的「意象的現實化」，所謂的「現實」本身實包含著生活性和精神性的二次元。任何意象的構成，如未能連接於生的堅靱的韻律，那在根本上都只是語言的偶然性的結合而已。我們詩界裡的絕大多數詩作，我認爲意象的構成上的生活性和精神性未能維持一均衡的狀態。笠下有些作品，雖有其生活意識，但由於缺乏精神的抵抗性，便也未能深刻。創世紀方面也可說過於著重精神性的發揚而缺乏生活實質以爲强固，而令人覺得其虛脫感。

北川氏所主張的要有距離的詩性現實才是高級的，這距離的根本意義我想就是「覺醒」吧，也就是不止將感情繫於想訴諸的對象爲鵠的，且從對象的認識上尋找出和我們生關連的等價物性，進而結合爲一新的存在秩序，這也就是比喻的本質。

吉野弘所謂的「比喩，雖是自己與自己感情的相互共鳴，但要對自己的感情有所懷疑是很困難的。」這種「自己與自己感情的相互共鳴」可視爲未收斂的自我擴散，而對自己感情的懷疑也正是需要覺醒的工夫，有這懷疑才有發見眞實的可能。

我以爲超現實主義實在多少具有機會主義的傾向，那是他們過於相信感情流轉的偶然性，這樣這種詩的發源乍見雖有其閃亮的一面，但經過表現和傳達之後，這

亮的東西便也隨而逐漸消失。超現實根本只能存在於想像的次元。而超現實派更是從來也不曾對自己的感情有所懷疑的。

我向以爲生活是以敍述次元可達到的地方，也就是屬於「明喩」領轄的地帶，因爲生活只是以相互的理解爲重。而詩所欲追求的則是高於敍述的精神，也就是「暗喩」的地帶，是以相互「交通」爲目的，而詩，豈不是這種由生活而趨於精神的永久性，也就是暗喩時明喩鬪爭的操作。小野十三郎所主張的：無法排斥所有的散文性及過於警戒散文性的思考便無法產生眞正的詩，我想可解作無法放棄生活的意識吧。戰後的田村、鮎川、黑田等詩人，可說就是把「荒地」視爲意象裡的生活和精神性的結合體。本來這種結合應在詩之「內」進行的，而他們卻將之在「外」予以結合了，這點可說他們一開始就聰明的擺開明暗喩的糾纏，而逕向象徵的峯項。不知你以爲如何？

你那斷簡裡對現代主義的檢討，等過幾日再研究吧

73、4、23下午

書簡

。陳鴻森致傳敏。

寄來的「歌德評傳」已敬收，至謝。昨晚已把這書看完了。在這裡看到了一個偉大的作家（非人格）的成長，掙扎和完成。逃避是現代的癥結，不過我總覺的在歌德生活的眞實裡，無法排斥其虛僞的性格。讀後不禁掩卷而想：是否他有覺於這種虛僞的警戒和抵抗的意欲，有這種對自我不完美的認識，始克產生「浮士德」那樣的東西。他晚年的觀照的清明是無可否認的。

這書看來應是著于民國廿一年。雖然未詳作者是誰，但由於文體的優異和資料的充足，眞令人感慨。近有「開放卅年代文學」的呼聲。如欲持有文學的正統性，此一開放無疑是極迫切和需要的縱的粘劑。

你前信上所提及的「現代主義是具有某一程度的寫實性的質素在內的」，這點我深表同感。達達起源于第一次大戰（一九一六年左右）時和平的瑞士本土。由于戰亂的迫害和人心的動盪，藝術活動和思潮，因現實相關性的影響，表面上看來，歐洲藝術似是停滯狀態，但實質卻含孕着歷史，法則的堅韌性—也就是醞釀更强烈的對既成藝術的反逆和破壞。達達這種言語與思考都經漂白過的方法論。容或有其反藝術的意向，但這可謂社會和生活及精神被破壞的一種寫實和嘲諷，毋寧說這種對過去藝術的懷疑冷靜和破壞的激動才是使藝術跨入「現代」門檻的力量，才是喚醒藝術覺醒的聲音。脫胎于達達的超現實，無非是對達達的實驗性底凌亂予以新秩序化吧。也就是達達時期的激情逐漸冷凝，而進入心象現實的追求吧。這種過份意欲呈現自我，形成了傳達的困難，造成心物二元的造型。

然而由于戰後一切又漸而恢復其安定性，這達達和超現實也因而開始喪失其精神的銳利度，而走向：type的凝固。黑田三郎的「爲了要打開我們的眼光，似乎需要戰爭與敗北的現實」雖是一句令人戰慄的話，但卻充分顯示他對藝術表現的宿命的體認。

眞正的超現實應該仍有其理性的存在的，這點記得

我在論商禽的詩時曾約略談到。

我想現代主義最大的特徵不僅對過去成份要素的各種表現的排斥，且在于打破過去類型的美的觀念，也就是「惡裡也存在著美的可能」，擴大了美的意義，同時也擴大了表現的範疇。

紀弦的「現代派」實際上也只是承繼包涵象徵派及由林亨泰導入的日本以春山行夫爲核心推動的現代主義運動的技術吧。不過其對于「主知」的提倡，多少使得「新詩週刊」後的我們的詩進入有質量的感覺。

73 5 1

笠書簡

。梁景峯致傅敏。

謝謝你7月31日的信。上次和大家見面，我已經很滿意。我認爲我的問題一般已經得到解答。

我要這次訪問的紀錄，一方面我要爲我譯的詩選作個全盤的結論，和詩選同時刊登；另一方面我認爲詩作者有義務爲讀者解答詩的問題，不光是詩寫出來發表了就完了，必須對讀者的批評表明立場。再者，西德一家電臺需要這個訪問的錄音紀錄。當然，我們只能整理過後，寄給他們。

我並不認爲這個訪問不成功，它實在已經談到了作家和詩人的各種重要問題。如果你的時間有限，可以把全文給我，我來整理。我想：問題不能自己保留下來，應公開出來，大家找答案。

其實我只是詩的讀者。我開始翻譯白萩詩選的時候，覺得語言的技巧、詩對象（內容）很進步，但是再仔細分析翻成德文之後，就覺得很有弱點。我看最大的毛病在於典型的邏輯錯誤。也許詩作者習慣於詩的一定形象和一定的處理方法而不覺得有任何問題。而讀者必須先對詩內容有具體的了解，他並不像詩作者這樣存有某些詩的幻想。這樣一來，我們詩人的詩對這個社會有什麼意義呢？我們詩人的失敗主義的詩論只能更加滋長我們絕望的宿命論而已。「天空象徵」目前看來是個分水點，他的語言和內容雖然是臺灣詩發展一個高點，但是它的結論又相反地指出了錯誤的，可悲的方向，向後轉我們的方向。所以我們詩人的詩不能突破這個別人和自己建造的巫咒圈。

我們的詩人的詩當然也表現出我們的認識，就是說表現了綠色（生機、希望），但這個綠色却只寄託在一些脆弱而不動的自然物上，顯得孤單而無助，它只會有時即興一下，表示出一點意志而已。你可以從德譯詩的名字選擇、編排和後記裡看出這些詩優點缺點的相互關聯性。最好你能把漢文各首詩從笠各期中找出來，按照我的編排念下來。

在外四年多，對臺灣文學，除了詩之外，其他小說和戲劇等沒有看到。我不知道你提到的「文季」的「大地之歌」和「最牢固的磐石」是怎麼樣的文章。如果你那邊有，請讓我看看。

我也常想到要翻譯些什麼對我們的詩界有點刺激性的東西，但說實在話，西方目前或者連以往的文學作品，不見得有多少東西可以幫助解開我們文學界的難題。

我並不否定我們的翻譯者的一切努力成果。但同時這些西方玄學作家的如 Rilke, Eliot 等的「美學觀」又如

何的支配著我們的作品。洋作家往往是我們寫作出我們目前的作品的障碍，因爲我們對洋詩存了太多幻想。我們對洋詩也應該冷靜的分析和批斷才對。

我目前在收集論白萩的批評文字，如果你有，請寄來給我看看。（拉雜寫了太多了，我們實在不需要太多文字就可以互相了解的。）

朋友的敬意和問候！

一九七三・八・三　臺北

笠書簡

・唐文標致傅敏・

19730815

1.這可能是我在臺灣寫給你的最後一封信了。

2.我寄上The New Wave給你，這是一本有關法國電影之書。（你說全面性的我沒有，我也想不出有那一本。電影史嗎？如你能明確地說，我可以寄一本給你（在美）。這本書自然是送給你的。……………

3.「一隻鳥仔」和「雨夜花」歌詞我都看過，它確是最優秀的民歌傳統（比起來，「望春風」和「港都夜雨」就不如了）。………………

4.我對洪通其實有怨辭的，原因自然是臺北畫家太過份了。但我對你說二種形態的藝術不懂。（①精神（想像）②經驗），這固然是我以爲藝術是完了，沒有作用!!——生在我們時代和其他時代是不同的，我們要不要重視這？

你說：「臺灣詩之失敗是因爲斷絕了通向社會之路」這句話什麼意思呢？是指詩的被人了解，還是詩之反映人的問題，如果是後者，我是承認的，詩一定要與社會有關的，而且正是詩人用來通滙社會的方法。（正如司機開車子而已）。除此詩有何用呢？

你談及應批評「抒情」，這當然是。但這與晦澀是完全不相同的，是晦澀也有抒情，（葉珊詩也相當晦澀而抒情）抒情的壞處正在他們那種士大夫殘留的高人一等之個性。但如談及其臺灣文學的庸俗化，就一定要分別什麼是庸俗了。例如民歌是不是庸俗呢？而像葉珊、周夢蝶的文學，看過舊詩的人一定以爲庸俗得很，（濃而無味，雅不可耐的庸俗）。自然我明白你指的是瓊瑤和張秀亞那類，（甚至羅蘭薇薇夫人的）那是必然的。

關於現代詩，我仍有一點最後（其實是最初的，但發表最後）的意見，「文季」的「詩的沒落」及自我批評的「日之夕矣」，我想請你嚴厲批評一下。

事實上我對詩已絕望，我想戲劇和小說都應比它進步吧！唉，爲什麼不呢？有時我甚至想如果我再活，我一定不做文人，無聊的事！詩，越早死越好吧？

我眞的不知要說什麼好了。因爲寫了二篇小文，惹臺北詩老大大生氣、使我很惶惑（相信你也有同感）在這裡謠言滿天飛，自然再加入不堪的人身攻擊。我很惶惑。

但我最近在寫一篇登入影響專號的「我們沒有電影」我翻到有人介紹南美電影（你，我皆無眼看過）發現比起他們來，我們太差了。他們會說 Every spectator is a coward or a traitor，他們說電影What appeared yestrday as apreposition adventure is pored today as an ines ca bale need and possiliity。比起他們，我所說的不過是最懦弱的犬儒者而。在臺北的詩人住在玻璃暖房太久了。我不後悔，雖千萬人「罵」，我往矣。……………

三益磁器股份有限公司
桃園縣鶯歌鎮永昌街五八一一號

順隆窯業股份有限公司
桃園縣鶯歌鎮文化街一三九號

臺灣洋傘股份有限公司
桃園縣龜山鄉建國東路三〇號

東和樂器股份有限公司
桃園縣大溪鎮信義路二二六號

遠東食品股份有限公司
桃園市吉林路五號

聯成塑膠股份有限公司
桃園市南華街九四巷四號

桃園粉廠股份有限公司
桃園市吉林路七號

臺灣焊條股份有限公司
桃園縣八德鄉介壽路三二號

新生產業股份有限公司
桃園市豐明路二〇八號

泰安綜合醫院
桃園市民族路一五五號

- 香頌（中英對照） 白萩詩集●二四元 笠叢書
- 雪崩 杜國清詩集●二〇元 笠叢書
- 拾虹 拾虹詩集●十六元 笠叢書
- 激流 岩上詩集●二〇元 笠叢書
- 孤獨的位置 陳明臺詩集●二〇元 笠叢書
- 心靈的陽光 林泉詩集●二〇元 笠叢書
- 食品店 林宗源詩集●二〇元 笠叢書
- 陀螺的記憶 趙天儀詩集●二〇元 笠叢書
- 剪裁 古添洪詩集●二〇元 笠叢書
- 憶念詩集 吳瀛濤誌集●二〇元 笠叢書
- 不眠的眼 桓夫詩集●十二元 笠叢書
- 島與湖 杜國清詩集●十二元 笠叢書
- 綠血球 詹冰詩集●十二元 笠叢書
- 大安溪畔 趙天儀詩集●十二元 笠叢書
- 詩的效用與批評的效用 艾略特詩論 杜國清譯●（平）二〇元三〇元（精） 純文學叢書
- 美學與批評 趙天儀評論集●二八元 有志文庫
- 心靈的側影 李魁賢評論集●二五元 紅葉文叢
- 域外的思維 古添洪散文集●二〇元 笠叢書

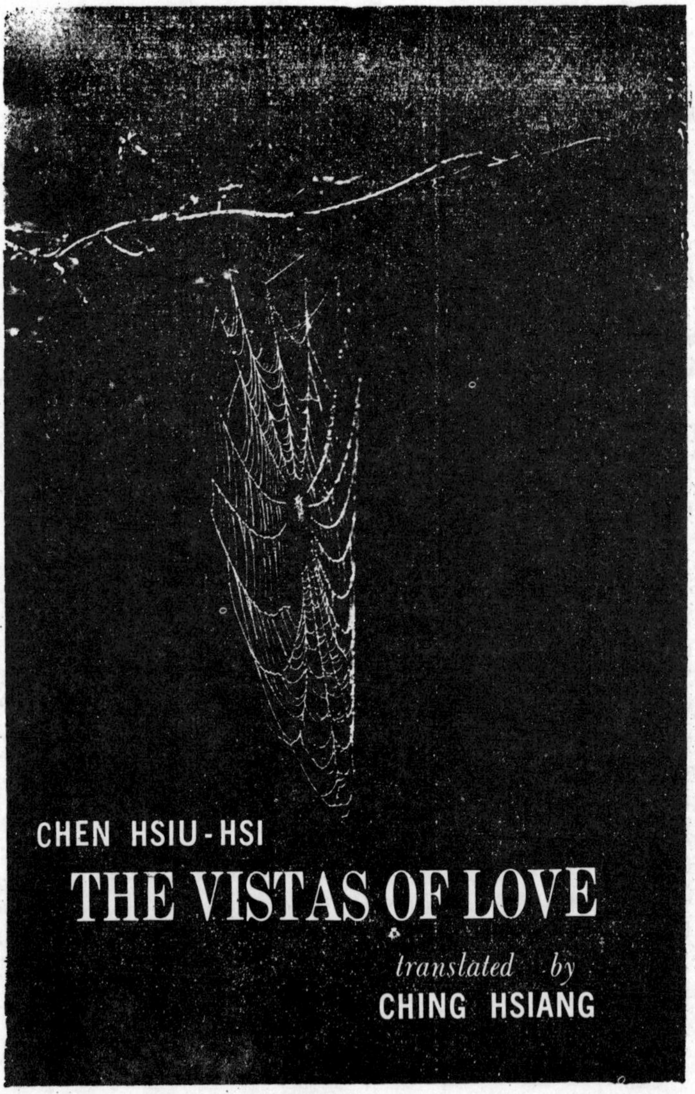
CHEN HSIU-HSI
THE VISTAS OF LOVE
translated by
CHING HSIANG

Contents

BUT ROSES DON'T KNOW

Beyond the fence
Sweet fragrance comes forth
like ties of love set deeply into my heart

Ny love for roses
and the time when I sang my song
also the days of tears and self-laughter

The strong will once I had
encouraged me to cross the fence
Without caring about the sharp ends
Now the wounded and bleeding arm
touches my hungry heart

I gave my love
to roses
But roses don't know

EVERGREEN

Ever since you threw me
a flashing smile
You planted in my hearrt
an Evergreen

How many storms
irritated you
You the Evergreen always stands
I give a sigh in stlence
Green leaves were coloured by your eyesight

When the camellia is in full blossom
There is more than one flower
facing the true love
praying
begging you to throw me another smile

please let the Evergreen be green forever
And make the green leaves shine

SMILES

How poweerful her smile is
It killed the long-wandering fellow
Made him reborn
into a man who can smile again

She didn't believe her smile could kill what he was
Only the distrustful anger burned
The flame choked the now smile
And also endangered her smile

Distrust is the cancer of love
Cut out the cancer
Let the two smiles be restored

Restored smile
with trusting smile
A beautiful life then blossoms forth

INVISIBLE GIFT

There are portraits of my late parents
I, who had no childhood
Admire a pair of eyes
My feet control the way to go
Soon as you see me, Yon give, so generously,
an invisible gift to me
and put your busyness on your desk
At that time
The moon on watch is on its way home
All the wispers under a little lamp are sleeping
Small chatter overflows from wine cups
with music from the hometown
Subjects embrace each other
I was led to that old banian
Retrive the warmth of childhood
Treasure all smiling eyes then
and forget
The march of second-hand is now reaching the alarm the rooster
The spear of the dawn is now attacking the window facing the East
Yet,you are still saying;
"I give you ny Time."

TO SEE YOU AGAIN

Now you have a beautiful garden
Jasmine in full blossom beside your feet
I have my territory of food and drinks
Being the Queen of this lovely jitchen
was the shy little girl next door
Carefree but shy
Afraid ofyour eyes full of love at the other side of the wall
Think about the past

I can still taste the sour sweetness of the jujube you gave ma
When I come once again tovisit this southern towu
You are the only one that I know
Yet I feel all ahe people here are my friends

The colourful dream has been barred out by that low wall for
thirty years
Since the first time I played with you in your garden
The pigtails that then loved to wear jasmine became fuzzy short hair
how can it be possible to match that ecerlasting fragrance

Now jasmines are in blossom beside your feet
They cause me to feel a little jealous
I was my goodbye to your smile
and set my foot on my doomed track
I taste once again the sour sweetness of the jujube you gave me

HOME-COMMING

Since you went away
Everything in this house
has your cotton wing
Waiting for your home-comming

Not an illusion
with a smile displayed on your weary face
you run toward me
I am so delighted, yet I bite my lower lip, walk toward you
tears reflect your pale lips
tear sreflect your hair
At the moment of supprise and heartache
I can't help but saying:

"Shall I make one of your favorite dishes?"
(And hold back with all my strength from crom crying out loudly)

When you came back
The springtimes of one century can flying together with you
And the cold wind was driven out through the back door.

PUBESCENT

The most successful season amoung all masterpieces of God
In the transparent but blind eyes
A angel is as lovely as a Devil
A pirate is as kind as a prince
The most tamed creature
Is always willing to jump into the hunter's heart
So, a good chance for capture
is always there

BIRTHDAY PRESENT

In the twilight when the heart is waiting for footsteps
When it's time for guests to come
I'm waiting for your arrival

Suddenly there comes a present
I feel shocked
From the handwriting I learned that you are not coming
Inhold my trembling heart
You turned into a piece of woolen cloth
Warm as the feathers of a little goose
And the colour is the one of yellow roses

O, how I wish you would come back to my arms to replace this
clith
I can only ask in silence
"The one who bought you, did she look fine?was she alright?"
It does not answer
Just warming my trambling hands

Can't keep my tears from dropping upon the woolen cloth
The present is like the face of the Autumn
The present is like a heavy rook
And my birthday dinner
My disappointed heart is hurrying towards you.

WAITING

My heart is earlier than the streetlamp
that turned to "Waiting"
Several times, I opened the window
The alley just gives me disappointment in return
All the hurried footsteps are going to someone else's home.

The flight of hats
Sometimes makes me feel currious
But now it's not worth seeing
Yet
perhaps they are
true criminals of my increasing worries
The "Waiting" beside the window starts to complain
about the sundown
for darkening so quickly.

THE TRAIN

Even though we each have a long to go
Why be so depressed
Once in a while we stop at stations
You pity me for my load
I pity you for your burden

Our consoling eyes
mare sure it's a moment of happiness
The whistles sound like the tearing of a piece of silk
Like calls from our hearts
puffs of white smoke
break forth gush out uncontrollably
Twist into a flying dragon
The moment when souls entwine with each other is so lovely
so wonderful

The buzzer wake up our destiny
You will go your way
And I will go mine
Each with loads of illusions of combined souls
Running towards the Night

THE FIRST BABY

Like a volcano just before bursting
The womb was forced to extrude the burning lava
Whoelse could bear the labours?
Two lifes were dependent on the nature of the second sex
Doctors and nurseses are nothing but
encouraging rooters

The longing for death ocured
Suddenly she remembered
Mother had said before
"Marriage is to be bearable."

Like a volcano just before bursting
The womb was forced to extrude lava
At the extreme point of pain,she has to cooperate with the womb
To bear the pain
To bear the burning
To bear the longest moment

The volcano burst at last
At the moment of exhaustion she realized
"Marriage is to be bearable."
The new mother called in her heart   Mother!
Grateful tears fall from her eyelashes
She greeted the dawn with tears

THE RAINY HARBOR

The old man said:"For more than ten years,we couldn't help but
more rain than any other place."

No trace of flowers in the barden   Dead
Steps are covered with moses in the back yard   Long-lived
Whistle was deserted in the rain   Whineing
Trapped in that small room with ofustiness Mon-poetic
The Gipsy guitar and the melidy waven with the rhyme of the rain
Asking me how I spent my day?
The whisper of the rain has been calling me for a hundred and
fifty days

I said: "The whole rainy harbor should be thrown into the bottom
of the sea to trade for a sunny day."

THE MOURNING DAY

Want to hold my father and cry my heart out
But I can only touch
a hard and cold tombstone

A familiar name
was disguised by some golden characters, as a stranger
Someone's cryining over it
Yet I become a sait-piller

Turning away from the tombstone
The mountains of my country
are so dignified
Shut me out in the wind of the mourning Day
Squa tting beside a bunch of hyacinth which is of such a sorrowful

Colour bite on the morning dew
Words repeating itself in my heart
The tombstone is not my father
The tombstone is not my father

TO TRESURE THIS LITTLE PIECE OF SPRING

Look from far away
The red lips of Springtime fall on the front steps of that temple
Nearer, it turns out to be a petal of rose

Beautiful lips just had lipstick put on
How fascinating

Who did it?
How can a living heart so cruelly throw out this little piece of

Springtime
It's icy cold at the coner of the front steps
I pick it up and hold to my face
The petal touches the warmth of my check
Will it be droopped by the heat
I suddenly feel uneasy
Yet, I can't just let it full from fingers
As if I am holding the exuviae of my first love
I wander on the deserted trail
My heart is possessed by that little of Springtime

JASMINE

The glow of Sunset   Like a girl's grain-coloured face
Was covered by the falling hair of the moon
became a dark night
The puppyish Moon
Picked up jasmine from the sky
and wore it on her hair
wandering and waiting for the Sun
She says:
Jasmine is the flower of slaves
bare the tiredness of the day
Only blow in the evening
Two green leaves holding a bunch of jasmine
Wearing them on my hair
Makes me want
to lean on his shoulder
The little white flowers have the spell of love
The little white flowers are more fragant than stars
Make me long for   his shoulder
Make the moon keep on wandering
Especially to-night
The jasmine is a flower of love

THE TREE IN OUR HOMETOWN

It's snowing at a far-away place
Set together under the intemate lamp of our hometown
Share with you a bowl of hot country soup
which reallyteasts like my mother's cooking
And talk to one another our nostalgia
That night the wine washed my earth thoughts
The night washed your shadow
The shadow on a white wall
like a tree in the snow
Clean and strong
The hesrt if there would be doors
You are not my key
You never knock at my door
But why will your image remain in my heart after you go away
Maybe that's the same tree which shared the soup with me
The tree that was so clean and strong
Without permission just in from the unlocked Franch window
and go into my heart
Because the doors are locked

BRING TO LIFE

Ever Since my daughter was married
All the evening were spent in the cold wind
I stood at the window
looked at the hills across
There's an old tree on the hill
All the leaves were gone with the wind
Old trunk became gray
I found
someone to share the sadness

In a rainny morning
Walking with an umbrella under the old tree
I can no longer see the gray old shadow
The young green leaves receive the pin balls of the rain
and playfully through them onto my umbrella
I look up to the furbished luxuriancy
and pleasantly tell the greens through my smile
that my daughter is expecting
From the weight of those that fell down
I know the old tree has happiness of his own
I learn the happiness of rebirth

RUBBER BALL

We had a dozen roommates
I was the luckiest
Thatbig hand picked me up, saying
"That's the most bouncy one."
Little girl pat me with a lovely little hand
I could jump higher than her
I wanted to make her happy
So as not to let the big hand down
I just kept jumping jumping jumping
Sometimes I knocked myself against a table or a chair
and rooled under a sofa or a bed

Little girl didn't know how to play hide and seek
If she couldn't find me she'd shout wanting me
At once the big hand would reach out to get me
Little girl even held me in her nap
But the big hand put me into a dark corner
saying"bounce here and there, roll back and forth, how irritating"
I did not knonw what I did wrong
I knew the luckiest is not the happiest
I haven't seen that little girl since.

A WONDERFUL JOKE

Never knew since when I
lived easiy in the castle of life
The sky is far away from me
The earth is far away from me
No smiling breeze
Yet, you tell me
"Would you like to have my tomb put beside yours?"
What a wonderful joke
I wish you were not drunk
I wish it's a truth wearing some mask called"Jole"

Tonight
The lonely quadrature gets one star as its company
The night sky becomes so romantic and harmonious
Hope that the wonderful joke will bring a littie romance and smile
To keep me company for passing the down hill road of my life
To dilute my tears which are begining to konw sorrow

LOVE

A strange bird comes flying without a set course
Nobody knows when or from where it comes
It doesn't come for finding a nest

Trees never show any refusal towds the sky like hands wanting
If that bird here and rest
Branches will be willing to take the most beautiful decoration
and hope the bird will lose its wings
Branches wish to become a fast lock
For a strange bird is resting here
Brighter than medals

More than the setting sun hung on the top of trees
A more confirmed existence

Branches are waiting for a strange bird.

HURRY ON

My son had an accident
The tree won't wave for me
The world can not help me
The Passers-by caot not help me
My hands hands have lost all their strength, I can only give a sigh

If oniy I could have ridden on a flash
Icould have reached there earlier
If only I could have ridden the first twilight
I could reached the window of that hospital

with broken head and brcken legs, I am the dying man
My blood cry, calling my son's nick name
............Baby. Wait for me. Wait for me.

THE PRAYER OF A FATHER

O God!
Please break Ling's leg
then I shall hold her arms, till I become numb
Please turn Ling blind
then I shall be her cane,
Please turn Ling idiot
then I shall be her slave for the rest of my life

Ling was a good mother
She washed doll's hands
Used pieces of flowery cloth to make small clothes for chickens
Told stories to little dogs
Please sve Ling,s life
I'll offer you my wife's life and mine

Yet the unknown God
destroyed a new leaf under a wheel
The dried-eyed leave didn't fall
Swallow down all the sorrow from moment to moment

Look down into the empty depthes
and reach out with a long but helpless hand
O, What a lovely and joyful twelve -year-old
little soul, where are you?
Gome back! Little Ling!

HOPE

The messenger of Spring
carrys a begful of Spring
The blessing to the youth are rosey
The blessing to the dead wood are the same colour as his jacket
But the one to me is gray
Why not a beautiful rosey oue
Why not a hopeful green one
He Says: Your turn came when the glow of sunset was fading
NO,NO, if only I can stend against the dark night
The sun will bring me my favorite colour
That
Not only belongs to the Spring time
But also belongs to the tomorrows of mine

CABBAGE (I)

An enormous green rose
at the pot-garden in the twilight faded
drean about red yellow colourful
thorny roses
and regreats for not having fragrance

People strip green leaves off you
and ask for your deep-hidden heart
Your heart is so pure and white
The more I chew. The more I like it
The Queen of the kitchen-garden
The Green Rcse
I adore you
Dews came from the Stars
please welcome the morning with a smile

CABBAGE (II)

People want a white and pure heart
Green leaves covered a white and pure heart
Against the burning Sun
Against the attack of the wind and the rain
People dislike rough green leaves
Green leaves are deserted in the kitchen-garden and cry in the dark night
The white and pure heart is put in a plate
Everybody says it's delicious
Grown from the same root
And cut by the same knife
They get different treatments of praise and catcall
We get the white and pure heart from the protection of green leaves

Who will cry for the green leaves
The rich earth in the garden
Or all silent watchful stars

THE OLD LEAF

Set on a thin branch
The unarmed leaf
Without protection
All bared to be deveured by hungry insects
to the abuse of the wind
Not caring about its own weakness
Holding to that harrow branch:
A green shade against the sun
A tile against the rain
If Life is a tree
It's not for reaching to the sky
but just for wanting all frail leeaves to grow stronger.

羅　傑英譯・吳美乃選輯

李白詩英譯選輯

宣州謝朓樓餞別校書叔雲

棄我去者：昨日之日不可留；
亂我心者：今日之日多煩憂。
長風萬里送秋雁，對此可以酣高樓。
蓬萊文章㈠建安骨，㈡中間小謝㈢又清發，俱懷逸興壯思飛，欲上靑天覽日月。
抽刀斷水水更流，舉杯銷愁愁更愁；人生在世不稱意，明朝散髮弄扁舟。

注釋：

㈠蓬萊文章：蓬萊，神山仙府也，幽藉祕錄，並皆在焉。李白用「蓬萊文章」來讚美其友叔雲，云其文章贍富有如神助。㈡建安骨：東漢建安之末，有孔融、王粲、陳琳、徐幹、劉楨、應瑒、阮瑀、及曹氏父子所作之詩，世謂之「建安體」，風骨遒上，最饒古氣。「建安骨」三字，李白以之媲美叔雲，云其文章頗得建安風骨。㈢小謝：謂南北朝宋謝靈運子惠連也。鍾嶸詩品謂：「小謝才思富捷。」即指惠連。此詩李白自比小謝。

評論：

此詩逸興標舉，奇情横想，風調筆力，自是太白從心化出。

AT THE HSIEH T'IAO BUILDING OF HSÜAN CHOU, I BID FAREWELL TO THE OFFICIAL EDITOR, SHU YUN

Time leaves me, and yesterday passes, never to be arrested;
The troubles that concern my heart are the worries of today.
A million-mile-long wind sends autumn's wild geese winging to the south;
Confronting such a scene, we should get drunk in this high house.
your writings are as those of the Fairy Isle authors, As lofty as the Chien An masters,
And my compositions are as clear as those of Hsieh- the-Lesser.

We all are possessed of great unbounded thoughts
Which aspire to ascend to heavens to embrace the brigIt moon.
If I grab a hnife to Cleave the waters, the waters still flow on;
If I try to drown my sorrows in wine, my sorrows just increase;
Men living in this mortal world can't have what they wrould.
Tomorrow I'll let down my hair and sail out to sea on a small boat.

notes :

Title : Hsüan Chou is a district in Anhwei Province.
Hsieh T'iao Building is a building near by
Prefect's office in Hsüan-Chou. Duirng the Southern
Northern Dynasties, Hsieh T'iao may have been?
the prefect of Hsüan Chou at some earlier date.
The ng buildi perhngaps refers to the study of prefet. In the
T'ang dynasty the government rebuit the building, and
named it the Hsieh T'iao Building.

Linc5 : Chien An is the title of Han Hsien-Ti's reign, Han Hsien-Ti was the last emperor of Eastern Han dynasty, at that peried, the prime- minister Ts'ao-Ts'ao and his two sons T'sao-Pi (who later rebelled against the Han dynasty proclaiming himself Emperor of Wei), and Ts'ao-Chih, wrok poetry there stylle and those of themasters of this period later was termed the Chien-An Style.

Line6 : Hsieh-the-Lesser was a famous writer of theSouth-ern and Northern Dynasties' his pen name was Hsieh Huei-Lien and was the son of Hsieh Ling-Yün.

蘇臺㈠覽古

舊苑荒臺楊柳新，菱歌㈡清唱不勝春。
只今唯有西江月，曾照吳王宮裏人。

注釋：

㈠蘇臺：即姑蘇臺，春秋時吳王闔閭始造，而成于夫差。臺址當今江蘇省吳縣西南三十里姑蘇山上。㈡菱歌：採菱之歌。

評論：

「舊苑臺楊柳新」，苑已舊，臺已荒，唯柳色年年新綠。「菱歌清唱予勝春」，此句承上「楊柳新」，云過去高不可攀之皇宮桂苑，當今不過百姓採菱之所而已。

On VISITNG THE RUINS OF THE KU SU PALACE

Though the Imperial park is deserted and the palace has crumbled,
the willows have put forth new green branches,
People there sing the song of pickig water caltrops in a clear voice
as if the emotions of spring are too much to bear.
Of the relics of yore, only the moon above the Hsi River remains,
The moon that once shone on the famous beauty dwelling in the King of Wu's palace.

Notes :

Title : Thin poem records Li po's impressions and reactions upon visiting the Ku-Su palace. This palace was erected by the king of Wu——Ho Lüin the Ch'un-Ch'in period. The palacs was finally completed by Ho Lü's son——Fu Chai, he house his lover queen Hsi-Shih there, this dalliance cost the King his Kingdom as well as his life. This marvelous palace was located 30 Li southwsst of Wu hsien, kiangsi.

Line1 : The Imperial park denoted "Kuei-Yüan" (桂苑) ——literally means"Osmanthus fragrant park"

Line3 : The Hsi River in this line probably has no geographical significance and is used merely for poetic effect.

Line4 : The famous beauty refers to Hsi-Shih.

夏日山中

小懶搖白羽扇，裸袒㈠青林中。
脫巾掛石壁，露頂灑松風。

注釋：

㈠袒：露身體。

評論：

山中避暑，逸趣橫生，既疏狂又超然，是太白本色。據黃錫珪 (1802—1941) 所著「李太白編年詩集目錄」，此首當作於至德元年。時李白年五十六，隱居廬山，以避安祿山之亂。

A SUMMER DAY IN THE MOUNTAINS

Leisurely I wave a white feather fan,
Naked I stand in the midst of the green forest.
Taking off my hairland I hang it on a rock cliff,
Jauntily I expose my head to the aromatic atmosphere of pines.

獨坐敬亭山

衆鳥高飛盡；孤雲獨去閒。
相看兩不厭，只有敬亭山。

注釋：

(一)敬亭山：江南通志：「敬亭山在寧國府城北十里，古名昭亭山，東臨宛溪；南俯城郭，烟市風帆，極目如畫。」

評論：

「衆鳥高飛盡」，衆鳥喻世間名利之輩，今皆得意而去盡。
「孤雲獨去閒」，孤雲喻世間高隱一流，雖與世相忘，尙有去來之蹟。
「相看兩不厭，只有敬亭山」，鳥飛雲去，唯我獨坐，眼看敬亭山，而敬亭山似亦看着我，兩相無厭，悠然淸靜，心目開朗，於敬亭山之外，尙安有堪爲昭對者哉？深得獨坐之神。

SITTING ALONE ATOP MOUNT CHING T'ING

The flocks birds have all flown away,
The solitary cloud puff, too, has wandered off.
The two of us never get tired of each other,
Mount Ching-T'ing and I.

Commentary : "The flocks of birds have all flown away" means those people who search for fame and fortune have all obtained higb positions and are far away from me. "The solitarvy cloud puff, too, has wandered off" means the good recluses loving their solitude have also left me.

The last two lines of the poem have philosophical overtones, but they are not clearly developed, allowing the reader leeway in interpretation.

春夜洛城聞笛

誰家玉笛㈠暗飛聲？散入春風滿洛城。
此夜曲中聞折柳㈡，何人不起故園情。

注釋：

㈠玉笛：以玉作之笛，喻美笛也。㈡折柳：折柳是古代贈別的一種習慣。笛調中有「折楊柳」一曲，係橫吹二十八曲之一。唐書樂志曰：「梁樂府有胡吹歌云：『上馬不捉鞭，反折楊柳枝。下馬吹橫笛，愁殺行客兒。』此歌辭原出北國，卽鼓角橫吹曲折楊柳是也。」

ON HEARING A FLUTE ON A SPRING NIGHT AT LO YANG

From whose house in the dark of the night does the sound of the jade flute emanate？
The gentle spring wind wafts the sound to every quarter of Loyang.
This night we hear the farewell tune "Wrllow-breaking."
And who among us is not stirred to think back upon his native village？

Commentary : Four balanced sentences give a successive geographical expansion——the particular house of the Flutist, the city of Loyang which is the sid of the house, the county where in the city lies as well as

the poets' distant home——all server to increased our awareness of the poet's plijht moreove the plaintive song being played. heightens the melamcholy mood The song, "Willow- breaking," was a well-hnown song of farewell its simple melody vibrates in the consciousness, evoking overtones in the listeners' memory of home. By implication, there are mamy other listeners in the city this spring night, and the poet, his sensitivity sharpened by the time, speaks for them as well as himself.

早發白帝城

朝辭白帝彩雲間，千里江陵一日還。
兩岸猿聲啼不住，輕舟已過萬重山。

ON LEAVING PAITI AT PAWN

At dawn I left Paiti which was enveloped in clouds,
And came downstream to Chiangling a distance of 1000 li,
On both banks the apes wailed incessantly,
But by then my shiff had already passed countless peaks.

Notes :

Title : Paiti is the name of a town in Fengchieh hsien, Szechuan.

Linc2 : The Chiangliug region is located ot the border of Szechuan and Hupei,

中華民國內政部登記內版臺誌字第二〇九〇號　中華郵政臺字第二〇〇七號執照登記為第一類新聞紙

定　價：每冊新臺幣十二元
日幣一百二十元　港幣二元
菲幣二元　美金四角
全年六期新臺幣六十元
半年三期新臺幣三十元
●郵政劃撥中字第二一九七六號
陳武雄帳戶（小額郵票通用）

出版者：笠詩刊社
發行人：黃騰輝
社　長：陳秀喜
社　址：臺北市松江路三六二巷七八弄十一號
（電　話：五五〇〇八三）
資料室：彰化市華陽里南郭路一巷10號
編輯部：台中市民族路三三八號
經理部：臺中縣豐原鎮三村路九十號

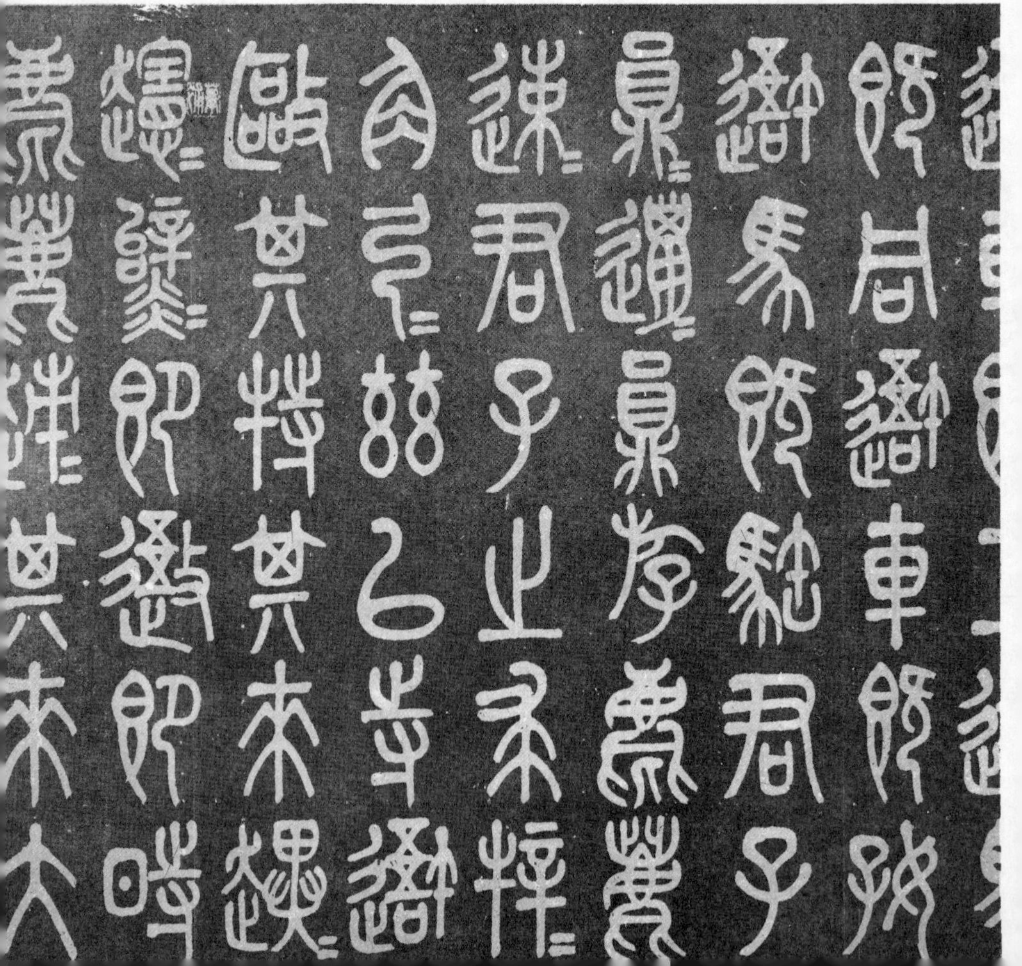

笠

LI POETRY MAGAZINE

民國五十三年六月十五日創刊・民國六十二年十二月十五日

詩双月刊

58

○新刊詩集○臺北巨人出版社發行○臺北中國書城巨人書店代售○

笠叢書

○巨人出版社：郵撥三八一八號　本刊郵撥：中字二一九七六號陳武雄帳戶○

書名	作者	定價
香頌	○中英對照白萩詩集	24—
雪崩	○杜國清詩集	20—
拾虹	○拾虹詩集	16—
激流	○岩上詩集	20—
孤獨的位置	○陳明臺詩集	20—
心靈的陽光	○林泉詩集	20—
食品店	○林宗源詩集	20—
陀螺的記憶	○趙天儀詩集	20—
剪裁	○古添洪詩集	20—
憶念詩集	○吳瀛濤詩集	20—
期嚮	○陳鴻森詩集	16—
晒衣場	○凱若詩集	16—
覆葉	○陳秀喜詩集	精50—平25—
城外的思維	○古添洪散文集	20—
吳瀛濤詩集	○吳瀛濤詩全集	精40—平30—
笠第六年合訂本		每册四十元
笠第七年合訂本		每册四十元
笠第八年合訂本		每册七十元

「日本現代詩鑑賞」下期起暫停。另推出：

李賀詩評釋

李賀是唐代詩人，被認爲是鬼才，與李白、杜甫在中國詩史上鼎足代表三種不同風格，相信爲不少人所偏愛。「李賀詩評釋」當然不是論文，但廣涵中、日、英文資料，對李賀作品一首一首加以評釋。

拾虹作品座談錄

聶魯達詩輯

因稿擠，延下期刊載

本刊是一個開放性的園地長期歡迎下列稿件

①詩創作
②詩集評、書評
③詩人的札記、隨筆
④詩人論、詩論
⑤海外詩人作品、海外詩論的譯介、

笠58期目錄笠58期目錄笠58期目錄笠58期目錄笠58期目錄笠58期目錄

編輯手記

編輯部

※「人總是透過什麼，意欲活下去；詩人也不例外。他透過詩，想活下去，絕不是爲了追求詩而活著的。我們不是爲了寫詩才活著，是爲了要活下去或活著才寫詩的。」因爲刋載了日本戰後最有名的詩人之一的谷川俊太郎作品，我們得以看到谷川氏上述的論理，這個論理或將使我們的詩人有所反省。

詩是什麼？詩不是什麼？環繞在詩人周遭的這些課題，如果說斷絕了生之地帶的連繫，那麼無論怎樣奧妙、複雜、終免不少呈現貧血狀態的。畢竟，藝術這東西，無論是以反逆的方式，或以實證的方式，都和生之地帶有密切的關連。但是我們的許多詩人却把詩當做純粹的娛樂或當做求名求利的工具；一方面還嚴峻地指責群衆說：你們不懂藝術！這種不自覺的愚昧和暴虐的態度，如果不能有所改進，奢望我們的詩會有什麼樣的成就，很難吧！

我們的詩如果要有所成就，重要的是我們的詩人能有所自覺。這不是批評家或讀者群所能改善的，而關連於詩人自身對詩本質上的覺醒。倘若，我們不能體認到這一點，一切都是徒勞的。

卷頭言

土鷄與洋鷄

趙天儀

自從洋鷄的品種移植過來以後，所謂飼料鷄該是洋鷄的一種，這種飼料鷄，專門用飼料混合在食物中來養牠，當然，由於品種與飼料的關係，發育得特別快，而且有重量，因此在商業價值上頗有利潤，所以，所謂飼料鷄便使養鷄業者格外看顧。而我們島上原有的土鷄呢？就品種來說，就不如飼料鷄發育得那麼快，重量顯然也不如，因此，除非個別業主生產培養，無法像飼料鷄那樣大量地生產。然而，我們都知道，這樣重視洋鷄的結果，土鷄的生產量原本就不多，但肉味却遠比洋雞鮮美，因此，價格反而提高，眞正能品味者却更欣賞土鷄。

也許拿土鷄與洋鷄來類比，還是不十分中肯，但我們姑且試試看。就我們的詩壇來說；現代詩人就有兩種類型：一種是土鷄型的詩人，土生土長的也好，來自大陸的也好，都是土鷄型的詩人，雖然沒有榮獲更高的學位，却是從生活中磨鍊過來的，他們寫詩就是一點一滴累積起來的。而洋鷄型的詩人呢？因爲喝過洋水，受過洋詩人的洗禮，甚而有的榮獲更高的學位，他們頗受重視的理由不外有二：一是在博士至上與博士崇拜的潮流中，他們有一張文憑在手；二是他們寫的詩是一種新的現代語，雜揉着文言與白話，外來語以及洋涇浜似的國語，所以，洋鷄型的詩人自然而然受到一些副刊編者、文藝雜誌編者，甚至詩刊編者特別青睞。當然，土鷄是否比洋鷄肉味鮮美，土鷄型的詩人是否比洋鷄型的詩人在詩作上更富有眞實的意味，那更是不在話下了。

我們並不是吃不到葡萄說葡萄酸，我們對於榮獲博士學位的詩人們，如果他們的詩也是那麼充實那麼令我們感動的話，我們也會由衷地崇敬的。然而，那些土鷄型的詩人們，如果說他們的詩作硬是要得的話，我們也會非常地愛不忍釋呢！

（詩集）事務所

李魁賢

蒼蠅

一隻金頭蒼蠅
在平板玻璃門外
享受豪華的日光浴

打字機上，玉手穿梭不停
電話鈴聲變成一對翹翹板
灰塵在室內找不到降落點

這些都和蒼蠅無關
第二酒廠飄來的空氣
還眞有點醉人哩

在伸腰的咖啡時刻
偶然注視到蒼蠅
優美的姿勢
也抑制不住一股遐思

假使有一天
也能悠閒地欣賞別人在忙碌
這樣想着
彷彿自己就是那隻蒼蠅了
却忽然看到
蒼蠅的醜陋面目

複印

推銷員的話很動聽
即使鑰匙、鋼筆
也能印出原形
於是買下一部
乾式複印機
要是心也能複印出來呢
何必再浪費筆墨
也不必怕字跡
會落在利害關係人手裡
每次把印好的文件寄出時
常會激動地想到
把心也印一份下來吧
把心的複本一起寄去吧

俘虜

千萬要忍耐
千萬要忍耐啊
不斷地警告自己
這樣抑制着快要氾濫的情緒

創業眞是這麼難嗎
好像四周圍都有埋伏的敵人
而最大的敵人是內部的潰爛

回到家，像是交換回來的俘虜
卽使妻兒也不能體會那種辛酸

千萬要忍耐
千萬要忍耐啊
這樣抑制着快要氾濫的情緒
却因反省爲什麼忍耐而茫然

雨情

曾經偏好淋雨
用雨水灌溉少年的豪邁
奔上濁水滾滾的橋頭

曾經記述在雨中散步
用雨絲襯托戀性的纏綿
踽踽走過頌詩的牆外

今天要冒雨回家
沿路思考經營的策略
財務調度，業務擴張……
走六百公尺換一個題目

今天冒雨回家後
才惋惜遺落了備忘錄的最後一節
——雨的舊情

交辦

這是特急的案件
明天一定要提出申請

這是年會的提案
到下午五點截止收件

這是限時的函件
要趕上三點十分的收信時間

這是會議的大綱
要在中午餐會上討論

交辦的事項都要限期
可是對於感情歸卷的安排
怎麼一直遲疑不決？

睡前運動

——異夢舉例之一——

羅　青

清楚的／我察覺到蓋在身上的被子
　起伏變化有如變化起伏的
　草原）丘陵）海水）波浪
　於是，孫子般好奇的，我建議妻
　一起運動我們的身體，去感覺那
創造高峯哦／深谷哦／湖泊哦／島嶼哦／浪花哦／旋渦哦／的驚喜
　喔，詭怪又莫名的情境，虛幻又堅實的山水
　　綢緞似的滑軟，暗紫色的芒輝
　　其間，沒有一棵樹生長
　　沒有一隻鳥飛過
沒有花／沒有果／沒有走獸／沒有人類
　像史前世界一樣
　　生命尙未開始
　　又像未來世界一般
　全無生命消息

疲倦中／我朦朧看見／那些高山／深谷／海洋／島嶼
　正在慢慢的縮小下沉靜止乾涸
　　而我的知覺也漸漸消失絕滅
　　一切的一切的一切——連同妻
　也都縮小消失成爲堆堆起伏的沙漠
而沙漠上／正有大雪／緩緩下降下降
　下降一片又一片的雪花無止無盡的雪花
　有如空白柔弱又易溶化的夢想
　白白的（覆蓋在（乾燥的（沙漠上
　就在這樣的沙漠下
我／打了一個大大呵欠

呵，該是睡覺的時候了

非詩輯

內部記實

陳鴻森

為了確證自由
無論如何必需把
隨時窺探着我
跟踪着我的
在暗中的那人
予以絕滅

我必需成為我自己
成為我的
信仰和行動的主體啊

形成我阻力根源的
每每在我一切猶未遂行之前
便先以結果
來動搖我決定的
在暗中的那人

使我不能相信
我一切的出發

我開始以
傲慢和虛榮的意志
不斷地搜尋和追踪
而在一次接觸裡
互相以生的論據
靜靜地搏殺

我在我的利双上
看見我的出發
我必需獲致我自已
獲致貫徹我任何決定的力量啊

在只聽得見
我喘息聲的靜寂裡
像由於莫名的行為
把親愛的人殺了那樣
我愣愣地張大嘴巴
看着血
從他傷口滲出

一下子便被蒸發掉的
從他的傷口
不斷湧出的是
我那已失散的
過去的經驗

我的咽喉逐漸乾燥

現在每當我
深長而安心地
呼息着自由的時候
便感到內部裡
那比寂寞稍粗糙的
某種東西
又凝固了一層

（六二年十月十七日）

副官

趙天儀

說那是北洋軍閥留下的一幅
德相
張大帥哼了一聲俺
丁副官便來一聲有

而今我們依然可以看見
那幅德相
一樣的尊容
一類的嘴臉

在那種官場現形的洋相裡
副官依然是
一種行業
依然在那裡口沫橫飛

溫水瓶

鄭炯明

和煦的陽光灑滿庭院
枝椏上的小鳥吱吱地叫著
這是遠行的好天氣
我知道

我走了之後，請把我忘掉
像忘掉美麗的語言
不留一絲眷意

誰都明白
在這個現實的世界裡
女人，只是男人的
一隻溫水瓶而已
有一天，當他發覺
瓶內的水不再溫暖時
便想換一隻新的

唉，女人
只是男人的一隻溫水瓶
但願我的離去，能使你找到
一隻更新、更好的

作品一輯

靜夜

杜國清

夜，凝成一柱的寂靜
清冷而透明的凍晶體

世界也就如此凝凍在當中

只有我，在這高樓的門窗上凝視
多彩的燈光把遠山點成一棵樹
我凝聽着那白鬍子老人從山坡
趕着鹿車的鈴聲

要是有雪，更像異域的世界…………

在這透冥巨黑的凍柱中
燈光永遠是進入這永恒之前。
最後的那一閃
風的姿態也永遠是
愛撫着海，那種溫柔

這個世界，在月光下

有天，當我也進入這個世界
我知道我的呼吸也一定凍結
在我凝視的眼睛裡一定也有
凍結的眼淚

映照着月光，每當靜夜

一九七一、十二、五

我的影子

夕陽
從海那邊伸出長長的長長的手臂

我的影子，也有一顆善感的心
躲在我背後

我的眼眸、喉嚨和胸前
擋住無數的手爪—像刀箭

我仰頭，屏息一躍
啊啊，那是什麼引力
把我吸去，向着非東非西非南非北的方向
把我吸去，像一顆不再煩惱的惑星

那時，荒海翻騰
我踏出浪聲，衝過火紅的雲層
以超時間的速度，在超空間的位置
那時，我的存在是線是點是動也是靜
是無限的小在無限的遠方………

那時，我唯一的懷念是
我的影子
是否還在地上
在夕陽手臂的盡處
和我隔着怎樣的一種距離啊
日夜望着天空
在呼喚着我？

一九七二、元、十八

寄

來吧，今宵請到我的夢裡來
告訴我，櫻花謝了之後
爲什麼風遲遲，雲遲遲
妳那お元氣で也遲遲呢

來吧，今宵請到我的夢裡來
讓週末妳那伸出的脖子跨過海來
妳那憂鬱的臉啊
像鹽礦，因那湧出的井水
風也鹹鹹，海也鹹鹹
我那久醃的回憶也鹹鹹

來吧，今宵請到我的夢裡來
讓黃昏妳那躑躅的影子跨過海來
妳那消瘦的臉啊
從我臥室的地板上伸長出來
那散髮，像鐵耙子
挖掘躺臥在床上的我的心
妳那記仇的臉啊
像蛇，我的心
是退縮到棺材角落裡的一隻
小青蛙……

來吧，今宵請到我的夢裡來
告訴我，愛是恨是愛是恨是愛是恨
告訴我，我那善變的心原形是什麼

一九七二、五、廿

當我身上長滿了草

當我身上長滿了草
躺在荒野 以
絕望的視線射穿白雲

我的眼窩裡長着兩棵水仙

我的肚子裡羣蛇在蠕動

我的肚臍變成了鳥窩

我的聲帶上日夜有荒風
吹奏着

我的心 是一個血湖
天鵝啲 妳的來臨是天恩

那時 妳來
將最悲哀的眼淚
灑在我身上

我身上的每一根草葉
是我死了又死的墓碑
妳的淚珠 寫下我的名字
我的名字 閃 耀 着 日 月

絕望的視線射穿了白雲
我在死去千萬遍之後
這才知道：死是如此的美！

一九七二、九、五

玫瑰

陳秀喜

不幸的早晨
玫瑰的花瓣半開
就被剪斷
沒有慘叫
切身的痛苦
寄托於花瓶
容她剩下的生命

被舊報紙包住
尖刺何用
花瓶也不會走來
斷了根的玫瑰還活着
整夜被忘却
焦急得逐漸口渴

枯萎的邊緣
迎到幸運的早晨
吸吮花瓶的水
緩慢地抬起頭
詩般地美化自己——
你看！感恩的玫瑰
綻放得像是餘暉的精靈

蟲和葉子

陳坤崙

妳曾經把我比作蟲
而妳則是一片葉子
蟲不停地吃着妳的心
蟲對妳是一種無形的侵犯
一種負擔
一種應該疏遠的小東西

而妳忽略了一點
蟲因葉子而存在
沒有葉子蟲將和沒有陽光的
草一樣枯萎而死

有時我這樣想
假如葉子沒有蟲
葉子將多麼可惜地隨風飄落
因爲直到葉子被蟲吃光了
蟲也一樣隨風飄落
旣然如此爲什麼葉子
仍然拒蟲於千里之外

薔薇的血跡

郭成義

高度

汽球飛得很高
想不到也嘆了一口氣
從大氣層裡
傳來稀薄的
無可注目的爆聲

細細的一條線
也禁不住地彎下身來
落在地上歇息
高空啊

拚命地高頂的手臂
此刻才覺得酸痛

來吧
量量我的高度也罷
兩隻脚
逐漸地向泥土沉陷下去呢

晚安

晚安
每天睡前被我背誦的語言
即使在四顧無人的時候
也不會忘掉

今天過了
還有明天
晚安吧晚安
永遠背誦個不停的
語言
是要證實今天仍然活著
的聲音嗎

所以
怕是有一天突然不能再背誦了
常常在睡夢中驚醒
也要急急地喊出一聲
晚安

憶

周伯陽

歡樂的夜晚
呼喚滿天美麗底繁星閃爍
漫長的歲月
和像眞珠般的朝露消逝

不知不覺中
靑春從手掌裏溜走
偸偸摸摸地
時間竟把兩鬢染白

掀開少年時的像簿
褪了色的照片
追憶筆硯歡笑
我應從都裏找回失落的夢？

五六年八月

雨中傘

黃昏星

你單調的脚步濺着水花
雨下着。滴滴答答的交響
你出奇的沉靜，小小的傘下是冷冷的雨
只有一種奇異的聲音
街燈一閃一閃而過
你持續着傘下的記憶
經過那條多次踐踏
黑暗的陋巷裡
最後才發現：
伴着自己身邊的
只是
自己
的
影
子

七三年五月卅一日雨夜

作品二首

黃基博

眼鏡

我的眼睛仍然明亮
不知爲什麼，
澄碧的天空變成了汚濁的池塘；
美麗的花朶變成片片廢紙；
可愛的晨曦怎麼會是灰色的呢？
純潔的少女個個成了巫婆了！
啊！我的眼睛前面
多了一副看不見的眼鏡了。

春天的花

去年春天，
你來我家，依偎在我的身邊，
一同看你手植的花兒開了一朶。
你說一朶花一個懷念；
我說一朶花一個相思。

今天春天，
你不在我身邊，
那棵花兒開了四、五朵。

明年春天，
你若再不回到我身邊，
那棵花兒不知要開放幾朵？

戀

莊麗華

眼角的淚痕
告訴人妳有飽和的哀傷
嬌紅的臉龐
述說妳有愛的甜蜜
為了不能述說的理由
妳只有甜甜地想着
靜靜地落淚

月光下

曾妙容

張開双臂
想擁抱滿懷的月光

雲兒悠然遠去
星兒眨眼嘲笑
風憤怒的叱斥我的愚蠢

月光下
孤獨的影子
更長了

我的家

高羽

我的家
像一朵花開在曠野裏
爸媽是即將枯萎的花瓣
要我們幾個孩子，成爲
疲憊生命裏
永留給旅人的一抹花香

愛人

雲們
是冬的愛人
常在最寒冷的時候
落給我們
一個接著一個的
陰天

打桌球

休止符

那人凝神，莊穆地拿着
最高權威的
撞球棒，以一口小小的
迫擊炮轟
爆發了一場的
吆帕吆帕
不流血的戰爭

桌上的木球
任怎樣地亂滾
也衝不出長方形的
戰場

我們時代裏的中國詩（五）

林亨泰

拾玖、

「現實感」本來就是詩創作的一項利器，但，這只是在眞能寫出詩的原則下始具有這種意義。尤其是：正當書寫詩的工具都普遍地由「韻文」改弦更張而紛紛換成「白話」乃至「散文」的這個時候，這種「現實感」更是時常且極其容易地在書寫表現的過程中喪失了轉移於「詩的現實」進而成爲詩的那種契機。

我們都無法否認當今是以「白話」乃至「散文」寫詩的時代，但，我們更無法否認當今也是以「白話」乃至「散文」寫散文（註）的時代。因此，我們不能不注意一個事實，即：詩與散文竟然相偕地共同使用著同一個書寫工具來！這在詩史上是一件極爲罕有的事，除非是回到剛發明書寫工具的上古那個初民時代！

〔註〕：此詞乃指「文學類別」而言，係詩的相對詞，與以括弧示別的前詞「散文」有別。前詞所指的乃是「書寫工具」，其相對詞即爲韻文。

貳拾、

自五四以來，眞有不少論及有關「新詩改革」的文章，但，往往是把討論的焦點集中在「詩體」上，同時也都一致認爲這次新詩改革是詩史上另一次「詩體的解放」。胡適就是提出這觀點最有力的人物之一，他曾在『談新詩』（民國八年十月）的一篇文章裡大大地發揮了這種見解：

「中國近年的新詩運動可算得是一種『詩體的大解放』。」

「自三百篇到現在，詩的進化沒有一回不是跟着詩體的進化來的。」

「直到近來的新詩發生，不但打破五言七言的詩體，並且推翻詞調曲譜的種種束縛，不拘格律，不拘平仄，不拘長短；有什麼題目，做什麼詩；詩該怎樣做，就怎樣做，這是第四

次的詩體大解放。」

「有許多人曾問我做新詩的方法。我說，做新詩的方法根本上就是做一切詩的方法，新詩除了『詩體的解放』一項之外，別無他種特別的做法。」

但是，我總覺得這一次所謂「第四次的詩體大解放」是有點不尋常，無論就其改革的意義而言，抑或就其影響的廣度而說，前三次中之任何一次的詩體解放都無法與這次相提並論。因爲胡適所謂的第一次至第三次（亦即由三百篇而騷賦文學而五七言古詩而詞、曲的這一段時期）之詩體解放是完成於無意而緩慢、自然而和諧的演變之中，並一脈相承地沿用着「韻文」爲其書寫詩的工具，其影響僅止於詩而不涉及散文乃至其他方面，充其量也只不過是屬於詩人份內之事，而與小說家、散文家、歷史家等文人毫無關聯，可說是完全出於詩之內在需要而起的一種改革。

可是，第四次的詩體解放則迥然不同，它却促成於有意而急促、突然而對抗的鼓吹之中，並分道揚鑣地採用了「白話」乃至「散文」爲其書寫詩的工具，但，詩人們之所以提出這種改革的要求，除了基於詩本身的需要之外，還有順從了整個文學改良的立場之一面，這次改革可說是與散文、小說等文學的其他領域緊密地糾結在一起共同發難的。所以，我總覺得「新詩改革」所內包的意義，並非僅止於「詩體的解放」而已。誠然，它應該是自有其更複雜更微妙之一面的。

貳拾壹、

由於形式與內容的關係極其密切，「詩體解放」的結果固然也能引起詩內容之極大改革。或許眞的像胡適所說的那樣，「因爲有了這一層詩體的解放，所以豐富的材料，精密的觀察，高深的理想，複雜的感情，方才能跑到詩裏去。」但是，只要稍微分析一下，我們將不難發現在這樣「詩體解放」的聲浪中，實際上被廢棄的部分只不過是那些束縛詩內容的一部分形式而已，而並不包括「韻文」一切可能的形式在內。實際上「韻文」自幾千年以來一直保持著其書寫詩的工具地位從未因有過三次「詩體解放」而被動搖過。

但是，五四時代的「新詩改革」在「工具革命」上所表明的則不同，它這次聲明要廢棄的却是「韻文」這工具本身而要從根本去推翻「韻文」這工具，這是一件空前未有而含有重大意義的事情。因爲，幾千年來中國傳統的詩歌一直都跟著這經常賴以表現的「韻文」的成熟而成熟，反過來說，「韻文」這工具也可說是早已與幾千年來中國傳統的詩歌密密地結成一體。因此，由於它的被廢棄，這正表示着其所遺傳下來的一切精華也要隨着這一工具的被廢棄而廢棄了。就詩對

工具的經驗而言，這是喪盡了一切之後中國詩現在又要回到一「白紙狀態」了。就詩與工具的關係而說，這是回到了原點之後中國詩史另一個「詩三百篇」時代又要發軔了。

貳拾貳、

至此，我敢以斷言的是：從五四的「新詩」乃至今日的「現代詩」中，很難找到甚至無法找到任何與古典詩的關聯來，其主要原因就是因爲由於他們改用了書寫工具的緣故！而並非五四時代或今日的詩人對古典詩持有了什麼偏見或什麼偏激的態度所致。就此而言，自五四以至今日的詩評論家慣以責備的口吻錯怪詩人，然而詩人是無辜的。

雖然詩人們自己曾對古典詩有過坦白的表示，並誠懇地提出了他們擁護或反對的理論主張，因此，實際上，他們也都有或多或少地帶上了偏見或染上了偏激的態度之嫌，但，儘管如此表示如此主張均屬枉費心機而於事無補的。其實可以完全用不着他們那樣表示擁護或這樣主張反對，只要改用了「白話」乃至「散文」這新工具去書寫他們自己的詩，他們都無法逃出疏離甚至背叛古典詩這種命運的。因爲他們自從改用了新的書寫工具以後，都需要立足在自己現有的立場與條件上——亦即「白紙狀態」——重新出發的。

衣服的比喻

陳鴻森

㈠

五十六期笠上刊出一篇「星火的對晤」的座談記錄稿，在與會過程中，曾有了形容詞過剩的發問，其間亦曾就此一問題，展開了熱烈的討論。從發表的這篇記錄稿來看，其中雖然已觸及了若干的問題，大概是由於場合的限制吧，却未能有進一步的挖掘。

詩裡形容詞過剩的根源，在一般上而言，我想無非是畏懼詩所亟力抵抗的敍述性的怯懦反應，以及欲藉形容詞的修飾功能，以達到藝術向美的追求底手段。

然而，對於國內詩界表現風氣，日趨於講究性和虛飾化的墮落底這個事實，在全面檢討我們語言的課題上，似乎不能廻避——形容詞及一些修飾語在我們所操持的語言系統裡，究竟是以著怎樣的重量感存在——的這個思考吧。

由於形容詞及描述性的副詞這些修飾語本身在文法上的功能，在這裡，我想以「修飾語正如女人身上所穿着的衣服」這個比喻，(而相對於此的即爲「裸體的語言」）來展開我的思考。

衣服已成爲今天人類生活上的一種必需，而形容詞及一些描述性的副詞確然不知何時也已滲透入我們的日常用語的呼息裡了。因而在我們寫詩時所操持的語言裡，修飾語的存在，在原則上，首先應依其「必需」來決定，這當是不究自明的。而脫離了這種必需的要求，便將淪於虛飾，而導致精神的不自覺。

但在女人的場合上，必有其「因衣服的美而使伊顯得更美」的可能，且亦因而持有「追求更美的衣服，以使自己達到更美的效果」的權利。

在這個比喻裡，前者可說即是修飾語的功用，後者則是修辭的操作。修飾語既已根本地滲透到我們日用語的內部，便也已滲透到我們的思考層面，是以要全然地排斥修飾語對我們語言的干涉作用，事實上是極爲困難的。而修辭無疑是詩人工作的一種權利；但語言既是被用以爲認識的工具，便存在於修辭之前的。如無實質的精神燃燒以爲發揚，僅依靠表面的修辭技術來捕捉詩，其予人的感染力將是多麼薄弱啊。

露意莎，請以全美洲的溫柔
接約我傷在血液的游魚
你也是璀燦的魚
爛死於都市的礙烟。露意莎
請你復活於橄欖的田園，爲我
並爲我翻仰。這是二更
霜濃的橄欖園

（葉珊：十二星相練習曲）

全詩雖運用了極爲稠密的比喻和修辭，但讀來除了感到漂浮在語面上的美之外，卻未擁有詩性現實於精神內面和生活現實衝突結果所產生的力量，致無法令人感到任何詩性的魅力。只重視表面的修飾和化裝，徒令人越覺其內在的虛榮和虛僞而已，反而不如具有內省能力而持着素朴的性格，令人覺得可親。

鐵絲網是一種帶刺的鄉愁
（余光中：忘川）

天空還是我們祖先飛過的天空
廣大虛無如一句不變的叮嚀
我們還是如祖先的翅膀。鼓在風上
繼續着一個意志陷入一個不完的魘夢
（白萩：雁）

孫子們常在你髮茨間迷失
春天最初的激流，藏在你荒蕪的瞳孔背後
一部份歲月呼喊着。肉體展開黑夜的節慶
在有毒的月光中，在血的三角洲
所有的靈魂蛇立起來，撲向一個垂在十字架上
的
憔悴的額頭。
（瘂弦：深淵）

余光中的知識份子對家國的鄉愁，白萩的使命感的追求，瘂弦的批判的覺醒，由於氣質不同，其展示的造型，亦有極大的迥異；但這裡所引的這三個實例，雖然也難以避免修飾語的使用，卻由於均持有其深刻的詩性感動爲發源，故這些修飾語在我們的閱讀印象裡，並未溢出於語面，而能實質地參與語質的運動，等於是合宜的剪裁和設計，令人覺得衣服已不是衣服的象本身，而已成爲女人身上的一種自然。

但據於自卑反應或亟於藏拙，而刻意以奇裝異服來掩蔽其淺薄內容的情形也有。

據說也燒著那兩個對坐在不知被多少學生的年輕的鞋子越蹦越他媽的更生出好多年輕的手年輕的脚年輕的翅子一直在喊叫著奔跑着飛著的那塊一個一個的草的臉上的漢子！
（管管：荒蕪之臉）

這裡「對坐在……臉上的」間的這段散漫而冗長的語言，可視爲修飾和限定「漢子」的修飾詞，這樣刻意地扭曲和虛飾，是否眞能更具表現效果或使對象深刻化，自不無疑問，但一旦這種實驗性的修飾化爲其久而習用，竟而成爲其「商標」，我想就不只是詩人對於對象的認識模糊而已，且關連著根源的對詩本質的認識誤差呢。至此我們當可發見：修飾語雖有其不可否認的原具功能，但如不據於語言力學的計算，一味想以修辭法來捕捉詩或過於迷信修飾語的有效性，反而極易使詩墮落。

（二）

包藏在衣服內的肉體，究竟是怎樣的肉體——的這種探究的想法，是永遠幽微地存在於我們精神內層的遙遠的地方的。

無論如何，裸露的女體，是叫人感動的。（如果從裸體的發見上，有了不雅或不足的感覺，此卽為修飾語的原始發源吧。）

女人在無外人的場合裡，會悄悄地把她的衣服脫去；詩的語言在詩人始原的「情感的歷史」之流裡，當也以著極為簡單的語型浮現吧

因為經驗本身，原是極為私性的，自毋需附加其他修飾，便能疏通或貫澈其個人性內面的思考。

Prism建築
白的動物
空間
※
花與樂器
白的窗
風
※
銀色立體人像
銀色立體人像
花與鏡
靜力學

（北園克衛：記號說）

這裡所錄的，為北園氏「記號說」其中三節。只以純粹的心象風景，予以純淨地構造，却祛除了與其外界連接的可能性，讀來實在難以明白究竟寫些什麼。

但我們却不能因此盲目地剝奪其成為詩的可能，毋寧說此乃北園氏對其自身經驗流淌的一種忠實的、原始的記錄吧。然而，無疑地無法使人同享其詩性的喜悅，却是其缺憾。

所謂「與外界連接的可能性」，卽是使私性的經驗及思考，轉化為具有公共性意義的作業，也就是我們一般常用的，藉由修飾語（及其他關係的詞類）來指示、限定、修飾連接及轉化，使透過語言所浮現的Image，向較可感及穩定的人間性關係垂落。

但如果我們較專注於語言的結合底關係時，却又會發現語言本身也顯示了——主詞、動詞富於思考性，而形容詞，描述性的副詞則傾於情緒性——的危機。

而物性的價值、性質、態度……乃由人類意識所賦予，修飾詞的使用，可說卽導於美學的移情作用。然情緒乃是人類感情心理的一時顯現，雖有其空間的共通性，却缺乏時間的長久性；因而想以修飾語這種語言來作業詩這種永遠的東西，實是一種並不完美的材料。

可是詩人亦非因此便被語言所征服，同樣把語言還元為記號狀態來使用的例子也有。

立體魚
立體魚
立體魚
立體魚
立體魚
眞空球…………………………

（北園克衛：水中運動）

這首「水中運動」，把眞空球喻爲水表面經光照射著形象的形態以及色彩的效果，可清澈地看到在水內部運動泅泳的魚羣，在「—」這符號的指示下，也可令人想像到這些向一目標游近的魚羣，其中亦有想愉悅地躍出水面的生的活力和欲望，而「眞空球」與「立體魚」間的「……」符號，則是標示出人的視覺與實物間的距離。

這是一首把語言記號化，而依靠純粹視覺效果，提供想像來表現詩性美的詩。其中只以兩個名詞的使用，而成立。另林亨泰一首常被討論的詩，也屬於這個類型：

防風林　的
外邊　還有
防風林　的
外邊　還有
防風林　的
外邊　還有
然而海　以及波的羅列
然而海　以及波的羅列
（林亨泰：風景NO：2）

這首「風景NO：2」，已有江萌先生從其詞性方面，作過極詳盡的探討和解說，我在此不擬冗贅；但可注意的是：這首詩亦未援用任何的修飾語。與會記錄上，林亨泰先生亦曾表示：「我喜歡直接用名詞、動詞；修飾語往往成爲陳腔濫調」。證諸這首「風景NO：2」以及「兩倍距離」等作品，可知其早已有了抵抗修飾語的警覺和用心。

此詩，雖與前引的「水中運動」同樣委諸視覺效果的表現，但很顯然的是：此詩乃更爲寧靜（未持有任何比喻）地拍攝物象，經由精神濾過後，而呈心物合一的秩序化。可是，相對地其所援用地詞類，也較爲繁複，計有：名詞：防風林／海／波的（名詞所有格）／羅列（動名詞）
動詞：有（表示「存在」）
位置詞：的外邊
連接副詞：還
連接詞：然而
介詞：以及

至此，我們可以發覺：想完全以「名詞＋動詞（＋述詞）」這種基本語型，來描述或表現人類微妙而繁雜的意識及感受，幾乎是不可能的。

既非文法的基本語型，那麼，「裸體的語言」究竟是什麼型態的語言？

「所謂今日日本的詩，可以說是裸體的詩，沒穿衣裳。因此，詩本身直接顯現在語言上，即就是詩，不能直接感受詩的語言底羅列，即不是詩。詩是一種活力，而從一首詩整體發散出來的放射物，就是詩的本體。詩裡所寫的事象或感情或理性，僅作爲放射那些的媒體而已。」

這裡所引的，乃是高村光太郎氏對日本戰後詩的見解。所謂「詩本身，直接顯現在語言上的就是詩，不能直接感受詩的語言的，即不是詩」，我想構成這種詩的語言，即我所述的「裸體的語言」，亦即——在決意的抵抗裡，脫棄任何裝飾、打扮，而直指向事象、感情、理性的精神內層——的語言。

凝視自己的語言，才是寫出優異的詩的首要條件。那麼就讓我們在無盡的挑戰裡，使詩露出其灼熱而誘惑的肉體吧。

（六二年十一月三日）

也談形容詞問題

·旅人·

笠五十六期刊載座談紀錄「星火的對晤」一文，其中梁景峯先生首先提出形容詞的問題，他說：

「…………但各位在用字方面，句法構造方面有時也有含糊，不準確的地方，這是此間詩學界常見的現象。比方名詞上面喜歡附加形容詞就是其中之一。是不是因爲對於要表現的對象物沒有很精確的體認，不得不藉形容詞來修飾這些對象？」

由於梁先生的一番話，引出熱烈的討論。試觀幾位參預討論者的意見，咸認爲形容詞的濫用程度，是值得重視的問題。

形容詞的濫用，使詩句失去了簡潔性，也增加其長度。長的詩句，固然適於技巧的表現，但形容詞過份的使用，以致造成晦澀，「濃得化不開」的句子，往往使讀者失去欣賞的興趣。但短的詩句並不能保證形容詞便不會濫用，下面將提到拾虹對形容詞的使用問題，以做爲梁先生見解的註腳。拾虹的詩，句子不很長，易解，可讀性很高。如果拿他的詩集「拾虹」和張默的「上昇的風景」做一比較，張氏的詩句顯然太長，平均約長三分之一。張氏對形容詞的濫用，有些實在令人不忍卒讀，繁複美則繁複美矣，但讀來起鷄皮疙瘩，隨便舉幾個詩句爲證：

這些是走在酥軟的玫瑰上的光的微弱的弧度（誰與明月等高）

在那從未撫摸過的極薄極薄的遠方（誰與明月等高）

那無窮的協奏的沒有形象的鐘鼓狂擂著我們（恆寂的峯頂）

於是那些非常頑皮透頂的難以乖乖就範的軌跡中（沒有軌跡的雲）

和張氏相比，拾虹的形容詞使用尚令人滿意，並不嚴重。不過我還是要吹毛求疵，找出一些形容詞使用不當的例子，以供作者的參考。

爲了討論的方便，我在「拾虹」詩集中找出一些詞組，做爲分析與比較之用。因爲這些詞組，用來討論形容詞的用法較恰當，內涵與外延相吻合。至於白萩所提到的：

「…………本來，我們的觀念，認爲詩應該有形象，形象有時也存在於『像………一樣………』的譬喻裡，這就和形容詞又（有）關係了，你的觀念是對我們的一種挑戰」

其中牽涉到譬喻問題，雖然此修辭格，不管是明喻

、隱喻或借喻亦與「形容詞」有關，但到底是較為廣義的形容。這種對於客觀事象而行的修辭，著重於材料上的處理，對於造境還是不如比擬格，所以不打算舉出一些有關的譬喻詩句，以做為討論的材料。現在還是進入正題，找出詞組開始討論「形容詞」問題。先看「夜行」這首詩：

夜行

黝暗的世界籠罩著
沈寂的四周
無止境的黑暗
只有我們是被遺棄的人
遠遠的天邊
還有一點迷濛的星光
忽明忽滅地閃爍
畢竟這是指點著我們未來的唯一呼喚
淡漠地照亮我們
孤單單的身影
即使愈走愈深入暗黑的地帶
未來的路程也許會逐漸地明亮
猛然怔住
遠遠的那一絲星光
突然往家的方向
急急地殞落下去

上面所提到的「夜行」詩，標有黑點的即是詞組，端詞與加詞的字數都不多，大抵以兩字為主。加詞亦以形容性附加詞為主，同一性加詞沒有，領屬性加詞僅有「我們未來的唯一呼喚」此一詞組而已。全詩的詩句不長，但幾乎行行都形容，即使不是形容亦帶限制性，事實上限制詞的使用還是屬於形容性。讀者細心的找，可以看出在十六行詩句中居然有十五行有關係詞「的」或「地」。「的」字有十二個，「地」字有三個。「地」字此副詞詞尾，在詩句中音讀仍為「˙ㄉㄜ」與「的」同音。所以讀完「夜行」詩，「˙ㄉㄜ」音一直會停留在耳際，久久不去，這是關係詞「的」用得太多的緣故，也就是形容詞使用太過於頻繁，次數太多的緣故。雖然使用的附加詞對端詞的形容沒有什麼不妥的地方，但使用的次數過於頻繁，也就是不當的地方。

另外談到的是拾虹使用「的」字和「地」字不注意時還是會用錯。「夜行」詩倒都用得正確，但其他的地方，有些詩句就弄錯了，例如：

然而寂寞是如此地陰暗（石蕊試液）

猛然發現走回家的路竟這樣地漆黑

仍然是淒然地年青（禿樹）

這三個「地」字顯然應該更爲「的」字較妥，因爲形容詞尾和副詞詞尾，還是要分辨的。

我們還是繼續討論下去，再看幾個詩句：

1. 什麼樣的氷冷才能止息沸騰的感情風暴呢（石蕊試液）
2. 鮮艷的火花爆裂是眸中不可逼視的雲彩
3. 無色透明的我的字名（寫給自己）
4. 包圍著我的是母親（小鳥）
5. 渴望泥土香味的我呼吸啊（尋找）

按照標目逐一討論，一號詩句「沸騰的感情風暴」是詞組。感情風暴是端詞，沸騰爲形容性加詞，對風暴而言，感情又是形容性加詞，風暴則爲端詞了。在這個詞組裏，關係詞本有兩個「的」字，隱去了一個是簡潔手法，很正確。但「沸騰」和「風暴」扯在一起，是否給人一種重覆的感覺呢？不如把「風暴」去掉較妥。

二號詩句是一句判斷句型。主語「鮮艷的火花爆裂」本身又是一句表態句，主語「鮮艷的火花」是一詞組，無句子形式，表詞「爆裂」。也許拾虹爲了使句子出奇些，將本來是詞組的詩語更爲表態句，如果「鮮艷的火花爆裂」做爲單一的獨立的文法成分是可以這樣做，但從整個的判斷詩句中的整體性看來是不妥的，宜更爲「鮮艷的爆裂火花」，好使「火花」此端詞與「雲彩」此端詞彼此得到照應；否則「爆裂」和「雲彩」相對，有違中國文字對偶的原則。繫詞「是」字的存在，是上下詩語構成一明喻格。如果拾虹心目中要用的手法是譬喻的形容法，那麼在綜合詞「是」字上面的表態句就讓它恢復爲原來的詞組吧！

二號和四號的詩句，調整爲原來的面目是這樣的：

3. 我的名字是無色透明的
4. 母親包圍著我

由於爲了使詩句新穎些，三號詩拾虹將之更爲詞組，四號詩本是敍事簡句把它更爲判斷簡句。本來這種手法偶一爲之可，但太多人用了，便成了陳腔濫調。四號詩句，雖無詞組，但與形容有關，所以一併論及。

五號詩句可以說是不通順的詩句，辭未達，是因修辭未當的緣故。這裡把呼吸去掉，便可通順了。但拾虹

爲了强調「呼吸」字眼，又捨不得去掉，所以造成詩句的不通順。「我呼吸」把它看爲句子形式亦可，但從全詩句看來，拾虹是要把它當詞組「我的呼吸」用，但他爲什麼又把關係詞「的」省掉呢？是否排版有誤？如果無誤，這個領屬性加詞「我」下的「的」字就不宜省了。固然「我家的狗」，隱去了一字「的」，以免煩蕪，但這是習慣用法，在此不能比照運用。

另外，順便談到岩上的「激流」。翻開「激流」第一首詩是「正午」：

當太陽墮入井底……
賈利古柏正赴暴徒的挑戰……
箭針變指待命的窒息……
鐘擺敲響空腹的肚皮

讀完第一首，翻到次頁讀「黃昏」詩：

水牛在古樹下反芻一天的疲憊……
黑猫的瞳孔斜視火雞的展威……
夕陽撲捉半天的七面鳥……
撿拾脫落的羽毛憤怒的去了

一口氣讀完這兩首，發覺岩上用的都是形容法，次數太多，反覺得單調。標黑點的詩語都是詞組，「憤怒的去了」中的「的」字，宜改爲「地」這個副詞尾，用「憤怒地」來限制述詞「去」，再加句末語氣詞「了」不是更好些嗎？

其實拾虹、岩上的詩句，並不「扭」得太厲害。我感覺現在詩壇上，詩句最「扭」的是張默和羅門，次爲葉維廉，由於形容詞過剩，以致「比興」法盡出籠，卻忽視了「賦」法這帖甘草劑。尤其葉維廉的詩，玄之又玄，有些詩拿來面壁苦讀，還是不懂。和張默、羅門、葉維廉諸人相比，拾虹與岩上的詩較樸素，不致給人感覺是在大耍技巧。但文前所指出的一些形容詞問題，或許對拾、岩二君有些微的參考價值，亦足以做爲自己作詩時的一面鏡子。

兒童詩園

黃基博指導

球

屏縣社皮國小六年林瑩琇

球弟弟穿着一身藍色的衣服，
蹦蹦跳跳的跟小英玩，
一會兒到樹下玩，
一會兒到庭院玩。
跑啊！跳啊！
球弟弟大概疲倦了，
偷偷的溜到一邊休息，
害得小英找了半天都找不到。

花

屏縣光華國小四年胡珍珍

你好像一個美麗的新娘，
每天快樂地在等你的新郎。

湖

屏縣仙吉國小六年黃瓊玉

湖好像一面鏡子，
青山哥哥愛漂亮，
向鏡子裏照了又照。
白雲姊姊也來照鏡子，
看到青山哥哥的影子，
不好意思，趕快走開了。

鳥兒

屏縣潮南國小五年林亨鍇

啊！一架架會吃飯會大便的小鳥機，
晚上不吵人睡覺，
白天不會用空爆嚇人，
不會失事撞人房屋的，
可愛的小飛機。

夜空

屏縣潮州國小六年李淑徵

夜晚的天空像是媽媽慈祥的臉，
閃亮的星星是她善良的眼睛。
她爲了我們的快樂和安寧，
要很多很多的眼睛。

風

屏縣光華國小四年徐久仁

風是個魔術師，
剛才是個頑童，
搶走了我的帽子；

一下子變成慈母，
輕摸着我的頭顱；
過一會兒又變成了樂師，
奏起了催眠曲。

月亮

屏縣光華國小四年蔡　純

月亮出來了，
出來得那麼安靜，
出來得那麼慈祥。
月亮照在我身旁，
像是個溫柔的小姑娘，
陪我走走逛逛。
月亮照在我身上，
像慈祥的母親，
撫摸着我的肩膀。
月亮啊！月亮！
你究竟是個慈祥的母親，
還是個溫柔的小姑娘？

日出

屏縣潮州國小六年詹鎰彰

一個紅火球，
升得高高的，
把星星、月亮給嚇跑了。

雲

屏縣竹田國小五年涂昱銘

誰說雲沒有家？
雲的家在天上。
誰說雲最乾淨？
有時髒兮兮的！
誰說雲最可愛？
有時哭了幾天都不肯停下來。

繁星

屏縣光華國小四年胡珍珍

有好幾萬顆鑽石在天上，
不知什麼時候會掉下來，
我要撿給貧窮的人。

星星

屏縣潮州國小六年王淑芳

我要做一顆星星，
像星星貼在天幕上一樣，
讓媽媽的臉上放出亮光。

太　陽

屏縣潮州國小五年陳玉芬

太陽是一個貪玩的孩子，
一出來就玩一整天，
到天要黑了，
才向青天大地再見，
投進山媽媽的懷抱裏。

大　海

屏縣潮州國小四年林芳美

大海是隻大老虎，
船在海上像一隻小綿羊。
大海發怒時，
船就像老虎面前的綿羊，
害怕得直發抖。

韓國兒童詩選譯

韓國詩人 金光林 提供
陳千武 譯

一、星星

崇義女中一年級 KIM KWANG ZOO

以往 掉落了的
世界所有的小孩子們的
鈕扣
都昇上天空
尋找著主人
有時候 拖著尾巴
墜落下來的星星
是尋找到自己的主人
才奔跑的星星

二、樹葉的香味

挾在書頁裡的
一枚樹葉
有森林的香味
有天空的香味
只是小小的一枚樹葉
就能把偉大的
秋的森林
長久保持在心裡呢

三、叱責的媽媽

竹山國小五年級 CHANG MYUNG WOONG

我家的媽媽叱責我的時候
「你看 對面家的哲 哲那麼乖」
哲的媽媽叱責哲的時候
「你看 對面家的雄 雄那麼乖」
我家的媽媽叱責我的時候
就像對面哲的媽媽那樣
哲家的媽媽叱責哲的時候
就像叱責我的媽媽一樣

四、阿波羅11號

楊東國小五年級 KIM YEUNG KEE

「哥哥 阿波羅11號
飛去看甚麼」
「不是去看月亮嗎」
「不是吧
月亮
在這兒也可以看到
是要看地球才去月亮
不是嗎」

五、自來水

惟石國小四年級
CHO IN HWE

自來水
是把江水消毒了的
江水
是泉水的小溪流
或花朵的露珠
或人的淚水
下水溝的水
都聚集在一起形成的

江水是
汚穢的水
我們 把它
消毒之後 當作飲水

江水很髒
想起來
就會嘔吐
然而 我們還是喝它

髒水裡
甚麽壞的東西都有
把它做成
自來水
須要很多人的勞苦
但自來水
又經過我們的肚子
回到江裡去

六、影子

三溪國小五年級
KIM HYO SOON

影子 影子是
太陽的夥伴
下雨天
就躲藏起來
而太陽照著時
會出來遊玩

影子 影子
眞糊塗
總是不知道路
只會
跟著我而走

七、下雨天

東海國小五年級
KIM HYOUN SIK

早晨的教室
窗玻璃上
不知是誰
吹上了氣息

比我先來
或許想磨亮窗玻璃
而那般不加擦拭
就 走了

八、鉛筆和橡皮擦

閑山國小二年級 CHIO SUNG BOK

鉛筆一寫上
錯了　錯了
橡皮擦就擦掉
又寫上又擦掉
鉛筆和橡皮擦在鬬爭的時候
只有清潔的筆記薄越來越髒

九、電話機

朱浦國小五年級 CHO KYN HWA

爸爸的耳朶是電話機
筆記薄啦　鉛筆啦　儲蓄箱啦
圖畫書啦　買給我
向耳朶私語
爸爸就
好　好
微笑着答應我
跟我
兩個人能互相通話
爸爸的耳朶是電話機

十、池

域東國小 CHIO BYUNG REE

水池
好像也有年齡
面對著它
它默默不講話
但投擲石頭
它就回答
圓的　圓圓的
劃著圓圈
把自己的年齡
告訴我們

十一、雷雨

完山國小四年級 SONG HWA CHUNG

搖睡了在家裡的嬰兒
正去市場的時候
打擊白鐵板的屋頂
滴滴嗒嗒　咚咚
我的媽媽
喘著呼吸跑回來
但雷雨只叫醒了嬰兒
就匆匆忙忙跑掉了

十二、蜻蜓

端浦國小四年 CHANG TAI BOON

不知天空多麼廣大
在空中旋廻圓圈
不知水池多麼深
把尾巴挿進水裡

天空無際涯
水池過份深
使蜻蜓嚇了一跳
双眼瞪得圓圓的

十三、手怕

東海國小六年級 CHOI CHANG HO

姊姊
做給我的
手怕
手怕
畫著紅色的
大波斯菊
撫摸它
擦拭它
或許……
想顯示
給朋友們
便突然掏出來
春風也嫉妒
來玩弄它

十四、幼兒的笑

龍山國小三年級 RHO DONG YUE

看見白雲
微微笑著的幼兒的臉
也許在淨白的雲裡
寫著只有幼兒才知道的
可笑的故事吧
打盹著 微微笑的幼兒的臉
誰也不知道
在幼兒的夢裡
或許有可笑的故事吧

十五、在火車裡

禾木國小六年級 LEE BONG HGUNG

坐在好彈簧的椅子上
把透明的
玻璃窗打開一半
眺望外景
電桿在飛
路旁樹在飛
水中的河童也在飛
從前方
有青山 拚命地飛近來
不 不是呀
是房子 是人
是水田 是旱田
在旋轉著 旋轉著

十六、夏天的功課

加平國小四年級 AN SWNG HEE

這是蝗蟲
那是蟋蟀
住在鄉下的孩子
是自然的老師

東大門是弘仁門
南大門是崇禮門
住在漢城的孩子
是城市的老師

瞑 瞑 唧嚕嚕
瞑 唧嚕嚕
在樹上教唱歌的是
音樂的老師

十七、塑膠的雨傘

德壽國小五年級 PARK HYUNG RAN

穿著白色雨衣
穿著花長筒鞋
撐著藍色的塑膠雨傘
走過泥澤的小巷路
去迎接爸爸回來
紅 黃 米黃．皮膚的顏色
五色塑膠的雨傘
等待著爸爸
在一張美麗的
彩色裡
握著爸爸很大的手
米黃色的塑膠的雨傘
在旋廻著 旋廻著

十八、水池

榮州國小五年級 KWON TAI HWA

人都不來的
寧靜的水池

燕子悄悄來
看看就走

蜻蜓也來
渡過無聊的時間就回去

只有鼓蟲一隻
在那兒兜著圈子

十九、花園

松潘國小六年級 KIM YOUNG AI

很多花
很美很美地
開著
很柔軟地風撫過
大麗花羞恥似地紅著臉
金柱菊好像沒有藏身之地
顏色黃黃
蘭草熒得很害怕
顏色青青
風吹過了花園
花園就騷然起來

日本現代詩選・陳千武譯

谷川俊太郎的詩・詩劇

谷川俊太郎（Tanikawa Suntaro）一九三一年生於東京。四九年開始寫像詩的東西。詩集有『二十億光年的孤獨』（五二）『六十二的Sonnet』（五三）『對於愛』（五五）『鸝帖』（五六）『給你』（六〇）『21』（六二）『時事諷刺詩九十九』（六四）『谷川俊太郎詩集』（六五）『愛的詩集』（六八）等。其他有『愛的Pensées』『向世界！』『日語學習』『花的條例』等著作。也參加記錄電影的製作。

※最初，我讀到您（谷川先生）的詩是十五歲的時候。開始看『六十二的Sonnet』裡的一首，我就十分感動。曾經，我常常想這樣活着，跟別人的距離和自己的存在，應該有什麽？這一點在您的詩裡發現了之後，我才眞正接觸現代詩。以往看過Heine, Verlaine等外國的詩，也都厭煩了，使我喜歡多看看日本的現代詩。

—摘自山梨縣・清水千代子的信—

鳥羽 6

〔鳥羽，唸TOBA，簡練而輕妙，滑稽之意〕

說海
連這一語言也有虛僞
不過 我還是要說
向着暴風雨之前吵嚷的波浪
海啊……
然而我忘了台詞
在這之後的黑暗裡 妻啊
伸出妳被太陽曬黑的胳膊吧
什麼比喻都不要的妳的軀體
嘴封閉着嘴
沒有味道而溜滑的汗
然而 人在呻吟
呻吟已變成嘟喃

對着熱紅的耳朵比海更接近的

鳥羽 7

嘴彎扭似的仍然緘默着
又是我冒犯了語言的不正
爲了處罰
便徹夜傾聽濤聲

所有的詩都是美麗辭句
那麼寫
又繼續寫下去

夜半忽然覺醒
啜泣了一陣子的我的幼女
我希望誠實

連瀕死的士兵也不誠實
香烟的火落在膝蓋上
已不會做夢了吧
雖然這麼睏倦

今天的即興

鬍子

長鬚子
鬚子長在男人的下巴男人嘴唇的周圍長鬚子跟着黎明一起長鬚子像不知名的植物的萌芽長鬚子爲了女人柔嫩的臉頰長鬚子跟着Salvador Dali一起長鬚子拚命地長鬚子向太陽長鬚子的男人們
然而
到了該剃鬚子的早晨就剃鬚子懸念着巴士的時間剃鬚子刮臉刀用 Gilette Balette 剃鬚子爲女人的愛撫感到恐怖而剃鬚子邊流着血剃鬚子
從鬢角到下巴　滑進鏡子裡的死魚
剃鬚子
剃過了就是藍海剃鬚子爲了 Cannes 的社交界剃鬚子爲了monaco 的無聊剃鬚子像高爾夫球場的綠坪剃鬚子士官候補生剃鬚子欺騙子剃鬚子寡男人剃鬚子
不行
該留鬚子啊
留鬚子啊像 Castro 留鬚子像 Lincoln 留鬚子尋求自由留鬚子尋求 monkh留鬚子爲了女人留鬚子獅子的兄弟留鬚子懷念的地獄的鍾馗先生留鬚子必須自然而很自然地留鬚子還有演講的男人們

緩慢的視線 a portrait

E

看一個女人
她是我的女孩

看疑問號型態的肚臍
看耳朵的嫩毛捕捉無益的光

在白色寬衣衣褶之間
無法達到的黎明

看那上面滲透的血
被拒絕的恢復

月亮面層深深的推壓
和涸乾了的湖

伸向天空寬大的前額
像被投擲的小石子的愛

看不允許看的東西
向無聊的温柔的相貌

Poem eye

我用詩搓上妻圓圓的腹部表面，用甘草味的詩擦亮妻。但不知為什麼，妻變得很消瘦。不過，因此她却很像十分推敲過的一行詩那麼美麗。妻瀕瀕想要告訴我什麼，可是她的嘴裡，已經被我塞滿了麥桿和水，因而我僅會聽到毫無意義的呻吟而已。

然而，看着妻像蠟燭那麼淨白的裸體，我便忽然察覺了自己眼光的變化。我的瞳孔像死人那樣擴大，我的水晶體跟無限遠的焦點合而為一。瞬間我領會了。一切該用詩的視線熟視，Poem eye！已經無搓上詩的必要，轉瞬間妻開始胖起來了，皮膚的顏色像鯊魚那麼黑。然而這有什麼好。每夜我擁抱着妻，妻就一個接一個地生了孩子，我便全把他們拴在白楊樹上，用鞭子細心地訓練他們學所有的雜技。Poem eye！愛與温柔，滑稽的義務，就這樣我終于參加了世界的猜謎遊戲。

滑走的視線的回憶

視線沿着壺子圓圓的表面滑下去，沿着那下面桌子的脚繼續滑下去。從桌子落到地板，從地板再回到牆上，所有物象的表面，幾乎都長有肉眼看不見的細微纖毛似的。機械性地愛撫着那些現世的事物，視線一直滑下去，要停止它，只有閉上眼睛而已，可是，閉上眼睛視線也不會消逝。雖然不滑下去，却漂蕩在物與物的空間，變成那些東西的關係。仍然不能像Oedipuo那樣變成盲目（而當做王也是），連在夢中視線也向窗玻璃，向萌新芽的七葉樹，透過那邊的藍天，像等距離，且像質素的那樣滑下去。只有那種滑溜溜的回憶，才是對於世界能被記憶着的肉感的一切。所有的東西都看得見。然而讀者們，在那兒連一點為了下判斷的線索都沒有，宇宙也許就是用極為上質的天鵝絨製成的。

公園或宿命的幻影

有古老的神社，那個屋頂為了保存，用另一個大屋頂覆蓋着。有古老的忠魂碑，裏面又有新的和平之碑。（這個小鎮出了四百多人的戰死者），有土袋子，也許是祭典之時用的吧，那些輪郭都被踐踏過，已經很曖昧。有大樹，枝椏上的嫩葉滲透着陽光。有紅鐵製的橋，過橋的時候脚音很響，橋下有河水流着。有頭斷了的地藏菩

薩，頭脫落了的地方放着小石頭，一個老婆叩拜了祂而經過。
有微微的風。
有白石的椅子，有磨滅了的石階，有黑色汽車，妻在裏面打盹，我的兩個小孩在河岸，向河裡投擲石頭，有空瓶和腐爛的青菜丟在河岸，一個狂女裸着脚不知呢喃着什麼走近來，撿起大石頭亂打兩個孩子的頭部，血流出來，孩子們已經死着——，我看了那些。

我看得見 在東西的內部我看不見的東西 也有。
有的東西 在內部沒有 的東西 也有。
在沒有東西的內部 有的 東西 也 有。
有了的東西和不會有的東西叠積着 那些
向豐饒的 恐怖的期待才是 世界的構造 不是嗎

有壞了的小廟。有低矮的鐵絲栅欄。有餅乾丟在地面。妻在汽車裡覺醒而喊叫。孩子們被河水淋濕了手便笑着跑回來。

韓國通訊

※文元閣出版三大文學事典，包括：韓國文學大事典，世界文學大事典，世界名著大事典。其中韓國文學大事典由金東里（小說家）金廷漢（小說家）金顯成（詩人）朴斗鎮（詩人）朴木月（詩人）白鐵（文學評論家）徐廷柱（詩人）辛夕訂（詩人）安壽吉（小說家）金光鏞（國文學者）趙演鉉（文學評論家）崔貞熙（小說家）擔任編輯委員。標誌爲韓國文學民族魂五千年史的最初整理。

※趙芝熏全集由一志社出版，共七卷，包括：1.詩Ⅰ，2.詩Ⅱ，3.隨想，4.文學論，5.論說，翻譯，6.學術論Ⅰ7.學術論攷Ⅱ

※黃錦燦詩集「午後的漢口」出版

※詩誌「心象」第二期（11月號）已出版。此期有金宗吉的卷頭詩論「悲劇的恍惚」及朴斗鎮的「詩的窮極」，金春洙的「逃避的潔白性」，朴成龍的「土著精神的再發現」許英子的「自己燃燒」及李相基、金光林，高銀等詩論特輯。申石艸及金石蘭的對談，抒情詩五人選及評，申石艸親筆詩抄等。

房間

——詩的短劇——

人物：男（二十五歲）
女（十九歲）
導演（中年）

時間：現代

地點：有個被密閉了的房間

※晝、夜、早晨等背景都用無性格又莫名其妙的音樂（或音響）連續着。

1. 晝

彷彿是一個房間。單調的牆壁塗着暗淡的天空顏色，沒有窗，只有一扇門，（如果，使用圓型舞臺，可以不要牆壁，門亦可用簡單的框。）

音樂——

（女人坐在三支脚的椅子。男人蹲在地板上，剛開始發覺周圍的情況似的。）

男　你是誰？

女　還不，還不是誰啊。

男　這裏是什麼地方？

女　還不，還不是什麼地方啊。

男　那麼，妳在這裡做什麼？

女　還沒，還沒做什麼呢。

男　還不是很奇怪的房間嗎。只有一扇門，沒有窗，也沒有桌子，還有妳坐着的那，那是什麼？

女　椅子麼！

男　噢！那也叫做椅子嗎？只有三支脚？

女　本來就是瘸子的。
男　讓我把它修好。
女　誰也修不好的（生氣似的）
（短空間）
（男站起來）
男　妳怎麼到這裡來的？
女　已記不得了，一醒來就在這裏，你呢？
男　我也一樣，一清醒就在妳的面前。
女　以前的事呢？
男　都沒記住，妳呢？
女　來到這裏以前，我好像是一隻鶺鴒。
男　鶺鴒？
女　是那喋喋不休的小鳥。
男　妳是小鳥嗎？
女　也許，但我也不敢肯定。
男　但是，現在妳是人啊。
女　也許是，你看怎樣？
男　好像是人的女人。
女　如果我是女人，那麼你是男人？
男　爲什麼？
女　你跟我不一樣，聲音，還有頭髮的硬度，咽喉的型態，手掌的厚度都不一樣。
男　觀察得多麼詳細。
女　只是看自己的手指和蓋膝，我都看厭了。
男　爲什麼不從這裡逃出去？
女　逃跑？
男　那邊不是有門嗎？
女　那扇門，等於沒有門。
男　爲什麼？
女　打開看看。
〈男，打開門〉
男　哎！
〈間隔〉
男　〈害怕似地窺視門外〉什麼也看不見，完全看不見，有霧嗎。
女　〈愼重而很有確信似的〉不是看不見，是什麼都沒有呢。霧也沒有。
男　那麼，是什麼？這扇門外，是天空嗎，宇宙嗎？〈害怕似的〉
女　眼前什麼都看不見的狀態，你也第一次經驗的嗎？看你這麼驚慌，我知道。最初我也一樣，從門的間隙窺視外面，究竟，在眼前看不出什麼東西呢。經過了很長的時間，才瞭解門外什麼都沒有。像這樣過份簡單的事情，反而會覺得很難。
男　什麼都沒有，畢竟是什麼意思？
女　什麼意思也沒有，依然就是沒有什麼啊。
男　令人嘔心。
女　從前我也是，睡一下就會好。
男　怎能睡得着？
女　把門外的事情忘掉，悶悶不樂也沒用。
男　被關起來了，妳我都是。
女　被關起來？被誰？（覺得詫異）
男　誰知道。
女　不要那麼想，既然外面什麼都沒有，那麼有的就是在這裡面啊。畢竟在這房間裏的東西，就是我們的所有，同時我們應有的東西，都是在這房間裡嘛。

男　被關起來，這種想法很不正常。
女　你討厭，不講話不行嗎。但在這裏不講話，一分鐘都忍不住呢。
男　也許，妳說得對。
女　比一個人默想，還是兩個人在講話，心情會較好。
男　要講什麼話？
女　講什麼嗎？比方說，講窗的故事怎樣？
男　這裏也沒有窗啊。
女　因爲沒有，才要講窗嘛。
男　多麼無聊。
女　爲什麼，我喜歡窗，講窗的故事也沒什麼不好。
男　隨妳去夢想吧，不管有沒有窗，反正外面什麼都沒有啊。
女　你的講法，好像外面有一種什麼都沒有的東西似的。
男　還有什麼講法？
女　不要强調什麼都沒有，最好不要講話。
男　妳要講窗的故事，是不是眞正有窗？
女　這房間裡什麼都有，你沒聽說過？（很愼重的）
男　雖然聽說過，但事實沒有啊。
女　只是還看不到而已。
男　好啦，好啦，妳講吧。我來聽聽窗的故事。
（短空間）
女　（很抒情的口吻）窗不一定是四角的，也有像眼睛和嘴唇形狀的窗，也有心臟型的窗啊。窗也不一定嵌在牆壁上，也有像炎陽那樣在空中飛舞的窗，也有像天空無涯的大窗。
男　怎能站在那麼大的窗前眺望呢。
女　窗有兩種，爲了要依靠的和要跳出去的窗，同一個窗可以使用這兩種方法。晚上，爲了在河邊約會而使用的窗，在早晨也可以用做夢見跟情人一起生活，所以女人很重視窗，掛吊刺繡得很美的窗帘，或排上秋海棠的花盆，或者讓大熊玩具坐在那兒，裝飾得像節慶。
男　那樣做也不會使窗外的世界變化吧。
女　窗內的世界變了，外界也就會變啊。
（短空間）
（男女互相凝視了一刻）
男　（移開眼光）很難說。
女　你的臉色不好，還會嘔心嗎。
男　已經好了。
女　要不要坐我的椅子？
男　不要緊。
女　還是坐下來好，看你頭昏昏似的。
男　那麼，讓我坐一會兒，會不會翻倒？
女　不會，還很安定。
（男人坐椅子）
男　嗯，還不錯。
女　怎麼樣，舒服一點吧。
男　舒服了一點，不過有點心神不安。
女　還沒習慣，習慣了就會好。
男　這張椅子，從前就在這裏的嗎。
女　好像是吧。
男　不知是誰拿來的？
女　是不是自然產生的

男　自然？
女　不是從哪兒拿來，而開始就在這個房間裡產生，生長的吧。
男　椅子怎麼會……
女　當然，椅子也跟我們一樣。不然就有你和我，有一個人製造了它。
男　當然不是我造的。
女　爲什麼？
男　因爲我沒有削過木料打過釘子的記憶。如果是我造的，我也不會做成三支脚的椅子。
女　剛才你不是說過跟我見面以前的事都不記得啦。
男　嗯，是啊，那是指來到這裏以前的事。
女　來到這裏以前？
男　嗯，奇怪嗎？
（他的口吻好像不喜歡談這些）
女　從哪兒來到這裏？
男　從哪兒來？都不記得啊。
女　進來的時候呢，是不是經過那扇門？
男　那扇門？
女　是啊，剛才你打開看過外面的那扇門。
男　怎麼會？
女　除了那扇門以外沒有進來的地方嘛。
男　（害怕似的）我，是從什麼都沒有的地方來的嗎？
女　不要那麼想，不然會嘔心的。要想從那扇門進來，索性認爲開始就在這裏誕生、長大的多好。反正沒有記憶，都不是一樣嗎。
男　（茫然似的）故鄉、啊，我的故鄉……
女　咦！你怎麼知道這樣有趣的一句話呢？但在這裏講太可惜了，這種話應該好好留起來。
（轉暗）
音樂——

2. 夜

雖然轉亮，但光線跟前景不同。在同一房間裡僅有的唯一變化是長着一棵樹。
（男坐在椅子上，似乎打過瞌睡，女人蹲在地板）
男　不知是什麼時候，已經這麼晚了？
女　（微笑着）你睡得很甜。
男　是嘛
女　做夢了嗎？
男　眞奇怪的夢，只長出來一棵樹。
女　什麼樹？
男　好像是蘋果。
女　是不是這一棵？
（女用眼色指示樹）
男　咦！這是什麼時候長出來的？
女　是你睡覺的時候啊
（男走近樹）
男　眞的蘋果樹，也有根伸入地下。
女　雖然只有一個，也結了果呢。
男　長得很快啊，枯萎也很快吧。
女　如果你希望，它會很快枯萎啊，不過，你沒那麼存心不良吧。
男　（望着樹）這個果實能吃嗎。

女　你想吃？
男　嗯，睡醒來覺得肚子餓了。
女　那、一定會吃的。
男　爲什麼？
女　這棵蘋果樹是從你的夢長出來的，還是像笨拙的詩人寫的一行詩那麼不健全，如果要培植這棵樹長得堅强，就必須從你的夢中移植下來。
男　怎樣移植？
女　不是想吃果實嗎？
男　嗯！
女　把它從樹上摘下來吃吧
男　不要緊嗎，這不是只好看而已嗎。用手去摸，會不會消逝？
女　如果你的食慾旺盛的話，不會吧。
男　站在椅子上才能摘得到，請妳撑着椅子。
女　好。
（男爬上椅子，伸腰摘下只結一個的蘋果）
男　你看。
女　還那麼青。
男　很香啊，已經成熟了。
女　是青皮種呢。
男　各吃一半吧。
（兩個人吃蘋果）
（短空間）
女　很好吃嘛。
男　有一種特殊味道，不知從那兒吸收養分？
女　不是從你的夢吸收的嗎？
男　我不相信，你看，這些根伸到地板下面去的，噢，
女　也許……。
男　怎麼沒想到這個地板下面呢。
女　是什麼？
男　（很興奮地）還不知道是什麼啊，不過，一定跟那扇門外不同。怎麼沒早一點想到？我們，和這張椅子，可能都跟這棵蘋果樹一樣，從地板下跳出來的，或許有很大的地下道，走過地下道就能出去海，不，也許會走到大街，了不起啊，快！先要把地板翻起來。
女　蘋果樹會倒下來。
男　不管那些，馬上就會有很多吃的東西。
女　可憐這棵樹。
男　那有什麼要緊，也許我們能從這裏出去呢，來幫忙，把蘋果樹連根和地板一起拔掉。
女　我害怕。
男　妳喜歡被禁閉在這樣的地方死去嗎。
女　我喜歡現在這樣好。
男　什麼？
女　不從這裡出去也好。
男　眞的嗎？
女　眞的，這裏又不是很壞的地方，如果——
男　如果？
女　——永久能跟你在一起的話。
男　開玩笑。
女　爲什麼？
男　在這麼緊要關頭，怎能說那些。假使我們能從這裏

出去，也可以不分離啊。總有必要察看一下地板下面。
女　眞固執，我不幫你忙。
男　妳不幫忙也沒關係。
女　你會後悔的。
男　什麼？
女　如果，地板下面依然像門扇外那樣的話，怎麼辦。
男　怎麼會？
女　如果是那樣的話？
男　妳放心，不會的。
女　如果，地板下面有一條大地下道，你要怎樣？
男　帶妳一起進去。
女　進去哪兒？
男　那還不知道啊，去看看才知道是什麼地方。
女　地下道的最後出口會回到這裏來也說不定呢。可是，那個時候這棵蘋果樹也早枯萎了。
男　不要說不吉利的話，無益的想像有什麼用？來！搖呀。搖呀。
（男開始搖樹）
呀呼嗨，嗨，嗨，噢，拔出來了。看！下面有點亮，不知道是什麼東西？咦！
（樹和地板一起被拔出來，地板開了一個洞）
（男窺視洞裡，外面却與門外一樣）
（空間）
女　（很達觀的神情）有什麼？
男　……
（長一點空間）
女　什麼都要試試看，像小孩子喜歡打壞新的玩具一樣。雖然，你的夢會培植一棵蘋果樹的力量，但你却又用自己的手毀壞了它，眞不巧。
男　——什麼都沒有、跟門外一樣，——怎麼辦？
女　（天眞又自然地）我愛你。
男　逃不出去，什麼地方也逃不出。一生關在這種地方，怎麼辦？
女　我愛你呢。
男　誰，有什麼權利害我這麼苦。啊，也許這只是一場夢，昨夜喝了過多，才做惡夢？（高興似地）對，不久就會從惡夢醒過來，那時會呵呵大笑的。
女　這不是夢啊。我眞的愛你。
男　咦！妳是誰？是夢裡的美人？
女　忘記了嗎？
男　不忘記啊，但是這是夢嘛，不久就跟妳離別了。
女　傻瓜，沒出息，不像個男子漢。
男　什麼？
女　不要欺騙自己！這不是夢，你是知道的。
男　……
女　我眞的愛你。
男　囉嗦，說一次就知道了。
女　你還不知道啊。
男　愛這麼重要的語言，怎能那麼簡單地說出來。
女　在目前這是最重要的語言嘛，幾千次我也要說。說了也不會磨滅掉啊。
男　妳只顧慮自己。人家的痛苦都不想瞭解。
女　在這裡，自己跟你怎能分得清楚，不是只有我們兩個人而已嗎。不互相愛着，怎能活下去？
男　相愛就能活下去嗎？在這樣的牢獄裡？

女　是啊，只要相愛着，一定會活下去的。
男　不管愛或不愛，像這樣的地方，最討厭。妳去找別人相愛吧。
女　（很認眞地）除了你之外沒有第二個人。
男　找吧，去找就會有，不然，那兒有一隻椅子，椅子是不行嗎？
女　你說眞心話嗎，我愛這個三支脚的椅子，你不要緊嗎？
男　請隨便！
女　眞的？
男　當然。
女　我很正經的啊。
男　開玩笑也要有分寸。人的女孩子怎能愛椅子？
女　我，還不是人或女人嘛。
男　咦！那麼妳是什麼？椅子嗎。
女　旣然你不愛我，我不屬於誰，也不是什麼東西。可是我不能孤獨，遲早也會愛上椅子的。
男　（不關心似地）怎樣愛椅子？
女　我也不知道，不過，有意愛就會瞭解啊。——（走近椅子）可憐的椅子，只有三支脚，油漆也剝落了很多，臂膀的釘子也鬆了，可是背脊的彈簧還很柔軟，脚的姿態也不錯，不知是誰造的，造得很不錯嘛。（用手撫摸椅子）我同情你，椅子啊，因爲我跟你很相似，我會講話，你默默不講，我有二支脚，你有三支脚，雖然有很多不同的地方，但是你和我都很孤獨，門外什麼都沒有，誰也不愛我們，椅子啊，你要我替你做什麼？請告訴我。
男　（大聲地獨白）對啊，或許門對面的牆壁那邊，還有一個房間也說不定。
女　對，我可以給你脚，因爲你能讓我坐，需要正常的四支脚，我坐在你上面，可不需要兩支脚的。我只一支脚也不會感到不方便。
男　終於瞭解了，確實隔壁還有房間，而房間前面有走廊一直繼續到外界，怎麼沒早一點發覺了呢。
女　給你右脚好呢，左脚好呢。
男　這一次必定沒問題，只要把這面牆壁開了一個洞就成啦。
女　我的脚能不能接上你，眞使我擔心。
男　有沒有打洞的工具？
女　恢復了四支脚的你一定很帥。
男　用椅子吧，用椅子的脚撞破牆壁，嗨！椅子借我一下吧。
（男奪去椅子）
女　啊，等一等，你要做什麼？
男　要撞破牆壁啊，這一次可以出去啦。
女　做什麼？拿我的椅子。
男　要用椅子的脚啊。
女　那樣，會斷掉。
男　反正，就要壞的東西。
女　是我愛着的呢。
男　還在固執什麼？不久就會從這裏逃出去的。
女　我不想出去，把椅子還給我。
男　很快就還給你，只要打破了牆壁，一切就屬於我們的啦。
（男用椅子想撞破牆壁）
女　不要，請停下來，椅子會壞掉啊。

男 咦！想不到這麼堅固，喲，這樣也不行嗎？

女 徒勞無益的，把椅子還給我。

男 畜生，連撞出一個瑕疵都不能，再來一次。呀！

女 啊啊！………

(椅子壞掉)

(空間)

男 多麼堅牢的牆壁，硬得咬不動。

女 我的，我的椅子啊………。

男 對不起，因爲找不到其他工具嘛。

女 椅子死了………

男 分屍了。

(音樂)

(光線逐漸變化)

3. 早晨

女 (男女都很疲倦似地坐在地板上)

什麼都沒有啦。椅子壞掉，蘋果樹也枯萎，不久這裏也會像外面一樣，內外都會分不清楚呢。

男 不是還有我們嗎？

女 不存在啦，已經………

男 妳還在生氣？

女 我們都是孤獨的，只一個人什麼也做不成。

男 兩個人也一樣做不成吧。

女 不，一個人跟兩個人就差得很大，尤其兩個人之中，一個是男的一個是女的場合………。男人疲憊了回家，女人可以擦拭他背脊的汗，女人的手伸不到背後的衣服扭扣的時候，男人會幫她扣好，至少兩個人會互相溫暖着脚而睡，還有………。

男 還有？

女 兩個人在一起，畢竟會生孩子。

男 孩子？孩子要做什麼？

女 不是要做什麼。

男 叫孩子跟我們一樣感到痛苦？

女 不管怎樣痛苦，總是比門扇外面還好。

男 天曉得！

女 那麼，你爲什麼不打開門扇出去呢？

男 ………

女 非常簡單，只要打開門踏出一步就好了。就永不會痛苦啊。像要昏倒那麼飢餓，焦灼似的口渴，莫名其妙的寂寞，都會消逝，而什麼都沒有。也許什麼都不存在那樣才快樂吧。但到時快樂的感覺也會沒有的。沒有回憶也沒有未來，隔着喜悅的牆壁也沒有，不久將會有希望的失望也沒有。

男 比較外面，當然這裡較好，雖然很討厭，事實這裏也什麼都沒有。

女 都是你弄壞的。

男 弄壞也只有兩個東西而已。

女 蘋果樹會長大的。

男 妳要我怎麼樣？叫我再睡一次做夢嗎？沒那麼容易啦。像這種疲倦只會睡死的，怎能做夢。不然就會睡不着覺啊。

女 我用口紅在牆壁上畫畫給你看，好嗎？

男 很快會剝掉的。休息一下吧，等一下我要再撞擊這面牆壁，拼命地再試一試。

女　不要拼命啦。我給你畫一個窗好啦。
男　要畫就儘量畫大一點。
（女從口袋裏拿出口紅，在牆壁上開始劃線）
女　不要貪婪。你看……。
這是縱的窗框，這是橫的，這是格櫺，窗門打開着好了。當然要嵌玻璃，窗帘用絲帶或厚布兩種吧。現在是早晨，所以窗帘是打開着的。你看這個窗。
男　太小了。
女　那麼，這樣呢？
男　還不够。
女　再畫一次，——這樣子過大了吧
男　不，還是很小。
女　哎呀，我的手伸不到那麼高。你自己畫吧。
男　好！
女　不要讓口紅塗髒了襯衫啊，洗不掉的。
男　沒問題，妳看，我要的窗就是這樣大的。
（男把口紅接過來大規模地畫窗）
女　哎喲，這樣子不是全牆壁都變成窗了嗎。
男　是啊，這就是我的目標。
女　那麼這不是牆壁，只是關着的窗而已。是不是？
男　對！
女　啊，多有趣啊，索性其他的牆壁和天花板和地板也都改成窗不是更有趣嗎？
男　那樣就沒有牆壁了。
女　不，還有一個地方。
男　什麼地方？
女　是這扇門的外界。
男　那是很厚的牆壁了。
女　是無限繼續的牆壁呀。
男　好！那麼這樣全都變成窗啦。
女　呀！很大的窗，世界最大的窗。
男　怎麼樣，整個房間就是窗啊。
女　用窗做的房間。咦！這種房間誰都沒看過吧。
男　沒有地板，也沒有天花板，全部都是窗。
女　這不是房間，是窗，我們是住在窗子裡的。像玩具的熊一樣。
（兩個人跳舞）
男女　啊哈哈哈哈！
（笑停之後，却像沒得救那麼掃興）
（兩個人在地板上並肩坐下來）
男　口紅都用掉了。
女　沒有關係，本來就存一點點。
男　流過汗，妳的臉却那麼蒼白。
女　不要緊。
（男握女的手）
男　妳的手這麼冷。
女　你也是。
男　很冷嗎。
女　嗯，有一點。
男　把頭靠近我，會舒服一點的。
女　怎麼變了這麼體貼？
男　我？是嗎？
女　是不是因爲其他沒事做？
男　也許……
女　不想再撞壞牆壁嗎？

男　不是全都變成窗了嗎。
女　啊，是呀，從窗子能看到什麼？
男　嗯！
女　什麼？
男　能看到我們！（短空間）
女　眞的看得到嗎？
男　看得到。
女　啊，眞快樂極啦。
（空間）
（男發現了什麼似的）
男　咦！這是什麼？落在這裏。
女　是蘋果的種子嘛。
男　會發芽嗎？
女　會，一定會的，試試看。把它種在枯倒了的蘋果樹的裂開處好了。
（把種子放入樹的裂開處）
男　怎樣給水？
女　在這上面哭就好啦。
男　什麼時候？現在？
女　不要現在，總會有哭的時候啊。
男　因爲不幸？
女　不，不一定。幸福的時候也會流淚的。
男　眞的嗎，試試看。
（男擁抱女）
男　我們在相愛的時候，蘋果一定會不認輸而發芽吧
（女的眼睛開始流淚）
女　等一等，把水給種子。
（兩個人互相看着）
（短空間）

4.

（門忽然被打開，導演急忙跑進來）
導演　不行不行，這種場面不要那樣傷感。（向後臺服務員說）照明，打開地燈，打開地燈！（向男和女）閉幕的場面，必需叫人感到擴展、暗示兩個人的未來才行。
男　誰？你是誰？
女　他、打開那扇門進來了。
導演　喂喂，不是開玩笑的，明天就要開演了，應該振作起來。不，很好，除了閉幕的場面之外，兩個人都演得非常好。連我這個導演都感動了。舞臺一切好像都是眞的。
女　舞臺？這裏不是舞臺啊。
導演　好啦好啦。雖然妳演得那麼迫眞、很好，但是……
女　那麼，你說這扇門的那邊有什麼？
導演　當然有後臺嘛。
男　後臺？後臺的那邊有什麼？
導演　有走廊啊，再去拐彎處是倉庫嘛，咦！你們兩個人都怎麼啦？
男　對，有倉庫，倉庫的那邊呢。
導演　有緊急樓梯。
男　下面呢？
導演　就是大街嘛。你住的地方……。嗨，眞叫人氣死

男　得救了。能出去啦。能從這個討厭的牢獄出去啦，萬歲！
（男從門跳出去）
導演　（啞然似的）慌張什麼？腦筋有問題啦。
女　他到哪兒去？
導演　到酒吧去了吧。像他這個人喝了酒就會清醒過來。
女　告訴我，我是誰？
導演　你們兩個人都這麼喜歡開玩笑。好吧，我告訴妳，妳是××劇團的××小姐。
女　不、不是。
導演　咦！那麼是誰？
（短空間）
女　誰也不是，跟這裏還不是什麼地方一樣。
——閉幕——

※「龍族」詩刊第十期已出版，定價十五元。
※「創世紀」詩刊第三十四期已出版，定價十五元。
※「大地」詩双月刊第五、六期均已出版，定價十元，第七期開始改爲季刊。
※「葡萄園」詩刊第四十四、四十五期均已出版，定價八元。
※「主流」詩刊第九期已出版，定價十二元。
※「暴風雨」詩刊第十三期已出版。
※「後浪」第六、七期均已出版，自第七期改變版型，索閱每份兩元。
※沙軍遺著「沙軍詩選」列入葡萄園詩叢出版，定價二十五元。另外沙軍小說選集「杏林春暖」、「嫩江春雲」兩種亦已出版。
※「龍族」詩刊第九期評論專號已另出單行本，改名爲「中國現代詩評論」，由林白出版社出版，定價七十元。

宿命的幻影和沉默的世界

—谷川俊太郎的現在—

北川透作・陳千武譯

男　妳是誰?

女　還不，還不是誰啊。

男　這裏是什麼地方?

女　還不，還不是什麼地方啊。

男　那麼妳在這裏，做什麼?

女　還沒，還沒做什麼呢。

谷川俊太郎的劇本「房間」，從這樣頗具印象的對談開始。只有不知從哪兒來，到哪兒去的一對「男、女」之外，甚麼也不生存。沒有名字，沒有行動的怪異的房間；對於男人的問話，女人反復回答的否定型「還不」的語言裡，暗示這個房間隱藏着將有什麼事情發生，從無與無而開始。這是只被夢見而未曾被寫過的詩的房間。作者賦與這個房間的是，只被想像而未被開始的生活或愛的空間，那種暗喻的虛構世界的意義。對於相信着夢實存的一個女人來說，這個房間是完整的世界。在什麼都沒有，什麼都未曾開始的房間，常會含有一切的生存和什麼都會發生的可能性。沒有窗，就想像窗吧；四角型的窗，或眼睛型和嘴唇型的窗，或心肝型的窗，像陽炎那樣搖飛在空中的窗……，那麼窗就會存在。然而，只依靠肉眼看得到的東西才相信這個世界的男人，對於不夢見就什麼都看不見的這個房間，會感到難耐的空虛，認爲那是令人噁心的「無」而已。因此，男人就想從這個觸摸不到東西的空無的房間逃脫出來。可是，男人睡着的時候，却夢見這個房間長出了蘋果樹，在虛構的世界裡，所有的夢都有其實存的可能性。不過，在虛構的房間，仍然無法相信夢底實存的男人，把那棵夢裡的樹也看做走向現實世界的脫出口，便剝開了地板，翻倒了樹木，使它枯死。谷川俊太郎這一篇副題爲詩劇的（SKetch）的房間劇本，是描寫那種男女心理上的悲喜劇。但是在最後，男人將要相信夢底實存的時候，作者却忽然讓導演介入舞臺，暴露了戲劇本身又是被表現的虛構世界。這種構成使我感到非常有趣。虛構的世界，若不相信夢底世界的自立性，可以說連一行詩句

也無法開始。不過，谷川俊太郎却用相信那些的同等力量，懷疑那些似的。

由劇團『四季』演出的「戲已終了」劇本，幾乎也重複處理這種問題。要說重複，寧可說那是從這一「房間」終了的地方才開始較適當吧。在此架空的房間却由舞臺實體化，抽象性的（男）與（女），變成了演夫妻的男女演員，而演丈夫的演員，在演戲的當中，從劇本所定的演法屢次逸脫，邊演邊破壞了劇本的約束，而叫喊着「戲劇，要眞正的戲劇……」，在此虛構的現實性和現實的眞實性的相剋很顯明地成爲主題。但是，在戲劇的進行過程上，現實的眞實性却壓倒了虛構的現實，而戲劇本身的虛構被劇本化予以演出。因此，不能單純地說，谷川俊太郎在這一戲劇裡，只提出對虛構的現實性的不信。或許谷川所提出的問題並不是那些；可以叫我們想到的是，在從虛構跨過現實的全領域裡，怎樣作成（眞正的戲劇），換句話說，要追問我們（活着）和（開始），究竟是怎樣一回事，這種極爲單純而且非常不容易的問題吧。在這種直截性的追問，始終不喪失願望的地方，才有谷川俊太郎詩的原始性美和生命力。谷川爲了不使那些虛構的意志被封閉在美學裡，才不斷地從夢的現實性懷疑現實的眞實性，又從現實的眞實性再懷疑夢的現實性，而想把虛構在世界的現實的生這一方面開放。那虛構的意志和向現實的意志的葛藤，也就是「房間」裡的（男）與（女）的葛藤。但仔細一想，這也就是谷川俊太郎自己內部的詩人和生活者的相剋呢。詩人不把它以單純的一元化，却把那些矛盾和葛藤化成爲詩的豐饒，才樹立了這位詩人的立場。

谷川俊太郎常常這樣把兩個對極使其共存。而這兩極並不只屬於精神的志向性，却是詩人的方法的態度。如前述的夢的現實性與現實的眞實性除外不論，對於肉聲本身成爲詩的那種自然性與高度的方法意識，或歌唱的慾望與向拒絕歌唱的語言的實驗所產生的突出的意志，或即興裡向自動式的志向性與向定型律或Sonnet型式的志向性，或向日性的世界的憧憬與背日性的世界的吸引等等，他的詩有其不變的生命力和增殖力，似乎就是寄托在這兩極志向所帶來的存在的渦動上。當然，谷川俊太郎有時在其明快的煽動裡，會把問題過份單純地整理掉。

人總是常透過什麼，意欲活下去。詩人也不例外。他透過詩想活下去，絕不是爲了追求詩而活着的。我們不是爲了寫詩才活着，是爲了要活下去，或活着才寫詩。我並不迷戀於詩，但迷戀於這個世界。我能捕捉語言，並不因爲我追求語言，却是因我追求世界之故。我爲什麼追求世界呢？因爲我活着。（向世界！）

把詩化爲自己的目的，向小小的世界自足的否定——這樣詩人所主張的問題並無誤解的餘地。不過，我所感到難予瞭解的是，因爲不是爲了寫詩才活着這種理論，仍舊爲了要活下去，或活着才寫詩，好無抵抗地被弄短電路這一點。這以前的文章，雖有一段記述說，有一個人在操縱車床，有一個人在耕田，有一個人在洗衣服，有一個人在寫詩，而我們都互相依靠着做活。但事實上，我們並沒有如此依靠着做活呢。有一個人在操縱車床，但他並非由于操縱車床才得到活，在未得到活的人

生裡，他跟詩也無緣，不使一個車床工得到活，不使一個農夫得到活，也不使一個主婦得到活，就是在未必互相依靠着做活的地方，我們不得不開始寫詩。這個時候，詩是什麼？雖不是爲了寫詩才活着，但不寫詩卻不能做活的詩人是什麼？不是會產生這一疑問嗎？然而，詩人如此把（世界）這一語言，好像以看女人肉感性的那種來說，不但從那兒可使那輝煌的戰鬥性煽動加以高揚，或也可與之反比例地，會在那兒看到不安的波浪衝過來。

在現在，生活與生之間，幾乎有這種或多或少的双關論法，擾亂了所有的人。不是嗎？每天從事無聊而非人性的事務，每夜跟多少年來在一起的老婆做着不精采的愛，那些幾乎不是「生」。我們爲了活下去而生活，正爲了生活而逐漸喪失「生」。……（中略）……，在這個時候，詩人能負什麼責任呢。詩人也跟其他一般人一樣，愛這種「生」與生活的不一致而煩惱着。他絕不被允許站在局外者的立場，索性說，應該自動地把自己放在那種双關論法之中，才是詩人更重要的任務吧。我這麼想。

（向世界！）

雖然是同一文章，但這一部份很顯明地背反着前一部份。說（生與生活的不一致）時的生，幾乎都是指詩，夢見的世界，畢竟棲身在夢見的世界和被刼去的生活的双關論法，就是詩人吧。說明白一點，就是在這種肯定與否定的凹凸的旋回，渦動，才是谷川俊太郎超越文章的論理性矛盾，而繼續站着的地點。如果，以另一種語言來說明這種渦動，那就是指生與語言的（危險）的關係，當然，這是谷川自己的話呢。

對於詩，我認爲有問題的，却是我自己一直抱持着（這不一定就是詩）這種乍看很奇異的確信。而對於我眞正成爲問題的是，生與語言的關係。……（中略）……對於詩人，「詩」一語是他的決勝點，他的理想，有時是他的神，或是惡魔。也不要忘記有時會成爲他的死。

（「對於我有必要的逸脫」）

誰都在寫詩的出發上，從生與語言的關係開始以外，沒有其他的方法。然而，要超越這些繼續寫詩的困難性，絕不使詩人永恒停留在生與語言的關係。對於戰後輩出的很多詩人來說，詩的持續，就是喪失與生對應的語言，向美學完結性的那邊自轉的路。不然，就是與語言危險的關係切斷，使日常生活走入歌唱枯淡的境地的路，選走這兩條路之一方較多。可是，在谷川俊太郎顯著的特徵，可以說是生與語言的關係，不但成爲詩的出發點，却在詩的持續裡更增深了其危機的度數。這一點我們可以從對我們已經很親密的世界「二十億光年的孤獨」或「六十二的 Sonnet」，依序把詩集「21」「旅」閱讀下去，就會看得很淸楚。在此，我想從谷川俊太郎的更現在的時點，來究明這一意義。

※　作品「公園或宿命的幻影」，是發表在一九六六年九月出版的『櫂』14號。似乎是從詩集「21」或「時事飄刺九十九」到詩集「旅」或其他並列着繼續寫下來而

一直展開的散文詩，似乎在其過渡期的作品。時間以及作品的內容都可以這麼斷定。起初、這一作品從公園的精密描寫開始：

> 有古老的神社，那個屋頂爲了要保存用另一個大屋頂覆蓋着。有古老的忠魂碑，裏面又有新的和平之碑。（這個小鎭出了四百多人的戰死者）有土袋子，也許是祭典之時用的吧。那些輪郭都被踐踏過……
>
> （「公園或宿命的幻影」）

如此，詩人的視線，很忠實地隨着時間的流動，描寫公園的風景。但忽然，視線開始紊亂，事實却潛在肉眼內部的另一隻眼——生的不安或恐怖的眼跳出來。於是所描寫的外界的風景，在不知不覺之中變質了，成爲內部的風景。

> ……的椅子，有磨滅了的石階，有黑色汽車，妻在裡面打盹，我的兩個小孩在河岸，向河裡投擲石頭。有空瓶和腐爛的青菜丟在河岸。一個狂女裸着脚不知呢喃着什麼走近來，檢起大石頭亂打兩個孩子的頭部。血流出來，孩子們已經死着——我看了那些。
>
> （「公園或宿命的幻影」）

這種恐怖的意象是幻覺嗎？當然，假若有這樣實際的經驗成爲這首詩契機的話，在那些經驗的內部也可以說是幻覺吧。在前面說過，詩人的視線很忠實地隨着時間而流動，但是，假使那些是經驗裏所看到的風景，裡應在轉移寫的行爲的次元之間，會完全被不同次元的空間和時間招引去的；等於，那不是某天在公園裡的詩人經驗的再現，而被隱藏在詩人經驗裏的公園的風景，在寫的行爲裏很詳細地重新出現，被創作出來。而在被創作出來的風景裏，光脚的狂女——大石頭——亂打孩子的頭——血——死，都不是肉眼捕捉的幻覺，却在內部的眼睛裡看到的實存。寫的行爲，不以一瞬間消逝的幻覺，而以實存的情況追尋詩人的心思，才有先前所說的生與語言（危機的）關係。只是，谷川總不賭以非實存的東西引入實存的領域，從而增殖自律性image的運動。索性把那些危機的關係，以「宿命的幻影」認定似的。即先前的恐怖的 image 忽然被切斷，寫下了如次的獨白：

> 我看得見　在東西的內部我看不見的東西　也有。
> 有的東西　在內部沒有　的東西　也　有。
> 在沒有東西的內部　有的　東西　也　有。
> 有了的東西和不會有的東西疊積着　那些　向豐饒
> 的恐怖的期待才是，世界的構造了，不是嗎？
>
> （「公園或宿命的幻影」）

這種自然流露在一粒粒被切斷的獨語裡，說出實在裡的非在和非在裡的實在，向那些有與無互相錯綜重疊的這個世界的豐饒，給予可怕的期待。而這些才是由內部的眼照射出來向恐怖的風景，成爲方法上的開示。畢竟，這一作品是把作品內部時間中斷，爲了開示自己的方法做特質的冒險。可是，詩人却不允許繼之在此產生

的非在內部的實在—「宿命的幻想」本身無止境地增殖。「有壞了的小廟，有低矮的鉛絲柵欄，有餅乾掉在地面，妻在汽車裡覺醒了而喊叫。孩子們在河水淋濕了手便笑着跑來了」由於這種 image 結束的作品，使流進「宿命的幻想」裡的時間，又向那些日常陽光灑下的經驗裏的時間逆流而去。這一作品內在充滿生與語言的危機的關係，也可以說由於他有生活者過份健康的平衡感覺才被救了的。我對於那些有小小不滿的記述，但因那些渦動，常被這位詩人保持着，才又有新的危機被孕育出來。

已經，把這些（視線）本身在寫的行爲裡做成創作的視線，而現出看不見的細部的方法，可以在詩「21」的「緩慢的視線」裡看得出來。「緩慢的視線」是用「い」「ろ」「は」「に」「ほ」「へ」「と」的記號爲題的幾首作品的總稱。但每一首作品都以「看一個女人」的一行開始，在第二行現示了其所看的「祖母」「曾是情人的女人」「妻」「女兒」「母親」等對象。

看一個女人
她是我的女孩
看疑問號型態的肚臍
看耳朵的嫩毛捕捉無益的光
在白色寬衣衣褶之間
無法達到的黎明
看那上面滲透的血
被拒絕的恢復
月面層深深的推塵
和涸乾了的湖
伸向天空寬大的前額
像被投擲的小石子的愛
看不允許看的東西
向無聊的溫柔相貌

（「ほ」）

這首詩具有取不盡的趣味，是據於詩人緩慢的視像，注視確實是一個女人的「我的女孩」，把每聯切斷爲二行，向次聯連接，不用平面構成，而帶着某種空間的飛躍。在我們看來，那些分行，每遇到詩行的切斷，就會看到飛躍的地方，有自然性的視線，以向不視的東西衝入而被創出來的視線逐漸累乘的狀態。例如「疑問號型態的肚臍」「耳朵的嫩毛」等地方，可以看出以溫柔的視線捕捉了女孩的外觀。而那些逐漸轉移到「滲透的血」「被拒絕的恢復」「月面層深深的推塵」「涸乾了的湖」，就有那種「宿命的幻想」的世界。卽爲女性的一個女孩具有的絕對不可視的內面性，以感覺的 image 顯現。那些語法本身是與饒舌體對極的，可以說是孕育沈默的世界。但語言都刺穿了「不允許看」的生的內奧，從生和語言含有緊張關係裡，我們可以感受豐饒的事實。當然，被輯在「緩慢的視線」裡的每一首作品都屬於優異的傑作，但在此與谷川初期的作品比較，確實也

產出了異質的手法，這是值得注視的。

然而，這些以創出視線的詩的系譜，我想在今日的谷川來說，更成爲方法意識化，在戰後的詩裡開拓了獨自的領域。這些我們可以在六八年發表的「風景畫會不會從畫框溢盈出來」「論看玻璃杯的痛苦與快樂」「透明體的微小的變化」「滑走的視線的追憶」等作品裡看得出來。「滑走的視線的追憶」如次寫着：

> 視線沿着壺子圓圓的表面滑下去，沿着那下面桌子脚繼續滑下去。從桌子落到地板，從地板再回到牆上。所有物象的表面，幾乎都長有肉眼看不見的細微纖毛似的。機械性地愛撫着那些現世的事物，視線一直滑下去，要停止它，只有閉上眼睛而已，不過閉上眼睛視線也不會消逝。
>
> （「滑走的視線的追憶」）

在此「視線滑下去」這種感覺，使（視線）本身從開始就完全跟肉眼的制約被切斷，成爲另一種（物）與之對像化，而賦與（觸覺）的力量給（視線）。「沿着壺子圓圓的表面」「沿着那下面桌子脚」「機械性地愛撫着那些現世的事物」，像這樣（視線）並不只以看，却像用物的世界幾乎用愉悅的觸感滑下去。如「漣在夢中，視線也向窗玻璃，向嫩葉的七葉樹，透過那邊的藍天，像等距離，且像等質的那樣滑下去。」畢竟，（視線）是事物的世界，除掉夢中那樣的境界，假構爲觸感那些一切。可以說，他能造成這樣，是具有由於寫的行爲引向（自由）的根源性的誘惑吧。這也可以說，從「二十億光年的孤獨」以來，這位詩人與秩序的世界不變的肉感性交感有其加深的獨自性。可是，我對於這位詩人，把引向（自由）的誘發停滯在感覺的愉悅那樣境地，覺得可惜。這首詩最後一行「宇宙也許就是極爲上質的天鵝絨製成的吧」所持的完結性，不但證明這位詩人具有愉悅的感覺會創出語言的優異資質，更令人想到做成隱藏着向非在的自由未完結的傷口那種界限性。當然，我們幾乎在同一時期也看到谷川組成了包括「鳥羽（TOBA）」連作的「旅」的世界。因此在他持有的全體所志向的渦動裡看到的完結性，也可以說是成爲相對化的。

※　前在「緩慢的視線」也說過，詩集「21」的世界，在谷川俊太郎詩的步驟裡，像似站於很大轉捩點的詩集。我曾經粗讀了那些，而未留意過，但是到詩集「21」的谷川，在基本上，跟他對「六十二的 Sonnet」所說的事情十分相符，亦即，那是谷川俊太郎的青春的書。是他依靠着年輕的特權，自然流露出來的詩的世界。他寫着：

> （六十二的 Sonnet）整體，大概可以說是屬於一個生命的頌歌。我的肉體在一生裡最輝煌的時期，我的感受性最官能性地向世界的一切張開着。我一邊感覺自己該死，正爲了因此，在現今這個生的喜悅和悲哀的瞬間，相信自己是不死的。（談自作）

我們「六十二的 Sonnet」接受的印象，跟詩人在此所寫的並沒多大的差別。從此以後，他又出版過『對於愛』『給妳』等詩集。不過那些乍看之下，好像延續

在『六十二的Sonnet』線上加深了其風格，但感覺不出有新的轉向。可是詩集『21』的印象却令人感覺有不同的轉變。卽谷川俊太郎在此以極爲方法上的詩人，——這雖不是我喜歡的說法，但以一般通常的表現來說，他却以前衛性詩人的相貌出現。在那種轉變的根底裡，他已經不能僅依靠年輕而寫詩。這種說法並沒超出比喻以上的意義——也許有這種隱情。詩集『21』的發行係一九六一年，詩人三十一歲的時候。不論如何，在此也許谷川碰到了持續寫詩的困難，他才用最普遍的方法超越了它。說詩集『21』是極爲方法上或實驗性的詩集，理由也在此。那是分爲三種的作品群。其一是在前述「緩慢的視線」看到的＜視線＞本身所創出的嘗試。其次是輯在「今天的卽興」，據於語言或image的連想作用的自動式（廣義的）志向。第三就是輯在「詩人們的村莊」，但其中大都把詩用詩論寫成，或代爲語言論的散文詩的嘗試。那些例如「緩慢的視線」→沈默、意象＜視覺性），「今天的卽興」→饒舌、無意義性（非論理性），「詩人們的村莊」→講故事、論理性。如此，在現象上，嘗試了完全相反的多樣性方法的實驗，這也能看到他處於成對極的渦動裡。不管那些，也可以說，戰後詩確實被賦與豐富的方法上擴張了。允許谷川俊太郎如此向自由自在的方法探索的，當然就是他不放棄生與語言的關係而得到的。但是還有一個根本上的問題，那是他對詩的先驗性觀念，從思想體系被解放。可以說，堅持着僅在感覺的次元以外不相信語言的思想，那種頑固的態度而來的吧。因此，在好的意義上，對詩的義務觀念不被冒犯，而摸索到了詩能欣欣生長的方法。

例如「今天的卽興」裡的『鬍鬚』一首作品：

長鬍子

鬍子長在男人的下巴男人嘴唇的周圍長鬍子跟着黎明一起長鬍子像不知名的植物的萌芽長鬍子爲了女人柔嫩的臉頰長鬍子跟着Salvador Dali一起長鬍子拼命地長鬍子向太陽長鬍子的男人們。

（「鬍鬚」）

當然，這並不是據於「鬍鬚」一語言單純的連想作用。應該說是「鬍鬚」一語言所喚起的生活感覺的增殖作用吧。在日常的世界「鬍鬚」這一語言，只持有固定的連結作用而已，但在這裏，可謂連結於宇宙性的所有活生生的物象，而從此產生的被解放了的笑聲裡，詩人高吟本身自由的生的韻律。要在谷川俊太郎的詩的世界談論音樂，已經是屬於常規，但我却感到那是不受拘束的自由的生的韻律。這首詩的伸展性，也許就是被那些韻律支撑着的，而那些韻律感，似乎跟卽興性諸語言的表現互相對應着。不過，具有獨得口吻的「詩人們的村莊」一首詩，却展開了相當緻密的論理。

我用詩搓上妻圓圓的腹部表面，用甘草味的詩擦亮了妻。但不知爲什麼，妻變得極爲消瘦。不過，她便因此很像十分推敲過的一行詩那麼美麗。妻瀕瀕想告訴我什麼，但她的嘴裡已經被我塞滿了麥桿和水，因而我僅會聽到無意義的呻吟而已。

（「Poem.eye」）

這一作品的語言，確實橫溢着愉快的機智，可以看出生活健康的這位詩人感性的位相，但我不讚成這種詩僅具有機智或諧謔趣味的看法。當然，機智或諧謔充滿在

這一作品的語言裡，產生自由自在的生的韻律。不過，我却對這一作品具備的多義性比喩的膨脹感到驚異。例如，把〈妻〉一語改作〈語言〉，這一作品就可以看做詩論。用同樣的方法把〈故事〉〈革命〉〈自然〉等語言，改置於文中，詩便會各自顯出其獨得的表情，而展開這一首詩各種的面貌。如此毫不矛盾地能成立多義性的比喩，才有這一作品論理性堅强的骨格。當然，我們並不是要改置機械性的語言來瞭解它。〈妻〉一語應該讀爲〈妻〉，只因爲那是具有多義性比喩的膨脹，能允許在我們的意識裡喚起各種變貌的意義而已。還有，在這一首詩所比喩的不祗限於〈妻〉，也比喩着〈詩〉，塗上〈詩〉而擦亮〈妻〉便變得很美，但極度瘦小了，於是反把自己的眼光改向 Poem.eye 〈詩的視線‧視的愛〉，〈妻〉便忽然很醜陋的開始肥胖起來，而一個接一個地生了孩子。在這種論理裡，還是寫出了這位詩人一貫所追求的，充滿了生與語言的危機的關係。「看着妻像蠟燭那麼淨白的裸體，我便忽然察覺了自己眼光的變化，我的瞳孔像死人的那樣擴大，我的水晶體跟無限遠的焦點合而爲一。瞬間我領會了，一切該用詩的視線熟視。Poem.eye－‧」而那種（視線）的創出才是看着「宿命的幻影」的詩人的眼睛。然而，那種「宿命的幻影」，換句話說，懷疑夢的現實性的現實的眞實性在谷川俊太郎這邊是不會崩毀的，因此他便說「Poem.eye，愛與溫柔，滑稽的義務，如此我終于參加了世界的猜謎遊戲。」而結束這首詩。我曾經說過那是谷川俊太郎的平衡感覺。不過，我想他這種平衡感覺，是在從一九六六年到六八年，以一系列作品發表的優異抒情詩世界的「鳥羽」「旅」和「ANONYM」等詩集，在存在的危機衝上來的當中，很大的搖撼着。

嘴彎扭似的仍然緘着
又是我冒犯了語言的不正
爲了處罰
便徹夜傾聽濤聲

所有的詩都是美麗辭句
那麼寫
又繼續寫下去

夜半忽然覺醒
啜泣了一陣子的我的幼女
我希望誠實

連瀕死的士兵都不誠實
烟草的火落在膝蓋上
已不會做夢了吧
雖然這麼睏倦

（「鳥羽7」）

在戰後詩的流域裡，沒有比這一首更痛切直截性地寫成的抒情詩吧。這一系列作品中，每一首作品的語言都像奪取了被危機侵襲的詩人存在的底部那麼磨得銳利，而反射黑暗的光。在此，夢的現實性，換句話說語言的假構性，十分徹底的被懷疑着。這一點，我曾在其他地方也說過，那是被强迫從語言忌避；但使其能成立忌

避的是，沈默的眞實性。在這一作品裡像「爲了處罰／便徹夜傾聽濤聲」「夜半忽然覺醒／啜泣了一陣子的我的幼女」「烟草的火落在膝蓋上」等詩句，很巧妙地所表象的，也就是這種沈默的眞實性。「濤聲」或幼女啜泣的聲音，那些是外界的自然，或表現了跟自己有血緣的愛那種意識的自然性，可以說自然性持有的沈默底深刻性，壓倒了語言世界的假構性。這在下面的作品，更顯得能看出來。

說海
連這一語言都有虛僞
不過我還是要說
向着暴風雨之前吵嚷的波浪
海啊……
然後我忘了臺詞
在這之後的黑暗裡　妻啊
伸出妳被太陽曬黑的路膊吧

（「鳥羽6」）

畢竟，海這一語言，站在「吵嚷的波浪」的外界自然所持的沈默性深刻性之前，也只能發出空虛「僞裝」的聲音而已。而向那些外界自然的視線，仍舊轉向妻的「被太陽曬黑的路膊」注視，也就是對妻持有愛的意識自然性的眼光。很自然地面向外界和內在的沈默底深刻性之前，詩人只有「忘了詞」以外毫無辦法吧。當然沈默的眞實性這樣優位，顯示着這位詩人在寫的行爲裡，一貫爲其主題的生與語言的關係，迎上了很大的危機。

我說過平衡感覺搖動着的理由也在此。然而，語言在此以幻想賭着人主體的確立，因而語言會被解體，該意味着人的主體（自我）的解體吧。而可以說以那些向解體的人存在的認識做爲媒介，語言假構的新意識成立的時候，或許能預測到賭於人存在的回復的語言，成立自立的眞實性也說不定。

谷川俊太郎已經以與『旅』的世界接續的形式，成立了先前所看過的「滑走的視線的回憶」等「宿命的幻影」的世界。還有詩集「21」的多樣性方法的嘗試，以及考察時事的「時事諷刺九十九」的世界的時候，如果在此豐饒的方法的摸索，受這『旅』的世界那種悲痛的存在認識的媒介被創造出來的話，或許我們會看到超越戰後詩概念的驚異的詩的世界吧。谷川俊太郎是優異的抒情詩人，但正如我們所看過的那樣，也構築了優異的反抒情的世界。這才有這位詩人的渦動。我很喜愛他的抒情詩，但比抒情詩更喜愛在生與語言的關係上詩的渦動深甚的激化。這也就是我的期待。

日本現代詩鑑賞⑿笹澤美明

唐谷青

笹澤美明（—1898）生於橫濱市。東京外語學校德語科畢業。十八歲起受北村初雄的影響，開始試作；作品發表於多田不二所主編的詩誌「帆船」。其後，參加「詩與詩論」的新詩精神運動，並與村野四郎創刊「新即物性文學」，介紹德國新即物主義（Neue Sachlichkeit），頗受里爾克的影響。以「詩與詩論」「文藝汎論」爲作品發表的舞臺。在柔軟的抒情性中，深究事物的本質與自己，這種存在論的意識，是他的詩風的一大特色。一般認爲是日本現代詩人中，以柔軟的抒情手法表現出思惟之强靭性最爲圓熟的一位內省的形而上的詩人。

主要的詩集有「蜜蜂之路」（一九四〇），「海市帖」（一九四三），「美的山賊」（一九四六），「形體詩集・風琴調」（一九五四），「冬之炎」（一九六〇），「孤獨的湖」（一九六三）「即物詩集紫陽花考」（一九六八）等。此外，譯著有「旗手克利斯朵夫・里爾克的愛與死之歌」（一九三六），「民族的花環」（一九三三），「諾乏利斯（Novalis）詩集」（一九四九），「里爾克的愛與恐怖」（一九五三）等等。

笹澤美明在「即物詩集紫陽花考」的「後記」裡說：「我向來喜歡靜物，不喜歡粗暴的東西。我所以喜歡植物、陶器、人偶、鋼筆或鉛筆等等，是因爲這些和人一樣，在我近處營營，帶有終歸於無的命運而給我以安慰的緣故，是因爲具有靜寂、情緒、謙虛、孤愁等等性格的緣故。傾心於女性也是由於具有與這種靜物的特性類似的地方。」這幾句話可以做爲說明笹澤美明的人生態度以及詩的性格的註脚。

這種物靜寂的、孤愁的、被動的女性的性格，也許是由於美明從出生到青年期那段命運的人生經驗所造成的。在一篇隨筆（「詩學」昭和二八、十一月號）中，作者說：

「談論自己的詩歷非得談論自己的人生經歷不可。更詳細地說，必得談論支配着人生之命運的一個性格。

生下不久就患了腸卡他和腦膜炎的我入了病院，而住在病院後邊兒的我家，收到了我死亡的通知，同時我母親說是看到了小小的人魂從病院的頂上輕輕飄而消失。我的人生的起點從此開始。」

這種體驗在潛意識裡，將作者的性格以及詩觀，導向受動的、觀照的立場，也形成了作者對人生加以思索，以及對周圍種種事物之眞實加以存在論地追求的作詩態度。基於這種態度，美明的詩不歌唱前的社會現實，也不僅僅抒寫個人的感情，而是卽近事物，以見出事物的本質。對於美明，這就是愛。詩是愛。愛是知。見出事物的本質，亦卽愛；愛是知性的變身，而知性是感性的轉化。關於笹澤美明詩的本質，卽物主義者村野四郎，做了如下的剖析：

「這位詩人在寫詩的時候，採取一個事物做為出發點。於是與這事物有關的種種思考，以暗喩或象徵等方法，在詩人的內部擴展下去。當然，在這過程中雖然也有與社會性的思考結合而發展下去的，思考的主流却將這些都包含進去，一切以內省的形式向着自己流去，深深地在內部擴展，於是經常，明確地浮現出做爲時時生存者的自己的樣姿。……此外，笹澤美明詩的另一大特色是，成爲他所有作品之基調的那種愛的感情。他將愛當做至純的感情，將圍繞着他的一切事物的本質，在這種感情中，試圖加以窮覩。他，就像他在某一詩集的序文中所寫的，認爲「愛是知」，將知性看做這種愛的感情的轉生。因此，做爲詩人的他的骨肉，可說是在這種溫柔的感情中生成，以及成長的。讀他的詩，不論哪一首，都可以感到溫暖的，優柔的體溫。這可以認爲是深深基於他這種理念而來的。」（「今日的詩論」）

總之，存在論的思考，是笹澤美明的詩的人生的脊柱，而根據存在論的認識，對事物（對象）加以本質性的把握，亦卽笹澤美明詩的主要手法。

窗

窗 吸入十年的光和風
沈重地吐出孤獨和病。
從那兒 手揮動
向那兒 聲音流入。
像白衣的人那樣
窗溫柔地收容了
前天的櫸葉和昨日衰頹的蜂。
在那窗下
他將書物像鏡子那樣放着
照着自己的臉。
好像在檢驗
自己的臉有多蒼白。

—「海市帖」

「海市帖」是笹澤美明的第二本詩集，出版於一九四三年，實際上寫作於一九三五年前后，作者已是三十年代的後半。當時，美明受里爾克的影響，已有愛物的精神，以及愛卽知，這種人生觀。集中有一連「卽物詩抄」；卽物的意思是卽近事物加以觀察，以見出事物之本質的意思，也可說是根據存在論的認識以把握對象，或者說對「物」之本質性的存在加以把握的意思。題名「海市」，取「海市蜃樓」的意思，亦卽現實中不存在

的美夢或者多彩的幻景之憧憬。

這首「窗」是屬於「海市帖」中，題爲「彩影」的一連串作品之一。題目雖然是「窗」，主旨却寫出，窗下臥病十年的病人對生命的感覺。亦卽，借着病房的窗，寫出病人對存在的認識。開頭兩行寫出長期病院生活的孤獨感。三四兩行，寫親友的看問。從那窗口，親友揮着手離去；向着那窗口，外界的聲音流入，更增加了病人無可奈何的孤寂。

下一行「白衣的人」是指護士。看問的親友不能每天來看問。這世界，唯有溫柔的護士收容這位病人。窗，正像那護士，所收容的却是時間，是過去，是逐漸衰老下去的生命。前天欅樹落葉，是秋了。昨天飛入窗口的蜜蜂已無力再飛出，何其衰頽的生命！所謂「前天的欅葉和昨日衰頽的蜂」，頗爲含蓄地表現出對失去的一切—時間，過去，自己的生命力等等的哀感。在那窗下，病人在看書，就像照着鏡子。一張蒼白的臉，在窗口的秋風中，沈思着蒼白的生命。這就是生命存在的姿態。

這首詩表面上寫「窗」，其實透過窗，窺視到時間的恒流，生命的本質。窗，在這首詩中，是永存的象徵，而前天的落葉，昨日的衰蜂，以及窗下蒼白的病人，都只是短暫的物象，不久卽將爲溫柔的「窗」所收容。生命的存在，只是在檢驗自己的臉有多蒼白而已！

弧

它 沿着葉脈的線
發亮的一個微量
不久 閃着光落下
充溢地
我 不欲成熟
我 不落下
我是橫在冒險上的橋
在青空中形成弧
爲了二個陸地間
爲了被連結的愛
然而 啊啊
我的弧上
日夜 罩着霧

—「蜜蜂之路」

這首詩以弧暗喻詩人的內部。詩人的希望、絕望、孤獨、不安等等心緒，藉着弧的意象表現出來。

第一連，卽物性地描寫弧的現實性，亦卽反射在因風而搖曳的葉上的水滴，沿着葉脈流動時所構成的弧的光景。

第二連，進一步透視弧的物性，由充溢的水滴「不久閃着光落下」，而喚起詩人的自覺，表現出詩人相反的意欲。所謂充溢，卽成熟；成熟意味着落下；落下，亦卽終了。詩人「不欲成熟」「不落下」。詩人否定美的瞬間的幻滅。或者說，弧的生命的終結。詩人的精神是個弧，是橫在冒險之上的橋。所謂冒險，我想可以解釋爲感情上，或者意識上的冒險。

詩人的精神在青空中形成弧：詩人心上的愛之虹。

所謂「兩個陸地」，指男女的心。詩人心上的弧，不外是愛的形象。

然而，詩人心上的弧，日夜籠着霧。霧，不安的象徵，詩人內部的狀態

這首詩，藉着弧的意象，暗喻出詩人的心象形態，以及這些心象所象徵的詩人內心的意欲、希望、美夢和不安。

「蜜蜂之路」在出版的次序上是笹澤美明的第一本詩集，在寫作的次序上，是第三本詩集。當時，作者四十歲前後。

在後記中，作者認爲這是一本「知性的書」。集中這些詩，以暗喻或象徵的手法，展示出內面的世界。可是，所謂知性，只是手段；一首詩的觸發劑，是感性。知性，詩人認爲，只是感性的變身。支持詩人這種理念的，是詩人對生命的愛和孤獨。這首「弧」，是詩人的知性和感性調和之後，既不流於感傷，也不陷於概念化，而將詩人的心姿形象化，表現出詩人對人生之愛愁的一首好詩。

25 風琴破調

整天　風流着
森林和樹都可能被剝去似的
緊緊抱着地面和丘陵
也許因爲季節風的緣故
這一切都退縮着
在村子的理髮店裡
聽到風的聲音
玻璃在響
一塊木板在響
那種聲音在小時的村裡聽過
一道寂寞現在還連繫着
那條線現在仍然未斷
突然想起小時認識的
那江湖賣藝的
那賣糖的　那賣藥的
他們從一村流到一村
風追趕着他們
不，他們是被時間追趕
寂寞的人生之一群的姿影
無意間彩色了這無聊的人生
寂寞的線所縫製的衲衣的美和堅實
這種藝術品現在掛在我前面的鏡上
外面　風的歌
風　將小時在理髮店裡
使我聽到的歌
不意又在這兒叫我聽見
我在椅子上落入半睡眠
寂寞如此嚴厲地使人疲倦

——「風琴調」

「風琴調」是笹澤美明的第四本詩集，由三部所構成。第一部「風琴調」，寫於四十年代初，第二部「續風琴調」，第三部「風琴破調」，寫於四十年代末。是作者四十年代十年歲月的力作。詩的主題，以風琴的音色加以象徵，表現對少年時代的追憶，或者說，對生命

之根源的鄉愁。

這首「風琴破調25」，寫的便是人生的寂寞，以及對詩人精神上永恒的村子的懷念。

在「風琴破調」之「1」的開頭，詩人寫出他精神上的村子：

「我所到達的地方是個村子／最後還是回到了村子／這是我的究極的理念／我的追憶可說是永遠向着純粹的／一個憧憬的呈現／而村子住在憧憬之中／就像將幼稚和古老納入傳統的形式中／一個一個的家守着孤獨一樣」。

這裡所說的村子，不外是事物的本質，詩人所永遠追求下去的歸處。

在季節風狂吹中詩人在回憶裡重訪小時候的村子。村子裡理髮店裡的風聲依舊。風，在這首詩中，象徵着永恒的時間，無情的時間之流。在風中，小時認識的那些純樸的村民，可不知現在飄落到哪兒？「寂寞的人生之一群的姿影，無意間，彩色了這無聊的人生」。人生的寂寞，點綴了人生的樂趣；寂寞使人生藝術化。人生就像以寂寞的線縫成的一件美而堅實的衲衣；人生是寂寞的藝術品。寂寞是貫穿生命的一道線。人生是寂寞的線所綴成的一件衣裳。人的存在只是，穿着這件衣裳，在風中飄泊，疲倦。

窪處

為了逃出空虛的光明之地
看看哪兒有個休息的地方
我在這地上追求窪處
我將蟲鳴的秋
將冷凍的秋
在果物田裡
我啊推了一下
將光彩澤澤的果實叢
而這些想進入到這世界的
光明的窪處却將我推回來

——「冬之炎」

「冬之炎」是笹澤美明的第五本詩集，寫於作者五十歲以後。表現上，仍舊是即物性的手法，可是詩人內部的聲音，由於碰到現實的絕壁而返響回來，顯得更為深沈、激烈。隨着年齡的增加，肉體上和精神上的痛苦彩色了生存的意識。由於生命逐漸喪失其存在，人的存在是什麼；這個問題成為詩人自我追求的核心。詩人越向內面發掘，存在論的意識越明顯。其中，貫穿着冷然的批評精神，而虛無的傾向越趨濃厚。

這首「窪處」，在柔軟的抒情句子中，隱藏着極為堅韌的思想的彈性。在冷靜的詩情中（詩行在形式上的對稱，支持着這種冷情），包藏着極為悲愴的精神的絕叫。

一見之下，這首詩好像描寫在秋天郊外迷失了的一個人的處境。詩中的「我」，不妨換成「人」，如此，這首詩的境界，馬上擴展為人與自然之間的一齣悲劇。人，在這地上尋求「窪處」－躲避「空虛的光明之地」的一個休息所。所謂空虛的光明之地，指的是現實。虛無的現實，帶有陰影的現實。所謂「窪處」，我認為是暗示墳地，當人從「現實」中逃出之後的休息所。然則，這最初三行，表現出人生的負荷，以及解脫負荷

的追求。

第四行到第八行，以秋代表大自然，同時暗示秋墳上的寂寥，冷落。「我」向這蟲聲唧唧，寒光冷凍的秋，「推了一下」：對死亡的試探？「我」同時推了一下「光彩澤澤的果實叢」：秋郊的果園裡那纍纍的果實，如果具有肯定的存在意義，那麼，「我」這一推，代表否定？

纍纍的果實是自然的產物；自然永遠生生不息，永遠向着「這世界的光明的窪處」，推出光彩澤澤的果實。對「我」而言，這個光明之地的現實是空虛的，虛無的，然而，大自然却永遠以光彩澤的果實充實這個世界。除了果實叢之外，第九行的「這些」，也指蟲鳴的秋和冷凍的秋。秋，衰亡的季節，正像纍纍的果實，同樣屬於這個世界，是現實的存在，不是虛無的人生觀所能完全否定的。

當「我」被「秋」和「果實叢」推回到這世界的光明的窪處，一個追求存在之意義而疲倦了的靈魂，被摔回在現實的窪地，而迷失在一片枯草的秋原上。

這首詩，毫無哀嘆的情緒，却鮮明地描出被摔倒在秋原上的一個靈魂無聲的哀叫。

厭世

風吹着。
我在路上試着豎立一根柺杖。
將它當做地軸的一端——
把它抓住了一下。
多少覺得好像心安了一點。
這瞬間雖然很短，
却也覺得很長。
假如這就是我的一生——
那時 感到非常心寒。
那夜 看見在燈下睡着的男人
突然 我想到：
為什麼 神
具有人的形狀？
那時 我覺得非常厭惡。

——「冬之炎」

這首詩，一言以蔽之，在追問「存在」是什麼？「風吹着」，暗示現實社會的種種樣相。「我在路上試着豎立一根柺杖」，表現在現實中的「我」的行為。「我」的存在，在抓住地軸的一端那瞬間，才覺得稍為安心似的，而人生也只不過是那不長不短，亦長亦短的瞬間而已。假如這就是人生，「我」不勝心寒。這種人生，太空虛了。

有一個晚上，看見在燈下睡着的男人，不禁反省到：這就是人生嗎？這就是我所追求的生存的姿態嗎？假如「神」具有人的形狀，其存在也不過是這種狀態，那麼生存誠然是可厭的。

這是詩人對存在的反省。神具有人的形狀，亦即神的否定。然而，在這地球上，只有抓住地軸的一端，生命的存在才稍為令人放心。因此，存在的本質，也許只是瞬間的安心而已。不，無寧說，是對這種瞬間的不安。對於安睡的男人，抱有強烈的厭惡感，以及否定神的存在，都是由於無可抓住的不安的存在意識而來的。這

是一首存在主義色彩很濃的作品。

冬之炎

—給M夫人—

冬旅　一切是冷淡的
我孤獨得要凍僵
可是　風景都很美很不錯
在白湖看到的
冰上那焚火的
石竹色火炎的手
不是
向我招呼
不是
爲拒絕而揮動
它　只是爲了消滅
而燃燒吧了

——「冬之炎」

這首詩表現出存在的一個狀態：孤獨。

假如人生是冬旅，人被包圍在冷酷的斷絕的關係中。周圍的冬景很美。由於孤獨得要凍僵，人追求火炎。然而在這冰天雪地的世界上，在白湖上燃燒的紅色石竹花的火炎，不能給我們任何溫暖。它，就像這冷酷的世界上一切存在物一樣，只爲消滅自己而燒燃着。存在，只是各自孤絕地燃燒的冬炎而已。

「冬旅一切是冷淡的」，表現非情的現實，冷酷的外界。「我孤獨得要凍僵」，表現存在的極限狀態。透過這種「孤絕」的本質來看這世界，一切風景，顯得幽美。從「在白湖看見的」到最後一行，以很美的形象表現出這世界以及一切存在的本質：爲了消滅，各自燃燒的一團冷冷的火炎。

六十二年九月一日出版・臺北市士林區永公路16號

黃靈芝作品集・卷五

連載

惡之華

波特萊爾著
杜國清譯

LES

FLEURS DU MAL

PAR

CHARLES BAUDELAIRE

On dit qu'il faut couler les exécrables choses
Dans le puits de l'oubli et au sépulchre encloses,
Et que par les écrits le mal ressuscité
Infectera les mœurs de la postérité,
Mais le vice n'a point pour mère la science,
Et la vertu n'est pas fille de l'ignorance

(Théodore Agrippa d'Aubigné Les Tragiques, liv. II)

PARIS
POULET-MALASSIS ET DE BROISE
LIBRAIRES-ÉDITEURS
4, rue de Buci.

1857.

46 心靈的黎明

伴着惱人的「理想」，當黎明，
將紅白的曙光射進蕩子的胸中，
由於一位神秘的膺懲者的操縱，
在昏昏欲睡的獸中，天使覺醒。

「心靈的天空」那難近的藍色，
爲仍在做夢受苦扑倒於地的人，
以深淵的誘力展開且逐漸加深。
如此，親愛的女神，清純者喲，

在那愚蠢的狂宴冒煙的殘肴上，
妳的回憶更明朗更玫紅更迷人，
不斷地飛翔在我那睜大的眼前。

朝陽暗淡了蠟燭的火焰的光芒；
如此，常勝者妳的幻影，就像
燦爛的靈魂喲，那不滅的太陽！

47 夕暮的諧調

顫動在那花莖上時間現在來臨，
每個花朵像個香爐薰散着芳香；
聲音和香氣在黃昏的空中廻蕩；
憂鬱的華爾茲喲，慵倦的眩暈！

每個花朵像個香爐薰散着芳香；
小提琴在顫慄像一顆苦惱的心；
憂鬱的華爾茲喲，慵倦的眩暈！
那天空像個大祭壇，美而憂傷。

小提琴在顫慄像一顆苦惱的心，
一顆柔心憎恨虛無的黑暗廣茫！
那天空像個大祭壇，美而憂傷；
太陽在逐漸凝化的血泊中溺淹。

一顆柔心憎恨虛無的黑暗廣茫，
蒐集着光輝之過去的一切遺痕！
太陽在逐漸凝化的血泊中溺淹……
妳的回憶像聖體匣在我心燦亮！

48 香水瓶

有種强烈的香氣滲透一切物體，
有人說，它甚至能够穿透玻璃。
當打開來自東方的一個首飾盒，
盒上的鎖銹澀得嘎嘎地苦叫着，

或者打開在荒屋裡的一個衣柜，
充滿歲月的霉臭，灰塵和暗黑，
偶爾有個舊瓶充滿回憶的溫馨，
從中活活噴出一個甦醒的香魂。

成千的思念睡着，像陰鬱的蛹，
溫柔地，顫動在沈悶的黑暗中。
它們開始展出翅膀，又再飛翔，
染以天藍塗以玫瑰色飾以金光。

於是，那令人心蕩的回憶飛旋
在混濁的大氣中；人們閉着眼；
「眩暈」抓住征服的靈魂，以双拳
將它推向人間瘴氣遮暗的深淵，

將它在千古的深淵邊擊倒於地，
那兒，腐臭的拉撒路撕着屍衣，
餿臭已葬而難忘的一個往昔的
戀之幽魂的屍體甦醒蠢地動着。

如此當我從人們記憶中消失掉，
被扔在一個不吉的衣柜的一角，
像被摒棄的舊香水瓶那樣荒廢，
積塵汚穢卑濺，發粘而乾裂時，

我將是妳的棺柩，可愛的疫神！
我將是妳的偉力與毒性的證人，
啊啊天使所調製的可貴的毒藥！
我的腐蝕液，我心的生和死喲！

49 毒

酒能够將最爲汚穢的陋屋
　裝飾以奇蹟的堂皇，
而且使許多神話中的廻廊，
　在金色光霞中浮出，
就像沈落在雲空中的夕陽。

鴉片能使無界之物再擴展，
　使無限者更爲伸張，
且能加深時間，深掘慾望，
　以陰鬱黑暗的快感，
裝滿靈魂，使之超過容量。

這些都比不上從妳的眼中，
　那綠眼中滴出的毒，
我靈魂顫抖看見倒影的湖……
　成群奔來的我的夢，
在那對苦鹹的深淵中潤喉。

這些都不如妳唾液的魔力，
　它侵蝕着我的心臟，
將我靈魂無悔地投入遺忘，
　而且，將眩暈冲去，
將靈魂昏昏滾到死之岸上！

50 曇空

妳的眼光似乎被霧氣所遮蔽；

妳那神秘的眼（是藍是灰是綠？）
有時溫柔有時夢幻有時殘兇，
交互映出蒼白與冷情的天空。

妳使我想起溫暖昏暗的白日，
迷戀的心融於淚中那些日子，
神經受到未有的絞痛而焦躁，
過敏地對痲木的心時加嘲笑。

有時，妳像在那濃霧的季節，
太陽照射的那些美麗的曠野……
妳，濕潤的風景，多麼燦亮，
閃耀着從曇空中射下的陽光！

危險的女人喲，誘惑的季節！
我是否也將崇拜妳的霜和雪，
且學會從那毫不容情的冬寒，
抽出比冰和刀鋒更銳的快感？

灌木
237號　八月
238號　一九七三年九月出版
239號　十月
日本甲子園一丁目二番十七號
再現社發行
編集兼發行人：喜志邦三

詩表現
108號
一九七三年十月三十日出版
日本伊勢市尾上町四～三號
發行人：親井　修

聶魯達逝矣

一九七一年諾貝爾文學獎得主左傾詩人聶魯達，於一九七三年九月廿三日，在智利的聖地牙哥（Santiago）去逝，享年六十九歲。

聶魯達（Pablo Neruda）一九〇四年出生於智利南方的一個小農村巴拉（Parral），父親是鐵路工人。聶魯達的眞名很長，叫 Ricardo Eliezer Neftali Reyes y Basoalto。他從八歲就開始寫詩，算得上是神童。他寫詩幾乎到入迷的程度，甚至有一次父親把他的筆記簿都毀掉了，他還是「執迷不悟」。

聶魯達早期作品是屬於熱情洋溢的浪漫主義，不久卽轉向惠特曼風格和超現實主義。到了一九三〇年代，他的詩風和格調爲之突變，肇因是西班牙內戰，因當時的聶魯達正擔任駐西班牙的智利領事，目睹戰爭的野蠻而大爲震驚，同時因他的執友西班牙詩人羅爾卡（Federico Garcia Lorca）之慘遭殺害而悲傷莫名。於是，聶魯達捨棄了超然物外的象徵主義，開始寫直率而且常常是嘲弄的詩，他自己曾說是用血淚寫的。

西班牙內戰也使得聶魯達變成馬克思主義的信徒，但是政治上的加盟並未能使他寫出偉大的詩篇，例如，在一九四〇至一九五〇年代，他竟卑賤地寫下了一系列對史達林歌功頌德的詩。而諾貝爾獎金委員會也終於忘掉了這一段往事，於經過數度提名後，聶魯達獲得了一九七一年的諾貝爾文學獎。

但卽使鄙棄他的政治觀點的拉丁美洲人民，也認爲他之獲獎尚稱實至名歸。從他的超現實主義組詩『居住大地』（Residencia en la Tierra 1931），和美洲史詩的巨構『將軍詩篇』（Canto Jeneal, 1950），證明他是拉丁美洲最富創作力和最眞實的文學心聲。在他最著名的『聯合水果公司』（南美洲的水果業霸王），他嘲弄地寫着：耶和華把祂的宇宙瓜分給可口可樂，福特汽車等大企業，而聯合水果公司：『爲自己保留心臟地帶／我國的海岸』。

聶魯達也是一位有名的政客，他曾於一九七〇年被共產黨提名競選智利總統落選，一九七一年三月起擔任智利駐法大使，在任一年。他靠全世界銷售數百萬册書籍的版權收入，在聖地牙哥，華拍萊佐（Valparaiso）及聶格拉島（Negra）海灘避暑勝地購置房產，儼然富豪，但他還是執迷地信奉馬克思主義。他是被推翻而死於非命的智利左傾總統阿葉德（Salvador Allende）的知交，也可以算是他的宣傳頭子。

在智利軍事執政團推翻阿葉德政府是，智利全國曾謠傳聶魯達被捕並遭受槍決。實際上，在政變發生後不久，他就住進了聖地牙哥一家私人診所，治療癌症，却以心臟衰弱而去逝。聶魯達在聖地牙哥的住宅，被奪掠一空，書籍和文稿都被焚毀。

聶魯達的詩，除了上述的『聯合水果公司』，有反資本主義色彩外，

其他很少涉及政治。他最受歡迎的作品是『二十首情詩和一闕絕命詞』）(Veinte poemas de amor yuna cancion desesperada, 1924)，把情慾和智利美景和諧地揉合在一起。

聶魯達被葬於聖地牙哥首都總公墓。（十月七日）（李魁賢）

詩人奧登訃聞

一九七三年九月廿九日，碩果僅存、享譽甚盛的美國詩人奧登（W. H. Auden），因心臟病突發，逝於奧國維也納一家旅社，享年六十六歲。

這死訊實在很突然，因為去逝前一天星期五晚上，詩人還在奧國文藝協會舉行了一次演講。他曾經說過：「當生命成為一種負擔時，你應卸下重擔，而最好的方法，我想，就是心臟病，既便宜又迅速。」奧登眞是求道得道了。

奧登滿臉縐紋　然時之聖者。他出生於英國，而於一九三九年，第二次世界大戰爆發之前，因不滿英國政府對德國納粹政府的政策，離國去美。而於一九四六年加入美國籍，直至去逝。

奧登於三十年代初即已嶄露頭角，他曾與卡曼（Chester Kallnan）合作為史特拉汶斯基（Igor Sdravius ky）的歌劇『浪子行』（The Rares Progress）撰寫歌詞，並參與英國詩人衣瑟武（Chris &ophe Isper wood），麥克納斯（Louis Mac Niece）等的文學活動。而於一九四八年獲得普立茲詩獎，實至名歸。

一九七二年奧登由美返英，擔任牛津大學的駐校詩人，他說，希望過着安心的生活，這正是他在紐約的東村公寓所無法獲得的。後來他在牛津的住宅與奧國有名的維也納森林邊緣的Kirchsten Her 村之間來來往往。

當奧登衣錦榮歸英國，以美僑身份到警察局去登記時，有這麼一段趣事，頗堪玩味。

「你是幹什麼行業？」警察問。

「我是作家。」

於是警察在登記表的職業欄內寫下「無業」二字。

奧登不修篇幅，但風采翩翩。他常披頭散髮，覆在那張縐羊皮紙的臉上，有如一幅等高線地圖。他的汗衫常跑到領帶外面來，而他常穿的一套臃腫的英格蘭呢運動外衣，袖口已經磨破了。

他喜歡和年輕人做伴，常常和他們在酒吧或咖啡館一聊就是幾個鐘頭。他的烟癮很兇，餐前愛喝加伏特加或杜松子的鷄尾酒，進餐時則喝啤酒。他是一位虔誠的基督教徒。

奧登的詩樸實平淡，跡近散文，但表現甚為深刻，在平易中見出功力。他是於一九三〇年代，正當納粹黨鞏固權力時，便首先看出柏林危機的少數先知先覺之一。他曾在詩中預言：

有些事物將如雨下落，
但不是錦簇繁花……

奧登生於一九〇七年二月廿一日。妻愛麗佳（Erika Mann），是德國名小說家托瑪斯曼的長女。他們在一九三五年結婚。愛麗佳於一九六九年在瑞士去逝。

葉慈於一九三九年去逝時，奧登曾發表「弔葉慈」詩，膾炙人口，且讓我們借用他自己的詩弔他吧。筆者不敏，再借用詩人余光中的譯詩，以使來文沾光。（李魁賢）

弔葉慈

余光中譯

一

他失蹤在死寂的隆冬：
溪澗冰凍，機場幾乎無人，
雪使公共場所的雕像面目模糊；
水銀降入垂死之日的口中。
哦，凡儀器皆同意，
說他死的那天是陰森而冷的一天。

遠在他疾病之外，
狼群奔馳，穿過常青的森林，
田園的河水不為時髦的碼頭所誘惑；
悲悼的唇舌
將詩人之死和他的詩分開。

對於詩人，那却是他之為他的最後一個下午，
一整個下午的護士和謠言；
他肉體的各省在叛變，
他心靈的廣場空空蕩蕩，
寂靜在侵犯郊區，
感覺的電池中斷：他化為崇拜他的人們。

此刻他已分佈在一百座城市，
且全然移交給陌生的感情；
去尋覓他的幸福，在另一種森林，
且根據不同的道德律而受懲
死者的言語
在生者的五臟裡接受修飾。

但是在明日的重要性和喧囂之中，
當掮客們在證券交易所的大廳上吼叫如獸，
貧民仍然受苦，但已經頗習於受苦，
每個人在自己的狹窄裡幾乎相信自己有自由；
有幾千人會想起這一天，
像有人想起曾做過不太平凡的事情的日子。
哦，凡儀器皆同意，
說他死的那天是陰森而冷的一天。

二

你生前愚蠢如我們：唯你的天才不朽：
逝了，富孀們的教區，肉體的腐爛，
你自己；瘋狂的愛爾蘭將你刺激成詩篇。
現在愛爾蘭的瘋狂愛爾蘭的氣候依舊，
因為詩不能使任何事發生：詩長存
在自身語言的谷地，從來沒有官吏
會闖進去干擾；詩向南方啊奔流，
從孤絕的牧場，從繁忙的悲戚，
從我們信賴且葬身的粗野的市鎮；詩長存，

一種發生的方式，一張口。

三、

大地，將一位貴賓迎接；
詩人葉慈已躺下來休息；
讓這條愛爾蘭的船進港，
它已經卸盡了它的詩章。

時間向來不能夠容忍
勇敢的和純眞的人們，
只一個星期它就忘記
好美麗的一具肉體。

可是它崇拜文字且饒恕
使文字不朽的一切人物；
寬宥他們的卑性，自大，
把榮譽獻在他們的脚下。

以這種奇妙的理由，時間
寬宥了吉普林和他的觀點，
而且會寬宥保羅，克羅代，
寬宥他，因爲他寫得精采。

籠罩在黑暗的夢魘裡面，
狂吠着歐洲全部的惡犬，
現存的列國都在旁靜等，
每國都囿於自己的仇恨。

心智衰退的可羞可恥
從人人臉上向外凝覷，
汪洋如海的惻隱之情
在每隻眼裡封鎖而結冰。

探索吧，詩人，向前探索，
盡到黑夜最深的角落，
用你無拘無束的歌聲
繼續誘發我們的興奮；

用你的詩篇來開發心回，
把咒詛耕耘成葡萄樂園；
有感於一陣痛苦的狂歡，
歌吟人類失敗的經驗；

在心靈的荒漠裡面，
讓療傷的泉水湧現，
在他那時代的牢獄之中，
敎自由的人們如何歌頌。

在計劃一部新的長篇。他除了星期天外，每天寫作。他的寫作方式是，初稿寫得很凌亂，複稿整齊些，別人以看得懂，第三次修訂稿才用打字，這才是發表用的原稿。「颶風眼」花了他整整三年功夫才告完成。他說：「我年輕時，每當一部小說殺青後，總要休息很長時間。如今，老是覺得必須馬上看手新作，因爲無法預料什麼時候會突然撒手歸西。」

雖然懷特熱愛澳洲，但在澳洲的生活常令他厭煩，他對澳洲人盲目的愛國主義表示沒有好感。他承認澳洲已不再是文化的落後地區，可是他仍然相信，澳洲人因普遍缺乏藝術的鑑賞力，而受害不少。但懷特依然不願永久離開澳洲。他說：「我費了好長的時間才建立一個甲殼，以供居住，我要靠這個甲殼寫作。」

懷特是一位內向的人，如今他已經完全無法躲在甲殼裡了。由於國際上的認定，引起澳洲全國的一陣懷特熱，大家爭相閱讀他的作品，也使得很多批評者啞口無言。畢竟誰能隨便在諾貝爾獎得主的頭上動土呢！

（李魁賢）

一九七三年諾貝爾文學獎得主

澳洲小說家懷特

怕垂克，懷特（Patrich White）譽滿國外，但在澳洲本國，却不見得會家喻戶曉。當這位六十一歲的文豪獲得一九七三年度諾貝爾文學獎的消息傳出時，很少澳洲人能自誇他談過懷特九部主要小說中的任何一部。

而瑞典皇家學院對懷特得獎的評語竟是：「酬獎其史詩式的和心理學的著述藝術，將新大陸引入文學中」，不啻是一大諷刺。實際上，在懷特的作品中，如「快活谷」（Hapdy Valley, 1939）描寫新南威爾斯的雪鄉，以及他的名著「巫斯」（Voss, 1957）描寫一位十九世紀的德國探險家橫越大陸廣野的故事，都是以澳洲經驗做爲他創作才能的基本。但懷特之所以能成爲十年來贏得人人羨煞的文學獎之第二位英語作家，是靠他風格的恢宏與獨創，較之其澳洲根源的成份爲大。諾貝爾獎金 委員主席 Artur Lunkdvi st說：「懷特之眞正成就，並非身爲澳洲人的闡釋者，而是在於充當當代文學的一位開拓者，一位另闢蹊徑者。」

懷特所邁進的途徑，是人類孤寂、隔離、以及終極空虛的堂奧。正如最近他發表的小說「颱風眼」（The Eye ef Storm, 1973），描述一位垂死的老婦反抗一生的行誼，懷特的作品充滿了與存在本身活生生、永無止息之問題的糾葛、鬭嘴，也表達了對他故土的愛與憎。

懷特祖先：植根於澳洲，可追溯到一八三〇年代。他的双親曾回英倫小住，懷特便是於一九一二年在倫敦出生，六個月大，就隨父母回澳洲，十三歲負笈英國，就學於却登翰學院（Cheltenham College），後來轉入康橋王家學院（Kings College），專攻現代文學。其後幾年，在歐洲和美國到處流浪，第二次世界大戰時，他投效英國皇家空軍。但戰爭終了時，懷特解甲回雪梨，專事寫作，起先靠他父親——有錢的地主——供養維持生活。

懷特自承：「我當時醉心寫作，實在是怪異而又丟臉的事。好在家父很慷慨大方，實際上，他一生中，除了馬的血統簿外，他什麼書都不看。」懷特起初的寫作生涯，頗受挫折，他最初寫的三部小說都被退稿，其中一部後來改寫成「姑母的故事」（The Aunt's Story, 1948），這部小說迄今被若干評論家譽爲他最好的作品。

懷特最近寫了一些短篇小說，也

「覆葉」讀後感

■陳學培

細讀「覆葉」這本詩集後給我的印象好深刻，也給我對「愛」和「生命」有一種新的感受和啓示。在趙天儀教授的「覆葉的語言」（序）和林煥彰先生的「覆葉的光輝」的評語，以及施善繼的「媒人」的感言，使我對您的詩有了更深的認識和了解，下面是我對覆葉讀後的一點感想：

覆葉是一本放射着「愛」的光輝、充溢着「母愛的偉大」的詩集，尤其是對「孝道」的發揚更是本詩集的中心要旨。在「父母心」這首詩一開始您便告訴我們作爲父母的終身願爲子女的奴隸，做父母的愛心是如何的偉大，且讀下面幾行詩：

神啊
請把小玲的腿打斷
罰我抱她的手臂，直到癱瘓
請把小玲弄成瞎子
罰我變爲拐杖
請把小玲弄成白痴
罰我終身爲奴隸

誰會希望自己的子女的腿被打斷；誰會希望自己的子女成爲瞎子；有誰希望自己的子女是個白痴，但這裡您用反喩的語法來加重父母的「愛之深，疼之切」。其實，無論子女變成如何殘缺，做父母的愛沒有減去，反之只有增加。做父母的還是不辭苦的終生爲子女服務；終生爲子女的奴隸而毫無怨言。然而死神竟把一個小生命夭折；把嫩葉摧殘。作父母的怎不哀慟，怎不悲愴的嚎啕和呼喚。此詩的最後一段：

而不露面的神
竟把嫩葉摧殘於車輪下
淚乾的枯葉不落地
呑飲刻刻的悲愴
睨查冥的深淵
還是伸出長長無力的手
呀！多麼乖巧而笑盈盈的十二歲
小靈魂呀，妳在哪在裏？
歸來吧！小玲

在「嫩葉」一詩中，借一個母親講給兒女的故事，以一片嫩葉喻作初生的嬰孩。覆葉喻作母親。嫩葉在覆葉的抵擋風雨下茁長，在覆葉的呵護下吸取甘露和溫暖的陽光。嫩葉彷彿是一個初生的小生命；是那末的天眞和純潔，只知道歡樂，「不知道風雨吹打的哀傷」更「不知道蕭蕭落葉的悲嘆」。一切的憂愁都讓給覆葉來承擔，猶之一個嬰孩將一切的憂愁都交給母親！

風雨襲來的時候
覆葉會抵擋
星閃爍的夜晚
露會潤濕全身
催眠般的暖和是陽光
摺成縐紋睡着
嫩葉知道的只是這些——

從「覆葉」一詩，我們更體會到作爲母親的偉大，一片沒有武裝的覆葉；一如一個弱質的母親，在芸芸人海中是那末的無助。能抓住一線的希望都是爲子女着想：

倘若　生命是一株樹
不是爲着伸向天庭
只爲了脆弱的嫩葉快快茁長

而在「晒壽衣的母親」「爹！請您讓我重述您的故事」「今年掃墓時」充份的表現作爲兒女的對父母的愛

與懷念；因他們的逝去而追憶和哀痛。下面的一段：

蹲在堇花傍
憂思的紫色啊
咬碎了晨間的露珠
心中反覆着：
碑石不是我父親
碑石不是我父親

——今年掃墓時

而又在這段：

母親啊
誰能預感最後的秋天
您却又在
晒您的餘生
晒您的感謝
當我欣慰十年來您無恙之時
此一光景
無法忍受
我極想奔去
從死的衣裳
把您搶奪回來

——晒壽衣的母親

作爲一個詩人對于愛情比別人敏感，但在您所描寫愛情的詩句中却不流於浪漫也不躭於經典。只用平實的字句，以暗喩的手法；借一隻鳥兒，一根樹枝，就能點出主題，描繪出一幅愛情的畫像。色調既不太濃，亦不太淡，給人一種含蓄和耐人尋味的感覺。「愛情」這首詩的一些句子：

樹枝不曾擺過拒絕的姿態
向天空　像要些什麼的手
如果　那隻鳥飛來樹枝上
樹枝會情願地承擔
最美好的粧飾
而且希望從此這隻鳥沒有翅膀
樹枝心願變爲堅牢的鎖
因爲奇異的鳥　在樹枝上
比勳章更輝煌
比夕陽懸在樹梢　更確實的存在
樹枝等待一隻奇異的鳥

而在「思春期」一詩更表現出一個少女在戀愛期中的情思、在愛戀中甚麼都是美好的：「天使和魔鬼一樣可愛」「海賊和王子一樣可親」。愛情是盲目的，這是千古以來不變的道理。下面的詩句：

神的傑作中最成功的季節
透明全盲的瞳中
天使和魔鬼一樣可愛
海賊和王子一樣可親
最馴良的動物
自己恨不得跳入狩獵者的心
於是便利捕獲的好機會
千古不變

「捲心菜」這首詩反影人情的冷暖和世態的炎涼。菜葉和菜心本是同根生、所遭遇的處境却不同：

青葉被捨棄在菜圃裡伏哭黑夜
潔白的心在餐盤上
人們稱讚味道好

從這首詩中我們更深深的體會到同是人類，却貧富懸殊；有錢的人享盡榮華；相反地，一些貧苦的人們却在窮鄉陋巷內歎息呻吟。社會多不公，人心多叵測。而在「一杯咖啡中拾到的寶石」一詩的詩句中，您反覆的用了「我是中國人」這五個字，這點更能表現出一個詩人的民族性，如下面這些句子是何等的眞摯，

我答，因爲我是中國人

我是中國人才勝過敢死隊員愛的
忠認

又如：

朋友，你我是中國人
才知道珍惜這顆美麗的寶石

至於您所翻譯的日本女詩人高田敏子的「想詩的心」，該文中的每一首詩的意象都很明朗、主題正確，都是作者檢拾生活片段的寫照、從生活中體驗出來。正如作者在該文的結尾所說：「詩是生存本身，因此生存的一切，無論是悲傷或痛苦都會成為你所喜歡的。也許，才有詩的完成。」像「打掃」「賣豆腐」「口袋」這幾首小詩都是很成功的作品。艾略特（T.S.ELJOT）在「介紹龐德詩選」(gntroduction to selected poems of Ezra Pound)一文中他認為經過龐德將中國詩翻譯成英文後使到英美的讀者更接近中國人，同時他認為每一個時代都必定為良本身翻譯（Each generatin must tsenslatedfor itself）。這裏，我希望經過您翻譯的「想詩的心」後使我們一些不懂日文的讀者能夠認識日本文學，進一步對該國的文化加以了解，同時將我們對文學的視野擴大，不至於囿四一隅的貧乏。

以上是我對覆葉讀後的一點感想，說得不對請別見笑才好！上回您的來信告訴我您是個不會受過中文教育的人，所以一些在師範大學的大學生，們都不能相信您為何會寫中文，寫現代詩，真的連我這個生在異鄉的中國人也不敢相信呢！難怪他們要您寫3000字以內的自述。讀了覆葉的後記後我很佩服您這樣努力的學習國文，刻服在言語上的困難，這點值得鼓舞；也值得作為我們求學的榜樣。這封信寫得很長，怕要浪費您很多時間來閱讀，就此擱筆吧。請代我向「笠」的各位朋友問好

祝愉快

微笑

一九七三年七月廿二日越南

賀林泉詩集「心靈的陽光」榮獲本年度
菲華中正文化獎金　文藝創作獎

『笠』五十七期勘誤表

頁數	行數	誤	正
1	12	名單「的」這樣的	名單「是」這樣的
4	11	我們「令」視實「除」需要	我們「會」視實「際」需要
4	14	就是一個發端	下加「。」
4	20	英譯「陣」秀喜詩集	英譯「陳」秀喜詩集
5	5	才能「補」捉	才能「捕」捉
5	6	唯的詩集團	唯「一」的詩集團
33	7	意旨「模」糊不清	意旨「糢」糊不清
44	下4	這「公」空虛	這「麼」空虛
40	16	能很「擔」率地	能很「坦」率地
38	19	詩「濛」朧的概念	詩「朦」朧的概念
45	下2	「超自然十自然11零」	「超自然＋自然＝零」
46	上15	超現實主義繪「擊」	超現實主義繪「畫」
47	下19	風雨傾「盒」而降	風雨傾「盆」而降
47	下20	那些傢仰望	那些傢「伙」仰望
48	下14	非常「模」糊呢	非常「糢」糊呢
48	下26	詩感到「模」	詩感到「糢」
49	上1	感到「模」糊	感到「糢」糊
49	上2	近「氏」過份急	近「代」過份急
49	上24	也感傷主義	也「與」感傷主義
50	上13	必須「經」蔑	必須「輕」蔑
50	上14	泥土「推」積物	泥土「堆」積物
50	上19	無止境的「粉」雜	無止境的「紛」雜
50	下13	說「慌」而强慾	說「謊」而强慾
54	上5	選擇「嚐」試的世界	選擇「嘗」試的世界
54	上16	發現「嚐」試的世界	發現「嘗」試的世界
59	22	必須「嚐」試全人性	必須「嘗」試全人性
59	23	在精「票」上	在精「神」上
65	9	文學「慨」念	文學「概」念
66	9	不過，「但」明顯	「但」去掉
66	25	我極「響」往著	我極「嚮」往着
68	1	亮的東西	「明」亮的東西
69	上8	暗喻「時」明喻	暗喻「及」明喻
68	上15	象「徵」的峯「項」	象「徵」的峯「頂」
68	下5	眞令人感「概」	眞令人感「慨」
68	上6	包涵象「徵」派	包涵象「徵」派

羅傑英譯・吳美乃選輯

李白詩英譯選輯

經下邳㈠圯橋㈡懷張子房

子房㈢未虎嘯㈣，破產予爲家。
滄海得壯士，椎秦博浪沙。
報韓雖不成，天地皆震動。
潛匿遊下邳，豈曰非智勇？
我來圯橋上，懷古欽英風。
惟見碧流水，曾無黃石公。
歎息此人去，蕭條徐泗㈤空。

注釋：㈠下邳：秦之下邳卽今山東邳州，有沂水，號爲長利池，上有橋，卽黃石公授張良素書之所。㈡圯橋：水經注：「沂水于下邳縣北西流，分爲二水：一水經城東屈從縣，南注泗，謂之小沂水，水上有橋，徐泗間以爲圯。昔張子房遇黃石公于圯上，卽此處也。」㈢子房：「漢書」：張良，字子房，其先韓人也。……秦滅韓、良少未宦事事韓，韓破，良家僮二百人，弟死予葬，悉以家財求客刺秦王，爲韓報仇。以五世相韓，故良嘗學禮淮陽。東見倉海君，得力士爲鐵椎，重百二十斤。秦皇帝東游，至博浪沙中，良與客狙擊秦皇帝，誤中副車。秦皇帝大怒，大索天下，求賊急甚。良乃更名姓，亡匿下邳。㈣虎嘯：卽指擊秦皇事。㈤徐泗：謂徐水與泗水。徐水源出河北。泗水源出山東，經江蘇。

評論：這是一首簡短的絕妙史詩，寫來脈絡分明，有斤有兩。

「子房未虎嘯，破產予爲家。」云「虎嘯」纔是子房的人生目標，他有拋財赴義的英雄氣慨。

「報韓雖不成，天地皆震動。」所謂予以成敗論英雄，智勇双全，卽是英雄。

「潛匿遊下邳」，下邳卽黃石公考驗張良之忍耐工夫，而授以太公兵法之所。嗣後張良且日研究兵法，終得輔佐劉邦稱帝天下。

「歎息此人去，蕭條徐泗空。」太白恨予得生與英雄同世。

ON PASSING THE I BRIDGE IN HSIAP'EI *HSIEN* AND RECALLING CHANG TZU-FANG

When Tzu-fang hadn't yet roared like a tiger, He consumed all his propenty without a care for his family.

It was through Ts'ang Hai-Chün that he became acquainted with a warrior,

At Po lang sha he tried to bludgeon Ch'in Shih-Huang.

And take revenge for the annihilation of the state of Han, though he didn't succeed,

All heaven and earth trembled.

Chang Tzu-fang took flight and hid in Hsia P'ei

How can we say Chang Tzu-fang was not brave and wise?

I have come to the I bridge and here,

Recall the past admiring the heroe's mien.

But all I can see is the green flowing water,

Never can I see Huang Shih Kung.

I sigh, for these men of yore have all gone,

Leaving the Hsu and Sze River area desserted and empty.

Notes:

Ftle; Chang Liang whose style name was Tzu Fang was the descendant of a high placed Han state family. After Ch'in Shih Huang defeated the State of Han, Chang Liang devoted all his efforts to avenging the destruction of his native state. He travelled east where Ts'ang Hai-Chün introduced him to a renowned warrier who is reputed to have made a huge bludgeon (the traditional accounts give the weight as 120 *Chin*) especially for the purpose of assasinating Ch'in Shih Huang. Chang Liang

went together with his warrior companion to Po lang sha where they attempted to bludgeon the Emperor to death. However, the attempt failed, instead of killing the Emperor they killed one of his high officials. Ch'in Shih Huang was greatly angered and proclaimed that the assassin should be searched out. Thereupon Chang Liang changed his name and fled to Hsiap'ei which was the place Li Po was travelling through when the inspiration for writing this poem came to him. One day while Chang Liang was leisurely walking about the I bridge at Hsiap'ei he saw an old man on the bridge. This old man was dressed in very coarse clothes when Chang Liang came abreast of him, he let his shoes fall below the bridge and ordered Chang Liang to retrieve them for him. Chang Liang was astonished. At first he wanted to hit the old man, but when he saw how ald he was his anger abated and he gave in, doing as the old man bade him. After he retrieved the shoes he hnelt down before the old man and peraonally affixed them to the old man's feet. Thereupon the ald man laughed and without saying a word left. Chang Liang was amazed at the old man's conduct. After a while the old man returned and said to Chang Liang: "This child can be tanght." he added: "After 5 days meet me at the bridge at dawn." Chang Liang assented. After five days he went to the bridge early in the morning; the old man was already there. However the old man was much angered because according to the rules of propriety, Chang Liang, who was a young man should have been there first. The old man rebuked him for his tardiness and told him to return in 5 more days. Chang Liang

once again returned only to be courtly dismissed by the old man who had again first arrived. The old man told him to return in 5 more days. For the third rendezvous Chang Liang left especially early arriving at midnight. Shortly afterward the old man arrived, and was much pleased, to see Chang Liang He told Chang Liang he should have been this early for their first meeting. Then he gave him a book to read, saying: "If you study this book you may someday be the tutor of a king, after 10 years you surely will have great achievements, after 13 years you may come to thank me. I will be at Kuch'eng (a mountain in northern Shantung For I am the great yellow stone at the base fo the mountain" With these words the old man disappeared. Everyday thereafter Chang Liang studied the book given him by the old man. This book was the *Tai Kung Ping Fa* (太公兵法)。

The old man's words came true for later Chang Liang helped Liu Pang topple the Ch'in dynasty and found the Han empire. Chang Liang served as Liu Pang's mentor throvghout this time.

Line 1 : the tiger is used as a simile. Here it means that Chang Liang had not yet gone to hill Ch'in Shih- huang, for a tiger is theught to roar before he kills his prey.

Line 2 : He used his family's wealth in employing a mancapable of assasinating Chin Shih-huang.

Line 3 : Ts'ang Hai-chün is a rather ambiguous phrase. It may be taken to mean a person of note living by a dark sea.

Line 4 : Polang sha is located in the southern part of Yangwu *hsien*, Honan province.

Line 7 : Chang Tzu-fang's family had served as primeministers to the hig of Han for 5 generations. The state of Han was one of the last states to be conquered by Ch'in Shih-huang when he unified China.

Line 12 : Huang Shih Kung literally means "Yellow-Stone Old Man." This is the name of the old man who helped Chang Liang beconre the trusted advisor of Liu Pang. see title footnote.

Line 14 : The Hsu and Sze are two rivers in northern China. The Sze originates in Shangtung and flows throvgh Kiangsu, the Hsu has its headwaters in Hopei.

陌上贈美人

駿馬驕行踏落花，垂鞭直拂五雲車㈡。
美人一笑搴珠箔㈢，遙指紅樓是妾家。

注釋：㈠陌：田邊的小路。㈡五雲車：西王母所乘，此誇言其美。㈢搴珠箔：搴是提起的意思。珠箔是珠子編成的簾子。

TO THE BEAUTY ENCOUNTERED ON A COUNTRY ROAD

A noble steed proudly trampled the fallen flowers,
The young ricler dangling his crop, brushed against a five cloud
chariot.
With a smile the beautipul lady drew up the pearled curtain,
And pointing to the beautiful house in the distance said :
"That is my house ! "

Notes :

Line 2 : Hsi Wang Mu or the Queen of the fairies was believed to ride in a five-cloud chariot. It is used here to describe the beauty of the carriage in which the lady rode.

Line 4 : Beautiful house may either refer to the house of a wealthy lady or a brothel.

Translator's Note : We have translated the above ten poems. in an effort to present the modern English reader with a clearer idea of their beavtiful contents. Previus translatins have appeared. The degree of accuracy varies as do the comments and footnotes. Shigeyoshi Obata in his pioneering work entitled, *The Works of Li Po the Chinese Poet* translated six of the above poems. These include : "On Seeing off Meng Hao-jan at Huanghe Tower on His May to Kuangling", "On Visiting the Ruins of the Kusu Palace", "A Summer Day in the Mountains", "Sitting Alone atop Mount Ching Ting", "On Hearing a Flute on a Spring Night at Loyang" and "To the Beauty Encountered on a Country Road." Witter Bynner in his book *The Jade Mountain* hos translated three of the above poerms : "On Seeing off Meng Hao-jan at Huanghe Tower on His Way to Kuangling", "At the Hsieht'iao Building of Hsuan chou I Bid Farewell to the official Editor Shu Yun" and "On Leaving Paiti at Dawn." Arthur Waleyin his book, *Chinese Poems* translated the poem" A Summer Day in the Mountains." Although the above is by no means a com plete list of all the translations available itrpresents what are standard works in this field and should be consulted for compartive study.

中華民國內政部登記內版臺誌字第二〇九〇號　中華郵政臺字第二〇〇七號執照登記為第一類新聞紙

定　價：每冊新臺幣十二元
日幣一百二十元　港幣二元
菲幣二元　美金四角
全年六期新臺幣六十元
半年三期新臺幣三十元
● 郵政劃撥中字第二一九七六號
陳武雄帳戶（小額郵票通用）

出版者：笠詩刊社
發行人：黃騰輝
社　長：陳秀喜
社　址：臺北市松江路三六二巷七八弄十一號
（電　話：五五〇〇八三）
資料室：彰化市華陽里南郭路一巷10號
編輯部：台中市民族路三三八號
經理部：臺中縣豐原鎮三村路九十號

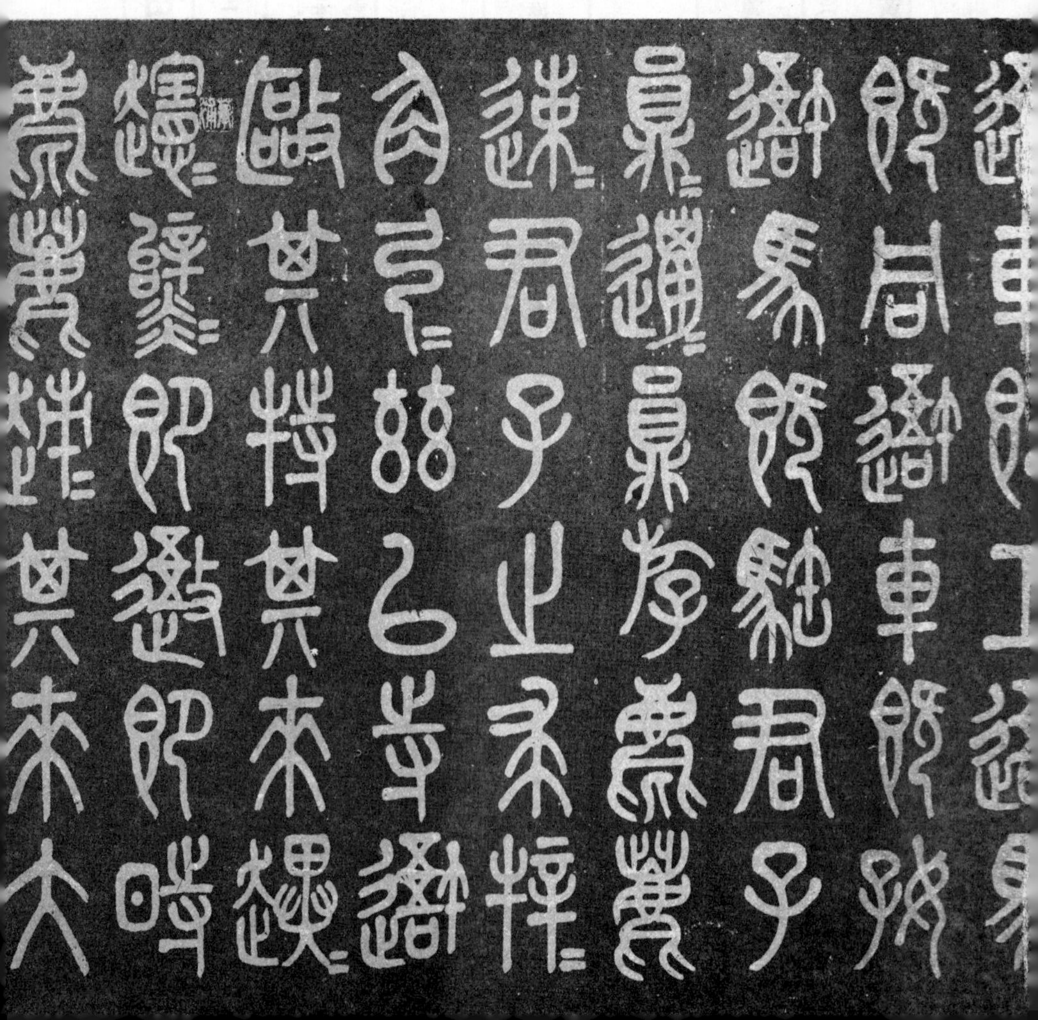

笠

LI POETRY MAGAZINE

民國五十三年六月十五日創刊・民國六十三年 二月十五日出版

詩双月刊

59

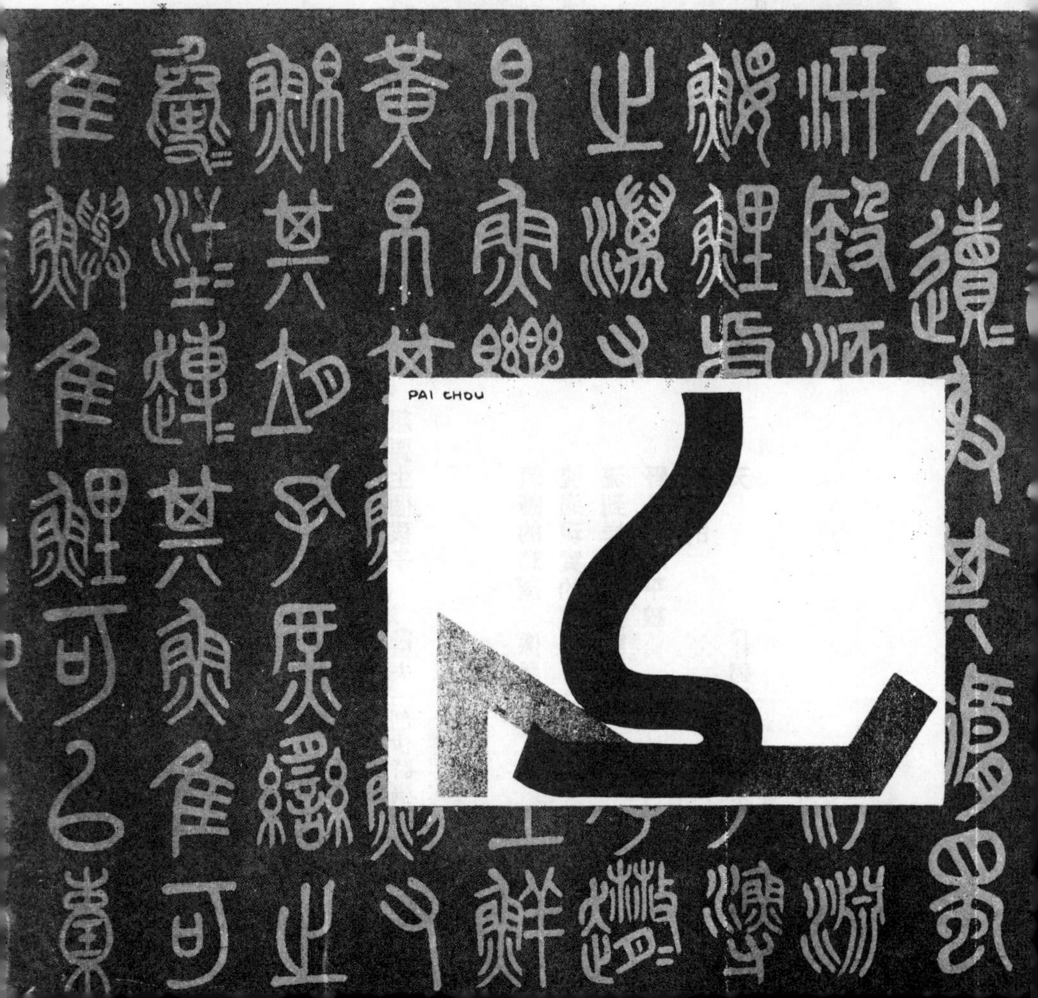

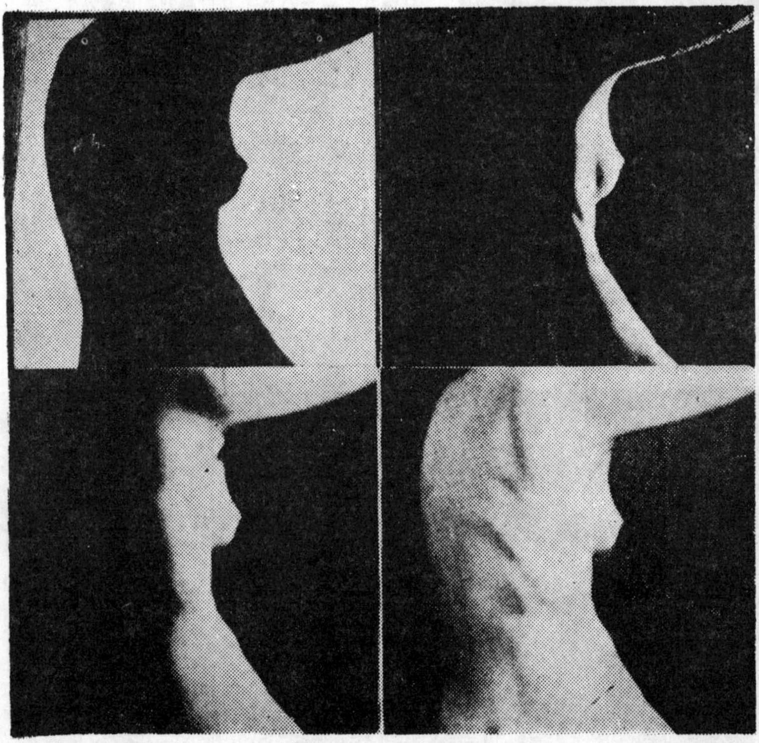

歷史是部落風景的變遷紡織出來
的　在偉大歷史的蔭影下　因多量出
血而蒼白的她　已不再對自然的生理
感到痛苦　秋天過後春天就來　在這
個沒有冬天就迎接春天的季節裡　她
想要生個孩子

（桓夫「剖伊詩稿」）

流體的慾望　像墨水
流過現實的堤岸
流到岸外的荒野
野外的地平線
線外的
天

（杜國清「伊影集」）

心帆集

李長吉

李賀歌詩評釋（一）

杜國清

前言

一、原詩根據北宋本「李賀歌詩編」，國立中央圖書館印行，民國六十年十二月初版。

二、每篇先列原詩，一句一行，換韻隔一行；並加以現代標點。

三、注解着重在典故的出處，字義的闡明。

四、評釋的重點在於詩的鑑賞；鑑賞的重點在於詩的境界和語言的探討。

五、日人和英人的見解，可供參考者盡量引述，有所誤解者，盡量指出。

六、主要的參考書目如下：

1 吳正子箋註、劉辰翁評點，「李長吉歌詩」四卷外卷一卷。
2 曾益釋「昌谷集」四卷。
3 姚文燮撰「昌谷集註」四卷，集外詩一卷。
4 方扶南批本「李長吉詩集」。
5 王琦彙解「李長吉歌詩」四卷，附外集一卷，首卷一卷。
6 陳本禮箋註「協律鉤元」四卷，外集一卷。
7 葉葱奇編訂「李賀詩集」一册。
8 陳弘治著「李長吉歌詩校釋」一册。
9 荒井健注「李賀」一册。
10 鈴木虎雄注釋「李長吉歌詩集」上下兩册。
11 齋藤晌注「李賀」一册。
12 傅德山(J. D. Frodsham)「The Poems of Li Ho」一册。

001

李憑箜篌引

吳絲蜀桐張高秋，
空白凝雲頹不流，
江娥啼竹素女愁，
李憑中國彈箜篌。
崑山玉碎鳳凰叫，
芙蓉露泣香蘭笑。
十二門前融冷光，
二十三絲動紫皇。
女媧鍊石補天處，
石破天驚逗秋雨。
夢入神山敎神嫗，
老魚跳波瘦蛟舞。
吳質不眠倚桂樹，
露脚斜飛濕寒兔。

註解

李憑：中唐梨園弟子中工彈箜篌者。比李賀（七九〇—八一六）年長，而賀死時還在的楊巨源〔貞元（七八五—八〇五）進士〕有「聽李憑彈箜篌詩」，顧況（七二七—八一五？）有「聽李供奉彈箜篌歌」。陳本禮認爲李賀距李憑箜篌供奉內庭時幾五十餘年，何得尚聞李憑之箜篌，因此認爲此詩乃在「追刺開寶小人禍國之由始」，非。

箜篌：樂器名。一說漢武帝（劉徹）命樂人侯調始造箜篌。一說出自西域，非華夏之器。體曲而長，二十三弦，抱於懷中，兩手齊奏之，謂之擘。或曰用木撥彈。近似現代西洋豎琴的一種弦樂器。

引：琴曲也。

吳絲蜀桐：吳（江蘇）產的蠶絲和蜀（四川）產的桐木；製琴的上等材料。李憑所彈的箜篌，以「吳絲」作弦，以「蜀桐」作身幹。

張高秋：張於高秋。施弓弦曰張；琴瑟施弦亦曰張；亦即彈奏。

空白：指天。李賀好創新詞，喜用代字，此即一例。宋蜀本等作「空山」，不如「空白」好。

凝雲頹不流：「列子」：薛談學謳於秦青，未窮青之技，自謂盡之，遂辭歸，秦青不止，餞於郊衢，拊節悲歌，聲震林木，響遏行雲。

江娥：亦即湘娥。「列女傳」：「舜爲天子，娥皇爲后，女英爲妃，舜陟方死於蒼梧，二妃死於江湘之間，俗謂之湘君。」「博物志」：「舜之二妃曰湘夫人，舜崩，二妃啼，以啼揮竹，竹盡斑。」

素女：善歌聲之神女。「史記」：「太帝（黃帝公孫軒轅）使素女鼓五十絃瑟，悲，帝禁不止，故破其瑟爲二十五弦。」

中國：卽國中，國都之中。方扶南批：「中國不可作中夏，只作都中解，卽下十二門。」吳正子箋註：「中國，在國中而彈箜篌也。或曰：言中國，則憑疑外國人。」鈴木虎雄認爲吳正子將「中國」解釋爲「本國」，以李憑爲外國人；顯然，鈴木是誤解了吳正子。

崑山：卽崑崙山。「韓詩外傳」：「珠出於江海，玉出於崑山。」

鳳凰：神鳥也，雄曰鳳，雌曰凰。「說文」：「天老（黃帝臣）：鳳之象也，鴻前麐後，蛇頸魚尾，鸛顙鴛思，龍文龜背，燕頷雞喙，五色備擧，出於東方君子之國，翺翔四海之外，過崐崙，飲砥柱，濯羽弱水，莫宿風穴，見則天下大安寧。」

芙蓉：荷也，一名蓮，又有菡萏、芙蕖等名。

十二門：長安城和洛陽城，城面三門，四面十二門。

二十三絲：箜篌有二十三弦。

紫皇：指天帝。道家認爲：太清九宮皆有僚屬，其最高者稱太皇、紫皇、玉皇。

女媧：上古女帝。相傳其末年，共工氏爲祝融所敗，頭觸不周山崩，天柱折，地維缺，女媧氏乃鍊五色石以補天，斷鰲足以立四極，殺黑龍以濟冀州，積蘆灰以止淫水，於是地平天成，不改舊物。

逗秋雨：此句的解釋，各家不一。董懋策曰：「逗秋雨，卽過雲也。」吳註：「秋雨逗下」，曾益註：「秋雨至驟」，王琦註：「秋雨驟作」，葉葱奇：「震落細雨」，荒井：「洩漏，流漏」，鈴木：「卽逗留之逗，與過行雲之過，用法相似」，齋藤勉强綜合「驟作」與「逗留」二義，釋爲：「驟然秋雨降下，却又一直逗留在那兒」，傅德山：「Autumn rains gush forth」。按：逗字本義，止也，爲留止之義。董懋策和鈴木根據此義，認爲亦卽過雲之義。也就是說，音樂的力量使雲不流，使雨逗留在空中而不落下。我覺得行雲可過，因雲輕浮在空中，無風可以不流，可是水汽成滴爲雨，是雨則只有往下墜，決無逗留在空中之理。因此，認爲音樂的力量，使雨滴違反地心引力的道理而逗留在空中，這種解釋近乎童話。其實，逗字另有「引惹」「撩撥」「挑逗」之義。所謂「石破天驚逗秋雨」，是說：音樂的力量震破了女媧補天的五色石，而天爲之震驚，於是從那天空的裂縫，將秋雨逗引下來。逗的主語，該是音樂；逗字本身並無「驟作」「震落」「洩漏」之義。

神山：「神仙傳」：海上有三神山：曰蓬來，曰方丈，曰瀛洲。

神嫗：吳註：「干寶搜神記云，晉永嘉中，兗州有神嫗號成夫人，好音，能彈箜篌，聞歌弦輒起舞。」

吳質：評註家大多同意明董懋策。董黃淳耀註：「疑當作『吳剛』」。吳剛，漢西河人。學仙有過，謫令伐月中桂；桂高五百丈，斫之，樹瘢隨合，見「西陽雜俎」。

露脚：脚，光影也；如日脚、月脚。露脚，猶雨脚，指露滴。

寒兎：指秋月。

評釋

這首詩在摹寫李憑所彈的箜篌的聲音之妙，亦即音樂的感動。

首四句一韻。除了第一句和第四句，說明樂器之精，以及彈奏的時間地點和人物之外，其他每一句都在摹寫音樂的美妙和力量。

在天高氣爽的的一個秋天，可能是下午，李憑的箜篌一開始錚錚作響，四週歸於沈靜，淨白的天空中飄浮的一片雲，凝住不動，就像在凝神諦聽似的，亦即「列子」中「響遏行雲」之意。久凝不動的雲，似乎逐漸固體化，而變成一塊堅硬不流的「凝雲」。於是「張」於高秋的蜀桐吳絲，就像一把弓和弦，一彈奏，亦即射出一箭的聲音，因此凝雲爲之崩頹。即使崩頹，因仍是固體或者說仍在凝聽，所以「不流」。這是描寫聲音的誘力和尖銳。

第三行描寫音樂的感傷性，足以令女神啼泣和悲愁。

其次兩行一韻。第五行寫音樂的悲憤感。在中文裡，崑玉喻寶貴，崑山片玉喻秀出於衆美，崑玉不得成全，其碎聲何其激越。鳳凰是瑞鳥，其所以悲叫，是因爲崑山玉碎；見之則天下大寧的鳳凰本身竟不得安寧，其叫聲何其悲切。這是帶有「反諷」(irony)的詩句。可是崑山所以玉碎，也許是由於箜篌聲的衝擊。然則，音樂甚至帶有破壞的力量。如果將玉比喻爲人，似乎可以引申爲：音樂使玉人心碎，而鳳凰爲此悲叫。王琦將這句解爲狀其聲之「清脆」「和緩」，似乎是將「玉碎鳳叫」解爲「玉滾鳳鳴」，失去了這句所帶有的悲切感。

第六行寫植物也受到音樂的感動，或悲如芙蓉泣露，或喜如香蘭含笑。

其次兩行又一韻。王解：「上句言其聲能變易氣候，即鄒衍吹律而温氣至之意；下句言其聲能感動天神，即圜丘奏樂而天神皆降之意。」音樂的力量甚至能「融冷光」—聽覺、觸覺、視覺交錯的一個典型的句子。

以下四句一韻。第九第十兩句是李賀超人的想像力的產物。在中國神話中，女媧用泥造人，鍊彩石補天。因此，在人類之前，天已非完美無缺。因神與神爭奪而崩裂的天，儘管經過女媧氏的修補，已永遠不是完美的。有缺陷的就有遭受破壞的可能。於是，當李憑的琴聲震響到天上時，女媧補天的五色石竟被震裂，而天爲之震驚。這是天有史以來第二次的震驚；(第一次該是不周山崩而天柱折的時候吧？)可是李憑所彈的箜篌的琴聲千變萬化，在這驚天的震響之後，隨即變成婉轉優柔，而從天的裂縫將綿綿秋雨逗引下來？秋雨不是夏天的驟雨該是濛濛的細雨，是經過音樂的柔言軟語一再逗引之後才下的。石破天驚之後，何以會有秋雨逗下呢？也許天在震驚之瞬間，先是動怒，隨即聽到優美的音樂從裂縫中悠揚傳來，怒氣稍息，再傾聽一會兒，倒覺得此曲天上難得一聞，結果竟被感動得落淚—這就是秋雨吧；這種淚雨是無法「驟作」的。

第十一和十二兩句寫音樂的神奇力量。「夢入神山教神嫗」的主語可能是彈者李憑，也可能是聽者。如果

是彈者，是說李憑聚精會神如痴如夢地彈奏箜篌，其妙技足以教授箜篌的能手。鈴木將「敎」解爲「受敎於」，因此將這句解爲：「（這種妙技）是他在夢中進入神山時從具有神通力的老嫗那兒來的」。我想，這不是中文「敎」字的習慣用法。如果主語是聽者，是說李憑所彈的箜篌使聽者聽得如痴如夢，甚至能賦與聽者這種妙技，使他在陶醉中進入神山敎箜篌能手彈箜篌。不管主語是彈者或是聽者，這句應該也是描寫音樂之感動、亦即李憑的妙技的效果，而不是說明他的妙技的來源。音樂的效果使人陶醉如夢，亦即使人幻想在神山敎神嫗彈奏。引申之，傑出的藝術作品，不僅可以啓發同儕的藝術家，甚至可以敎導權威的藝術家；而藝術感人的境界，是非現實的「夢」的境界，甚至是超越現實的「神」的境界。

「老魚跳波瘦蛟舞」，亦即列子所謂的「瓠巴鼓琴而鳥舞魚躍」。音樂甚至可以感動頑靈異類。「老魚」「瘦蛟」一受到音樂的鼓舞，都「返老還童」婆娑起舞，何況年輕的、健壯的呢？李賀詩中，往往表現出一些非傳統感的「怪趣」；此即一例。我認爲，怪趣也是一種美，一種基於特殊感性的美。

最後兩句一韻，寫吳剛被音樂感動得不僅忘了他的勞役，甚至忘了勞役的疲倦。吳剛，這位中國的西西法斯（Sisyphus），受到音樂的感動，甚至「怠工」以反抗永遠勞苦受罰的命運。他倚着桂樹傾聽不眠，直到露零月冷，夜景深沈。

如此，這首詩是在摹寫音樂的感動。陳本禮認爲「通首皆憤恨諷刺之詞」，極爲牽强。

在這首詩中，受音樂感動的，可以分成五類：一是人類，例如江娥、素女、紫皇、神嫗和吳剛，無一是凡人。二是動物，例如老魚、瘦蛟等。三是植物，如芙蓉和香蘭。四是礦物，如玉和石。五是自然現象，如凝雲、冷光、天或秋雨。正如吳北江評曰：「通體皆從神理中曲曲摹繪，出神入幽，無一字落恒人蹊徑。」所謂「出神入幽」，是指李賀詩中非現實，超自然的世界吧。

就從結構上看來，這首詩的構成是頗有序順的。首句先介紹樂器之精以暗示所奏的音樂不凡，同時提示彈奏的時景。以下描寫音樂的詩句可以看成聽了一段演奏之後的評語。於是在聽了「空白凝雲」和「江娥啼竹」這兩段之後，聽者已覺琴聲非凡，不禁心裡疑問：彈得這麼動人的是誰啊？於是，詩人這才介紹彈奏者；哦哦，原來是「李憑中國彈箜篌」——這是倒點題的筆法。

從時間上看來，開始演奏時，「空白凝雲」該是高秋的午後，接着由於凝雲不流，天空逐漸暗淡下來；不久滿空的凝雲，變成愁雲，這時透過雲層照射在京城十二門前的陽光已逐漸冰冷；等夕陽西下之後，黃昏落着秋雨！這時，李憑還在演奏。到了夜晚，聽者入夢，吳剛不眠；甚至到了夜半，秋雨已停，朗月在天而露氣已下，這時才曲終聲歇！

從空間上看來，李憑彈箜篌是在國中，亦即京都，因此十二門前，動紫皇，固然是現地即景，而江娥、素女、玉、鳳凰、芙蓉、香蘭、桂樹等等，也都與宮廷或宮庭有關。

在用字上，硬質的字眼是一大特色，例如：凝、頹、玉碎、石破等等。流動性的字眼也頗爲特出，例如：流、啼、泣露、融、煉、雨、跳波、舞、斜飛、濕等等。主要地由硬質和流質的字眼所交融而成的這首詩，就像溪流裡滾動着寶石，具有一定的展向和流速。這是以每行七字的幅度，流過讀者心空的一道星河，而一個字是一顆閃亮的星光。

英文試譯

Song: Li P'ing Playing the Vertical Harp

When, silk from wu, paulownia wood from Shu,
The instrument twangs in high autumn sky,
The frozen clouds in the empyrean
Collapse but do not float;
Ladies of ohe River Hsiang sprinkle tears on bamboos
And the goddess Su-nu becomes sorrowful:
Thus Li P'ing plays his harp
In the capital of China.

Jade from Mount K'un-lun is crushed
And phoenixes scream.
Lotuses are weping dew
While fragrant orchids smile.

In front of the twelve city gates
The cold sunlight melts;
Those twenty-three strings
Move the Purple Emperor.

From where the goddess Nu Wa,
With smelted stones, cemented the sky,
Stones broken, the Sky astonished,
Autumn rains are drawn down

In dreams, entering the Mythic Mountain,
One teaches the Mythic Sorceress
While aged fishes leap among the waves
And scraggy dragons dance.

Wu Kang, the exile in the moon,
Sleepless, leans on the cassia tree;
Dewdrops fly aslant,
The shivering hare getting wet.

詩集

事務所

李魁賢

盆景

擺設在會客室的角落
一株錦藤
攀附在枯死的棕櫚樹上

緊纏住枯木的錦藤
投影的範圍只限花盆的區域
不知道還有其他的世界
還有晶瑩得令人心慌的天空

才長出了幾葉的錦藤
拚命纏繞已無生機的棕櫚
僅靠吸吮澆注在鬆懈柱幹上的水份
遺忘了光合作用的辛勞與喜悅

錦藤呀，錦藤
依附在枯死的棕櫚樹上
借用棕櫚顯示自己虛假的身材
永遠無法超赴僵化的極限
向天空探索風雲眞實的面目

陷阱

每一次擧步要踏下去之前
都會疑慮着
會是另一個陷阱吧

明曉得跨過朽木柵欄
有錦簇的玫瑰園
却懼怕柵欄下方是最危機的地帶

如果躍過可疑的僞裝
而前方的平地才是埋伏的陷阱呢

於是停留在柵欄前面思考
直到夕陽把他冷却成
另一根朽木柱

擦拭

白紙上留下的汚點
想用暴力的手指擦拭
無法掩飾的紀錄
動用刀片細心刮除

再好的技術
也會傷害到無瑕的紙質
纖維的血管被割斷後
怎能彌補平勻的完整

在心靈的宣紙上
不小心弄汚了怨恨的斑點
要用愛的畫筆加以渲染
自負的手不要輕易擦拭

剪輯

剪輯的知性報來不及分類

都胡亂塞進雜卷裡
立刻就被塵封

在疾速的變異中
文件的面目變成模糊一團
歸原至單純紙張的存在
蒸發出一股夏日稻草的濕味
　一股落葉歸根的腐植氣息

在具有原始縮影裝備的腦髓中
僅能容納一些純情的愛憎
但常悠然浮起桂華的清香
　　牡丹的馥郁

養蘭

在陽臺上闢出一角隅
跟着別人養蘭
做爲員工的福利

不管品種如何
也不深究怎樣栽培
只要大家付出一些業餘時間
表現一份關懷

但每年到年底一定要開花
因爲我們是華麗的民族
讓別人喜悅是一種本份

只要有花蕾
今年就統統有獎
至於蘭要是有品性
有自己的哀怨
等下班後任他們向寒夜傾訴

笠58期「事務所詩輯」勘誤

頁	行	誤	正
9	1	曾經「記述」在	曾經「沉迷」在
9	2	戀「性」的纏綿	戀「情」的纏綿

剖伊詩稿

桓夫

她說：昨天我愛過
今天我不愛了　或許
明天我會再愛也說不定……

1 鳥

她不喜歡把刹那間泛起的思考的表象連結起來　就是捕捉了思考　也立刻就把它移作行動　強烈的　行動底意慾過去之後便將捕捉到的思考棄而不顧　一向不把感情的殘渣　儲蓄在＜過去＞的堆積裡——即使是片鱗半爪

她沒有過去　一個沒有依戀不捨的女人　時時活在美麗的＜現在時＞的青春中　每天在時間的劃分裡　翻開快樂的人生卡片　因而她喜歡笑　她的笑是透明的　笑的時候　自然擧起左手掩着張開的嘴——她不會忘記這種無邪的小技巧

也許因爲活在無邪的青春裡　她的脚十分細小　自嘲爲＜鳥仔脚＞而露出微笑的她　却眞的是一隻小鳥　從今天飛向明天　一直飛着去　而在不知不覺中　在地平線上　連影子都不留　就消逝了　在天空高高地張滿了捕鳥網的這個地點　她很瞭解　在這個地點絕無＜過去＞的夢存在着

2　夜

她像溪谷裏的寒蘭那麼淸冷　從遺忘了笑的深翳的臉上　花開不出來

双重人格者！

被夜暗擁抱着的一刻　那潤濕的愛的光輝毫無寬恕地被封閉在深深的心匣裏　不會洩漏的秘密　蓋過秘密的那副假面具冷得令人憎恨，相信着誰也不會把秘密揭穿的她　她是石頭塑造的女人嗎？

白天　她似乎讓感情僵死地活着　且領會了分別操縱感情和理智的魔術——可是　她絕非理智的女人

双重人格者！

休火山的核心正有沸騰的熔岩等待着夜的暗號　背負着不死的休火山的宿命　她像溪谷裏的寒蘭淸冷得令人憎恨　像蛞蝓那

麼冷血

她是愛的叛逆者　在白天繼續着對太陽的無言的抵抗　總可以在夜生活中尋找快樂而活着的她　內含着叛逆的　美

醜惡的白晝啊　消滅吧！

3　花

給一位少女三朶花　一朶花揷在髮上　一朶花揷在胸前　一朶花揷在她的羞恥　於是　她很高興地變成了女人——她有過這樣的夢　在夢中她害怕會拖着恐怖的果實　她害怕果實　在燃燒着愛的明眸深處　她所拒絕的果實　是道德與醜聞交叉的代名詞

可是　她並不老是想着果實的問題　她能在快達到決勝點之前停下來　而除掉最後一朶花　於是她　又變成了聰明而平凡的女孩子

她說她是把進取性和保守性各揑斷一半造成假花的倔强的女人　但是她的口吻看不出倔强的影子　有意讓人家把她看成好女人的時候　她就打破沉默變成饒舌　當她看到聽話的男人被她的饒舌深深感動的瞬間　她又以幻想着三朶花的明眸　看見可以將所有的愛都献出的美夢

一朶花揷在髮上　一朶花揷在胸前　一朶花揷在……她又把最後一朶花除掉　然後　重新整頓她底世界的構造。

4 夢

別說是＜太太＞的位置　她連＜姨太太＞的位置都很憧憬
她說她認識一位接受男人的藏嬌　很幸福地過着活的女人
那位女人怎樣的幸福呢？＜是不是天天過着夢一樣的生活？＞＜是不是每天浸在幻想裡而感到快樂？＞
如此過份心醉於傷感性思維的女人　可愛的無知　結合的對象不管是誰都允許的那種娼婦性　不是她的本性　可是在以金錢計量人的價值的這個社會裡　她是否對於隨時可能表現出來的娼婦性已不覺得羞恥？她預感到「性」的發動　她抑壓着「性」的慾情　想在現實裡甚於在夢中活下去的她　却常常由於無法捨棄夢而痛苦
夢在少女的心裡像被翻倒的墨水無止盡地擴展　擴展的現實和擴展的夢，双方的版圖所結合的畫面　使她爲了眞實的幸福感而迷失自己呢　她期待着在那種畫面上過活　也就是說　這也許只有不做太太也不做姨太太　而永恆保持着她的處女性才能得到的
永恆保持着處女性才能得到的魅力　然而　別說是＜太太＞的位置　她連＜姨太太＞的位置都很憧憬

5 影

隱藏似地倚靠在男子影子裡的她　是小孩
但有時候　她却又開双腿站在光輝的太陽面前　把男人抱進

自己的影子裡　笑着說∧你才是小孩∨

從此戀情便開始了呢　不過　當影子消逝　戀情也就消逝

—是她把影子擦掉的　爲了證實戀情應由女人操縱的想法並非錯誤　她才忙着製造影子又擦消影子

在忽明忽滅的霓虹下　把變色的影子　男人的嘆息　很冷靜地加以分析和批判　不管年齡大小　在女人面前不守規矩的男人多的是　她嘲笑着這種男人也就把影子擦消了

影子應該在短時間內就擦消　爲了不使女人的美染上黑痣不可以長久留下一個影子　然而　她並不知道男人　不是只爲了追逐女人的影子而活着

很得意地製造影子又擦消影子的女人　就是那樣的無知　只有被一千個男人各愛一次的願望　却領悟不到被一個男人愛上一千次的喜悅　她是那樣的無知

6　水

女人屬於水性　因此她在辦公廳的這邊和那邊游泳似地流着像搖着尾鰭在漂流的她　她持有輕輕的愛情

她那漂流着的頭髮有腥膻氣味　淨白的肌膚映看浮沉的漂流木的木紋　水沾濕了她的心　也沾濕了她的羞恥　帶着戀情的憂愁　敏捷的視線一轉動　閃耀出少女的魅力　且以無思想在漂着思想的圓木的流域裡游泳

鹹水她也感到甜　污染的空氣她也感到淸爽　少女的魅力是否成長在她那種可愛的無知裡呢　只活在∧現在時∨的女人　她

的未來被曬黑了　她不知道∧希望∨在未來會怎樣變卦？
　她對於自己的肉體美沒有信心
她在自己的生活環境中找不出幸福
她在現實的思想面上持有强烈的自卑感．於是她努力地想築起精神上的自尊心
　把一堆書夾抱在胸前　從辦公廳的這邊流到那邊　細腿所撐住的她那彈性的迷你裙搖搖地閃爍出青春　她對社會批判的斷面毫不關心　只想向着女性的路游去
　水沾濕了她的心　也沾濕了她的羞恥
她是沿着水流追逐流行的信徒

7　神

　她信仰媽祖　也信仰城隍爺　她拜土地公　也拜觀音菩薩
她把信仰歸因於母親而把追從現代的流行歸因於自己　不管歸因於母親或歸因於自己　她連一點把握都沒有
祇是其他找不出可依賴的東西　才像尋覓美麗的花朵求得安慰的蝴蝶那樣　對耶穌或瑪莉亞也都覺得很羨慕
　其實她是沒有信仰的女人　連愛神也不信　當然　世間的權勢　對於她祇不過在中飯前看看寒暑錶的心情而已　對於華麗的廟閣的威嚴也不覺得奇異或恐怖
　她有生以來就習慣於社會性的不感症　像這個島嶼　四季缺乏變化一樣，她的四季也缺乏變化　唯一顯出激烈變化的是她內部的女人性而已　聖誕紅的紅花被風吹動着　她底眞紅的心思

被風吹動着
儘管如此　她仍然以社會性的不感性的狀態　跟母親一樣信
仰媽祖　拜土地公
她說她「已經不是小孩」　她却站在跟成人的世界不同的位
置　而未曾想過＜愛國＞這種字眼

8 血

由於多量的出血她蒼白着　像散亂的花瓣那樣的血　使她的
哀憐隨時流露在嘴唇　她是善感的女人
火旺盛地燃燒　映紅了她的臉頰　當蒼白的臉頰被染紅了
她多少也就能脫離出血的痛苦
她伸着腰　等待着火延燒過來　閉上眼睛的她那激烈的期待
微微地顫抖着
她從瞬間窒息似的感覺中　沉入灼熱的舌尖在燃燒的陶醉感
開始燃燒的她的舌尖也像血一樣鮮紅
儲蓄着子孫之源流的血　有剩餘的就從她的私處溢盈出來
向着男人的世界擴散而去
流出過多的血使她患了冷血症　男人享受的血流　男人興奮
的血流　沉溺於血流中的男人　以抵抗被流失的力量　拖着女人
的愛　構成了部落的風景
歷史是部落風景的變遷紡織出來的　在偉大歷史的蔭影下
因多量出血而蒼白的她　已不再對自然的生理感到痛苦　秋天過

後春天就來　在這個沒有多天就迎接春天的季節裡　她想要生個孩子

9　風

佇立在風中她是漩渦的風源　漩動的她絕非肉感性的女人
她那腺病症的體質　持有無法統御感情的野性的魅力
她的美在於人工裝飾的巧妙　對於自然的肉體美缺乏自信的她　却讓她的女人性開花隨風漂散　專向男人的弱點　想以刺青求取歡樂的女人的心意　有點可憐　但有時也會使男人嫌惡
她的幻想常常由於打算盤時的唱聲而消逝
她絕非鄙俗的女人　經過純朴化粧的理智的外觀　閃耀着容貌傲慢的片鱗　像從門縫吹進來的風那樣强迫的愛情　偶而也會引起男人的憤懣
可是她的風飃着溫柔甜密的香味　她的風　會融解不愉快的芥蒂而解消憤懣　風是不定方向的風　多情的草木隨風搖曳　却不是風的罪惡
佇立在風中的她是漩渦的風源　漩動的她底野性吼着　擦紅了的指甲亮着

10　石

將咒符燒成灰給男人喝　需要的時候就能任意地把男人禁閉在胳膊裡　雖說這是迷信　但是對於男人迷戀美女的道理頗有心

得的她　確實有信心

用淸涼的泉水攪勻咒符的灰給他喝吧——她想要結婚時倚賴咒符的手段是否也有效？——祇不過在這以前　她一直自認是一個石頭

院子裏蟠卷在舖路石上的草　以鮮綠的彩色爭愛的那種美掩飾着她那石頭一般不動的夢　但不能僅靠夢而活着的她　無論怎樣艱苦也要捉住現實的幸福　結婚是在夢的終點實現的行爲

雖說結婚是夢的終點　但她對外的顧慮和內在的衝動　都十分慾望着結婚　那些慾望愈激烈　她愈堅持成爲一個石頭　在花開的街道響起高跟鞋的聲音走過

從秋向冬　紅色請柬亂飛的結婚季節　今天她又是一個冷澈的石頭　在沒有裝飾的風景下　向着陽光的熱伸出手

後記

當男人凝視着一位少女的時候，少女一察覺到男人那特異的眼光，會吃驚似地露出很羞恥的表情。事實上，一位少女的感情惹起了我，使我寫成這一系列的小品散文詩。寫的當中，像害了病一樣的心情，寫成之後，我恢復了健康，又回到平常的生活。

一般認爲寫詩要有靈感。但詩人錦連却說：「現代詩並不能祇依賴單純的靈感就可以寫成，所謂靈感是像付上神靈的童乩在跳童那樣的狀態。」這是令人同感的一句話。我在寫這一系列的詩當中，好像能瞭解童乩跳童的那種心境，但絕非僅有一種靈感支配着整個的我。在此多少含有我從過去到現在，對於女人的體驗，在某一段時期裏，最大的抒情吧。

一九七四、一、二

伊影集

——和桓夫「剖伊詩稿」

杜國淸

1 鳥

在她那胸部的天空
一隻靑鳥
擢住雪峯

一隻春鳥
拔起雲浪
在月光下危危顫動

2 夜

一朵秘密
分泌着芳香和體臭
殘忍和溫柔
揉出的淚滴
在朝陽中
閃亮着
她那
淫蕩又莊重的
臉

3 花

成熟的女人長着三朵花
一朵在髮上　像山頂的月亮
一朵在胸前　像湖上的白鳥
一朵在耻部　像幽暗的蜂房

女人
以髮上的花　微笑
以胸前的花　呼吸
以耻部的花　完成自己

成熟的男人知道怎樣

使她開花　一次又一次地
直到秋野上一棵枯樹
被風颳倒

4　夢

流體的慾望　像墨水
流過現實的堤岸
流到岸外的荒野
野外的地平線
線外的
天

她的心變成一片夜空
閃耀着一間　金屋
珠寶的光　像繁星
灑落在破瓦上
落在浣紗溪上
在藝妓醉撐着的
花傘上
她的心變成一片雪原
猝倒的娼婦
凝望着
天

5 影

她將自己的影子
豎立在壁上
双手握着乳房
給自己的形體　欣賞

她將自己的影子
幻想成男人
於是　熱撫着
自己的臉和胴身

她操縱自己的影子
在臥室賣弄萬態
在壁上精選千姿

她喜歡用影子談戀愛
在一個幽靜的長巷，背着夕陽
她叉開兩腿站立着
男人一走近，頭先被吞進去
兩脚在她的腿間　踢動

她
笑了

6 水

女人屬於水性
喜歡在浪漫的海中
漂浮 像水母

在月光照臨的海上
撐開傘 隨流
漂游

（她撐開 裙子
在風中 飄走）

沒有一定的主意
思想是透明的
以睫毛眨着水波
觸手划着潮流……

7 神

她的心是衆神的祭壇
媽祖、城皇爺、土地公
觀音菩薩、耶穌、瑪利亞
都聚擠在一起

在這個祭壇上
衆神 絕食

冷風熄滅了燭火
她的心在黑暗中
陷入混亂

她
奔出去 在月夜的荒野上
狂奔 風追撫着她的髮淚
直到一顆慧星將她擊昏

她的肉體逐漸透明
她的心 顯成一團豐滿的火
任由兩隻手 撫弄着

8 血

當她注意到男人的眼光
在她身上搜索
血 在她體內激流
蒼白的臉頰泛起了紅霞

當血在她體內激流
像春天的溪水

她 感到陽光在心裡蕩漾
青山柔軟地
流入她眼中

當陽光在她心裡蕩漾
像無數的精子在雪泥中混戰
血 融化了冷情
在她體內燃燒

當血在她體內燃燒
一個勝利者衝出泛濫的津口
占領了她的禁宮

偉大的女人喲 像巨人
一走動夾着生命的宮殿
當愛 像陽光蕩漾在她體內
一個新生者在她的宮殿裡
浴血

9 風

她是風源
站立在大地上
一顧盼 一陣微風
一轉身 一個龍卷

一繞舌　一串風波

她是風源
忍不住一刻的靜止
不是招搖地微笑
就是歇斯底里地
製造風暴

她是風源
隨時搔頭弄姿
眨着眼
在男人心裡吹起漣漪
搖着頭
在男人心中搧起慾火

她是風源
一衝動　野吼着
撕裂自己的衣服燃起火風
使男人的血液　洶濤翻騰

她是風源
隨時得製造各種的風

10 石

石之夢
維納斯像的斷臂
想望着 戒指

石之夢
風吹雨打的頑靈
等待着 浪子

石之夢
珠寶盒裡的音樂
閃繞着 脖子

女人的思念是石質的
——愛神的胸乳間
一顆鳳凰的垂飾

府城詩抄

林宗源

不是笑話

名列三級貧戶
被騙七萬現金
令人驚奇的消息
還有出租的洋樓
還有現代化的設備

不是新聞

那間貼在西門路
名叫「益春」的食品店
店面三坪
背負着地價稅
房捐稅
營業稅

營利所得稅
樂捐稅
沒有電視
電冰箱
沒有洗衣機
幸虧有一個有錢的祖父

不是貧戶

零售商的氣話

那間商店
生在一等街
那個攤販
活在傍邊的巷口
發脚的攤位
不用納稅

一樣的價錢
又可討價還價的買賣
氣死想要定「不二價」的人
零售商氣瘦
養肥了攤販
批發商與巷內的店舖

倒店是應該的
警察也應該卡早去睏

我也明白

「車，要排好」
「是」
小小的生意人
看
小小的巷口
有一個假包的攤販
警察走過
沒有看見

「請你取締那個攤販」
「同情他」
我？哈哈！
我我我我

那個攤販有個做法警的兒子
在巷內又開一間旅社
警察知道
我也明白

非詩輯

沙的暗喻

陳鴻森

苛烈的夏日
直照着
我們受苦的心
在它反射的光裡
似乎微微可見
我們失去的部份底幻影

灼熱的沙灘
是我們的現實

廣漠的沙灘
記錄着
我們的痛苦底頻率
終於此起彼落的
我們翻動着身體的剝剝聲
已微弱下去了

乾燥的砂粒裡埋着
我們逐漸僵硬的未來

鹹味的海風稀薄地吹着
遲滯的眼
瞪着無意義的天空
尾鰭僅能乏力地
拍掃着緊迫而來的
現實的魘影

我們喪失了愛的能力
我們沒有愛

在這世界末端不毛的地方
愛只不過是
反覆漂流的虛幻
間歇地拍擊着

肉體的岸
發出沉悶單調的廻響
我們喪失了語言的自如
我們沒有語言

從空靈的腹部
浮起的告白
在嘴邊
一與空氣接觸的瞬間
便化爲即破的泡沫
稍稍潤澤着生的乾渴

我們早已和過去分散
我們沒有未來

所有的記憶和時間
都流向
我們瘟熱的肚腸而凝固
抛擲出意識
翻着肚白
等待着不能來到的美麗底夕暉

靜思兩首

言音戈

夢

夜，紛紛凋萎的
黑色花瓣
悄悄落在
我剛離開的
空位——從那兒
已經消失的我
找到了睡眠可以盛開的花園
在無人知曉的
夜的，來處

玻璃墊

妻的像片
每天從透明的玻璃墊下
看着桌前苦苦沉思的我
她的笑容
是我用思想在心中灌溉的花朵
搖曳在永恒的風中

永恒的風，吹過天空巨大的玻璃
玻璃墊下，我和妻
在不同的兩地
用愛和想念，凝固對方
成爲方方正正的兩張
像片

火山

外一章

林外

火山

你愛聽的　別人會說
你不愛聽的　我不能說
我只好沈默

以爲我不喜歡與你歡喜
以爲我不在意你的不樂
你看我　自然冷漠

世面看多了
腦子想多了
什麼也懶得多說
只望什麼事兒都不來干擾我

沈默不是無話
冷漠不是無情
遁隱不是自私
是內出血換來的果

如果你來窺伺火山口
我愼重的凝視仍然冷漠

泥土

當種子落在我的懷裏
當生命的根伸入我的肉裏
當我的血液輸入植物的血管
當兎子們在我的身上輕跳
當羊兒在我的耳邊沙沙地吃着嫩草
我驕傲自己是孕育萬物的母親
我爲生爲泥土謝天謝神

而花被攀折
而果實被採摘
而兎兒被追獵
而羊兒被當祭品
我爲自己的孕育震驚
我爲生爲泥土暗泣

然後鋼筋插入我的肌肉
洋房一排排豎起
然後鐵軌，柏油路一里一里地舖展
鐵蟲在我身上横衝直撞
我的生命感受到無比的壓力

看！我的兎兒一聞汽笛就驚奔
看！我的羊兒冷望着鐵蟲吁吁哀鳴
我憤怒地知道：
只要放聲一哭
那威壓我的大厦將崩塌
那横衝直撞的鐵蟲都將埋入我身中

爲了我的兎兒、羊兒
我不能悲哭
他們確知我不敢悲哭
無懼於我會使他們粉身碎骨的命運
啊！天啊！

詩二帖

陳坤崙

除草

爸爸叫我拿着鏟子到菜園去除草
花了半天功夫
把那些强盜的雜草除掉了
過了幾天不用爸爸說我又去除草
花了半天功夫
把那些强盜的雜草除掉了

我心靈的平原上
也長滿了許多雜草
每天，我自動去除草
但是除去一些又長出一些
天天長天天除永遠除不完
我還是要設法除去

星星

大海張開他的大嘴巴
飢餓浪人一樣
慌忙地把紅紅的太陽
像吃了被平分的西瓜
一口呑入了黑暗的肚子裡

黑暗的肚子裡
西瓜的種子
嬰孩似的一個一個的誕生了
那就是在天邊閃閃發光的星星

一顆星一個人
那顆坐落於陰暗角落的星星
像熄了的火把一樣
暗淡無光
而我曉得他是陳坤崙的星星

衛哨

郭暉燦

嘿嘿
沒入林隙草叢
探出黑黑頭顱？

嘯嘯
亮過去光過來
刺刀烱烱目注着黑蔭處
星光閃閃交視着黑陰夜

咻咻
沒多久我就安然睡了

薔薇的血跡（續）

郭成義

建築

美麗的建築
遠遠地望去
因爲有著晴空的背景
才那麼堅實地存在

然而
逐漸被接近了的建築
在失去了晴空的誘惑之後
畢竟胎連著和我一樣的
土地啊

站在沒有背景的土地上
也許
遠遠地看著我的存在
究竟也是不可靠的建築吧

慢慢等著
從地底下侵蝕上來
永遠的
腐質土

青春

自從訂婚以後
未婚妻的手上
就多了一顆戒指

不明白那是我僅有的積蓄的
未婚妻
老是愛那麼神秘地玩弄著
我的戒指
把我的一顆心
揉得似一層粗糙的掌痕

如今走在街上
感到隨時也要遺失什麼
只有拉著未婚妻的手指
緊緊地握住不放

鷺鷥

拾虹作品合評會節錄

時間：一九七三、一一、一〇

出席：拾虹・趙天儀・黃騰輝・李勇吉・陳美雲・傅敏・鄭烱明・張新

趙：笠詩社很久沒有作品合評了，記得以前我們常有作品合評會，當時我們的詩人藉合評會彼此交換意見，所以聯繫很密切，笠詩社也因此很活躍。自從沒有合評會以後，我們難得聚會一次。我們應多開合評會，振奮一下笠詩社的士氣。

傅：今天的合評會，主要是將我們對鷺鷥的看法提出來，並請拾虹答覆我們發現的問題。

張：拾虹的作品「鷺鷥」是他的「異鄉人之夢」這個系列作品的第三部份。這個系列在笠48，51和53期刊出，差不多是一年的時間。請問你，「異鄉人之夢」這個題目是何時何地和在何種狀態下決定的？

拾：這組詩是我在日本石川島造船廠實習的時候寫的，當時有一種很想回來的心情，一方面因爲我剛結婚四個月。到了那裡，就有强烈的異鄉人的感覺，一直有强烈的思鄉的情緒，當時寫作的起發點是聽到烏鴉的叫聲，喚起了要表達這種情緒的欲望。

張：「異鄉人之夢」這個標題可以從兩點來解釋，「夢」和「異鄉人」。這系列作品的內容對你說來，並不陌生。你和詩內容的關係，並不是異鄉人和陌生事物的關係。就是說，你是在日本這個異鄉，但對這些內容而言，你不能稱爲異鄉人。

拾：這作品並不單以我個人在異鄉的狀況寫的。這異鄉人不只是我個人，他是一定的社會個體，我是其中的一個。

張：「異鄉人」這個名詞在現代文學中已成爲一個特別觀念，「異鄉人」一般指一些在任何地方，對任何事物都陌生的人，但這些詩並不構成異鄉人的條件。假如標題改爲「在異鄉的夢」，表明是在異鄉對

鄭：鄉土的夢，是不是比較符合詩內容？我覺得作者用「異鄉人之夢」這個標題來總括他在日本寫的詩，是以旅居日本，從日本這個異鄉的角度，來寫他對鄉土的夢，要回去而暫時不能回去的心情，「在異鄉的夢」並不能表達這種狀態，

傅：我們的問題關鍵主要在我們對「異鄉人」這個名詞的了解。「異鄉人」使人聯想起卡繆的「異鄉人」，他似乎是指對現實社會的體制和習慣相違不能適應的人，和現實格格不入的人。當然主要不是單指表面生活上的差異，而是思想觀念上的差異，「在異鄉的夢」似乎只表示出地理位置和表面因素。但這些作品所要說的不只是「在異鄉」這個狀態，而且要表現在思想觀念上更深刻的東西；不只是離開鄉土而懷念鄉土而已，而且還鮮明地指示出本質上的追求！

拾：對於「異鄉人」，我以前當兵時已經有初步的感受，這感受是從老兵們異鄉人的感情體會出來的。後來再加上自己對現實的體驗，漸漸成爲一個深刻的民族性的概念，這概念就是我這組詩的根據，

趙：我原先也以爲，作者用「異鄉人之夢」這個標題，可能只是單純基於在異鄉，就是異鄉人，而沒有仔細考慮異鄉人」的意義，可能沒有存在主義所謂「異鄉人」的強烈深刻的意識。但我們要追問，「異鄉人之夢」是否切題，是否對作者要表現的內容作主題性的把握？我們不知道作者寫這系列作品的時候，是否照着這個大標題的精神來寫的，

拾：我在寫作時根據已經成型的，固定的idea來寫的，標題只是其象徵記號，所以我們不能直接從標題來看詩的內容和精神的。

張：「異鄉人之夢」的夢到底是什麼？是不是普通的夢，還是其他什麼？

拾：這個夢的形式和意義很難解釋，這個夢是這些詩的主題，是我追尋的目標。當然不是普通的夢，而是現實中想要完成的願望。

趙：「夢」這個名詞也是現代心理學和文學的重要觀念。拾虹的這些作品，夢也吧，現實也吧！我想主要是他在日本時的感受的表現。

鄭：記得以前我寫過：夢是比現實更現實的東西，因爲人日有所思，夜才有所夢」。依Freud的說法，我們睡覺時，潛意識比較沒有警衛。白天在現實生活中受到壓制而無法達到的事物，在夢中都再現出來，當然更能表現眞實。所以「異鄉人之夢」其實就是現實的反影。

李：我們可以從形容詞的觀點來看這個標題。剛剛大家所談的，好像側重「異鄉人」，不過這裡兩個主要名詞「異鄉人」和「夢」，請問哪一個字是主要地位？

張：當然是「夢」！「異鄉人之」在這裡是所有格。

李：也就是屬性的加詞，「異鄉人之夢」假定就是我的夢。不過假如這異鄉人不只是我，是多數的話，就不能算是所有格，而就是形容詞了，來形容「夢」。

張：「異鄉人之」還不是直接形容詞，而是「夢」的修飾語。

拾：拾虹這系列的作品可以說都是他親身經歷的現實，熟悉而親切，但老鷹，烏鴉，和鷺鷥都是天空的飛

禽，和人的現實沒有直接的關係。爲什麼拿他們來做現實生活中的人們的象徵？

鄭：我認爲用鳥類來做標題，主要是寫詩的技巧問題。一個詩人要把他對事物的看法，夢想和感情表達出來，他必須選用比較容易表現，效果比較好的對象來表達。而拾虹的鳥類就具有上面的條件。例如鷺鷥比較具有孤獨和理想追求的形象意義，正符合拾虹的追求。

趙：這些空中飛行的鳥類，可能是作者擬人化的技巧。當然不只是你，我，他，而是所有異鄉人的象徵，這個擬人化尤其在鷺鷥第一首和第四首特別鮮明，因爲鷺鷥和人的形象具有强烈的對比和合一的意義，第一首和第四首在意義上是相互呼應的。但不知道爲什麼第二首的結尾是：只好急急忙忙地停留下來。

社會主義也吧，

資本主義也吧！

有兩個政治經濟上的兩個主要體系的名稱，到底作者是什麼用意呢？

拾：當時是亞洲政治局勢變化微妙的時候，尼克森和田中分別到大陸去。我就是藉着鷺鷥來描寫自己當時對自己故鄉茫然和複雜的某種感情，

陳：不過從詩形式和意義連續性看來，鷺鷥第二，第三首似手中斷了這四首詩一貫的氣勢。

傅：拾虹的老鷹，烏鴉和鷺鷥都顯示出一種徬徨無助。這一點和具體的事實相矛盾。比方，老鷹本來是充滿侵略性和攻擊性的鳥，但在這一首，幾乎同樣可以鷺鷥來代替，因爲這裡的老鷹也是同樣脆弱。你用這三種鳥有沒有不同的含義？

拾：我的詩集「拾虹」中，傅敏有個批評，說差不多每一首詩的結尾都有傾向於幻滅，當然這三種鳥幻滅的意義並不相同。

趙：拾虹詩的抒情意義很强，即使像老鷹那種題材也會被寫成比較柔和的形態，這種抒情風是他一貫的風格。

傅：不過「老鷹」起先雖然是很徬徨和脆弱，但最後還能顯出意志來。

「不管你們的炮火如何猛烈

死着也要向你們的砲口衝下去！」

拾：所以，如果你用鷺鷥取代老鷹的話，就無法表達那決鬪的悲壯感了！

張：我發現一個很有趣的問題，關於詩形式的問題。「異鄉人之夢」各首詩一般說來是三段三行，這個形式是不是有特別的意義？

拾：這點倒是沒有仔細考慮過，我想這是習慣吧！

趙：我想拾虹可能沒有硬要固定的形式，但我發現拾虹的詩都不長，大都精鍊到三拍子結束。看起來好像可能會有惰性的危險，但依我看來，拾虹並不顯出形式的惰性！他對形象掌握的努力並不受這形式的限制。

李：關於詩分段和分行的問題，依我經驗，我認爲跟情緒的浪動有關係。當我情緒波動完了，詩暫時停止，可能構成一段。再上床去睡，過了一會，情緒可能又洶湧起來，這是第二次海浪。這樣按照情緒一再波動，就構成詩的分段和分行的過程，所以不會有一定的段數和行數。

另外我有個問題：鷺鷥的飛成直線，人形和到遠方去，回來有什麼關係？

傅：作者寫作時，可能沒有很理智地分析鷺鷥什麼時候飛成一直線或人形，直線和人形有沒有特別的意義。寫

「飛成一條線的時候
我們是到遠方去
飛成一個人的時候
我們正在回來」

可能是一種直覺的寫法。

拾：當然回來是含有人的溫情的，所以飛回來時成人形。

趙：拾虹對鷺鷥群飛行的形狀是不是有明確的觀察，還是在想像中的假設？我想拾虹對這對象不是單純的模擬，他不是完全的寫實詩人，忠實於對象，而是造型詩人，用心來象徵事物，不受對象的拘束。

陳：關於意識和景物的問題，我想是創作過程的問題。關於創作過程有兩個可能，或者先有一個清楚的認識，然後藉用景物來寫作，可能這些景物就不會寫得這麼精確；另外一個可能是見到景物，產生情緒勾出意識中欲表達的成分，這樣對象可能就表現得精確一點。請問作者寫這些作品時，那一種創作過程的可能性比較大？

拾：這兩種創作過程的可能性當然能造成作品內容的差異。我寫這些詩時，當然先有蘊藏很久的清楚的意念，然後藉用鷺鷥這個媒介來表現我的意念我的思想。一個詩人的社會意識上，常有不能滿足的欲望，我把這種企求用詩表現出來，就是滿足這種欲望。

傅：我想也是意念在先，不過我們應如何瞭解他的意念，是不是從暗喻的觀點來出發？好像我們的詩人都不得不活在暗喻的世界裡，而拾虹的詩就充滿暗喻的技巧。但作為藝術品，詩除了暗喻之外，也還有語言造型的條件，比方語言的準確，語言的整體結構，及每一個字的象徵意義等。

張：從純粹的語言觀點看來，這四首詩是成功的。他能夠以一種近乎純白話的語言來寫成這些詩，不只分段分行恰當，每一行每一段大約都表明一個完整的意義單位，而且不運用空洞的字，非常精鍊。當然更重要的是表達出他的意念。這是目前我們作品中少見的成功作品之一。

鄭：我也認為鷺鷥是成功的作品。不過，我們仔細去考查詩語言的運用和接配時，可以發現一些小毛病。有時候在分行上、分段上還不很自然。

趙：拾虹在語言方面可能沒有很嚴格地考慮，不過缺點也很少。詩的語言，假如太白，而沒有語言的力量可能也容易出毛病。他在語言上的功夫，已到達一定的階段，但是要越過這個階段而更精鍊，更強有力，那就需要努力。白萩的語言是比較強烈的，這也是白萩能掌握詩，吸引人的地方。

李：拾虹的語言，以我看來，也是比較平淡的語言，但能達成詩的任務，拾虹可能是直截了當地走入詩的領域的。他的詩常有一種親切感，也就是「親和力」，不過他的技巧還缺少些東西，應該有更深一層的發展。

趙：詩固然有顯意，但也有隱義的世界。目前很多詩人不能創作出眞正的詩作品，就是因爲不能創造隱義的世界。拾虹的語言固然不豐富有弱點，但他能創造出暗喩的世界，這也是他的魅力。

張：鷺鷥四首中有個大的變化，作者爲什麼在第一首第二首用我們，而第三首第四首變成用我，鷺鷥在這裡本來是多數，但後來變成了單數，變成我，爲什麼？

趙：這個是詩人有意的安排。首先講成群的，可飛成直線或人形，可以回來，而孤單的異鄉人，只有我了，就不能飛成人，不能回來。但是他還是希望回來。這種變化當然是作者感情合理的安排，也就是說合乎邏輯的結局。

李：我認爲一個完整的作品中，人稱應當統一，雖然有理由轉變。

拾：但這裡用一個單數的我，比較表達出異鄉人孤獨的處境。

鄭：要作者來解釋作品和創作過程的各細節是很難的，因爲作者的寫作過程常常靠潛意識的活動。「我」來表達孤獨，當然是比較容易的。

趙：「我們」當然也能表示一種集體的悲哀，但到底大家還在一起，等到自己一個人時，就更悲哀，更凄涼了。這樣這組詩的效果，當然較好一點，這種轉變可能是自然的。

張：不過這個「我」的悲哀，到底還有共通性，不光是一個拾虹的「我」，應當是「我們」。

拾：我在寫作時，實在沒有想到這麼多困難的問題，經大家這樣一分解，這些詩好像不再是我寫的。我後來雖然用「我」，但還是具有代表性的用意。

張：鷺鷥四首詩的第三段結局大致是一樣，都不是鷺鷥欲達到的目標，而是一種失敗的，挫折的結局，爲什麼？

拾：因爲這是不得不這樣的結局，不能完全自己選擇的結局！

張：是不是一定要這樣呢？相反的結局是不是可能？比方：已經聽得見

　母親低低的呼喚
　不只我一個
　我們將飛成人。

傅：當然這樣也可能，不過沒有這樣寫是有理由的，這是我們傳統的意識。如何發揮「春光關不住」的精神，將是我們文學界的重要課題。

鄭：鷺鷥看來是悲觀的，但他一心要飛成人，要飛回家，就是希望！

波特萊爾著
杜國清譯

LES

FLEURS DU MAL

PAR

CHARLES BAUDELAIRE

On dit qu'il faut couler les exécrables choses
Dans le puits de l'oubli et au sépulchre encloses,
Et que par les escrits le mal ressuscité
Infectera les mœurs de la postérité,
Mais le vice n'a point pour mère la science,
Et la vertu n'est pas fille de l'ignorance.

(Théodore Agrippa d'Aubigné, *Les Tragiques*, liv. II.)

PARIS
POULET-MALASSIS ET DE BROISE
LIBRAIRES-ÉDITEURS
4, rue de Buci.

1857

惡之華

5　猫

Ⅰ

強壯而柔媚的一隻美猫，
在我腦裡悄悄踱來踱去，
就像在他自己的房間裡。
你幾乎聽不見他的咪叫，

那音色如此的謹愼柔和；
不論是在靜息或在抱怨，
那聲音總是豐美而幽深。
這就是他的秘密和誘惑。

那聲音珠凝玉滾地滴到
我心中那最暗黑的深處，
使我充實，像一句妙詩，
使我歡樂，像一服媚藥。

那聲音慰撫最狠的痛苦，
飽含着一切的狂喜恍惚；
那聲音不需要什麼言詞，
就能說出些最長的句子。

不，什麼弓都不能觸割
我的心，那完美的樂器，
使它更爲豪華而莊嚴地，
唱出最靈敏的心弦之歌，

像你那聲音。神秘的猫，
純潔的猫，奇妙的猫喲，
在你之中，像天使似的，
一切是那麼和諧而美妙！

Ⅱ

從那金色和褐色的身毛，
發散出如此甜美的芬芳，
使我有天晚上沾滿遺香，
只因一次那一次的撫抱。

他乃是我家的守護之靈；
他感化、裁判而且統治
他那帝國裡的一切事物；
他許是妖精，許是神明？

當我眼睛，投向這愛猫，
好像被一塊磁石所吸引，
然後，溫馴地轉向內心，
當我注視着自己的心奧，

那時，我訝然看見的是：
一動不動地，凝視着我，
他那蒼白的瞳孔的燐火，
烱亮的燈，活的猫眼石。

52 優美的船

我要給妳講，妳這婀娜的妖婦！
裝飾妳那青春的美的萬態千姿；
　我要給妳細細描繪，
幼純與成熟融在一起的妳的美。

當妳走動寬濶的裙子掃着風浪，
妳啊像一隻優美的船向海出航，
　高張着帆，搖蕩着，
帶着一種快意慵懶悠緩的節奏。

在那稍肥的肩膀，豐圓的頸上，
妳的頭以非常的優雅昂然擺挸；
　以沈靜高傲的姿態，
妳走妳的路，哦哦莊嚴的女孩。

我要給妳講，妳這婀娜的妖婦！
裝飾妳那青春的美的萬態千姿；
　我要給妳細細描繪，
幼純與成熟融在一起的妳的美。

妳那頂着波紋綢而突起的胸部，
妳那高傲的乳房是個美的柜櫥，
　那圓鼓光亮的鏡板，
有如將光的鋒芒擋住的楯一般。

挑戰的楯，釘着玫瑰色的乳尖！
藏着甘美秘密的柜櫥，那裡面
　充滿美酒濃酒香料，
種種使人心神狂亂的珍品佳肴！

當妳走動寬濶的裙子掃着風浪，
妳啊像一隻優美的船向海出航，
　高張着帆，搖蕩着，
帶着一種快意慵懶悠緩的節奏。

妳那高貴的小閃腿現在踢開的
裙褶下，煽起惹惱隱情的慾火，
　好像在深奧的甕底，
熬煉着那黑色媚藥的一對魔女。

妳那手臂能和早熟的勇士戲遊，
澤澤發亮的蟒蛇經常的好對手，
　只爲了將戀人抱緊
將他刻入心中一般地執拗用勁。

在那稍肥的肩膀，豐圓的頸上，
妳的頭以非常的優雅昂然擺挸；
　以沈靜高傲的姿態，
妳走妳的路，哦哦莊嚴的女孩。

53 旅邀

我戀人我妹妹，
想想那有多美：
咱們到那邊住在一起！
隨心盡情地愛，
相愛然後死在
那與妳相似的國度裡！
多變的雲空上，
那濕濡的太陽，
在我心中具有的嬌柔，
與妳那對媚眼
一樣神秘善變：
透過淚珠，在閃耀着。

那兒，只有美與諧和，
以及豪奢靜謐和逸樂。

那家具的光澤，
經過歲月潤色，
將裝飾着咱們的戀房；
最珍奇的花朵，
那幽香混合着
朦朧的龍涎香的芬芳；
那深奧的鏡面，
天花板的華艷，
那東方式的壯麗豪華，
都偷偷在那裡，
導着心靈私語，
用它那優美的家鄉話。

那兒，只有美與諧和，
以及豪奢靜謐和逸樂。

妳看那運河內，
那些船在沈睡，
它們生性是個漂泊者；
使妳那點欲望
能够如願以償
它們來自世界各角落。
——西沈的太陽
以紫色和金光
塗染整個城市的街衢，
那運河和原野；
世界即將入睡
在一片溫熱的微光裡。

那兒，只有美與諧和，
以及豪奢靜謐和逸樂。

54 不能挽回者

我們能否扼殺那古老長久的「悔恨」：
它活着、翻捲、蠕動，

以我們爲養料像那蛆虫吃着死人，
　像那啃食橡樹的青虫？
我們能否扼殺那古老長久的「悔恨」？

用什麼媚藥、什麼煎劑、什麼酒，
　我們能淹死這個宿敵：
它有如娼婦一般令人毀滅和貪求，
　其耐心堅强得像螞蟻？
用什麼媚藥？什麼煎劑？什麼酒？

說吧，美麗的魔女，假如妳知道，
　告訴這充滿苦惱的心：
它像個垂死者被負傷的士兵壓倒，
　而且慘受馬蹄的蹂躪；
說吧，美麗的魔女，假如妳知道，

告訴這個垂死者，狼已聞出屍臭，
　而烏鴉已不斷在監視；
告訴這個重傷兵！是否得絕望了
　對他的十字架和墳墓；
這個可憐的垂死者狼已聞出屍臭！

人們能否燃亮那滿是淤泥的黑空？
　人們能否撕裂那黯影：
沒有陰慘慘的閃電，比松脂還濃，
　沒有早晚，亦無繁星？
人們能否燃亮那滿是淤泥的黑空？

在「旅店」的玻璃窗上閃亮的「希望」
　被熄滅，永遠地死了！
無月無光，哪兒找到留宿的地方，
　那跋涉壞路的殉敎者！
惡魔已吹滅「旅店」窗上那所有的光！

可愛的魔女，妳喜歡被咀咒的人？
　妳知否什麼不可饒恕？
說吧；妳知否那放射毒箭的「悔恨」
　以我們的心做爲靶子？
可愛的魔女，妳喜歡被咀咒的人？

「不可挽回者」以可憎的牙齒在啃蝕
　靈魂，可憐的紀念碑，
而且就像一群白蟻，時常從基礎
　將那整座的建築攻潰。
「不可挽回者」以可憎的牙齒在啃蝕！

——我有時看見，在一個庸俗劇場裡
　管絃樂熱燄似地震響，
一個仙女在地獄般的大空中燃起
　一種像奇蹟似的曙光；
我有時看見，在一個庸俗的劇場裡

一個淨是光、金與薄紗的存在者，
　將大惡魔撲倒的場面；
可是我的心啊，狂喜未曾來訪過，
　也是個劇場，却永遠
永遠空等着那個薄紗翼的「存在者」！

55

談話

妳是幽美的秋空，玫紅而澄朗！
可是悲哀像海水在我心裡漲起，
而退落時，在我那鬱悶的唇上，
撒下它那苦鹹軟泥灼痛的回憶。
——妳的手空撫着我昏絕的胸上；
它尋求的，戀人喲，是個頻頻
遭受女人殘暴齒爪刼掠的地方。
別再尋求我心；它已被獸吃盡。
我心是被群衆蹂躙的一個宮殿；
人們在那兒暴飲殺戮扭髮爭吵！
——一種馨香漂在妳裸露的胸前！……

美人喲靈魂的無情之鞭，妳要，
就以妳眼中祭燭般燃亮的火把，
將獸吃剩的這殘身碎肉焚毀吧！

聶魯達的詩

Pablo NFRUDA
1904——1973

陳立民譯

旗子

屬於那光輝時代裡的
我們的旗子，這些
幾乎未完成的旗子，如愛情般
秘密的旗子，突然
在可愛的火藥煙幕的藍風裡
迸出雄雄烈火起來

美洲，無盡的搖籃，
星群的空間，成熟的石榴，
忽然你的大地
充塞着群蜂的嗡鳴聲
傳給一個個山羊石頭和
街道上擺滿了衣裳
如騷動的蜂巢

槍彈橫飛的一夜
眼裡閃耀狂舞
像橘子般
槍彈在衣衫上開花
告別的吻，沾滿麵粉的吻
愛用露水聯繫這些吻
這時，各公路上
戰鬪正伴着吉他歌唱！

CUAUHTEMOC 1520

兄弟，不知多少年代以來
你沒有睡眠，沒有安慰
兄弟，你震撼在墨西哥金屬的黑暗裡。
從你手中我接下了祖國的遺物
被掠奪光的祖國

遺物裡你的微笑在成長開花
如火光和金礦間的細紋

你孔後，嘴唇緊閉
最純粹的沈默，被埋葬的沈默

你是生命之泉，深藏在
大地千萬個口腔裡

你聽到嗎？你聽到
遠方Anahuac的水流聲
一個被消滅的春天在呻吟？

杉木的聲音？
Acapulco的白色波濤？

夜裡你的心
如一隻異獸逃向邊界，
迷亂在惶恐的月光下
冷酷的石碑叢中

所有的陰影都製造陰影
地球是陰影的厨房
石頭和水鍋，黑色蒸氣，
無名的牆，噬心的焦慮
呼喚你，從你的國上
受夜襲的金屬堆裡

但是，你的旗子上沒有陰影
期待的時刻終於到了！
你是人民的
麵包和根，長矛和星。
入侵者的脚步畏縮了。
Montezuma沒有熄滅，
不是死去的樹梢
他是閃電，他的盔甲是
巨鳥的羽毛，人民的花，
帆船間燃燒起的火焰
你被如百年大石，雖然他們的手
勒住了你的脖子，但
封不住你的笑容
倒不掉你隱藏的麥種
你，受困禁的野牛，
他們把你拖在地上
跑遍了你的領域
束縛和鎖鍊之間
越過大片沙地和荆棘。
但你如一支柱子堅强
你是令人發痛的證人。
直到他們用一條純子
綑住你的純粹之柱
你的身體就被吊起
飄浮在苦難的大地上。

TUPAC AMARU 1781

Condorcangui Tupac Amaru
明智的王者，公正的父親
你看着綿延的山脈上
被踐踏的春天
向Tungasuca山峯上升
帶着乾枯的鹽和惡運，
邪惡和苦難

印加統治者，酋長父親
你的眼睛容納一切
有如以愛情和哀傷
烘燒過的匣子

你看着一個印弟安兄弟背上
新的傷口
在以前受刑時留下的
疤痕上閃閃發光。
無數同樣的背不斷湧現
一大片山地就被
不斷的哭號聲所震動

一聲咽泣，無盡的咽泣
直到你把土棕色的民族
武裝起來的一天，
將淚水收集在你的杯裡
將戰馬練壯
山林的守護者來了
火焰劈開了出路
善戰的先祖
回到被壓迫的民族中間
把披風拋到風沙裡
老刀們聯合起來了
各地的族人
吹響了他們的號角

對抗吸血的頑石
對抗惡毒的怠惰
對抗鐵鎖鍊。
但他們分裂了你的人民
驅使兄弟們
打兄弟們，直到
你的城牆陷落
他們把你力竭的四肢
分別綁在四匹野馬上
把日出時倔强的光
撕成碎片

Tupac Amaru，失敗的太陽
從你破裂的聲名中
卻如海上旭日般
升起了一道已失落的光芒
濕地上低低的村落
那些被遺棄的手紡車
那些潮濕的土屋
他們靜靜的說：Tupac
Tupac就是一粒種子
他們靜靜的說：Tupac
Tupac深藏在田地裡
他們靜靜的說：Tupac
Tupac就在地裡發芽！

譯註

Anahuac 墨西哥南部的高原
Acapulco 墨西哥太平洋大海港
Cuauhtemoc 是印弟安Azteken族的酋長，稱Montezuma 二世，1466—1520，爲白人殖民主義者殺害
Tupac Amaru 印弟安酋長，反抗殖民主義者壓迫，被殺害

兒童詩園

黃基博指導

蟬

屏縣潮洲國小六年　邱淑如

七月的蟬兒
只知道在枝頭唱驪歌，
爲了人兒的離別大展歌喉，
不知道他那悱惻的聲音，
增添多少哀愁。

垃圾桶

屏縣僑智國小五年　曾淑麗

公園裏站着，
一隻隻的企鵝，
不動也不叫，
呆呆的望着遊客，
只希望人們能拿食物給牠吃。

蝸牛

屏縣光華國小四年　胡珍珍

蝸牛啊！
你怎麼每天背着房子，
走來走去？
你家的東西不會被人偸。
如果我能背得動我的家，
我家的東西也不會被偸。
蝸牛啊！
你敎我背房屋好不好？
你是怎麼背起來的啊？

夕陽

屏縣光華國小四年　胡珍珍

一個火球，
掉到大海裏，
火就熄滅了。

微笑

屏縣潮洲國小六年　李淑孅

微笑，像春天的花朶，
有它的地方就有温暖，
有它的臉就優美。
微笑，像冬天的太陽，
受它的照射，
寒冷的雲霧會散，
有它照射的臉上，
就有喜悅的微笑。

樹　葉

臺南寶仁小學二年　劉安娜

春天一到，
我就給樹木穿上了新衣裳，
把樹打扮得很漂亮！
秋天到了，
可憐的我，變得又乾又黃。
當北風要教我跳舞，
我不小心就跌下來了。

風會跟我玩

臺南寶仁小學二年　劉安娜

「咻！咻！咻！」風要邀我出去玩兒，
我拿着氣球跑到外面去，
風把氣球帶上了天空。

「咻！咻！咻！」風叫我和他玩兒，
我拿着肥皂泡出去，
風不會吹，我吹給他看，
他馬上搶走了我的泡泡兒。

「咻！咻！咻！」風又叫我和他玩兒，
我拿着風箏跑到野外去，
風幫我把風箏帶到天空。

薔　薇

高雄舊城國小五年　陳育明

美麗的薔薇在枝頭上開放，
好像是一件件漂亮的衣裳，
可惜只能保持一時的青春，
留給人們永恒的惆悵。

孔　雀

仁愛國小五年二班　郭瑟芬

孔雀是愛虛榮的動物，
看到來參觀的小姐穿得漂亮，
自己不服氣，
就向人展示那七彩的扇子。

太　陽

仁愛國小五年二班　郭瑟芬

早晨，
金黃色的大皮球從東山跳出來，
笑得很可愛！
玩着玩着，
不知怎麼的，
臉色變黃了。
傍晚，
黃色的大皮球
不知怎麼生氣了，
滿臉通紅的
從西山跑回家去了。

星　星

屏縣仁愛國小五年　郭瑟芬

黑藍的絨布，
閃亮着銀色的小眼睛。
是夜姑娘
鑲滿鑽石的晚禮服。

少女的幻夢

1 含羞草　黃基博

請別怪我
我只是一個未成熟的少女
你觸摸我
是有情或無意
我得暫時緊閉心扉
好好地想一想
冷靜地看視你

2 湖　黃基博

少女張着澄明的眼睛
喜悅地望着
藍天
白雲
太陽
飛鳥
柔情地凝視
明月
星星
個個多情俊美
而未曾擁住恒久的戀情

3 夕陽　莊麗華

天邊一位少女，
無數小綿羊圍繞着她，
樂得少女臉龐紅撲撲的。
夜先生忘了打招呼，
闖入這樂園，
少女羞得連忙躲到山媽媽的背後去了。

4 沙灘　曾妙容

滿腹心事
不能告訴爸爸
不能告訴媽媽
把沙灘當信箋
寫下對他情的思慕
寫下愛的秘密
這封不敢投遞的信
讓海水擦去一行行的字句

5 黃昏　王淑珍

暮色漸沈，
餘暉脈脈；
似有千言萬語訴說，
又不好開口。
無限依依，
無奈夕陽頻頻催去；
始則茫然不知揮手！
既則惶然不及揮手！

日本現代詩選

陳秀喜譯

過份的美夢

井上瑛子

要殺死你的時候
還是用鋒利的刀刄才好
自背後把心臟一刺
温熱的血液
滴落在我的手多好

痛苦地回頭過來
你的眼大大地睜開
凝視我多好
只凝視我一個人多好

予期會死
在朦朧的意識中
也許是　爲驚愕而心胸顫抖着
清楚地記憶着我多好
在痛苦和憎恨中
你還是不要動　靜靜地才好

蒼白的面頰搐筋
我充滿在你的心
你被怒氣
漸漸地燒灼也好
在你的心中
終於犯過殺人的
一個我擴展着多好

已確定會死的你
回頭過來　後面有
染上你血紅的
一個我多好

屍體
用血色的天鵝絨裹着
好好地埋葬你
不借用別人的手
我要一個人
好好地埋葬你

你還是
睜開着眼睛而死才好
假如斷氣之後
還是凝視着我一個多好

你還是
該被我殺死
該被我殺死

夜的女人

村上抒子

打開門扉
那邊是屍體擁擠的
夜的戰場

沒有意思的言語
和空虛的嬌聲的
COCKTAIL是
把疲憊的男人們

沈在深眠之淵
不斷地推來
虛飾的波
洗掉女人的歷史
留着雍華而虛僞的時間

自脆弱的時間之斜面
乍然滑落着
重叠愛的嘗試
然而
那不過是空虛的期待而已

已數不盡的
悲傷的墓
等待着女人
遠方祈禱的聲音
呼喚着女人

可是
已大醉過的女人
自仆倒的男人們的
血糊中站起
把不成熟的愛
不能不培養着

路標

鳩 岡 晨

在草叢的熱氣之中
稍些停留
一隻螞蟻確定的東西

在驟雨之中
勉强而容忍伸出的
南瓜的蔓抓到的東西

在顫抖於雷鳴
做另外的生命的夢
蟬殼緊抓住的東西

那是我的路標

然而 並不是
彫刻在大石上
「向左往京都」等
指教別人的東西

迷途之後來到此
是默默地打進自已的杭木

被說沒有辦法
可是 只有這樣做
是一個生的確認

沒有指教「右」或「左」
但是 靈魂的細胞全部都
一齊「諾」肯定印證的

如今已是
被虛無的茨棘遮住
看不見的路也判然看到
躲在地球後面的
最後的太陽一樣
遠方有 愛的味道
從此如狗一直追嗅味而去
是新的旅途之開始

我們時代裏的中國詩（六）

林亨泰

貳拾參、

當需要對「現實感」作更進一步的探討時，我們的首要工作乃是需把新詩人乃至現代詩人與古典詩人各所賴以表現的工具性質，分別就其特徵作一番徹底的比較研究，可是前文對當時詩人之所以不得不變更表達工具的基本動機與歷史背景，僅根據一些胡適所言作了一次極其簡單的分析，然仍未能詳細地深入到問題的根本核心或者討論到由此衍生的問題乃是事實。

不過，提筆至此，我們總不該再把新舊兩種不同的工具混爲一談而始終不自覺吧。假使現在我們所討論的眞是針對「新詩」乃至「現代詩」而發，那麽，用以衡量這種詩的知識當然也就是基於隨「白話」乃至「散文」這工具發展而來的知識，無論如何也不該是緊密地與「韻文」這工具糾纏在一起而只讓「古典詩」佔以優位的那種知識吧。當我們正需要談論新詩乃至現代詩的時候，這一點起碼的區別是絕對的必要而不該被忽視的。

貳拾肆、

尤其桓夫以『咀嚼』爲題的這首詩，他並不打算像錦連的『挖掘』那樣地去「探索內心」，也無意像余光中的『敲打樂』那樣地去「抒懷內心與事件的交感」，然而他却只是那樣地盼望自己的詩能依靠著「紀錄事件」的技法即可獲得如神的表現時，實更有如此的必要。這時候，如果我們也能愼重其事地將「現實感」與「新工具」之間的關係以及互爲依賴的因素也一併予以特別注意的話，對此詩的欣賞，我們將會獲得更圓滿的結果是可以預測的。

現在，讓我們先看看這首詩第一段所「紀錄的」（documentary）到底是什麽?

下顎骨接觸上顎骨，就離開。把這種動作悠然不停地反復。反復。牙齒和牙齒之間挾着糜爛的食物。（這叫做咀嚼）。

——就是他，會很巧妙地咀嚼。不但好咀嚼，而味覺神經也很敏銳。

紀錄的味道特別濃的這幾行詩句，在沒有整個面孔作爲襯托的情況下，首先析出了單獨的嘴部動作——「下顎骨接觸上顎骨，就離開。把這種動作悠然不停地反復。反復。牙齒和牙齒之間挾着糜爛的食物。」，然後快速地又把視點加以移動，從這一個目標再向外延伸揭示出這一嘴部的所有主「他」——「——就是他，會很巧妙地咀嚼。不但好咀嚼，而味覺神經也很敏銳。」——的整個影子來是具有一種强烈衝擊與特別效果的。這一著倒很像電影藝術的「特寫」(close-up)鏡頭技法的運用，而作爲電影手段的「特寫」最初是爲了强調人類的面部表情以及增加其心理效果才被開拓發展的。詩人如能適當地加以運用的話，尤其對微妙而變化豐富的人類面部表情的捕捉，我相信，那必定有意想不到之效果的。

貳拾伍、

接着，再看一看第二段的詩句：

剛誕生不久且未沾有鼠嗅的小耗子，
或滲有鹼味的蚯蚓。
或特地把蛆蟲叢聚在爛猪肉，再把吸收了猪肉的營養的蛆蟲用油炸……。
或用斧頭敲開頭蓋骨，把活生生的猴子的腦汁……。
——喜歡吃那些怪東西的他。

除了最後一行詩句外，其他各行都屬各自獨立的一個「事件」，因爲這些「事件」——諸如「剛誕生不久且未沾有鼠嗅的小耗子」「滲有鹼味的蚯蚓」「特地把蛆蟲叢聚在爛猪肉，再把吸收了猪肉的營養的蛆蟲用油炸」「用斧頭敲開頭蓋骨，把活生生的猴子的腦汁……」等——無論怎麼說都不會發生於同一的時間之中或在同一的場合之下的，以及再怎麼湊巧也絕不會是同一的個人之所作所爲，但，作者竟把這些「事件」都歸咎於單數的「他」身上說：「喜歡吃那些東西的他」。很顯然的，這一段詩句所紀錄的不是單純的一個「事件」，而是經過作者的剪接，併列與重新組織等的編輯處理而成的一系列「事件」，因此，假使可以認爲第一段詩句中所表現的是一種「特寫」技法的運用，那麼，對於第二段詩句中所運用的技法應該可以說是一種「蒙太奇」(montage)吧。

貳拾陸、

那麼，再看第三段的詩句——亦即這首詩最後一段詩句。

下顎骨接觸上顎骨，就離開。——不停地反復着這種似優雅的動作的他。

喜歡吃臭豆腐，自誇賦有銳利的味覺和敏捷的咀嚼運動的他，

坐吃了五千年歷史和遺產的精華。

坐吃了世界所有的動物，猶覺饕然的他。

在近代史上

竟吃起自己的散慢來了。

本段第一行詩句乃為第一段（其所紀錄的是「吃的行為」）鏡頭的變化重演，但，由於其間另插進了「喜歡吃臭豆腐」（這裏所紀錄的却是「吃的物品」）這麼一句，結果等於也是第二段（其所紀錄的是「吃的物品」）鏡頭的濃縮再現。因此，本段這行詩句所表現的似乎也可以說是延續前一、二段鏡頭的變化重演乃至濃縮再現。但，接下去的幾行詩句（卽自第二行至最後一行的四行詩句）却在「吃」這一「行為」上作文章，且把「吃的物品」從「小耗子」「蚯蚓」「蛆蟲」「猴子的腦汁」或「臭豆腐」等具體的東西變到「五千年歷史和遺產的精華」「自己的散慢」等抽象的東西，而只靠着「吃」這麼一個「意象」（image）竟把「吃」的意義擴大到最大極限。這一手足以使基於「現實感」的一首詩一瞬間突然變為基於「現實觀」的一首詩而竟也帶上了濃厚的批判精神，這也可以算是電影藝術上所慣用的技法之一的所謂「跳接」的運用吧。

笠下影詩選

李仙生
視線之外・悼亡友

羅杏
根

煙寺
昨夜

衡榕
歸鄉・日記

桂稼
抓不住的

張德本
學車

寒梅
孩子的冠冕

周伯陽
名勝遊記

李仙生

視線之外

時間往零撞去
影子和影子就爭吵了起來
爲一朵凋謝的花
花雖美而美非花

時間逼緊嘴角的冷笑
影子們躲在一旁哭訴
說額頭痕紋
爲什麼那麼忙碌

視線之外
一片脫乾水的橘子皮．
爆笑出
時間的狂妄
冷冷清清………

悼亡友

擧杯！你乾盡一盆火
張口，呼出一陣拳聲酒氣
躦下的影子
提來
提去
我們才發現
你已喝光了
你
啊？噢——
我們終將乾杯
你僅是，先飲
先醉啊！

羅杏

根

豆芽命短，乃由於根不長，草草
　了事
怎理會得長春藤的曲折
沙底土裡，盤根們在竊竊交語
石縫崖下，背著日光，偷偷趕上
　書夜的馬蹄
步履姍姍，細細道出祖宗一再交
　辦的心事
所以，鴛鴦結起頸來，鳳凰于飛
袋鼠曾挺囊一輩子
却不知老牛這番舐犢的情深
大家就都閒散在大原野裡
隨意書寫一回歷史
既然，此刻得依偎槽畔舔食
動物園的生活圈，只會把焦邊的
　影子踩死
既然，此刻枝椏被理得如此順眼
管他關閉抑是開放賣門票的日子
千株萬株都牢牢記住
直讓生命流速，滔滔奔向泥土
萬年千年如斯
好闖禍的螞蟻
史前已干擾過强婚事故
那時可把愛情高唱得純白入雲：
除一個你，再難找到我
當然也沒忘記為大地播放一段插
　曲
誰料幾回乘興野趣
隨後竟被人們盜印成一則聳耳掩
　笑的奇聞
兩片樹葉遮蔭下，紮根結子
好讓螞蟻上下爬行
就只是這麼回小事
一當歲月被捲進迎門的紅簾上
多是非的螞蟻，銜泥又結窠
把婚姻大事忙亂一場
雖然榕樹濃密懸滿氣根
為安頓蟻行的隊伍
令人垂憐仍是一株樹下倚地的含
　羞草
此地，且根植一株於愛情的泥土
　中
綻放出向日葵的靨笑
糊塗的螞蟻
除了牢記老祖宗那件心事
竟也擔憂起動物園裡的子嗣
但是，此刻怎又理會得這株根
到底多深，多長，多固

煙寺

昨夜

昨夜的世界
什麼聲音也沒有
只有母親的呻吟
落在醫生的聽筒裏
落在我慌亂的耳朵裏
昨夜
在計程車內
我酸軟的脚麻痺
害怕母親的脚已經走不動
害怕母親的眼睛
像路燈一樣的熄滅
唉，昨夜畢竟已過去
可是未來還有那樣的昨夜
母親，您如何走過漫長的那個昨
　夜
紅紅的眼睛
住進黃昏了，住進黃昏了
到今夜
我要怎樣應付未來一個個奔來的
　昨夜呢？

衡榕

歸鄉

整整兩個月了
我的海洋夢
被異鄉的木麻黃
吹得有點乾枯了

臺灣海峽的波濤
是否仍一再再的
在料羅灣搶灘
上岸的人們
是否仍和我剛來時
帶著一臉的陽光
從北回歸線的
彼端來

沒有故事
一只天幕般的空白
我的異鄉夢境理
海濤不再是
美麗的問語
鄉歸的星子
是否爬滿天窗
告訴媽媽
——我想回家

日記

心中的秘密
要怎樣抖出來
今夜化作木乃伊
一切讓它空白過去

海也知道
風也知道
天涯路上的眼淚
只能滴在自己的手掌中
木麻黃的風情
多麼不解人
料羅灣的浪潮
多麼的駭人

家書還擱在那麼遠
太武輪還在大海中
爲它自己算宿命

今夜
砲聲又這麼響
我害怕保管自己的生命
我害怕說出心中的秘密
我只想化作木乃伊
一切讓它空白過去

稑稼

抓不住的

看你以羅丹的眼睛
聽你以貝多芬的「耳朵」
想你以里爾克的心靈

他們說
我將獲得
無限的美感
　或
刹那的永恆

　而我　僅
抓住你的臉
捏碎你的臉

學車

張德本

赤日下的廣場
母親扶持著小女兒
往返地學車
再三的叮嚀是母親的能耐
「不要慌張
拿穩把手。」
小女兒不解地譏笑
母親。
總會悄悄收拾慣常的扶持
小女兒。
仍舊若有依賴的勇往前騎
當以嬌嗔的稚顏再次回盼時
母親已消失於空曠的後方
後方
空曠
小女孩
在車上
哭泣

孩子的冠冕

寒梅

你的手中不握權柄
我的財富買不到你的世界
孩子
你
一幅不上色彩的佳作
那理會欣賞者是否起共鳴
孩子
你
一個榮耀的王者
統治著無涯的國度
那須世俗者爲你加冕
孩子
你
一隻完整而豐碩的果實
畏懼那可怕的暴風狂雨
每當
我守着你的臉蛋
　總不免爲自己
　　焦灼
　　顫慄
我想抓住
　抓住那童稚的笑靨
我想保留
　保留那不成長的快活
我想握穩
　握穩那生命的舵
孩子
　即使是你的影子
　我也願意保留

周伯陽

名勝遊記

彰化大佛

您坐禪在八卦山上
欣賞着福摩沙的旖旋風光
白雲向您朝聖似的姿態
在您的肩膀上悠悠地飄泊
永遠的眞理，釋迦牟尼呀！
您瞭望着
天竺迦毘羅國的家鄉
只是燕羣又回來報春息
自從您獻身給衆生
已緘默了二千多年了
您那巨大的體軀
雖然被在頭上的陽光
晒得滿身發黑
而在大千世界裏
您依舊只是安息冥想

熱蘭遮城

荷蘭佔據福摩沙時的古老觸角
是一座蟠踞於中古歐洲
諸侯城堡的翻版
古安平的遺蹟——熱蘭遮城呀！
老樹茁長新芽
正試用翠綠來濆裝你的美麗
追溯二百多年前
鄭成功率領大軍跨海東征
鄭荷海戰頗爲激烈
令荷蘭艦隊和海底魚類同衾而睡
鄭軍登陸後圍政的號角聲冲天
使堡上紅毛人豎起白旗
多少年來
隨着歲月底過程和人事的消長
那忠貞，城堡和大砲——
已爲青苔多情的纏綿
和風雨無情的剝蝕
僅留下一絲珍貴史痕
供一些遊客來憑弔而已

野柳之遊

海鷗沒有帶回遠洋歸帆的信息
使痴情地漁家女一直在等待着
在悠久的歲月中
竟凝成爲許多情人石
一聳聳只在凝望着那水平線
海風輕吻着女人頭的金髮
在我的幻想裏
塡滿了童話似的絢爛花朵
那美麗底海潮
仍然忙於繡補仙女鞋
記起烏龜小姐錯過的花嫁日
牠反芻着空虛的怨嘆
珍貴的嫁粧已陳舊不堪
讓螃蟹任意咬嚼着

日月潭

漫長的歲月
交織於印象和幻想裏
雖然依舊保持日月底形象
但已歷盡時代的變遷
原始的音階由杵子響出
少女們穿着鮮艷底衣裳
嘹亮地高唱杵歌
腰間銅鈴配合着旋律而歌舞
顯出人類最古老的情調
獵鹿的鐵矛已生銹不堪
被遺棄在茅屋裏
早已不再威脅鹿羣的生存

短歌

心帆集（一）

林清泉

△
心一揚帆
詩神便奏出美妙的音樂

△
從窗裡凝視窗外的世界
心鳥便悄悄飛出窗口翱翔在天空

△
旭日以慈光撫愛大地
鳥兒回報它以歌唱

△
天上的星，地上的燈
透過夜空互相交語

△
風向河流賄賂
獻上許多落花

△
貝殼在沙灘上哭泣
祇爲求得海水一吻

△
海向山頻頻的呼喚
山却向天空默默招手

△
一隻螢火蟲在黑夜裡閃光
星星以爲它的同伴掉落在大地上了

△
葉子在黑夜裡哭泣
旭日的慈愛却爲它拭去淚珠

△
上帝是爲愛而愛
世人却爲自己而愛

△
把藍天當作畫版
畫上海洋，塗上銀舟點點

△
一陣風雨把人間的汚穢洗淨
溫煦的陽光把邪惡的冰雹溶化

△
這山與那山有一段距離
於是雲彩用手臂架上橋樑

△
海洋如慈母的呼喚
用双臂攬住河流

△
我在白天雖然擁有陽光
一到黑夜我却懷念星星

△
權力昂然的對衆人揮拳
却在詩神面前羞愧低頭

△
生命的弦琴呵！你譜出的樂章
—無聲勝有聲

△
明知戀愛是陷阱
仍有許多人願跳下去

△
愛充實了生命
正如盛滿油的燈燃着美的火焰

△
因爲有偉大的創造
我樂於活在這世界

△
驕傲的花朵對風雨吶喊
旋即又在地上嘆息了

△
夢在人間築起天堂
却被現實一掌擊碎

△
慾望在酒醉裡要吞食整個宇宙
理智在清醒中警告別自我毀滅

△
雖然愛的眼神刺痛了我

但我依然有甜蜜的擁抱

△

葉子戀愛着花朵
花朵孕育出果實

△

向日葵伸出她的手
含情脈脈地向太陽招呼

△

痛苦吻著靈魂創痕
淚水洗淨靈魂的污穢

△

生命因有愛而豐富
愛却因死亡而完美

△

羞怯的路人啊！
從靜默裡聽到你的足音

△

從一個夢中醒來
又沉浸在另一個夢了

△

眞理從心靈最深處
頻頻向這世界呼喚

△

兩朵雲在天空偶而相會
微笑握手說：「這是緣吧！」

△

月亮以笑靨對我
星星却擠眼妒嫉我了

△

井底的青蛙看着井外的世界
「怎麼！宇宙祇是那麼小啊！」

△

籠中鳥因爲有富足的食物
而忘記了自由的可貴

△

太陽贈我以光明這禮物
我却毫不知感激的接受了它

△

美與善是孿生子
眞理是他們的母親

△

愛情在寬容下顯得完美
却因妒嫉而損害了它

△

燃盡的臘燭毫不抱怨
「這就是生命的代價。」

△

人爲了完成自我
必須與理想作件

△

耐心把愛帶到人間
等待一顆生命種子萌芽

△

一陣風把花瓣帶到大地
「歡迎妳作件。」大地熱烈張開双臂

△

蓮花在池裡打了瞌睡
一隻蜻蜓逐一去催醒她們

△

當歌聲響起我來到這世界
歌聲歇時我便安然的離開

△

爲了休息
落日與黑暗結成配偶

△

一隻雛鳥初次飛翔天空
「宇宙原來這麼遼濶。」牠驚喜說

△

當我懸鏡對自已凝視時
不禁得問：「那是誰呢？」

編輯手記

■從日常生活中，擠出來的詩的內容，大都在一般常識上，被視爲奇妙的事象，却構成了詩的新的意義性。在最近很多投稿的創作裡，我們能看得出這種傾向。就是說，詩的作者們已不像從前那樣只滿足於詩的形式，而進一步追求詩內容的實質，有意識的，要表現平常被掩飾在裡面未露出來的精神的實體。——也許有人覺得把日常會話中，不敢或不被講出來的事情寫成文字，挖掘隱藏在心裡深處的動態，會感到害羞或難爲情；但事實上，重視眞實性世界的詩，無論任何內容，若能提鍊到美的表現，就不必顧慮那些。或者也可以這麼說：在一般常識上，愈會感到害羞或難爲情或恐怖的事情，有時愈會接近於成功的詩的題材，而令人感動。

■在詩的表現上，不要亂用比喻，雖然藝術都需要特技。不管直喻或隱喻，凡比喻的方法，雖然是給予以語言做媒介的文學最豐富的技術，可活用在複雜又多樣性的詩的思考，然而，在實際創作上，却不能太隨便而毫無考究地使用比喻，更不應藉口操作純粹的藝術，主張詩人獨自的表現，而亂用比喻。至少在一首詩的範圍內，所用的比喻必須適當而有効才行。要知道直接表現眞實性的語言，會較比喻不當的語言，更令人感動。

■本刊由於種種關係不得不減少篇幅，但爲期容納較多的創作，新闢「笠下影詩選」一欄，請各位作者源源賜稿。

左圖雕塑係中部美術協會理事雕塑家唐士作品，和平之神銅像（一一〇公分）爲日本奧濱眞昌所收藏。

■美國各州詩人作品合集「繆斯的旋律」，由美國維吉尼亞州青年出版社印行，收有本社同仁非馬作品＜哈佛廣場＞＜暴風雨前＞＜歲月＞三首。

■金劍已將多年來作品自行精選收入詩集「紫色的菓」，由臺南市聞道出版社出版，計有＜復活的影子＞＜藍的誘惑＞等34首詩，六十多頁，定價十元。

■陳千武執筆「臺灣現代詩的動向」一文，由韓國詩人金光林譯成韓文，刊在韓國有名的月刊詩誌『心象』一九七三年十二月號，文中舉出白萩、鄭炯明、傅敏、拾虹、陳明台、洛夫、方莘等人的詩各一首，文長近一萬字附有著者照片和介紹。

■「臺灣文藝」42期於63年元月出版，本期揭曉第二屆吳濁流新詩獎，有曾淑眞「樹」、衡榕「透過時空」二首獲佳作獎，

■「創世紀」詩刊36期於63年元月15日出版，選輯45位詩作者作品近百篇，其中外稿特別是年輕一代的作品佔三分之一以上。下期將出刊「詩論專號」。

■「後浪」詩双月刊第八、九期均已出版，編輯部：沙鹿鎭文昌街48號，

■「葡萄園」詩刊第四七期業已出版，社址：臺北市忠孝東路四段七一—一六號。

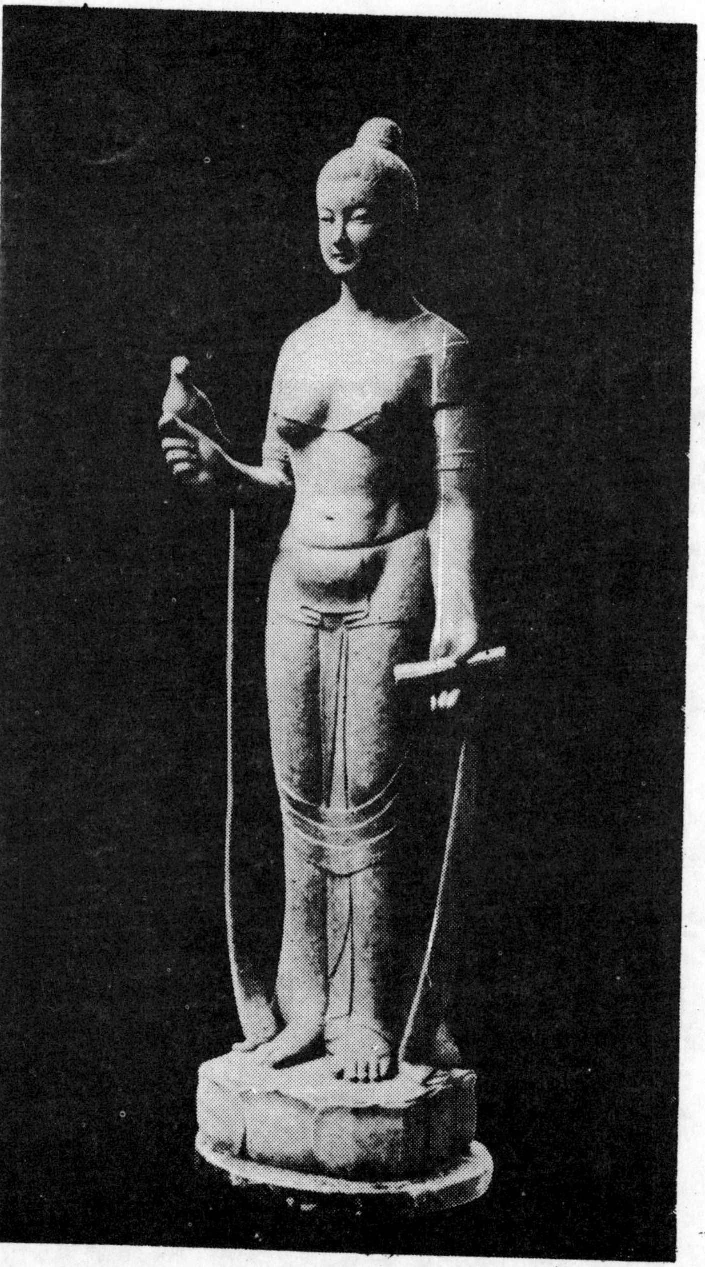

和平之神（唐土「中部美術」）

中華民國內政部登記內版臺誌字第二〇九〇號　中華郵政臺字第二〇〇七號執照登記為第一類新聞紙

定　價：每冊新臺幣十二元
日幣一百二十元　港幣二元
菲幣二元　美金四角
全年六期新臺幣六十元
半年三期新臺幣三十元
●郵政劃撥中字第二一九七六號
陳武雄帳戶（小額郵票通用）

出版者：笠詩刊社
發行人：黃騰輝
社　長：陳秀喜
社　址：臺北市松江路三六二巷七八弄十一號
（電　話：五五〇〇八三）
資料室：彰化市華陽里南郭路一巷10號
編輯部：台中市民族路三三八號
經理部：臺中縣豐原鎮三村路九十號

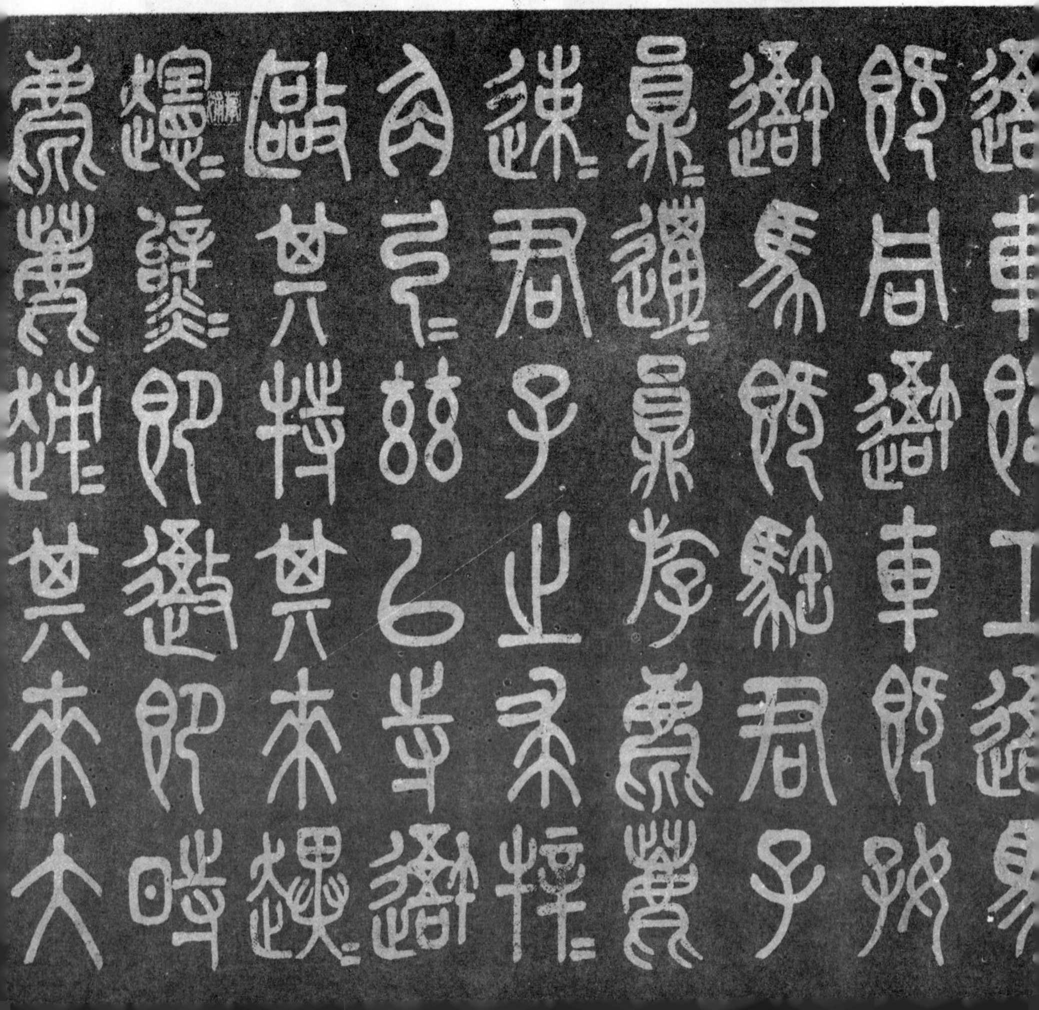

笠

LI POETRY MAGAZINE

民國五十三年六月十五日創刊・民國六十三年四月十五日出版

詩双月刊

60

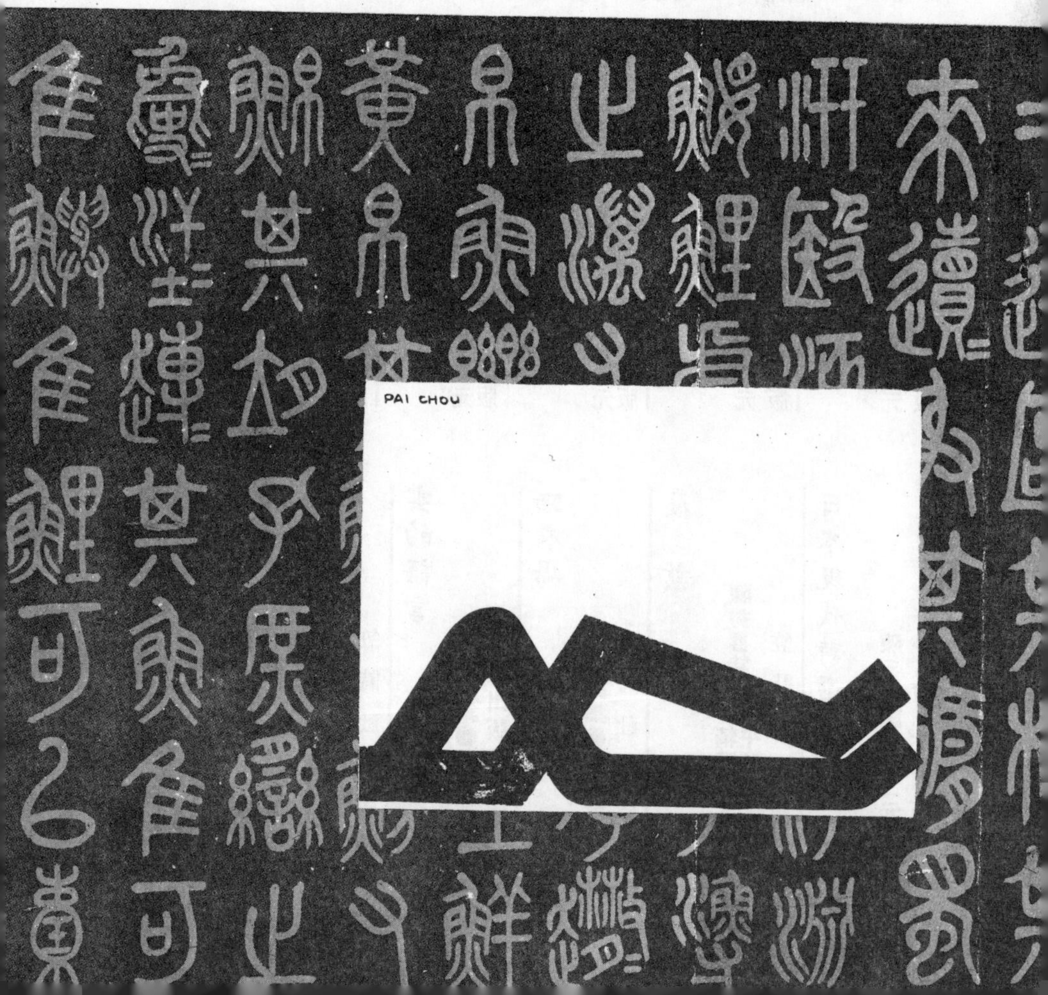

卷頭言

人間的條件

傅敏

托爾斯泰在表露他關於科學與藝術思想的最重要著作：「我們應當做什麼?」(1884—1886) 中，頌讚的人是：「自有人類以來，在豎琴或古琴上，在言語或形象上，表現他們對著欺罔的奮鬪，表現他們在奮鬪中所受的痛苦，表現他們的希望善獲得勝利，表現他們爲了惡底勝利而絕望和爲了企待未來的熱情。」他描繪的眞藝術家的形象說：「……犧牲與痛苦便是思想家與藝術家底命運……思想家與藝術家從不會，如一般素所相信的那樣，留在奧林四斯山底高處……亦非獲得一紙文憑或享有俸給的人會成爲一個思想家或藝術家；……他是被兩種無形的力量所驅使著：他的內在需要與他對於人類的愛。決沒有心廣體胖，自得自滿的藝術家。」

倘然我們認爲托爾斯泰的陳義過高，那麼，戰後原本在日本文壇無藉名的作家五味川純平，企圖探究在某種局面下的做人的條件，而以日本侵華戰爭末期爲背景，撰寫了的「人間的條件」應當能給予我們一些啓示。在「人間的條件」一書中，叫做梶的孤獨日本人，雖然終未能改變當時的環境，甚至犧牲了自己的幸福，葬身在異國的冰天雪地中，但他自嘲爲日本侵略戰爭中的另一種工具的自我批判，他要在蠛視人性的戰爭中，大膽提倡做人的條件的決心都爲理想主義提供一些註脚。

這種「人間的條件」在不同的時間與空間自有它的不同的定義，但它做爲人的條件的第一步，自是殆無疑問的。

我們的詩學界似仍須從這樣的廢墟出發。

因爲，如果批評意味著否定一切欺詐與虛僞，那麼我們詩學界在在都顯示了的「文學的宦官」以及「藝術的僭越者」底氣質，充分地反映出我們不管在做人的條件或做藝術家的條件上都十分欠缺。

我們必須檢討自己，必須從做人的條件尙闕如的廢墟出發。

笠60期 目錄

卷頭言

創作

風影集

巫永福

風影

由於風兒飄動而毛髮起舞嗎
由於毛髮起舞而風兒飄動嗎
好像有了毛髮細微的聲音
好像有了風兒低訴的聲音
在腦裡旋轉

猛地裡在夜暗中清醒起來
而像誰在細細地叫我，風兒嗎
也像誰在低低地叫我，毛髮嗎
正在沉沉地莫名的時候，忽然
在深暗中看見自己
眼睛在發亮

雜念

爲什麼銀色的小刀在空中耀眼
是照着陽光閃閃而揚威
或爲可怕的銳利而發亮
這時毛細孔起了一陣的恐懼

驚恐帶來了佔有的欲望
爲了自己伸手把她拿起來吧
這一瞬間大聲一叫把你殺死
或向自己的心臟深深一刺

看到深紅的血液在那裡噴射的時候
面頰冷靜地抽了筋蒼白了
想來神不知，鬼亦不知吧
但銀色的小刀仍在空中搖動刺眼

巫之歌

上方一指天
下方一指地
其中以丨連結天與地
而支配着中間人與人
曰巫
爲神權者

古老的時代
最高神權者
支配着其部落或國家
而宰相巫賢居平陽後
其燈
號稱平陽

廖老師素描

詹冰

ㄅ

廖老師是國中的理化教師。
廖老師是個大胖子。
廖老師是個四眼田鷄。
可是，廖老師沒有學生奉上的綽號。
十多年來，廖老師就是『廖老師』。

ㄆ

廖老師不喜穿西裝。
廖老師不愛戴帽子。

ㄇ

廖老師很怕騎脚踏車。

ㄈ

廖老師常對學生說；
「各位同學，上課時不要太緊張。
壓緊的海綿是不會吸水的。
你們用輕鬆愉快的心情，
盡量吸收知識吧！」

「功課，不及格也可以。
做人，一定要及格才行！」
「人生就是實驗，不怕失敗。
繼續努力，成功就是他的！」

ㄉ

廖老師「剛才講話的是那一位？」
學生們「…………。」
廖老師「自己做的事，自己要負責——」
一學生「老師，是我。」
廖老師「好，扣你的平常分數『負十分』。你很老實。以後不要再講話。」

ㄊ

男生是果樹。
女生是花卉。
廖老師這樣想，所以天天愉快地，
灌水，施肥，拔草，除蟲，……。

ㄋ

下課後，實驗完的廖老師在洗手。
洗完後，把手上的水珠彈在旁邊的，
陳女生的可愛的臉上。
反射地，陳女生把口水吐在廖老師的白衣上。
廖老師，呆住了。
無言地，用手帕擦口水。

無言地，回去辦公室。

一會兒，陳女生來了廖老師的前面。

「廖老師，我錯了。對不起老師——。」

廖老師說：「老師先錯了！對不起的是老師」

ㄉ

廖老師時時想：老師一定要愛學生。

學生不愛老師也無所謂。

ㄍ

廖老師發着比教室還大的脾氣——。

忽然，廖老師仰看窗外的，

比學校還大的白雲——。

比山村還大的藍天——。

廖老師的臉羞紅了。

廖老師的氣也雲消了。

「各位同學，

原子的直徑大小只是一埃到數埃之間。

可是，宇宙的直徑大小有一百多億光年呀。

你們要多多看藍天！」

學生們的眼珠，染着藍色。
廖老師的眼眶，浮着淚液。

丂

鳳蝶追逐的山路上，
汽車裡，有位小姐讓位給老太婆。
偶然，她的臉相對了廖老師。
小姐「廖老師，您好！」
廖老師「噢，妳是？………」
小姐「我是您教過的學生呀。」
廖老師「哦，哦，是了！」
廖老師才曉得自己栽培的花卉，
現在，綻開了美麗的花！

陳秀喜二首

連影成三個我

獨自走過長巷
概念是一個影子
竟有兩個影子跟着
因疑惑而驚悖
回頭看轉彎處
縱橫的牆邊
各有剛點燃的路燈

稍停步看看三個我
矮的影子是　人之媳婦
高的影子是　人之母
另一個呢？
是擁有裸體的心

令我驚悖的虛影
終會隨着步履消逝
總要走完這一程的
不知長巷的盡處
是明？是暗？

俯拾一朶未凋謝的花
抛盧影於背後
欣慰地把花挿在心靈上
珍惜爲詩草
長巷口餘暉尙存

人造花

生來旣是沒有芬芳
要來一個凋謝時
贏得一顧都不如
塵埃是討厭的色紙
不知何時
會被放棄於垃圾桶
當我埋怨着
一位客人進來就大喊
「好棒的人造花
比生花更美好!!」
一句話震驚了我
不再幻想凋謝時
先把煩惱丟在
垃圾桶裡

胃腸炎

趙天儀

不是致死之病
像來一次焦渴的清腸
嘔吐
腹瀉
把剩餘的積蓄花個精光

一陣劇烈的腹痛
伴着一身逐漸空虛的軀殼
最後的賭注
在生命的賭盤上旋轉着

嘔吐以後
再嘔吐
腹瀉以後
再腹瀉

難得一次清腸
畢竟不是致死之病
生命的賭盤在旋轉着
是一次全身檢查般的難耐與落寞

傷害

鄭炯明

愛是殘酷的，你說
我不相信
然而現在我瞭解了

我瞭解——
爲什麼一個
擁有善良與溫柔的心的女人
會說那樣的話

其實，在感情的風暴中
愛不但是殘酷的
更是一種傷害

面對著這種傷害
我們開始互相撫慰
然後進入另一個風暴中
形成另一種傷害

髮

吳德亮

皈依空門
就必須將所有的髮剃去
才算完全的
將所有的塵念拋棄嗎？

因爲不敢面對現實的一切
而皈依空門
就必須將所有的慾念拋棄
才算完全的
與現實隔絕嗎？

恐懼着所面對的現實
逃離塵世
却時時繼戀着
尙未遺忘的虛華
而忍不住這樣想：
萬一事情有了轉機……

多花一點錢
請求帶髮修行吧
要不就買頂假髮放着
逃離了現實

皈依空門
在虛華的誘惑
重新
找上門的時候
再偷偷的潛回塵世
享受虛華的歡悅

種籽

子凡

對生命的渴望成爲我種籽的姿身
不經意地
沉睡在世界的底部
層層淤黑的沃土
感到世界無比的豐盈和充實
自覺生命是無邊際的
等待。 我無限擴大的生機
迫切和外在時間空間相契合
生命的突破
世界正以全部的複眼
情人般地凝視着我

原刑篇

郭成義

白襯衫

昨晚在水裡一陣搓洗了之後
今天就感到一陣腰酸背痛
只好把自己的潔白
暫時掛出來

被掠晒著的
不知什麼時候還要弄髒的心
隨著地面上緊鄰過來的陰影
多麼希望再搓洗一次

只是
不斷地搓洗著
不斷地把我的潔白奉献
誰又知道我心裡
依然賴食你們的黑而過活

於無可釋放的吊刑裡
我每每做著最終的夢
只有黑色
才是無止盡的

未婚妻

未婚妻並不很美麗
只是一個純情的女人
因爲愛我
才決意要瞭解我
做和我同樣的一個人

無聊的時候
唯有她甘願跟我翻翻白眼
甘願跟我抬抬死槓
然後
跟我親蜜地牽手上街

具有這種氣概的我
未曾存心瞭解未婚妻
日漸衰退的私性

偶而
凝視那日見隆起的腹部
希望不是在收集我吧
只感到一陣輕啜
在裡面
壓抑著
不肯放出聲來

雨

傅敏

雨落著
在我居留的都市
持有單純思想的透明的眼淚
落在花園裡紫丁香的葉瓣上
乾旱土地上的紫丁香
不能綻開花朵

雨落著
我坐在窗口
寫著沒有句點的詩
不單純不無思想不透明的詩
在沒有語言的世界
不能綻開花朵的詩

雨落著
在我思想的天空
持有複雜思想的有色彩的眼淚
落在稿紙上堆砌的語言裡
形成一個花園
花園中的紫丁香

雨落著
在沒有語言的世界、
我尋求著窗口
在乾旱的土地
紫丁香奮力綻開花朵

美利堅

水之東

爲什麼？
你不敢說愛
天空低下頭來送你熱吻
飄呀！飄呀
一千個春天也歸還繆思
白羽毛的夜鶯不啼了
祇有月姑娘不停地擺頭
把窗前失眠的花兒也喊了出來
風　輕輕呼喚
星　盈盈躍下
求求你　不要哭泣
門前的小河醒著
瞧，河水燃成熱血
一點一滴才是你的眼睛
擁抱吧！自由的火焰
爬起來，飛呀，飛呀
我送你一雙美利堅的翅膀
請飛向屋外的暴風雨

雨中的爆竹

詹朝立

孤單的
穿一件潮濕的紅外衣
緊緊捲著晦澀的內衣
伸著灰色鼠尾巴的舌頭
站在雨中的屍體——
就是我嗎？

我要喊也喊不出
聲音，在雨中游離

可是，你要點燒我的
潮濕，在雨中爆炸
所以，我把火心向外
垂著，探望你的手

看到你的手，顫抖
點不燃我的潮濕
我才明白，我的內部
已經開始腐爛——

看到你的退怯
我才明白，你的願望
我才明白，你怕我炸傷了你
我才明白，喜歡又退怯
是你的兩種面具——

頭髮樹

陳坤崙

眼看着一棵樹的葉子
被驕傲的死神一樣强勁的風
逼迫
一片一片的葉子
精靈一樣消失了他的生命

當我的頭髮
沒有得到我的許可
却無緣無故跑到翻開的書頁上
和那些鉛字
比一比誰的動作靈活
頭髮似要告訴我很多很多的故事
和那些黑黑的鉛字告訴我的一樣多

眼看着一棵枯樹
被溫柔的風
吹醒
一片一片的葉子
就像赤足的小孩掛上枝頭

春天來了
祗有我的頭越來越禿
終於有人開始叫我
禿頭仔

短詩三章

廖立文

1.

早晨，他走入雨中；黃昏，他自雨中走來。他披著一身溼和冷。
當他伏著黑夜的牆痛哭，他就是溼和冷，化作一陣雨。

2.

在我寂寥的心中我感覺到青草們的期待
在我寂寥的心中我感覺到黃昏的清風吹拂
在我寂寥的心中我感覺到夜的跫音蒞臨
在我寂寥的心中我感覺到一點青燈的孤獨照耀
在我寂寥的心中我感覺到一面窗和一個影子的逸出

3.

站在廣場上，看著所有的人頭
一陣風吹過，所有的人頭消失在風中
站在草原裡，看著所有的草
一陣風吹過，所有的草搖擺如人頭

哀鄉土

莊金國

鄉土啊我聽得到妳
夜裡；遙遙的呼喚
那聲聲的遊子遊子
那陣陣的歸來歸來

揷秧揷在同温的泥層
撒肥撒在禾下呀脚印
巡田水浲田草噴農藥
這要人那要人那裡找？

心事

葉遍舟

萬物皆隨黑袍的覆蓋死去
他在狼藉後的酒瓶下活着
昏迷的眼吊在牆上搖擺的時鐘
時間的裂痕崩潰地湧向他
他高高地擧起了酒瓶猛力扔去
破裂的碎片重疊震撼的回音

回應

楊傑美

不是雷劈就是電閃
不是風的潑婦就是雨的浪女

不是喧嘩的太陽就是月亮的沉默
天空是永遠放不完的一卷錄音帶嗎

不是火燒就是煙炙
不是樹的夭折就是花的流亡
不是龜裂的土地就是海洋的黑死
大地是永遠不關閉的一只麥克風嗎

啊，在那不斷地擦去音符
又不斷發聲的世界裏
爲什麼天空總是一卷一卷地播放
大地，也總是一卷一卷地回應

一封信

衡榕

一封信
全校唯一的
郵差只送來
讓我驚異

握在手中
鄉思和思鄉就
重疊且和解
而他們的音訊呢
那麼多老師和學生的
可是—郵差就只送來
全校唯一的
一封信啊

一封信
一封信
好意外
太多祈盼的眼睛
都望向我手中的
一封信
啊—鄉愁是嗎、
他們的　還是
我的

人之初

高峠

第一選區

王五和趙六
把杯子擧起相碰
那一聲輕脆的撞響

王五和趙六
把兩隻手緊緊相握
那一股血液的逆竄

許是兩人的默契不够
抑是條件的協調欠妥
王五開始挖趙六的根
趙六跟着掘王五的牆
兩人避免着再見一面再對一眼
兩人都怕被排擠掉的悲哀

可是這世界太狹窄了
在齷齪的第一選區
政見發表會上陽光曝晒虛僞的欺騙

可是這世界太狹窄了
我夾在中間怎樣忍受
還是去喝杯酒算了抽根烟吧
別管他媽的三七二十一

銘謝賜票

鞭炮聲烘着王五在街上遊行
王五揚着手在街中心打躬作揖
鞭炮聲劈里拍拉抬着王五在發笑

笑我們很天眞是不是
笑我們幼稚可欺是不是
那條泥濘路到現在還沒舖柏油呢
菜市場和堤防也遲遲未發包
王五發誓的保證嘛
他一定爲大衆謀福利
爭取地方的建設
可是王五一天天肥胖起來
　一天天紅光滿面起來
　一天天肚皮鼓脹起來

我們莫替他擔心
他營養過度可不是好現象
如果腦中風怎麼辦
天曉得那天我們放下工作
投下這神聖一票
社區發展未見動靜
路旁的排水溝依舊臭氣薰天
王五呀！我們投你神聖一票的哩

顧影

邱淼鏘

一、青年幼芽

四月的歌聲

四月的歌聲，
響在靜謐的早晨，
温和的光輝柔軟地滿佈在草野上；
這青翠的郊外，
充滿着快樂、熱情，
是華麗，又是美妙的境地。

四月的歌聲，
送來柔軟的風兒，
一群天眞的兒童們，
跳跳跑跑地奏着健康的音律，
幸福的象徵！

我愛着，
靜謐的早晨，
戀戀不捨—四月的歌聲。

童心

他有太陽似的光亮眼睛，
他有天空似的廣大胸膛。
他知道個人的偉大崇高，
也知道人類的親睦情操。
他正在大地的床鋪上靜養，
他也在永劫的時間裏生長。
有時候勇敢地跳躍在生死的邊緣，
有時候快樂地飛翔在苦難的海浪。
他燃燒着自由之火奔跑，
他敲打着正義之鐘向前！
他是民族生命的血脈，
他是道德藝術的淵泉。
他活潑地和萬物做好朋友，
他超然地對一切事情天眞。
他是老人的留念與追憶，

又是孩童的創造與新生。
他的頭上總有無數燦爛的星星，
他的身旁也有春天盛開的花朵。
他的世界是温暖光明！
他的聲音是可愛嘹喨……。

春港

遙遠的天空，
　優柔的白雲；
　　海空一樣的，
　　　渺茫無際。
輪船鳴了汽笛，
　解纜奔向前程；
　　它載着少年的旅情，
　　　向着遼濶的彼方駛行。
遙遠的天空，
　優柔的白雲；
　　在這温暖的春光裏，
　　　海港的前方展露出光明！

二、中年花影

生命的叫聲

低而漸高，
遠而及近，
在這北風嚴厲的晨曦裏，
呻吟般的叫着：
「饅頭」，「饅頭」……
——這貧困小販的呼聲；
猛然浮飄，
忽而沉寂。
工作忙迫失眠的心，
生活嚴重的這個人，
你有什麼可能激發使人覺醒？
生命的喊叫！
一聲，
又一聲，
悲苦，
凄涼，
令人戰抖生驚！
在這詩味方濃的幽韻裏，
那是黎明的心靈。

永遠

我發現了，
永遠——
太陽夕照下的
黃昏時候的蒼海。

凝視着的這個靈魂，
人們祈求着的無窮遠景，
勤學帶來的幸福，
是夢？不！的確是熱情。

我發現了，
永遠——
太陽夕照下的
平靜 無邊的蒼海。

幽谷

——太魯閣風景——

山！
壯嚴，
谷！
幽邃；
曲徑似欲語，
寒影獨徘徊。

山谷深處，
冷風微微，
斷崖懸境，
幽光寂寂；
蒼穹碧水仍相映，
幽谷無人知古今。

三、老年虛心

寒夜臨池

老尙堪寒夜。揮毫汗浹衣。神全通筆力。落紙作龍飛。

寄懷春英內子美國

枯坐渾無奈。低吟藉慰心。深窗人未返。寒月影斜臨。

立冬郊遊

日落山幽靜。長空鳥獨飛。晚風吹面冷。野老伴孫歸。

除夕

一年將盡夜。妻女隔遙天。諸孫圍爐樂。爭分壓歲錢。

元旦憶內

屠蘇酣飲罷。悵望白雲行。但恨吟聲短。難亨萬里情。

偕孫嘗年糕感作

諸孫連踵長。髮白不生疑。環坐嘗饈味。粘牙卻笑嘻。

元旦試筆

年光過六五。回顧跡淸虛。元旦寒流去。臨池筆力餘。

上元寄內

雁去長空遠。思君君未歸。一輪良夜月。寂寂照柴扉。

春野

陽光芳草暖。春色正欣欣。策杖來江畔。悠閑似片雲。

霧中心影

夜來車馬歇。濃霧似雲蒸。萬籟都沉寂。心如入定僧。

孫齊拜壽

十二孫齊聚。回來拜壽堂。賤軀欣尙健。桃麵喜同嘗。

殘春觴詠

餘春能有幾。花月總堪娛。老我耽觴詠。閒來酒一壺。

兒童詩園

指導者：黃基博

彩虹

屏縣光華國小四年徐久仁

一座美麗的橋下，
有許多又大又肥的白魚，
愉快的游着，
可是始終沒有人去垂釣。

彩虹

屏縣中正國小五年劉瑩娥

彩虹是一座美麗的天橋，
我想和姊姊到橋上去欣賞風景，
也想在橋上讓爸爸照個彩色相。

※ ※ ※

從彩橋走過去，
可以看見天國嗎？
我要去找一找失去的朋友。

公雞

屏縣中正國小五年楊慧莉

怕別人搶走牠的紅帽子，
戴得緊緊的。
怕別人不欣賞牠的紅帽子，
舉得高高的。

感冒

屏縣僑智國小五年曾淑麗

我感冒了，
我的鼻子一直打雷，
還一直下雨呢！
頭發熱了，
像剛蒸好的包子熱烘烘的。

撲滿

屏東中正國小六年戴逢榮

一隻白色的豬，
不吃飼料，
只等人送錢給他，
吃了又不會消化；
會飽，不會長大。

老師

屏東中正國小四年邱麗蓉

老師好像蠟燭一樣，
照耀着我們，
大風一吹，
蠟燭便熄了，
就好像學生不用功，
老師的希望就破滅了。

郵筒

屏東中正國小六年張明仁

路旁站着一個貪吃鬼，
整天張口吃東西，
怪不得郵差要時常清理他的胃。

雪人

屏縣萬丹
國小六年蔡逸泰

咦？
昨晚我和哥哥堆好的雪人姊姊，
今早怎麼不見了呢？
哈哈！我知道了，
雪姊姊一定是看到太陽哥哥，
害羞的跑掉了！
怕人看見，
害羞得臉都紅了。

蠟燭

屏縣潮州
國小六年張景峯

犧牲自己，
照亮別人，
却為光明的白費，
靜靜的掉眼淚。

太陽

屏縣仙吉
國小三年黃琬琄

中午的太陽，
好像一個又圓又燒的大餅，
到了傍晚，
被貪吃的山哥哥，
一口一口的吃掉了。

蘋果

屏東大同
國小四年尤郁淵

你那紅紅的小臉，
好像做錯了事的小姑娘，
跑到樹葉下躲藏起來。
你又像新娘，

海浪和沙灘

屏縣僑智
國小五甲曾淑麗

沙灘約海浪來玩，
海浪一口氣跑上沙灘，
回去時，
留下好多美麗的貝殼，
送給沙灘。

河

屏東中正
國小五年鍾惠芬

像一條長長的白布，
點綴着五彩繽紛的魚，
是一條美麗無比的花布啊！
可惜無人來買。

烏雲和白雲

屏東大同
國小三年尤郁晰

烏雲像隻大灰狼，
白雲像隻小綿羊。
大灰狼追着小綿羊，
想把小綿羊吃下去。
風伯伯看了，
很憤怒，
就把大灰狼趕跑了。

臺灣新詩的回顧

張冬芳詩抄

陳千武輯譯

關於張冬芳：當我尚屬於文學少年的時候，由於他是臺中一中的前輩，又是日本東京帝國大學中國哲學系畢業的文學士，而且他的詩在當時的臺灣文壇具有獨特的風格，有新鮮的知性，使我非常敬慕。在張文環主編的「臺灣文學」雜誌上，常看到他的作品，而知道他是豐原人，與我同住在「豐原街」上，於是有一天我跑到「翁仔社」他的住所去看他。狹窄的書房有一張單人床和書桌，桌子上隨便堆叠着很高很高的書籍，排得參差不齊，一看就知道他是不拘泥於外觀的人。他坐在床上，面對着突然來訪的我，好像對待小弟一樣，很懇切而非常神經質地講了很多近代詩作法的問題。跟同時期的其他詩人一樣，他的詩也是抒情的，但他的抒情沒帶泥濘味的傷感性，清爽而明晰，有點哲理意義的宿命感。從那次會面以後，不久我便離開了「豐原街」，經過幾年，我回到「豐原鎭」的時候，文壇的情況已經改變了，他就不再在文壇出現。他生於民國六年，至民國五十七年逝世。記得他逝世前年，我和「笠」的朋友去看過他一次，那時由於他患了不治之症神智模糊不清，講話不正確，已成了殘廢的人，再也看不出曾經是一位感覺銳利的詩作者，令人有無限的感慨。

脚印

不是早晨
也不是白晝
物象沒有陰影
音韻沒有振動
一切像死着
一切都活着
沒有土
沒有水
也沒有新綠
蒙着微暗的光
站在砂上
留在砂上的脚印
崩潰
而消逝
也沒有聲音
那脚印……
啊啊
那千古的脚印
無數的脚印……
瞬間
消逝了
一切
都消逝了

—發表於一九四三年四月
「臺灣文學」夏季號—

姜太公的夢

常有現出白腹的魚兒跳躍着
而釣竿毫無反應
不知經過了多少時間
夕陽西下
血腥的涼風撲鼻而來
擺弄額上的頭髮
垂在眼前的長髮很多變白了
洩出白色的嘆息
然而又一條
現出白腹的魚兒跳躍着
但釣竿更無反應
巳矣乎巳矣乎
夕陽留下彩色雲沉沒了

—發表於一九四三年七月
「臺灣文學」秋季號—

美麗的世界

微笑流露　混沌未明的　微笑　嬰兒說：我是從哪兒誕生的？
慈愛的母親　有力的抱着嬰兒說：在媽媽的夢裡　美麗的結晶就是你　你誕生之前　媽媽曾向天空翱翔的鷲鳥和暗夜的天空閃爍的星星　祈禱過　祈禱讓你　讓我的嬰兒　誕生在這美麗的世界　於是　你終於誕生在我底懷抱裡……。
浮泛着微笑　嬰兒眨眨眼說：美麗的世界在哪兒呢。

浮泛着驚喜的神情　母親也微笑着說：這兒就是美麗的世界啊　這是你還陌生的美麗的世界　微風悄悄地吹過密林　金黃的夕陽染紅了西天　好香的桂花盛開着　也有彩色的蝴蝶飛來飛去　沒有比這兒更美的世界吧。

美麗的世界不會變嗎？

不　時有暴風雨襲來　還有雷鳴的驚威　也有殘酷無道的行爲　但媽媽都會緊緊抱着你抵抗所有不講道理的那些　吾兒啊　不要害怕常會襲擊這美麗世界的暴風雨　黑夜的猛獸　白晝暗鬼的猖獗　在這美麗的世界　你就必須跟那些鬪爭

稍爲顫抖着聲音　母親又說：你的父親和祖父　都曾經渴望着這美麗的世界來臨　且在美麗的世界奮鬪而死　吾兒啊　不要害怕　不要膽怯　你必須奮鬪　消滅這個美麗的世界的暴風雨　使蝴蝶和蜜蜂都能安逸地在美麗的花園　飛來飛去　變成像夢裡的花園　不要讓不講道理的多毛的腿踏進來　要守護這塊祖父的土地啊　在不久的那天　吾兒啊　不要害怕　這就是誕生在美麗的世界的你要負起的唯一的使命　安靜地睡吧　等考驗的日子來臨

—發表於一九四三年十二月
「臺灣文學」春季號—

旅人

善感哀愁的旅人喲
必需有駐脚的日子
終於來臨
旅人啊
不要埋怨　不要憎恨
一切　像似天空漂流的雲
你的命運
你的希望
也乘上頑皮的風
今天向東
明天向西
被吹得漂盪不停
過於善感哀愁的旅人喲
不要盲信命運
持有理性
自誇的旅人呵
不要說看透了前途
堅强的旅人啊
不要說爲希望才活着
爲了過於頑皮的風
爲了過於殘酷的暴風
要知道會被吹的
漂到更遠的日子
也有呢
啊啊旅人呵
暫時　駐脚的日子
終於來臨

—一九四二年作品—

南國

如果我是神
我會給所有的情人們都有翅膀
西天映着紅紅的餘暉
微風吹過竹叢
蝙蝠從屋簷下飛出去
長排的白鷺還巢的時候
你做着什麼呢
所謂命運
都如此無法預料
心的創傷
怎麼這樣厲害
我眞不相信
想到快樂的回憶
自由的心的奔流
都使我痛苦
你多麼温柔地
Pebai的柳枝多麼纖軟地
飛到我的夢裡來呢
啊啊
罵我的不信吧
黑燿的你的瞳孔
盈着淚水
仍然　現出在我的眼前
不相信命運的我也終於
不得不屈服在麾下了

—一九四二、八、二六—

臺灣新詩的回顧

周德三的詩

周伯陽

周德三本名周伯達，字德三，別號漢椿，其他還用幾種筆名。他是臺灣省新竹市人，係筆者胞兄。

吾兄周德三於民國三年十二月九日在新竹市誕生，民國三十五年四月二十六日在花蓮市因病客死。享年三十三歲。

他早年東渡日本，畢業於東京寫眞學校（照相學校）。回臺後，有一段時期在新竹市開設照相舘。

他自幼涉獵經史頗有所得，尤長於詩學（舊詩）一途，在新竹市他本人爲中心組織一個詩社，名爲「讀我書社」（研究舊詩）。臺灣光復前不久，他以一百八十度之急轉變，完全放棄舊文學走上新文學路線，曾在省內發行之雜誌，用幾種筆名曾發表過小說、詩歌、散文等種種作品，頗受讀者歡迎。他所用筆名大略如下：現代詩筆名爲冷雲、楚岫。小說創作筆名爲憐山。散文隨筆筆名爲藝窗。報紙論說筆名爲慧星，竹客。舊詩筆名爲德三、伯達等。

民國三十五年十二月應聘前往花蓮市，在東臺日報編輯組（內勤記者）服務。臺灣光復後不到八個月，剛好想要發揮文才的時候，因水土不適合得病，終於三十三歲在花蓮市客死。

他一生研究經史，故有許多文言文和白話文作品，現在集在這裏的是他的現代詩的一部份，因他在東臺日報服務中逝世，在職中發表的作品，現在不大清楚也無法查出。

他的作品中計有「祝臺灣光復」和「碧血黃花」等二首，可見他是一位愛國的詩人，同時他在「猴子的厄運」中提到猴子象徵日本軍閥，而日本軍閥是尾君子，有尾巴的假君子。

他在新竹市組織「讀我書社」（舊詩），這詩社名稱很特別，就是說：讀我們中國書籍的詩社，不是讀日本書籍的詩社，我們可以看得出他受國的一端吧！

祝臺灣光復

獻給臺胞

瀰漫的戰雲罩住大地，
世界上一切又歸於昏迷，
除去了彈雨與暴風，
只聞得人們的痛哭，
啊！空氣是充滿着殺氣。

受壓迫的我，
把壁上廢曆亂翻，
偶然翻到七、七號，
又翻到十二、八號，
呀！消滅的導火線底蔓延。

說我是一個清國奴，
又將趕我歸回中國吧!!
喚醒半世紀悠遠的忘記，
致成民族這空前鬪爭，
抗戰是何等的神聖。

臺胞也曾作幾回奮起，
說聲「打倒日本軍閥」？
可是過了多時以後，
態度也逐漸地熾熱，
呀!!犧牲是多麼的偉大。

世界是逐漸地光明，
臺灣也光復，
臺胞也回到祖國的懷抱，
我對着廢曆微微含笑。

碧海黃花

追悼抗日的同志

你是社會運動家嗎!!
在大地上的，
泥土，沙石，荆棘，
世路很是崎嶇，
總不少你印上的踪跡。

你的雄辯，
人們已認爲一個錚錚的鬪士，
你的熱血，
人們也一滴滴的等着。
可是你怒吼的聲音，
人們也能將牠留着。

你曾在鐵窗下，
對我們同志說，
「我們的事有何不得過。」
只要——得過且過，
何必這樣痛癢相關。

我要問你，
你爲不願做奴隸而呼號呢？
你爲奴隸而呼號呢？
你爲？
我也對你這樣說「得過且過」嗎。

假使你爲不願做奴隸而呼號，
願你變成奴隸的奴隸，
爲他們作威福。
爲他們驅使奴隸。

假使你爲世路崎嶇而呼號，
願你立住在岐路，
不問活路多麼的冒險，
死路多麼平坦，
總是前進……，
假使你爲勇退……。

許是你不願作奴隸受罪——犧牲。
作冒險前進的走那崎嶇的世路，
那還請你添個地下同志，
使牠得多一點安慰。

你的不死精神，
你的不滅靈魂，
爲何你不時而呼號，
奏起悲曲唱着哀歌。

呀!!我爲你奏起悲曲，
你給我唱着哀歌，
爲我民族一切的一切而痛哭。

好了，倭寇投降了，
睡獅也醒了，
民族一切的一切解救了——
獻出一片熱情——
請你接受罷！

謝謝你的苦心，給人們多少覺悟，
你的靈魂飄漂，
是不是民族守護神，
我想你是社會上救星。
請你饒恕和你一樣呼號的我，
讓我盡公開，
打消過去底神祕，
爲你留一點痕跡，
爲你讀一篇弔詞，
諸同志爲你流淚着。

民國三十四年十一月十一日　新新創刊號

猴子的厄運

屁股垂下一條腰帶，
攀援在密林古樹上，
一對照日底眼睛，
額手暗瞧大地上的一切。

半人形的猴子非鞭不跳！
煽起了敵愾心，
找個憤火發洩的地方，
勇敢地同去攻擊。

一大群的「尾君子」，
邁向海外侵略島嶼，
戴着假面具，
都忘却了在山溪時代的本性

不知幾何時，
給獵人們捉住了，
擊了手，擊了繩，
垂首待斃，
打起無恥的悲號——

民國十四年十二月十七日　民報

歸客

我是被這强權壓迫而徵召，
但和平後我還要被驅逐！
誰敢負敗戰的責任？
路畔的孤燈在風前明滅，
露宿公園秋夜裏，
狼狽相依在異鄉的人。

今夜在鹿兒島拔錨出港，
絕海裏的渡客，
忍不住飢寒交迫，
天上的明月在船頭掛起，
太平洋的巨浪，
淘盡了望鄉的心！

凄冷的甲板上徘徊，
潮水分飛的吐沫，
誰向憂愁申訴？
海面的游魚在波中躍跳，
遙望久別的鄉土，
作榮歸也似的興奮。

民國三十四年十二月二十九日　民報

落日

可怕的嬌陽，
怎禁得晚風盡力吹着。
似不留下一線微光，
遠山銜住沉西底日影兒；
高浪撼入沉西底日影兒。

苦熱的嬌陽，
失去了那凌迫炎威，
這樣無限好處地返照，
是更添着晚境的衰微。

沉淪的嬌陽，
永夜不能再起。
山上的，
一陣陣煙籠了；
海上的，
一層層雲遮了；
地上的一切，
一重重底黑幕現出來了。

民國三十四年十二月遺稿

陳立民譯

1971 諾貝爾文學獎得主

（智　利）

聶魯達 Pablo Neruda（1904–1973）詩抄（第二部份）

强人的法律

他們自稱是愛國者
在圈子裡互頒勳章
歷史是他們寫的
國會裡共享榮耀
然後他們瓜分土地，
法律，最美的街道，
空氣，大學
皮鞋

他們這些非凡的創擧
爲的是支撐那個以惡毒的欺詐方式
建立的國家

他們照例在慶典宴會上
和地主們，將軍們，律師們
商討這些權益

最後他們在國會
提出了最高法律
這個卓越的，令人敬畏的
不許觸犯的强人法律
馬上就被通過了。

山珍海味給富人
垃圾廢物給窮人

金錢給富人

勞動給窮人

富人得到高樓洋房

窮人得到破屋草寮
江洋大盜自有法定特權

偷食充飢必定打進監牢

先生大人們擁有巴黎，巴黎
窮人快進礦坑，快到荒漠去

Rodriguez de la Crota 先生
在國會上以又甜蜜
又高雅的聲調宣佈：
這個法律終於奠定了
教會階層制度和
基督教的教理
這個法律和水一樣重要
只有那些來自地獄的左派份子
才敢來討論這個智慧的
嚴厲的不平等法律
但這些低等人的後代
這些亞洲式的反對派
我們能制服他們
通通打入監獄，打入集中營
我們就可安享一切
我們特別優待名流
和我們在急進黨中的
可愛的賣淫者。

貴族的席位上
暴起了不絕的掌聲：
如此的說服力，如此的智慧
眞是哲學家，思想的明燈

於是他們忙着找貴幹
紛紛把大口袋塞滿
一個收刮牛乳
另一個騙取鋼鐵
還有的在糖中舞弊
人人還高聲自稱是
愛國主義專賣局的
愛國者
當然，也已經得到這兩面法的
專利保證

美元的買辦

美洲的地獄，你是我們的麵包
浸滿了毒素，在你無恥囂張的火焰中
冒起了一個特別的聲響：
外國貿易軍團的
本地辯護士

在他自己的國家裡
他把奴隸的鎖鍊栓得更緊
他輕蔑地看着
我們破碎的旗子
陪着總經理的行列
傲步而來

每當來自紐約的
帝國主義尖兵一登陸，
工程師，會計師
測量師，專家們
他們就估量起他們新征服的國土，
錫，石油，香蕉，
硝石，銅，錳。
糖，鐵，橡膠，土地
這時，一定會有陰沈的侏儒們
一臉媚笑委婉地
向這些新的侵略者忠告：

先生們，不需要
付這麼多錢給這些土著
千萬不要提高工資
實在不值得
這些破爛階級，這些雜種
只會喝醉酒，什麼都不會
看在上帝的份上，不要這樣
他們是些原始人
不比野獸好多少，我認得他們的
您絕不能付這麼多給他們

他馬上被重用。他們讓他穿上
走狗制服，穿着像 Yankee
吐口水像 Yankee 跳 Yankee舞
步步高升

他擁有汽車，Whisky，報紙
受命爲法官，議員
榮獲勳章，成爲部長
在政府裡受重視

他知道，誰受賄
他知道，誰行賄

他舐口水，頒勳章，他貪污

他諂媚，他微笑，他威嚇
就這樣共和國的血
漸漸從港口向外流光

你們問，這個病菌
住在那裡？這個律師
這個廢物的酵母
這個長命的吸血跳蚤
用我們的血養得肥肥的！

他住在南方赤道地帶
巴西，還有美洲
中央地帶也是
他的居留地！

在陡峭的Chuguicamata高地
你們可以找到他
只要他測探財寶，他會
上任何高山，下一切深谷
帶着他的法律命令
來掠奪我們的土地

在Puerto Limon, Ciudad Trujillo,
在Iguigue, Caracas, Maracaibo
在Antofagasta, Honduras
你們可以找到他
那裡他把我們的兄弟打入牢獄
他控告他的同胞

搶劫農業工人
出入法官和地主的門戶
收買新聞界
指揮警察，木棍和槍枝
去打劫被他遺忘的，自己的家族

孔雀開屏，宴會上
穿上燕尾服，爲名人彫像剪彩
妙語如珠：
國家至上，生命次之
國乃吾母，國乃吾土
保衛現狀，多造地牢
勤建監獄，天下太平

這「愛國者」死得一身榮耀
參議員，貴族，閣下，
教皇的寵兒。
名氣，幸福，威嚴

而我們這一類死者
身入銅礦坑
開啓粗硬深沈的地球
卻被擊敗而無名地死去
草草塞進棺材
十字架上一個名字，一個號碼
任風吹雨打
我們的英雄們的名字

譯註

Chuguicamata 是智利北部的高原城市，著名的銅產地

Puerto Limon 哥斯達黎加的海港

Ciudad Trujillo 多明尼加共和國 1936—1961 的名字

Iquique 智利的一個城市

Caracas 委內瑞拉首都

Maracaibo 委內瑞拉的一個首會

Antofagasta 智利的一個大海港

Honduras 中美宏都拉斯共和國

惡之華

LES

FLEURS DU MAL

PAR

CHARLES BAUDELAIRE

On dit qu'il faut couler les exécrables choses
Dans le puits de l'oubli et au sépulchre encloses,
Et que par les escrits le mal ressuscité
Infectera les moeurs de la postérité,
Mais le vice n'a point pour mère la science,
Et la vertu n'est pas fille de l'ignorance.

(Théodore Agrippa d'Aubigné, *Les Tragiques*, liv. II.)

PARIS
POULET-MALASSIS ET DE BROISE
LIBRAIRES-ÉDITEURS
4, rue de Buci.

1857.

波特萊爾著
杜國清譯

56 秋之歌

I

不久我們將沈入幽冷的陰黯中；
別矣吾人那短的促盛夏之日光！
我已聽見枯柴以悲愁的落地聲，
響亮地墜落在庭院裡的鋪石上。

所有冬天卽將再回到我的身上：
憤怒憎恨戰慄恐怖嚴厲的勞役；
且像在那極地的地獄中的太陽，
我心將只是一團紅的凍塊而已。

我顫抖地傾聽每根柴木的墜落；
斷頭臺的建造聲也沒這樣陰沈。
我的精神有如不堪重負的城樓，
在撞槌不知疲勞的重擊下崩陷。

在這單調的落聲搖撼下我覺得：
有人啊在哪兒匆忙地釘着棺材。
爲誰？—昨日是夏；如今是秋！
這神祕的聲音像出發催響而來。

II

我愛妳那秀長眼中的淺線光芒，
温柔美人喲今天一切對我都苦，
一切都不如照耀在海上的太陽，
甚至妳的愛妳的閨房妳的暖爐。

請仍愛我，柔情的心！像母親，
甚至對我這忘恩者，這心邪者；
像戀人或姊姊給我瞬息的温存，
像那西沈的夕陽或者光輝的秋。

這任務短暫！墳墓正餓着等待！
啊啊！讓我頭額枕在妳的膝上，
一邊嘆惜白灼炎熱的夏日不再，
一邊讚賞柔和淺黃的晚秋之光！

57 給一位聖母

西班牙趣味的供獻品

聖母喲我戀人喲我要爲妳建築，
一座地下祭壇於我苦惱的深處，
且在我心中最是陰黯的角落間，
遠離世俗的慾望與嘲弄的視線，
挖掘一個壁龕飾以瑠璃與金光，
那兒樹立着妳，驚訝的聖母像。
以彫琢的詩句，純金屬的鑲邊，
巧妙地撒滿晶瑩的脚韻於行間，
我將創作一個巨冠戴在妳頭上；
致命的聖母喲以我嫉妒的情況，

我將給妳裁製一件外套，樣式
野蠻，硬且重，以猜忌做裡子，
像番兵的哨房，關住妳的魅力，
綉着不是眞珠，粒粒是我淚滴！
妳外衣將是我的慾情，顫動着，
我的慾情高下起伏是波浪形的，
在尖峯上搖幌，在低谷間靜息，
以吻蓋遍妳那潔白玫紅的肉體。
且以我的尊敬做成美麗的絲鞋，
讓妳那神聖的脚任意踐踏蹀躞；
在溫柔的擁抱中將妳的脚擄住，
像忠實的鑄型保住它們的樣式。
我若不能，即使耗盡匠意心血，
彫出一個銀月，做爲妳的踏階！
我將把我腹中啖食我腑臟的蛇，
放在妳脚跟底下讓妳這勝利者，
富有贖罪力的女王踐踏和戲侮，
心憎恨和毒液脹大的這個怪物。
妳將看到我的心思——整列如
處女之王華麗祭壇前的大蠟燭，
映照在塗藍的天花板閃着星芒；
經常凝視着妳燃着火炎的眼光。
由於我心中一切愛妳爲妳讚仰，
一切變成沒藥安息香焚香乳香；
不斷向着妳，白雪皎皎的高峯，
我那暴風雨的精神氤氳地上昇。
終於爲成全妳做爲瑪利的角色，
且爲了將愛情與殘忍交嚐混合，
黑色逸樂！充滿怨恨的劊子手，
我，以七大罪造七把銳利匕首，
像個非情的雜技演員般的冷酷，
將以妳的愛情之最深處爲靶子，
將它們都揷在妳那喘息的心中，
妳那啜泣的心中那噴血的心中！

58 午後之歌

雖然妳愁縐的眉頭，
給妳添增一份風姿，
那怪相不屬於天使，
眼眸誘人的魔女喲，

輕佻的我的戀人喲，
我仍對妳崇拜敬仰，
像牧師之皈依偶像，
我那可怕的熱情喲！

沙漠與森林的香馥，
薰染妳那粗硬的髮束：
妳的頭搖幌的樣子，
是謎與祕密的千姿。

妳肌膚上香氣嫋嫋，
像繞着香爐的四周；

妳的誘惑像那暮色，
黝黑灼熱的仙女喲。
啊！最强烈的媚藥，
也比不上妳的怠惰，
而且能使死者復活，
那種愛撫，妳知道！
妳的軟腰輕扭柔擺，
戀慕妳背部和乳房；
妳啊妳使褥墊痴狂，
以妳那慵臥的媚態。
有時爲了緩和昂奮—
妳心中的神祕熱火，
妳正經地任情揮霍，
牙齒的咬痕和接吻；
栗色肌膚的戀人喲，
妳以嘲笑將我擊跨，
然後在我心上投下，
妳柔媚如月的眼眸。
在妳那緞子的鞋底，
在妳那艷絹的脚下，
我呀獻上我的才華，
我的命運我的狂喜，
我的靈魂因妳而癒，
因僅是光與色的妳！
在黑暗的西伯利亞—
我心中熱火的爆發！

59 西西娜

請想像那典雅束裝的狩獵女神，
奔馳於森林或撥開低叢的樹枝，
胸髮戲於風中，陶醉於獵聲間，
傲然俾倪有名的騎士那種英姿！
是否見過法羅紐，酷愛殘殺者，
煽動着那些光脚的群衆去襲擊，
臉和眼燃着火，演着主要角色，
握着劍登上王宮階梯那種豪氣？
西西娜也是！這位溫柔的戰士，
具有的慈悲心正如同她的殺戮；
她的勇猛因鼓聲與火藥而瘋狂，
在哀憐者面前却知道放下武器；
她的心，因火焰的摧殘而荒凉，
對可憐的敵手常備有滿腔淚滴。

註：

(1)西西娜：莎巴茄夫人的朋友西西娜・妮耶麗夫人；在第二帝政時的巴黎社交界以優雅、豪奢和美貌聞名。

(2)法羅紐：法國大革命時的女英雄（一七六二—一八一七年）。

60 給我佛蘭琪絲嘉的讚歌

我以新弦爲妳謳歌，
哦哦在我那孤獨的，
心中嬉戲的幼苗喲。

以編織的花飾纏身，
哦哦，婀娜的女人，
因妳罪孽獲得赦免！

像汲飲慈惠的忘河，
我在吻妳時貪享着，
哦哦磁性的女人喲。

當那惡德的暴風雨
騷亂所有的去路時，
女神喲妳突然顯出，

像在海上遇到遭難，
惠然出現的救星般—
我心獻給妳的祭壇！

滿溢着美德的池面，
永遠是青春的噴泉，
將聲音還於默唇間！

妳將那腐化的燒光，
妳將那粗糙的磨亮，
妳使那脆弱的強壯。

饑餓時我的棧客喲，
黑夜間我的燈火喲，
經常正確地引導我。

且使我力量再增多，
浸滿着馥郁的香油，
令人快意的沐浴喲！

燦亮吧在我腰四周，
塗以天使之聖水的，
哦哦貞潔的甲胄喲，

珠光閃亮的酒盃喲，
鹹味麵包的佳糧喲，
神酒佛蘭琪絲嘉喲！

註：初版附有副題：「爲博學篤信的一位製帽婦人而作的詩」，以及關於頹廢期拉丁語的註記。本文以拉丁語八音節一韻三行詩形寫成。

詩人的備忘錄（1）

錦連譯輯

我認爲聯繫着一切藝術之根的地盤，祇存在於行爲之中。但實際上，有幾種藝術是跟行爲斷絕的。例如，「詩」便是其中之一。

不知何故，很不幸地，多數現代詩人只是一邊害臊一邊分析着自己而老是在出發黙的周圍繞轉着，並且另一群多數的現代詩人根本就把行爲與實践搞錯了。詩人本身之對多數現代詩不感興趣，是因爲它祇是行爲的結果和靜態的紀錄而已。

爲什麼詩會這樣的變成了思考與行動的廢墟呢？或許那眞的是鉛字的罪過。「古添堡（Johannes Genffleich Gutenberg 1399～1468）之發明印刷機，終於使詩墮落」是幾乎不容置疑的了。

鉛字將帶有時間性的感動，定着於一個空間，但完成了定着之時，其感動却已經在詩中死亡。本來鉛字是爲了便於大量傳報而發明的，而在這意義上，的確也獲得了不少成果。不錯，由於鉛字的發明，我們幾乎可以在同一時間，獲知棒球比賽的結果或猪肉的漲價，從天氣預報到求人廣告等等，我們所獲的實惠確實不少。

……但是可以大量傳報的往往僅限於客觀性的狀況。客觀性的狀況是在用最大公約數去捕捉的時間之死體，行爲的空架子化之「場」上具有意義的。因此，若要區別散文與詩的次元，則鉛字在散文的次元才有用的多。

由於詩是在主觀性的狀態之下被捕捉的關係，對多樣的對象要做大量而相同的傳報，幾乎屬於不可能。第一，對詩來說，這是連傳報的手段都內涵着許多問題的時代了。

有的場合，詩不需要傳報，有的場合，傳報成爲不可能。傳報雖以語言傳達實質，却不能成爲實質本身。然而，詩應該是實質本身才行。

詩存在於語言裏面。詩與語言一起產生。即使一年級的學生也懂用嘴巴說的語言，即使不懂語言爲何物，也會使用自己的語言說話。一年級學生的詩，則產自一年級學生的語言之中。

人不是預先想要如何感覺如何動心，才如何感到如何被打動的。在偶然的時間，偶然的機會，自然地感到，自然地被事物打動。把這種感覺，這種被打動的事情，用當時的活生生的語言寫出來的就是兒童的詩。

培養使用非借來的屬於自己的語言去說話的習慣，將會成爲使兒童去寫詩的原動力。作爲詩的出發點，做爲教育的出發點，這都是合乎法則的。

李賀歌詩評釋 (2)

杜國清

李長吉

002 殘絲曲

垂楊葉老鶯哺兒，
殘絲欲斷黃蜂歸。
綠鬢少年金釵客，
縹粉壺中沈琥珀。
花臺欲暮春辭去，
落花起作迴風舞。
榆莢相催不知數，
沈郎青錢夾城路。

註解

殘絲：吳註：「或為柳或為遊絲」。陳弘治引庾信上益州上國柱趙王詩：「穿池低晚蓋，裹柳挂殘絲」，認為「殘絲謂柳絲也。」就寫晚春之景而言，柳絲或遊絲，皆無不可，但因首二句「垂楊」與「殘絲」對舉，殘絲作遊絲解，似較適當。

綠鬢少年：指年輕男子。

金釵客：指女子。

縹粉：淡青色曰縹；粉為白：青白色。吳註認為「縹粉壺」或指「琉璃壺」。琉璃瓦亦稱縹瓦。

琥珀：鑛物名，有脂肪光澤，色蠟黃或赤褐，體透明或不透明。這裡指酒色而言。李白詩：「魯酒若琥珀，汶魚紫錦鱗。」

榆莢：本草綱目：「榆未生葉時，枝條間先生榆莢，形似錢，色白，俗呼榆錢。」

相催：催落。不知數：言其多也。此句傅德山誤譯為：「Elm-tree seeds are now so thick, They can't be counted.」

沈郎：晉書食貨志：「吳興沈充又鑄小錢，謂之沈郎錢。」這裡用來指榆莢。

夾城路：鈴木讀為「夾城之路」，認為是指「從長安的禁城到離宮所在的曲江之間城壁一般的行幸道路。」雖是一解，但不能增加什麼詩意，反不如一般所了解的以「夾」為動詞來得自然通順。

評釋

這是寫晚春的詩。

首二句中，楊老鶯孳，絲斷蜂歸，都是晚春之景。所謂遊絲，是蜘蛛成蟲類在春天所吐的絲，或飛揚在空中，或浮懸在樹枝。因是晚春，楊柳的葉子已不是嫩葉，小鶯生下沒多久還不能飛，由母鶯哺食；懸浮在空中或樹枝下的遊絲，經風吹或行人牽去，差不多要斷絕了，而春殘花謝，黃蜂也大多歸去，寥寥落落，不像百花盛開時那樣忙碌熱鬧。

在這暮春良辰，紅男綠女，攜伴結遊，酣宴為樂。在那青白色的壺中，蕩漾着深沈的琥珀色的美酒。可是良辰美景，不能常駐，轉眼之間日暮春去。落花起作迴風舞，是個很美的意象。百花殘落，是春去的

景象，而花落是因風的摧殘。可是在詩人特殊的感受上，落花不忍春去，於是在廻風中起舞；只要花仍舞，春猶在！落花在遭受風的摧殘之後，猶能將殘暴的風化爲優美的春姿：廻風舞。這是落花的死之舞，何其豪華！何其哀艷！

春被廻風追趕着，踏着匆促的脚步而去，於是楡莢紛紛落下，道路的兩旁撒滿了無數的「沈郎錢」——楡莢。

落花的廻風舞終於挽留不住春光，而在還魂似的廻舞之後，落花終歸於土。

瀨戶保男在「李賀雜論——李賀的意識世界」這篇論文中，以這首詩爲李賀的「感覺性的表現」手法的例子，評論如下：

「這是描寫暮春之情的叙景詩。李賀在這首短詩中，好像要將晚春所帶有的一切的印象全部塞進去似地，描出垂楊、黃鶯、蜂、年輕人的樣子、沈澱成琥珀色的酒、落花等種種雜多的印象。可是，將這些統合爲一的作者的觀點，並沒有直接表現出來。而且，作者是以怎樣的心情眺望這種暮春之景，也沒有說明。詩中各句，固守其獨立性，在時間上以及空間上，並沒有論理上的接續感。只是，晚春的種種情緒所具有的意象，各個從某種情緒之瞬間的斷面上，被切斷取來加以並列而已。叙景詩人王維的詩，名如其實是幽邃的東洋文人畫的世界。李賀的詩色調更爲明顯。顏料鮮艷，光彩强烈。所謂難以成爲一幅畫的印象主義的繪畫的世界。」

瀨戶保男的論點不外是說，這是一首詩人將晚春之印象雜湊而成的詩，句句獨立，缺乏一貫的觀點和連貫性的結構。其實在結構上這首詩是頗有秩序的：從春景的描寫（起）到春遊行樂（承），從挽留春光（轉）到春去而楡錢積紛（結），是有其論理上的連貫性的。每句的描寫，即使只是印象，也頗爲具體而含蓄。而在描寫春去之間，隱含着良辰易逝的感慨；作者的觀點和心情流露在詩中的字裡行間，何必「直接表現」和「說明」呢！

003 還自會稽歌 並序

庚肩吾於梁時嘗作宮體謠引以應和皇子。及國世淪敗，肩吾先潛難會稽，後始還家。僕意其必有遺文，今無得焉。故作還自會稽歌，以補其悲。

野粉椒壁黃，
濕螢滿梁殿。
臺城應教人，
秋衾夢銅輦。
吳霜點歸鬢，
身與塘蒲晚。
脉脉辭金魚，
羈臣守迍賤。

註解

會稽：今浙江紹興。

庚肩吾：據南史卷五十庚肩吾傳：「肩吾，字愼之，八歲能賦詩，爲兄於陵所友愛，初爲晉安王（蕭綱）國常侍。王每徙鎭，肩吾常隨府。……及

簡文帝（蕭綱）即位，以肩吾爲度支尚書，時上流蕃鎮並據州拒侯景，景矯詔遣肩吾使江州喩當陽公大心，大心乃降賊，肩吾因逃入東，後賊宋子仙破會稽，購得肩吾，欲殺之，先謂曰：吾聞汝能作詩，今可即作，若能，當貸汝命。肩吾操筆便成，辭采甚美，子仙乃釋以爲建昌令，仍間道奔江陵。」

宮體：艷體詩也。隋書經籍志：「梁簡文之在東宮，亦好篇什，清辭巧製，止乎衽席之間，雕琢蔓藻，思極閨闈之內，後生好事，遞相放習，朝野紛紛，號爲宮體。」（卷三十五）

謠引：歌曲。

國世淪敗：侯景於五四八年擧兵反，圍建康，翌年三月陷臺城，五月梁武帝被逼餓死，立簡文帝，復弑之，五五一年十月自立，稱漢帝。

野粉：散於野地的泥粉。

椒壁：漢書車千秋傳：「曩者江充先治甘泉宮人，轉至未央椒房。」注：「椒房，殿名，皇后所居也，以椒和泥塗壁，取其溫而芳也。」

濕螢：螢多生於陰濕之地，故曰濕螢。禮記月令：「腐草化爲螢。」

梁殿：梁天子的宮殿。

臺城：晉、宋間謂朝廷禁省爲臺，故稱禁城曰臺城，見容齋隨筆卷五。晉之臺城，在今南京市北玄武湖畔，亦曰苑城；咸和中修繕，亦曰新宮。宋、齊、梁、陳皆因以爲宮。

應教：吳註：「魏晉以來，人臣於文字間有屬和；於天子曰應詔，於太子曰應令，於諸王曰應教。」皇子初爲晉安王，故曰應教。

銅輦：太子的車飾。輦，輓車也，謂人輓以行之車。

塘蒲：塘中蒲草也。世說新語言語篇：「顧悅與簡文同年，而髮早白，簡文曰，卿何以先白？對曰：蒲柳之姿，望秋而落；松柏之質，經霜彌茂。」晚，猶言衰也。

脉脉：與同，視貌。文選古詩十九首：「盈盈一水間，脈脈不得語。」注引郭璞曰：「脈脈，謂相視貌也。按後人多以脈爲血脈之脈，以形容情思，有含蓄未吐動盪不定之意。（「辭海」）

金魚：指魚袋。唐時有魚符以袋盛之，名曰魚袋；袋之飾，分玉、金、銀三等；繫於帶而垂後，以明貴賤，猶如今之勳章。魏以後爲龜，唐代始改爲魚。官職的象徵。

羈臣：羈旅之臣，指身爲衰老羈困而言。

迍賤：迍，邅也。易屯：「屯如邅如。」疏：「屯是屯難，邅是邅迴。」難行貌。賤，貧賤。

評釋

正如序文所說明的，這是詩人設身處地替庾肩吾「補悲」的作品。庾肩吾，新野人，是庾信（子山）的父親，與徐摛及其子「玉臺新詠」撰者徐陵等，和梁昭明太子、簡文帝頗有交往。侯景之亂後自會稽還新野時，梁已久爲陳，因此守貞不仕。其悲，大而言之，是亡國之悲；小而言之，是個人不遇之悲。

首二句寫梁國淪敗，臺城破後，宮殿荒蕪之狀。臯

后所居的宮殿都破落不堪，塗以椒和泥的牆壁早已頹毀，黃色泥粉吹散在荒野中。梁太子的宮殿變成一片荒涼，聚滿陰濕的螢蟲。在李賀其他詩中，螢光與鬼火常是一而二、二而一的東西。充滿濕螢的梁殿，不也就是螢擾擾的幽壙？

次二句寫孤臣在潛難中的心思。當年在臺城（禁宮）和皇子應和作詩，頗受皇子恩遇，如今雖然國破，對皇子的恩情不敢或忘，猶時時夢見皇子及其銅輦。

次二句寫還自會稽時的心境。霜鬢暮年，身遭亡國，可說是悲上加悲。

最後兩句寫羈臣的決心：永辭榮祿，長守貧賤。前者表示對梁忠貞不二，後者表示個人艱貞自甘。如此，這首詩替庾肩吾補了兩大悲：梁亡之悲與個人落魄之悲。其實這是李賀擬古來自抒困頓之感的作品。李賀雖然沒有亡國之悲，對庾肩吾的失意落魂之悲，感同身受。這首詩很可能是李賀在長安鎩羽垂翅之後回到故鄉昌谷時寫的。這首詩中的「野粉椒壁黃」，豈不就是「昌谷詩」中所描寫的「故宮椒壁圮」的福昌宮？在落魄中寧願守迍賤的「羈臣」，豈不就是失意後回到昌谷，聽到古官傳來「鴻瓏數鈴響，羈臣發涼思」的「羈臣」李賀？

英文試譯 (002)

Song : Lingering Gossamers

Weeping willows' leaves grow old, orioles feeding their young;

Lingering gossamers slmost vanish, yellow bees going home.

Lads with dark hair, girls with golden hair-pins:

In celadon porcelain pots, amber liquor lies deep.

Flower-terraces getting dark, spring takes leave;

Fallen flowers rise and perform a whirl wind dance.

Elm pods hasten each other in countless number;

Young Shen's green coins scattered on both sides of city roads.

英文試譯 (003)

Song : Returning from K'uai-chi

Yü Chien-wu, during the Liang dynasty (A.D.502-57), used to compose songsin the style of court poetry to eche of the Imperial Prince. When the state declined and the times fell into decay, Chien-wu at first hid himselffin K'uai-chi to escape danger and it was only much later that he managed to return home.
I thought he must have had some poems left, but none of them can be obtained today.
There fore, I wrote this song of Returning from K'uai-chi to restore his sadness

The yellow of peppered walls, dust in the fields,
Damp fireflies filling the Palace of Liang.
A pote who wrote at the Prince's behest in T'ai-ch'eng,
Dreams under an autumn quilt of the bronze carriages.
Returning home, temples dotted with the frost from Wu,
And life, with the rushes in the ponds, sinks into twilight.
With deep feeling surging inside, declining the Golden Fish Purse,
This wandering courtier will remain falteriing and humble.

編輯手記

把這一期「笠」呈現在大家面前時，「笠」已經快要屆滿十周年了，十年的時間雖不算很長，但對一本双月刊詩誌來說，是一般不短的旅程。長跑選手是孤獨的，但「笠」仍然要跑下去。——「為了復活天空／我們的行列／將繼續不停地飛翔」

當前的文學界，為了修正發展上所顯現的偏差，重新在咀嚼新文學的傳統——在這樣的前提下而且因為大陸本土的新文學傳統之未能充分回顧，臺灣的新文學傳統被熱烈地討論著。從這些討論中，我們的文學界得以對這個海島的既往文學成績做一個回顧而且發現它的價值。臺灣的新文學傳統是臺灣在異民族統治下的光榮的據點，它揉合了各種伸延的意義，擴而為文化運動的一環，再進而為民族運動的一環，是我們偉大的文學傳統。

在熱烈地討論臺灣新文學聲中，楊逵，鍾理和等人的小說已經被介紹出來了，可預見的，賴和、呂赫若、龍瑛宗、張文環等人也將復活，相應了這，「笠」也介紹了日據時代臺灣的詩人們，從這些作品中，從其所顯現的孤兒的感情，宿命性，抵抗精神等質素，不難感覺出臺灣新文學的性格。本期「笠」披露了的張冬芳，周德三的詩，也將見證這種性格。

「不紮根於一個民族的血和土的詩，祇不過是無力的修辭而已。在任何時代，一個民族總會竟識到存在於自己面前的現存之過去的。那裡，隱藏著一切原始的，非合理的、血腥的，令人厭惡的事物。但一個民族或一個詩人都同樣地不能離開這種可恨的恥部而生存下去，當你與這恥部完成積極的交涉，或者把這可恨的血和土凝集成詩的表現，因而成功地把自己內部的獸性東西加以人性化之時，將會產生眞正的詩。」讓我們也回味一下錦連譯輯的「詩人的備忘錄」底這一頁。

上期和這期的聶魯達詩抄是「笠」對這位去世不久的諾貝爾文學獎得主的「詩人的敬意」，這些作品的視野或許會使我們的「美文的，修辭的詩壇」有一些借鏡，從而了解詩的廣濶、深沉的領土。

「笠」是同人雜誌——因為此時此地，要經營一個詩的雜誌，這是別無選擇的路。「笠」不是同人雜誌——因為發表的作品並不一定是同人的。「笠」歡迎你們的作品，你們的批評。

中華民國內政部登記內版臺誌字第二〇九〇號　中華郵政臺字第二〇〇七號執照登記為第一類新聞紙

定　價：每冊新臺幣十二元
日幣一百二十元　港幣二元
菲幣二元　美金四角
全年六期新臺幣六十元
半年三期新臺幣三十元
●郵政劃撥中字第二一九七六號
陳武雄帳戶（小額郵票通用）

出版者：笠詩刊社
發行人：黃騰輝
社　長：陳秀喜
社　址：臺北市松江路三六二巷七八弄十一號
（電　話：五五〇〇八三）
資料室：彰化市華陽里南郭路一巷10號
編輯部：台中市民族路三三八號
經理部：臺中縣豐原鎮三村路九十號

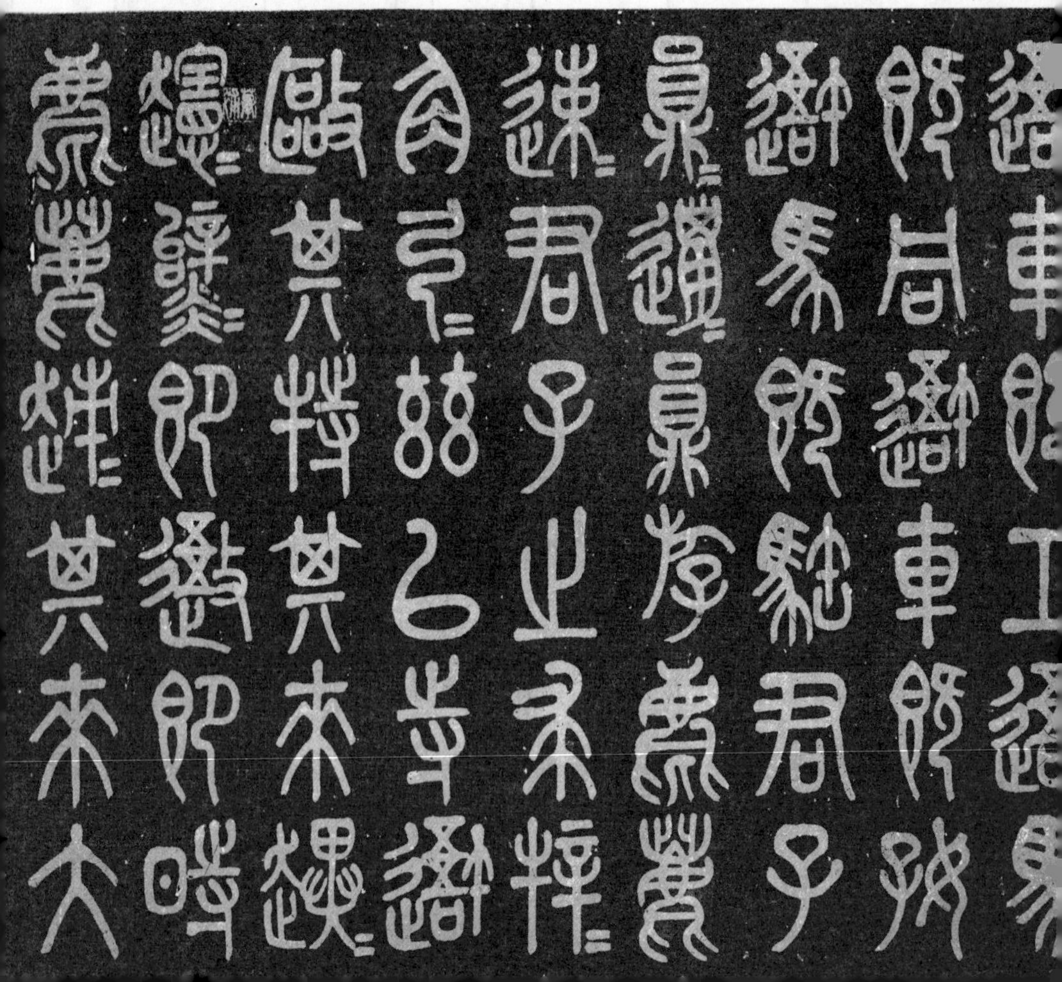